# 모닝 스타

**I**

MORNING STAR:
The Red Rising Trilogy #3
*by Pierce Brown*

# 모닝
## MORNING STAR
# 스타

# I

**피어스 브라운**

이윤진 옮김

황금가지

나에게 귀 기울이는 법을 가르쳐 준

누나에게

# 차 례

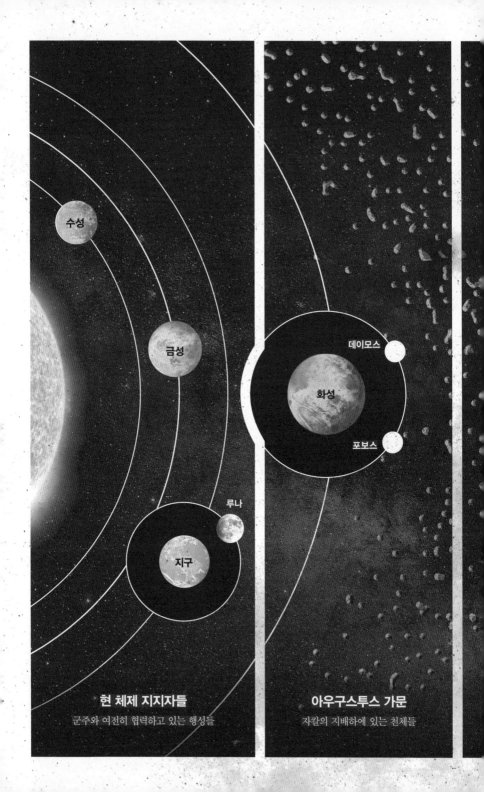

**현 체제 지지자들**
군주와 여전히 협력하고 있는 행성들

**아우구스투스 가문**
자칼의 지배하에 있는 천체들

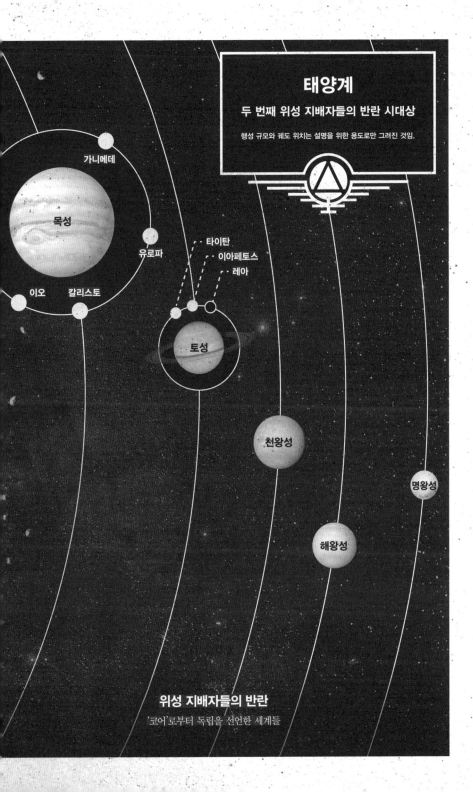

# 이제까지의 이야기

## 레드 라이징

대로우는 레드로 화성의 지하에서 노역하는 하층민 광부다. 그는 미래 세대가 거주할 수 있는 형태로 행성 표면을 만들기 위해 고생스럽게 일한다. 하지만 그와 그의 종족은 배신을 당했다. 지상은 이미 살 수 있는 환경이며 부도덕한 골드들에 의해 지배되고 있다. 그들은 대로우의 아내가 반역적 사상을 주장한다는 명목으로 그녀를 교수형에 처한다. 그래서 대로우는 '아레스의 아들들'이라고 알려진 혁명적인 무리에 가담하게 된다. 아레스의 아들들의 도움으로 대로우는 외형을 골드로 바꾸어 내부에서부터 소사이어티를 무너뜨리라는 임무에 파견된다.

대로우는 골드 엘리트들을 위한 훈련학교인 '기관'에 입학한다. 그곳은 버릇없는 청소년들을 소사이어티 최고의 전사들로 바꾸는 곳이다. 그곳에서 대로우는 전쟁의 기법들을 배우며 가끔은 신뢰할 수 없지만 때때로 진실하기도 한 우정과 골드들의 복잡한 정치적 분위기 속에서 자신의 길을 헤쳐 나아가는 법을 터득한다. 오직 패러다임을 바꾸고 그의 새로운 친구들에게 의지해야만 대로우는 기관과 그 모든 위험요소들을 극복하고 승리를 거머쥘 수 있다.

## 골든 선

기관에서의 승리로 대로우는 명성을 얻으며 화성의 대총독, 네로 오 아우구스투스의 창기병으로 등용된다. 하지만 그는 골드들이 전함 대 전함 전투 훈련을 하는 '아카데미'에서 좋은 성적을 못 거두면서 자신의 전설에 부응하며 살기가 어렵다고 느낀다. 그의 고용주의 집안 라이벌에게 당한 뒤, 대총독이 보기에는 대로우의 가치가 급격히 하락한다. 그때 대로우는 권력에 굶주린 그 골드에게 그가 원하는 것을, 즉 내전을 일으켜 준다.

아우구스투스 무리 대 벨로나 무리 놀음을 하며 대로우는 가는 곳마다 혼돈의 씨앗을 뿌려 소사이어티를 혼란에 빠뜨린다. 인상적인 군대와 몇몇의 미심쩍은 협력자들을 모집한 후, 대로우는 화성을 성공적으로 공격해 벨로나 가문이 그 행성에 발휘하던 지배권을 쟁탈한다. 하지만 그의 군사적 승리를 기리기 위해 열린 '트라이엄프'에서 배신이 다시금 흉측한 머리를 들어 올리면서 그가 그때까지 한 모든 노고가 도루묵이 된다. 그의 친구들과 협력자들은 살해당했거나 실종 상태이며 대로우는 붙잡히고 비밀에 붙였던 그의 정체가 발각된다. 반란의 운명은 레이저의 날 위에 아슬아슬하게 서게 되는데⋯⋯.

# 등장인물

## 골드들

**옥타비아 오 룬** : 소사이어티의 현직 군주

**라이샌더 오 룬** : 옥타비아의 손자, 룬 가문의 후계자

**아드리우스 오 아우구스투스/자칼** : 화성의 대총독, 버지니아의 쌍둥이 오빠

**버지니아 오 아우구스투스/머스탱** : 아드리우스의 쌍둥이 여동생

**마그누스 오 그리무스/애시 로드** : 군주의 제1 최고사령관, 아자의 아버지

**아자 오 그리무스** : 프로티언 나이트, 군주의 경호수장

**카시우스 오 벨로나** : 모닝 나이트, 군주의 경호원

**로크 오 파비** : '소드 아르마다' 함대의 최고사령관

**안토니아 오 세베루스-줄리** : 빅트라의 이부 여동생, 아그리피나의 딸

**빅트라 오 줄리** : 안토니아의 이부 언니, 아그리피나의 딸

**카박스 오 텔레마누스** : 텔레마누스 가문의 수장, 닥소의 아버지

**닥소 오 텔레마누스** : 카박스의 후계자이자 아들, 팍스의 형

**로물루스 오 라아** : 라아 가문의 수장, 이오의 대총독

**릴라스 오 파란** : 자칼의 동료, 본라이더들의 우두머리

**시리아나 오 타누스/시슬** : 전 하울러, 현재는 본라이더 중위

**빅수스 오 사르나** : 마르스 하우스의 전 구성원, 본라이더 중위

## 미드컬러와 로우컬러들

**트리그 티 나카무라** : 부대원, 홀리데이의 남동생, 그레이

**홀리데이 티 나카무라** : 부대원, 트리그의 누나, 그레이

**레굴루스 아그 선/퀵실버** : 소사이어티에서 가장 부유한 남자, 실버

**알리아 스노우스패로우** : 발키리의 여왕, 라그날과 세피의 어머니, 옵시디언

**고요의 세피** : 발키리의 전쟁 지도자, 알리아의 딸, 라그날의 여동생

**오리온 제 아쿠아리** : 함선장, 블루

## 아레스의 아들들

**라이코스의 대로우/리퍼** : 아우구스투스 가문의 전 창기병, 레드

**세브로 오 바르카/고블린** : 하울러, 골드

**라그날 볼라루스** : 신입 하울러, 옵시디언

**댄서** : 아레스의 중위, 레드

**미키** : 조각가, 바이올렛

나는 저들이 내 친구들의 피로 물을 준 정원으로부터 멀리멀리 어둠속으로 날아간다. 내 아내를 죽인 골드 남자는 내 옆의 차디찬 금속 갑판에 죽은 채 누워 있다. 그의 생명의 불꽃은 자기 아들의 손에 꺼졌다.

가을바람이 내 머리를 채찍처럼 날린다. 함선이 밑에서 우르릉 거린다. 저 멀리서 마찰에 일어나는 불꽃들이 밤하늘을 찬란한 주황빛으로 가른다. 텔레마누스 가문 사람들이 나를 구하러 궤도에서 내려오고 있는 것이다. 그들이 나를 구출하지 않는 것이 낫다. 어둠이 나를 가져가게 내버려 두고 육식 독수리들이 내 마비된 몸을 갖겠다며 내 위에서 옥신각신하게 두는 것이 낫다.

적들의 목소리가 뒤에서 메아리친다. 천사의 얼굴들을 지니고 타워처럼 우뚝 솟은 악마들이다. 그들 중 가장 작은 자가 허리를 숙인다. 내 머리를 쓰다듬으며 자신의 죽은 아버지를 내려다본다.

그가 나에게 말한다.


"이 이야기는 이렇게 결론날 거란다. 네 비명도 격노도 아닌 네
    침묵으로 끝날 거란다."


나를 배신한 자, 로크는 구석에 앉아 있다. 그는 내 친구였다. 그리고 그의 컬러라 하기에는 너무도 상냥한 마음을 지녔다. 그가 고개를 돌리자 눈물을 흘리는 것이 보인다. 하지만 그 눈물은 나를 위한 것이 아니다. 그가 잃어버린 것들을 위한 것이며 내가 그로부터 앗아간 사람들을 위한 것이다.

"너를 구해 줄 아레스는 없어. 너를 사랑해 줄 머스탱도 없고.
너는 혼자야, 대로우."

자칼의 고요한 눈빛이 저 먼 곳을 응시한다.

"나처럼."

그는 입마개가 달렸으며 눈이 없는 검은 마스크 하나를 집어 들더니 그것을 내
얼굴에 맨다. 시야가 어두워진다.

"이 이야기는 이렇게 끝날 거란다."

내 자아를 무너뜨리기 위해 그는 내가 사랑하는 이들을 도살했다.
하지만 여전히 살아 있는 자들에게 희망을 걸 수 있다. 세브로에게. 라그날에
게. 그리고 댄서에게. 나는 어둠 속에 묶여 있는 내 모든 종족 사람들을 생각한
다. 골드가 지배할 수 있도록 족쇄와 사슬로 묶여 있는 모든 세계들의 모든 컬
러들을 생각한다. 그러자 적이 내 영혼에 파 놓은 어두운 공동 속에서 활활 타
오르는 격분이 지나간다. 나는 혼자가 아니다. 그의 희생양도 아니다.
그러니 나는 그가 할 수 있는 가장 못된 짓을 하도록 내버려둔다. 나는 리퍼다.
나는 고통을 감내할 줄 안다.
나는 어둠을 안다.
이 이야기는 절대 이렇게 끝나지 않는다.

# 1부

# 가시들

퍼 아스페라 아드 아스트라

* 별을 향해 가시밭길을 가다.

제1장

# 오직 어둠뿐

깊은 어둠 속, 온기도 태양도 달도 멀리 떨어져 있는 곳에 나는 누워 있다. 주변은 나를 에워싸고 있는 돌들만큼이나 조용하다. 그 돌들은 혹독한 자궁처럼 내 웅크린 몸을 가두고 있다. 나는 설 수 없다. 몸을 뻗을 수 없다. 오로지 공 모양으로 몸을 웅크린 채 한때 나였던 남자의 시들어 버린 화석으로 남아 있을 뿐이다. 양손은 등 뒤에 묶여 있다. 그렇게 차가운 바위 위에 벌거벗겨져 있다.

어둠과 함께하여 지독히도 외롭다.

무릎을 펴 본 것이, 이 구부정한 자세에서 벗어나 척추를 꼿꼿이 세워 본 것이 수개월, 수년, 수천 년은 지난 것 같다. 그 동통은 미칠 노릇이다. 관절들은 녹슨 철처럼 융합되어 있다. 내 골드 친구들이 풀밭에 피 흘리던 모습을 본 지 얼마나 지났을까? 온화한

17

로크가 내 마음에 상처를 주며 뺨에 입을 맞추던 감촉을 느낀 그 날로부터 얼마나 지났을까?

시간은 강이 아니다.

여기서는 절대 아니다.

이 무덤 속에서 시간은 돌이다. 그것은 어둠으로서 영원하며 단호하다. 그것의 유일한 척도는 목숨의 쌍둥이 진자들, 즉 숨결과 심박뿐이다.

들숨. 헉…… 두근. 헉…… 두근.

날숨. 후…… 두근. 후…… 두근.

들숨. 헉…… 두근. 헉…… 두근.

그렇게 영원히 이것이 반복된다. 언제까지……. 대체 언제까지? 나이 들어 죽을 때까지? 내 두개골을 돌에 쳐부숴 버릴 때까지? 옐로우들이 강제로 내 몸에 영양분을 주입하고 생리적 오물들을 배출시키기 위해 아래 장기에 꽂아 놓은 튜브들을 입으로 갉아 내 버릴 때까지?

*아니면 네가 미쳐 버릴 때까지?*

"아니야."

나는 이를 간다.

*맞아아아아아.*

"그냥 어둠이 말하는 것일 뿐이야."

나는 숨을 들이쉰다. 자신을 안정시킨다. 나를 진정시킬 때마다 행하는 의식대로 벽면을 건드린다. 등으로, 손가락들로, 꼬리뼈로,

발뒤꿈치로, 발가락으로, 무릎으로, 머리로. 반복하자. 열댓 번 하자. 백번 하자. 그냥 하는 김에 확실히 하는 게 낫잖아? 천 번 하기로 하자.

그렇다. 나는 홀로 있다.

전에는 이보다 더 암울한 운명도 있으리라고 생각했다. 하지만 지금에 와서는 그런 것이 존재하지 않는다는 것을 안다. 사람은 섬이 아니다. 우리는 우리를 사랑해 주는 자들을 필요로 한다. 우리를 증오하는 자들도 필요로 한다. 우리를 삶에 이어주고, 우리에게 살아갈 이유를 주며, 그것을 느끼게 만들어 줄 다른 이들이 필요하다. 나에게 주어진 것은 오직 어둠뿐이다. 때때로 나는 비명을 지른다. 때때로 밤중에, 아니면 낮에 소리 내어 웃는다. 내가 언제 웃는지 이 상황에 누가 알겠는가? 나는 시간을 흘려보내기 위해, 자칼이 나에게 주입하는 칼로리들을 소모하며 몸을 떨다 잠들기 위해 웃는다.

흐느끼기도 한다. 흥얼거린다. 휘파람을 분다.

위에서 들려오는 목소리들에 귀를 기울인다. 끝없는 어둠의 바다가 내게 보내는 소리다. 거기에 함께 딸려 오는 것은 사슬과 뼈가 철커덩거리는 소리다. 그것들은 감옥 벽면을 따라 진동하며 사람을 미치게 만든다. 모두 너무나 가까우면서도 수천 킬로미터씩 떨어져 있는 듯하다. 마치 저 어둠 바로 너머에 완연한 세계 하나가 존재하는데 내가 그것을 보지도, 만지지도, 맛보지도, 느끼지도 못하는 것 같다. 나를 가로막는 계곡을 뚫고 지나 다시 그 세계의 일부로 돌아가지 못하는 기분이다. 나는 고독에 갇혀 있다.

지금 그 목소리들이 들린다. 사슬과 뼈의 소리가 감옥 사방으로 졸졸 흐른다.

저 목소리들은 내 것일까?

나는 그 생각에 웃는다.

욕을 한다.

모의를 한다. *죽여라.*

*학살하라. 찔러라. 찢어라. 태워라.*

나는 애원한다. 환각에 빠진다. 흥정한다.

나는 훌쩍이며 이오에게 기도한다. 그녀는 이런 운명을 피할 수 있어서 다행이다.

*그녀는 듣고 있지 않아.*

나는 어렸을 적 불렀던 노래들을 다시 부르고 「죽어가는 지구」, 「점등원」, 「라마야나(고대 인도의 2대 서사시 중 하나―옮긴이)」를 낭송한다. 『오디세이』를 그리스어와 라틴어로 낭송한 후 사라진 고대어들인 아랍어, 영어, 중국어, 그리고 독어로 다시 한다. 내가 갓 소년기를 벗어났을 때 마테오가 나에게 줬던 데이터드롭의 기억들을 되새기는 것이다. 오로지 고향으로 돌아갈 방법만을 찾는 것이 소원이던 그 고집스러운 그리스인으로부터 나는 그렇게 힘을 구한다.

*그가 뭘 했는지는 잊고 있잖아.*

오디세우스는 영웅이었다. 그는 자신의 목마로 트로이의 벽을 무너뜨렸다. 내가 화성 위로 내리게 만든 '아이언 레인'을 통해 벨로나 가문의 군대들을 무너뜨렸던 것처럼.

그리고 나서…….

"아니야."

나는 톡 쏘아붙인다.

"조용히 해."

……사람들이 트로이로 진입했지. 어머니들을 찾았어. 아이들도 찾았고. 그들이 무엇을 했게?

"닥쳐!"

그들이 무엇을 했는지는 너도 알잖아. 뼈. 땀. 생살. 재. 울음소리. 피.

어둠이 기쁨에 차서 낄낄거린다.

리퍼, 리퍼, 리퍼…… 마지막까지 남는 모든 공적들은 피로 칠해져 있어.

나는 잠든 상태인가? 깨어 있나? 나는 방황하고 있다. 모든 것이 피 흘리며 한데로 모아져 환상과 속삭임과 소리 속으로 나를 빠뜨린다. 다시, 그리고 또다시 나는 이오의 연약하고 작은 발목을 확 잡아당긴다. 줄리언의 얼굴을 골절시킨다. 팍스와 퀸과 택터스와 론과 빅트라가 마지막으로 숨을 거두는 소리가 들린다. 너무나 많은 아픔이 있었다. 그런데 다 뭘 위해서였나? 내 아내를 실망시키기 위해, 내 종족 사람들을 실망시키기 위해서였다.

그리고 아레스를 실망시켰지. 네 친구들도 실망시켰고.

대체 내 친구들은 몇 명이나 남았을까?

세브로? 라그날?

머스탱?

머스탱. 그녀도 네가 여기에 있다는 것을 안다면⋯⋯. 만약 그런데도 네 상황에 아랑곳하지 않는다면 어쩔래? ⋯⋯게다가 그녀가 대체 왜 네게 신경쓰겠어? 배신한 너를. 거짓말한 너를. 그녀의 정신을, 그녀의 몸을, 그녀의 피를 이용한 너를. 너는 그녀에게 네 진정한 얼굴을 내보였는데 그녀는 도망쳤어. 만약 너를 넘긴 사람이 그녀였다면 어쩔래? 그녀가 너를 배신한 것이라면? 그래도 너는 그녀를 사랑할 수 있겠어?

"닥치라고!"

나는 내 자신을 향해, 어둠을 향해 소리친다.

그녀에 대해 생각하지 마. 그녀에 대해 생각하지 마.

대체 왜 생각하지 않겠다는 거야? 그녀가 보고 싶은 거잖아.

머스탱에 대한 환영이 이전의 수많은 것들과 마찬가지로 어둠 속에서 피어난다. 말을 타고 푸른 들판을 지나며 나로부터 멀어지는 한 소녀. 그녀는 안장에 앉은 채 몸을 비틀며 나에게 따라오라는 듯이 소리 내어 웃고 있다. 농부의 마차에서 떨어져 나와 나부끼는 여름 건초처럼 그녀의 머리칼에 물결이 인다.

너는 그녀를 갈망하고 있어. 그녀를 사랑하고 있어. 이 골드 소녀를. 저 레드 개년은 잊어버려.

"아니야."

나는 벽에 대고 머리를 쾅 친다.

"이건 그냥 어둠일 뿐이야."

나는 속삭인다. 내 정신에 농간을 부리는 어둠일 뿐이다. 하지만 그럼에도 나는 머스탱을, 이오를 잊어 보려 한다. 이곳 너머의 세계는 없다. 존재하지 않는 것을 갈망할 수는 없는 일이다.

따뜻한 피가 오랜 딱지로부터 이마를 따라 쪼르르 흐른다. 딱지가 막 다시 떨어진 것이다. 피가 코끝에서 똑똑 떨어진다. 나는 혀를 내밀어 차디찬 돌을 샅샅이 탐색한다. 방울들을 찾는다. 소금기를 음미한다. 화성인의 쇠 맛을. 천천히. 천천히. 감각의 신선함이 지속되도록 그대로 머문다. 그 풍미를 남기며 되뇐다. 나는 사람이다. 라이코스의 레드다. 헬다이버다.

*아니야. 그렇지 않아. 너는 아무것도 아니야. 네 아내는 너를 버리고 네 아이를 훔쳐갔지. 네 창녀는 너에게 등을 돌렸어. 너는 그들을 만족시키기에 부족했어. 너무 자만했어. 너무 멍청했어. 너무 악독했어. 그리고 이제 너는 잊혔어.*

그런가?

마지막으로 그 골드 소녀를 봤을 때, 나는 라이코스의 터널 안에서 라그날 옆에 무릎을 꿇고 있었다. 그렇게 머스탱에게 그녀의 종족을 배반하고 더 많은 것을 위해 살라고 부탁했다. 그녀가 우리와 합류하기로 결정한다면 이오의 꿈이 만개할 수 있으리라는 것을 나는 알고 있었다. 더 나은 세계에 우리의 손끝이 닿아 있었다. 대신, 그녀는 떠났다. 그녀는 나를 잊을 수 있었을까? 그녀는 나를 사랑했던 마음을 털어 버렸을까?

*그녀는 오직 네 가면만을 사랑했어.*

"이건 그냥 어둠일 뿐이야. 어둠일 뿐이야. 어둠일 뿐이라고."

나는 점점 더 빠르게 중얼거린다.

나는 이곳에 있어서는 안 됐다.

나는 죽었어야 했다. 론 스승님께서 별세하신 후, 나는 옥타비 아에게 넘겨졌다. 그래서 내가 어떻게 골드가 되었는지에 대한 비밀을 그녀의 조각가들이 풀 수 있도록 그들의 손에 해부 당하기로 되어 있었다. 나와 같은 자들이 더 있을 수 있는지 알아보기 위해서였다. 하지만 자칼이 군주와 흥정을 했다. 그는 개인적인 용도로 나를 데려왔다. 그는 자신의 사유지 아티카에서 나를 고문했고 아레스의 아들들에 대해, 라이코스에 대해, 그리고 내 가족에 대해 캐물었다. 내 비밀을 그가 어떻게 알게 됐는지는 나에게 절대 알려주지 않았다. 나는 그에게 내 목숨을 끝내 달라고 애원했다.

마지막에 가서, 그는 나에게 돌을 줬다.

언젠가 로크가 내게 말했다.

"모든 것을 잃었을 때, 명예는 죽음을 요구하지. 그것은 고결한 끝이야."

하지만 부유한 시인이 죽음에 대해 뭐를 알겠는가? 가난한 자들이야말로 죽음을 안다. 노예들이 죽음을 안다. 하지만 나는 그것을 갈구하면서도 동시에 그것을 두려워한다. 왜냐하면 이 잔혹한 세상을 보면 볼수록 이것이 어떤 기분 좋은 소설처럼 끝나지 않을 것 같기 때문이다.

'계곡' 사후세계는 진짜가 아니다.(레드 계급은 죽음을 맞으면 향하는 '계곡'에 사랑하는 이들이 마중을 나온다고 믿고 있다 — 옮긴이)

그것은 어머니와 아버지 들이 굶주리는 아이들에게 끔찍함을 견딜 이유를 주기 위해 하는 거짓말이다. 끔찍함을 견딜 이유는 없다. 이오는 사라졌다. 그녀는 내가 자신의 꿈을 위해 싸우는 모습을 한 번도 지켜보지 않았다. 내가 기관에서 어떤 운명을 개척했는지, 또는 내가 머스탱을 사랑하는지의 여부도 전혀 신경 쓰지 않았다. 왜냐하면 그녀가 죽은 그날, 그녀는 아무것도 아닌 것이 돼 버렸기 때문이다. 이 세계 외에는 아무것도 없다. 이것이 우리의 시작이자 끝이다. 어둠이 도래하기 전에 즐거움을 누릴 유일한 기회다.

*그래. 하지만 네 목숨은 끝나지 않아도 되잖아. 너는 이곳에서 도망칠 수 있어.*

어둠이 나에게 속삭인다.

*말만 해. 말하라고. 너는 나갈 방법을 알고 있잖아.*

어둠의 말이 맞다. 나는 알고 있다.

"너는 '나는 망가졌어.'라고 말하기만 하면 돼. 그럼 이 모든 것이 끝날 거야."

오래 전에 자칼은 나를 이 지옥 속으로 내려 보내기 전에 그렇게 말했다.

"네 남은 여생동안 너를 예쁘장한 사유지에 둘게. 그리고 너에

25

게 따뜻하고 아름다운 핑크들, 그리고 애시 로드보다도 너를 더 뚱뚱하게 살찌워 줄 만큼 충분한 음식들을 보내주지. 하지만 그 말에도 대가는 따를 거야."

*치를 만한 대가야. 네 자신을 구해. 다른 사람들은 아무도 구해 주지 않을 거야.*

"우리 리퍼여, 그 대가는 바로 네 가족이란다."

자칼이 그의 러쳐들과 함께 라이코스에서 납치한 후 지금은 그의 아티카 요새 저 깊숙이 자리한 감옥에 가둬 두고 있는 내 가족 말이다. 그는 내가 그들을 보는 것을 절대로 허락하지 않는다. 그들을 사랑한다고, 그리고 내가 그들을 보호할 수 있을 정도로 충분히 강하지 못해 미안하다고 그들에게 전하는 것도 절대로 허락하지 않는다.

자칼이 말한다.

"나는 그들을 이 요새의 포로들에게 먹잇감으로 줄 거야. 골드 대신 세상을 지배해야 마땅하다고 네가 생각하는 그 남자와 여자들에게 말이야. 너도 인간에 내재되어 있는 동물을 일단 보게 되면 내가 맞고 네가 틀리다는 것을 알게 될 거야. 골드가 지배를 해야 마땅해."

*그들을 놔버려.* 어둠이 말한다. *그만한 희생은 합리적이야. 현명한 것이라고.*

"아니야……. 나는 그러지 않겠어……."

*네 어머니께서는 네가 살기를 바라실 거야.*

26

그런 대가까지 치르며 살기를 바라시지는 않을 것이다.

*대체 누가 하해와 같은 어머니의 사랑을 다 이해할 수 있겠어?*
*살아. 어머니를 위해. 이오를 위해.*

어머니께서는 내가 그러기를 바라실까? 어둠의 말이 맞을까?
어쨌든 나는 중요한 사람이니까. 이오가 그렇게 말했다. 아레스도
그렇게 말했다. 그는 나를 선택했다. 그 모든 레드들 중에서 하필
나를. 나는 사슬을 끊을 수 있다. 나는 더 많은 것을 위해 살 수 있
다. 내가 이 감옥을 벗어나는 것은 이기적인 일이 아니다. 모든 전
황을 큰 그림으로 보면 그것은 이타적인 일이다.

*그래. 이타적이다. 참으로……*

어머니께서는 나에게 이 희생을 치르라고 애원하실 것이다. 키
어런 형은 이해해 줄 것이다. 내 여동생도 마찬가지다. 나는 우리
종족을 구할 수 있다. 이오의 꿈은 그 어떤 대가를 치르고서라도
실현되어야 한다. 나는 그것에 계속 전념할 책임이 있다. 이것은
내 권리다.

*그 말을 해.*

나는 내 머리를 돌에 쾅 친 후 어둠에게 저리 가라고 소리친다.
그것은 나를 속일 수 없다. 나를 무너뜨릴 수 없다.

*너 몰랐어? 모든 사람은 무너지게 돼 있어.*

고음으로 낄낄거리는 어둠의 웃음소리가 나를 조롱하며 영원히
이어진다.

그리고 나는 어둠의 말이 옳다는 것을 안다. 모든 사람은 무너

진다. 나도 자칼의 고문을 받으면서 이미 무너졌다. 나는 그에게 내가 라이코스에서 왔다는 것을 말했다. 그래서 그가 그곳에서 우리 가족을 찾을 수 있었다. 하지만 여기서 탈출하는 방법이, 그러면서도 내가 자신을 명예롭게 지키는 길이 있다. 이오가 사랑하던 나의 모습을 잃지 않을 수 있다. 그렇게 이 목소리들을 조용히 시킬 수 있으리라.

"로크, 네 말이 맞았어. 네 말이 맞았다고."

나는 속삭인다. 그냥 집에 있었으면 좋겠다. 여기서 사라졌으면 좋겠다. 하지만 그 바람은 이룰 수 없다. 오직 남아 있는 것은, 나에게 주어진 유일한 명예로운 길은 죽음뿐이다. 내가 내 정체성을 더 배신하기 전에 어서…….

죽음이 여기서 벗어나는 길이다.

*바보같이 굴지 마. 멈춰. 멈추라고.*

나는 머리를 전보다 훨씬 세게 벽에 박는다. 벌하기 위해서가 아니라 죽이기 위해서다. 내 자신을 끝장내기 위해서다. 이 세계에서는 즐거운 결말을 기대할 수 없다면 무로 돌아가는 것도 괜찮다. 하지만 이 차원 너머에 계곡이 존재한다면 나는 그곳을 찾을 것이다. 내가 갈게, 이오. 드디어 내가 출발했어.

"너를 사랑해."

*안 돼. 안 돼. 안 돼. 안 돼. 안 돼.*

나는 두개골을 다시 돌에 들이박는다. 뜨거운 것이 얼굴을 타고 흘러내린다. 암흑 속에서 고통의 스파크들이 춤을 춘다. 어둠이 나를 향해 울부짖지만 나는 멈추지 않는다.

이것이 내 끝이라면 나는 이를 향해 격렬히 달려갈 것이다.

그러나 내가 마지막으로 아주 세게 들이박기 위해 머리를 뒤로 젖히는 순간 어떤 존재가 신음한다. 지진처럼 우르릉거린다. 어둠이 아니다. 뭔가 저 너머에 있는 것이다. 돌 자체에 있는 무언가다. 그것은 내 위에서 점점 더 크고 깊은 소리를 낸다. 그리고 어둠에 금이 가면서 눈부신 빛의 검날이 아래로 획 그어진다.

제2장

# 포로 L17L6363

천장이 양쪽으로 벌어진다. 빛에 눈이 화상을 입는다. 눈을 꽉 감는다. 그 사이에 감옥의 바닥이 위로 올라가다 달칵 소리와 함께 멈춘다. 그리고 몸이 노출되자 나는 납작한 돌바닥에 너부러지며 기댄다. 다리를 밀어내듯 펴면서 숨을 헉하고 들이쉰다. 고통에 거의 기절할 지경이다. 관절들이 두둑 소리를 낸다. 묶여 있던 힘줄들이 풀어진다. 나는 다시 눈을 떠서 격렬한 빛과 마주하려고 애를 쓴다. 눈물이 고인다. 너무 밝아서 주변 세상의 탈색된 번뜩임만이 보인다.

중간 중간 끊기는 낯선 목소리들이 나를 에워싼다.

"아드리우스, 이게 뭐야?"

"……그가 이제껏 저 안에 계속 있었던 거야?"

"악취가……."

나는 돌 위에 누워 있다. 나를 둘러싼 감옥은 양쪽으로 뻗어 있다. 검은색 바탕에 푸른색과 보라색 물결무늬들이 난 것이 크레온 바퀴벌레의 등딱지 같다. 바닥인가? 아니다. 컵들이 보인다. 컵받침들. 커피가 담긴 카트 하나. 이것은 식탁이다. 이것이 내 감옥의 정체였다. 어떤 흉물스러운 구렁텅이가 아니었다. 그냥 폭이 1미터고 길이가 12미터며 중간이 비어 있는 긴 대리석 조각이었다. 그들은 매일 밤 내 위로 몇 센티미터 안 떨어진 곳에서 식사를 해 온 것이다. 내가 어둠 속에서 들었던 희미한 속삭임들은 바로 그들의 목소리였다. 그들의 은식기와 접시 들이 짤그락대는 소리가 내 유일한 동반자였다.

"야만스럽기는……."

이제 기억이 난다. 이것은 내가 아이언 레인 중에 생긴 부상들로부터 회복한 후 자칼을 찾아왔을 때 그가 앉았던 식탁이다. 그는 그 당시에도 나를 감옥에 집어넣으려는 계획을 갖고 있었을까? 그들이 나를 이 안에 넣었을 때 나는 후드를 뒤집어쓰고 있었다. 나는 내가 자칼의 요새 창자 속에 있는 줄 알았다. 하지만 아니었다. 30센티미터의 돌덩이만이 그들의 식사자리와 내 지옥을 분리시키고 있었다.

머리 옆에 자리한 커피 트레이 위를 쳐다본다. 누군가가 나를 뚫어지게 쳐다보고 있다. 그런 누군가가 여러 명이다. 눈에 들어간 눈물과 피 때문에 그들이 잘 보이지 않는다. 나는 몸을 비틀어 그들로부터 떨어진다. 눈이 먼 두더지가 생애 처음 땅 밖으로 나온 것처럼 안으로 움츠리는 것이다. 이 상황에 너무나 압도당했으며 두려움이 밀려와 자존심이나 증오심도 기억이 안 난다. 하지만 나는 그가 나를 응시하고 있다는 것을 안다. 자칼 말이다. 호리호리한 몸에 아이 같은 얼굴을 가진 그는 모래 같이 탁한 금발을 옆으로 넘긴 상태다. 그는 자신의 목청을 가다듬는다.

"저의 영예로운 손님들이여. 여러분들에게 포로 L17L6363을 소개합니다."

자칼의 얼굴은 천국이자 지옥이다.

다른 인간을 보는 것⋯⋯.

내가 혼자가 아니라는 것을 깨닫는 것⋯⋯.

하지만 그러다가도 그가 나에게 어떻게 했는지를 기억하는 것⋯⋯ 그것은 내 영혼을 찢어발긴다.

다른 목소리들도 스멀스멀 쾅쾅 들려오기 시작한다. 그 소리들이 너무 커서 귀가 먹을 지경이다. 그리고 지금처럼 몸을 웅크리고 있음에도 불구하고 나는 그들의 소리 너머에 있는 무언가가 느껴진다. 자연스럽고 부드럽고 상냥한 무언가다. 그것은 어둠이 나에게 다시는 느끼지 못할 것이라고 세뇌했던 무언가다. 열린 창문으로 살포시 날아온 그것은 내 피부에 키스한다.

늦가을 바람은 더러운 내 몸에서 풍기는 살 누린내와 습한 악취를 가르며 불어온다. 어딘가에서 남자아이 한 명이 눈과 나무들 사이로 전력질주하고 있을 것 같다. 그 아이는 나무껍질과 솔잎을 따라 손을 뻗은 채 머리에는 송진을 묻히고 있을 것 같다. 그것은 내가 한 번도 경험해 보지 못한 기억이다. 하지만 그냥 기분에 내가 경험했어야 마땅한 추억 같다. 그것이 내가 원했을 법한 삶이다. 내가 가질 뻔 했던 자식이다.

나는 흐느낀다. 나를 위해 우는 부분보다는 자신이 상냥한 세상에 살고 있으며 그곳의 어머니와 아버지는 산처럼 크고 강하다 믿고 있을 그 소년을 위해 우는 부분이 더 크다. 내가 다시 그렇게 순수해질 수만 있다면……. 이 순간이 함정이 아니라 믿을 수만 있다면……. 하지만 함정이 맞다. 자칼은 다시 가져가기 위해서가 아닌 이상 베푸는 인간이 아니다. 곧 이 빛은 추억이 될 것이며 어둠이 다시 찾아올 것이다. 나는 계속 눈을 꼭 감은 채 얼굴에서 흘러나오는 피가 돌에 떨어지는 소리에 귀 기울인다. 그렇게 다가올 반전을 기다린다.

"젠장 지독하기도 하네, 아우구스투스. 진짜 이렇게까지 해야 했어? 쟤한테서 죽음의 냄새가 나잖아."

암고양이 같은 살인자가 가르랑거린다. 모두가 모든 일에 대해 다른 모든 사람들보다 덜 감명 받는 곳, 즉 팔라타인 힐 조정에서 상용되는 나태한 루나 말씨다. 그 속에 허스키한 억양 또한 숨죽이고 있다.

자칼이 그녀에게 확인시킨다.

"자성 쇠고랑 안에서 발효된 땀과 죽은 피부야. 아자, 이놈의 팔뚝에 있는 누르스름한 껍질들이 보이지? 그럼에도 전반적으로 모든 상황을 고려한다면 이놈은 상당히 건강한 상태며 네 조각가들의 작업 대상이 될 준비가 돼 있다고."

"저 남자는 네가 나보다 훨씬 더 잘 알지. 그가 가짜가 아닌지 확인해 줘."

아자가 다른 누군가에게 말하자 자칼이 묻는다.

"내 말을 의심한다는 거야? 나 상처받았는걸."

나는 움찔한다. 누군가가 다가오는 것이 느껴졌기 때문이다.

"그럴 리가. 그러려면 당신에게 심장이 있어야지요, 대총독님. 너에게는 수많은 재능이 있지만 안타깝게도 그 장기만은 진정 부재하잖아."

"너무 과찬이시네."

숟가락들이 도자기와 부딪히며 쨍그랑거린다. 사람들이 복청을 가다듬는다. 나는 간절히 귀를 닫고 싶다. 너무 많은 소리다. 너무 많은 정보다.

"이제는 정말 저놈 안에 있는 레드가 드러나 보이네."

그것은 화성 북부에서 온 여성의 차갑고 세련된 말투다. 루나의 억양에 비해 더 투박하다.

자칼이 화답한다.

"바로 그거야, 안토니아! 나도 저놈이 어떻게 변할지 궁금했거든. 아우리어트 종속의 구성원이었다면 절대로 우리 앞에 있는 저 생물만큼 품위가 떨어지지 않았겠지. 여담인데, 저 안에 넣기 전에 저놈은 나한테 자길 죽여 달라 애원하더라고. 그렇게 해 달라고 흐느끼기까지 했어. 모순은 저놈이 언제든 원한다면 자살할 수 있었다는 거야. 하지만 그러지 않았어. 왜냐하면 저놈의 어떤 일부가 저 구멍을 즐겼기 때문이지. 그게 말이야, 레드들은 오래 전에 어둠에 적응했어. 벌레들처럼. 그놈들의 녹슨 종족에는 자긍심이 없지. 저놈은 저 밑에서 안식을 찾았어. 우리와 함께 있었을 때보다도 훨씬 편안했다고."

이제 나는 증오심을 기억한다.

나는 눈을 떠서 내가 그들을 볼 수 있다는 것을, 그들의 소리를 들을 수 있다는 것을 알린다. 하지만 눈을 뜨자 시선이 이끌리는 곳은 적들이 아닌 그 골드들 뒤의 창 너머로 펼쳐진 겨울 풍경이다. 아티카의 일곱 산봉우리들 중 여섯 개가 아침 햇살에 반짝이고 있다. 금속과 유리 건물들이 돌과 눈의 가장자리를 장식하며 파란 하늘을 올려다보고 하품한다. 다리들이 봉우리들을 하나로 잇고 있다. 눈이 가볍게 내린다. 동굴에 적응해 근시가 되어 버린 내 눈에게 그것은 흐릿한 신기루다.

"대로우?"

아는 목소리다. 고개를 살짝 돌려 식탁 가장자리에 있는 그의 굳은살 박인 손을 본다. 그리고 움찔하며 몸을 피한다. 그 손들이 나를 칠 것이라 생각한 것이다. 손의 주인은 그러지 않는다. 하지만 그 손의 가운뎃손가락에는 벨로나 가문의 금 독수리 반지가 끼워져 있다. 내가 파괴한 가문이다. 다른 손은 루나에서 우리가 마지막으로 함께 결투를 치렀을 때 내가 베어 버린 팔과 이어진다.

35

조각가 잔지바르가 만들어 준 인공손이다. 마르스 하우스의 늑대 머리 반지 두 개를 그 손가락들이 두르고 있다. 그중 하나는 내 것이다. 또 하나는 그의 것이다. 각각 어린 골드의 생명을 대가로 치르고 얻은 것들이다.

"너 나 알아보겠어?"

그 질문에 나는 목을 길게 빼며 고개를 들어 그의 얼굴을 쳐다본다. 나는 이렇게 망가졌을지언정 카시우스 오 벨로나는 지나온 전쟁과 시간에도 전혀 퇴색하지 않았다. 그 어떤 기억이 담을 수 있는 것보다도 훨씬 아름다운 카시우스에게서는 생명력이 박동한다. 카시우스는 키가 2미터도 넘는다. 백색과 금색이 혼재된 모닝나이트의 제복을 둘렀으며 그의 곱실거리는 머리카락은 지는 별의 자취만큼이나 광채를 발한다. 깨끗하게 면도한 상태다. 코는 최근 골절상으로 인해 살짝 비뚤어졌다. 카시우스의 눈과 마주하는 순간, 나는 울음을 터뜨리지 않기 위해 안간힘을 쓴다. 나를 바라보는 카시우스의 눈길이 슬프다. 상냥함에 가깝다. 얼마나 내가 옛적 나의 그림자 같은 존재로 전락했으면 내게서 그렇게나 깊은 상처를 받은 남자가 나를 동정하고 있을까.

"카시우스."

나는 중얼거린다. 그 이름을 내뱉는 것 외에 다른 의도는 없었다. 다른 인간에게 말을 하기 위해, 다른 인간에게 내 말을 들려주기 위해 입을 열었을 뿐이다.

"그래서?"

아자 오 그리무스가 카시우스의 뒤에서 묻는다. 군주의 퓨리(그리스 로마 신화에 등장하는 세 복수의 여신의 이름을 딴 군주의 측근들—옮긴이)들 중 가장 난폭한 그녀는 우리가 루나의 시타델 나탑에서 처음 만났을 때 착용하고 있던 갑옷과 같은 것을 입고 있다. 그것은 머스탱이 나를 구해 주고 아자가 퀸을 때려 죽였던 날 밤이었다. 그 갑옷에는 흠이 나 있다. 전투에 헤졌다. 공포심이 내 증오심을 먹어치운다. 그리고 나는 다시금 그 어두운 피부의 여자로부터 고개를 돌린다.

"살아 있기는 하네."

카시우스가 조용히 말한다. 그는 자칼에게 따진다.

"대로우에게 무슨 짓을 한 거야? 이 흉터들은……."

자칼이 말한다.

"보는 그대로잖아. 나는 리퍼를 파괴한 거야."

나는 드디어 고개를 숙여 추레한 수염 너머로 내 몸을 내려다본다. 자칼이 무슨 말을 하고 있는지를 확인한다. 나는 시체다. 뼈만 앙상하며 창백하다. 갈비뼈는 데워진 우유 위에 생긴 막보다도 얇은 피부 밑으로 튀어나와 있다. 무릎이 막대기 같은 다리 위로 돌출해 있다. 발톱은 길게 자라 갈고리형으로 휘었다. 자칼의 고문에 의해 생긴 흉터들이 살에 얼룩덜룩 남았다. 근육은 말라비틀어졌다. 그리고 어둠 속에서 생명을 유지시켜 주던 튜브들이 배 밖으로 튀어나와 있다. 그것들은 지금도 나를 감옥 바닥에 정박시키는 검은 실선 제대들이다.

"저 안에 얼마나 오래 있었던 거야?"

카시우스가 묻는다.

"세 달 동안 심문하고 아홉 달 동안 고립시켰지."

"아홉……."

"딱 적당한 거였어. 전쟁이 찾아왔다고 해서 우리가 은유적 농까지 안 할 필요는 없지. 어쨌든 우린 야만인들은 아니잖아, 그렇지, 벨로나?"

"아드리우스, 카시우스의 기분이 상했네."

안토니아가 자칼 가까이의 자리에서 말한다. 독 사과 같은 여자다. 빤짝이고 밝으며 촉망되어 보이지만 뼛속까지 상했으며 암세포 같다. 안토니아는 기관에서 내 친구 레아를 죽였다. 또 총알을 자기 어머니의 머리에 한 발 박은 후 자신의 언니 빅트라의 척추에 두 발 더 박았다. 이제 그녀는 자칼과 함께 동맹을 맺었다. 자칼은 기관에서 그녀를 십자가에 못으로 박았던 놈인데. 참으로 알 수 없는 세상이다. 안토니아 뒤에는 어두운 표정의 시슬이 서 있다. 시슬의 가슴팍에 달린 해골 삼각기로 미루어보아 한때 하울러였던 그녀는 지금 자칼의 본라이더들 중 한 명인가 보다. 시슬은 나를 바라보는 대신 바닥을 내려다본다. 이제 시슬의 상관은 자칼의 바로 옆에 자리한 대머리, 릴라스다. 릴라스는 기관에서 나온 이래로 자칼이 사적으로 쓰며 가장 총애하는 살인자다.

카시우스가 대답한다.

"미안하지만 나는 이미 쓰러져 있는 적을 고문하는 목적을 모르겠어. 특히나 그가 넘겨야 할 정보를 모두 넘긴 상황에서 말이야."

"목적이라고?"

자칼이 카시우스를 응시한다. 그는 고요한 눈빛으로 설명한다.

"벌하는 것이 목적이야, 나의 굿맨. 이⋯⋯ '물건'은 자기가 우리들 중 한 명인 척 했다고. 마치 자기가 우리와 동등한 존재인 것처럼 말이야, 카시우스. 게다가 우리보다 더 우월한 척하기까지 했어. 이놈은 우리를 조롱했어. 감히 내 여동생과 잤다고. 우리가 정체를 알아내기 전까지 우리를 비웃으며 우리를 바보 취급했어. 이놈은 자신의 패배가 우연이 아닌 필연이라는 점을 깨달아야 해. 레드들은 언제나 교활하고도 하찮은 생물들이었지. 또한, 나의 친구들이여, 이놈은 그 레드들이 되고 싶어 하는 존재의 화신이라고. 우리가 손 놓고 있으면 그놈들이 되고자 할 존재 말이야. 그래서 나는 시간과 어둠이 이놈을 자기 진짜 모습으로 되돌리게 만든 거야. 내가 위원회에 제안한 새로운 분류 시스템을 적용시켜 표현하자면, '호모 플라메우스'로 말이지. 진화 연대표 상의 호모 사피엔스와 거의 다를 바 없는 종이야. 나머지는 다 그냥 가면일 뿐이었어."

"즉, 네 아버지가 후계자로서 너보다 조각된 레드를 선호하는 바람에 저놈이 감히 '너'를 바보로 만들었다는 거지?"

카시우스가 자칼의 말을 해석한다.

"그게 이 짓거리의 핵심이었군, 자칼. 사랑받지 못하고 환대받지 못한 한 소년의 심술어린 수치심이었어."

그 말에 자칼이 표정을 찡룩거린다. 아자도 마찬가지로 그녀의 젊은 동반자의 말투를 달가워하지 않는다.

"대로우는 줄리언의 생명을 앗아갔어. 그 후 네 가족을 학살했다고, 카시우스. 그는 살인자들을 고용해 올림푸스 몬스에 숨어 있던 네 혈연 아이들을 도살했어. 네 어머니께서 네 동정심을 어찌 여기실지 사람들이 궁금해 하겠는걸."

안토니아가 말하지만 카시우스는 그녀의 말을 무시한다. 그는 방 가장자리에 있는 핑크들을 향해 격렬히 고갯짓을 한다.

"죄수를 위해 담요를 하나 가져와."

핑크들은 움직이지 않는다.

"예의하고는. 시슬, 너까지 그러기야?"

시슬은 묵묵부답이다. 경멸조로 콧방귀를 낀 후, 카시우스는 자신의 흰 망토를 벗더니 그것을 내 벌리는 몸에 걸쳐 준다. 잠시 동안 아무도 말이 없다. 다들 나만큼이나 그 행위에 충격을 받은 것이다.

"고마워."

나는 목쉰 상태로 인사한다. 하지만 그는 내 허해 보이는 얼굴로부터 시선을 돌린다. 동정은 용서가 아니며 고마워하는 마음 또한 면죄부가 아니다.

릴라스는 반숙한 벌새 알들이 담긴 그릇에 고개를 박은 채로 코웃음을 친다. 그리고 후루룩 소리를 내며 알들을 사탕처럼 먹어치운다.

"모닝 나이트여, 명예로움도 과하면 인격적 결함으로 치부될 수 있단다."

자칼 옆에 착석한 그 대머리 여자는 금성 해저동굴 속 장어들의 것 같은 눈으로 아자를 슬며시 올려다본다. 또 하나의 알이 목구멍으로 넘어간다.

"늙은 아르코스는 그걸 힘들게 배웠지."

아자는 대답하지 않는다. 그녀는 흠잡을 데 없이 격식을 갖추고 있다. 하지만 죽음 같은 고요가 그 여자 속에 도사린다. 내 기억에 따르면 그녀는 퀸을 죽이기 직전에도 저런 고요를 보였다. 론 오 아르코스 스승님은 그녀에게 검법을 가르쳐 주신 분이다. 그녀는 스승님의 이름이 조롱되는 것을 좋아하지 않을 것이다. 릴라스는 탐욕스럽게 또 하나의 알을 삼켜 버린다. 그녀는 예의 대신 모욕적 태도를 취한다.

이 협력자들 사이에는 적대감이 존재한다. 그들의 종족 사이에서는 언제나 그랬듯이……. 하지만 이것은 옛날식 골드들과 자칼의 상대적으로 더 현대화된 골드들 사이에 엄연히 존재하는 새 분열처럼 보인다.

자칼이 장난스럽게 말한다.

"여기에 있는 사람들은 서로 다 친구잖아. 예의 좀 지켜, 릴라스. 론은 단지 편을 잘못 선 아이언 골드였어. 자, 아자, 내가 리퍼를 데리고 있을 수 있는 시간이 다 끝나가니까 궁금해서 그러는데, 너희 측에서는 아직도 그를 해부할 계획이야?"

"그러려고."

아자가 말한다. 결국 카시우스에게 고마워할 필요가 전혀 없었다. 그의 명예로운 태도는 진짜가 아니었다. 단지 위생적인 행동이었다.

"잔지바르는 그가 어떻게 만들어졌는지 알고 싶어 해. 그도 나름대로 가설들을 세우기는 했지만 이 표본을 갖고 싶어서 안달이 나 있어. 우리는 놈의 시술을 한 조각가를 찾아내고 싶었어. 하지만 그 조각가는 알시달리아 지방의 도시, 카토의 미사일 폭격 사건 중에 죽은 모양이야."

"아니면 너희 측이 그렇게 생각하기를 그들이 바랐든지."

안토니아가 말한다.

"자칼 네가 한때 그를 이곳에 데리고 있었지, 안 그래?"

아자가 날카롭게 묻자 자칼이 고개를 끄덕인다.

"미키가 그의 이름이야. 그는 무허가 된 아우리어트의 출산을 조각한 후 면허를 박탈당했어. 그 아우리어트 가족은 자신들의 아이가 '폭로식 사형'을 면하게 해 주고 싶어 했거든. 어쨌든 이후에 그는 항공과 수중 환락가 암시장들을 전문적으로 돌았어. 아레스의 아들들이 특수임무에 그를 징병하기 전까지는 요크톤에 조각 의원을 갖고 있었고. 대로우는 그가 내 구금소에서 탈출하는 것을 도왔지. 내 의견을 원한다면 말해 주지. 그는 아직 살아 있을 거야. 내 정보원들에 따르면 그는 티노스에 있어."

아자와 카시우스는 서로 시선을 교환한다.

"티노스에 대한 실마리를 쥐고 있다면 당장 그것을 우리와 공유하도록 해."

카시우스가 말한다.

"나도 아직 확실한 정보는 없어. 티노스는 매우 잘 숨겨져 있어.
그리고 우리에게는 아직 그들의 함장들 중 하나를 포획할 일이 남
았지…… 살아 있는 놈으로."

자칼이 자신의 커피를 홀짝인다.

"그래도 쇳덩이들은 불에 들어갔으니 무슨 결실이 생기면 너희
에게 제일 먼저 알려줄게. 하지만 내 본라이더들이 하울러들을 제
일 먼저 깨부수고 싶어 할 것 같긴 한데. 그렇지, 릴라스?"

하울러들에 대한 언급에 동요하지 않으려고 노력한다. 하지만
힘들다. 하울러들이 살아 있다. 최소한 그들 중 몇 명은. 그리고 하
울러들은 골드를 버리고 아레스의 아들들을 선택했다…….

"물론이죠, 각하."

릴라스는 말하며 나를 살핀다.

"우리가 제대로 사냥 한번 하면 정말 좋겠어요. 레드 군단이나
다른 반란군들과 싸우는 일은 따분해요. 심지어 그레이들을 상대
해도 그렇다고요."

"군주님도 어차피 고향에서 우리를 필요로 하고 계시니까, 카시
우스."

아자가 말한다. 그 후 자칼에게 설명한다.

"우리는 내 13부대가 골란 바신에서 도주하자마자 떠날 거야.
아마도 아침쯤 되겠지."

"네 부대들을 다시 루나로 데리고 가려고?"

"13부대만. 나머지들은 네 총괄 하에 남겨둘게."

자칼은 놀라워한다.

"내 총괄이라고?"

"빌려주는 거야…… 이 '반란'의 불씨가 완전히 꺼질 때까지만."

아자는 사실상 그 단어들을 힘겹게 토해낸다. 나에게 있어서는 새로운 소식이다.

"군주님이 너를 신뢰한다는 증표야. 네가 여기서 진척시킨 일들에 대해 그분도 기뻐하고 계시다는 건 너도 알잖아."

"네 방식에도 불구하고."

카시우스가 말을 덧붙이자 아자가 그에게 성가시다는 눈초리를 보낸다.

"글쎄다. 너희가 아침에 떠날 거라면 그래야 하겠지. 그래도 당연하겠지만 오늘 저녁만큼은 나와 함께 저녁식사를 하자고. 림 지역의 반란군에 대한 특정한…… 정책들에 대해 너희와 상의하고 싶거든."

내가 듣고 있기 때문에 자칼은 말을 애매모호하게 한다. 정보는 그의 무기다. 내 친구들이 나를 배신했다고 암시하는 것이다. 절대 그들 중 배신한 자가 누군지는 말하지 않는다. 나를 어둠속으로 보내기 전에 고문하면서 힌트와 실마리들을 일부러 떨어뜨린 것이다. 그의 여동생이 응접실에서 그를 기다리고 있다고 전하는 그레이 한 명. 거품 올린 홍차, 즉 그의 여동생이 가장 좋아하는 음료의 향내를 풍기는 그의 손가락. 그녀는 내가 여기에 있다는 것을 알까? 그녀도 이 식탁 앞에 앉았었을까? 자칼은 여전히 재잘거리고 있다. 목소리에 집중하기가 힘들다. 의중을 해독해야 할 말들이 정말 많다. 너무 많다.

"······내 부하들에게 대로우를 씻겨 여행 준비 시키라 할게. 그리고 우리는 정책에 대한 논의 후 트리말키오의 향연 같은 연회를 열자고. 볼록스 사람들과 코리알루스 사람들도 너희를 다시 보면 반가워할 거야. 두 명의 올림픽나이트들처럼 위엄 있는 손님들을 맞이한 지 너무 오래 됐어. 너희는 지방을 돌고 터널과 바다와 빈민가들을 다니고 사냥하며 현장에 너무 자주 나가 있잖아. 야습이나 자폭단에 대한 걱정 없이 제대로 식사한 지가 대체 얼마나 오래 된 거야?"

아자가 그 말을 인정한다.

"한참 전이긴 하지. 테살로니카를 지나던 중에 래스(『골든 선』에서 대로우를 배신했다가 다시 돌아왔지만 결국 죽음을 맞은 택터스의 가문—옮긴이) 형제들의 접대를 받기는 했어. 그들은······ 사자의 아이언 레인 중에 보였던 과거의 태도 때문에 충절을 증명하고 싶어 안달이 났더라고. 참······ 편치 않았지."

자칼이 웃음을 터뜨린다.

"내가 접대하는 저녁이 상대적으로 지루할까 봐 걱정되네. 최근에는 온통 정치인들이나 군인들과 하는 자리들이었어. 너희도 상상하다시피, 이 지독한 전쟁이 내 인맥 관리 일정을 제대로 훼방

났거든."

"네 접대방식에 대한 악명이 그런 게 아닌 건 확실해? 아니면 네 식습관이라든지?"

카시우스가 묻자 아자는 한숨을 쉬며 우스운 것을 감추려 노력한다.

"예의를 지켜, 벨로나."

"걱정 말게…… 우리 가문들 사이의 적대감은 잊기 힘들지, 카시우스. 하지만 이런 시기에는 공통된 입장을 보여야 하잖아. 골드를 위해."

자칼이 미소를 짓는다.

하지만 나는 안다. 그는 지금 속으로 무딘 칼로 둘 모두의 머리를 톱질해 버리는 상상을 하고 있을 것이다.

"어쨌든 우리 모두에게 나름의 학교 운동장식 무용담들이 있잖아. 나는 그런 거에 부끄러워하지 않는다고."

"우리가 논의하고 싶은 다른 게 한 가지 더 있기는 한데."

아자가 말한다.

이번에는 안토니아가 한숨을 쉴 차례다.

"내가 그럴 거라고 했잖아. 이제 우리의 군주님이 무얼 요구하시는 거지?"

"아까 카시우스가 말했던 내용과 관련이 있어."

"내 방식 말이군."

자칼이 확인한다.

"맞아."

"나는 군주님께서 선무에 대한 내 노력에 기뻐하시는 줄로만 알았는데."

"그러셔. 하지만……."

"그분은 질서를 요구하셨어. 나는 그것을 제공했고. 헬륨-3은 생산량에 3.2퍼센트의 감소밖에 안 보이며 여전히 공급이 유지되고 있어. 반란은 숨을 쉬려고 분투하고 있고. 우리는 곧 아레스를 찾을 것이며 티노스와 이 모든 일들을 과거지사로 돌릴 수 있을 거야. 자신의 힘으로 혼자 날뛰는 놈은 오히려 파비라……."

아자가 그의 말에 끼어든다.

"살인 부대 이야기야."

"아."

"그리고 네가 반항적인 광산들에 적용하겠다고 정립한 프로토콜에 대해서도. 군주님께서는 로우레드들에 대한 너의 방식이 너무 가혹해서 그것이 이전의 정치적 선전의 차질과 비등한 역풍으로 되돌아올까 봐 걱정하고 계셔. 팔라타인 언덕에도 폭파 사건들이 있었어. 지구의 대농장들에서도 파업이 있었고. 심지어 시타델 대문 바로 앞에서도 시위들이 있었어. 반란의 정신은 살아 있어. 하지만 부러진 상태지. 그것은 계속 그런 상태로 남아 있어야 해."

"그곳들에 옵시디언들만 보내도 더 이상 별다른 반발은 없을 것 같은데."

안토니아가 우쭐해 하며 말한다.

"그래도……"

"내 방식이 대중의 눈에 포착될 위험은 전혀 없어. 아레스의 아들들이 자신들의 메시지를 선전하는 능력은 거세됐어. 이제 내가 그 메시지를 조종해, 아자. 그 사람들은 이미 이 전쟁에서 패했다는 걸 알고 있어. 그들은 절대 시체 사진 한 장 보지 못할 거야. 청산된 광산의 모습도 절대 볼 일 없을 거야. 그들이 계속해서 볼 장면은 레드들이 민간인들을 목표로 공격하는 장면들이야. 학교에서 미드컬러와 하이컬러 아이들이 죽어 있는 모습. 대중은 우리와 함께야……"

자칼의 말에 카시우스가 묻는다.

"그런데도 그들이 네가 하는 짓들을 정말로 보게 된다면?"

자칼은 바로 대답하지 않는다. 대신 그는 거의 옷을 걸치지 않은 채 옆방 소파에 앉아 있던 핑크 한 명에게 손짓한다. 이오와 비슷한 나이쯤으로밖에 안 보이는 그 소녀는 그의 옆으로 다가온 후 온순하게 바닥만 바라본다. 그녀의 눈동자는 로즈 쿼츠 빛이다. 은빛이 도는 라일락 머리칼을 땋아서 맨 등 아래까지 늘어뜨렸다. 그녀는 이런 괴물들에게 쾌락을 주도록 키워졌다. 그리고 나는 그녀의 저 부드러운 눈이 본 것들을 알기가 두렵다. 내 고통이 갑자기 너무나 작게 느껴진다. 내 머릿속의 미친 정신도 너무나 고요하다. 자칼은 그 소녀의 얼굴을 쓰다듬은 후, 여전히 나를 바라보면서 자신의 손가락들을 그녀의 입안으로 밀어 넣어 입을 억지로 벌린다. 그는 손이 없는 팔로 소녀의 머리를 돌려 내가 볼 수 있게 해 준 후 아자와 카시우스도 볼 수 있게 해 준다.

그녀는 혀가 없다.

"얘를 8개월 전에 데려오고 나서 내가 직접 이렇게 했어. 아게 아 펄 클럽에서 이 애가 내 본라이더들 중 한 명을 암살하려고 했 거든. 이 애는 나를 증오해. 이 세상 그 어떤 것보다도 내가 땅 속 에서 썩어문드러지는 꼴을 보고 싶어 하지."

자칼은 그녀의 얼굴을 놔준다. 그리고 자기 옆구리에 차고 있던 무기를 총집에서 툭 꺼낸 후 소녀의 손에 콱 쥐어준다.

"내 머리를 쏴, 칼리오페. 내가 너와 네 종족들에게 씌운 모든 치욕들에 대한 대가로. 어서. 나는 네 혀를 가져갔어. 내가 도서관 에서 너에게 한 짓도 기억하지? 그건 다시, 또 다시, 계속해서 반 복될 거야."

그는 소녀의 얼굴에 다시 손을 가져가 연약한 턱을 꽉 쥔다.

"그리고 또 다시. *방아쇠를 당기라고, 이쁜아. 당겨!*"

핑크는 두려움에 떨며 총을 바닥에 던지더니 무릎을 꿇는 자세 로 주저앉아 자칼의 발을 부여잡는다. 그는 자애로이 사랑 가득한 눈으로 그녀 위에 서 있다. 그의 손은 그녀의 머리를 매만진다.

"자, 자, 칼리오페. 잘했어. 잘했어."

자칼이 아자를 향해 돌아선다.

"대중에게는 언제나 톡 쏘는 식초보다는 달콤한 꿀이 낫지. 하 지만 렌치, 독극물, 하수관에서의 사보타주 행위, 그리고 거리에서 의 테러 등으로 전쟁을 벌이며 밤중의 바퀴벌레들처럼 우리를 갉아대는 놈들을 상대할 때라면? 공포가 유일한 수단이야."

그의 눈이 나와 마주친다.

"공포와 근절."

제3장

# 뱀독

징 소리를 내는 금속이 내 두피를 꼬집은 곳에서 피가 방울방울 맺힌다. 그레이 하나가 전기 레이저로 내 머리를 다 밀자 지저분한 금발 머리가 콘크리트 바닥에 고인다. 그의 동포들은 그를 단토라고 부른다. 그는 내 머리 전체를 쓰다듬어 빠진 곳이 없는지 확인하고는 정수리를 힘차게 찰싹 친다.

"목욕 한번 하시는 것이 어떠시련지요, 도미너스(남성 골드를 신격화하여 부르는 존칭 ─ 옮긴이)? 그리무스님께서는 자신의 포로들로부터 말끔하고 예의바른 냄새가 나는 것을 좋아하신다죠. 들으셨겠죠?"

내가 그들 중 한 명을 물려고 하자 그는 자신들이 내 얼굴에 씌운 입마개를 툭 친다. 그들은 나를 이동시킬 때 내 목에 전기 목줄을 두르고 팔은 등 뒤에 묶어 놓았다. 그렇게 12명의 철저한 러쳐(그레이들 중에서도 특별히 골드를 상대하기 위해 키워지고 훈련받는 자들—옮긴이)들로 이루어진 부대가 나를 쓰레기 더미처럼 질질 끌고 통로를 지났다.

또 한 명의 그레이가 내 목줄을 당겨 의자로부터 거칠게 일으켜 세우는 동안 단토가 벽에 걸린 파워 호스를 끌고 온다. 이들은 나보다 머리 하나 이상 작지만 탄탄하고 거친 몸을 가졌다. 놈들이 이끄는 삶은 고되다…… 소행성대 지역에 있는 아웃라이더들을 쫓아다니고, 루나의 구석구석을 뒤지며 연합체 암살자들의 뒤를 밟고, 광산에서 아레스의 아들들을 사냥하고…….

이들이 나를 건드리는 것이 정말 싫다. 이들이 보이는 모든 모습과 내는 모든 소리. 다 너무 과하다. 너무 거칠다. 너무 딱딱하다. 이들이 가하는 모든 행위가 아프다. 나를 이리저리 휙 끌고 다니고, 아무렇지 않게 찰싹찰싹 때린다. 나는 최선을 다해 눈물을 참는다. 하지만 나오려는 것들을 다 가둬둘 방법을 모르겠다.

줄지어 있던 12명의 군인들은 한데 모여 단토가 나를 향해 호스를 겨냥하는 동안 나를 구경한다. 그들은 세 명의 옵시디언들도 함께 데리고 있다. 대부분의 러쳐 부대들이 그렇다. 물줄기는 말이 가슴을 발길질하듯 나를 친다. 피부를 찢는다. 나는 콘크리트 바닥 위를 회전하며 방 반대쪽으로 미끄러져 구석에 가 꽂힌다. 두개골이 벽면에 쾅 부딪힌다. 시야에 별들이 가득해진다. 나는 물을 먹는다. 콜록 거리며 얼굴을 보호하기 위해 몸을 웅크린다. 양손이 여전히 등 뒤로 고정되어 있기 때문이다.

그들이 일을 마쳤을 때도 나는 여전히 입마개 안에서 숨을 헐떡이고 기침하며 공기를 빨아들이려고 노력 중이다. 그들은 내 수갑을 풀은 뒤 팔다리를 검은 점프슈트 죄수복에 끼워 넣은 후 나를 다시 묶는다. 후드도 있다. 그것으로 그들은 곧 내 얼굴까지 완전히 덮어 그나마 조금이라도 남아 있던 내 인간다움까지도 모조리 앗아가 버릴 것이다. 나는 다시 의자에 앉게끔 던져진다. 그들은 나를 묶은 장치들을 의자의 삽입구에 딸깍하고 끼워 넣어 내가 그 자리에 고정되도록 장치들을 잠근다. 모든 것은 다중으로 이루어진다. 모든 행동이 감시된다. 그들은 지금의 내가 아닌 과거의 나를 다루듯 보초를 선다. 나는 그들을 향해 눈살을 찌푸린다. 시야가 흐릿하다. 근시안이다. 물이 속눈썹에서 떨어진다. 코를 훌쩍여 보려고 하지만 코는 콧구멍에서 비강까지 엉겨 있는 혈액으로 꽉 막혔다. 그들이 입마개를 씌우면서 내 코를 부러뜨린 것이다.

우리는 품질 통제 위원회를 위해 처리실에 있다. 이곳은 자칼의 요새 밑에 위치한 감옥의 행정기능들을 총괄한다. 이 건물은 모든 정부기관처럼 콘크리트 상자 모양을 띠고 있다. 독을 품은 듯한 조명 아래서 보면 여기 있는 모든 이들은 운석 구멍만 한 모공을 가지고 걸어 다니는 시체들 같다. 그레이들, 옵시디언들, 그리고 유일한 옐로우 의사와 별개로 의자 하나, 진찰대 하나, 그리고 호스 하나가 있다. 하지만 바닥의 금속 배수관 주변에 남은 액체 얼룩들, 그리고 손톱에 의해 금속 의자에 난 흠집들이야말로 이 방의 얼굴과 영혼이다. 생명들의 끝이 이곳에서 시작된다.

카시우스는 절대 이 구렁텅이로 찾아오지 않을 것이다. 잘못된 적들을 만들지 않는 이상 여기에 올 필요나 욕구를 지닌 골드들은 몇 안 될 것이다. 이곳은 소사이어티라는 시계의 안쪽, 즉, 은밀한 태엽들이 돌며 제거 대상들을 빨아 버리는 장소다. 이렇게나 비인 간적인 곳에서 대체 누가 용감한 태도를 보일 수 있단 말인가?

"미쳤어, 그치?"

단토가 자신의 뒤에 있는 놈들에게 묻는다. 그는 다시 나를 돌아본다.

"내 평생 이렇게 기똥차게 희한한 건 처음 봤단 말이야."

"조각가가 그 안에 100킬로는 주입했나 봐."

다른 놈이 말한다.

"더 넣었겠지. 이놈이 갑옷 입은 모습은 본 적 있어? 완전 괴물이었다고."

단토가 내 입마개를 문신한 손가락으로 가볍게 튕긴다.

"두 번 태어나는 것도 진짜 아팠을 거다. 그건 인정해 줘야지. 고통은 세계 공통어잖아. 그치 않나, 러스터(레드를 비아냥거리는 말로 붉게 녹슬었다는 뜻―옮긴이)?"

내가 대답하지 않자 그는 앞으로 기대와 내 맨 발을 자신의 금속 부츠 뒤꿈치로 콱 밟는다. 엄지발톱이 깨진다. 노출된 발톱 밑에서 고통과 피가 새어나온다. 내가 숨을 헉하고 쉬는 사이에 고개가 저절로 옆으로 기울어진다.

"그렇지 않나?"

놈이 다시 묻는다. 내 눈에서 눈물이 새어나온다. 아파서가 아니라 나를 학대하면서도 아무렇지도 않은 듯한 놈의 잔인한 태도 때문이다. 그로 인해 내가 너무나 작게 느껴진다. 왜 이놈은 이렇게 적은 노력을 들이고도 나를 이렇게나 많이 아프게 할 수 있단 말인가? 이전의 상자 속에 있었을 때가 그리워지려고 한다.

"이놈은 그냥 슈트 입은 개코원숭이일 뿐이야. 놈을 내버려둬. 어떻게 행동하는 게 좋은 건지 잘 몰라서 그래."

다른 한 명의 그레이가 말하자 단토가 반문한다.

"잘 몰라서 그런다고? 그건 개뻥이야. 이놈은 주인님의 옷가지를 입는 느낌을 좋아했어. 우리 위에서 군림하는 것을 즐겼다고."

단토는 몸을 구부려서 내 눈을 직시한다. 나는 그의 시선을 피하려고 시도한다. 그가 나를 다시 아프게 할까 봐 겁나서 그런다. 하지만 그는 내 머리를 부여잡은 뒤 자기 엄지로 내 눈꺼풀을 열어 우리가 서로의 눈을 마주보게 만든다.

"내 여동생 두 명이 네가 시작한 그놈의 아이언 레인에서 죽었어, 러스터. 나는 많은 친구들을 잃었다고. 내 말 들려?"

단토는 무슨 금속 덩이로 내 머리 측면을 친다. 눈앞에 점들이 나타난다. 더 많은 피가 흐르는 것이 느껴진다. 놈의 뒤에서 백부장(百夫長)이 자신의 데이터패드를 확인한다.

"너는 내 자식들도 그 애들과 같은 운명을 지고 가길 바랐겠지, 그렇지?"

단토는 내 눈을 살피며 대답을 기다린다. 내가 해 줄 수 있는 대답으로는 그를 절대 납득시킬 수 없으리라.

나머지 그레이들과 마찬가지로 베테랑 부대원인 단토도 녹슨 하수구만큼이나 거칠다. 과학기술력이 그의 검은색 전투 장비들을 장식하고 있다. 거기에는 흠 난 보라색 용들이 똬리를 튼 자세로 흐릿하게 새겨져 있다. 온도로 시야를 구분하고 전투지도들을 읽을 수 있도록 시력 보완용 임플란트들이 그의 눈에 삽입됐다. 골드와 옵시디언 들을 잘 사냥할 수 있도록 그의 피부 밑에는 더욱 많은 과학기술의 잔재들이 박혀 있을 것이다. 움직이는 바다용이 붙잡고 있는 XIII자 문신이 그들 모두의 목에 얼룩져 있다. 로마숫자 밑 부분에는 작은 잿더미들이 그려져 있다. 이들은 '리지오 XIII 드라콘' 부대 소속들이다. 애시 로드, 그리고 지금은 그의 딸인 아자가 가장 아끼는 집정관 부대. 민간인들은 그들을 그냥 '드라군'들이라 부를 것이다. 머스탱은 이 광신도들을 정말 싫어했다. 이들은 루나 밖에서 움직이는 군주의 손이 될 수 있도록 아자가 직접 선별한 1만 3000명의 완전히 독립적인 군단이다.

이들은 나를 증오한다.

이들은 골수까지 깊이 새겨진 인종차별주의적 사고방식에 따라 로우 컬러들을 증오한다. 그 증오의 깊이는 골드들도 범접할 수 없을 정도다.

"귀를 노려, 단토. 놈이 비명을 지르게 만들고 싶다면."

그레이들 중 한 명이 제안한다. 그 여자는 문 앞에 서 있다. 그녀가 껌으로 분 풍선을 이로 갉아대는 동안 호두까기 같은 턱관절이 위아래로 딸각거린다. 잿빛 머리를 짧은 모호크 스타일로 밀었다. 말투는 느릿느릿하다. 지구 태생이 쓰는 방언 중 하나를 구사하고 있다. 그녀는 하품하는 남자 그레이 옆에 있는 금속 벽에 기댄다. 그 남자 그레이의 코는 군인의 것이라기보다는 펑크의 것처럼 섬세하게 생겼다.

"손을 컵 모양으로 살짝 둥글려 만 채 그런 놈들을 치면 압을 가해서 고막을 터뜨릴 수 있지."

"고맙다, 홀리데이."

"언제든 도울 것 있으면 말만 해."

단토가 손을 컵 모양으로 만다.

"이렇게?"

그가 내 머리를 친다.

"조금 더 둥글려야 해."

백부장이 손가락으로 딱 소리를 낸다.

"단토, 그리무스님은 그를 한 몸인 상태로 원하셔. 뒤로 물러서서 의사 양반도 좀 살펴보게 해 줘라."

나는 집행 유예에 안도의 한숨을 내쉰다.

뚱뚱한 옐로우 의사가 구슬 같은 황토색 눈으로 나를 검사하러 느긋하게 앞으로 다가온다. 위에서 비추는 창백한 불빛들에 그의 머리 중 머리카락이 없는 부분이 창백하면서도 윤을 낸 사과처럼 빛난다. 그는 생체진찰기로 내 가슴 전체를 훑으며 자기 눈에 삽입된 작은 디지털 임플란트들을 통해 전달되는 영상들을 살핀다.

"그래서 어때, 의사 양반?"

백부장이 묻자 옐로우가 잠시 뒤에 속삭인다.

"놀랍네요. 골밀도와 장기들은 저칼로리 식단에도 불구하고 꽤 건강한 편입니다. 근육들은 우리가 실험실 환경에서 이미 관찰했다시피 위축됐지만 자연 아우리어트 조직이 퇴화했을 정도만큼 심하지는 않아요."

"당신은 그가 골드보다 낫다고 말하는 건가?"

백부장이 묻는다.

"저는 그런 말을 한 적이 없습니다."

의사가 날카롭게 지적한다.

"긴장 풀게. 카메라는 없어, 의사 양반. 여기는 처리실이야. 그래서 판정은 뭔데?"

"이것은 여행 가능합니다."

"이것이라고?"

나는 입마개 뒤에서 용케 낮고 섬뜩하게 으르렁거린다.

의사는 움찔한다. 내가 말을 할 수 있다는 사실에 깜짝 놀란 것이다.

"그리고 장기간 수면제 주입도 필요하겠지? 이 궤도에서는 루나까지 3주가 걸리니까."

의사는 겁에 질린 표정으로 나를 힐끔 본다.

"그게 좋겠죠. 하지만 저라면 하루당 10밀리그램씩 약을 증량시키겠습니다, 대장님. 혹시 모르니까요. 이것은 비정상적으로 강한 순환계를 지녔어요."

"그렇군."

대장이 여자 그레이를 향해 고개를 끄떡인다.

"네 차례다, 홀리. 그를 재워. 그 후에 카트를 가져와 그를 싣고 나가자. 당신 일은 끝났어, 의사 양반. 이제 다시 당신의 에스프레소와 실크로 이루어진 작은 세계로 돌아가. 이놈은 우리가 처리……."

펑. 백부장의 앞쪽 머리 반이 날아간다. 뭔가 금속인 것이 벽에 부딪힌다. 나는 백부장을 멍하니 바라본다. 왜 그의 얼굴이 사라졌는지 이해가 안 되고 있다. 펑. 펑. 펑. 펑. 마치 손 마디뼈 관절이 튀는 소리 같다. 가장 가까이 있는 드라군들의 머리로부터 붉은 안개들이 분출되어 허공으로 쏘아지고 있다. 내 얼굴에도 튄다. 나는 고개를 숙여 피한다. 그 뒤로 호두까기 같은 턱을 지닌 그 여자가 대수롭지 않게 그들의 대열 사이사이로 거닐고 있다. 그러면서 드라군들의 뒤통수에 총구를 바로 갖다 댄 채 쏘아 버린다. 나머지 드라군들이 자신들의 라이플을 꺼내 들며 허둥지둥 한다. 놈들이 욕을 뱉을 새도 없이 두 번째 그레이가 문가 쪽 자신의 자리에서 구식의 화약 슬러그 슈터 총으로 나머지 5명을 향해 각각 연속두 발씩 날린다. 총열에 소음장치가 부착된 그 총은 차갑고도 고요하다. 옵시디언들이 가장 먼저 바닥에 쓰러져 붉은빛을 흘린다.

"처리 완료."

여자가 말한다.

"둘 남음."

남자가 응답한다. 그는 도망치려고 문을 향해 기어가는 옐로우 의사를 쏜다. 그후 부츠로 단토의 가슴을 밟는다. 남자를 빤히 올려다보는 단토는 턱 밑에서 피를 흘리고 있다.

"트리그……."

"아레스가 안부를 전한다, 씨발놈아."

트리그라 불린 그레이가 단토의 전술 헬멧 가장자리 바로 밑, 양 눈 사이를 쏜다. 그리고 한 손으로 슬러그 슈터를 한 바퀴 돌려 끝에서 나는 연기를 불고 다리 부착용 총집에 끼워 넣는다.

"처리 완료."

나는 입마개에 저항하며 입술을 움직인다. 일관성 있게 사고하려고 노력 중이다.

"당신들…… 누구…… 야……."

그레이 여자가 자기 앞길을 막고 있는 시체 하나를 밀어 낸다.

"제 이름은 홀리데이 티 나카무라입니다. 그리고 쟤는 제 한참 어린 남동생, 트리그고요."

그녀는 흉터로 금이 난 눈썹을 올린다. 그녀의 넙대대한 얼굴에는 주근깨가 쏟아 부어져 있다. 코는 납작하게 눌려 있다. 어두운 회색빛 눈은 가늘다.

"중요한 질문은 당신이 누구냐는 거죠."

"내가 누구냐고?"

나는 응얼거린다.

"저희는 리퍼님을 찾으러 왔어요. 하지만 그게 당신이라면 우리는 투자 원금을 회수해야겠는데요."

그녀가 갑자기 윙크를 한다.

"저 농담 중이에요."

그 말에 트리그가 나를 보호하듯 그녀를 옆으로 밀어낸다.

"누나, 그만 둬. 이분 완전 당황한 것 안 보여?"

트리그가 양손을 내민 채 진정시키는 말투로 조심스럽게 다가온다.

"괜찮아요. 저희는 당신을 구하러 왔어요."

그의 말투는 홀리데이의 것보다 억양이 더 세며 덜 다듬어졌다. 그가 한 걸음 더 다가오자 나는 움찔한다. 그의 손에 무기가 있는지 살핀다. 그는 나를 아프게 할 것이다.

"당신을 풀어 드리기만 할 거예요. 그게 다에요. 당신도 그걸 바라시지요?"

저건 거짓말이다. 자칼의 장난이다. 그에게 XIII 문신이 있다. 이들은 집정관들이다. 아레스의 아들들이 아니다. 거짓말쟁이들. 살인자들.

"원하시지 않는다면 풀어 드리지 않을게요."

아니다. 아니야, 그가 경호원들을 죽였다. 그는 나를 도우러 여기 온 것이다. 나를 도우러 온 것이 틀림없다. 내가 트리그를 향해 조심스럽게 고개를 끄덕이자 그가 내 뒤로 쓱 이동한다. 나는 그를 믿지 않는다. 마음 한구석에서는 바늘이 들어오기를 예상하고 있다. 반전을 기다린다. 하지만 오직 해방감만이 있다. 내 모험을 보상받은 것이다. 수갑들이 풀린다. 내 어깨 관절들에서 두둑 소리가 난다. 그리고 신음을 하며 나는 9개월만에 처음으로 양손을 몸 앞으로 가져온다. 그 고통에 양손이 떨린다. 손톱들이 길고 극도로 불쾌하게 자라 있다. 하지만 이 손들은 다시 내 것이 됐다. 나는 도망가기 위해 퍼뜩 일어났다 바닥에 폭삭 쓰러진다.

"워, 워."

홀리데이가 말하며 나를 둘러멘 뒤 다시 의자에 앉힌다.

"우리 영웅님, 조심하셔야죠. 당신의 근육들은 미친 듯이 위축됐어요. 엔진 오일을 교환해야 해요."

트리그가 뒤에서 돌아와 한쪽으로 기울어진 미소를 지은 채 내 앞에 선다. 그의 얼굴은 사심 없고 소년다우며 오른쪽 눈으로부터 흘러 떨어지는 듯한 두 개의 금빛 눈물 문신들에도 불구하고 누나의 위협적인 포스를 따라잡으려면 한참 멀었다. 그는 충성스러운 사냥개 같이 보인다. 부드러운 손길로 그는 내 얼굴로부터 입마개를 제거한다. 그러더니 뭔가 갑자기 생각난 듯하다.

"당신을 위해 가지고 온 게 있어요."

"지금은 안 돼, 트리그. 그러기에는 시간이 너무 촉박해."

홀리데이가 문 쪽으로 시선을 보낸다.

"이분에게는 지금 그게 필요해."

트리그는 속삭이면서도 홀리데이가 고개를 끄덕여 승낙할 때까

지 기다렸다 자신의 거북이 등껍질 가방에서 가죽 꾸러미를 꺼낸
다. 그는 그것을 나에게 건넨다.

"당신 겁니다. 받으세요."

그는 내가 불안해하는 마음을 감지한다.

"저기, 제가 당신을 풀어 드리겠다고 했을 때도 거짓말 안 했잖
아요, 그렇죠?"

"안 했지······."

내가 양 손바닥을 내밀자 트리그는 가죽 소포를 그 위에 올려
준다. 떨리는 손가락으로 나는 그 소포를 묶고 있는 끈을 당긴다.
그리고 치명적인 빛발을 보기도 전에 그 힘을 느낀다. 내 눈이 빛
을 두려워하는 만큼이나 양손도 그것을 무서워하듯 소포를 떨어
뜨릴 뻔 한다.

그것은 내 레이저다. 머스탱이 나에게 준 것. 지금까지 두 번이
나 잃어버린 물건이다. 한 번은 카르누스에게, 그 다음에는 내 트
라이엄프에서 자칼에게 잃었다. 레이저는 아이의 첫 이처럼 희
고 매끈하다. 차가운 금속과 소금 때가 진 송아지가죽 손잡이 위
로 손을 미끄러뜨린다. 그 감촉에 오래 전 사라져 버린 힘과 한참
전에 잊힌 온기에 대한 구슬픈 추억들이 깨어난다. 헤이즐넛 향이
다시 나는 것 같다. 순간 나는 론 스승님의 연습실로 돌아간다. 그
곳에서 스승님으로부터 수업을 받는 동안 그분이 가장 아끼는 손
녀가 옆에 나란히 붙어 있는 부엌에서 빵 굽는 법을 배우곤 했다.

레이저는 허공을 스르륵 가른다. 힘을 안겨 주겠다는 녀석의 약

속은 너무나 아름답고도 기만적이다. 이 칼은 나보다 먼저 살다 간 수세대의 사람들에게 했던 것과 마찬가지로 나에게 내가 신이라고 말해 줄 것이다. 하지만 이제 나는 그 말 속의 거짓을 안다. 녀석이 자만심을 지켜 주는 대신 사람들에게 요구한 끔찍한 대가를 안다.

이 녀석을 다시 드니 겁이 난다.

내 레이저는 슬링블레이드의 형태로 휘어지면서 살무사의 짝짓기 음성처럼 쌕쌕거리는 소리를 낸다. 내가 이 녀석을 마지막으로 봤을 때 녀석의 표면은 텅 빈 채 매끈했다. 하지만 지금은 그 흰 금속에 이미지들이 새겨져 파문을 인다. 나는 칼자루 바로 위에 새겨진 형태를 더 자세히 보기 위해 칼을 살짝 기울인다. 그리고 그 모양을 멍청하게 멍하니 본다. 이오가 나를 돌아보고 있다. 그녀의 이미지가 금속에 새겨져 있다. 이 그림의 작가는 이오가 교수대에 올랐던 순간, 다른 사람들의 마음속에 영원한 상징으로 남게 된 바로 그 순간의 그녀를 그리지 않았다. 오히려 이오를 아끼던 사람처럼, 내가 사랑하던 그 소녀로 그렸다. 그녀는 쭈그리고 앉아 있으며 머리는 너저분하게 어깨쯤까지 온 채 바닥에서 헤만서스 꽃 한 송이를 따면서 위로 올려다보고 있다. 막 미소를 짓기 직전 같은 모습이다. 그리고 이오 위로는 우리 집 문 앞에서 우리 아버지가 어머니에게 키스를 하는 그림이 있다. 칼의 끝 쪽에는 내 여동생 리애나, 사촌 로런 형, 그리고 내가 옥토버나흐트(악령들을 쫓기 위해 악마 가면을 쓰는 레드들의 축제날―옮긴이)의 가면을 쓴 채 터널을 따라 키 어런 형을 쫓고 있다. 그것은 내 어린 시절이다.

이 작품을 그린 사람이 누구든 간에 그는 나를 안다.

"골드는 자신의 업적들을 칼에 새기지요. 그들이 똥칠한 위대하고도 잔혹한 사건들 말이에요. 하지만 아레스는 당신이라면 사랑하는 사람들을 보고 싶어 하실 거라고 생각했어요."

홀리데이가 트리그 뒤에서 조용히 말한다. 그녀는 다시 문 쪽을 힐끗 쳐다본다.

"아레스는 죽었잖아."

나는 그들의 표정을 살핀다. 거기에서 속임수를 발견한다. 그들의 눈에서 악의를 찾는다.

"자칼이 너희를 보낸 거야. 이건 속임수야. 덫이라고. 내가 너희를 아레스의 아들들의 기지로 데려가게 만들려는 거지."

나는 레이저의 손잡이를 더욱 세게 쥔다.

"나를 이용하려는 거야. 너희는 거짓말을 하고 있어."

홀리데이는 나로부터 한 걸음 물러선다. 내 손에 있는 칼자루를 조심하는 것이다. 하지만 트리그는 내 비난에 몹시 마음 아파한다.

"거짓말을 한다고요? 당신께요? 저희는 당신을 위해 죽을 수도 있어요. 저희는 페르세포네를 위해서도 목숨을 바쳤을 거라고요…… 이오 말씀이에요."

그는 적합한 표현을 찾기 위해 헤맨다. 보통은 그의 누나에게 말하는 역을 다 맡기는 것에 익숙한 모양이다.

"이 벽 너머에는 당신을 기다리고 있는 군대가 있어요…… 그게 무슨 말인지 이해가 되시나요? 그들의…… '영혼'이 다시 돌아오기만을 기다리는 군대가 있다고요."

그는 애원하는 태세로 앞으로 기대온다. 그 동안 홀리데이는 다시 문 쪽을 확인한다.

"저희는 '사우스 패시피커'에서 왔어요. 지구의 완전 끝자락이죠. 저는 제가 그곳에서 곡물 저장기들이나 지키다 죽을 줄 알았어요. 하지만 여기에 있지요. 화성에요. 그리고 저희들의 유일한 임무는 당신을 다시 집으로 모시고 가는……."

"너보다 훨씬 거짓말을 잘하는 놈들이 쌔고 쌨다."

나는 조롱한다.

"이딴 짓 집어치우자."

홀리데이 자신의 데이터패드를 꺼내려고 손을 뻗는다.

트리그는 그녀를 막아 보려고 한다.

"그건 오직 비상시만을 위한 거라고 아레스가 말했잖아. 만약 저들이 시그널을 해킹이라도 하면……."

"저 사람을 보라고. 이건 비상사태가 맞아."

홀리데이는 자신의 데이터패드를 쫙 뜯어낸 후 나에게 가볍게 던져 넘긴다. 또 다른 기계로 전화가 송신 중이다. 디스플레이에서 파란 빛을 깜빡이며 반대쪽이 대답하기를 기다리고 있는 것이다. 내가 그것을 손으로 돌리자 스파이크가 박힌 햇살 방사 문양 투구 홀로그램 하나가 갑자기 허공에 피어난다. 그것은 내 주먹 크기만큼이나 작다. 투구 속에서 붉은 눈들이 불길하게 빛나고 있다.

"피치너?"

"다시 맞혀 봐, 똥대가리야."

높게 재잘거리는 말투다.

그럴 리가 없는데…….

"세브로?"

나는 거의 흘쩍이다시피 하며 그 이름을 내뱉는다.

"그래, 꼬맹아. 너는 곧 부서질 듯한 해골의 음부에서 미끄러져 나온 것 같은 모습이구나."

"너 살아 있었구나…….."

내가 말하는 동안 홀로그램 투구가 사라락 사라지면서 손도끼 자국이 난 내 친구의 얼굴이 드러난다. 세브로는 쇠톱 같은 이를 보이며 미소를 짓는다. 이미지가 깜빡인다.

세브로가 큭큭 웃는다.

"이 세상에 나를 죽일 수 있는 픽시는 없어. 이제 네가 집에 돌아올 때가 됐어, 리퍼. 하지만 나는 너에게 갈 수가 없어. 네가 나에게 와야 해. 알아들었어?"

"어떻게?"

나는 눈에서 눈물을 훔친다.

"아레스의 아들들을 믿어. 그럴 수 있겠어?"

나는 그레이 남매를 바라보며 끄덕인다.

"자칼이…… 그놈이 내 가족들을 데리고 있어."

"그 식인 개새끼에게는 좆도 없어. 네 가족들은 나한테 있어. 네가 납치되자마자 그들을 라이코스에서 챙겨왔지. 네 어머니께서는 너와 재회하기를 기다리고 계셔."

나는 다시 울기 시작한다. 도저히 감내할 수 없을 정도로 안심된다.

"하지만 임마, 너도 빨랑 일어나야 해. 움직여야 한다고."

세브로는 누군가를 향해 옆으로 고개를 돌린다.

"다시 홀리데이 바꿔 줘."

나는 그렇게 한다.

"할 수 있으면 깔끔하게 수행해. 할 수 없다면 층을 올라가고. 알겠나?"

"알겠습니다."

"사슬을 끊어라."

"사슬을 끊어라."

그레이들은 세브로의 이미지가 깜빡이며 꺼지는 동안 그의 말을 반복한다.

"컬러 너머의 진짜 저희들을 봐 주세요."

홀리데이가 나에게 말한다. 그녀는 문신이 새겨진 손 하나를 밑으로 뻗는다. 나는 그녀의 살에 새겨진 그레이 상징을 멍하니 본후 고개를 들어 그녀의 무뚝뚝한 주근깨 얼굴을 살핀다. 그녀의 한 쪽 눈은 생체공학적인 눈이며 다른 한 쪽은 반대쪽만큼 잘 깜빡여지지 않는다. 그녀의 입에서 나오는 이오의 말은 너무나 다르게 들린다. 하지만 아마도 그 순간, 내 영혼이 나에게 다시 돌아온 것 같다. 내 정신은 아니다. 아직 정신에 금이 간 것들이 느껴진다. 스멀스멀하게 이동하며 스스로를 의심하게 만드는 어둠. 하지만 내 희망. 나는 내 것보다 작은 그녀의 손을 필사적으로 꽉 쥔다.

"사슬을 끊어라."

나도 쉰 목소리로 그 말을 되풀이한다. 나는 쓸모없는 양다리를 내려다본다.

"네가 나를 이고 가야 할 거야. 설 수가 없어."

"그래서 저희가 당신을 위해 간단한 칵테일 하나를 가져왔죠."

홀리데이가 주사기 하나를 꺼내든다.

"그게 뭐지?"

내 질문에 트리그는 그냥 웃는다.

"당신의 엔진오일을 교환해 드리려는 거죠. 진지하게 설명드리자면요, 친구여. 더 이상은 모르시는 게 나아요. 이 쓰레기는 시체도 움직이게 만들 거예요."

그는 활짝 웃는다.

"놔 줘."

나는 팔목을 내보이며 말한다.

"아프실 겁니다."

트리그가 경고한다.

"이 사람도 다 큰 성인이야."

홀리데이가 더 가까이 다가온다.

"저……."

트리그가 자신의 장갑 한 쪽을 나에게 준다.

"이 사이에 무세요."

자신감이 조금 없어진 상태로 나는 그 소금 때가 진 가죽을 앙 물고 홀리데이를 향해 고개를 끄덕인다. 그녀는 내 손목 너머로 돌진해 와 내 심장에 주사기를 직방으로 콱 찌른다. 금속이 살을 뚫으며 주사기에 탑재된 내용물이 방출된다.

"이런 젠장!"

비명을 질러 보지만 나오는 것은 웅얼거리는 소리뿐이다. 불길이 정맥을 따라 신나게 달린다. 심장이 피스톤 운동을 한다. 나는 내려다본다. 불길이 내 우라질 가슴에서 질주해 나오는 모습을 볼 수 있을 것 같다. 모든 근육들이 다 느껴진다. 몸의 모든 세포들이 폭발한다. 운동에너지로 가득차서 박동한다. 헛구역질이 난다. 나는 쓰러지며 가슴을 계속 움켜쥔다. 헐떡거린다. 담즙을 뱉어낸다. 바닥을 주먹으로 친다. 그레이들은 비틀리는 내 몸으로부터 황급히 떨어진다. 나는 의자에 맹속으로 달려들어 바닥에 굳건히 박혀 있던 그것을 반쯤 뽑아 버린다. 그리고 세브로도 얼굴을 붉힐 만 할 정도로 욕설을 연거푸 토해낸다. 그 후 몸을 떤 뒤 그들을 올려 다본다.

"그게…… 대체…… 뭐였어?"

홀리데이는 웃음을 참으려고 노력한다.

"엄마는 그걸 뱀독이라고 불러요. 그것도 당신의 대사 속도로는 단 30분밖에 안 갈 거예요."

"너희들 엄마가 그걸 만들었나?"

트리그가 모르겠다는 듯 어깨를 으쓱한다.

"저희는 지구에서 왔거든요."

제4장

# 감옥 2187

그들은 나를 포로처럼 데리고 통로를 지난다. 내 머리에는 후드를 씌웠다. 등 뒤로 모은 양손에는 잠기지 않은 수갑이 채워져 있다. 남동생은 좌측에, 누나는 우측에 있다. 둘 다 나를 부축하고 있다. 뱀독 덕분에 걸을 수 있게 되긴 했으나 잘 걷지는 못한다. 내 몸은 그잖아도 약물로 한껏 취했기에 여전히 젖은 옷가지처럼 늘어진다. 깨진 발톱이나 나약한 다리의 느낌도 간신히 느껴지는 상황이다. 얇은 포로용 신발이 바닥에 끌린다. 머릿속은 물속을 유영하듯 붕 뜬 기분이지만 이제는 생각의 속도에 가속이 붙었다. 집중으로 인한 열기가 인다. 나는 속삭이지 않기 위해, 그리고 내가 전처럼 어둠 속에 있는 것이 아니라는 것을 자신에게 상기시키기 위해 혀를 문다. 내 몸은 콘크리트 복도를 따라 발을 질질 끌며 걸어간다. 자유를 향해 걷고 있다. 내 가족을 향해, 세브로를 향해 걸어간다.

여기 있는 사람들 중 아무도 13부대의 두 드라군들의 길을 막지 않을 것이다. 그 둘 모두가 통행 허가를 받은 상태며 아자가 직접 이곳에 주둔하고 있는 이 상황에서는 특히나 그렇다. 내 생각에 자칼의 부대 중 내가 살아 있는 것을 아는 자들도 많이 없을 것 같다. 그들은 내 체구와 유령처럼 허여멀건한 안색을 확인하고는 나를 무슨 불행한 옵시디언 포로라고 치부할 것이다. 그럼에도 불구하고 내게는 시선들이 느껴진다. 편집증이 속에서부터 스멀스멀 퍼져 나간다. *놈들은 나를 알아. 놈들은 내가 시체들을 뒤에 두고 왔다는 것을 알아. 놈들이 저 문을 열기 전까지 시간이 얼마나 남았을까? 우리가 발각되기까지 얼마나 걸릴까?* 머릿속으로 가능한 여러 결말들을 전력으로 가늠해 본다. 어떻게 이 모든 일이 다 틀어질 수 있겠는가. 그놈의 약물들. 그저 약물들뿐이지.

"우리 올라가봐야 하는 것 아니야? 아니면 더 아래쪽에 격납고가 있는 거야?"

그래브리프트를 타고 산속 요새의 감옥 심부로 더욱 깊숙이 내려가는 동안 나는 묻는다.

"꽤 잘 맞추셨네요. 함선 하나가 우리를 위해 대기 중이에요."

트리그가 감탄하며 말한다.

홀리데이가 껌으로 불었던 풍선을 터뜨린다.

"트리그, 그렇게 아부하면 혓바닥 안 아프냐."

"오, 아가리 닥쳐. 벌거벗은 이분 몸을 보고 얼굴 붉힌 사람이 누군데 그래."

"야, 그렇게 막 장담하지 마라? 잠깐, 조용."

그래브리프트의 운행 속도가 늦춰지자 남매는 긴장한다. 두 사람은 손을 움직여 딸깍 소리를 낸다. 무기 안전핀들을 푸는 소리다. 문이 열리자 누군가가 우리와 합류한다.

"도미너스."

홀리데이가 새 손님에게 자연스럽게 말하며 나를 옆으로 밀쳐 그를 위한 공간을 만들어 준다. 그래브리프트에 들어선 부츠의 무게로 보아 골드나 옵시디언의 것이다. 하지만 그레이들은 절대 옵시디언에게 '도미너스'라고 부르지 않을 것이며 옵시디언은 절대 정향과 계피 향을 풍기지 않을 것이다.

"병장."

그 목소리가 내 속을 날카롭게 긁는다. 목소리의 주인은 한때 귀들을 모아 목걸이를 만들었던 남자다. 빅수스. 타이투스의 옛 무리 중 한 명이다. 그는 내 트라이엄프에서 대학살에 참여하기도 했다. 그래브리프트가 다시 내려가기 시작하면서 나는 한쪽 구석으로 움츠러든다. 빅수스는 나를 알아볼 것이다. 그는 사냥개가 킁킁거리며 찾아내듯 나를 알아차릴 것이다. 그는 지금 그렇게 한다. 우리 쪽을 바라보고 있다. 그의 재킷 칼라가 바스락대는 소리가 들린다.

"13부대야? 아자의 소속이야, 그녀 아버지의 소속이야?"

빅수스가 잠시 뒤에 묻는다. 그는 그들의 목에 있는 문신들을 알아차린 모양이다.

"퓨리의 부대입니다. 이번 임무에 있어서는요, 도미너스. 하지만 저희는 애시 로드도 섬겼었습니다."

홀리데이가 차분히 응답한다.

"아, 그럼 너희는 작년에 데이모스의 전투에도 참여했겠군."

"네, 도미너스. 저희는 파비님께서 아르코스와 텔레마누스의 함선들을 포획하러 오시기 전에 텔레마누스들을 죽이러 투입된 최전방 리치크래프트에 있었습니다. 그리무스님과 함께요. 여기 있는 제 남동생이 늙은이 카박스의 어깨에 한 방 날렸었죠. 그를 죽일 뻔 했었는데, 아우구스투스와 카박스의 아내가 우리의 공격 부대를 깨뜨렸지요."

빅수스가 그들을 인정한다는 듯 말한다.

"세상에, 세상에. 죽였다면 놈은 정말 지독하게도 좋은 포상이 되고도 남았을 텐데. 네 얼굴에 눈물 문신을 하나 더 추가 할 수도 있었을 테고, 부대원. 나는 그 옵시디언 개자식을 7부대와 함께 사냥하고 다녔지. 애시 로드께서 자신의 노예를 다시 데리고 오는 조건으로 꽤나 좋은 대가를 제안하셨었거든."

그는 자신의 코 속으로 뭔가를 콩 하고 흡입한다. 택터스가 그렇게나 좋아하던 그 각성 흥분제 용기 소리 같다.

"그런데 이건 누구야?"

내 얘기다.

내 심장의 고동소리가 내 귀에까지 들린다.

"그리무스 집정관으로부터 받은 선물입니다. 그분이 댁으로 가져가시는 그…… 화물에 대한 대가죠. 제 말의 의미를 이해하시겠지요."

홀리데이가 말한다.

"화물이라. 반쪽짜리 화물이라고 하는 게 더 정확하겠는데."

빅수스는 자신의 농담에 낄낄거린다.

"혹시 내가 아는 사람이야?"

그의 손이 내 후드의 가장자리를 건드린다.

나는 웅크리며 피한다.

"하울러들 중 하나면 아주 기분이 좋겠는데. 페블? 위드? 아니다. 그러기에는 너무 키가 크네."

"옵시디언입니다. 하울러였으면 좋았겠죠."

트리그가 재빨리 말한다.

"윽."

빅수스는 마치 뭔가에 감염이라도 됐다는 듯이 자신의 손을 획 거둔다.

"잠깐."

그가 갑자기 아이디어가 떠오른 듯 말한다.

"이놈을 그 개년 줄리하고 같은 감옥에 처넣자. 둘이서 식사 가지고 싸우라고 하자고. 어떻게 생각해, 13부대원? 재미 좀 볼 준비가 됐나?"

"트리그, 카메라를 쏴 버려."

나는 후드 밑에서 날카롭게 말한다.

"뭐?"

빅수스가 물으며 고개를 돌린다.

펑. 잼필드 하나가 켜진다.

나는 움직인다. 어설프지만 재빠르다. 딸깍 소리와 함께 양손을 수갑에서 빼낸 나는 숨겨놓은 레이저를 한 손으로 꺼내들어 안전핀을 해제하고는 다른 손으로 후드를 훅 벗어 버린다. 레이저로 빅수스를 찔러 그의 어깨를 관통한다. 그를 벽면에 꽂아 놓은 뒤 얼굴을 머리로 친다. 하지만 나는 이전의 내가 아니다. 약물을 주입받고도 그렇다. 시야가 흔들린다. 나는 넘어진다. 그는 넘어지지 않는다. 그리고 내가 반응할 새도 없이, 또 시야의 초점을 회복할 새도 없이, 빅수스도 자기 레이저를 꺼내든다.

홀리데이는 나를 밀쳐내며 자신의 몸으로 나를 방어한다. 나는 바닥에 쓰러진다. 트리그는 누나보다도 더 빠르게 움직인다. 그는 슬러그 슈터 총을 빅수스의 열린 입 안에 팍 꽂아 넣는다. 골드가 얼어붙는다. 그는 금속 총열의 길이를 빤히 내려다보며 차가운 총구에 혀를 대고 있다. 그의 레이저는 홀리데이의 머리로부터 몇 센티미터 떨어진 곳에서 멈춘다.

"쉬이이이잇. 레이저를 버려."

트리그가 속삭이자 빅수스는 그대로 따른다.

"대체 무슨 생각으로 그러신 거예요?"

홀리데이가 화를 내며 나에게 묻는다. 그녀는 숨을 힘겹게 몰아쉬며 내가 일어서는 것을 도와준다. 머리가 여전히 핑핑 돈다. 나는 사과한다. 멍청했다. 나는 몸의 중심을 다시 잡은 후 빅수스 쪽을 바라본다. 그는 공포에 질린 채 나를 빤히 보고 있다. 다리가 떨린다. 그래서 그래브리프트의 난간들 중 하나에 기대어 몸을 세워야 한다. 심장은 신체 순환계로 주입된 약물에 대한 부담으로 달가닥거린다. 싸우려고 했다니 멍청했다. 잼필드를 쓴 것도 멍청했다. 지켜보고 있는 그린들은 앞뒤의 정황으로 상황을 모두 눈치챌 것이다. 그들은 그레이들을 보내 준비실을 확인할 것이다. 그리고 시체들을 발견할 것이다.

나는 분열하는 생각의 조각들을 하나로 모아 보려고 노력한다. 집중하자.

"빅트라가 살아 있나?"

내가 간신히 묻는다. 트리그는 빅수스의 이 바로 뒤까지만 총을 빼서 그가 대답할 수 있도록 해 준다. 그는 대답하지 않는다. 아직은 거부한다.

"그가 나에게 어떻게 했는지 알아?"

내가 묻는다. 한동안 고집스럽게 시간을 끌다 빅수스가 고개를 끄덕인다.

"그러고도……."

나는 웃음을 터뜨린다. 그 소리는 얼음에 난 금이 갈라져 나아가며 틈새가 점점 벌어지는 것처럼 뻗어간다. 나는 혀를 깨물어

수천 가지 각기 다른 방향으로 산산조각 나려던 그 소리를 짧게
끊는다.

"그러고도…… 아직 내가 두 번 묻게 만들 정도의 용기가 있단
말인가?"

"빅트라는 살아 있어."

"리퍼님…… 사람들이 우리를 잡으러 올 거예요. 그들은 여기가
잼필드로 먹통이 됐다는 것을 알고 있어요."

홀리데이가 말하며 엘리베이터 천장에 있는 미세한 카메라 노
드를 쳐다본다.

"계획을 바꿀 수는 없어요."

"그녀는 어디에 있어? 어디에 있냐고?"

나는 레이저를 비튼다.

빅수스는 아파서 씩씩댄다.

"23층, 감옥 2187. 현명하게 행동하려면 나를 죽이지 않는 게
좋을 거야. 나를 그녀의 감옥 안에 넣어둘 수도 있어. 도망쳐. 내가
제대로 된 길을 알려 줄게, 대로우."

빅수스의 목 피부 밑의 근육과 정맥 들이 모래 밑의 뱀들처럼
꿈틀대며 일어선다. 그의 몸에는 체지방이 전혀 없다.

"고작 배신자 집정관 두 명만 데리고는 그리 멀리 가지 못할 거
야. 이 산에는 군대가 있어. 도시에도, 궤도에도 부대들이 있고. 또
30명의 '흉터를 입은 비할 데 없는 자들'이 있어. 아티카 남부에는
본라이더들이 있어. 너도 그들을 기억하잖아?"

그는 자신의 유니폼 옷깃에 있는 작은 자칼 해골을 고개로 가리킨다.

"우리에게는 이놈이 필요 없어요."

트리그가 톡 쏘아붙이며 자신의 총 방아쇠를 만지작거린다.

"과연 그럴까?"

빅수스가 낄낄거린다. 그는 내 약점을 확인하자 자신감을 회복하고 있다.

"이 틴폿 깡통(그레이를 깔보는 명칭 ─ 옮긴이)아, 그럼 올림픽나이트와 만나게 되면 네가 뭘 어쩌려고? 아, 잠깐. 여기 올림픽나이트가 둘이나 있잖아, 그렇지?"

홀리데이는 그냥 코웃음만 친다.

"금발 예쁜이, 너랑 똑같이 하겠지. 도망치기."

"23층."

내가 트리그에게 말한다.

트리그가 그래브리프트 제어 장치를 주먹으로 꽝 친다. 그렇게 우리는 남매가 준비한 도주경로로부터 벗어난다. 그는 데이터패드에 지도를 띄운 뒤 그것을 홀리데이와 잠시 연구한다.

"감옥 2187은…… 여기네. 비밀번호가 있을 거야. 카메라들도 있을 거고."

"도주로로부터 너무 멀리 떨어져 있어. 저 방향으로 가면 우린 망해."

홀리데이는 입을 굳게 다문다.

"빅트라는 내 친구야. 나는 그녀를 두고 가지 않을 거야."

내가 말한다. 그리고 나는 그녀가 죽었다고 생각했다. 하지만 어떻게 해서인지는 모르겠지만 그녀는 여동생의 총알을 맞고도 살아남았다.

"그건 선택할 수 있는 문제가 아니에요."

홀리데이가 말한다.

"언제나 선택은 할 수 있어."

그 말은 나에게조차도 힘없이 들린다.

"이분이 정말! 당신 스스로를 좀 보세요. 당신은 껍데기에 불과하다고요!"

"그만 좀 공격해, 누나."

트리그가 말한다.

"그 골드 개년은 우리들 중 한 명이 아니야! 나는 그녀를 위해서는 죽지 않을 거라고."

하지만 빅트라는 나를 위해 죽었을 것이다. 어둠 속에서 나는 그녀를 생각했다. 자칼의 서재에서 그녀에게 건기 후의 첫 비 냄새를 담은 향수를 선물했을 때 어린아이처럼 눈에 기쁨이 어리던 모습을. "나는 몰랐어. 대로우, 나는 몰랐어." 로크가 우리를 배신한 후 그녀가 나에게 마지막으로 한 말이었다. 죽음에 둘러싸인 채 등에 총알을 맞았음에도 불구하고 그녀가 바라던 바는 오직 내가 마지막 순간에 그녀를 좋게 기억하는 것뿐이었다.

"나는 내 친구를 두고 가지 않을 거야."

나는 독단적으로 말을 반복한다.

"당신을 따를게요. 당신께서 뭐라고 하시든, 리퍼님, 저는 당신 사람이에요."

트리그가 느릿하게 말한다.

"트리그. 아레스가 말하기를……."

홀리데이가 속삭인다.

"아레스는 상황을 역전시키지 못했어. 이분은 하실 수 있어. 리퍼님이 가시는 곳이라면 우리도 가는 거야."

트리그가 나를 향해 고갯짓을 한다.

"그러다 우리가 탈출할 순간을 놓친다면?"

"새 탈출로를 만들면 돼."

홀리데이는 촉촉해지는 눈빛으로 큰 턱을 달싹거린다. 나는 저 표정을 안다. 그녀는 내가 보는 시각으로 그녀의 남동생을 보고 있지 않다. 그녀의 남동생은 러쳐도 살인병도 아니다. 그녀에게 있어서 그는 자신과 함께 자란 남자아이일 뿐이다.

"알았어. 나도 함께할게."

홀리데이가 마지못해 말한다.

"이 비할 데 없는 자는 어쩔까요?"

트리그의 질문에 내가 말한다.

"비밀번호를 입력해 주면 살려 줘. 대신 다른 어떤 수라도 써 보려고 한다면 그냥 쏘아 버려."

23층에 도착하자 우리는 엘리베이터에서 내린다. 나는 다시 후드를 뒤집어쓴 채 홀리데이의 손에 끌려간다. 그 동안 빅수스는 우리를 감옥으로 데리고 가는 것처럼 앞장서고, 트리그는 총을 겨눈 채 그의 뒤를 바짝 따라가고 있다. 통로는 조용하다. 우리의 발자국 소리가 울린다. 나는 후드 너머를 보지 못한다.

"다 왔어."

우리가 문에 다다르자 빅수스가 말한다.

"비밀번호를 입력해, 개새끼야."

홀리데이가 명령한다.

빅수스가 그 말을 따른다. 그리고 문이 쌕 소리를 내며 열린다. 소리가 사방에서 으르렁거린다. 보이지 않는 스피커들로부터 나는 끔찍한 잡음들. 감옥은 얼어붙을 정도로 추우며 그 안의 모든 것이 하얗게 표백되어 있다. 천장에 타오르는 불빛은 너무나 밝아 직접 쳐다보지도 못할 정도다. 옥중의 수척한 수감자는 다리를 웅크린 태아 자세로 내 쪽으로는 척추를 보인 채 구석에 누워 있다. 옛 화상 자국들로 칠해진 등에는 채찍에 맞은 자국이 줄무늬를 이루고 있다. 오직 헝클어져 눈을 가리는 백금발 머리카락만이 쨍한 불빛으로부터 이 여자를 보호하고 있다. 그녀의 척추 윗부분, 양 견갑골 사이에 총알 두 발을 맞은 흉터가 아니었으면 나는 그녀를 전혀 알아보지 못했을 것이다.

"빅트라!"

나는 소음 너머로 크게 외친다. 하지만 그녀는 내 목소리를 듣지 못한다.

"빅트라!"

소음이 죽으면서 바로 스피커의 심장 고동소리로 대체되는 찰나에 나는 다시 소리친다. 그들은 그녀를 소리, 빛, 감각으로 고문하고 있다. 나에게 했던 학대와 정반대되는 것이다. 이제 내 소리를 들은 그녀는 내 쪽으로 고개를 획 돌린다. 금빛 눈동자 두 개가 엉킨 머리칼 사이로 살쾡이처럼 나를 응시해 온다. 그녀가 나를 알아보는지조차 모르겠다. 그녀는 자신의 몸을 감춘다. 연약하게. 겁에 질린 채.

"저 여자를 일으켜 세워. 우리는 가야 해."

홀리데이가 말하며 빅수스의 배 쪽을 밀친다.

"무기력해 보이는네……. 그렇지?"

트리그가 말한다.

"젠장. 그럼 우리가 그녀를 들고 가야지."

트리그는 재빨리 빅트라 쪽으로 이동한다. 나는 한 손을 뒤로 젖혀 그의 가슴팍에 세게 대며 그를 저지한다. 빅트라라면 이런 상태여도 그의 몸에서 팔을 찢어 낼 수 있을 것이기 때문이다. 내가 구멍으로부터 꺼내졌을 때 느꼈던 공포를 알기에 나는 그녀에게 천천히 다가간다. 공포심이 마음 저편으로 물러나고 대신 분노가 자리한다. 빅트라의 여동생이 자기 언니에게 한 행위에 대한 분노가. 이 일이 내 잘못이라는 것을 알기에 느껴지는 분노가.

"빅트라, 나야. 대로우야."

빅트라는 내 말을 들은 척하지 않는다. 나는 몸을 쭈그려 그녀의 옆에 자리한다.

"우리는 너를 이곳에서 데리고 나갈 거야. 우리가 너를 들수……."

빅트라는 나를 향해 돌진한다. 양팔로 밀치며 자신의 몸을 앞으로 날린다. 그녀가 소리친다.

"네 얼굴을 벗어. 네 얼굴을 벗어 버리라고."

홀리데이가 앞으로 급히 나와 빅트라의 등허리 부분에 확 전기충격기를 댄다. 빅트라는 경련을 일으킨다. 하지만 전기만으로는 부족하다.

"쓰러지라고!"

홀리데이가 고함친다. 빅트라는 홀리데이의 강화플라스틱 갑옷 가슴판 정중앙을 친다. 그 그레이는 수 미터 뒤로 날아가 벽면에 부딪힌다. 트리그는 다용도 카빈총인 앰비라이플로 빅트라의 허벅지에 두 대의 마취제를 발사한다. 그것들은 그녀를 신속히 쓰러뜨린다. 하지만 그녀는 여전히 바닥에서 숨을 헐떡이고 있다. 그렇게 그녀는 가늘게 뜬 눈으로 나를 바라보다 의식을 잃는다.

"홀리데이……."

나는 입을 연다.

"저는 골드처럼 멀쩡해요."

홀리데이가 끙 앓는 소리를 내며 자신의 몸을 일으켜 세운다. 갑옷 가슴판 중앙은 주먹만 하게 움푹 패여 있다.

"저 픽시, 제법 주먹 좀 치네요. 이 갑옷은 레일건 총의 연발도 견디게끔 만들어진 건데."

홀리데이가 움푹 들어간 자국을 보고 감탄하며 말한다.

"줄리 유전자의 힘인가 보지."

트리그가 중얼거린다. 그는 빅트라를 자신의 어깨에 둘러업은 후 홀리데이를 따라 통로로 다시 나온다. 그 동안 홀리데이는 나에게 빨리 따라오라고 날카롭게 쏘아붙인다. 우리는 감옥 안에 빅수스를 앞으로 뉘여 놓고 나온다. 내가 약속했던 대로 그는 살아 있는 상태다.

빅수스는 내가 문을 닫으러 가는 사이에 일어나 앉으며 말한다.

"우리는 너를 찾을 거야. 우리가 그러리라는 건 너도 알잖아. 콩알만 한 세브로에게도 우리가 갈 거리고 전해. 바르카(세브로와 피치너 부자의 성―옮긴이) 하나는 이미 처리했고. 남은 하나도 곧 처리할 거라고."

"너 뭐라고 했어?"

내가 묻는다.

내가 돌연 감옥 안으로 다시 들어서자 빅수스의 눈빛에서 두려움이 스친다. 수년 전, 안토니아와 빅수스가 어둠 속에 숨어 있는 나를 이끌어내기 위해 레아를 고문했었다. 당시에 레아도 지금의 빅수스와 같은 두려움을 느꼈으리라. 빅수스는 웃었다. 레아의 피가 이끼에 적셔드는 동안에도. 내 친구들이 그 정원에서 죽어갈 때도. 그는 나중에 다시 살인을 할 수 있도록 지금은 내가 자신을 살려 두기를 원할 것이다. 사악함은 자비를 먹고 자란다.

내 레이저는 슬링블레이드 형태로 스르륵 바뀐다.

"제발."

빅수스는 이제 애원한다. 자신이 실수를 했다는 것을 깨닫고 얇은 입술을 떤다. 그 순간 나는 그 안에 존재하는 아이를 확인할 수 있다. 어딘가에 있는 누군가는 여전히 그를 사랑한다. 그를 짓궂은 소년으로, 또는 아기 침대 안에 잠들던 아이로 기억하고 있을 것이다. 그가 그 아이로만 남아 있었더라면. 우리 모두가 다 그렇게 아이다움을 잃지 않았더라면.

"인정을 베풀어. 대로우, 너는 살인자가 아니야. 너는 타이투스가 아니잖아."

공간에 울려 퍼지는 심박소리가 깊어진다. 백색 빛이 그의 실루엣을 부각시킨다.

그는 동정을 원한다.

내 동정심은 어둠 속에서 잃어버렸다.

레드 노래들 속의 영웅들은 인정도, 명예도 있다. 그들은 사람들을 살려둔다. 내가 자칼을 살려둔 것처럼. 그렇게 그들은 죄악으로 더럽혀지는 일을 피한다. 악당이 사악한 놈으로 남게 해라. 악당이 검은색을 입고 내가 등을 돌리면 나를 찌르려 시도하게 둬라. 그 후 휙 뒤돌아 그를 죽이면 나는 양심의 가책 없이 만족할 수 있으리라. 하지만 이것은 노래가 아니다. 이것은 전쟁이다.

"대로우……."

"너를 통해 자칼에게 메시지를 전해야겠어."

나는 빅수스의 목구멍을 확 갈라 버린다. 그가 바닥에 툭 쓰러지며 자신의 생명을 밖으로 박동해 내는 동안 겁내 하는 것이 보인다. 저편의 세상에는 그를 기다리는 것이 전혀 없기 때문이다. 그는 꾸르륵 소리를 낸다. 죽기 전에 홀쩍인다. 그리고 나는 아무것도 느끼지 않는다.

공간의 심박 소리 너머로 비상벨 사이렌이 울부짖기 시작한다.

# 제5장

# 플랜 C

홀리데이가 욕한다.

"젠장. 시간이 없다고 말했잖아."

"우리 시간은 괜찮아."

트리그가 말한다.

우리는 함께 엘리베이터를 탄다. 빅트라는 바닥에 있다. 트리그가 그녀에게 자신의 검은 우비 장비를 입혀서 최소한의 품위를 지켜 주려고 한다. 내 손 마디뼈들이 하얗다. 빅수스의 피가 블레이드에 새겨진 터널에서 노는 아이들 그림 위로 가늘게 흐른다. 그 핏줄기가 내 부모님 위로 떨어져 이오의 붉은 머리에 묻고서야 나는 죄수복 옷자락으로 칼날에서 피를 닦아낸다. 생명을 앗아가는 것이 얼마나 쉬운 일인지 잊고 있었다.

트리그가 조용히 말한다.

"자신만을 위해 살면 홀로 죽는다. 그들은 아이큐가 그렇게나 높으니 싸가지 없게 행동하지 말아야 한다는 걸 알 법도 한데 말이죠."

그는 눈을 가리던 머리를 빗어 넘기고 내 쪽을 바라본다. 아무 감정 없는 눈빛이다.

"깔끄럽게 굴어서 죄송합니다, 리퍼님. 그게, 그가 당신의 친구였다면요⋯⋯."

나는 고개를 젓는다.

"친구라고? 그에게는 친구가 없었어."

나는 빅트라의 머리를 빗어 넘겨 주기 위해 그녀의 얼굴 위로 허리를 굽힌다. 그녀는 평화롭게 벽면에 기대어 자고 있다. 양 볼은 굶주림으로 움푹 패여 있다. 입술은 얇고 슬프다. 지금도 그녀의 이목구비에서는 드라마틱한 아름다움이 느껴진다. 그들이 그녀에게 무슨 짓을 했는지 궁금하다. 이 불쌍한 여자. 언제나 그렇게 강하고 자신만만해 보였지만 그것도 다 내면의 상냥함을 숨기기 위해 겉으로 보이는 태도였다. 아직도 그 상냥함이 조금이라도 남아 있을까?

"괜찮으신가요?"

트리그가 묻는다. 나는 반응하지 않는다.

"이 사람이 당신 여자였나요?"

"아니."

나는 말한다. 나는 얼굴에 자란 수염을 만진다. 수염 때문에 가렵고 냄새나는 것이 싫다. 단토가 이것도 그냥 같이 밀어 버렸으면 좋았을 것을.

"괜찮지 않아."

희망이 느껴지지 않는다. 사랑도 느껴지지 않는다.

그들이 빅트라에게 한 짓을, 또 나에게 한 짓을 확인하는 이 순간에는 그렇다.

일렁이며 몰아치는 감정은 증오다.

내가 되어 버린 존재에 대해서도 증오가 인다. 트리그의 시선이 느껴진다. 그가 실망했다는 것을 안다. 그는 리퍼를 원했다. 나는 그냥 한 남자의 시들어 버린 껍데기에 불과하다. 내 흉곽의 갈비뼈들을 손가락으로 따라간다. 그 작고 얇은 것들이 너무나 많다. 나는 이 그레이들에게 너무나 많은 것을 약속했다. 모든 이들에게 너무나 많은 것을 약속했다. 특히나 빅트라에게는 더더욱 그랬다. 그녀는 나에게 진실했다. 그런데 그녀의 입장에서 보면 나는 그녀를 이용하고자 하는 또 한 명의 사람에 지나지 않았다. 그녀의 어머니께서 그녀에게 조심하라고 훈련시킨 또 한 명의 사람……

"우리에게 뭐가 필요한지 아세요?"

트리그가 묻는다.

나는 그를 강렬한 시선으로 올려다본다.

"정의?"

"차가운 맥주요."

입 밖으로 웃음이 터져 나온다. 너무나 큰 소리다. 겁이 난다.

"젠장. 젠장. 젠장. 젠장……."

홀리데이는 중얼거린다. 그녀의 양손은 제어장치 위를 날아다니고 있다.

"왜?"

내가 묻는다.

그녀는 버튼들을 마구 누르지만 리프트가 갑자기 위로 휙 올라간다.

"우리는 24층과 25층 사이에 묶였어요. 놈들이 제어장치를 무효화시켰어요. 이래서는 격납고까지 못 가겠네요. 그들이 우리의 이동경로를 바꿨어요……."

그녀가 길게 한숨을 내쉬고는 나를 올려다본다.

"우리를 1층으로 보내고 있어요. 젠장. 젠장. 젠장. 놈들은 러쳐들을, 어쩌면 옵시디언들까지도 데리고 우리를 기다리고 있을 거예요…… 어쩌면 골드들도 있을지 모르겠네요."

그녀가 말을 멈춘다.

"놈들은 당신이 이 안에 있다는 걸 알고 있어요."

나는 뱃속에서부터 질주해 올라오는 절망감을 애써 누른다. 돌아가지 않을 것이다. 무슨 일이 벌어지든 간에. 그들이 우리를 데리고 갈 수 있기 전에 나는 빅트라를 죽일 것이다. 내 자신도 죽일 것이다.

트리그는 그의 누나 위로 몸을 구부린다.

"시스템을 해킹할 수 있겠어?"

"그런 기술을 내가 대체 어디서 배울 수 있었겠어?"

"에프래임이 여기 있었으면 좋겠다. 걔는 할 수 있었을 텐데."

"그래, 내가 에프래임이 아니어서 미안하다."

"기어 나가는 건 어때?"

"너 바퀴자국으로 전락하고 싶어서 그래?"

"그럼 옵션은 하나밖에 안 남은 거네, 그치? 플랜 C."

그는 자신의 주머니 속을 뒤진다.

"나는 플랜 C가 정말 싫어."

"그래. 그래도 어쩌겠어. 이제 그 싫은 것과 마주할 때야, 예쁜
아가씨. 악마를 풀어 놓자고."

"플랜 C가 뭔데?"

내가 조용히 묻는다.

"올라가는 거요."

트리그가 자신의 컴 링크를 켠다. 그가 안전한 주파수를 찾아
통신선을 연결하자 스크린상으로 코드들이 번뜩이며 지나간다.

"아웃라이더다. 라스본 응답하라. 들리나? 아웃라이더다……."

유령 같은 목소리 하나가 공명을 이루며 들려온다.

"라스본이 응답한다. 통행허가 코드 '에코'를 요구한다. 오버."

트리그가 자신의 데이터패드를 참고한다.

"13439283. 오버."

"코드가 승낙됐다."

"우리는 5분 안에 2차 구조가 필요하다. 2단계에서 공주님에 한 명을 더 추가로 데리고 왔다."

반대편에서 잠시 말이 없다. 잡음 너머로도 그 목소리에서 안도감이 느껴진다.

"보고가 늦다."

"살인은 딱히 시간 맞춰 할 수 있는 일이 아니라서."

"10분 후에 그곳으로 가겠다. 그의 생명을 사수하라."

통신 연결선이 끊긴다.

"망할 아마추어들 같으니라고."

트리그가 투덜거린다.

"10분이라니."

홀리데이가 말한다.

"우리는 이보다 심한 상황도 겪어 봤잖아."

"언제?"

트리그는 누나의 그 질문에 대답하지 않는다.

"그냥 그 망할 놈의 격납고로 바로 갔어야 했어."

"내가 뭘 하면 돼? 내가 도울 수 있는 방법이 있어?"

나는 그들의 두려움을 감지하며 묻는다.

"죽지 마세요. 당신이 죽으면 이 모든 게 똥 돼요."

홀리데이가 자신의 백팩을 스르륵 내려놓으면서 말한다.

"리퍼님의 친구분은 직접 끌고 가셔야겠어요."

트리그가 말하면서 자신의 몸에서 갑옷을 제외한 전투 장비들을 떼어 내기 시작한다. 그는 자신의 짐에서 골동품 무기들을 두 대 더 꺼낸다. 고출력 가스 앰비라이플을 보조할 두 대의 권총들이다. 그는 나에게 권총 한 대를 건네준다. 손이 떨린다. 16살 때 아레스의 아들들과 함께 훈련을 한 이래로는 화약 무기를 든 적이 없었다. 권총은 심히 비효율적이며 무겁다. 게다가 발사 후의 반동 때문에 조준이 심각하게 부정확하다.

홀리데이는 자신의 짐 속에서 큰 플라스틱 상자를 꺼낸다. 그녀의 손가락들이 걸쇠들 위에서 머뭇거린다.

그녀가 플라스틱 상자를 열자 금속 실린더가 나온다. 그 중앙에는 수은 공이 회전하고 있다. 나는 그 장치를 뚫어지게 쳐다본다. 만약 그녀가 이것을 갖고 다니다 소사이어티에게 걸린다면 다시는 햇빛을 보지 못할 것이다. 심히 불법적인 물건이다. 나는 벽면에 설치된 그래브리프트의 디스플레이를 눈여겨본다. 앞으로 10층을 더 가야 한다. 홀리데이가 실린더에 딸린 리모콘을 쥔다. 8층 남았다.

카시우스가 기다리고 있을까? 아자가? 자칼이? 아니다. 그들은 자신들의 함선에서 저녁 식사 할 준비를 하고 있을 것이다. 자칼은 자신의 삶을 만끽하고 있을 것이다. 그들은 경보가 나 때문인 줄 모를 것이다. 설사 그들이 알게 되더라도 여기까지 오려면 시간이 더 걸릴 것이다. 하지만 그들 중 한 명이 오지 않는다고 하더라도 두려워할 것들은 충분히 많다. 옵시디언 한 명만으로도 이 둘을 맨손으로 찢어발길 수 있을 것이다. 트리그는 그것을 알고 있다. 그는 자신의 눈을 감은 채 가슴 네 군데를 건드리며 십자가를 그린다. 어둑한 빛 속에서 결혼반지가 은은히 반짝인다. 홀리데이는 그 행위를 신경 쓰면서도 따라하지는 않는다.

그녀는 나에게 조용히 말한다.

"이게 저희의 직업이에요. 그러니 당신 자존심은 뒤로하세요. 트리그와 제가 일하는 동안 저희 뒤에 있어 주세요."

트리그는 자신의 목뼈에서 두둑 소리를 낸 후 장갑을 낀 왼쪽 반지 손가락에 키스를 한다.

"가까이 계세요. 다닥다닥 붙어 다니자고요, 리퍼님. 부끄러워하지 마시고요."

3층 남았다.

홀리데이는 자신의 오른손에 가스 라이플총을 든 채 껌을 열심히 질겅질겅 씹는다. 그녀의 왼쪽 엄지는 리모컨 위에 올라가 있다. 한 층 남았다. 이동 속도가 느려지고 있다. 우리는 양쪽으로 열릴 문을 바라본다. 나는 빅트라의 다리를 내 겨드랑이 사이에 끼운다.

"사랑한다, 애송아."

홀리데이가 말한다.

"나도 사랑해, 예쁜이."

트리그가 웅얼거리는 말투로 대답한다. 이제 한껏 긴장된 그의 목소리는 기계적이다.

내가 주도했던 아이언레인 직전에 스핏튜브(골드를 어뢰처럼 소행성이나 행성으로 발사하는 장치 ─ 옮긴이)의 장전실 안에서 스타셸 보호 껍질로 싸인 채 누워 있었을 때보다 더 겁이 난다. 내 안위만이 걱정되는 것이 아니라 빅트라의 안위가, 이 두 남매의 안위가 걱정되어 무섭다. 이 두 사람이 살았으면 좋겠다. 사우스 패시피커에 대해 알고 싶다. 이들이 자기들 어머니에게 무슨 장난을 쳤었는지 알고 싶다. 애완견을 키웠는지, 집이 도시에 있었는지 시골에 있었는지…….

그래브리프트가 바람 새는 소리를 내며 멈춘다.

문의 등불이 깜빡인다. 그리고 자칼의 엘리트 병사들로 이루어진 소대로부터 우리를 분리시켜 주던 두꺼운 금속 문들이 쌕 소리를 내며 열린다. 번쩍이는 두 개의 실신 수류탄들이 핑 날아 들어와 벽면에 부착된다. 삑. 삑. 그리고 홀리데이는 장치의 버튼을 누른다. 우리 발밑에 있는 구형 전자기펄스로부터 보이지 않는 파동들이 파문을 일며 방출되자 깊은 굉음의 내파가 엘리베이터의 고요함을 찢는다. 수류탄들이 타다 말고 흐지부지 죽어 버린다. 엘리베이터 안에도, 밖에도 빛이 꺼지며 까매진다. 문 너머에서 하이테크 펄스 무기들을 들고 대기하는 모든 그레이들, 또 무거운 갑옷과 전기 관절 및 투구와 공기 여과 장치를 장착하고 있는 모든 옵시디언들은 중세시대적인 암흑에 뒤통수를 맞는다.

하지만 홀리데이와 트리그의 골동품 무기들은 여전히 작동한다. 그 두 사람은 사악한 가고일 괴물들처럼 자신들의 무기 쪽으로 몸을 수그리더니 엘리베이터 밖으로 성큼성큼 나가 석조 통로로 들어선다. 이것은 학살이다. 두 전문 명사수들은 널찍한 통로에 배치된 무방비한 그레이 부대들을 향해 그들의 코앞에서 짧은 사거리의 구식 공격탄들을 쏘아 버린다. 피할 곳이 없다. 복도에서 번쩍이는 불빛들. 고출력 라이플에서 나는 폭음들. 내 이가 떨리고 있다. 나는 엘리베이터 안에서 얼어붙어 있다가 홀리데이의 외침에 정신을 차리고 빅트라를 질질 끌며 트리그의 뒤를 황급히 쫓는다.

세 명의 옵시디언들이 쓰러진다. 홀리데이가 구식 수류탄을 던진 것이다. 슈우우웅, 펑. 천장에 구멍이 뚫린다. 석고가 비 오듯 바스러져 떨어진다. 먼지. 위층의 방에서 의자와 함께 코퍼들이 구멍 속으로 빠져 싸움터로 쿵 떨어진다. 과호흡이 인다. 어떤 남자의 머리가 뒤로 확 젖혀진다. 그의 몸은 빙그르르 돌이 바닥으로 곤두박질친다. 그레이 한 명이 피신하러 석조 통로 저 아래쪽으로 도망간다. 홀리데이가 그녀의 척추를 쏘아 버린다. 그녀는 얼음판에서 미끄러지는 아이처럼 사지를 뻗고 넘어진다. 사방이 동적이다. 옵시디언 하나가 측면에서부터 돌진해 온다.

나는 권총을 쏜다. 조준이 엉망이다. 옵시디언의 갑옷은 총알들을 경쾌하게 튕겨 낸다. 200킬로그램의 남자가 이온 도끼를 쳐든다. 그 무기의 배터리는 죽었으나 날은 여전히 예리하다. 그가 종족 특유의 전쟁 구호를 목 울림으로 울부짖는데 그의 투구에서 붉은 안개가 간헐천처럼 뿜어져 나온다. 총알이 두개골 투구의 눈 소켓을 통과한 것이다. 그의 몸이 앞으로 고꾸라지며 미끄러진다.

내 몸과 부딪히는 바람에 나도 중심을 잃고 쓰러질 뻔 한다. 트리그는 벌써 다음 타깃을 향하고 있다. 그는 공예가가 못을 나무에 박듯 침착하게 사람들의 몸에 금속을 박아 넣고 있다. 그 행위에는 아무런 열정도 없다. 예술적 감흥도 없다. 그것은 오로지 훈련과 물리학의 결실이다.

"리퍼님, 빨리빨리 움직이라고요!"

홀리데이가 고함친다. 그녀는 통로를 따라 나를 거칠게 이끌고 가서 혼돈으로부터 떨어뜨린다. 트리그도 뒤따라온다. 그 와중에 무장하지는 않았으나 그의 라이플 총탄을 4발이나 피한 골드의 허벅지를 향해 끈적끈적한 수류탄을 던진다. 슈우우웅, 펑. 뼈와 살은 안개로 변한다.

남매가 달려가며 총을 다시 장전하는 동안 나는 오로지 기절하거나 넘어지지 않는 것에 애써 집중한다.

"우측으로 50발자국. 그러고 나서 계단을 올라가! 이제 7분밖에 안 남았어."

홀리데이가 날카롭게 재촉한다.

통로들은 음산할 정도로 고요하다. 사이렌 소리가 없다. 빛이 없다. 환기구 사이로 휙 불어오는 뜨거운 공기도 없다. 오로지 우리의 부츠가 쿵쿵거리는 소리와 저 멀리서 들려오는 외침들, 그리고 내 관절들이 삐거덕거리는 소리와 폐가 쌕쌕거리는 소리뿐이다. 우리는 창문 하나를 지난다. 작동이 멎은 검은색 함선들이 하늘에서 떨어진다. 다른 함선들이 추락한 곳들마다 작은 불이 군데군데

타오른다. 트램들은 자기레일 위에서 끽 하고 멎어 있다. 아직도 살아 있는 불빛들은 오직 두 개의 가장 멀리 떨어져 있는 봉우리들 쪽에서 빛나고 있다. 과학 기술력을 겸비한 증강 병력이 곧 반응해 올 것이다. 하지만 그들은 뭐가 이 상황을 유발시켰는지 모를 것이다. 어디서 원인을 찾아야 할지 알 수 없을 것이다. 카메라 시스템들과 생체 스캐너들이 죽어 있는 상태에서 카시우스와 아자는 우리를 찾지 못할 것이다. 그 덕에 우리는 생존할 수 있을지도 모른다.

우리는 계단을 달려 올라간다. 오른쪽 종아리와 햄스트링 근육에 쥐가 난다. 나는 끙 하고 앓으며 넘어질 뻔 한다. 홀리데이가 내 체중의 대부분을 부담한다. 그녀의 강력한 목이 내 겨드랑이에 바짝 밀착돼 있다. 세 명의 그레이들이 긴 대리석 계단 맨 밑바닥에서 뒤에 있는 우리를 확인한다. 홀리데이는 나를 옆으로 밀쳐내며 라이플 총으로 두 명을 쓰러뜨리지만 세 번째 놈은 반격을 한다. 총알들이 대리석 안으로 박혀 들어간다.

"놈들이 대체연료를 갖고 있어요. 움직여요. 움직여."

홀리데이가 외친다.

우리는 두 번 더 오른쪽으로 돌아 몇 명의 로우컬러들을 지난다. 그들은 입을 헤 벌린 채 나를 멍하니 바라본다. 우리는 다시 높이 치솟은 천장과 그리스 조각상들로 장식된 대리석 통로를 통과해 갤러리를 지난다. 그곳은 자칼이 훔쳐온 유물들을 보유하는 장소이자 한번은 나에게 핸콕의 선언문(존 핸콕은 독립선언문의 최초 서

100

명자이다─옮긴이)과 미제국 마지막 통치자의 보존된 머리를 보여
준 적이 있던 장소다.

근육들이 화끈거린다. 옆구리가 쪼개지는 것 같다.

"여기!"

홀리데이가 드디어 외친다.

우리는 옆쪽 통로를 통해 세탁물 수거문의 안으로 밀고 들어가
차가운 대낮과 마주한다. 바람이 나를 집어삼킨다. 그 얼어붙은 이
빨이 내 점프슈트를 찢어 버리며 통과하는 동안 우리 넷은 비틀거
리며 자칼의 요새 측면을 따라 깔린 금속 보도 위로 올라선다. 오
른쪽에서는 산의 바위가 위쪽의 현대식 금속과 유리 건물을 바라
보며 항복한 듯 서 있다. 왼쪽은 수천 미터를 낙하할 수 있는 절벽
이다. 눈이 산의 얼굴 주위로 빙글빙글 돈다. 바람이 울부짖는다.
우리는 보도를 따라 앞으로 힘겹게 전진하다 멈춘다. 보도가 요새
의 일부를 두르고 포장된 다리와 연결된 지점이다. 그 다리는 산
에서부터 버려진 착륙장까지 이어진다. 마치 해골 팔이 눈으로 덮
인 콘크리트 저녁 식사 접시를 내밀고 있는 형상이다.

"4분 남았어요."

홀리데이가 고함치며 내가 다리를 힘겹게 지나 착륙장을 향해
가는 것을 돕는다. 도착하자마자 그녀는 나를 바닥에 패대기친다.
나는 빅트라를 옆에 내려놓는다. 안개 자욱한 회색빛을 띤 콘크
리트는 딱딱한 피부를 이룬 얼음 때문에 미끄럽다. 눈발이 날리며
콘크리트 벽 주위로 모여든다. 내 허리에 달하는 그 벽은 원형 착

류장의 울타리가 되어 착륙장을 1000미터의 낭떠러지로부터 보호하고 있다.

"긴 자성 총에는 80발, 유물에는 6발 남았어. 그러고 나면 난 빈통이야."

트리그가 자신의 누나에게 외친다.

"나는 12발 남았어."

홀리데이가 말하며 작은 금속 용기를 밑으로 툭 던진다. 용기가 꽉 열리자 녹색 연기가 나와 공기 중에서 회오리친다.

"다리를 막아야 해."

"나에게 지뢰 6개가 있어."

"심어."

트리그는 다시 다리 밑으로 짐주해 내려간다. 그 끝에는 닫혀 있는 방폭 문 한 쌍이 있다. 우리가 따라온 가장자리 정비로보다도 훨씬 크다. 눈발 때문에 한 치의 앞도 안 보인다. 몸을 떨며 나는 바람을 피하기 위해 빅트라를 가까이 끌어당긴 뒤 벽면에 기댄다. 그녀가 입고 있는 검은색 우비 위로 눈송이들이 쌓인다. 눈은 흩날리며 내린다. 카시우스, 세브로, 그리고 내가 함께 미네르바의 요새를 불태우고 그들의 요리사를 납치했을 때 떨어지던 재처럼.

나는 빅트라에게 말한다.

"우리는 괜찮을 거야. 우리는 잘 빠져나갈 거야."

나는 낮은 콘크리트 벽 너머로 고개를 빼꼼 내밀어 밑의 도시를 바라본다. 그곳은 기이하게도 평화롭다. 도시의 모든 소리들, 모든 애로들이 전자기 펄스에 의해 강제 침묵 중이다. 상대적으로 유난히 큰 눈송이 하나가 바람에 나부끼다 내 손 마디뼈 위에서 안식을 취한다. 나는 그 모습을 지켜본다.

어쩌다 이 상황까지 왔을까? 광산의 소년이었다가 지금은 전락하여 몸이나 떨고 있는 군지도자는 정전이 된 도시를 내려다보며 이 모든 상황에도 불구하고 요행히 자신이 집으로 돌아갈 수 있기를 바라고 있다. 나는 눈을 감는다. 내 친구들과, 우리 가족과 함께 있었으면 좋겠다는 생각을 한다.

"3분."

홀리데이가 뒤에서 말한다. 그녀는 장갑 낀 손으로 내 어깨를 보호하듯 건드린다. 반면 그녀의 시선은 우리의 적이 있나 확인하느라 하늘을 향한다.

"3분이면 우리는 여기서 퇴장입니다. 단 3분이면."

나는 그녀의 말을 믿고 싶다. 하지만 내리던 눈이 그쳤다.

제6장

# 피해자들

나는 눈을 가늘게 뜨고 홀리데이 너머를 확인한다. 그새 프리
즘 빛깔의 방어 실드가 아티카의 일곱 봉우리들 위로 파문을 일며
펼쳐져 우리를 그 너머의 구름과 하늘로부터 차단했다. 실드 발생
기가 전자기펄스의 폭파 범위를 벗어난 곳에 있었나 보다. 우리는
그 너머로부터 어떠한 도움도 받지 못할 것이다.

"트리그! 이쪽으로 돌아와!"

홀리데이는 그가 다리에 마지막 지뢰를 심는 동안 고함친다.

단 한 발의 총성이 겨울날의 아침을 산산조각 낸다. 파삭파삭하
고 차갑게 울려 퍼진다. 그 뒤로 더 들려온다. 파직. 파직. 파직. 트
리그 주변에서 눈이 튀어 오른다. 그는 전력으로 돌아온다. 그 동
안 홀리데이는 그를 대신하여 공격하기 위해 몸을 기울인다. 라이

플이 그녀의 어깨에서 앞뒤로 흔들거린다. 힘겹게 나는 몸을 일으킨다. 햇살 사이로 초점을 맞추려니 눈이 아파온다. 내 앞에서 콘크리트가 폭발한다. 파편들 때문에 얼굴에 상처가 난다. 나는 몸을 수그린 채 두려움에 떤다. 자칼의 사병들이 예비 무기들을 구한 것이다.

다시 밖을 슬쩍 확인한다. 실눈 사이로 트리그가 우리 쪽으로 오던 길목 반쯤에서 발이 묶인 채 가스 동력으로 작동되는 라이플을 든 그레이 부대와 총격전을 벌이는 모습이 보인다. 다리 반대쪽 끝에서 요새의 방폭 문들이 개방되며 그레이들이 쏟아져 나온다. 두 명이 쓰러진다. 두 명이 더 근처 지뢰 가까이 다가가다 연기구름 속으로 사라져 버린다. 트리그가 그들의 발 가까이에 있는 지뢰를 쏜 것이다. 그가 한 차례의 총격전에서 어깨를 맞고는 피신하느라 뒤로 비틀거리자마자 홀리데이가 또 하나의 지뢰를 터뜨린다. 트리그는 자신의 허벅지에 각성 흥분제 한 통을 콱 찔러넣은 뒤 도로 불쑥 일어선다. 내 앞에 있는 콘크리트에 총알이 찰싹하고 튕겨져 나가 홀리데이의 몸을 강타해 들어간다. 그 바람에 육중한 쿵 소리와 함께 그녀는 입고 있는 갑옷 겨드랑이 부분 바로 밑의 갈비뼈에 충격을 받는다.

홀리데이는 핑 돌며 쓰러진다. 총알들 때문에 나는 그녀 옆에 쭈그린다. 콘크리트가 비 오듯 쏟아진다. 그녀는 피를 토한다. 그리고 그녀의 숨소리에 축축한 가래소리가 섞여 울린다.

"제 폐에 박혔어요."

홀리데이가 숨을 헐떡거리며 다리에 매단 주머니에서 각성 흥분제를 더듬거린다. 갑옷 회로가 다 타 버리지만 않았어도 의약품이 자동적으로 주입됐을 것이다. 하지만 그녀는 각성 흥분제 통을 깨서 열고 한 회 용량을 손으로 직접 뽑아 들어야 한다. 나는 미세 주사기들 중 하나를 꺼낸 후 그녀의 목에 주사하여 그녀를 돕는다. 마약성 진통제가 혈류 속을 흘러 다니자 홀리데이의 동공이 확장되고 숨결이 느려진다. 내 옆에서는 빅트라가 눈을 감고 있다.

총성이 멈춘다. 조심스럽게 나는 밖을 힐끔 살핀다. 자칼의 그레이들이 콘크리트 벽 너머와 다리 건너편의 철탑 뒤에 숨어 있다. 대략 60미터 떨어진 지점이다. 트리그가 다시 총을 장전한다. 유일한 소리는 바람의 것이다. 뭔가가 잘못됐다. 나는 하늘을 탐색하다. 이 고요함이 두렵다. 골드가 오고 있다. 이 전장의 맥동으로부터 그 사실을 느낄 수 있다.

"트리그! 도망쳐!"

나는 내 몸이 전율할 때까지 외친다.

홀리데이가 내 표정을 확인한다. 그녀는 아파서 쌕쌕거리면서도 힘겹게 일어난다. 그 동안 트리그는 자신의 은신처를 떠난다. 그의 부츠들이 얼음으로 미끄덩해진 다리에서 미끄러진다. 그는 다시 두 발을 디디고 일어선 뒤 허둥지둥 우리 쪽으로 온다. 공포에 질려 있다. 너무 늦었다. 그의 뒤에서 아자 오 그리무스가 요새의 문을 찢어내듯 통과하여 그레이들을 지난다. 그림자 속에 도사리고 있는 옵시디언들도 지난다. 그녀는 검은 정장 재킷을 입고 있다. 이제 그녀의 긴 다리들이 트리그를 감아올린다. 그 모습은 내가 본 가장 슬픈 광경들 중 하나다.

나는 권총을 발사한다. 홀리데이는 라이플을 쏜다. 우리는 허공 외에 아무것도 맞추지 못한다. 아자는 옆으로 발을 내디딘 후 몸을 비튼다. 그리고 트리그가 우리로부터 10걸음 떨어진 곳쯤 온 순간 그녀는 레이저를 작살처럼 던져 그의 몸통을 관통시킨다. 금속이 그의 흉골에서 축축히 번들거린다. 충격에 그의 두 눈이 커진다. 입은 소리 없이 숨을 헉 쉰다. 그 후 하늘로 들어올려진 그가 비명을 지른다. 아자의 레이저 끝에 꽂혀 위를 향한 상태다. 마치 임의로 만든 작살 끝에서 경련하는 연못 개구리 같다.

"트리그……."

홀리데이가 속삭인다.

나는 비틀거리며 앞으로 나간다. 아자를 향해. 내 레이저를 꺼내 들며. 하지만 홀리데이가 나를 벽 뒤로 다시 거칠게 잡아끈다. 마침 어느 정도 떨어진 그레이가 총을 발사한다. 그 총알들이 우리 주변의 콘크리트 안에 꽉 박힌다. 홀리데이의 피가 자기 몸 밑의 눈을 녹인다. 그녀가 으르렁거리며 남은 마지막 힘을 다해 나를 바닥으로 끌고 간다.

"바보 같이 굴지 마세요. 우리는 쟤를 도와줄 수 없어요."

"트리그는 네 남동생이잖아!"

"제 동생은 임무의 목표가 아니에요. 당신이 목표죠."

"대로우!"

107

아자가 다리에서 나를 부른다. 홀리데이는 아자가 자신의 남동생을 데리고 서 있는 곳을 힐끔 쳐다본다. 홀리데이의 얼굴은 창백하며 고요하다. 올림픽나이트는 레이저 끝에 트리그를 꽂은 채 한 손으로 그를 들어올린다. 트리그는 칼날 위에서 꿈틀거린다. 그의 몸이 아자의 손아귀 쪽으로 칼날을 따라 미끄러져 내린다.

"나의 굿맨, 다른 사람들 뒤에 숨는 시간은 이제 끝났다. 그만 나와라."

"가지 마세요."

홀리데이가 중얼거린다.

"나와라."

아자가 말한다. 그리고 그녀는 트리그를 그녀의 칼에서부터 다리 밖으로 떨쳐낸다. 그는 200미터를 낙하한 뒤에 절벽 밑의 튀어나온 화강암에 부딪혀 몸이 동강난다.

홀리데이는 고통스럽게 목메는 소리를 낸다. 그녀는 자신의 빈 라이플을 들어 올리더니 아자를 겨냥한 채 방아쇠를 열댓 번 당긴다. 아자는 홀리데이의 무기가 비었다는 것을 깨닫기 전에 몸을 낮춰 공격을 피한다. 나는 홀리데이를 밑으로 끌어내린다. 마침 그녀의 가슴을 목표로 발사된 저격수의 총알이 그녀의 총에 쾅 부딪힌다. 총은 산산조각 난 뒤 그녀의 손아귀로부터 튕겨 나간다. 그 과정에서 그녀의 손가락 하나도 토막 났다. 우리는 등을 콘크리트에 댄 채 빅트라를 사이에 두고 몸을 떨며 앉아 있다.

"미안해."

내가 용케 말한다. 홀리데이는 내 말을 듣지 못한다. 그녀의 손은 내 것보다도 더 심하게 떨린다. 저 어딘가를 향하고 있는 그녀의 눈에는 눈물이 없다. 찡그린 그녀의 얼굴은 허옇게 질려 있다.

"그들이 올 거예요."

홀리데이가 잠시 동안의 침묵 후에 말한다. 그녀의 시선이 녹색 연기를 따라간다.

"그래야 해요."

홀리데이의 옷 밖으로 스민 피가 입가로 흐르다 목을 타고 반쯤 내려가는 길에 얼어붙는다. 그녀는 자신의 부츠 칼을 쥐며 일어서려고 시도하지만 그녀의 몸은 이미 끝난 상태다. 그녀의 숨결은 축축하고 텁텁하며 구리 냄새가 난다.

"그들이 올 거예요."

"계획이 뭐야?"

나는 홀리데이에게 묻는다. 그녀의 눈이 감긴다. 나는 그녀를 흔든다.

"그들이 어떻게 오는데?"

그녀는 착륙장의 가장자리 쪽을 고개로 가리킨다.

"들어봐요."

"대로우!"

카시우스의 목소리가 바람 너머로 나를 부른다. 그가 아자와 합류한 것이다.

"라이코스의 대로우, 나와라!"

아름답고도 풍부한 성량의 그 목소리는 이 순간에 어울리지 않는다. 너무 성대하고 고결하며 우리를 집어삼키는 슬픔에 훼손되지 않았다. 나는 눈에서 눈물을 훔친다.

"네가 결국에 어떤 사람인지를 결정해야 해, 대로우. 남자답게 나올 거야? 아니면 우리가 너를 동굴 속 쥐처럼 파내야 하나?"

분노가 가슴을 옥쬔다. 하지만 일어서고 싶지 않다. 한때의 나라면 일어섰을 것이다. 내가 골드라는 갑옷을 입은 채 이오의 살인자 위에 서서 그를 내려다볼 것이라고, 그의 도시들이 불타고 저들의 컬러 계급이 추락할 때에 저들에게 내 진짜 정체를 드러낼 것이라고 생각했을 당시였다면 말이다. 하지만 그 갑옷은 사라졌다. 리퍼라는 그 가면은 의혹과 어둠이 갉아먹어 버렸다. 나는 그냥 아이일 뿐이기에 몸을 떨고 웅크리며 적으로부터 숨는다. 왜냐하면 나는 실패의 대가를 알고 있으며 심히 너무나 겁이 나기 때문이다.

하지만 나는 그들이 나를 데려가게 하진 않을 것이다. 더는 그들의 피해자가 되지 않을 것이다. 그리고 빅트라도 그들의 손에 다시 들어가게 두지 않을 것이다.

"이것 다 집어치워 버려."

나는 말한다. 나는 홀리데이의 옷깃과 빅트라의 손을 쥔다. 눈 위에 반사된 햇볕에 앞이 안 보이고, 얼굴은 추위에 감각을 잃어 버렸다. 그 상태로 나는 죽을힘을 다해 그들을 질질 끈다. 우리의 은신처에서 출발해 착륙장을 지나 바람이 포효하는 곳의 제일 가장자리까지 그들을 데리고 간다.

내 적들로부터 침묵이 흐른다.

내가 연출하는 이 광경이…… 말라비틀어진 형체가 친구들을 비틀대며 질질 끌고 가는 이 상황이, 눈은 움푹 꺼지고 수염이 자라 굶주린 늙은 악마 같아진 우스꽝스러운 얼굴이 동정심을 부른다. 나로부터 20미터 뒤에는 두 명의 올림픽나이트들이 다리 위, 착륙장과 만나는 지점에 고압적으로 서 있다. 두 사람의 양쪽으로는 뒤쪽 시타델 문들로부터 나온 50명 이상의 그레이들과 옵시디언들이 있다. 아자의 은빛 레이저에서 피가 뚝뚝 흐른다. 하지만 그것은 그녀의 무기가 아니다. 론 스승님의 것이다. 그녀가 그분의 시체로부터 가져간 것이다. 발가락들이 젖은 실내화 속에서 욱신거린다.

드넓은 산 위의 요새에 비하면 병사들은 너무나 작아 보인다. 그들이 들고 있는 금속 총들은 너무나 하찮고 단순해 보인다. 나는 오른쪽, 다리 밖을 확인한다. 수 킬로미터 멀리, 전자기펄스의 영향권 밖에 위치한 동떨어진 산봉우리로부터 비행 군사들이 날아오르고 있다. 비행 군사들이 낮은 구름층을 뚫고 우리 쪽을 향해 날아온다. 그 뒤로 립윙 한 대가 뒤따라오고 있다.

"대로우."

카시우스가 나를 부르며 아자와 함께 앞으로 걸어 나온다. 그들은 다리에서 내려와 착륙장에 올라온다.

"너는 도망칠 수 없어."

그는 나를 지켜본다. 그의 눈빛을 읽을 수 없다.

"실드가 쳐졌어. 하늘은 막혔다고. 그 너머의 그 어떤 함선도 너를 데리러 올 수 없어."

그는 착륙장 위의 가스통으로부터 회오리를 이루며 겨울 공기 중으로 오르는 녹색 연기를 바라본다.

"네 운명을 받아들여."

우리 사이로 바람은 울부짖으며 산자락으로부터 줄줄이 찢어낸 눈송이들을 데려간다.

"해부? 너는 내가 그걸 당하는 게 마땅하다고 생각해?"

내가 묻는다.

"너는 테러범이야. 네가 갖고 있던 권리들은 스스로 포기했어."

나는 빅트라와 홀리데이 너머로 으르렁거린다.

"권리들이라고? 내 아내의 발을 밑으로 잡아당길 권리? 우리 아버지께서 돌아가시는 모습을 지켜볼 권리? 너는 무슨 자격으로 그것들을 가져가겠다는 건데?"

침을 뱉어 보려 하지만 그것은 내 입술에 붙어 버린다.

"지금 논쟁하자는 게 아니야. 너는 테러범이야. 그러니 정의의 이름으로 심판을 받아야 해."

"이 우라질 위선자야, 그럼 너는 왜 나와 말을 섞는 건데?"

"왜냐하면 명예로움은 여전히 의미 있는 것이기 때문이지. '명예야말로 길이길이 남는 것이다.'"

카시우스 아버지의 말씀이다. 하지만 그 말은 내 귀에서 느껴지

112

는 만큼이나 그의 입술에서도 공허하다. 이 전쟁은 카시우스에게서 모든 것을 앗아갔다. 그의 눈을 보면 그가 얼마나 망가졌는지를 확인할 수 있다. 그가 얼마나 힘겹게 자신의 아버지의 아들이 되려고 노력하고 있는지도 보인다. 그는 그럴 수만 있다면, 우리가 기관의 산악지대에서 모닥불을 지피던 그때로 돌아가기를 선택할 것이다. 삶이 단순했으며 친구들이 진실해 보였던 영예로운 그 시절로 돌아갈 것이다. 하지만 과거로 돌아가기를 바란들 우리 둘 중 어느 한 명의 손에서도 핏자국은 씻어낼 수 없다.

계곡에서부터 신음해 오는 바람소리에 귀를 기울인다. 양발의 뒤꿈치가 착륙장의 끝에 닿을 정도로 물러선다. 뒤에는 공기 외에 아무것도 없다. 공기와 2000미터 아래의 계곡 바닥에서 변화하는 어두운 도시의 지형뿐.

아자가 카시우스에게 조용히 말한다.

"그가 뛰어내리려고 한다. 우리는 저 몸이 필요해."

"대로우…… 하지 마."

카시우스가 말한다. 하지만 카시우스의 눈빛은 나에게 뛰어내리라고 말하고 있다. 항복하느니, 또 겹겹이 벗겨지러 루나로 끌려가느니 이 방식으로 탈출하라고 말하고 있다. 이것이 고결한 길이라며. 그는 다시금 나에게 자신의 망토를 덮어 주고 있다.

나는 이런 그가 증오스럽다.

"너는 네가 명예롭다고 생각해? 네가 선하다고 생각해? 네가 사랑하는 사람들 중 누가 남았는데? 너는 뭐를 위해 싸우는데?"

내가 씩씩거린다. 분노가 내 말 속으로 스멀스멀 침식한다.

"너는 혼자야, 카시우스. 하지만 나는 아니야. 내가 네 남동생을 '통로'에서 마주했을 때에도 아니었어. 내가 너희들 사이에 숨어들었을 때도 아니었어. 내가 어둠 속에 누워 있었을 때도 아니었어. 심지어 지금도 나는 혼자가 아니야."

나는 홀리데이의 실신한 몸을 가능한 있는 힘껏 쥔다. 그녀의 갑옷의 끈 안에 손가락을 말아 넣고, 빅트라의 손을 잡는다. 뒤꿈치로 콘크리트의 가장자리를 긁는다.

"바람에 귀를 기울여 봐, 카시우스. 우라질 바람 소리를 들어 보라고."

두 기사들은 고개를 갸우뚱한다. 그러고도 그들은 여전히 계곡 바닥에서부터 위로 떠오르는 이 기이한 신음소리가 뭔지를 모른다. 왜냐하면…… 골드의 아들과 딸이 어찌 클라우드릴의 바위 뚫는 소리를 알겠는가? 내 종족들이 하늘에서가 아니라 우리 행성의 심부에서 찾아오리라는 것을 그들이 무슨 수로 예측하겠는가?

"잘 있어, 카시우스. 나를 기다려라."

나는 말한다. 그리고 양다리를 모두 이용해 절벽에서 뛰어내린다. 그렇게 몸을 뒤로 젖혀 허공에 날려서 홀리데이와 빅트라를 난데없는 곳으로 끌고 간다.

# 제7장

# 호박벌들

우리는 눈 덮인 도시의 한가운데 중에서도 눈이 녹아 있는 중심부 쪽으로 떨어진다. 그곳, 열 맞춰 세워진 제조공장들 사이로 땅이 부풀어 오르며 건물들이 전율하고 기울어진다. 배관파이프들은 깨져 360도 회전하며 허공으로 날아간다. 분열된 아스팔트 사이에서 증기가 쌕쌕거리며 나온다. 가스 폭발의 파문이 코로나를 이룬 채 퍼져나가며 거리들을 지나던 불길들을 한데 잇는다. 그 불난 거리들 또한 휘어지고 들썩인다. 마치 화성 그 자체가 어떤 고대 리바이어던(레비아탄 혹은 레비아단으로도 불리는 성경에 나오는 괴물―옮긴이)을 출산하기 위해 6층 건물 높이까지 기지개를 펴는 것 같다. 그런 후, 지면과 도시가 더 이상 기지개를 펼 수 없게 되자 클로우드릴 하나가 겨울 공기로 분출해 나온다. 용융 손가락들

115

이 달린 엄청나게 거대한 금속 손이다. 증기를 내뿜으며 뭐든 쥐는 그것은 화성 안으로 가라앉으며 사라진다. 그러면서 도시의 한 블록의 반이 손과 함께 밑으로 끌려 들어간다.

우리는 너무 빨리 떨어지고 있다.

너무 이르게 뛰어내렸다. 빅트라를 잡고 있던 내 손이 풀린다.

지면이 우리를 향해 질주해 올라온다.

그러더니 소닉 붐과 함께 허공에 금이 간다.

그 후 또 한 차례. 그리고 또 한 차례. 그렇게 결국 클로우드릴에 의해 조각된 터널의 어둠 속에서 완연한 코러스가 들려올 때까지 그 소리는 반복된다. 그것이 작은 군대를 출산하고 있는 것이다. 둘, 스물, 쉰 명의 갑옷 입은 형체들이 그래브부츠들을 신은 채 터널 밖으로 고함치며 우리의 곁으로 온다. 내 왼쪽에서도, 오른쪽에서도. 붉은 핏빛으로 칠해진 그것은 우리 뒤의 하늘을 향해 펄스 파이어를 쏟아내고 있다. 머리끝이 쭈뼛 선다. 오존 냄새가 난다. 과열된 탄약들이 마찰에 의한 푸른 파문을 일며 공기 분자들을 뚫고 지나간다. 어깨들에 둘러업은 미니건들은 죽음을 토한다.

아레스의 아들들이 올라오는 사이로 진홍색의 무장한 남자가 나타난다. 남자는 스파이크 박힌 자기 아버지의 투구를 쓴 채 쌩하고 앞으로 나온다. 그리고 빅트라가 고층 건물의 천장과 충돌하기 몇 초 전에 그녀를 받는다. 남자가 쓴 투구 스피커로부터 늑대들이 울부짖는 소리가 왁자지껄하게 들려온다. 바로 아레스다. 나의 가장 친한 친구는 나를 잊지 않았다. 그는 제국 파괴자와 테러리스트, 그리고 변절자로 이루어진 자신의 부대, 즉 하울러들과 함께 왔다. 열두 명의 금속 남자와 여자 들이 바람에 격하게 휘날리는 검은 늑대 망토들을 두른 채 그의 뒤를 따른다. 그들 중 가장 큰 자는 순백색 바탕에 푸른 손자국들이 가슴판과 팔 부분을 뒤덮은 갑옷을 입고 있다. 그의 검은 망토 한가운데에는 붉은 줄무늬가 물들어 있다. 잠시 동안 나는 팍스가 죽었다 살아나 나를 데리러 오는 것이라고 착각한다. 하지만 그자가 나와 홀리데이를 잡는 순간, 푸른 물감으로 찍힌 손자국들 안에 그려진 상형문자들이 보인다. 화성의 남극에서 온 상형 문자들이다. 이 사람은 발키리 스파이어스의 왕자, 라그날 볼라루스다. 라그날은 홀리데이를 다른 하울러에게 던져 넘기고 나를 자신의 등에 업어 내가 자기 목에 팔을 두를 수 있게 한다. 나는 그의 갑옷 리벳 밑으로 손가락들을 깊게 끼운다. 그 후 그는 연기 나는 계곡 도시 사이로 날아 터널을 향하며 나에게 외친다.

"꽉 잡으세요, 어린 형제여."

그리고 그는 급하강을 한다. 세브로는 왼쪽에서 빅트라를 붙잡고 있으며 하울러들이 우리를 온통 둘러싸고 있다. 우리가 터널의 입 속 어둠으로 급락하는 동안 그래브부츠들이 비명을 지른다. 적들은 우리를 뒤쫓는다. 소리들은 끔찍하다. 바람의 비명소리. 펄스 파이어가 우리 뒤쪽 벽을 부수면서 돌들을 깨뜨리는 소리. 그리고 무기들의 지저귐 소리. 라그날의 금속 어깨에 닿은 내 턱이 덜덜거린다. 그는 그래브부츠의 배터리를 최대로 태우며 진동시킨다.

갑옷의 볼트들이 내 늑골 안을 파고든다. 우리가 칠흑 속을 헤집으며 쏜살같이 날아가는 동안 그의 꼬리뼈 위에 장착된 배터리 팩이 내 사타구니 안쪽을 강타한다. 나는 금속 상어를 타고 격노하는 바다의 뱃속으로 점점 더 깊이 들어간다. 귀에서 뺑 소리가 난다. 바람이 휘파람을 분다. 자갈 하나가 이마를 강타한다. 피가 얼굴을 타고 흘러내려 눈을 따갑게 만든다. 유일한 빛은 부츠들이 발하는 것과 무기들의 번쩍임이다.

오른쪽 어깨의 피부가 화끈거리도록 아프다. 우리를 뒤쫓는 자들이 쏜 펄스 파이어가 몇 센티미터 차이로 나를 비껴간다. 그럼에도 불구하고 피부에서 거품이 일고 연기가 나더니 내 점프슈트의 소매에 불이 붙는다. 바람이 그 불꽃을 꺼뜨린다. 하지만 펄스 파이어가 다시 쌩하니 지나가 내 바로 앞쪽에 있는 '아늘들'의 그래브부츠 안에서 끓어오른다. 그 남자의 다리는 녹아내리면서 단 하나의 용융된 금속덩이가 된다. 그는 허공에서 몸을 획 비틀더니 천장에 강하게 부딪힌다. 그의 몸이 으스러진다. 그의 투구가 찢어져 떨어져 나가더니 회전하며 내 쪽으로 곧장 날아온다.

붉은빛이 눈꺼풀 새로 들어와 눈이 욱신거린다. 공기 중에는 연기가 찼다. 살 탄 냄새. 냄새에 목구멍 뒤쪽이 따끔거린다. 지방 조직은 꺼멓게 타서 바삭해졌다. 가슴은 통증으로 후끈거린다. 비명과 울부짖는 소리, 엄마를 찾는 소리가 늪을 이루며 사방으로 펼쳐진다. 그리고 뭔가 다른 것이 있다. 귓가에 호박벌 떼 소리가 들려온다. 누군가가 내 위에 있다. 눈을 뜨자 붉은 빛 속에서 그들이 보인다. 그들은 내 얼굴을 향해 소리치고 있다. 내 입에 마스크를 대고 있다. 축축한 늑대 망토가 덜렁거리며 금속 어깨에 매달린 채 목을 간질이고 있다. 다른 손들이 내 손을 건드린다. 세상이 진동한다, 기울어진다.

"스타보드! 스타보드!"

누군가가 저 멀리서 외치는 소리가 마치 물속에 있는 것 같이 들린다.

우리는 함선에 탄 상태다. 나는 죽어가는 사람들로 둘러싸여 있다. 타 버리고 비틀린 갑옷의 잔재들이다. 그들보다 더 작은 사람들이 육식 독수리들처럼 그들 위에 올라탄 채 몸을 수그리고 있다. 손에 든 톱들을 번뜩이며 갑옷을 벗겨낸다. 갑옷 안에서 화상으로 죽어 가던 사람들이 해방되어 간다. 하지만 갑옷은 녹아서 그 안에 갇힌 사람들을 꽉 조이고 있다. 손 하나가 내 손을 건드린다. 내 옆에 누워 있는 소년이다. 눈을 크게 뜨고 있다. 그의 갑옷은 까맣게 그을었다. 그을음과 피로 덮인 뺨은 젊고 부드럽다. 입에는 아직 미소로 인한 주름들이 지지 않았다. 숨결이 점점 짧아진다. 빨라진다. 그가 내 이름을 소리 없이 부른다.

그 후 그는 세상을 떠난다.

제8장

# 고향

 나는 홀로 있다. 이 모든 공포로부터 멀리 떨어진 곳에서. 무게
감 없이 이끼 향과 흙내가 나는 깨끗한 도로 위에 서 있다. 내 발
은 바닥과 닿아 있지만 그 밑의 감각을 느낄 수 없다. 양 방향으로
바람에 두들겨 맞은 풀들이 황무지를 이루며 펼쳐져 있다. 하늘에
번개가 번쩍하고 지나간다. 내 손에는 '상징'이 없다. 그런 손으로
자갈 벽면을 유유히 따라간다. 벽은 양쪽으로 구불구불하게 쭉 이
어진다. 나는 언제부터 걷기 시작한 것일까? 저 멀리 어딘가에서
나무를 태워 나는 연기가 피어오르고 있다. 나는 길을 따르지만
그밖에 달리 행동할 선택권이 없는 것처럼 느껴진다. 어떤 목소리
가 언덕 너머에서 나를 부른다.

오, 텅 빈 무덤이여, 오, 텅 빈 혼례식장이여,

내가 가는 길목을 영원히 지켜볼 고향이여,

대부분 그곳으로 가 버린 나의 민족에게 말하니,

페르세포네가 그들을 그녀 곁으로 데리고 갔소.

그들을 통틀어 마지막으로, 나머지보다 훨씬 더 불운한 운명을 진 채로,

나도 하강하리다, 내 운명이 다하기 전까지.

그럼에도 불구하고 그곳에 도착했을 때 찾을 수 있기를 희망하겠소,

나는 소중한 친구로서 내 소중한 아버지 곁으로 가려 하오

그리고 나의 어머니여, 당신 곁으로도, 또 내 형 곁으로도 가려 하오

그대들 세 사람이 가시던 길은 모두 내 손으로 보내드렸지,

내가 그대들의 시체를 닦아 주었소…….


그것은 내 삼촌의 목소리다. 여기가 '계곡' 사후세계인가? 이것이 죽기 전에 걷는 길인가? 그럴 리가 없다. 계곡에는 고통이 없다. 하지만 내 몸은 욱신거린다. 양다리가 따끔거린다. 그럼에도 불구하고 앞에서 삼촌의 목소리가 들려온다. 그 목소리가 나를 이 안개 속에서 이끌어 준다. 아버지께서 돌아가신 후 나에게 춤추는 법을 가르쳐 준 남자, 나를 보호하고 아레스에게 보내 준 남자. 정작 본인은 갱도에서 죽은 뒤 이제는 계곡에 머물고 있는 남자.

나를 맞이하는 사람은 당연히 이오일 줄 알았다. 아니면 우리 아버지든지. 적어도 나롤 삼촌은 아닐 거라고 생각했는데.

"계속 읽어요. 비라니 선생님께서 이 애가 우리 소리를 들을 수 있다고 했잖아요. 대로우는 그저 돌아오는 길을 찾기만 하면 돼요."

다른 목소리가 속삭인다.

내가 걷는 동안에도 밑에 침대가 있는 것이 느껴진다. 주변 공기가 폐 속에서 차갑게 바스락 거린다. 이불보는 부드럽고 깨끗하다. 다리 근육들이 움찔거린다. 마치 작은 벌들이 쏘는 것 같은 느낌이다. 그리고 매번 쏘일 때마다 꿈의 세계가 희미해져 가며 정신이 다시 몸으로 스르륵 돌아온다.

"글쎄, 기왕 우리가 이 자식에게 뭔가를 읽어 줄 거면 레드가 쓴 걸 읽어 줘야죠. 이런 바이올렛이 쓴 기생오라비 같은 글 말고."

"댄서의 말로 이 글은 애가 가장 좋아하는 글들 중 하나라잖아요."

눈을 뜬다. 나는 침대에 있다. 하얀색 침대 시트, 팔에 주입된 정맥 주사. 이불 밑에서 나는 양다리에 부착된 개미만 한 노두들을 건드린다. 근육 속에 전류를 보내서 근위축을 막기 위한 것들이다. 방은 동굴 같다. 과학 장비, 기계, 그리고 테라리엄(유리병 안에 식물을 키우는 것 ─옮긴이)이 방 안에 너저분히 늘어져 있다.

꿈결에 들은 목소리는 나롤 삼촌이 맞았다. 하지만 삼촌이 있는 곳은 계곡이 아니다. 삼촌은 살아 있다. 침대 옆자리에 앉아 눈살을 찌푸린 채 미키의 낡은 책 중 한 권을 들여다보고 있다. 삼촌은 머리가 희끗희끗하고, 레드치고도 깡말랐다. 굳은살 박인 손으로 연약한 종잇장을 섬세히 다루려 노력 중이다. 삼촌은 이제 대머리다. 양 팔뚝과 목 뒤쪽은 심하게 햇볕에 그을었다. 여전히 낡아 금이 간 가죽을 툭 뭉쳐져 만든 것 같은 모습이다. 올해 41살이 된다. 하지만 그보다 나이가 들어 보인다. 더 야만스러워 보인다. 삼촌에게서 음울하고도 위험스러운 분위기가 풍긴다. 허벅지 총집에 끼워 둔 레일건 때문에 분위기가 더 살벌해 보인다. 삼촌이 입은 검은 군용 재킷 소사이어티 로고 바로 위에 슬링블레이드 마크 하나가 꿰매져 있다. 소사이어티 로고는 뜯었다가 거꾸로 다시 바느질되어 있다. 레드가 맨 위, 골드가 바닥을 이루도록.

삼촌은 전장에 나갔던 사람이다.

삼촌의 옆에는 우리 어머니께서 앉아 계신다. 뇌졸중을 겪은 뒤로 구부정하고 가냘프게 변한 여인. 자칼이 펜치를 들고 어머니 위에 서 있는 상상을 그동안 얼마나 많이 했던가? 그 모든 시간에도 어머니는 안전하셨다. 어머니는 삐뚤어진 손가락으로 누더기 양말 사이로 바늘과 실을 움직여 구멍들을 메우고 계신다. 손가락들을 예전처럼 움직이지는 못하신다. 나이와 병환이 어머니를 느리게 만들었다. 어머니의 망가진 몸뚱이가 그분 속에 있는 진짜 자신인 것은 아니다. 그 몸뚱이 안에 서 계신 어머니의 자아는 당당함에 있어 그 어떤 골드에게도 뒤지지 않으며, 장대함에 있어 그 어떤 옵시디언에게도 뒤지지 않는다.

그 자리에 앉은 어머니가 조용히 숨을 쉬며 자신의 작업에 집중

하시는 모습을 지켜보고 있자니 이 세상에 있는 다른 그 어느 것보다도 더 어머니를 보호하고 싶어진다. 어머니의 상처를 아물게 해 드리고 싶다. 어머니가 한 번도 가져 보지 못한 모든 것들을 바치고 싶다. 어머니를 너무나 많이 사랑하기에 뭐라고 표현해야 할지 모르겠다. 어머니께서 나에게 얼마나 큰 존재이신지 알려드리기 위해 어떻게 해야 할지 모르겠다.

"어머니……."

나는 속삭인다.

두 사람은 고개를 들고 쳐다본다. 나롤 삼촌은 의자에 그대로 굳는다. 어머니께서는 삼촌의 손에 자신의 손을 올리신 후 일어나서 천천히 내 침대 옆자리로 오신다. 어머니의 걸음걸이는 느리고 조심스럽다.

"안녕, 아가야."

어머니께서 내 위에 서 계신다. 눈빛으로 보여 주시는 그 사랑은 나에게 과분하다. 내 손의 크기는 어머니의 머리만 하다. 그래도 나는 스스로에게 저분이 진짜라는 것을 증명하려는 듯이 어머니의 얼굴을 부드럽게 만진다. 어머니의 눈가 주름에서부터 관자놀이 부근에 난 흰머리까지 손으로 쓰다듬는다. 어렸을 때, 나는 어머니를 아버지만큼은 좋아하지 않았다. 어머니께서는 때때로 나를 때리셨다. 홀로 흐느끼다 별일 없는 척도 하셨다. 그랬던 나지만 지금 바라는 바는 오직 어머니께서 요리하면서 부르시던 콧노래 소리를 듣는 것뿐이다. 단지 우리가 평화로웠으며 내가 어린 아이였던 그 지루한 밤들을 다시 누리고 싶을 뿐이다.

그때로 돌아가고 싶다.

"죄송해요······."

나도 모르게 그렇게 말하고 만다.

"너무 죄송해요······ ······."

어머니께서는 내 이마에 입 맞추신 후 내 머리에 당신의 머리를 대고 앞뒤로 흔든다. 어머니에게선 녹과 땀과 기름 냄새가 난다. 고향의 냄새 같다. 어머니께서는 내가 당신의 아들이라고 말씀해 주신다. 사과할 일이 전혀 없다고. 내가 안전하다고. 내가 사랑받고 있다고. 우리 가족이 여기에 있다고. 키어런 형, 리애나, 그리고 그들의 아이들이. 나를 보기 위해 기다리고 있다고. 나는 걷잡을 수 없이 흐느껴 울며 고독이 나에게 강제로 지운 그 모든 고통을 나눈다. 눈물은 혀가 구사할 수 있는 언어보다 더 깊은 대화를 나눈다. 어머니께서 내 머리에 다시 입맞춤 해 주신 후 물러나실 때쯤에는 기진맥진하다. 나롤 삼촌이 그녀의 옆으로 다가와 내 팔에 자신의 손을 올려놓는다.

"나롤 삼촌······."

"안녕, 요 조그만 망나니야. 여전히 네 아버지의 아들이냐, 응?"

나롤 삼촌이 거칠게 말한다.

"저는 삼촌이 죽은 줄 알았어요."

내가 말한다.

"아녀. 죽음이 나를 조금 씹어 보기는 했어. 그랬지만 그 후에 내 우라질 궁둥이를 다시 뭬하고 뱉어냈지. 그놈 말이 해야 할 살인도 남아 있고 내 핏줄인 어떤 막나가는 놈이 구제를 좀 받아야 한다고 하더라."

나롤 삼촌은 나를 내려다보며 활짝 웃는다. 삼촌의 입술에는 오래된 흉터와 함께 새로운 흉터 두 개가 더 나 있다.

"우리는 네가 깨어나기를 기다리고 있었단다. 그들이 너를 이 셔틀로 다시 데리고 온 지 이틀이 지났어."

어머니께서 말씀하신다.

아직도 목구멍 뒤쪽에서 살이 타며 나는 연기의 맛이 난다.

"우리는 어디에 있는 거예요?"

내가 묻는다.

"티노스. 아레스의 도시란다."

"티노스……."

나는 속삭인다. 그리고 재빨리 일어나 앉는다.

"세브로…… 라그날……."

"그들은 살아 있어."

나롤 삼촌이 끙 하고 대답한다. 그리고 나를 눌러 도로 눕힌다.

"그러다 튜브랑 레스플레시 새 살을 찢어내겠구나. 네가 그렇게 피투성이에 엉망진창이 되어 탈출한 후 비라니 선생님이 네 몸을 다시 이어 붙이는데 몇 시간이 걸렸어. 본라이더들은 모두 전자기 펄스 반경 안에 있었어야 했어. 하지만 안 그랬지. 그들은 터널 속에서 우리를 갈기갈기 찢어놨어. 네가 살아 있는 유일한 이유는 라그날이 널 보호했기 때문이야."

"삼촌도 그 자리에 있었어요?"

"아티카 지상까지 쳐들어간 드릴팀을 누가 이끌었다고 생각하는 건데? 그건 라이코스 핏줄 사람들이었어. 람다와 오미크론 군단이었다."

"그리고 빅트라는 어떻게 됐어요?"

"천천히, 얘야."

나롤 삼촌은 내 가슴에 손을 얹어 내가 다시 일어나려고 하는 것을 저지한다.

"그녀는 의사 선생님과 함께 있어. 그 그레이도 마찬가지고. 그들은 살아 있어. 치료받고 있지."

"저를 검사하셔야 해요, 나롤 삼촌. 의사들에게 저를 검사해서 방사선 추적 장치들이 있는지 확인하라고 하세요. 임플란트들이 있는지 말이에요. 그들은 저를 일부러 놔줬을지도 몰라요. 티노스를 찾기 위해서요…… 저는 세브로를 봐야겠어요."

"오이! 내가 '천천히'라고 말했지."

삼촌이 날카롭게 말한다.

"우리가 너를 검사했단다. 네 안에는 임플란트가 두 개 있었어. 하지만 둘 다 전자기펄스에서 타 버린 상태였지. 너는 추적당하지 않았어. 그리고 아레스는 여기에 없어. 지금 하울러들과 함께 나간 상태야. 단지 부상자들을 이송하고 급하게 식사를 때우러 왔던 것뿐이었어."

늑대 망토가 거의 12개에 달한다니. 그렇다는 것은 그가 신병을 모집했다는 말이다. 시슬이 우리를 배신했다. 하지만 빅수스는 페블과 클라운을 언급했었다. 스크루페이스도 그들과 함께 있는지 궁금하다.

"아레스는 언제나 움직이고 있던데."

어머니께서 말씀하신다.

"할일이 많으니까요. 아레스는 한 명뿐이고. 그들은 아직 생존자들을 찾아다니고 있어요. 곧 돌아올 겁니다. 운이 계속 좋으면 아침까진 오겠죠."

나롤 삼촌이 아레스를 두둔해 주신다. 우리 어머니께서 모진 시선을 쏘아 보내자 삼촌은 입을 닫는다.

나는 침대 뒤로 기댄다. 그들과 대화를 하고, 이렇게 서로 마주하고 있다니 감개무량하다. 나는 문장을 만드는 것도 간신히 한다. 할 말이 너무나 많다. 내 마음 속에서 낯선 감정들이 너무나 많이 흘러 지나간다. 결국 내가 하는 일이라고는 있는 자리에서 그대로 앉은 채 빠르게 숨 쉬는 것뿐이다. 내 어머니께서는 이 방을 사랑으로 채우신다. 하지만 나는 여전히 이 순간 너머에서 이동하는 어둠이 느껴진다. 잃었다고 생각했던, 그리고 이제는 내가 보호하지 못할까 봐 두려운 이 가족에게서 엄습하는 감정이다. 내 적들은 너무나 훌륭하다. 너무나 많다. 그리고 나는 너무 약하다. 나는 어머니의 손 마디뼈를 엄지손가락으로 부산히 만지작거리며 고개를 젓는다.

"어머니를 다시는 못 뵐 줄 알았어요."

"그럼에도 너는 여기에 있잖니."

어떻게 하시는지는 모르겠지만 어머니께서는 그 말을 차갑게 들리도록 뱉으신다. 두 남자는 말도 간신히 하는 판에 눈물 한 방울도 안 흘리시는 것이 참으로 우리 어머니답다. 나는 언제나 내가 어떻게 기관에서 살아남았는지가 궁금했다. 그것이 우리 아버지 덕은 절대 아니었다. 아버지께서는 부드러운 성품의 분이셨다. 어머니가 내 안의 척추다. 강철이다. 그리고 나는 그분의 손을 꼭 쥔다. 마치 그렇게 단순한 몸짓이 그 모든 말을 다 전달할 수 있는 것처럼……

문 쪽에서 가벼운 노크소리가 들려온다. 댄서가 고개를 배꼼 들이민다. 그는 언제나 그랬듯 지독히도 잘생겼다. 보기 좋게 나이들었다. 그 나이까지 생존해 있는 레드는 손에 꼽힐 것이다. 통로에 뒤로 발을 살짝 끄는 소리가 들려온다. 우리 어머니와 삼촌 모두 그를 향해 경의의 표시로 고개를 끄덕인다. 댄서가 내 침대 옆으로 다가오자 나룰 삼촌은 정중히 옆으로 한 걸음 비켜서지만 어머니께서는 그 자리에서 움직이지 않으신다.

댄서가 내 손을 쥔다.

"보아하니 이 헬다이버는 아직 끝나지 않았나 보군. 하지만 너 때문에 우리 모두 한참 겁먹었었단다."

"댄서, 만나서 우라지게 반갑네요."

"나도 마찬가지다, 애야. 나도."

나는 우리 어머니와 삼촌을 고개로 가리킨다.

"고마워요. 가족들을 돌봐주셔서. 세브로를 도와주셔서……."

"가족은 그러라고 있는 거잖니. 너는 어때?"

"가슴이 아파요. 그리고 다른 모든 곳도 마찬가지고요."

댄서는 가볍게 웃는다.

"그럴 거야. 비라니 선생은 나카무라 남매가 너에게 줬던 약이 너를 거의 죽일 뻔했다고 하더구나. 넌 심장마비를 일으켰었어."

"댄서, 자칼이 어떻게 안 거예요? 매일매일 난 그게 궁금했어요. 그래서 하나씩 따져봤어요. 내가 그에게 남겼던 단서들을요. 내가 어쩌다 정체를 스스로 까발린 건가요?"

"넌 그러지 않았어. 하모니였지."

댄서의 대꾸에 나는 속삭인다.

"하모니……. 그녀가 그럴 리가 없잖…… 그녀는 골드들을 증오한다고요."

하지만 나는 그 말을 하면서도 그녀의 증오심이 얼마나 무모한지 알고 있다. 나는 군주와 루나에 있는 다른 사람들을 죽이라고 그녀가 나에게 준 폭탄을 폭파시키지 않았다. 그 후 그녀가 나에게 얼마나 깊은 앙심을 품었을지 짐작이 간다.

"그녀는 우리가 반란의 신념을 버렸다고 생각해. 우리가 너무 많이 타협한다고. 그녀는 자칼에게 네가 누군지를 알렸어."

댄서가 말한다.

"자칼은 내가 놈의 사무실에 있었을 때 알고 있었다는 거네요.

내가 그에게 선물을 줬을 때……."

댄서는 지친 듯이 고개를 끄덕인다.

"네 존재는 그녀의 주장을 증명했어. 그래서 자칼은 우리가 그녀와 다른 자들을 구하도록 내버려뒀지. 우리는 그녀를 기지로 다시 데리고 왔어. 그 후 자칼의 살인부대가 나타나기 한 시간 전에 그녀는 사라졌어."

"피치너는 그녀 때문에 죽었어요. 그는 그녀에게 목적의식을 줬는데…… 하모니가 어째서 나를 배신했는지까지는 이해가 가요. 하지만 피치너는요? 그는 아레스였잖아요?"

"하모니는 그가 골드라는 것을 알게 됐어. 그 후 그녀는 그도 넘겨 버렸지. 자칼에게 기지의 좌표를 알려줬을 거야."

아레스는 하모니의 영웅이었다. 그녀의 신이었다. 그녀의 아이들이 광산에서 죽은 뒤 그녀에게 살 이유를 부여해 준 사람이었다. 싸울 이유를 준 사람이었다. 그런 사람을 그녀는 적이라고 치부해 버리면서 죽게 만들었다. 그래서 그가 죽었다고 생각하니 억장이 무너진다.

댄서는 나를 조용히 살핀다. 내가 그의 기대와 부합하지 않는다는 것은 명백하다. 어머니와 나롤 삼촌도 나를 지켜보는 시선만큼이나 조심스러운 눈길로 그를 지켜본다. 그렇게 다들 같은 결론을 내린다.

"지금의 내가 과거의 내 모습에 못 미친다는 건 알고 있어요."

내가 천천히 말한다.

"아니야, 아이야. 너는 지옥을 경험했잖니. 이건 그래서 그런 게 아니야."

"그럼 뭔데요?"

댄서는 우리 어머니와 시선을 교환한다.

"확신하세요?"

"얘도 알아야 해요. 말해 줘요."

어머니께서 말씀하신다. 나롤 삼촌도 고개를 끄덕인다.

댄서가 여전히 머뭇거린다. 그는 의자를 찾는다. 나롤 삼촌이 그를 위해 급히 의자 하나를 끌어와 침대 옆에 놓아둔다. 댄서는 감사의 표시로 고개를 끄덕인 후 양손가락을 첨탑 모양으로 모은 채 내 쪽으로 기대온다.

"대로우, 사람들은 너무 오래 네게 많은 것을 숨긴 지내왔다. 그러니 지금 이 순간부터는 우리가 서로 매우 투명하게 지냈으면 해. 5일 전까지 우리는 네가 죽었다고 생각했단다."

"거의 죽은 상태였죠."

"아니, 아니다. 내 말은 우리가 9개월 전부터 너를 찾기를 멈췄다는 것이다."

어머니의 손이 내 손을 더욱 세게 잡는다.

"네가 붙잡힌 지 세 달이 지났을 때, 골드들은 너를 반역죄로 처형하는 모습을 홀로컴으로 내보냈지. 그들은 너와 똑같이 생긴 소년을 아게아 요새의 계단 위로 끌고 올라간 뒤 네 죄목들을 발표했지. 네가 여전히 골드인 척하며. 우리는 너를 구하려고 시도했어. 하지만 그건 함정이었어. 당시에 우리는 수천 명의 사람들을 잃었어."

댄서의 시선이 내 입술로, 머리로 날아다닌다.

"그 애는 네 눈을, 네 흉터들을, 네 우라질 얼굴을 갖고 있었어. 우리는 자칼이 네 머리를 베고 화성 정원에 있는 네 오벨리스크를 파괴하는 모습을 지켜봐야 했어."

나는 그들을 멍하니 바라본다. 댄서의 말이 완전히 이해되지가 않는다.

어머니께서 말씀하신다.

"우리는 너를 애도했단다, 아가야. 클랜 전체가, 도시 전체가 말이다. 잦아드는 장송곡('잦아드는 장송곡'은 레드 고유의 문화로 누군가가 죽었을 때 사람들이 모여서 주먹으로 심장을 쿵쿵 두드리는 행위다. 처음에는 빠르게 두드리다 점점 느리게 두드린다—옮긴이)은 내가 직접 주도했고 우리는 네 부츠를 티노스 너머에 있는 깊은 터널 속에 묻었어."

어머니의 목소리가 가늘다.

나롤 삼촌은 팔짱을 끼며 스스로 그 기억을 봉인시키려고 한다.

"그는 너와 똑같았어. 같은 걸음걸이에 같은 얼굴. 내가 네 죽는 꼴을 다시 본 줄 알았지."

"아마 플레시마스크를 쓴 거였든지 누군가를 '조각'했거나 디지털 효과로 그렇게 보이게 만든 거였을 거야. 뭐였든 이제는 상관이 없지. 자칼은 너를 아우리어트로서 죽였어. 레드가 아니라. 네

133

정체를 공개하는 건 그들의 입장에서 바보 같은 짓이었겠지. 우리에게 무기를 쥐어 주는 꼴이 됐을 테니까. 그래서 대신 너는 자신이 왕이 될 수 있으리라고 착각한 또 한 명의 골드로서 죽은 거야. 다른 골드들을 향한 경고의 의미로."

댄서가 설명한다.

자칼은 내가 사랑하는 이들에게 아픔을 주리라고 약속했었다. 그리고 이제 나는 그가 얼마나 깊은 상처를 냈는지 알겠다. 괜찮은 척하시던 어머니의 허울이 무너졌다. 속으로 품고 계시던 모든 슬픔이 어머니의 눈 뒤에 두텁게 고인다. 어머니께서는 나를 뚫어지게 내려다보신다. 죄책감에 어머니의 표정이 경색된다.

"내가 너를 포기했었어."

어머니께서 부드럽게 말하신다. 목소리가 갈라진다.

"내가 포기했었다고."

"어머니 탓이 아니에요. 제가 죽지 않았다는 걸 아실 수가 없었잖아요."

"세브로는 알고 있었어."

어머니께서 말씀하시자 댄서가 설명한다.

"세브로는 너를 찾아다니기를 절대 멈추지 않았어. 나는 그가 미쳤다고 생각했지. 그는 네가 죽지 않았다고 말했어. 그렇다는 걸 자신이 느낄 수 있다며. 네가 죽으면 자신이 알았을 거라며. 나는 심지어 그에게 수장자리를 다른 사람에게 넘기라고 부탁하기까지 했어. 그는 너를 찾아다닌다며 너무 무모하게 굴었거든."

"하지만 그 녀석이 너를 찾았지."

나롤 삼촌이 말하자 댄서가 인정한다.

"그래. 그가 너를 찾았어. 여기서는 내가 틀렸던 거야. 내가 너를 믿었어야 했어. 세브로를 믿었어야 했고."

"대체 무슨 수로 날 찾았던 거예요?"

"시오도라가 작전을 짰어."

"시오도라가 여기에 있어요?"

"정보원에서 우리를 위해 일하고 있지. 시오도라에게 인맥이 꽤 있더라고. 그녀의 정보제공자들 중 몇몇이 소식 하나를 접했어. 펄 클럽에서 올림픽나이트들이 군주를 위해 아티카에서 루나까지 소포 하나를 이송시킨다는 내용이었지. 세브로는 네가 그 소포일 거라고 생각했고. 그래서 그는 우리 대비 자원들 중 많은 부분을 이 공격에 동원했지. 그 덕에 우리 자산들 중 큰 것 두 가지가 불타 버렸고……."

댄서가 말하는 동안 어머니께서는 저 멀리, 천장에서 전구가 탁탁 소리를 내는 모습을 응시하신다. 나는 그런 어머니를 지켜본다. 어머니의 입장에서 이 상황은 어떨까? 자신의 자식이 다른 사람들에 의해 부러지는 꼴을 보는 어머니의 입장이란? 자식의 피부에 새겨지는 아픔을, 그리고 침묵과 먼 곳을 바라보는 눈빛으로부터 전해지는 자식의 아픔을 확인하는 것. 자신의 아들과 딸 들이 전장에서 돌아오는 모습을 보게 해 달라고 빌었지만 전쟁이 그 아이들을 계속 앗아간 상태라는 것을 깨달아야 하는 어머니들, 세상이 아이들에게 독을 먹여서 그들이 다시는 전과 같아질 수 없으리라는 것을 깨달아야 하는 어머니들이 몇이나 될까?

9개월 동안 어머니께서는 나를 위해 애도하셨다. 이제 어머니께서는 당신이 나를 포기했다는 죄책감 속에, 그리고 전쟁이 나를 다시 집어삼키는 소리를 들으며 당신에게는 이를 막을 힘이 없기에 느껴야 하는 절망감 속에 익사하고 계시다. 지난 수년간 나는 내가 원한다고 생각하는 바를 차지하기 위해 너무나 많은 사람들을 짓밟아왔다. 만약 이것이 내가 살 수 있는 마지막 기회라면 이번에는 제대로 살고 싶다. 그래야만 한다.

"……하지만 이제 진짜 문제는 물질적인 게 아니야. 우리가 필요한 건 인력……."

"댄서…… 그만해요."

"그만하라고?"

댄서는 혼란스럽다는 듯이 인상을 찌푸리며 나롤 삼촌을 바라본다.

"뭐가 문제야?"

"문제는 없어요. 하지만 우리 이 일에 대해서는 아침에 다시 얘기해요."

"아침에 하자고? 대로우, 세상은 네 발 밑에서 변하고 있다고. 우리는 다른 레드 분파들에 대한 통제력을 잃었어. 아레스의 아들들은 이번 1년을 못 버틸 거야. 나는 너에게 보고를 해야 해. 네가 우리에게 돌아와야 한다……."

"댄서, 난 살아 있어요."

전쟁에 대해, 내 친구들에 대해, 내가 어떻게 당했는지에 대해, 머스탱에 대해 묻고 싶은 모든 질문들을 생각한다. 하지만 그것들은 나중으로 미뤄도 된다.

"내가 얼마나 운이 좋은지 알기는 해요? 이 세상에서 이 모두를 다시 볼 수 있다는 것이? 형이나 동생을 못 본 지가 몇 년이라고요. 그러니 당신의 보고는 내일 들을게요. 내일은 전쟁이 나를 다시 가져가도 돼요. 하지만 오늘밤만큼은 가족의 것이 되겠어요."

우리가 문에 다다르기도 전에 아이들의 소리가 들린다. 나는 다른 누군가의 꿈속에 들어온 손님 같다. 아이들의 세계에 적합하지 않은 사람이다. 하지만 이 문제에 있어 내 의사는 별로 중요하지 않다. 어머니께서는 내 휠체어를 앞으로 밀며 비좁은 침숙사로 데리고 간다. 그 안은 금속 침대들, 아이들, 샴푸 냄새, 그리고 소리로 가득하다. 내 핏줄인 아이들 중 다섯 명이 침대 하나에 모여 함께 몸싸움을 벌이고 있다. 머리 상태와 바닥에 있는 작은 샌들들을 볼 때 샤워하고 갓 나온 티가 난다. 상대적으로 키가 큰 두 명의 9살들이 연합하여 두 명의 6살들과 아주 작은 천사 같은 여자아이 한 명을 상대하고 있다. 그 여자아이는 계속 가장 큰 남자아이의 다리를 머리로 들이박고 있다. 남자아이는 아직 그녀를 알아채지 못했다. 이 방에 있는 여섯 번째 아이는 내가 라이코스에서 어머니를 찾아뵈었을 때 봤던 기억이 난다. 잠들지 못하던 작은 소녀. 키어런 형의 애들 중 하나다. 그녀는 다른 침대에서 반짝이는 우화책 너머로 다른 아이들을 지켜보고 있다 내 존재를 가장 먼저 알아챈다.

소녀는 눈을 크게 뜨며 뒤를 향해 외친다.

"아빠, 아빠……."

키어런 형은 리애나와 주사위 게임을 하다 나를 보자 벌떡 일어난다. 뒤쪽의 리애나는 더 느리게 반응한다.

"대로우."

형은 말하며 내 쪽으로 황급히 달려오다 휠체어 바로 앞에서 멈춘다. 이제 수염도 났다. 20대 중반이 된 것이다. 형의 어깨는 예전처럼 처져 있지 않다. 눈빛에서는 선함이 뿜어져 나온다. 예전에 나는 그런 눈빛이 형을 조금 바보스러워 보이게 만든다고 생각했다. 지금은 그 눈빛이 마냥 막무가내로 용감하게 느껴진다. 상황을 깨달은 형이 손을 흔들어 아이들을 앞으로 보낸다.

"레아간, 이로, 아이들아. 아빠의 동생을 만나러 오렴. 와서 너희들의 삼촌에게 인사해라."

아이들은 형의 주변으로 어색하게 줄지어 선다. 방 뒤쪽에서 아기 한 명이 웃음을 터뜨린다. 젊은 엄마가 자신의 침대에서 그 아이에게 젖을 먹이다 일어난다.

"이오?"

나는 속삭인다. 그 여성은 과거로부터 온 환영이다. 아담한 체구에 얼굴은 하트 모양이다. 그녀의 숱 많은 머리는 헝클어져 엉망이다. 이오의 머리도 그랬듯, 습한 날에는 곱슬곱슬하게 말리는 스타일이다. 하지만 이 사람은 이오가 아니다. 그녀의 눈은 더 작고 코는 더 요정의 것 같다. 불꽃보다는 섬세함이 가득하다. 그리고 이 사람은 성숙한 여성이다. 소녀였던 내 아내와는 다르다. 따져보면 지금 20살쯤 됐을 것이다.

다들 나를 이상한 눈빛으로 뚫어져라 쳐다본다.

내가 미친 것이 아닐까 생각하고 있다.

하지만 이오의 언니, 디오는 안 그런다. 그녀의 얼굴에 미소가 번진다.

내가 재빨리 말한다.

"미안해, 디오. 네가…… 그녀와 똑같이 생겼어."

그녀는 내가 사과를 멈추도록 쉬잇 소리를 내서 분위기가 어색해지지 않게 한다. 디오는 그 말이 내 입에서 나올 수 있는 가장 상냥한 칭찬이라고 대꾸한다.

"그런데 저 앤 누구야?"

나는 그녀가 안고 있는 아기에 대해 묻는다. 그 작은 여자아이의 머리는 우스꽝스럽다. 녹슨 붉은 빛이 머리끈으로 한데 묶여 작은 안테나처럼 아이의 머리 위로 쭉 뻗어 있다. 아이는 신이 나서 자신의 어두운 붉은색 눈동자로 나를 쳐다본다.

이오가 내 의자에 가까이 다가오며 묻는다.

"요 조그만 애 말이야? 오, 네가 살아 있다는 걸 디애나가 우리에게 알려 줬을 때부터 너에게 애를 소개하고 싶었어."

그녀는 우리 형을 사랑스러운 눈빛으로 바라본다. 질투심이 내 마음을 쿡 찌른다.

"얘는 우리 사이에서 나온 첫 아기야. 한번 안아 볼래?"

"안으라고? 아니…… 나는…….."

여자아이는 통통하고 작은 손들을 뻗어 나를 잡으려고 한다. 그리고 디오는 내가 움찔하기도 전에 아이를 밀어 내 무릎 위에 올린다. 아이는 내 스웨터를 붙잡는다. 그러고는 내 다리 위에서 끙끙거리며 몸을 꿈틀꿈틀 돌려 자신이 좋아하는 자세를 취한다. 아이는 양손을 하나로 모으며 웃음을 터뜨린다. 내가 어떤 사람인지, 왜 내 양손에 흉터가 이렇게 많은지 전혀 모른다. 내 손의 크기와 골드 상징에 신이 난 아이는 내 엄지를 움켜쥐더니 잇몸으로 그곳을 물어보려고 한다.

아이의 세상에서는 내가 아는 공포들이 생경하다. 이 아이가 보는 것은 오직 사랑뿐이다. 나와 맞닿은 아이의 피부는 창백하고 부드럽다. 이 아이가 구름으로 만들어졌다면 나는 돌로 만들어졌다. 아이의 눈은 디오처럼 크고 초롱초롱하다. 행동거지와 얇은 입술은 키어런 형을 닮았다. 삶이 다를 수 있었다면 그녀는 이오와 나의 자식이었을지도 모른다. 마지막에 부부로 남는 사람들이 우리가 아니라 내 형과 그녀의 언니라고 하면 내 아내는 웃었을 것이다. 우리 관계는 끝까지 유지될 수 없는 작은 태풍이었다. 하지만 어쩌면 디오와 키어런 형은 끝까지 갈 수 있을지도 모르겠다.

발전기의 부하를 줄이기 위해 단지 전역으로 불빛을 줄인 지 한참이 지나서야 나는 삼촌, 그리고 형과 함께 방 뒤쪽의 식탁 앞에 둘러앉는다. 키어런 형이 오렌지들로부터 배우는 자신의 새로운 임무들, 즉 립윙과 셔틀 함선들을 관리하는 방법에 대해 듣고 있다. 디오는 한참 전에 자러 들어갔지만 아기는 나에게 남기고 갔다. 지금 그 아기는 내 품안에서 자면서 이쪽저쪽으로 자세를 틀고 있다. 자신의 꿈길을 따라 이리저리 다니는 모양이다.

"이곳은 진짜로 그렇게 나쁘지 않아. 저 밑의 더미에서 살 때보다 나아. 먹을거리도 있고 물로 샤워할 수도 있어. 더 이상 물바가지로 씻지 않아도 돼! 사람들 말로는 우리 위에 호수가 있다던데. 우라지게 환상적인 거야, 그 샤워라는 거. 애들이 너무 좋아해."

형은 침침한 빛 속에서 자신의 아이들을 바라본다. 침대 당 두 명씩 누워서 잠든 아이들은 조용히 자세를 바꾸고 있다.

"힘든 건 쟤들의 앞길에 뭐가 놓여 있을지 모른다는 거야. 쟤들이 광산에서 일하기는 할까? 섬유직조실에서 일할까? 나는 언제나 쟤들이 그럴 거라고 생각했거든. 내가 뭔가를 다음 세대에게 전수하고 있다고. 하나의 임무이자 기술을. 이해돼?"

나는 고개를 끄덕인다.

"나는 내 아들들이 헬다이버들이 됐으면 싶었나 봐. 너처럼. 아버지처럼. 하지만……."

형은 어깨를 으쓱한다.

나롤 삼촌이 말한다.

"보는 눈이 생기니 이제 그 삶에 아무 의미가 없는 거지. 자신이 짓밟히고 있다는 걸 깨달은 순간 삶이 공허해진 거야."

"그렇죠."

형이 인정한다.

"저놈들이 백 살이 될 때까지 살 수 있게 우리보고 서른 안으로 죽으라는 거잖아요. 젠장, 그건 우라지게 잘못됐어요. 아우야, 나는 단지 내 아이들이 이보다 더 많은 것을 누렸으면 해."

형은 나를 강렬한 눈빛으로 뚫어지게 쳐다본다. 그러자 어머니께서 혁명 뒤에 뭐가 도래할 것이냐고 물으셨던 일이 생각난다. 우리는 무슨 세계를 만들고 있는 것일까? 그것은 머스탱이 했던 질문이기도 하다. 이오는 전혀 고려해 보지 않았던 것이다.

"쟤들만큼은 이것보다 더 많은 걸 누려야 하잖아. 나도 아레스를 다른 어느 누구만큼이나 좋아해. 그는 내 생명의 은인이야. 아이들의 생명의 은인이기도 하고. 하지만……."

형은 고개를 젓는다. 뭔가 더 하고 싶은 말이 있지만 나롤 삼촌이 보내는 시선의 무게가 느껴지는 것이다.

"괜찮아, 말해."

내가 말한다.

"나는 그가 이 다음에 뭐가 도래할지 아는지 모르겠어. 아우야, 그래서 네가 돌아와 너무 기쁘다. 너에게는 계획이 있다는 걸 아니까. 너는 우리를 구할 수 있을 거야."

형은 자신의 그 말에 너무나 많은 믿음, 너무나 많은 신뢰를 실어 말한다.

"당연히 계획이 있지."

나는 말한다. 왜냐하면 형은 그 말을 들어야 마음이 안정될 것이기 때문이다. 하지만 형이 만족스럽게 자신의 머그잔을 다시 채우는 동안 삼촌의 눈이 내 눈과 마주친다. 그 순간 삼촌이 내 거짓말을 간파하고 있다는 것을 깨닫는다. 그리고 우리 둘 다 엄습하는 어둠을 느낀다.

제9장

# 아레스의 도시

이른 아침이다. 나는 커피를 홀짝이며 어머니께서 나를 위해 식당에서 가져오신 곡물 시리얼 한 그릇을 먹고 있다. 아직은 무리지은 사람들을 만날 준비가 되지 않았다. 키어런 형과 리애나는 벌써 일하러 갔다. 그래서 나는 아이들이 학교 가기 위해 옷을 갈아입는 동안 디오, 그리고 어머니와 함께 앉아 있다. 아이들이 학교에 가는 것은 좋은 징조다. 한 민족이 아이들을 교육하기를 그만둔다는 것은 그 민족이 앞날을 포기했다는 척도이기 때문이다. 나는 커피를 마저 마신다. 어머니께서 커피를 더 따라주신다.

"주전자를 통으로 들고 오신 거예요?"

내가 묻는다.

"요리사가 그러라고 강요하더라. 두 주전자나 주려고 했어."

나는 컵을 홀짝인다.

"거의 진짜와 똑같은 맛인데요."

그 말에 디오가 말한다.

"진짜가 맞아. 우리에게 훔친 상품들을 보내주는 해적이 있거든. 내 생각에 커피는 지구에서 온 것 같아. 사람들 말로는 '자마카'라는 곳이래."

나는 굳이 '자메이카'라고 정정하지 않는다.

"어이!"

복도에서 목소리 하나가 고함을 친다. 우리 어머니께서는 그 소리에 펄쩍 뛰신다.

"리퍼! 리퍼! 나와서 노오올자아아아!"

복도에서 요란하게 쾅 하는 소음이 들리더니 부츠가 쿵쿵거리는 소리가 난다.

"잊지 마세요. 디애나가 우리에게 문을 두드리라고 했습니다."

천둥 같은 목소리가 말한다.

"너 정말 성가셔. 알았다고."

문에서 공손하게 두드리는 소리가 들려온다.

"전보요! 세브로 삼촌과 적당히 친절한 거인입니다."

어머니께서는 조카들 중 유난히 흥분한 아이에게 손짓을 해 보이신다.

"엘라, 우리를 위해 맞이해 주렴."

엘라가 잽싸게 앞으로 나가 세브로를 위해 문을 열어 준다. 그

145

는 쑥 들어와 엘라를 훅 들어 안는다. 아이는 즐거워서 꺅꺅 거린
다. 그는 언더슈트 차림이다. 땀 흡수가 되는 검은 천으로 만들어
져 군인들이 펄스 갑옷 안에 입는 물건이다. 겨드랑이에는 땀으로
인한 고리형 얼룩이 생겼다. 그의 눈은 나를 보자 춤을 춘다. 그 후
그는 엘라를 침대 하나에 거칠게 던져놓더니 양팔을 앞으로 벌린
채 나를 향해 돌진한다. 기묘한 웃음이 그의 가슴에서 터져 나온
다. 손도끼처럼 생긴 얼굴은 삐죽삐죽한 미소로 째진다. 모호크 스
타일의 머리는 지저분하고 땀에 흠뻑 젖었다.

"세브로, 조심해!"

어머니께서 말씀하신다.

"리퍼!"

세브로가 나와 쾅 충돌하는 바람에 내 의자가 옆으로 회전하고
이는 탁 소리가 나게 위아래를 부딪친다. 그러면서 동시에 그는
나를 의자에서 반쯤 들어올린다. 그는 전보다 힘이 세졌다. 세브로
에게서 담배와 엔진 연료, 그리고 땀 냄새가 난다. 그는 흥분한 개
처럼 내 가슴에 대고 반쯤 웃으며 반쯤 운다.

"나는 네가 살아 있는 줄 알았어. 나는 우라지게 알았다고. 픽시
개년들이 나를 속일 수는 없지."

뒤로 물러서며 그는 릭샤꾼 미소를 짓고 나를 내려다본다.

"이 젠장 우라질 개자식아."

"말조심!"

우리 어머니께서 날카롭게 쏘아붙이신다.

146

나는 움찔한다.

"내 갈비뼈."

"오, 젠장, 미안, 형제."

세브로는 내가 다시 의자에 주저앉게 해 주더니 우리가 서로의 눈을 쳐다볼 수 있도록 무릎을 꿇는다.

"내가 전에 한 번 말했었지. 그리고 이제 다시 말하겠어. 이 세상에서 죽일 수 없는 것이 두 가지가 있다면 그것들은 내 음낭 밑의 곰팡이와 화성의 우라질 리퍼라고. 하하!"

"세브로!"

"죄송해요, 디애나. 죄송."

나는 세브로로부터 떨어진다.

"세브로. 너한테서 나는 냄새가…… 끔찍해."

"나 샤워 안 한 지 5일 됐어."

세브로는 자랑하면서 자신의 사타구니를 쥔다.

"자식, 이 안에는 세브로 수프가 만들어져 있다고."

그는 자신의 허리춤에 양손을 올린다.

"너 있지, 참…… 음……."

그는 우리 어머니를 힐끔 보더니 자신의 언어를 순화시킨다.

"우라지게 안 좋아 보인다."

그림자가 방 전체에 드리운다. 한 남자가 들어와 문 근처에 있는 천장등을 가린 것이다. 아이들이 신나서 라그날 주위로 몰려드는 바람에 그는 간신히 걷는다.

"안녕하세요, 리퍼."

라그날은 아이들의 외침 속에서 더 크게 말한다.

나는 미소로 라그날을 맞이한다. 그의 얼굴은 전처럼 변함없이 무표정하다. 문신이 새겨진 창백한 그의 피부는 극지방 고향 바람에 시달려 코뿔소 가죽처럼 거칠고 단단하다. 그는 흰 수염을 네 가닥으로 땋았으며 머리카락은 빨간 리본과 함께 땋은 백발 꼬리 하나를 제외하고는 다 민 상태다. 아이들은 자신들을 위해 가져온 선물이 없냐고 그에게 묻고 있다.

나는 앞으로 기댄다.

"세브로. 네 눈이……."

세브로도 가까이 기대온다.

"내 눈 마음에 들어?"

날카롭게 각진 그의 얼굴은 눈살을 찌푸리고 있다. 그 눈살 밑에 박힌 눈동자들은 더 이상 그 지저분한 금빛이 아니다. 오히려 화성의 흙만큼이나 붉다. 그는 자신의 눈꺼풀을 위로 올려 내가 더 잘 볼 수 있게 해 준다. 그것들은 콘택트렌즈가 아니다. 그리고 오른쪽은 더 이상 생체공학적인 눈도 아니다.

"이런 우라질. 너 조각 받았어?"

"업계에서 제일 잘하는 손에 맡겼지. 마음에 들어?"

"우라지게 멋져. 너에게 안성맞춤이야."

그는 양손을 주먹으로 말아 서로 부딪힌다.

"그렇게 말해 주니 기쁘군. 왜냐하면 이것들은 네 거거든."

내 얼굴이 핼쑥해진다.

"뭐라고?"

"이것들이 네 거라고."

"내 뭐라고?"

"네 눈!"

"내 눈⋯⋯."

"우리 친절한 거인 씨가 너를 구조하다 떨어뜨려 머리라도 박았니? 미키가 네 눈들을 요크톤에 있던 자신의 조각의원 크라이오박스에 보관하고 있었어. 말이 나와서 말인데 거기 참 으스스하더라. 우리가 반란에 도움 되라고 그쪽 물품들을 티노스로 가져오기 위해 거기를 쓸고 왔거든. 생각해 보니 너야 그것들을 안 쓰잖아. 그래서⋯⋯."

세브로는 어색하게 어깨를 으쓱한다.

"그래서 미키에게 그것들을 나에게 삽입해 주겠냐고 물었어. 그 있잖아. 우리 사이를 더 가깝게 만들도록. 이걸 보며 너를 기억하려고. 너무 이상하다고 생각하지는 않지, 그치?"

"저는 그에게 그 행동이 이상하다고 일렀습니다."

라그날이 말한다. 여자애들 중 하나가 그의 다리를 기어오르고 있다.

세브로가 갑자기 걱정스럽게 묻는다.

"이 눈들을 돌려받고 싶어? 원한다면 돌려줄 수 있어."

"아니! 그냥 네가 얼마나 미쳤는지 까먹고 있었다가 생각나서 그래."

"아."

세브로는 웃으며 내 어깨를 가볍게 친다.

"다행이네. 나는 또 뭔가 심각한 건 줄 알았네. 그럼 내가 이것들을 간직해도 괜찮은 거지?"

"찾은 놈이 임자지."

내가 어깨를 으쓱하며 말한다.

라그날이 우리 어머니께 묻는다.

"라이코스의 디애나여, 전쟁 문제로 당신의 아들을 빌려가도 되겠습니까? 그에게는 할 일이 많습니다. 알아야 할 것도 많습니다."

"그를 온전히 돌려보낸다는 전제하에 허락할게. 그리고 갈 때 커피도 좀 챙겨가고. 또 이 양말들을 빨래방으로 가져가렴."

우리 어머니께서 갓 기운 양말로 가득한 가방 하나를 라그날의 품에 안기신다.

"원하시는 대로 하겠습니다."

"선물들은 어쩌고? 하나도 안 가져온 거야?"

내 조카들 중 한 명이 묻자 세브로가 말한다.

"너를 위한 선물을 가져왔지……."

디오와 우리 어머니가 외친다.

"세브로, 안 돼!"

세브로는 가방 하나를 꺼낸다.

"왜? 이번에는 그냥 사탕이라고."

* * *

"……그리고 그때 라그날이 페블의 몸에 걸려 넘어져 이동수단 밖으로 떨어진 거야. 멍청한 당나귀처럼."

세브로가 깔깔 웃는다. 그는 내 머리 위에서 캔디바를 먹으며 휠체어를 무모히 끌고 석조통로를 지나고 있다. 그는 다시 빠르게 질주하더니 휠체어가 관성을 받아 미끄러지자 그 뒤로 올라탄다. 결국 휠체어의 경로가 휘면서 우리는 벽과 충돌한다. 나는 아파서 움찔한다.

"그래서 라그날은 그대로 바다에 빠진 거야. 야, 그 바다 완전 성난 상태였어. 파도들은 토치 함선만 했다고. 그래서 나도 바다 속으로 다이빙했지. 그에게 내 도움이 필요할 거라고 생각하며. 바로 그때 거대한…… 나도 그걸 대체 뭐라고 하는지는 모르겠다. 어떤 조각된 괴물 같은……."

"데몬이었습니다."

라그날이 뒤에서 말한다. 나는 그가 우리를 따라오고 있는 줄 몰랐다.

"헬 지옥 3층에서 올라온 바다 데몬이었습니다."

"그래."

세브로가 나를 이끌고 구석을 돌다 벽에 세게 부딪히고 간다. 그 강도는 내가 혀를 깨물고도 남을 정도였으며 그 결과로 아레스의 아들들 비행사 무리가 황급히 흩어졌다. 우리가 우당탕거리며 굴러가는 동안 그 비행사 무리는 내 뒤를 빤히 바라본다.

세브로가 라그날을 돌아본다.

"그 바다…… 데몬이라는 놈은 분명 라그날을 맛있는 음식 조각으로 생각하는 모양이더라고. 그래서 라그날이 수면에 닿는 것과 거의 동시에 놈이 라그날을 게걸스럽게 삼켜 버린 거야. 그 광경을 보고는 난 스크루페이스와 함께 배꼽 빠지게 웃었어. 누구라도 그랬을 거야. 그 모습이 우라지게도 웃겼거든. 그리고 너도 스크루페이스가 얼마나 멋진 농담을 좋아하는지 알잖아. 그런데 그때 그 괴물 놈이 잠수를 하는 거야. 그래서 내가 그걸 뒤쫓았지. 그렇게 나는 그걸 따라가고 있었어. 내 펄스 피스트를 그 우라질 바다……."

그는 다시 라그날을 쳐다본다.

"'데몬'을 향해 쏘면서. 그게 빌어먹을 서믹 바다의 바닥까지 헤엄쳐 가더라고. 수압은 점점 높아졌어. 내 슈트에서는 쌕쌕 소리가 나고 있었어. 내가 죽을 수도 있겠다는 생각이 들더라고. 그때 갑자기 라그날이 그 비늘 덮인 개년을 가르며 밖으로 나오는 거야."

그가 가까이 기대온다.

"그런데 라그날이 어디서 나왔게? 어서. 맞춰봐. 맞춰봐!"

"세브로, 설마 라그날이 바다 데몬의 직장에서 나오기라도 했어?"

내가 묻자 세브로가 낄낄대는 높은 웃음을 터뜨린다.

"그랬어! 똥구멍 밖으로 쭉 나왔다고. 똥처럼 쏘아졌어……."

굴러가던 휠체어가 멈춘다. 세브로의 말이 중간에 끊긴다. 이어서 쿵 하는 소리와 미끄러지는 소리가 들려온다. 내 휠체어가 다시 앞으로 굴러간다. 나는 뒤를 돌아본다. 라그날이 순진한 표정으로 휠체어를 밀고 있다. 세브로는 우리 뒤쪽 통로에 없다. 내가 인상을 쓰며 그가 어디로 갔는지 궁금해 하고 있는데 그가 옆 통로에서 불쑥 튀어나온다.

"너! 트롤! 나는 테러리스트 군지도자야! 나를 그만 던지라고. 너 때문에 내가 사탕을 떨어뜨렸잖아!"

세브로가 고함을 치며 통로 바닥을 살핀다.

"잠깐. 어디에 있지? 젠장, 라그날. 내 땅콩 캔디바가 어디에 있는 거야? 내가 그걸 얻기 위해 얼마나 많은 사람들을 죽여야 했는지 알아? 6명! 자그마치 6명이라고!"

라그날은 내 위에서 조용히 뭔가를 씹고 있다. 그리고 아마도 내가 잘못 봤겠지만, 그는 미소를 짓고 있는 듯하다.

"라그날, 너 이를 열심히 닦았나 봐? 이가 참 멋져 보이네."

대략 2.4미터인 남자가 땅콩버터 캔디바를 입에 한가득 물고 우쭐해할 수 있는 최대한으로 우쭐해한다.

"감사합니다. 마법사가 제 옛 치아를 제거했습니다. 그것들이 저를 굉장히 아프게 했거든요. 이것들은 새 거예요. 참 멋지지 않나요?"

"마법사 미키 말이군."

내가 확인한다.

"맞아요. 그는 또한 티노스를 떠나기 전에 저에게 글을 읽는 법도 가르쳐 줬지요."

라그날은 우리가 통로에서 지나치는 모든 표지판과 경고문 들을 읽으며 이것을 증명한다. 그렇게 10여 분 지나서야 우리는 격납고에 들어선다. 세브로가 뒤따라온다. 여전히 자신이 잃어버린 사탕에 대한 불만을 토로하고 있다. 이 격납고는 소사이어티의 기준에서 보면 비좁지만 그럼에도 불구하고 거의 30미터의 높이에 60미터의 넓이를 자랑한다. 이곳은 레이저 드릴로 바위를 파서 만들어졌다. 돌로 된 바닥은 엔진들의 발파에 까맣게 그을려졌다. 정박지에는 몇 개의 낡아빠진 셔틀함선들이 새로이 반짝이는 립윙 세 대 옆에 세워져 있다. 두 명의 오렌지들의 지휘 하에 레드들이 함선들을 관리하고 있으며 우리가 휠체어를 끌고 지나는 동안 나를 뚫어지게 바라본다. 여기서 니는 외부인처럼 느껴진다.

잡다한 사람들이 모여 이루어진 군부대가 낡은 셔틀로부터 느릿느릿 떨어진다. 몇은 여전히 어깨에 늑대 망토를 걸친 채 갑옷을 입은 상태다. 다른 놈들은 언더슈트만을 제외하고 옷을 다 벗었거나 상반신에 아무것도 안 걸치고 있다.

"보스!"

페블이 클라운의 팔 밑에서 외친다. 그녀는 그 어느 때만큼이나 포동포동하다. 페블은 나를 향해 미소를 지으며 클라운에게 더 빨리 움직이라며 그를 끌고 온다. 여기저기 들뜬 클라운의 머리는 땀으로 엉겨 붙어 있다. 그는 자기보다 작은 이 여자에게 기댄다. 마치 내 모습이 자신들의 기억 속 그대로인 것처럼 다가오는 둘

154

모두의 표정이 밝다. 페블은 자신의 어깨로부터 클라운을 밀쳐낸 후 나를 안아 준다. 클라운은 자기 나름대로 익살스럽게 허리 숙여 인사한다.

"프라이머스, 하울러들이 출근을 보고합니다. 공연한 소동에 대해서는 미안해."

클라운이 말한다.

"온갖 게 다 까칠했어."

페블은 내가 말하기도 전에 설명한다.

"상당히 까칠했지. 너 뭔가 달라졌다, 리퍼."

클라운이 양손을 자신의 허리춤에 올린다.

"너 더…… 늘씬해 보인다. 머리를 다듬어서 그런가? 아니, 뭐 때문인지는 알려 주지 마. 수염 때문이었어…… 매우 매우 늘씬해 보이게 만드네."

"알아봐 줘서 고맙군. 그리고 모든 것을 고려하고도 이렇게 남아 줘서 고마워."

내가 말한다.

"뭐 말이야? 네가 우리에게 5년간 거짓말 했던 것?"

"맞아, 그거."

"글쎄……."

내 말에 클라운이 입을 열며 나를 맹렬히 비난하려고 한다. 페블이 그의 어깨를 쿵 친다.

"우리야 당연히 남지, 리퍼! 이게 우리 가족인걸……."

155

페블이 다정하게 말한다.

클라운이 말을 받으며 손가락 하나를 좌우로 흔든다.

"하지만 우리도 요구할 게 있어······. 우리로부터 풀서비스를 바란다면 말이야. 하지만······ 지금은 일단 우리도 가 봐야겠어. 걱정스럽게도 내 궁둥이에 파편이 박혀 있는 듯해. 그러니 우리가 자리를 비워도 용서해 주렴. 가자, 페블. 수술의들에게로."

페블이 말한다.

"안녕, 보스! 네가 죽지 않아 기쁘다!"

세브로가 그들 뒤로 외친다.

"하울러 부대 저녁 식사는 8시다! 늦지 마. 네 궁둥이에 박힌 파편은 핑계가 안 된다, 클라운."

"네, 충성!"

세브로가 활짝 미소를 지으며 나를 돌아본다.

"네가 러스터라고 알려 줬을 때 저 재수 없는 놈들은 눈 한번 깜빡 안 했어. 나와 라그날과 함께 바로 네 가족들을 데리러 갔지. 그래도 놈들에게 뭐가 어떻게 돌아가는지 알려주는 건 불편했어. 이쪽이야."

우리가 페블과 클라운이 떠난 함선을 지나치는 동안 나는 경사로출입구 안쪽 함선의 뱃속을 들여다본다. 두 명의 어린 남자애들이 안에서 호스로 바닥을 쏘며 일하고 있다. 물은 갈색이 섞인 붉은 색으로 경사로를 따라 흘러내려 격납고 바닥에 떨어진다. 그것은 배수관으로 들어가는 것이 아니라 좁고 길쭉한 여물통을 타고 격납고 가장자리를 향하다 그 너머에서 사라진다.

"어떤 아빠들은 아들에게 함선이나 빌라를 남겨준다던데. 똥대가리 아레스는 나에게 불안과 부랑자들로 이루어진 이 끔찍한 벌집을 물려 줬지."

"젠장 우라질."

나는 내가 정확히 무엇을 보고 있는지 깨달으며 속삭인다.

격납고 너머로는 뒤집힌 종유석들이 숲을 이루고 있다. 그것들이 인공의 지하 새벽 속에서 반짝이고 있다. 그 반짝임은 그것들의 미끄덩한 회색 표면을 따라 졸졸 흐르는 물에 의해서가 아니라 도킹장과 막사, 그리고 아레스의 굉장한 요새에 힘을 실어 주는 센서 배열로부터 나오는 빛에 반사돼서 생긴 것이다. 물품 공급 함선이 여러 도킹장 사이사이로 휙휙 날아다닌다.

"종유석 하나 안에 우리가 있는 거네."

나는 놀라움에 웃는다. 하지만 그 후, 밑에 펼쳐진 끔찍함을 내려다보니 어깨에 짊어진 무게가 두 배로 늘어난다. 우리의 종유석으로부터 밑으로 100미터 떨어진 곳에는 난민촌이 펼쳐져 있다. 한때 그것은 화성의 돌 속을 파서 만들어진 지하 도시였다. 건물들 사이의 거리들은 너무나 깊은 나머지 거리라기보다는 미니어처 협곡들에 가깝다. 그리고 도시는 이 거대한 동굴 바닥에서 서로로부터 수 킬로미터씩 떨어져 있는 벽들까지 늘어져 있다. 또 그 벽들에는 더 많은 벌집형 집들이 지어져 있다. 거리들은 사암을 타고 지그재그로 이어진다. 하지만 그 위로 또 새로이 천장이 없는 도시가 생겨났다. 난민들로 이루어진 것이다. 피부와 옷감과 머리카락들이 한데 범벅이 되어 기이한 살덩이 바다처럼 꿈틀거리고 있다. 그들은 천장에서, 거리에서, 지그재그형 계단에서 잠을 잔다. 임시변통의 금속으로 된 감마, 오미크론, 업실론 상징들이 보인다. 소사이어티가 내 종족이라 분류해 놓은 12 클랜들이 모두 있다.

나는 그 모습에 얼이 빠진다.

"저기에 몇 명이나 있는 거야?"

"나도 알고 싶다. 최소한 20광산은 모였을걸. 더 큰 헬륨-3 매장소 근처에 있던 광산들에 비하면 라이코스는 작은 편이었어."

"46만 5000명. 기록에 따르면 그렇습니다."

라그날이 말한다.

"반백만 명 정도밖에 안 된다고?"

내가 속삭인다.

"보기에는 훨씬 더 많이 있는 것 같지?"

나는 고개를 끄덕인다.

"저들은 왜 여기에 있는 거야?"

"피신처를 마련해 줘야 했거든. 저 불쌍한 망나니들은 다 자칼이 밀어 버린 광산들에서 왔어. 그놈은 아레스의 아들들이 있다는 낌새만 의심돼도 환기구로 아클리스-9 독가스를 펌프질해 넣었거든. 이건 보이지 않는 집단 학살이야."

오한이 내 몸을 지나간다.

"'청산 프로토콜.' 품질 통제 위원회에서 제대로 운영되지 않는 광산들을 처리할 때 도입하는 최후의 수단이야. 어떻게 이 모든 상황을 비밀로 유지시킬 수 있었어? 전파 방해기들을 쓴 거야?"

"응. 또 우리가 2킬로미터 이상 땅속 깊숙한 곳에 있어서이기도 하고. 아빠가 소사이어티의 데이터베이스에 있는 지형학지도들을 바꿔놨어. 골드들이 보기에 이곳은 헬륨-3이 고갈된 지 300년 이상 지난 기반암이야. 지금으로서는 충분히 교묘한 술수지."

"또 어떻게 모두를 먹이고 있는 거야?"

"안 먹여. 내 말은, 우리가 먹이려고 시도는 해. 그런데 티노스에 쥐가 안 보인 지 한 달이나 됐어. 사람들은 서로의 발가락에 코를 박고 자고 있고. 우리는 난민들을 종유석들 속으로 옮기기 시작했어. 그런데 질병이 벌써 사람들 사이로 쫙 퍼졌어. 약이 부족한 판이야. 그리고 나는 아레스의 아들들이 병에 걸리는 것을 감수할 수 없어. 그들이 없다면 우리에게 이빨이 없는 꼴이 되잖아. 우리는 그냥 도살될 순간을 기다리는 병든 소가 되는 거라고."

"게다가 그들이 폭동을 일으켰죠."

라그날이 말한다.

"폭동이라고?"

"응, 그건 깜빡할 뻔 했네. 배급량을 반으로 줄여야 했거든. 근데 이미 너무 적은 양이었지. 저 밑에 있는 배은망덕한 똥대가리들은 그걸 별로 안 좋아했어."

"제가 내려오기 전에 이미 수많은 사람들이 죽었어요."

라그날의 말을 세브로가 받는다.

"티노스의 방패. 라그날이 나보다 인기가 더 많아. 그것 하나는 확실하지. 사람들은 개똥같은 배급량에 대해 라그날을 탓하지는 않아. 하지만 내가 댄서보다는 인기 있지. 왜냐하면 나에게는 짱 멋진 투구가 있고 댄서는 내가 하지 못하는 자질구레한 잡일들을 담당하거든. 사람들은 너무 멍청해. 한 인간이 그들을 위해 등골 휘도록 일하는데 그들은 그를 멍청한 구두쇠라 생각한다니까. 그래도 최소한 아레스의 아들들은 그를 많이 아끼니까. 네 삼촌도 그렇고."

"마치 우리가 천년을 퇴보한 것 같네."

나는 절망스러워하며 말한다.

"거의 그렇지, 발전기들을 제외하면. 돌 밑으로 흐르는 강이 있어. 그래서 가끔씩 물, 위생시설, 전력도 누리지. 그리고…… 잡스런 악질들도 있어. 범죄. 살인. 강간. 절도. 우리는 감마 출신들을 다른 놈들과 분리시켜야 해. 몇몇 오미크론들이 지난주에 작은 감마 꼬맹이를 목매달았어. 그 애의 가슴에 골드 상징을 조각하고 그 애의 팔에서 레드 상징을 도려냈지. 그들은 그 애를 현 체제 지지자이자 골드 추종자라 부르더라고. 그 애는 14살이었어."

나는 속이 안 좋다.

"우리는 불을 환하게 켜둡니다. 밤에도요."

"맞아. 불을 끄면 저 밑은…… 딴 세상이 되지."

세브로가 피곤한 기색으로 도시를 뚫어져라 내려다본다. 내 친구는 싸울 줄 안다. 하지만 이것은 완전 다른 종류의 싸움이다.

나는 도시를 멍하니 내려다본다. 내가 해야 할 말들을 어떻게 표현해야 할지 모르겠다. 평생 감옥 벽을 파며 보내다 그것을 뚫고 나오자 또 하나의 감옥 안으로 파고 들어갔다는 것을 깨닫는 죄수의 심정이다. 다만 또 하나의 감옥은 언제나 존재할 것이다. 그리고 또 하나, 또 하나 더. 이 사람들은 사는 것이 아니다. 그들은 그냥 끝을 미뤄 보려고 아등바등 거리고 있는 것일 뿐이다.

"이건 이오가 바랐던 게 아니야."

내 말에 세브로가 어깨를 으쓱한다.

"그래…… 그래서 어쩌라고. 꿈을 꾸는 거야 쉽지. 전쟁은 쉽지 않잖아."

그는 생각에 잠긴 채 자신의 입술을 깨문다.

"너 카시우스 전혀 못 봤어?"

"두 번 봤는데. 마지막에. 왜?"

"아, 아무것도 아니야."

세브로가 나를 향해 돌아본다. 그의 눈이 번뜩인다.

"아빠를 죽인 놈이라 그냥 물어봤어."

제10장

# 전쟁


"우리 소사이어티는 전쟁 중이야……."

댄서가 아레스의 아들들의 지휘실에서 나에게 알려 준다. 시설은 돔형으로 돌 속에 조각됐다. 위에서 비추는 창백하고도 푸르스름한 빛들과 컴퓨터 단말기들이 중앙 홀로그래프 디스플레이 주위로 이루는 광환이 시설 안을 밝히고 있다. 디스플레이는 화성의 서믹 바다를 비추고 있기에 그 옆에 서 있는 댄서는 디스플레이의 푸른빛에 흠뻑 젖어 있다. 라그날, 내가 알아보지 못하는 몇몇 더 나이든 아레스의 아들들, 그리고 시오도라가 우리와 함께하고 있다. 시오도라는 내 입술 위에 우아하게 키스해 주며 나를 맞았다. 루나의 하이컬러 무리들 사이에서 대중적인 인사법이다. 검은색 작업용 바지를 입고 있어도 품격 있어 보이는 그녀는 이 방에서

162

권위적인 분위기를 풍긴다. 하울러들과 마찬가지로 그녀도 '트라이엄프' 행사 이후에 아우구스투스에 의해 정원으로 초대받지 못했다. 초대받을 정도로 중요한 인물이 아니라고 여겨진 것이다. 신께 감사할 일이다. 세브로는 상황이 다 틀어지자마자 페블을 보내 그녀를 시타델로부터 데리고 나왔다. 그녀는 그 이래로 쭉 아레스의 아들들과 함께 지내오며 댄서의 선전과 정보원 쪽의 일을 돕고 있다.

"……여기와 시스템 전역에 있는 다른 셀 구역들의 골드 세력들과 대항하고 있는 반란만을 얘기하는 것이 아니다. 골드들끼리도 전쟁 중이야. 그들이 아르코스와 아우구스투스를 죽이며 그들의 가장 충실한 지지자들까지 네 트라이엄프에서 몰살시킨 후, 로크와 자칼은 궤도 안에 있는 해군들을 장악하기 위해 둘이서 조직적으로 움직였어. 그들은 버지니아나 텔레마누스 가문 사람들이 정원에서 살해당한 골드들의 함선들을 모집할까 봐 두려웠던 거지. 버지니아는 실제로 그렇게 했어. 아르코스의 세 며느리들의 지휘하에 그녀의 아버지 소유의 함선들뿐만 아니라 아르코스의 함선들까지도 함께 모집했지. 그 함대는 전투를 위해 데이모스 주위로 왔어. 그런데 로크의 함대가 수적으로 불리했는데도 불구하고 머스탱 쪽을 완전히 밟아 버렸지. 머스탱의 함대는 도주해야 했고."

"그럼 그녀는 살아 있다는 거네요."

나는 말한다. 그 와중에 그들은 내가 이 정보를 알게 되면서 어떻게 반응할지에 대해 경계하고 있다.

"맞아. 우리가 알기로 그녀는 살아 있어."

세브로가 말한다. 그도 나머지 사람들처럼 나를 조심스럽게 지켜본다. 라그날은 뭔가를 말하려고 하는 듯한 낌새를 보이지만 세브로가 그를 막는다.

"댄서, 대로우에게 목성을 보여 줘."

내 시선은 라그날에게 머무른다. 그 사이에 댄서가 자신의 손을 흔들자 홀로그래프 디스플레이가 틀어져서 거대한 대리석 가스상 행성인 목성을 보여 준다. 그것을 둘러싸고 있는 것은 상대적으로 작으며 소행성 같아 보이는 63개의 위성들과 목성의 네 거대 위성들, 즉 유로파, 이오, 가니메데, 그리고 칼리스토다.

"자칼과 군주가 시행한 숙청작업은 감탄할 만했지. 정원에서 30명을 암살한 것으로만 끝난 것이 아니라 태양계 전역에서 300명을 더 암살했으니까. 대부분은 올림픽나이트들이나 집정관들이 그것들을 집행했어. 그 작업은 화성뿐만 아니라 루나와 소사이어티 전역에 있는 군주의 주요 적들을 제거할 목적으로 자칼에 의해 제의되고 기획된 거였어. 효과도 좋았고. 아주 좋았지. 하지만 한 가지 거대한 실수가 있었어. 정원에서 그들이 레부스 오 라아와 그의 9살짜리 손녀를 죽인 거야."

"이오의 대총독 말이군요. 위성 지배자들에게 경고의 메세지를 보낼 의도였나요?"

내가 말한다.

"응, 하지만 실패했지. 트라이엄프로부터 일주일이 지나자, 군주가 루나에 데리고 있던 위성 지배자들의 자녀들이 탈출했어. 군주는 그 아이들의 부모가 자신에게 충성할 수밖에 없도록 아이들을 담보로 잡아두며 자신의 피보호자로 삼고 있었거든. 그로부터 또 이틀 뒤, 라아 가문의 후계자들이 '클라시스 사투르누스' 전체를 훔쳤어. 칼리스토 도킹장에 주둔하고 있던 여덟 번째 함대 전체를 말이야. 그 과정에 가니메데의 '코르도반' 함선들의 원조가 있었지.

라아 가문 사람들은 목성의 위성들을 위한 이오의 독립, 버지니아 오 아우구스투스 및 아르코스의 후계자들과 맺은 새 동맹, 그리고 군주와의 전쟁을 선포했어."

"두 번째 위성 반란이군요. 레아가 불탄 지 60년 만에 벌어진 일이네요."

나는 행성계 전체의 꼭대기에서 움직이는 머스탱을 생각하며 천천히 미소를 띠고 말한다. 그녀가 나를 떠났어도, 그녀를 생각할 때면 내 뱃속 저 깊은 곳이 공허하게 느껴지더라도 이것은 우리 입장에서 좋은 소식이다. 우리가 군주의 유일한 적이 아닌 것이다.

"천왕성과 토성도 합류했나요? 해왕성은 확실히 합류했던데."

"다들 했어."

"다요? 그럼 희망이 있는 거네요……."

내 말에 세브로가 투덜거린다.

"응, 그렇게 생각하게 되지. 픽이나?"

댄서가 설명한다.

"위성 지배자들도 실수를 저질렀어. 그들은 군주가 화성에서 수렁에 빠진 자신의 입장을 깨닫고 코어 지역에서 로우 컬러의 내란으로 골치를 썩을 것이라고 예상했어. 그래서 그들은 군주가 충분한 크기의 함대를 6억 킬로미터 떨어진 곳으로 보내 자신들의 반란을 짓밟으려면 최소한 3년은 있어야 할 거라 추정한 거야."

세브로가 투덜거린다.

"그리고 그들의 추정은 제대로 틀렸지. 그 멍청이들. 팬티 내린 상태 그대로 붙잡힌 거야."

내가 묻는다.

"군주가 함대를 보내기까지 얼마나 걸렸나요? 6개월?"

"63일."

"그건 불가능해요. 연료 로지스틱스만 따져도……."

나는 말꼬리를 흐린다. 우리가 화성을 장악하기 전에 애시 로드가 벨로나 가문을 지원하기 위해 오는 길이었으며 화성 궤도 안이었다는 점이 기억난 것이다. 당시에는 애시 로드가 도착하려면 수 주가 걸리는 상태였다. 그는 림 지역을 나와서도 계속 비행해 머스탱을 끝까지 쫓아간 모양이다.

"너는 누구보다도 소사이어티 해군의 효율성을 잘 알고 있을 거야. 그들은 전쟁 기계잖아. 로지스틱스와 작업 시스템은 완벽해. 림 지역이 준비를 오래할수록 군주가 선전을 벌이기가 더 힘들었을 거야. 군주는 그걸 알고 있었어. 그래서 소드 아르마다 함대 전체가 목성 궤도로 직접 배치된 거야. 그들은 그곳에 거의 10개월을 있었어."

댄서의 말을 세브로가 받는다.

"로크가 못된 짓을 했지. 몰래 주요 함대보다 먼저 가서 작년에 늙은 네로가 훔치려고 했던 문브레이커를 납치했어."

"그가 문브레이커를 훔쳤다라."

"응. 그 심정 알아. 로크는 그 문브레이커를 '콜로수스'라고 짓고 자신의 기함으로 정했어. 기생오라비 같은 놈. 그건 끔찍한 하드웨어 덩어리야. '팍스' 함선도 상대적으로 초미세해 보이게 만든다고."

위에 뜬 홀로는 군주의 함대가 목성을 향해 다가가는 모습을 비추고 있다. 목성에서는 문브레이커가 군주의 함대를 환대하기 위해 기다리고 있는 상태다. 전쟁의 날들, 주들, 달들이 빠르게 지나간다.

"그것의 규모는…… 완전 미쳤어. 각 함대는 네가 벨로나 가문을 뭉개기 위해 모았던 연합체의 두 배 크기야……."

세브로가 계속해서 더 많은 이야기를 하지만 나는 전쟁의 수개월이 쌩하니 지나가는 모습을 보는 일에 흠뻑 취했다. 나 없이도 세상이 계속 흘러갔다는 것을 깨닫는 중이다.

나는 냉담하게 말한다.

"옥타비아는 애시 로드를 쓰지 않았을 거야. 애시 로드가 소행성 벨트를 지나기만 해도 절대 화해는 없을 테니까. 그랬다면 림 지역은 절대 항복하지 않을 거야. 그럼 누가 저들을 이끈다는 거야? 아자?"

"로크 오 궁둥이 빨간 파비."

세브로가 비아냥거린다.

"그가 함대 전체를 이끈다고?"

내가 놀라며 묻는다.

"그러니까 말이야. 화성의 포위와 데이모스의 전투 이후로 그는 코어 지역에서 우라질 신의 아이가 됐어. 과거 연대기로부터 그대로 튀어나온 진짜 아이언 골드. 그가 보는 바로 앞에서 네가 잠입했다는 걸 저들은 상관도 안 해. 또 그가 기관에서 조롱거리였다는 것도 마다하고. 그는 세 가지를 잘하지. 징징거리기, 사람들 뒤통수를 때리기, 함대들 파괴하기."

"사람들은 그를 데이모스의 시인이라고 부릅니다. 그는 전투에서 패한 적이 없어요. 심지어 머스탱과 그녀의 타이탄 친구들을 상대했을 때도요. 그는 매우 위험한 인물입니다."

라그날의 말에 내가 토를 단다.

"함대끼리의 전쟁은 머스탱의 분야가 아니야."

머스탱은 싸울 줄 안다. 하지만 그녀는 언제나 싸움꾼이라기보다는 정치적인 사람이었다. 그녀는 사람들을 한데 잇는다. 하지만 순수하게 전략으로 싸우기란? 그것은 로크의 특기다.

군지도자였던 내 안의 부분은 너무나 오랫동안 전쟁으로부터 떨어져 있었다는 사실에 비통해한다. 두 번째 위성 반란처럼 그렇게 장관인 사건을 놓쳤다는 사실이 아쉽다. 대부분은 무장된 67개의 위성들. 또 그중에서도 1억 이상의 인구수를 보유한 4개의 위성들. 함대간의 전투. 궤도상 폭격. 기계 슈트를 착용한 병사들을 동원해 소행성을 뛰어다니는 공격 책략. 그것들은 내 놀이터였을 것이다. 하지만 내 안의 '사람'은 내가 상자 속에 있지 않았더라면 현재 이 방에 있는 사람들이 모두 살아 있지는 못했으리라는 것 또한 알고 있다.

나는 내가 너무 혼자 생각하고 있다는 것을 깨닫는다. 다른 사람들과 소통을 하려고 노력한다.

"우리에게 시간이 얼마 남지 않은 거죠, 그렇죠?"

댄서가 고개를 끄덕인다.

"지난주에 로크가 칼리스토를 차지했어. 가니메데와 이오만이 강하게 버티고 있지. 만약 위성 지도자들이 항복하면 그 해군과 소속 부대들이 이곳으로 돌아와 우리와 대치 중인 자칼을 도울 거야. 우리는 소사이어티의 연합된 군사력이 집중하는 유일한 대상이 될 것이고 그들은 우리를 몰살할 거야."

그래서 피치너가 폭탄들을 싫어했던 것이다. 그것들은 시선을 끈다. 거인을 깨운다.

"그럼 화성은 어쩐다는 거죠? 우리의 전쟁은 어떻게 돌아간다는 거예요? 젠장, 뭐가 우리 전쟁이라는 거예요?"

세브로가 대답한다.

"상황이 우라지게 엉망진창인 거지. 대략 8개월 전에 모든 것이 공공연한 전쟁으로 번졌어. 아레스의 아들들은 서로 굳건히 함께

했지. 오리온은 어디 있는지 모르겠어. 우리가 생각하기에는 죽은 것 같아. 팍스와 네 다른 함선들도 사라졌어. 또 북쪽에서는 아레스의 아들들과 연계되지 않은 불법 무장 부대들이 생겼어. 그들은 시민들을 학살한 후 그 쳇값으로 소사이어티 소속 부대 공수유닛에 의해 싹쓸이 되고 있지. 그리고 열댓 군데의 도시들에서 벌어지는 대규모 파업과 항의 들도 있고. 감옥은 정치적 포로들로 넘쳐나고 있어. 그래서 소사이어티는 그들을 임시 캠프들로 재배치시키고 있지. 우리는 그곳에서 죄수들의 집단처형을 집행한다는 사실을 입수했고."

댄서는 홀로 화면 몇 개를 틀어놔서 사막과 숲속에 위치한 거대한 감옥처럼 보이는 흐릿한 이미지들을 내가 확인할 수 있도록 한다. 화면에는 총으로 감시당하는 로우컬러들이 이농 수단에서 내려 콘크리트 구조물들 속으로 들어가 메우는 모습을 확대한 장면이 뜬다. 또 화면들이 바뀌어 돌무더기가 흩뿌려진 거리를 보여준다. 가면을 쓰고 레드 완장을 찬 사람들이 도시 전차의 연기 나는 잔해 너머로 무기를 발사하고 있다. 골드 한 명이 그들 사이로 착륙한다. 이미지가 끊긴다.

세브로가 말한다.

"우리는 최선을 다해서 그들을 강하게 공격해 왔어. 꽤 힘든 임무들도 해냈고. 함선 12대와 구축함 2대를 훔쳤지. 서믹 지휘본부를 무너뜨렸고……."

"그리고 이제 그들은 그곳을 재건하고 있지."

댄서의 말에 세브로가 쏘아붙인다.

"그럼 우리가 그곳을 다시 파괴할 거야."

"이렇게 도시 하나도 쥐고 있지 못하는 판에?"

라그날이 그 둘의 대화에 끼어든다.

"이 레드들은 전사들이 아닙니다. 그들은 함선들을 비행하고 총을 쏘고 폭탄들을 심고 그레이들과 싸울 수는 있어요. 하지만 골드가 등장하면 그들은 녹아 없어집니다."

라그날의 말 뒤로 깊은 침묵이 흐른다. 아레스의 아들들은 게릴라 싸움꾼들이다. 사보타주하는 자들, 스파이들이다. 하지만 이 전쟁에서는 론 스승님의 말씀이 내 머릿속에서 떠나지 않는다.

*어떻게 양이 사자를 죽이나? 사자를 피 속에 빠뜨려 익사시키는 것이다.*

시오도라가 결국 입을 연다.

"그들은 화성에서 벌어지는 모든 민간인의 죽음을 우리 탓으로 돌리고 있습니다. 우리가 군수품 제조 공장을 폭파하면서 두 명을 죽이면 그들은 우리가 천 명을 죽였다고 보도해요. 모든 공격이나 시위 중에도 소사이어티의 요원들이 그레이 경찰들을 쏘거나 자폭 조끼를 폭발시키러 군중들 속에 잠입해 시위자인 척을 해요. 그런 이미지들은 서커스 같은 언론으로 확산됩니다. 그리고 카메라가 꺼져 있을 때에는 그레이들이 가정집들로 침입해서 동조자들도 없애 버립니다. 미드 컬러든, 로우 컬러든 상관없어요. 그들은 우리를 반대합니다. 북부 지역에서는 세브로가 말한 대로 공공연한 반란이 벌어지고 있고요."

댄서가 어두운 기색으로 말한다.

"'레드 부대'라는 이름의 파벌이 보이는 히이컬리들마다 다 학살하고 다니고 있어. 우리의 옛 친구가 그들의 지휘단으로 입성했지. 하모니 말이야."

"어울리네요."

"그녀는 그들이 우리와 대치하도록 이간질을 했지. 그들은 우리의 명령을 따르지 않아. 그래서 우리도 그들에게 더 이상 무기를 보내지 않아. 우리는 도덕적으로 우월한 입장을 잃고 있어."

"목소리와 폭력을 지닌 자가 세상을 지배한다."

"아르코스님의 말씀이죠?"

내 중얼거림에 시오도라가 묻는다. 내가 고개를 끄덕인다.

"그분이 이 자리에 계셨더라면 좋았을 텐데요."

"그랬더라도 스승님께서 우리를 도와주셨을지는 잘 모르겠네."

"애석하게도 폭력 없이는 목소리도 존재할 수 없는 것 같네요."

핑크인 시오도라가 말한다. 그녀는 다리를 꼰다.

"반란이 가진 가장 위대한 무기는 그것의 '정신'이에요. 바뀌고자 하는 의지요. 우리 의식에서 희망을 찾고 번영하며 퍼져나가는 그 작은 씨앗 말이에요. 하지만 우리는 그 이상을 심을 능력뿐만 아니라 그 이상 자체도 빼앗겼어요. 메시지를 도난당했죠. 우리에게는 목소리가 없어요."

시오도라가 말할 때면 다른 사람들이 귀를 기울인다. 골드들이 그랬을 것처럼 그녀의 장단을 잠깐 맞춰 주기 위해서가 아니라 마치 그녀의 입지가 댄서와 거의 비등한 것처럼 귀를 기울인다.

"어느 하나도 말이 되는 게 없어. 전쟁을 시발시킨 스파크가 대체 뭐지? 자칼은 피치너를 죽인 일을 공개하지 않았어. 그러면 아레스의 아들들을 숙청하는 과정을 조용히 진행시키고 싶어 했을 테지. 촉매가 뭐였어? 그리고 또 우리에게 목소리가 없다고 했지. 하지만 피치너는 광산이든 어디로든 방송을 내보낼 수 있는 통신 네트워크를 갖고 있었잖아. 그가 이오의 죽음을 대중에게 내보였다고. 그녀를 반란의 얼굴로 세웠고. 자칼이 그것을 파괴한 건가?"

나는 사람들의 걱정스러운 얼굴들을 둘러본다.

"나에게 안 알려 주고 있는 이야기가 대체 뭐야?"

"그에게 아직 안 알려 줬어? 내가 없었을 때 대체 뭔 짓거리들을 하고 있었던 거야? 똥꼬나 후비고 있었나?"

세브로의 말에 댄서가 날카롭게 말한다.

"대로우는 그의 가족과 함께하고 싶어 했어."

그는 나를 향해 돌아보며 한숨을 내쉰다.

"아레스가 살해당하고 네가 붙잡힌 직후 자칼이 몇 달 간 숙청 작업을 진행했어. 그 와중에 우리 디지털 네트워크의 대부분이 파괴됐어. 자칼의 군사들이 아게아에 있는 우리의 기지를 공격하기 전에 세브로가 위험을 알려 줬지. 우리는 지하로 내려가 자원은 많이 지켰지만 대량으로 인력을 잃었어. 수천 명의 아들들. 훈련된 장비 조작가들. 또 그 다음 3개월은 너를 찾으며 보냈어. 루나

로 향하던 이동 수단을 포획한 적도 있지만 네가 그것을 타고 있
지 않았어. 감옥들도 수색했어. 뇌물도 바쳤고. 하지만 너는 마치
한 번도 존재하지 않았던 사람처럼 사라졌어. 그리고 그 후 자칼
이 아게아의 요새 계단에서 너를 사형시켰지."

"거기까지는 나도 다 아는 사실들이에요."

"그래. 네가 모르는 건 세브로가 그 이후에 한 행동이야."

나는 내 친구를 바라본다.

"너 뭔 짓을 한 거야?"

"내가 해야 할 걸 했어."

세브로는 홀로그램의 제어장치를 차지하더니 목성 이미지를 제
거하고 내 모습을 대신 띄운다. 16살. 뼈만 앙상하고 창백하며 벌
거벗은 상태로 내가 수술대 위에 누워 있는 동안 미기는 자신의
둥근톱을 들고 서서 나를 내려다보고 있다. 내 척추를 따라 한기
가 내려간다. 하지만 그것은 내 척추도 아니다. 따지고 보면 내 것
일 수 없다. 내 척추는 이 사람들의 소유다. 반란의 소유다. 그가
무슨 짓을 했는지 깨달으니…… 이용당한 기분이다.

"너, 저걸 공개 방영했구나."

"했고말고."

세브로가 끔찍하게 말한다. 이곳에 있는 모두의 시선이 나를 향
하는 것이 느껴진다. 이제 왜 내 블레이드가 티노스 난민들의 천
장에 그려졌는지가 이해된다. 그들은 모두 내가 한때 레드였다는
것을 알고 있다. 그들은 자신들 중 한 명이 아이언 레인을 통해 화

성을 정복했었다는 사실을 알고 있다.

전쟁은 나에 의해 시발된 것이다.

"나는 네가 조각되는 영상을 모든 광산에 방영시켰어. 모든 홀로사이트에도, 이 지랄 우라질 같은 소사이어티 전체에도 어느 한 곳 빠뜨리지 않고 다 공개했어. 골드들은 자신들이 너를 죽여 없앨 수 있을 거라고 생각했지. 그들이 너를 이길 수 있으리라고. 네 죽음이 아무런 의미도 지니지 않게 만들 수 있으리라고. 내가 그렇게 되는 꼴을 두고 보면 내 손에 장을 지진다."

그는 자신의 손으로 탁자를 탁 친다.

"네가 우리 엄마처럼 얼굴 없이 기계 속으로 사라지는 꼴을 보면 내 손에 장을 지지겠다고. 화성에서 네 이름을 모르는 레드는 단 한 명도 없어, 리퍼. 디지털 세계에서도 레드 하나가 골드들의 왕자가 되기 위해, 화성을 정복하기 위해 일어섰었다는 걸 모르는 사람이 단 한 명도 없어. 나는 너를 신화로 만들었어. 그리고 이제 네가 죽었다 돌아왔으니 너는 단순한 순교자가 아니야. 레드들이 평생토록 기다려오던 그 우라질 놈의 메시아라고."

제11장

# 나의 사람들

나는 격납고 가장자리에 걸터앉아 양다리를 밖으로 내놓고 흔들며 밑에서 도시가 생명력으로 하나 되어 가는 모습을 지켜본다. 잎사귀들이 바다를 이루며 서로 스치는 소리처럼 천여 명의 쉬쉬거리는 목소리들이 떠들썩하게 이 위까지 들려온다. 난민들은 내가 살아 있다는 것을 알고 있다. 슬링블레이드가 벽면마다, 천장마다 그려져 있다. 길 잃은 사람들의 절박하고도 고요한 외침이다. 6년 동안 나는 이들 중 한 사람으로 돌아가고 싶었다. 하지만 밑을 내려다보고 있자니, 이들의 역경을 확인하자니, 키어런 형의 말을 생각하자니, 나는 이 모든 희망 속에서 익사할 것 같다.

사람들은 나에게 너무 많은 것을 기대하고 있다.

이들은 우리가 이 전쟁을 이길 수 없다는 것을 이해하지 못한다. 심지어 아레스도 우리가 절대로 골드와 정면 대결은 할 수 없으리라는 것을 알고 있었다. 그런데 어떻게 저들을 위로 일으켜 세운단 말인가? 저들에게 어떻게 가야 할 길을 보여 준단 말인가?

두렵다. 비단 사람들에게 그들이 원하는 바를 줄 수 없다는 점 때문만이 아니다. 사실을 공개해 버림으로써 세브로는 강을 건넜다. 되돌아갈 배를 불태워 버렸다. 우리는 이제 이 상황을 되돌릴 수 없다.

자, 이것은 우리 가족에게 어떤 의미인가? 나의 친구들과 이 사람들에게는? 이런 질문들이 차올라서, 세브로가 내 조각 영상을 이용한 방법에 너무나 당황한 나머지 한 마디도 안 하고 그 자리를 박차고 나왔다. 성급한 행동이었다.

나를 뒤따라온 라그날이 휠체어를 지나 내 옆에 스르륵 주저앉는다. 나처럼 가장자리 밖으로 다리를 내밀어 흔들고 있다. 그의 부츠는 만화 캐릭터의 것처럼 거대하다. 지나가는 함선에 의한 산들바람에 그의 수염에 달린 리본들이 날린다. 그는 아무 말도 안 한다. 침묵을 편안히 여기는 사람이다. 라그날이 이 자리에 있다는 사실, 그가 나와 함께한다는 사실에 안정감이 든다. 세브로 옆에 있으면 이렇게 안정을 찾을 수 있을 줄 알았다. 하지만 세브로는 변했다. 아레스의 투구라는 감투에는 너무나 많은 무게가 실린 것이다.

나는 입을 연다.

"어렸을 때는 언제나 우리들 중 가장 용감한 자가 누군지를 판

가름하고 싶어 했어. 우리는 밤에 몰래 집에서 나와 깊은 터널들을 쭉 따라 내려간 뒤 어둠을 등지고 서곤 했지. 조용히 하면 살무사들의 소리도 들을 수 있었어. 하지만 그것들이 얼마나 가까이에 있는지는 절대 알 수 없지. 대부분의 남자애들은 1분 뒤, 끽해야 5분 뒤에 도전을 멈추고 줄행랑을 쳤어. 내가 언제나 가장 오래 버티고 서 있었어. 이오가 우리의 게임에 대해 알게 되기 전까지는 말이지."

나는 고개를 젓는다.

"그런데 지금의 나는 1분도 못 버틸 것 같아."

"왜냐하면 당신은 이제 잃을 것이 얼마나 많은지를 깨달았기 때문이죠."

라그날의 검은 눈동자에는 광대한 역사의 그림자가 담겨 있다. 거의 마흔 가까이 된 나이, 그는 얼음과 마법의 세계에서 자란 남자다. 스스로를 신들에게 팔아서 자신의 종족 사람들에게 생명을 사 준 사람. 내가 산 세월보다 더 오랫동안 노예로 지냈던 사람. 그는 나보다 얼마나 더 삶을 잘 이해하고 있을까?

"아직도 고향이 그리워? 여동생도 보고 싶어?"

내가 묻는다.

"그렇습니다. 저는 여름의 몸부림 속에서 이른 눈이 내리던 순간이 그립습니다. 니드호그가 봄의 얼음을 뚫고 나오는 것을 구경하기 위해 세피를 제 어깨에 태우고 갈 때 그 눈이 그 애의 부츠 털에 붙던 모습을 다시 보고 싶습니다."

니드호그는 용이다. 그 짐승은 고대 북유럽 신화에 나오는 '세계수', 즉 이그드라실 밑에 살면서 수일간 그것의 뿌리를 갉아 먹으며 보냈다 한다. 많은 옵시디언 부족들은 그 용이 자신들의 심해로부터 올라와 항구들을 가로막는 얼음들을 깨부수어 봄의 기습공격을 위해 배들이 지날 극지방의 정맥들을 열어 준다고 믿는다. 그 짐승을 명예로이 기릴 목적으로 그들은 진정한 봄볕이 비추는 첫날, 즉 '오스타라'라 불리는 명절이면 범죄자의 시체들을 심해로 보낸다.

"저는 스파이어스와 아이스 지역에 당신의 말을 전하도록 친구들을 파견했습니다. 제 종족 사람들에게 저희의 신들이 가짜였다는 것을 알리기 위해서요. 그들은 속박당한 상태며 우리가 곧 그들을 해방하러 갈 것이라고요. 그들은 이오의 노래를 알 겁니다."

이오의 노래라. 그것은 이제 너무나 유약하고 우습게 느껴진다.

"이제 그녀의 존재가 더 이상 안 느껴져, 라그날."

나는 뒤로 돌아 격납고에 있는 립윙들에 작업을 하면서도 우리쪽을 힐끔힐끔 처다보는 레드와 오렌지 들을 확인한다.

"저들은 내가 이오와 자신들을 연결시켜 준다고 생각하고 있지. 나도 그건 알고 있어. 하지만 나는 그녀를 어둠 속에서 잃었어. 전에는 그녀가 나를 지켜보고 있다고 생각하곤 했어. 그녀에게 말을 걸곤 했지. 하지만 이제…… 그녀는 이방인이야."

나는 고개를 떨어뜨린다.

"라그날, 이 모든 상황에서 너무나 많은 부분이 내 탓이야. 내가 그렇게 자만하지만 않았어도 조짐들을 발견했을 거야. 피치너는 살아 있었을 거고. 론 스승님도 살아 계셨을 거야."

라그날은 내 오만함에 웃음을 터뜨린다.

"당신이 운명의 가닥들을 안다고 생각하나요? 당신은 그들이 살았더라도 상황이 어떻게 됐을지는 모릅니다."

"내가 이 사람들이 필요로 하는 존재가 될 수 없다는 건 알아."

라그날은 인상을 찌푸린다.

"당신은 저들을 두려워하는데 어떻게 저들이 필요로 하는 걸 알고 계신다는 겁니까? 저들을 직접 쳐다보지도 못하시면서요?"

나는 그 질문에 어떻게 대답해야 할지 모른다. 그는 갑자기 일어서더니 나에게 손 하나를 내민다.

"저와 함께 가시지요."


병원은 한때 식당이었다. 이제는 줄지은 들것과 간이침대, 그리고 기침과 엄숙한 속삭임이 그곳을 메우고 있다. 또 노란 수술복을 입은 레드, 핑크 그리고 옐로우 간호사 들이 환자를 확인하며 침대 사이로 돌아다닌다. 방의 뒤쪽은 화상 병동이다. 그쪽은 플라스틱 격리벽들로 다른 환자들과 분리돼 있다. 한 여자가 플라스틱 벽 너머에서 비명을 지르며 자신에게 주사를 놔 주려고 하는 남자 간호사와 싸우고 있다. 다른 간호사 두 명이 그녀를 제압하러 급히 달려간다.

이곳의 멸균된 슬픔이 나를 집어 삼켜 버리는 기분이다. 핏덩이는 없다. 바닥에 뚝뚝 흐르는 피도 없다. 하지만 이것이 내가 아티카로부터 탈출한 대가다. 미키처럼 실력 있는 조각가가 있음에도 불구하고 이 사람들을 모두 치료하기에는 자원이 부족할 것이다. 부상자들은 돌 천장을 망연자실하게 올려다보며 앞으로의 삶이 어떨지 생각하고 있다. 그게 이 공간에 감도는 기운이다. 트라우마. 살이 아니라 가로막힌 삶과 꿈에 대한 것.

이 방을 떠나고 싶지만 라그날이 내 휠체어를 앞으로 밀어 젊은 남자의 침대 가장자리로 데리고 간다. 그 남자는 내가 들어올 때부터 나를 지켜보고 있었다. 그의 머리는 짧다. 얼굴은 투실투실하며 두드러진 앞니의 부정교합이 부자연스럽다.

"뭐가 뭔데?"

나는 묻는다. 내 말투는 광산식 사투리를 기억하고 있다.

그는 별일 없다는 듯 어깨를 으쓱한다.

"그냥 닐리리 시간 흘려보내는 거요, 아쇼?"

"알지. 라이코스 출신…… 대로우다."

나는 손 하나를 내민다.

"우리도 알지."

그의 손은 너무나 작은 나머지 손가락들로 내 손을 감지도 못한다. 그는 그 말도 안 되는 모습에 낄낄 웃는다.

"카로스 출신 바노."

"야간이야, 주간이야?"

"이 생양아치 같으니, 주간 근무자요. 내가 무슨 얼굴 축 쳐진 야간 땅파개로 보이나?"

"글쎄, 요새는 겉만 봐선 모르니까⋯⋯."

"그건 그렇소. 나는 오미크론 클랜이오. 두 번째 줄의 세 번째 드릴보이지."

"내가 그간 땅속 깊숙한 곳으로 피해 다녔던 게 당신 멍텅구리였군그래."

그는 활짝 웃더니 양손으로 외설적인 몸짓을 보인다.

"헬다이버들이란. 언제나 지네 물건만 뚫어져라 보고 있다니까. 누가 당신에게도 위를 보는 법을 가르쳐야 할 텐데."

우리는 웃는다.

"그거 얼마나 아팠소?"

그는 나에게 고갯짓을 하며 묻는다. 처음에는 그가 자칼이 한 짓에 대해 묻는 거라 생각했다. 그 후 그가 내 양손에 있는 상징에 대해 말하고 있다는 것을 깨닫는다. 내가 스웨터로 가린다고 가렸던 것들이다. 나는 상징을 꺼내 보인다.

"완전 미친 짓이었지, 그거."

그는 자신의 손가락을 튕겨 내 상징을 친다.

주위를 둘러보니 갑자기 알게 된다. 바노만 나를 보고 있는 것이 아니다. 모두가 보고 있다. 심지어 방의 저 끝 편, 화상 유닛에 있는 레드들도 나를 보기 위해 침대에서 자신의 몸을 일으켜 세웠다. 그들은 내 안의 두려움을 볼 수 없다. 그들은 자신들이 보고 싶은 것을 본다. 나는 라그날을 바라본다. 하지만 그는 다친 여성과 대화하느라 바쁘다. 홀리데이다. 그녀는 나를 향해 고개를 끄덕인다. 떠나 버린 그녀의 남동생에 대한 슬픔이 여전히 그녀의 얼굴을 덮고 있지만 표정은 상당히 편안하다. 트리그의 권총은 그녀의 침대 옆에 있다. 라이플은 벽에 세워져 있다. 아레스의 아들들은 트리그를 묻을 수 있도록 구출 작전 중에 그의 시신을 되찾았다.

나는 질문을 반복한다.

"이게 얼마나 아팠냐고? 글쎄. 바노, 클로우드릴 속으로 떨어진다고 상상해 봐. 한 번에 1센티미터씩. 먼저 피부가 나가 버리지. 그 다음에는 살이. 그 뒤에는 뼈가. 별 거 아니야."

바노는 휘파람을 획 불며 감탄한다. 그리고 지치다 못해 거의 지루하다는 듯한 표정으로 존재하지 않는 자신의 양다리를 내려다본다.

"이건 느끼지도 못했소. 내 슈트가 하이드로폰을 충분히 주입한 다음에 한 쪽씩 절단 냈지. 그래도 최소한 내 거시기는 아직 남아 있잖아."

그는 라그날을 향해 고개를 끄덕인 후 잇새로 공기를 빨아들인다. 그의 옆에 있는 남자가 그를 부추긴다.

"그에게 물어 봐, 바노……."

"입 닥쳐."

바노가 한숨을 쉰다.

"놈들이 궁금해 하는 게 있는데, 당신 그건 그대로 가지고 있소?"

"뭘 가지고 있냐는 거지?"

"'그거'."

그는 내 가랑이 사이를 본다.

"아니면 그들이…… 그 있잖소……. 그것도 비율에 맞게 바꾼 거요?"

"진짜로 알고 싶나?"

"내 말은…… 개인적인 이유로 그런 건 아니고. 그렇지만 거기에 돈이 걸렸거든."

"글쎄."

나는 진지하게 앞으로 기댄다. 바노와 인근에 있는 그의 침대 동료들도 그런다.

"정말로 알고 싶다면, 당신 엄마한테 직접 물어보시지."

바노는 나를 강렬한 시선으로 빤히 쳐다본다. 그린 후 웃음을 크게 터뜨린다. 그의 침대 동료들도 웃으며 그 농담을 방 저 끝까지 퍼뜨린다. 그리고 그 잠깐의 순간에 분위기는 바뀐다. 숨 막힐 정도로 소독된 공간은 재미와 지저분한 농담들로 갈라진다. 속삭이는 행위가 갑자기 우스워졌다. 조류가 바뀌는 모습을 보고 그 촉매가 단 하나의 웃음이라는 것을 깨달으니 내 안의 에너지가 충전된다. 시선들과 이 공간을 피하는 대신 나는 작은 침대열들을 따라가며 라그날에게서 멀어진다. 부상자들과 더 어울리기 위해, 그들에게 감사를 표하기 위해, 그들이 어디에서 왔는지 물어보기 위해, 그리고 그들의 이름을 외우기 위해서다. 그리고 바로 이 순간, 나는 나에게 좋은 기억력을 탑재해 준 신에게 감사한다. 사람

184

은 누군가가 자신의 이름을 잊어 버려도 그를 용서한다. 하지만 그 누군가가 자신의 이름을 기억해 주면 그를 영원히 옹호한다.

대부분은 나를 선생님 또는 리퍼라고 부른다. 그러면 그 단어를 정정해서 대로우라고 불러 달라고 말하고 싶다. 하지만 나는 경외의 가치를 알고 있다. 일반 사람들과 지도자 간의 거리를 안다. 내가 이들과 함께 웃고 있어도, 이들의 도움을 받아 내 안의 비틀린 부분을 회복하고 있어도, 이들은 내 친구가 아니다. 내 가족이 아니다. 아직은 아니다. 우리에게 그럴 여유가 생기기 전까지는 이들과 그런 사이가 될 수 없다. 지금으로선 이들은 내 병사들이다. 그리고 내가 이들을 필요로 하는 만큼 이들도 나를 필요로 한다. 나는 이 사람들의 리퍼다. 라그날 덕분에 그 점이 다시 생각났다. 그는 나에게 친절하지만 볼품없는 미소를 보인다. 내가 병사들과 함께 미소 짓고 웃는 모습을 보니 너무나 기쁜 듯하다. 나는 단 한 번도 기쁨의 인간이거나 전쟁의 인간, 또는 폭풍 속의 외딴 섬이었던 적이 없다. 절대 론 스승님처럼 홀로도 완전한 존재였던 적이 없다. 그런 척을 했던 것뿐이다. 나는 언제나 주변 사람들에 의해서야 완전해지는 사람이었다. 안에서 기력이 생기는 것이 느껴진다. 너무나 오랫동안 못 느꼈던 기력이다. 내가 사랑받는다는 점 때문만이 아니다. 이들이 나를 믿어 주고 있어서다. 기관에서의 내 병사들처럼 내 가면을 따르는 것이 아니다. 아우구스투스 밑에서 일하면서 만든 가짜 우상이 아닌, 내 안에 존재하는 사람을 믿어 주는 것이다. 라이코스가 사라졌을지도 모른다. 이오가 말이 없어졌을지도 모른다. 머스탱이 완전 다른 세계에 가 있을지도 모른다. 그리고 아레스의 아들들은 멸종 위기에 놓였을지도 모른다. 하지만 나는 영혼이 내 안으로 다시 조르르 흘러들어오는 것이 느껴진다. 드디어 나는 고향에 돌아온 것이다.

라그날을 동반한 채 나는 지휘실로 돌아온다. 세브로와 댄서가 청사진 위로 몸을 수그리고 있다. 시오도라는 구석에서 편지들을 주고받고 있다. 그들은 내가 들어서자 고개를 돌린다. 미소를 띠고 이제 서 있는 내 모습에 모두들 놀란 기색이다. 홀로 선 것은 아니다. 라그날의 부축을 받고 있다. 지휘실에서 도망쳐 나온 지 한 시간밖에 안 지나서 나는 병원에 휠체어를 둔 후 라그날의 안내를 받으며 그곳으로 다시 돌아온 것이다. 새로운 사람이 된 기분이다. 어둠을 겪기 전의 나로 되돌아갈 수는 없겠지만 어쩌면 그래서 더 나은 내가 됐을지도 모르겠다. 전에는 없던 겸허함이 생겼으니까…….

나는 내 친구들에게 사과한다.

"아까 그런 식으로 행동해서 죄송합니다. 이 모든 게…… 갑작스러워 당황했거든요. 여러분들이 나름의 최선을 다했다는 것은 알아요. 상황을 따지고 보면 다른 어느 누구보다도 잘 해온 거죠. 여러분들이 다함께 희망을 살려 놓은 거예요. 그리고 여러분들이 저를 구했어요. 제 가족도 구했고요."

나는 잠시 말을 멈춰 그것이 나에게 얼마나 큰 의미인지를 그들에게 확실히 전한다.

"여러분들도 제가 이런 상태로 돌아오리라고는 생각하지 못했을 거예요. 제가 마음속에 불과 분노를 지니고 돌아올 것이라 생각했겠죠. 하지만 저는 과거의 제가 아니에요. 그냥 그 사람이 아니라고요."

내 말을 정정해 주려는 세브로를 막고 그에게 말한다.

"나는 너를 믿어. 네 계획들도 믿어. 내가 할 수 있는 모든 수단을 다 동원해서라도 너를 도와주고 싶어. 하지만 이런 상태의 나로는 너를 도울 수 없어."

나는 내 가는 팔들을 들어서 보인다.

"그래서 말인데 네가 세 가지를 도와줬으면 좋겠어."

"언제나 극적이라니까. 그래서 공주님, 네 요구사항들이 뭐야?"

세브로가 말한다.

"먼저 머스탱에게 사절을 보내고 싶어. 머스탱이 나를 배신했다고 생각한다는 건 알아. 하지만 내가 살아 있다는 걸 그녀가 알았으면 해. 그럼 어쩌면 뭔가 달라질지도 모르잖아. 그녀가 우리를 도와줄지도 모르지."

세브로가 코웃음을 친다.

"우리는 이미 그녀에게 한 번의 기회를 줬어. 그녀는 너와 라그날을 죽일 뻔 했다고."

"하지만 안 죽였죠. 그녀가 우리를 도와준다면 그 위험을 감수할 만한 가치는 있습니다. 그녀가 우리의 의도를 의심하지 않도록 제가 사절로 가겠어요."

라그날의 말에 세브로가 받아친다.

"웃기고 자빠졌네. 너는 이 소사이어티 시스템에서 가장 공개적으로 수배된 이 중 하나잖아. 골드들은 공인되지 않은 항공 교통을 모두 정지시켰어. 네가 가면을 쓴들 우주 정거장에서 2분도 못 갈걸."

시오도라가 끼어든다.

"제 첩자들 중 한 명을 보내지요. 생각해 둔 사람이 하나 있어요. 실력이 좋아요. 겉모습만 따져 봐도 스파이어스의 왕자, 당신보다 100킬로그램은 덜 튀죠. 게다가 그 애는 이미 정거장도시에 있어요."

"이비 말이야?"

댄서의 말에 시오도라가 내 쪽을 바라본다.

"정확히 맞추셨어요. 이비는 과거에 저지른 죄들에 대한 벌충을 하기 위해 최선을 다했어요. 자신의 죄목이 아닌 것들에 대해서도요. 그녀는 매우 많은 도움을 주고 있지요. 댄서, 당신만 괜찮으시다면 제가 이동과 신변을 감추는 일에 대한 준비를 할게요."

"괜찮아."

세브로가 재빠르게 대답한다. 그래도 시오도라는 댄서가 동의한다는 뜻으로 고개를 끄덕일 때까지 기다린다.

"고마워. 또 있어, 미키를 티노스로 다시 데리고 와 줘."

내가 말한다.

"왜?"

댄서가 묻는다.

"나를 다시 무기로 만들려면 그가 필요하거든요."

세브로가 깔깔거린다.

"이제야 제대로 얘기가 되는군. 네 뼈에 살인용 살들 좀 붙이자고. 이제 이 빌어먹을 거식증 허수아비 행세는 그만하고."

댄서가 고개를 젓는다.

"미키는 500킬로미터 떨어진 바로스에서 소소한 프로젝트를 진행하고 있어. 그곳에는 그가 필요해. 네게 필요한 건 칼로리잖아. 조각가가 아니라. 네 현 상태로 봐서 조각은 위험할 수 있어."

"리퍼는 견딜 수 있어. 우리는 목요일까지 미키와 그의 장비들을 이곳으로 데려올 수 있다고. 비라니 선생은 어차피 네 상태를 미키와 함께 논의하고 있었어. 그가 너를 보면 핑크의 손에 간지럼 타듯 기뻐 환장할 거다."

세브로의 말에 댄서는 힘겹게 인내하는 마음으로 세브로를 지켜보다 묻는다.

"그리고 마지막 요구사항은?"

나는 얼굴을 찡그린다.

"이건 당신이 별로 안 좋아할 것 같은 예감이 드네요."

제12장

# 줄리

빅트라는 고립된 방에 있다. 아레스의 아들들 몇 명이 문 앞을 지키고 있다. 그녀는 의료용 침대의 가장자리 밖으로 발을 내민 채 누워서 침대 발치에 있는 홀로를 보고 있다. 홀로상의 소사이어티 뉴스 채널들은 테러리스트 세력이 댐을 파괴해 미스토스 골짜기의 홍수를 유발했는데 용감무쌍한 '정부 부대'가 그들을 공격했다는 소식을 지루히 반복해서 전하고 있다. 홍수에 의해 200만 브라운 농부들이 어쩔 수 없이 집을 떠났단다. 그레이들이 군수용 트럭 짐칸들로부터 원조 물품들을 배달하고 있단다. 그 댐을 폭파시킨 사람들이 레드들이었을 가능성은 아주 많다. 아니면 자칼이 주범이었을 수도 있다. 이제 와서 그것을 누가 알겠는가?

빅트라는 백금발을 말총머리 모양으로 꽉 묶었다. 마비된 양다리까지 포함한 사지가 다 수갑과 족쇄로 채워져 침대에 묶여 있다. 이쪽에는 그녀와 같은 종족에 대한 신뢰가 거의 없다. 그녀는 나를 보러 고개를 들지 않는다. 마침 홀로의 이야기는 데이모스의 시인이자 가장 최근에 도는 가십계의 심장 고동 역을 맡은 로크 오 파비의 프로필에 대한 소식으로 바뀐다. 로크의 과거를 탐색하고, 의원인 그의 어머니 및 기관 이전에 그를 가르친 선생들을 인터뷰하고, 파비 가문의 시골 사유지에서 지내던 소년 시절 모습도 방영한다.

로크의 어머니가 카메라들을 향해 말한다.

"로크는 언제나 도시보다 자연의 세계를 더 아름답다고 여겼어요. 그 애가 그렇게나 감탄하며 지켜봤던 것은 자연의 완벽한 질서였어요. 자연이 특별한 노력 없이 계급 체계를 형성하는 방법을요. 그래서 그 당시에도 그 애가 그렇게나 소사이어티를 사랑했던 것 같아요……."

"저 여자가 입에 총을 물고 있었으면 훨씬 보기 좋았을 텐데."

빅트라가 홀로의 소리를 죽이면서 중얼거린다.

"저 여자가 로크의 이름을 부른 횟수는 그 애의 어린 시절을 통틀었을 때보다 지난 한 달간에 더 많을걸."

내가 대꾸한다.

"그러게. 정치인들은 원래 유명 가족 구성원을 그냥 두는 법이 없잖아. 한때 로크가 어떤 파티에서 아우구스투스를 두고 했던 말이 뭐였더라? '오, 부육 먹는 독수리들이 강자에게 떼로 모여들어 자신의 눈앞에 놓인 시체를 먹으려는 모습 좀 보라.' 그냥 너에 대해 하는 말이었다고 해도 믿겠어."

빅트라는 호전적인 눈을 번뜩이며 나를 바라본다. 이전에 보이던 미치광이 눈빛은 한발 물러난 상태지만 아직 완전히 없어지진 않았다. 그것은 내 눈에서와 마찬가지로 그렇게 머물러 있다.

"난 그런 말을 들어도 싸지."

"네가 이 작은 테러리스트 무리를 이끄는 거야?"

"나에게 이들을 이끌 기회가 주어졌었지. 그러고는 이렇게 엉망진창을 만들어 놨고. 세브로가 지도자야."

빅트라가 뒤로 기댄다.

"세브로라. 정말?"

"웃겨?"

"아니. 사실, 왠지 전혀 놀랍지 않은데. 걔는 언제나 지껄이고 다니는 것보다 행동이 훨씬 화끈한 놈이었잖아. 내가 걔를 처음 봤을 때, 걔가 택터스의 궁둥이를 발길질 하고 있던걸."

나는 한 발 더 다가간다.

"너에게 해명할 일이 있는 듯하네."

"오, 제길. 이 상황은 그냥 좀 넘어가면 안 되겠니? 지루하니까."

"그냥 넘어가자고?"

빅트라는 깊은 한숨을 내쉰다.

"사과. 비난. 사람들이 정서적으로 불안해서 그냥그냥 해 나아가는 그 모든 하찮은 짓거리들 말이야. 나에게 해명할 필요 없어."

"어째서 그렇게 생각하는데?"

"우리는 모두 소사이어티라는 이놈의 틀 안에서 살면서 특정 사회적 계약을 체결하고 있지. 내 종족이 네 조그만 부류를 탄압한다. 우리는 너희들의 노동 결실을 누리고 산다. 너희가 존재하지 않는 것처럼 행동한다. 그리고 너희는 반격한다. 대개는 매우 허술하게 한다. 개인적으로 나는 그렇게 하는 것도 너희들의 권리라고 생각해. 그건 선도 악도 아니야. 하지만 공정하지. 나는 쥐가 독수리를 성공적으로 죽인다면 그 쥐를 칭찬하겠어. 너라면 안 그러겠니? 네 나름의 입장에서 잘했어.

단지 레드들이 드디어 잘 반격하기 시작했다는 이유만으로 골드들이 이제 와서 불만을 토로하는 건 어이없고 위선적인 일이야."

빅트라는 놀라워하는 내 반응에 날카롭게 웃는다.

"왜, 자기야? 내가 그놈의 걸어 다니는 상처투성이들, 카시우스와 로크처럼 배신과 명예를 들먹이며 고함치고 불평하고 열 받아 하리라 생각했어?"

"조금은. 나라면 그랬을……."

"그건 네가 나보다 더 감정적이라서 그래. 나는 줄리 가문 사람이야. 차가운 이성이 내 혈관을 타고 흐른다고."

내가 빅트라의 말을 정정하려고 하자 그녀는 눈을 굴린다.

"너 마음 편하자고 나보고 달라지라 하지 말자. 제발. 그건 우리 둘 다 겪 떨어지는 일이야."

"너는 네가 그런 척 하는 것만큼 실제로 차가웠던 적은 한 번도

193

없었어."

"나는 네가 내 인생에 개입하기 한참 전부터 존재했단다. 네가 나에 대해 진짜 얼마나 안다고 그래? 나는 우리 어머니의 딸이야."

"너는 그보다 나은 사람이야."

"네가 그렇다면 그런 거겠지."

빅트라에게는 아무런 계략이 없다. 내숭 떨며 교묘히 조종하기란 없다. 머스탱은 온통 능글맞은 웃음과 절묘한 연기 덩어리다. 빅트라는 철거물을 부수기 위해 날아드는 거대한 쇳덩이 공이다. 그랬던 그녀가 트라이엄프 전에 부드러워졌었다. 자신의 방어벽을 낮춘 것이다. 하지만 이제 그 벽은 다시 세워졌다. 그리고 그 사실에 그녀를 처음 만났을 때만큼이나 그녀에게서 거리감이 느껴진다. 하지만 대화를 나누면서 보니 빅트라의 머리 군데군데에서 백금발이 아니라 백발이 더 많이 보인다. 양 볼이 움푹 들어갔으며 오른손, 즉 양손 중 침대 반대편에 있는 쪽은 침대보를 꼭 쥐고 있다.

"네가 왜 나에게 거짓말을 했는지 알겠어, 대로우. 그리고 그 이유를 존중해 줄 수 있어. 하지만 내가 모르겠는 것은 네가 나를 아티카에서 구한 이유야. 동정이었니? 전략적인 거였어?"

"네가 내 친구이기 때문이야."

"아, 진짜."

"너를 그 감옥 안에서 썩게 내버려 두느니 그곳에서 꺼내 주려다 내가 죽고 말지. 트리그는 너를 구하는 과정에서 정말 죽었어."

"트리그?"

"우리가 네 옥에 들어갔을 때 내 뒤에 있던 그레이들 중 한 명이었어. 다른 한 명은 그의 누나였고."

"나는 구해 달라고 한 적 없어."

빅트라는 씁쓸하게 말한다. 트리그의 죽음으로부터 손을 씻는 그녀의 방식이다. 그녀는 이제 나로부터 시선을 돌린다.

"있지, 안토니아는 우리가 애인 사이인 줄 알았어. 너와 내가. 그 앤 나에게 네 조각 과정을 보여 줬지. 그리고 나를 조롱했어. 마치 내가 네 정체를, 네 출신을 알게 되면, 그리고 내가 거짓말에 넘어 갔다는 사실을 깨닫게 되면 너를 혐오하리라 생각하며."

"그리고 실제로도 그랬어?"

빅트라는 코웃음을 친다.

"네 정체가 뭔들 내가 왜 상관하겠어? 나는 사람들이 어떤 행동을 하는지 신경을 써. 진실에 관심을 갖는다고. 만약 네가 나에게 다 털어놨더라도 나는 조금도 다르게 행동하지 않았을 거야. 너를 보호했을 거라고."

나는 그녀의 말을 믿는다. 그리고 그녀의 눈에 서린 아픔도 믿는다.

"왜 나에게 말을 안 한 거야?"

"겁이 나서 그랬어."

"하지만 머스탱에게는 털어 놨다는 것에 한 표 건다."

"맞아."

"왜 개한테는 말하면서 나에게는 안 한 거야? 나도 최소한 그 정도의 대우는 받아 마땅했어."

"나도 모르겠어."

"그건 네가 거짓말쟁이이기 때문이야. 너는 통로에서 내가 사악하지 않다고 말했지. 하지만 마음 깊숙한 곳에서는 사악하다고 생각하고 있었어. 나를 단 한 번도 믿은 적이 없었던 거야."

나는 빅트라의 말을 인정한다.

"맞아. 너를 믿지 못했어. 실수였지. 그리고 내 친구들이 자신들의 생명으로 그에 대한 대가를 치렀고. 9개월 동안 그놈이 나를 가둬뒀던 상자 안에서 그…… 그 죄책감이 내 유일한 동반자였어."

빅트라의 눈빛으로 미루어보아 그녀는 내가 무슨 일을 당했는지 몰랐던 모양이다.

"하지만 이제 나에게는 다시 살 수 있는 기회가 주어졌어. 나는 그걸 낭비하고 싶지 않아. 너에게 그런 대우를 한 것에 대해 보상하고 싶어. 나는 너에게 한 생명을 빚졌어. 정의를 빚졌어. 그리고 네가 우리와 함께했으면 좋겠어."

"너희와 함께하라고? 아레스의 아들로서?"

빅트라는 웃음을 터뜨리며 말한다.

"응."

"너 진심이구나. 자기야, 나는 그다지 자살하고 싶은 마음이 없단다."

빅트라는 나를 비웃는다. 또 하나의 방어 기제다.

196

"네가 알던 세상은 사라졌어, 빅트라. 네 여동생이 너에게서 그 세상을 앗아갔지. 네 어머니와 그 친구들은 몰살당했어. 네 가문은 이제 네 적이야. 그리고 너는 네 종족으로부터도 추방당했어. 그게 이 소사이어티의 문제점이야. 자기 살을 파먹지. 그게 우리들 사이에 싸움을 붙여. 너는 갈 곳이 아무데도 없어……."

"너 정말 능력 있다. 여자 마음을 참 외롭게 만드는 재주가 있다니까."

"……나는 너에게 네 등 뒤를 찌르지 않을 가족을 주고 싶어. 너에게 의미 있는 삶을 주고 싶어. 이렇게 말하면 너는 비웃겠지만 나는 네가 좋은 사람이라는 걸 알아. 너를 믿어. 그럼에도…… 내가 뭐를 믿든, 뭐를 원하든, 그 모든 건 다 중요하지 않아. 중요한 건 네가 뭐를 원하는지야."

빅트라는 내 눈을 살핀다.

"내가 뭐를 원하는지?"

"이곳을 떠나고 싶으면 그래도 돼. 이 침대에 남고 싶으면 그래도 돼. 원하는 것을 말하면 그렇게 해 줄게. 나는 너에게 그 정도는 해 줄 의무가 있어."

빅트라는 잠시 생각한다.

"나는 네 반란에는 관심 없어. 네 죽은 아내에 대해서도 신경 안써. 가족을 찾고 삶의 의미를 찾는 것도 별로야. 나는 사람들이 나에게 약물을 한가득 주입하지 않고도 잘 잘 수 있었으면 좋겠어, 대로우. 다시 꿈을 꿀 수 있었으면 좋겠어. 우리 어머니의 머리가 움푹 파이던 모습과 공허한 눈빛, 그리고 경련하던 손가락들을 잊고 싶어. 아드리우스가 웃던 모습을 잊고 싶어. 그리고 안토니아와 아드리우스의 환대에 그대로 보답하고 싶어. 나는 놈들과 그 개똥 같은 로크 위에 서서 놈들이 끝내 달라고 흐느끼는 동안 눈알을 도려내고 그 골드 눈구멍에 녹인 금을 붓고 싶어. 그래서 그놈들이 비명을 지르고 온몸을 비틀어대고 바닥에 오줌을 질질 싸며 싹 싹 빌게 만들고 싶어. 빅트라 오 줄리를 지독한 우리에 처넣을 수 있으리라고 한 번이라도 생각한 것에 대해."

그녀는 도둑고양이처럼 미소를 짓는다.

"즉, 나는 복수를 원해."

"복수의 끝은 텅 비었어."

"그리고 이제 나는 속이 텅 빈 여자야."

빅트라가 사실은 그렇지 않다는 것을 안다. 그녀가 그보다 나은 사람이라는 것을 안다. 하지만 나는 또한 상처가 하루 만에 아물지 못한다는 것을 그 어느 누구보다도 잘 안다. 내 자신도 가까스로 이어 붙은 상태니까. 이곳에 내 가족 전체가 있는데도 불구하고 그러니까.

"네가 원하는 게 그거라면 내가 너에게 제공해야 할 것도 그래. 3일 뒤에 나를 골드로 만들어 준 조각가가 이곳에 올 거야. 그는 우리를 전의 상태로 되돌려줄 거야. 그는 네 척추를 고쳐 줄 거야. 네 양다리도 돌려 줄 거야. 네가 원한다는 전제하에."

빅트라는 눈살을 찌푸리고 나를 본다.

"그렇게까지 나를 믿는다는 거야? 한번 잘못 믿었다가 그 꼴을 겪고도?"

아레스의 아들들이 준 자성 열쇠를 밖으로 꺼내 빅트라의 수갑과 족쇄 안쪽에 대고 누른다. 하나둘씩 수갑과 족쇄를 침대에서 풀자 그녀의 다리와 팔이 자유로워진다.

"너 보기보다 더 멍청하구나."

빅트라가 말한다.

"너는 우리 반란의 정신을 믿지 않을지도 몰라. 하지만 나는 택터스가 자신의 미래를 빼앗기기 전에 변하는 모습을 봤어. 라그날이 노예인 자신의 처지를 잊고 이 세상에서 자신이 원하는 것을 향해 손을 뻗는 모습을 봤어. 세브로가 아이에서 남자로 자라는 모습을 봤어. 내 자신이 변하는 것을 느꼈어. 나는 진정으로 우리가 이 생에서 어떤 사람이 될지를 직접 선택한다고 믿어. 그건 미리 정해진 게 아니야. 너는 머스탱보다도, 로크보다도 나에게 의리를 잘 가르쳐 줬어. 그리고 그것 때문에 나는 너를 믿는 거야, 빅트라. 다른 어느 누구를 믿는 만큼 똑같이 믿어."

나는 한 손을 내민다.

"내 가족이 돼 줘. 그럼 나는 절대 너를 저버리지 않을 거야. 절대 너에게 거짓말하지 않을 거야. 네가 살아 있는 평생 동안 네 형제가 되어 줄게."

내 말에서 묻어나는 감정에 당황하며, 이 차가운 여자는 나를 빤히 올려다본다. 그녀가 세워놨던 방어벽들은 이제 사라졌다. 삶이 달랐더라면 우리는 애인 사이가 됐을지도 모른다. 내가 머스탱을 향해, 이오를 향해 느끼는 그 불꽃을 함께 나눴을지도 모른다. 그러나 이번 생에서는 아니다.

빅트라는 부드러워지지 않는다. 눈물을 흘리며 무너지지도 않는다. 그녀 안에는 여전히 분노가 있다. 날것 그대로의 증오심과 너무나 많은 배신감, 좌절감, 그리고 상실감이 얼음장 같은 그녀의 심장을 여전히 휘감고 있다. 하지만 이 순간만큼은 그녀도 그 모든 것으로부터 해방된다. 이 순간만큼은 그녀도 진지한 자세로 손을 위로 뻗어 내 손을 잡는다. 그리고 나는 내 안에서 희망의 빛이 깜빡이며 켜지는 것을 느낀다.

"아레스의 아들이 된 것을 환영한다."

# 2부

# 격노

"지랄은 점점 더 발광한다."

— 세브로 오 바르카

제13장

# 하울러들


"아무것도 안 알려 주니까 젠장 지독하게 화난단 말이야."

빅트라가 투덜거리며 내가 벤치프레스(바벨을 들도록 설계된 운동 기구─옮긴이)에 무게 올리는 것을 도와준다. 그 소리가 석조 체육 관 전체로 울려 퍼진다. 이곳에는 기본적인 것들만이 있다. 금속 추. 고무 타이어. 로프. 그리고 수개월간 내가 흘린 땀.

"걔들이 네가 누군지 몰라?"

내가 윗몸 일으키기를 하며 말한다.

"아, 입 닥쳐. 네가 하울러들의 창시자 아녔어? 걔들이 우리를 대하는 방식에 대해 네가 뭐라 참견 못하는 거야?"

빅트라는 내 자리를 차지하기 위해 벤치에서 나를 밀어낸다. 그 리고 자신의 척추를 패딩된 윗면에 대며 양팔을 위로 올려 바벨을 잡는다. 나는 추 몇 개를 내린다. 하지만 그녀가 째려보는 바람에 다시 추를 올린다. 그 사이에 그녀는 자신의 손 자세를 똑바로 다 잡는다.

"엄밀히 따지면, 못한다고 봐야지."

"아. 하지만 진짜로. 대체 뭘 해야 늑대 망토를 하나 얻을 수 있는 건데?"

빅트라의 강력한 팔들이 걸이로부터 바를 확 들어 올린 뒤 위아래로 움직인다. 거의 300킬로그램에 달하는 무게다.

"두 번의 임무에 파견되기 전에 내가 '정부 부대원' 한 명의 머리를 쐈잖아. 정부 부대원이었다고! 나도 네 하울러들을 봤어. 라그날……을 제외하면, 다들 조막만 하던데. 그 집단이…… 아드리우스의 본라이더들이나 군주의…… 집정관들을 상대하려면…… 더 체급 있는 놈들을 모집해야 한다고."

그녀는 이를 악물며 자신의 마지막 세트를 마치고 내 도움 없이 바를 걸이에 다시 올린 뒤 일어서서 거울 속의 자신을 손가락으로 가리킨다. 그녀의 체형은 강력하고 간결하다. 넓은 어깨는 거만한 걸음걸이에 맞춰 흔들린다.

"바닥에서든 하늘에서든 나는 완벽한 육체적 표본이야. 나를 쓰지 않는다는 건 세브로의 지능이 좀 떨어진다는 증거야."

나는 눈을 굴린다.

"아마 세브로가 걱정하는 부분은 네 자신감 부족인가 보지."

빅트라는 나를 향해 수건 하나를 던진다.

"너도 개만큼이나 짜증나. 신에게 맹세컨대 개가 내 '빈곤한 태생적 환경'에 대해 한 번만 더 언급하면 내가 빌어먹을 지독한 숟가락으로 그 녀석 머리를 베어 버릴 줄 알아."

나는 잠시 그녀를 바라보며 웃음을 참으려고 노력한다.

"뭐야? 너도 무슨 할 말이 있는 거야?"

"전혀 없습니다, 아가씨."

나는 양손바닥을 들어 올려 보이며 말한다. 그녀의 시선은 본능적으로 내 손에 머문다.

"다음에는 스쿼트야?"

미키가 우리를 조각한 이래로 금방이라도 무너질 것 같던 이 체육관은 우리의 두 번째 집이 되었다. 우리는 그의 조각 시술 병동에서 수 주를 회복해야 했다. 그동안 빅트라의 신경들은 걷는 방법을 다시 기억했으며 우리 둘 모두 비라니 선생의 지도하에 체중을 늘리려고 노력했다. 시끌벅적한 레드 무리와 그린 한 명이 체육관의 구석에서 우리를 지켜본다. 2개월이 지났음에도 불구하고 화학적으로 또 유전적으로 개선시킨 '흉터를 입은 비할 데 없는 자'들 두 명이 얼마나 들 수 있는지를 볼 때의 신기함은 조금도 줄지 않은 모양이다.

몇 주 전 라그날이 우리에게 창피를 줬다. 그 짐승은 한 마디도 안 했다. 그냥 바벨에 무게를 계속 달더니 더 이상 무게를 올릴 수 없게 되자 완력으로 깔끔하게 들어 올린 뒤 우리에게 똑같이 하라는 시늉을 해 보였을 뿐이다. 빅트라는 바벨을 바닥에서 떼어내지도 못했다. 나는 무릎까지만 들어 올릴 수 있었다. 그런 후, 우리는 그의 뒤로 떼 지어 들어온 백 명의 멍청이들이 한 시간 동안 그의 이름을 외치는 것을 듣고 있어야 했다. 나중에 알게 된 사실이지만 나롤 삼촌은 라그날이 나보다 얼마나 많이 들어 올릴 수 있을지를 두고 걸린 내기를 주도하고 있었다. 친삼촌마저도 상대편에게 돈을 걸었단다. 하지만 그것은 좋은 징조다. 다른 사람들이 이 문제를 같은 시각으로 보지 않아도 그렇다. 우리는 골드가 모든 방면에서 다 이길 수는 없다는 것을 몸소 보이고 있는 것이다.

미키와 비라니 선생의 도움으로 빅트라와 나는 우리 몸을 다시 제대로 지배할 수 있게 됐다. 하지만 현장에서의 감을 회복하는 일도 그만큼 오래 걸렸다. 우리는 아기 발자국만큼 조금씩 시작했다. 우리가 함께 파견된 첫 임무는 홀리네이 및 열두 명의 경호원들과 함께 자원을 구하러 가는 일이었다. 자원 자체를 얻기 위해서라기보다는 나를 훈련시키기 위해서였다. 우리는 그것을 하울러들과 함께하지 않았다.

세브로가 내 얼굴을 톡톡 치며 말했다.

"A급 부대로 올라가려면 노력해야 해, 리퍼. 뒤처지지 않도록 긴장하라고. 그리고 줄리도 자신을 증명해야 하고."

그가 빅트라를 쓰다듬으려 하자 그녀는 그의 손을 찰싹 때렸다.

10회의 자원 공급 임무, 2회의 사보타주 임무, 그리고 3회의 암살 임무 후에야 세브로는 드디어 홀리데이, 빅트라, 그리고 내가 B급 부대와 함께 움직일 준비가 됐다고 판단했다. B급 부대는 '핏바이퍼들(살무사들)'로 나롤 삼촌이 이끌고 있다. 삼촌은 이곳 레드들 사이에서 나름 영웅 대접을 받고 있다. 라그날은 신 같은 존재이다. 하지만 우리 삼촌은 그냥 술을 너무 많이 마시고 담배를 너무 많이 피우며 흔치 않게 전쟁터에서 유달리 잘 싸우는 거칠고 나이든 남자다. 핏바이퍼들은 사보타주와 절도를 전문으로 하는 냉혹한 인간들이 잡다하게 섞인 집단이다. 그들 중 반 정도는 과거에 헬다이버들이었으며 나머지는 다른 유용한 로우컬러들이 뒤섞여 있다. 그들과 함께 막사와 몇몇 정부 부대 통신 장비들을 파괴하며 3회의 임무를 끝마친 상태다. 하지만 우리가 자신의 꼬리를 먹고 있는 뱀인 것 같은 기분이 든다. 그 느낌이 떨쳐지지 않는다. 모든 폭발은 소사이어티 미디어에 의해 왜곡된 상태로 보도된다. 우리가 바늘만큼의 손상을 유발할 때마다 더 많은 정부 부대들을 아게아로부터 광산이나 화성의 더 작은 도시로 데려오기만 하는 것 같다.

사냥당하는 기분이 든다.

더 걸리는 점은 스스로가 테러리스트처럼 느껴진다는 것이다. 전에도 이런 생각이 들었던 적이 딱 한 번 있었다. 루나에서 가슴에 폭탄을 지닌 채 갈라파티로 걸어 들어갔을 때였다.

댄서와 시오도라는 세브로에게 더 많은 동맹군들에게 손을 내밀라고 지속적으로 권해 왔다. 아레스의 아들들과 다른 파벌들 간의 거리를 메우려는 노력이다. 마지못해하며 세브로는 그들의 조언을 받아들였다. 그래서 이번 주 초에 핏바이퍼들과 나는 터널을 떠나 아라비아 테라의 북부 대륙으로 파견됐다. 그곳에서 '레드 부대'들이 이스메니아 정거장 도시에 자신들을 위한 기지를 조각해 놨다. 댄서의 바람은 세브로가 하지 못했던 방식으로 내가 그들을 품는 것이었다. 그리고 혹시나 내가 그들을 하모니의 영향력으로부터 떨어뜨릴 수 있지 않을까 하고도 생각한 모양이다. 하지만 우리는 그곳에서 동맹을 맺기는커녕 거대한 무덤을 발견했다. 궤도상 공격을 받아 폭파당한 회색 도시. 창백하고 퉁퉁 불은 시체 무리가 해안선에서 꼬물거리던 광경이 여전히 눈앞에 아른거린다. 게들이 시체 위를 빠르게 옆걸음으로 이동하며 죽은 자들을 식사거리로 삼고 있었다. 그 동안 연기 한 줄이 홀로 별들을 향해 빙글빙글 돌며 올라갔다. 익숙하고도 소리 없는 전쟁의 메아리였다.

그 광경이 유령처럼 머릿속을 떠나지 않는다. 하지만 빅트라는 이미 뒤로 한 듯 자신의 운동 훈련 할당량을 힘차게 소화하고 있다. 그녀는 그 광경을 머릿속 저 뒤편에 있는 광대한 금고 안에 밀어 넣었다. 그런 식으로 그녀는 자신이 본 모든 악들을, 자신이 느낀 모든 아픔들을 안에 억눌러 놓고 잠가둔다. 그런 면은 나도 그녀를 닮았으면 좋겠다. 덜 느끼고 덜 무서웠으면 좋겠다. 하지만 아까의 연기 한 줄을 다시 떠올리니 뭔가 더 안 좋은 상황에 대한 전조라는 생각만 들 뿐이다. 마치 우리가 돌진해 가는 결말을 세상이 우리에게 슬쩍 보여 준 듯하다.

운동 훈련을 끝마쳤을 때는 늦은 밤이다. 거울에는 응결된 물방울로 김이 서렸다. 우리는 샤워장에서 씻는 동안 플라스틱 칸막이들 너머로 이야기를 한다.

"발전했다는 징조로 받아들여. 그래도 최소한 우리 어머니께서 너와 말은 하시잖아."

나는 말한다.

"아니야. 네 어머니는 나를 진심으로 싫어하셔. 나를 언제까지나 싫어하실 거야. 그 문제를 두고 내가 할 수 있는 빌어먹을 일이라고는 아무것도 없어."

"글쎄, 더 상냥하게 굴어볼 수는 있잖아."

"나 엄청 상냥해."

마음이 상한 빅트라가 그렇게 말하며 자신의 샤워기를 끄고 샤워 칸에서 나간다. 나는 물이 안 들어가게 눈을 감은 채, 머리를 샴푸로 마저 감으며 그녀가 말을 더 하기를 기다린다. 그녀는 아무 말도 덧붙이지 않는다. 그래서 나도 샴푸를 다 헹구고 나서 샤워 칸을 나간다. 뭔가 잘못된 느낌이 든다. 그 후 빅트라가 바닥에 벌거벗은 채로 누워 있는 모습이 보인다. 양팔과 다리가 등 뒤로 한데 묶여 있다. 머리 위로는 후드가 씌워져 있다. 뭔가가 내 뒤에서 움직인다. 나는 뒤로 휙 돌아 마침 증기 속을 미끄러지듯 움직이는 고스트클록 망토 6개를 확인한다. 그 후, 비인간적으로 힘이 센 누군가가 내 뒤에서 몸을 쾅 부딪혀온다. 그들은 양팔로 내 팔을 포박해 옆구리에 딱 고정시킨다. 목에서 그들의 숨결을 느낄 수 있다. 공포가 비명을 지르며 몸 전체로 흘러 퍼진다. 자칼이 우리를 발견한 것이다. 그가 잠입했나 보다. 하지만 어떻게? 나는 고함을 지른다.

"골드들이다! 골드들이다!"

마침 샤워를 해서 몸이 미끄럽다. 바닥도 미끄럽다. 그 상황을 이용하며 공격자의 두 팔로부터 벗어나기 위해 장어처럼 꼬물거린다. 그리고 머리통을 뒤로 확 젖혀 그의 얼굴을 친다. 끙 소리가 난다. 나는 다시 몸을 비튼다. 발이 미끄러진다. 넘어진다. 무릎을 콘크리트 바닥에 쾅 찧는다. 헐레벌떡 두 발을 딛고 다시 일어난다. 왼쪽에서 두 명의 공격자들이 돌진하는 것이 느껴진다. 그들은 망토를 쓴 상태다. 나는 그들 중 한 명 밑으로 몸을 수그린 후 그의 양무릎 뒤로 내 어깨를 박는다. 그는 내 머리 위로 날아 넘어가 뒤쪽의 샤워장 플라스틱 카막이들을 박살내며 통과한다. 나는 다른 한 명의 목을 쥐며 날아오던 펀치 한 방을 막은 뒤 천장으로 그를 던진다. 또 한 명이 옆에서 내 몸에 쾅 들이박는다. 양손으로는 내 다리를 노려 균형을 무너뜨리려고 한다. 나는 그가 하는 대로 따라주다 허공으로 뛰어올라 몸을 비틀며 크라바트 동작을 구사한다. 그 동작에 공격자의 중심축이 흐트러지면서 그의 머리가 내 양 허벅지 사이에 낀 상태로 우리 둘 다 착지한다. 여기서 내가 몸을 비틀기만 하면 그의 목이 부러진다. 하지만 또 다른 두 명이 손을 내밀어 내 몸을 잡는다. 내 얼굴을 퍽퍽 치고 내 양 다리를 더욱 때린다. 고스트클록 망토들이 증기 속에서 파문을 인다. 나는 고함을 치고 몸부림치며 침을 뱉고 있다. 하지만 공격자들이 너무 많으며 그들의 공격은 질이 나쁘다. 무릎 뒤의 인대들을 주먹질해 내가 발길질을 못하게 만들고 어깨의 신경들을 때려 양팔이 납만큼 무겁게 느껴지게 만든다. 그들은 강제로 내 머리 위로 후드를 씌운다. 그리고 등 뒤로 양손을 묶는다. 나는 그 자리에 눕는다. 움직임 없이, 겁에 질린 채, 숨을 헐떡이며…….

전자 목소리 하나가 으르렁거린다.

"무릎들을 꿇게 해. 우라질 무릎들을 꿇게 하라고."

'우라질'이라고? 아, 젠장. 그들이 누구인지 알았다. 그래서 그들이 나를 무릎 꿇는 자세로 일으켜 세우게 내버려둔다. 후드가 사라진다. 불이 꺼져 있다. 수십여 개의 초들이 샤워장 바닥에 세워져 공간 위로 그림자들을 드리운다. 빅트라는 내 왼쪽에 있다. 분노에 찬 눈빛이다. 이제는 비뚤어져 있는 그녀의 코에서 피가 흐른다. 홀리데이가 내 오른쪽에 나타났다. 완벽히 옷은 입은 상태이지만 우리와 비슷하게 묶여 있다. 그녀는 검은 복장을 한 두 명의 손에 들려와 억지로 무릎을 꿇고 앉는다. 그녀의 입은 귀에 걸려 있다.

화장실 증기 속에서 우리 주위로 둘러 서 있는 자들은 10명의 악마들이다. 그들은 검게 칠해진 얼굴을 늑대 가죽의 주둥이 밑으로 내민 채 우리를 빤히 쳐다보고 있다. 늑대 가죽은 그들의 머리에서부터 허벅지 중간까지 늘어져 있다. 두 명은 내 과격한 반격에 아파하며 벽에 기대 있다. 큰 키의 라그날은 곰 가죽을 뒤집어 쓴 채 타워처럼 세브로 옆에 서 있다. 하울러들이 신입을 모집하기 위해 온 것이다. 그들은 우라지게 무시무시해 보인다.

"반갑다, 이 못난이 난쟁이 새끼들아."

세브로가 목소리 합성기를 제거하며 으르렁거린다. 그는 그림자들 사이로 성큼성큼 걸어와 우리 앞에 선다.

"너희들이 살인을 하고 혼란을 유발하는 재주가 뛰어나며 비정상적으로 기만적이고 야만적이고 일반적으로 악의적인 놈들이라는 점이 내 눈에 띄었다. 만약 내가 틀린 말을 한 것이라면 지금 바로 말하라."

"세브로, 너 때문에 우리 완전 겁먹었잖아. 대체 뭐가 불만이라 그런 거야?"

빅트라의 말에 라그날이 위협적으로 말한다.

"이 순간을 모독하지 마십시오."

빅트라가 침을 뱉는다.

"네가 내 코를 부러뜨렸다고, 이 멍청아!"

"엄밀히 말해, 내가 그랬지. 슬리피가 도와줬고."

세브로가 말한다. 그는 손에 레드 상징이 있는 호리호리한 하울러를 향해 고개를 획 돌린다.

"이 조그만 난쟁이가……."

"네가 꿈틀대고 있었잖아, 자기야."

페블이 하울러들 사이 어딘가에서 말한다. 그녀가 저들 중 누구인지 잘 모르겠다. 목소리는 벽을 타고 울려 퍼진다.

"그리고 네가 계속 말하겠다면 우리는 그냥 네 입을 틀어막고 너를 간지럽힐 거란다. 그러니…… 쉬이이이이이."

클라운이 사악하게 말한다. 빅트라는 고개를 저으면서도 말은 안 한다. 나는 이 순간의 엄숙함에 나오려는 웃음을 참는다. 세브로는 말을 이어가며 우리 앞에서 왔다 갔다 한다.

"그동안 우리는 너희들을 지켜봤으며 이제 너희를 원한다. 만일 너희가 우리 조직에 들어오라는 초대를 승낙한다면 언제나 자신들의 형제와 자매 들에게 충실할 것이라는 맹세를 해야 한다. 늑대 망토를 쓴 채로는 절대 거짓을 말하지 않고 절대 배신하지 않으리라고. 너희들의 모든 죄, 모든 흉터, 그리고 모든 적은 이제 우리의 것이다. 우리가 함께 나눌 짐이다. 너희의 사랑하는 이, 가족은 너희의 두 번째 사랑, 두 번째 가족이 될 것이다. 우리가 너희의 첫 번째다. 만약 이걸 따르지 못하겠다면, 이 유대를 소화하지 못하겠다면 당장 말하고 떠나도 좋다."

세브로는 기다린다. 빅트라조차도 한 마디 안 한다.

"좋다. 이제 우리의 신성한 지침에 명시된 규칙들에 따라……."

세브로는 책장 모서리가 군데군데 접힌 작고 검은 책 하나와 울부짖는 하얀 늑대 머리 하나를 앞에 들어 보인다.

"……너희는 우리의 서약을 받아들이기 전에 과거에 맺었던 맹세들은 깨야 하며 자신의 가치를 증명해 보여야 한다."

그는 자신의 손을 올려 보인다.

"그러니 이제 '퍼지(숙청)'를 시작하도록."

하울러들은 고개를 뒤로 쳐들고 미치광이들처럼 울부짖는다.

뒤따라오는 것은 주마등처럼 흐릿하게 지나가는 기이함의 연속이다. 음악이 어디선가 쿵쿵 거린다. 우리는 계속 무릎을 꿇고 있어야 한다. 양손은 묶여 있다. 하울러들이 앞으로 빠르게 나온다. 그들은 우리 입가에 병들을 댄다. 그리고 우리가 그것을 들이키는 동안 그들은 주위에서 어떤 괴상한 반복적 멜로디를 함께 부른다. 세브로가 외설적 침착함을 보이며 그 구호를 주도하고 있다. 라그날은 내가 그들이 준 병을 다 마시자 만족스럽게 포효한다. 그 순간 나는 그 자리에서 올릴 뻔 한다. 술이 타들어 가며 내 식도와 위장을 쓸어버린다. 내 뒤의 빅트라가 기침을 한다. 홀리데이는 그냥 계속 들이킨다. 그리고 그녀가 자신의 병을 다 마시자 하울러들이 환호한다. 우리가 그 자리에서 흔들거리며 서 있는 동안 그들은 빅트라 주위로 모여든다. 그녀가 숨을 헉 쉬며 술을 마저 마시려고 하는 내내 그들은 구호를 외치고 있다. 술이 그녀의 얼굴 위로 쏟아진다. 그녀는 기침을 한다.

"그게 당신의 최선입니까, 태양의 딸이여? 마시십시오!"

라그날이 고함친다. 빅트라가 드디어 술을 다 마시고 기침하며 중얼중얼 욕을 뱉자 라그날은 즐거워하며 포효한다.

"뱀과 바퀴벌레들을 앞으로 내오십시오!"

하울러들이 사제처럼 연호하는 동안 페블이 양동이를 들고 앞으로 뒤뚱뒤뚱 걸어온다. 그들은 우리를 밀쳐 한 곳으로 모은다. 그래서 우리는 양동이 주위로 모여든 채 흔들리는 불빛 아래에서 양동이 바닥에 살아 꿈틀거리는 것들을 확인할 수 있게 된다. 북실북실한 다리와 날개들을 가진 두껍고 반질반질한 바퀴벌레들이 살무사 한 마리 주위로 기어 다닌다. 나는 비틀거리며 뒷걸음질을 친다. 겁이 나고 취한 상태다. 그 새 우리를 묶어 놓던 끈들이 잘린다. 홀리데이는 벌써 그 안에 손을 뻗었다. 그녀는 뱀을 잡는다. 그리고 그것을 바닥에 대고 계속 쳐서 죽인다.

빅트라는 마냥 그 그레이를 멀뚱히 쳐다본다.

"뭐하는 짓……."

"양동이를 해치우든지 상자를 받아라."

세브로가 말한다.

"그게 대체 뭔 말이야?"

"양동이를 해치우든지 상자를 받아라! 양동이를 해치우든지 상자를 받아라!"

하울러들은 구호를 외친다. 홀리데이는 죽은 뱀을 한 입 베어 물며 이로 찢는다.

"잘한다! 그녀는 하울러의 영혼을 갖고 있다. 잘한다!"

라그날이 고함친다.

너무 취해서 앞도 간신히 보인다. 그렇게 양동이 안으로 손을 뻗으며 바퀴벌레들이 내 손에 기어오르는 느낌에 몸서리친다. 그리고 한 마리를 낚아챈 후 입 안에 확 집어넣는다. 그것은 여전히 움직이고 있다. 억지로 턱관절을 움직여 씹는다. 울기 일보직전이다. 빅트라는 내 모습에 헛구역질을 하고 있다. 나는 그것을 꿀꺽 삼키고는 그녀의 손을 잡아 양동이 안에 강제로 집어넣는다. 그녀

215

가 갑자기 욱 하는 움직임을 보이는데 그것이 무엇을 의미하는지 인지하기에는 내 머리가 너무 느리다. 그녀의 구토가 내 어깨 위로 쏟아진다. 그 냄새에 나도 내 속이 올라오는 것을 참을 수 없다. 홀리데이는 계속해서 씹는다. 라그날이 그녀에 대한 칭찬을 외친다.

양동이를 다 해치웠을 무렵, 취한 상태로 애처로이 옹송그리며 자리한 우리는 벌레와 내장으로 뒤덮인 오물 덩어리다. 세브로가 우리 앞에서 뭐라고 말하고 있다. 그가 앞뒤로 계속 흔들거리고 있다. 내가 흔들리는 것인가? 그가 말하고 있는 중인가? 누군가가 뒤에서 내 어깨를 흔든다. 내가 잠이 들었었나?

내 작은 친구가 말하고 있다.

"이것이 우리의 신성한 글이다. 너희는 이 신성한 글을 공부할 것이다. 곧 이 신성한 글을 안팎으로 완전히 꿰뚫고 있을 것이다. 하지만 오늘 너희가 알아야 할 것은 오직 하울러 규칙 1번이다."

"절대 머리를 조아리지 말라."

라그날이 말한다.

"절대 머리를 조아리지 말라."

나머지 사람들도 그 말을 반복해 말하는 동안 클라운이 늑대 망토 세 개를 들고 앞으로 나온다. 기관에서의 늑대 털들과 마찬가지로 이 가죽들은 환경에 맞춰서 색이 바뀐다. 그래서 촛불이 켜진 이 방 안에서는 어두운 빛깔을 띤다. 그는 하나를 빅트라에게 내민다. 그들이 묶고 있던 줄을 풀어 주자 그녀는 일어서 보려고 시도하지만 실패한다. 페블이 그녀를 부축해서 세워 주려고 손을 뻗는다. 하지만 그녀는 그 손길을 무시한다. 그리고 다시 시도하지만 한쪽 무릎을 꿇은 상태로 주저앉는다. 그 후 세브로가 그녀 옆에 무릎을 꿇은 뒤 손을 내민다. 땀으로 젖은 머리 사이로 그 손을 바라보며 빅트라는 이게 무슨 의미인지를 깨닫자 코웃음을 친다. 그녀는 그의 손을 잡는다. 그리고 그의 도움을 받고서야 자신의 망토를 받으러 갈 수 있을 정도로 안정적으로 걷는다. 세브로는 클라운으로부터 망토를 받아 빅트라의 맨 어깨에 그것을 둘러준다. 그들의 눈이 마주친다. 그리고 잠시 그렇게 있다가 옆으로 비켜선다. 홀리데이가 페블의 도움을 받고 일어섰기에 그녀도 망토를 받을 수 있도록 자리를 내준 것이다. 라그날이 나를 도와준다. 그가 내 어깨에 망토를 둘러준다.

"형제와 자매 들이여, 하울러들의 일원이 된 것을 환영한다."

다 함께 하울러들이 고개들을 젖혀들고 힘차게 울부짖는다. 나는 그들과 함께한다. 그리고 놀랍게도 빅트라도 함께하고 있다. 어둠속에서 빼지 않고 그녀의 고개를 뒤로 획 젖히고 있다. 그 후 불이 갑자기 확 켜진다. 울부짖는 소리들이 끊긴다. 우리는 혼란스러워하며 주위를 두리번거린다. 댄서가 나롤 삼촌과 함께 샤워장으로 터덜터덜 걸어 들어온다.

"이런 우라질, 이게 다 뭐야?"

나롤 삼촌이 물으며 바퀴벌레와 뱀, 그리고 술병의 잔재를 눈여겨본다. 하울러들은 서로의 바보 같은 모습들을 어색한 눈길로 바라본다.

"우리는 비밀 주술의식을 하고 있다. 그런데 졸개, 당신이 그걸 방해하고 있다."

세브로의 말에 나롤 삼촌이 고개를 끄덕인다. 조금 동요하는 모양이다.

"그래. 상사여, 미안하구만."

"우리 핑크들 중 한 명이 아게아에 있는 본라이더로부터 데이터 패드 하나를 훔쳤어. 우리는 그가 누군지 알아냈다."

댄서가 세브로에게 말한다. 그가 우리의 상태를 유쾌히 보고 있지는 않다.

"씨발, 진짜? 내 말이 맞았어?"

세브로의 말에 내가 취한 체 묻는다.

"누구? 누구에 대해 말하는 거야?"

댄서가 대답한다.

"자칼의 조용한 동료. 퀵실버야. 네 말이 맞았어, 세브로. 우리의 요원들의 말에 의하면 그는 포보스에 있는 그의 회사 본사에 있대. 그런데 거기 오래 있지는 않을 거야. 이틀 뒤에 루나로 갈 계획이라더라고. 루나에서는 우리가 그를 건드릴 수 없을 거야."

"그럼 '암시장 임무'는 진행하는 거네."

세브로의 말을 댄서가 마지못해 인정한다.

"진행하는 거야."

세브로가 좋아서 자신의 주먹을 위로 날린다.

"아자, 신난다. 하울러들아, 이 인간의 말 들었겠지. 씻어라. 술 깨라. 배 채워 놔라. 우리에게는 실버 하나를 납치하고 경제 하나를 뭉개 버릴 임무가 있다."

그는 야성적인 미소를 지어보인 채 나를 바라본다.

"아주 엄청난 날이 될 거야. 아주 엄청난 날이 될 거라고."

# 제14장

# 흡혈 위성

포보스는 공포를 뜻한다. 신화에 의하면 그는 아프로디테와 아레스의 자식이다. 사랑과 전쟁의 아이. 화성의 위성 중 비교적 큰 놈에게 어울리는 이름이다.

그 길쭉한 위성은 인류의 시대 훨씬 전에 운석이 아버지인 화성을 쳐서 궤도상으로 파편을 날리면서 탄생했다. 그리고 10억 년 동안 죽어 버림받은 채 마치 폐기된 시체처럼 떠다녔다. 이제 그 것은 골드 제국의 혈관들 속에 피를 펌프질해 넣는 기생 생명과 짝지은 '하이브(벌집)'다. 작고 뚱뚱한 몸체의 화물 함선들이 화성의 표면으로부터 떼 지어 날아올라 깔대기 대형을 이루며 위성을 에워싸는 두 거대한 회색 도킹 정류장들 속으로 빨려 들어간다. 그곳에 이른 함선들은 화성의 풍요를 1킬로미터 길이의 우주 운반차들로 옮긴다. 그리고 우주 운반차들은 거대한 줄리-아고스 무역 경로들을 따라 그 보물을 림 지역으로 옮기거나, 더 높은 빈도로 코어 지역으로 이송한다. 그곳에는 배를 채워 달라며 기다리고 있는 배고픈 루나가 있기 때문이다.

인간들은 포보스의 척박한 바위의 속을 조각해 비워내고 금속으로 장식했다. 반지름이 최장 12킬로미터밖에 안 되는 이 위성에는 두 거대한 도킹장들이 있다. 서로 직각으로 교차하는 형태로 놓여 있는 도킹장들은 위성을 고리처럼 감고 있다. 어두운 빛깔의 금속에 흰 상형문자들이 새겨진 형태로, 도킹하는 함선들을 위해 빨간 불빛을 깜빡인다. 그리고 그 위에서 자성 트램들과 화물 선박들의 움직임이 미끄러지듯 꿈틀거리고 있다. 도킹장들 밑에 있다 가끔씩 그 주변에서 스파이크가 박힌 탑 형태로 올라와 있는 것이 바로 '하이브'다. 그것은 신고전주의적인 골드의 이상에 따르기보다는 날것 그대로의 경제성에 따라 중력의 제한 없이 세워진 조각 퍼즐 모양의 도시다. 600년의 가치가 있는 건물들이 포보스의 군데군데에 구멍을 냈다. 포보스는 인간이 만든 가장 큰 바늘꽂이다. 또 건물들의 첨단부인 '니들스(바늘)'와 위성 바위 안의 비워진 곳인 '할로우스(구멍)'에 사는 사람들 간의 부의 차이는 너무 터무니없어서 웃길 정도다.

빅트라가 내 뒤에서 느릿느릿하게 말한다.

"토치선의 교량에 서서 볼 때랑 비교하니 저게 더 커 보이네. 권리를 박탈당하는 일은 정말 지랄 맞게 지루한걸."

그녀의 아픔에 공감이 간다. 내가 마지막으로 포보스를 봤을 때는 사자의 아이언 레인 전이었다. 당시 나는 뒤에 함대를 이끌고 있었으며 옆에는 머스탱과 자칼이 있었고 내 지휘를 따르는 수천 명의 흉터를 입은 비할 데 없는 자들이 있었다. 행성 하나를 떨게 만들 정도로 충분한 화력을 보유하고 있었다. 이제 나는 다 쓰러져 가는 화물 운반차 안의 그림자 속에 숨어든 상태다. 이 운반차는 너무 낡은 나머지 인공 중력 생성기조차도 없다. 게다가 나와 동반하는 사람들은 빅트라, 아레스의 아들들이자 가스 운반인 세 명으로 이루어진 무리 하나, 그리고 격납고에 자리한 작은 하울러 부대뿐이다. 그리고 지금 나는 명령을 내리는 위치가 아니라 받는 위치에 있다. 나는 하울러 입회식 후에 그들이 오른쪽 끝의 어금니에 박은 자살 이의 표면을 혀로 건드리며 논다. 이제 모든 하울러들이 이것을 가지고 있다. 세브로의 말에 따르면 산 채로 붙잡히는 것보다 낫단다. 그 말에 동의할 수밖에 없다. 그럼에도 여전히, 기분은 이상하다.

내 탈출의 여파로 자칼은 궤도를 향해 화성을 떠나려는 모든 비행선들에 대해 즉각적인 일시 비행 중지 명령을 내렸다. 아레스의 아들들이 나를 행성 밖으로 데리고 가기 위해 필사적으로 위험을 감수할 것이라고 자칼은 생각한 것이다. 다행스럽게도 세브로는 바보가 아니다. 그가 바보였다면 나는 지금 자칼의 손 안에 있었을 가능성이 높다. 궁극적으로 화성의 대총독도 오랜 시간 모든 무역을 중단시킬 수는 없었다. 그래서 그의 중지 명령은 오래 가지 못했다. 하지만 그 명령이 시장에 끼친 엄청난 파급력은 충격적이었다. 헬륨-3이 유통되지 않은 매 분마다 수십억의 신용들이 사라졌다. 세브로는 오히려 그 현상으로부터 영감을 받았다.

"그중 퀵실버가 얼마나 소유하고 있어?"

내 질문에 빅트라가 중력 0인 이 환경에서 내 옆으로 자신의 몸을 끌어온다. 들쭉날쭉한 머리카락들이 하얀 왕관처럼 그녀의 머리 주위로 날아다니고 있다. 그녀는 머리카락을 탈색했고 콘택트 렌즈를 껴서 눈도 까맣게 변장한 상태다. 상대적으로 거친 위성 외곽 지역을 이동하기에는 옵시디언들인 척하는 것이 더 수월하다. 하울러 요원들 중 큰 축에 속하는 그녀로서는 다른 컬러로 분장하기가 좀처럼 쉽지 않은 상황이기도 했다.

빅트라가 말한다.

"추측하기 어려운데. 결론적으로 실버의 소유권을 판단하기란 까다로운 사항이야. 그 사람은 너무나 많은 유령회사들과 컴퓨터 그리드에 등록되지 않은 은행 통장들을 보유하고 있어. 내 생각에는 군주도 그의 포트폴리오가 얼마나 큰지 모를 것 같은데."

"또 그의 포트폴리오 안에 누가 있는지도 모르겠지. 만약 그가 골드들을 소유한다는 소문이 사실이라면……."

빅트라가 어깨를 으쓱하자 그 동작에 그녀의 몸이 뒤로 기울어진다.

"사실이야. 그는 사방에 손을 담그고 있어. 어머니의 말씀에 따르면 너무 부자라서 못 죽이는 유일한 사람이라고 하더라."

"생전 네 어머니보다 부자라는 건가? 너보다도?"

"과거의 나보다 부자냐는 거겠지?"

그녀는 내 말을 정정하며 고개를 젓는다.

"그가 그럴 정도로 어리석지는 않지."

빅트라는 잠시 말이 없다.

"하지만 어쩌면 그럴지도 모르겠네."

나는 포보스의 탑들 중 가장 큰 것에 찍혀 있는 은색의 날개 달린 뒤꿈치 아이콘으로 눈을 돌린다. 탑은 금속과 유리로 된 3킬로미터 길이의 이중 나선 구조로 끝에는 은색 초승달이 장식되어 있다. 얼마나 많은 골드들이 질투의 시선으로 그것을 바라볼까? 그가 자신을 나머지 사람들로부터 보호하기 위해 얼마나 더 많은 존재들을 소유하거나 뇌물로 매수해야 할까? 어쩌면 딱 한 명일지도 모르겠다. 자칼이 일어서기까지는 그의 조용한 동업자가 중요한 역할을 했다. 자칼이 비밀리에 미디어와 전기통신 산업을 지배하게끔 도와준 자. 아주 오랫동안 나는 그 동업자가 빅트라나 그녀의 어머니였으며 그가 정원에서 일부러 동업 관계를 파했다고 생각했다. 하지만 보아하니 자칼과 가장 강력한 동맹을 맺은 자는 여전히 살아서 번영하고 있는 모양이다. 지금으로서는 말이다.

"3000만 사람들이라. 대단하다."

내가 속삭인다. 나를 향한 빅트라의 시선이 느껴진다.

"너는 세브로의 계획에 동의하지 않는구나, 그렇지?"

나는 녹슨 칸막이벽에 붙어 있는 분홍색 검 덩어리를 엄지손가락으로 만지작거린다. 우리가 퀵실버를 납치하면 정보력과 더불어 광범위한 무기 공장들에 대한 접근권을 얻을 것이다. 하지만 경제를 퇴보시키는 세브로의 이번 움직임은 다소 걱정스럽다.

"세브로가 아레스의 아들들을 살려냈어. 나는 그러지 못했고. 그러니 나는 그가 이끄는 대로 할 거야."

빅트라가 나를 회의적으로 바라본다.

"음. 네가 투지와 비전을 똑같은 것이라 여기기 시작한 게 언제부터인지 궁금하네."

세브로가 내 귀에 꽂혀 있는 컴 유닛 너머로 꽥꽥거린다.

"오이, 똥대가리들. 관광이든 잠자리든 너희가 하고 있던 지랄이 뭐든 간에, 끝났으면 이제 거둬들이자고."


30분 후, 빅트라와 나는 하울러들과 함께 우리 이동 수단 뒤쪽에 쌓여 있는 헬륨-3 컨테이너들 중 하나 안에 옹송그리고 있다. 함선이 자성 결합부를 고리가 달린 도킹장 표면에 거는 동안 컨테이너 너머로 함선의 울림을 느낄 수 있다. 함선의 외판 너머에는 오렌지들이 기계화된 슈트들을 입고 떠다니며 무중력 상태에서 무게감 없는 화물 컨테이너들을 자성 트램 쪽으로 보낼 준비를 하고 있을 것이다. 그럼 자성 트램들은 이후에 목성으로 가기 위해 대기하고 있는 코스모스 운반차들로 그 컨테이너들을 이송시킬 것이다. 목성에서 그들은 머스탱과 위성 지배자들과 대항하여 전쟁을 벌이고 있는 로크의 함선에 보급품을 다시 채워 놓을 것이다.

하지만 컨테이너들이 이송되기 전에 코퍼와 그레이 감독관들이 와서 화물을 검사할 것이다. 그들은 우리의 블루들로부터 뇌물을 받은 상태로 컨테이너들의 수를 50개 대신 49개로 보고할 것이다. 그 후 우리가 접촉해서 매수한 오렌지는 우리가 들어 있는 컨테이너를 잃어버릴 것이다. 이는 불법 마약이나 세금을 매기지 않은 물품들을 밀수할 때 흔히 쓰이는 방법이다. 그 오렌지는 기계 부품들을 수납하는 더 낮은 층의 정박지에 그 컨테이너를 맡길 것이다. 그리고 아레스의 아들들이 접촉한 자가 그곳으로 우리를 마중 나와 은신처로 안내해 줄 것이다. 일단 계획은 그렇다. 그러나 지금으로서 우리는 기다린다.

마침내 중력이 회복된다. 우리가 격납고 안에 들어 왔다는 증거다. 컨테이너는 쿵 하는 소리와 함께 바닥에 안착된다. 우리는 헬륨-3 드럼통들에 기대어 몸의 중심을 잡는다. 컨테이너의 금속 벽 너머에서 목소리가 들려온다. 운반차는 우리와 분리되면서 삑 소리를 내고는 펄스필드 밖으로 돌아가 우주로 향한다. 그 후는 고요하다. 나는 고요함이 싫다. 재킷 소매 안쪽에 있는 레이저의 가죽 손잡이를 손으로 계속 비틀어대며 돌린다. 나는 문을 향해 한 발 앞으로 나선다. 빅트라가 따라온다. 세브로가 내 어깨를 잡는다.

"우리가 접촉한 사람이 올 때까지 기다린다."

"우리는 그 사람이 누군지도 모르잖아."

세브로는 자신의 손가락으로 딱 소리를 내며 나에게 내 자리로 돌아가라 신호한다.

"댄서는 그가 믿을 만하다고 했어. 우리는 기다린다."

순간 다른 사람들이 우리 대화를 듣고 있다는 것을 깨닫는다. 그래서 나는 고개를 끄덕인 후 입을 다문다. 10분이 지나서야 밖의 갑판에 부딪히는 한 사람의 발자국 소리가 들린다. 자물쇠가 퉁 소리를 내며 컨테이너 문 뒤쪽과 부딪힌다. 그리고 문틈이 벌어지면서 침침한 빛이 흘러들어오자 레드 한 명이 모습을 드러낸다. 그는 깔끔히 다듬은 염소수염을 하고 있으며 입에는 이쑤시개를 물고 있다. 세브로보다 반 머리쯤 더 작은 그는 우리를 향해 한 명씩 돌아가며 눈을 깜빡여 보인다. 라그날을 확인할 때는 그의 한 쪽 눈썹이 올라간다. 그가 세브로의 스코처 총구를 내려다보자 다른 이들의 시선도 그곳을 향한다. 어쩐지 그는 뒤로 물러서지 않는다. 깡 있는 놈이다.

"절대 죽을 수 없는 게 뭔가?"

세브로가 최선을 다한 옵시디언 억양으로 으르렁거린다.

"아레스의 음낭 밑 곰팡이입니다."

대담한 남자가 미소를 지으며 자신의 어깨 너머를 힐끗 본다.

"지저분한 얘기의 수위는 좀 낮추는 게 어떨까요? 가야 해요. 당장. 이 도킹장은 연합체로부터 빌렸습니다. 그게 그들도 모르는 상황이지만요. 그니까 전문적으로 추잡한 놈들과 얽히고 싶지 않으면 잡담은 끝내고 어서 가야 해요."

그가 손뼉을 친다.

227

"당장이라고 하면 진짜 '당장'이랍니다."

우리가 접촉한 사람은 롤로라는 이름을 쓴다. 가늘고 기다랗고 삐죽삐죽한 그는 반짝이는 총명한 눈빛을 지녔으며, 자신의 아내가 화성 지상에 돌아다닌 사람들 중 가장 아름다운 여성이라고 매 분마다 두 번씩은 언급하면서도 능수능란하게 여자들을 대할 줄 안다. 또한 자기 아내를 못 만난 지 8년이 지났단다. 그 시간 동안 '하이브'의 우주 타워 위에서 용접공으로 일하며 보냈다고 한다. 엄밀히 말해 그는 광산의 레드들처럼 노예는 아니다. 그와 그의 부하들은 계약 노동자들이다. 임금을 받는 노예들로 하루 14시간씩, 주 6일을 일하는 자들이다. 그들은 '하이브'를 찌르는 거석의 타워들 사이에 매달린 채 금속을 용접하며 자신들이 산재로 고생하지 않기를 기도한다. 부상을 당하면 돈을 벌 수 없다. 돈을 벌 수 없으면 먹을 수도 없다.

롤로가 무리를 이끄는 동안 그 중간에서 세브로가 빅트라에게 낮게 속삭이는 소리가 들려온다.

"허세가 하늘을 찌르네."

"나는 저 사람 염소수염이 꽤나 마음에 드는데."

빅트라가 말한다.

"블루들은 이곳을 '하이브'라고 불러요."

버려진 정비 구역에 그래피티로 범벅된 채 정차되어 있는 트램을 향해 가는 동안 롤로가 설명한다. 기름, 녹, 그리고 오래된 소변 냄새가 난다. 집 없는 부랑자들이 그림자 드리워진 금속 통로들의 바닥을 장식하고 있다. 롤로는 그 꿈틀대는 이불과 넝마 꾸러미들을 보지도 않고 피해간다. 그 와중에도 손은 절대 스코처의 낡은 플라스틱 자루를 떠나지 않는다.

"그들에게는 그럴지도 모르지요. 이곳에는 블루들의 학교와 집이 있거든요. 엄밀히 말하자면 조막만 하고 멍청한 공동체들, 부서들이라 하는 게 맞을 겁니다. 거기서 그들은 비행하고 컴퓨터와 싱크로 이루는 법을 배워요. 그렇지만 여기가 진짜로 뭐하는 곳인지는 제가 알려드릴게요. 그냥 분쇄기랍니다. 사람들이 들어와요. 타워들이 세워져요. 그럼 고기 덩이들이 나가죠."

그는 자신의 고개로 바닥을 가리킨다.

바닥에 있는 부랑자들이 살아 있다는 유일한 흔적은 용암원의 틈새 사이에서 나오는 증기처럼 그들의 뭉실뭉실한 넝마들로부터 피어오르는 작은 숨결들뿐이다. 나는 회색 재킷 밑에서 몸을 떨며 어깨에 둘러메고 있는 장비 가방을 고쳐 멘다. 이 층은 얼어 버릴 것 같이 춥다. 아마 단열장비가 노후했을 것이다. 페블은 콧구멍 새로 증기 구름을 내뿜으며 우리의 장비 카트들 중 하나를 밀고 좌우의 부랑자들을 슬프게 바라본다. 덜 공감적인 빅트라는 앞쪽에서 부츠로 한 부랑자를 밀쳐내며 길을 트고 카트들이 가는 방향을 이끈다. 그 남자 부랑자는 '에이 씨' 소리를 내면서 그녀를 올려다보고, 더 올려다보고, 더 올려다본다. 그렇게 그는 2.1미터 키의 짜증이 난 살인자의 모습을 온전히 확인한다. 그는 옆으로 잽싸게 그녀를 피하며 잇새로 숨을 내쉰다. 라그날도 롤로도 추위를 느끼는 것 같지 않다.

아레스의 아들들은 정지된 트램 플랫폼과 트램 안에서 우리를 기다리고 있다. 대다수가 레드들이지만 꽤나 많은 오렌지와 그린, 그리고 블루 들도 그 안에 섞여 있다. 그들은 오래된 스코처들을 잡다하게 모아놓은 묶음 하나를 안아든 채 플랫폼으로 이어지는 다른 통로들을 폭격한다. 그 와중에 그들의 초조한 눈빛은 어쩔 수 없이 우리 쪽을 향하며 우리가 대체 누굴까 궁금해 한다. 나에게 옵시디언 콘택트렌즈들과 인공 신체부위들이 있다는 것이 전에 없이 감사하다.

"문제가 생길 거라 생각하는 거야?"

세브로가 아레스의 아들들의 손에 든 무기들을 눈여겨보며 묻는다.

"그레이들이 지난 몇 달 동안 이 아래를 쓸고 다녔거든요. 지역 지구에서 나온 골빈 깡통들이 아니라 까다로운 새끼들이었어요. '정부 부대원들'이었죠. 10부대와 4부대 사이에 13부대원들도 간간히 섞여 있었다니까요."

롤로는 자신의 목소리를 낮춘다.

"우리는 한 달간 지독한 경험을 했어요. 그들이 우리를 진짜 우라지게 심할 정도로 갈기갈기 찢어 놨거든요. '할로우스'에 있는 우리의 본부를 차지하고 우리에게 연합체 폭력배들도 붙였어요. 그들은 자신의 종족을 사냥하도록 매수된 놈들이었죠. 우리 대부분은 바닥으로 내려가 2차 대비용 은신처들에 숨어 있어야 했어요. 확실히 아레스의 아들들의 핵심 집단은 일터에서 레드들이 반란을 일으키는 것을 도와줘 왔지요. 하지만 우리는 특수 군사 활동을 오늘에서야 처음으로 몸 풀고 시작했어요. 우리는 도박하고 싶지 않았거든요. 댁들도 알죠? 아레스님 말씀으로는 댁들이 중요한 일을 하러 온 거라던데…….."

"아레스는 현명하지."

세브로가 지나가는 말로 한다.

"그리고 호들갑쟁이기도 하고."

빅트라가 덧붙인다.

트램으로 이어지는 문 앞에서 라그날이 머뭇거린다. 그의 시선은 트램 대기공간의 콘크리트 지지기둥에 붙어 있는 테러 방지 포스터에 머문다. "뭐든 보거든, 뭐든 말하라." 이런 문구가 새겨진 포스터에는 사악한 진홍색 눈동자들을 지닌 창백한 레드가 정형화된 광부 스타일의 누더기 옷을 입은 채 "제한 구역"이라고 써진 문 근처를 슬금슬금 돌아다니는 모습이 그려져 있다. 나머지는 보이지 않는다. 반란 그래피티로 덮였기 때문이다. 하지만 그때 나는 라그날이 포스터를 보고 있는 것이 아니라 남자 하나를 보고 있었다는 것을 깨닫는다. 나는 그 남자가 있는지도 몰랐다. 그는 포스터 밑, 땅바닥에 쭈그리고 있다. 후드를 썼다. 왼다리는 한참 오래전에 기계 다리로 교체된 상태다. 껍질이 딱딱해진 갈색 붕대가 그의 얼굴의 반을 가리고 있다. 뻐끔하는 소리가 난다. 압축된 가

231

스가 내뿜어지는 소리다. 그리고 그 남자는 우리의 반대쪽으로 몸을 기댄 후 떨면서 완벽히 까만 이를 보이더니 미소를 짓는다. 플라스틱 각성 흥분제 통 하나가 땡그랑 소리와 함께 바닥에 떨어진다. 타르 먼지.

"왜 이 사람들을 도와주지 않는 겁니까?"

라그날이 묻는다.

"뭘 돕는다는 거지요?"

롤로가 묻는다. 그는 라그날의 표정에 드러난 동정심을 보고 진정 어찌 대답해야 할지 몰라 하고 있다.

"형제여, 우리는 피붙이와 가족에게 줄 것도 간신히 가진 판입니다. 저 무리와 함께 나눠서 좋을 건 없다고요, 알죠?"

"그러나 저 사람은 레드입니다. 그들은 당신의 가족……."

롤로는 있는 그대로의 사실에 인상을 찌푸린다.

"측은해하는 마음은 아껴둬, 라그날. 저놈이 뻐끔거리고 있는 건 연합체 마약이야. 저들 중 대부분은 한나절 취하기 위해 네 목을 가를 거라고. 그들은 속 빈 살덩이들이야."

빅트라의 말에 나는 빅트라를 돌아보며 말한다.

"속 빈 뭐라고?"

빅트라는 나의 날 선 말투에 당황한다. 하지만 그녀는 뒤로 물러서기를 혐오한다. 그래서 본능적으로 다시 말한다.

"자기야, 속 빈 살덩이들이라고 했어. 사람이라면 응당 존엄성을 가져야 해. 저들은 그게 없어. 자기 스스로들 존엄성을 잘라 내

버렸지. 그건 골드들의 선택이 아니라 그들의 선택이었어. 모든 것을 골드들의 탓으로 돌리는 게 쉽겠지만. 그러니 왜 그들이 내 동정을 받아야 하지?"

"왜냐하면 저들은 모두 네가 아니니까. 또 너와 같은 환경에서 태어나지 못했고."

빅트라는 대답하지 않는다. 롤로는 자신의 목청을 가다듬는다. 이제 그는 우리의 변장을 의심하고 있다.

"목을 가른다는 얘기는 아가씨의 말이 맞아요. 저들 중 대부분은 밖에서 들어온 노동자들이었어요. 저처럼요. 제 아내 말고도 제가 돈을 보내는 사람은 신 테베에 세 명이 더 있어요. 하지만 제 계약이 만료될 때까지 집에 돌아갈 수 없죠. 아직 4년이 남았어요. 반면, 이 늘어진 놈들은 돌아가기를 포기한 거예요."

그 말에 빅트라가 미심쩍게 묻는다.

"4년이라고? 너는 이곳에 8년 전부터 이미 있었다고 말했잖아."

"제 수송비를 내야 하거든요."

빅트라는 롤로를 의아하다는 듯이 뚫어지게 바라본다.

"회사가 그것까지 해결해 주지는 않아요. 계약서의 작은 글씨들까지 다 읽었어야 했어요. 물론 이 위로 올라오는 건 제 선택이었지만요."

그는 부랑자들을 고개로 가리킨다.

"마찬가지로 그들의 선택이기도 했어요. 하지만 유일한 다른 선택안이 굶기밖에 없었기에 그런 거죠."

그는 우리 모두가 정답을 알고 있다는 듯이 어깨를 으쓱한다.

"이 늘어진 놈들은 그냥 일에 있어서 행운이 안 따라줬던 거예요. 다리나 팔을 잃었죠. 회사는 인공기관들까지 보장하지 않아요. 최소한 괜찮은 기관들은⋯⋯."

"조각가들은 안 써?"

내 질문에 롤로는 비웃는다.

"그러는 댁은 아는 사람들 중에 살아 있는 일꾼을 고용할 능력이 되는 사람이 있나요?"

나는 그 비용에 대해서 생각해 본 적도 없다. 내가 이 사람들을 위해 싸우고 있다고 주장하면서도 정작 내 자신이 이 수많은 사람들과 얼마나 거리가 있는지에 생각이 미친다. 여기에 레드가 한 명 있다. 대략 내 종족의 일원이다. 그런데 나는 그의 문화 중 어떤 식의 음식이 인기 있는지조차도 모르고 있다.

"너는 어떤 회사를 위해 일하고 있는데?"

빅트라가 묻는다.

"그거야 당연히 '줄리 산업'이죠."

트램이 역을 떠나가는 동안 나는 지저분한 강화 유리창 밖으로 금속 정글이 지나가는 모습을 바라본다. 빅트라는 내 옆에 앉는다. 그녀는 걱정스러운 표정을 하고 있다. 하지만 나는 그녀로부터, 내 친구들로부터 한 세상이나 동떨어져 있다. 추억 속에 잠겨 있다. 나는 전에 아우구스투스 대총독, 그리고 머스탱과 함께 '하이브'

에 온 적이 있었다. 그는 소사이어티 경제 각료들과 만나 위성의 기반시설 근대화 작업에 대해 논의하기 위해 창기병들을 데리고 왔었다. 미팅 이후 머스탱과 나는 몰래 위성의 유명한 아쿠아리움으로 갔다. 나는 그곳을 말도 안 되는 값에 통째로 빌린 후 범고래 탱크 앞에서 우리가 식사와 와인을 대접받을 수 있도록 주문해 놨었다. 머스탱은 언제나 조각된 동물들보다 자연적인 동물들을 더 좋아했다.

나는 50년 된 와인들과 핑크 수발하인들로 이루어진 세상을 내주고 녹슬어 가는 뼈들과 반란 폭력배들이 사는 더 암울한 세상을 얻었다. 이것이 진짜 세상이다. 골드들이 사는 꿈속이 아니다. 오늘 내게는 수백 년간 짓밟혀 온 문명의 소리 없는 비명소리가 느껴진다.

우리가 가는 길은 '할로우스'의 가장자리를 돈다. '할로우스'는 빈민가 우리 아파트들이 무중력 속에서 곪으며 격자 모양으로 번식한 위성의 중심부다. 그곳에 가는 것은 연합체가 아레스의 아들들에 대항하여 벌이는 길거리 전쟁 한복판에 떨어질 위험을 감수하는 일이다. 거기서 조금이라도 높이 올라가 미드컬러 레벨로 들어서려면 소사이어티의 해병대와 카메라 및 홀로스캐너로 이루어진 그들의 보안 기반 구조와 대면할 위험을 감수하는 일이고.

그래서 대신 우리는 '할로우스'와 '니들스' 사이의 부대 정비층 배후지를 지난다. 그곳에는 위성이 계속 굴러가도록 만드는 레드들과 오렌지들이 일한다. 아레스의 아들들의 동조자가 운전하는 우리의 트램은 그 정차역들을 빠르게 지나간다. 우리가 지나는 동안 역에서 기다리던 일꾼들의 얼굴들이 서로 흐릿하게 뒤섞인다. 파스티셰(미술 용어로 혼성 작품을 의미한다—옮긴이)로 혼재된 눈들. 하지만 모두 회색인 얼굴들. 금속의 색이 아니라 모닥불 속에 있는 오랜 재의 색이다. 잿빛 얼굴들. 잿빛 옷들. 잿빛 인생들.

하지만 터널이 우리의 트램을 삼켜 버리면서 우리 주위로 색채들이 분화한다. 한때 회색이었던 목구멍의 골지고 금 간 벽면들로부터 피처럼 흘러나오는 그래피티와 수년간의 분노다. 열다섯 가지 방언들로 쓰인 욕설. 열두 가지 험악한 방법들로 찢어발겨진 골드들. 그리고 저승사자의 낫이 옥타비아 오 룬의 목을 자르는 형상을 대략적으로 스케치한 그림 오른쪽으로는 이오가 교수대에 목매달려 있는 이미지가 디지털 물감으로 그려져 있나. 그녀의 머리칼은 불타오르고 있으며 "사슬을 끊어라"라는 문구가 사선으로 적혀 있다. 그것은 증오의 잡초들 사이에서 유일하게 빛을 발하는 꽃이다. 목구멍에 뭐가 걸린 느낌이 든다.

떠난 지 30분이 지나자 우리의 트램은 끽 하고 마모되는 소리와 함께 버림받은 로우컬러 산업 중심지 밖에 멈춘다. 수천 명의 일꾼들이 이른 아침마다 '스택스(더미라는 뜻으로 근로자들의 근거지를 말한다—옮긴이)'에서 출근해 담당 작업을 하러 갔어야 했던 곳이다. 하지만 지금 이곳은 묘지만큼이나 정적이다. 쓰레기가 금속 바닥에 어질러져 있다. 홀로캔들은 여전히 번쩍이며 소사이어티의 뉴스 프로그램들을 전하고 있다. 카페의 식탁에는 컵이 놓여 있으며 그 음료 위에서 여전히 김이 오르고 있다. 아레스의 아들들이 단 몇 분 전에 막 이곳을 떠난 것이다. 이곳에서 그들의 영향력이 얼마나 지대한지가 보인다.

우리가 떠나면 이곳은 다시 생동감 있게 돌아올 것이다. 하지만 우리가 가져온 폭탄들을 설치하고 나서라면? 우리가 제조회사를 파괴하고 나면 도와주고자 했던 남자와 여자 들도 모두 트램 역에 있는 그 불쌍한 존재들처럼 똑같이 실직된 상태나 되지 않을까? 만약 일하는 것이 그들의 삶의 이유라면 우리가 그것을 앗아갔을 때는 어떤 일이 벌어진단 말인가? 나는 내가 걱정하는 부분들을 세브로에게 알렸지만 지금 그는 앞만 보고 돌진하는 상태다. 한때의 나만큼이나 독단적이다. 그리고 공개적으로 그에게 이의를 제기하는 것은 우리 우정에 대한 배신 같이 느껴진다. 그는 언제나 나를 맹목적으로 믿어 줬다. 그런데 그의 능력을 의심하다니 내가 상대적으로 더 나쁜 친구란 뜻일까?

우리는 쓰레기 처리 운반차들을 얻기 위해 그래브리프트 몇 개를 지나 차고로 들어간다. 그 운반차들도 '줄리 산업'의 소유물이다. 나는 빅트라가 여러 문 중 하나에 걸린 가문 문장으로부터 흙을 닦아 내는 모습을 포착한다. 창이 꽂힌 태양 문양은 닳고 빛이 바랬다. 몇 십 명밖에 안 되는 시설의 레드와 오렌지 일꾼들은 우리 무리가 운반차 격납고 안으로 착착 들어서는 모습을 보지 못한 척한다. 그 안, 거대한 운반차 두 대의 기저부에서 우리는 아레스의 아들들로 이루어진 작은 군대를 발견한다. 600명 이상 된다.

그들은 병사들이 아니다. 우리 같지 않다. 대부분은 남자들이지만 간간히 여자들도 섞여 있다. 대부분은 화성 쪽 가족들을 먹여 살리기 위해 일을 구하러 어쩔 수 없이 이곳으로 이주한 상대적으로 젊은 레드와 오렌지 들이다. 그들의 무기들은 조잡하다. 몇 명은 일어선다. 다른 이들은 앉은 채 이야기하다 우리 무리인 옵시디언 살인 부대가 장비 가방들을 들고 두 대의 수수께끼 같은 카트들을 밀며 금속 갑판을 성큼성큼 지나는 모습을 보느라 고개를 돌린다. 작은 슬픔이 내 안에 자라난다. 그들이 무엇을 하든, 어디를 가든, 그들의 삶은 이 날로 인해 얼룩질 것이다. 그들에게 청하는 일이 내 임무였다면 나는 그들이 안고 가려는 짐에 대해, 자신들의 삶 속으로 받아들이고자 하는 그 악에 대해 경고했을 것이다. 전쟁에서의 영예로운 승리란 차라리 이야기로 듣는 쪽이, 그것을 직접 보는 것보다, 그리고 매일 아침 침대에 누워 내가 사람을 죽였으며 친구가 사라졌음을 깨닫는 그 기이한 비현실감을 느끼는 것보다 더 매력적이라는 말을 할 것이다.

하지만 나는 아무 말도 안 한다. 이제 내 자리는 라그날과 빅트라 옆이자 세브로의 뒤다. 세브로는 껌을 뱉어 버리고 성큼성큼 앞으로 나서며 나에게 윙크를 날린다. 그러고는 내 옆구리를 팔꿈치로 살짝 찌른 뒤 그 작은 군대 맨 앞에 선다. 그의 군대다. 그는 옵시디언 남자라 하기에 많이 작지만 손이 작은 쓰레기 운반 일꾼과 구부정한 탑 용접공의 입장에서 보면 여전히 흉터와 문신이 있는 무시무시한 존재다. 그는 자신의 고개를 앞으로 살짝 기울인다.

그의 눈빛은 검은 콘택트렌즈들 뒤로 활활 타오르고 있다. 산업장의 불빛 아래에서 늑대 문신들이 그의 창백한 피부와 대조돼 악랄해 보인다.

"반갑다, 기름칠쟁이 원숭이들아. 너희들은 왜 아레스가 우리 같은 하드코어의 고약한 놈들을 이런 깡통 똥통에 보냈는지 궁금해 하고 있을지도 모르겠군."

세브로의 목소리가 포식 동물의 것처럼 낮게 우르르 울린다. 아레스의 아들들은 불안한 시선으로 서로를 확인한다.

"우리는 너희를 예뻐해 주러 온 게 아니다. 너희에게 영감을 주거나 그 우라질 군주처럼 지랄같이 긴 연설이나 하러 온 것도 아니다."

그는 자신의 손가락으로 딱 소리를 낸다. 페블과 클라운이 카트들을 앞으로 밀고 와 그 위의 자물쇠들을 푼다. 그 경첩들이 끽 소리를 내며 열리자 광산 폭파물들이 모습을 드러낸다.

"우리는 개똥같은 것들을 폭파하러 이곳에 온 것이다."

그는 양팔을 활짝 벌리며 깔깔 웃는다.

"질문 있나?"

제15장

# 사냥

나는 하울러들과 함께 쓰레기 수거함 뒤쪽을 떠나닌다. 어둡다. 옵틱 렌즈의 야간경은 그림자 같은 녹색으로 우리 주위를 도는 쓰레기를 보여 준다. 바나나 껍질. 장난감 포장지. 커피 찌꺼기. 빅트라는 자신의 얼굴에 변기용 휴지가 붙자 컴 너머로 헛구역질 소리를 낸다. 그녀의 가면은 악마 투구다. 내것과 마찬가지로 그 투구의 눈동자는 검으며 전체적으로 비명을 지르는 악마의 얼굴과 살짝 닮은 형상이다. 피처너는 아레스의 아들들을 위해 1년도 더 전에 루나의 무기고에서 그것들을 용케 훔쳐 왔다. 이 투구들 덕분에 우리는 대부분의 스펙트럼을 보고, 소리를 확대해 듣고, 서로의 위치 좌표를 추적하고, 지도에 접근하고, 소리 없이 서로와 의사소통 할 수 있다. 주위에 있는 친구들은 모두 검다. 우리는 아무런 기계화된 갑옷을 입지 않았다. 오직 우리 몸 위로 얇은 풍뎅이 스킨만 뒤집어 쓴 상태다. 그것은 우리를 칼이나 가끔씩은 발사 무기로부터도 보호해 줄 것이다. 하지만 그래브부츠나 펄스 갑옷은 없다. 속도를 늦추거나 소리를 내거나 센서에 걸릴 만한 것은 아무것도 갖추지 않았다. 우리는 40분간 버티게 해 줄만큼의 공기를 담은 산소 탱크들을 쓰고 있다. 나는 라그날의 몸에 매는 벨트를 조정한 후 내 데이터패드를 확인한다. 오래된 쓰레기 수거함을 타고 있는 두 명의 레드들이 우리에게 카운트다운을 내리고 있다. 그것이 1에 도달하자 세브로가 말한다.

"짐들 챙기고 망토들 뒤집어 써."

나는 내 고스트클록 망토를 가동한다. 그러자 세상이 휜다. 망토에 의해 비틀려 보이는 것이다. 마치 굴절된 지저분한 물을 통해 보는 것 같다. 배터리 팩이 꼬리뼈에 닿은 채 달궈지는 것이 느껴진다. 망토는 잠깐 불쑥 나타날 때는 용이하다. 하지만 망토가 우리가 챙겨온 것과 같은 작은 배터리들을 태워 버리기에 냉각된 후 재충전하기까지는 시간이 걸린다. 더듬더듬 세브로와 빅트라의 손을 찾다 가까스로 시간 내에 두 사람의 손을 잡는다. 나머지 사람들도 마찬가지로 짝을 진다. 아이언 레인 이전으로 이렇게까지 두려웠던 기억이 없는 것 같다. 그때는 내가 더 용감했었나? 어쩌면 그냥 더 순진했던 것일지도 모르겠다.

"꽉 잡아. 난류 좀 탈 거다."

세브로가 말한다.

"셋 세고 작전 뚜껑 연다. 셋…… 둘…….”

나는 그의 손을 더 꽉 잡는다.

"……하나.”

수거함의 문이 소리 없이 쓱 들어가면서 인근의 고층 건물에 걸린 홀로디스플레이 화면에서 나오는 호박색 빛이 우리를 적신다. 공기가 훅 하고 들어오더니 쓰레기 수거함이 뒤쪽에 보관하고 있던 쓰레기 무더기를 뱉어낸다. 세상이 빙글빙글 돈다. 우리는 마치 도시로 흩뿌려지는 왕겨씨앗 같다. 타워와 광고로 이루어진 만화경 세상 속을 쓰레기와 함께 회전하며 날아간다. 수백 대의 함선들이 회오리치며 좁은 거리로 진입한다. 모든 것이 번쩍이며 물속에서 보는 것처럼 흐릿한 형상이다. 우리는 개별적인 특징들을 감추기 위해 머리를 양발 사이에 끼운 자세로 계속해서 거꾸로 회전한다.

컴 너머로 블루 교통 관리인이 투덜대는 소리가 들린다. 쏟아진 쓰레기에 짜증이 난 모양이다. 곧 그의 곁에 온 코퍼가 무능한 쓰레기운반차 운전수들을 해고하겠다고 위협하는 소리가 통신선에서 들려온다. 하지만 나를 미소 짓게 만드는 것은 들리지 않는 소리다. 경찰 통신 채널들에서는 연합체가 하이브에서 공중 납치를 벌인 사건, 공원 플라자 근처의 고대 예술 박물관에서 벌어진 소름끼치는 살인 사건, 은행 업무 지구에서 벌어진 데이터센터 절도 사건을 보고하며 일상적인 얘기들만 지루하게 이어간다. 그들은 쓰레기 속에 있는 우리를 보지 못한 것이다.

우리는 투구에 있는 작은 반동 추진 엔진을 써서 천천히 회전 속도를 낮춘다. 휙 몰아치는 공기 흐름이 우리를 안정적으로 떠다니게 해 준다. 진공 공간 안에서 우리는 침묵한다. 목표를 제대로 향하고 있다. 나머지 쓰레기와 마찬가지로 우리는 금속 타워의 측면과 충돌하기 일보직전이다. 깨끗하게 착지해야 한다. 우리가 타워에 점차 가까이, 더 가까이 날아가는 동안 빅트라는 욕을 한다. 내 손가락들이 떨린다. 튕겨나가지 말자. 튕겨나가지 말자.

"풀어."

세브로가 명령한다.

나는 세브로와 빅트라의 손에서 내 손을 뺀다. 그리고 우리 셋은 금속과 요란하게 충돌한다. 우리 주위에 있는 쓰레기들은 금속으로부터 튕겨져 나가 이상한 각도로 뒤로 회전해 떨어진다. 세브로와 빅트라는 금속에 붙는다. 장갑에 있는 자석의 힘이다. 하지만 내 앞에서 충돌한 쓰레기 한 조각이 금속에 튕겨져 나가 내 허벅지를 치는 바람에 내 탄도는 바뀐다. 나는 옆으로 기울어진다. 양손은 뭔가를 잡으려고 허우적거린다. 그 결과 나는 회전하기 시작한다.

발이 먼저 금속에 닿는다. 그래서 나는 다시 우주 쪽으로 거꾸로 튕겨져 나가며 욕한다.

"세브로!"

내가 소리친다.

"빅트라. 그를 잡아."

손 하나가 내 발을 잡아 나를 확 정지시킨다. 밑을 내려다보니 투명하게 비틀린 형상 하나가 내 다리를 쥐고 있다. 빅트라다. 나도 자석들을 금속에 대서 몸을 고정시킬 수 있도록 그녀는 조심스럽게 내 무게감 없는 몸을 벽 쪽으로 다시 당겨 준다. 시야에 점박이들이 질주해 지나간다. 우리 주위로 온통 도시가 펼쳐져 있다. 그 고요함이, 그 색감이, 그 비인간적인 금속 풍경이 끔찍하다. 그곳은 인간을 위한 장소라기보다는 고대 외계 유물 같이 느껴진다.

"숨을 더 천천히 쉬어. 대로우. 너 과호흡하고 있어. 나 따라 숨 쉬어 봐. 들이마시고. 내쉬고. 들이마시고⋯⋯."

빅트라의 목소리가 내 투구 속에서 찌지직거리며 들려온다. 나는 강제로 내 폐가 그녀의 속도에 맞춰 숨을 쉬게 만든다. 점박이들이 곧 사라진다. 나는 눈을 뜬다. 얼굴이 금속과 십몇 센티미터 떨어져 있다.

"슈트에 똥 싼 거야 뭐야?"

세브로의 질문에 내가 말한다.

"나 괜찮아. 좀 레드처럼 녹슬어서 그래."

"윽. 그 말장난은 당연히 의도하신 거겠죠."

라그날과 나머지 하울러들은 우리로부터 30미터 아래에 있는 벽면에 착지한다. 페블이 그녀 위에 있는 나를 향해 손을 흔든다.

"앞으로 300미터 남았다. 이 픽시들아, 기어 올라가자고."

퀵실버의 이중 나선 구조 타워의 유리 뒤로 빛이 반짝인다. 그 나선구조 두 개를 잇는 것은 거의 200층에 달하는 사무실 공간들이다. 컴퓨터 단말기 앞에서 움직이는 형상들이 내 눈에도 보인다. 나는 옵틱 렌즈의 시야를 확대시켜 주식 거래자들이 사무실에 앉아 있는 모습, 비서들이 앞뒤로 움직이는 모습, 애널리스트들이 루나 주식 시장과 연계가 되는 홀로그래프 주식 거래 보드를 향해 격렬하게 손짓하는 모습을 지켜본다. 실버들이다. 모두다. 그들을 보니 근면한 벌들이 생각난다.

"이러고 있으니까 놈들이 보고 싶어지네."

빅트라가 말한다. 그녀가 보고 싶어 하는 대상이 실버가 아니라는 것을 깨닫기까지는 잠시 시간이 걸린다. 그녀와 내가 최근 이 전략을 시도했을 때, 우리 곁에는 택터스와 로크가 함께하고 있었다. 아카데미에서 치른 가상 전쟁 중, 카르누스가 소행성 기지에서 연료를 재충전할 사이에 우리는 진공 상태로 그의 기함에 침투했었다. 그렇게 우리는 그의 선체를 가르고 들어가 그를 납치하고 팀원들을 제거하고자 했다. 하지만 그것은 함정이었고 나는 내 친구들의 도움을 받아 가까스로 그 상황에서 탈출했다. 그 수를 벌인 일로 내가 받은 유일한 보상은 부러진 팔 하나였다.

우리의 착륙지에서 타워의 꼭대기까지 올라가는데 5분이 걸린다. 타워 꼭대기는 거대한 초승달 형상이다. 손 하나 놓고 또 손 하나 놓는 형태로 우리가 올라가는 것은 아니므로 엄밀히 말해 기어 올라가는 것은 아니다. 우리 장갑들에 부착된 자석들은 양극과 음극을 넘나들며 전류를 방출한다. 그 덕에 우리는 마치 손바닥에 바퀴가 부착된 것처럼 타워의 측면을 굴러 올라갈 수 있다. 오르막길이라 하든 내리막길이라 하든, 무중력 상태에서 뭐라 불러도 말이 되는 그 길목의 가장 난코스는 극도의 높이 또는 타워의 끝에 있는 초승달형 경사로다. 우리는 잎사귀의 줄기처럼 유리 천장으로부터 튀어나와 있는 얇은 금속 보조 빔을 붙잡고 매달려야 가야 한다. 배 아래, 유리 너머에는 퀵실버의 유명한 박물관이 있다. 그리고 위쪽으로 퀵실버의 타워 꼭대기 바로 언저리에 떠 있는 것은 화성이다.

나의 행성은 우주보다도 크게 느껴진다. 세상 그 어떤 것보다도 더 커 보인다. 수십억의 영혼, 디자인된 바다, 산, 그리고 지구가 보유했던 최대 땅 평수보다 더 넓고도 관개 가능한 마른 땅. 그런 것들이 이루는 세계다. 이쪽을 바라보는 세상은 밤이다. 그것만 봐서는 행성의 뼛골 속으로 수백만 킬로미터의 터널들이 구불거리며 통과한다는 것, 1000개의 화성 도시로부터 나오는 빛 덕에 그 표면이 반짝임에도 불구하고 보이지 않는 고동이 있다는 것, 반란의 조류가 일고 있다는 것을 절대 알 수 없다. 이 순간만큼은 화성이 평화로워 보인다. 전쟁이란 불가능한 남의 일처럼 보인다. 이 순간 시인이라면 뭐라고 할지 문득 궁금해진다. 로크라면 허공에 대고 뭐라 속삭일지. 폭풍 전의 고요에 대한 무슨 이야기일 것이다. 또는 저 깊은 곳 안에서의 심장 고동에 대한 것일지도 모르겠다. 하지만 그때 번뜩이는 불빛이 지나간다. 나는 깜짝 놀란다. 하얗게 타오르며 불빛이 경련하더니 악마 같은 네온 빛 속으로 침식되면서 동시에 버섯구름이 행성의 암흑 속에 피어난다.

"너네도 저것 봤어?"

내가 컴 너머로 물으며 저 먼 곳에서의 폭발이 시야에 남긴 담배꽁초만 한 화상 자국을 깜빡여 없앤다. 다른 사람들도 고개를 돌려 확인하는 사이 컴 너머로는 지지직 소리와 함께 욕설들이 터져 나온다.

"젠장. 신 테베 도시인가?"

세브로의 중얼거림에 페블이 대답한다.

"아니. 더 북쪽이야. 저긴 아벤틴 반도야. 그러니 아마 시프리온 도시일 거야. 마지막 정보통에 의하면 레드 부대가 그 도시 쪽으로 이동하고 있었거든."

그 후 또 한 번의 번쩍임이 지나간다. 그리고 우리 일곱 명은 건물의 꼭대기에서 움직임 없이 쭈그리고 앉아 첫 번째 핵폭탄으로부터 엄지 하나의 거리에서 두 번째 핵폭탄이 터지는 모습을 지켜본다.

"이런 우라질. 우리가 터뜨린 거야, 저들이 터뜨린 거야?"

내가 묻는다.

"세브로!"

"나도 모르겠어."

세브로가 성급하게 대답한다.

"너도 모른다고?"

빅트라가 묻는다.

어떻게 그가 모를 수가 있단 말인가? 나는 고함을 치고 싶다. 하

247

지만 나는 그 질문에 대한 대답을 어렴풋이 느낀다. 왜냐하면 댄서의 말이 머릿속을 유령처럼 지배하고 있기 때문이다. "세브로가 이 전쟁을 주도하고 있지 않아." 댄서는 또 한 번의 하울러 임무가 실패로 돌아간 후 수 주가 지나서 나에게 말했다. "그는 그냥 불에 가스를 들이붓는 사람일 뿐이야." 어쩌면 나는 이 전쟁이 얼마나 많이 진척됐는지, 얼마나 혼돈에 가까워졌는지를 제대로 이해하지 못했던 모양이다.

세브로를 맹목적으로 믿는 것이 잘못된 선택이었을까? 나는 그의 표정 없는 가면 얼굴을 지켜본다. 갑옷의 피부가 주위의 도시 빛깔들을 흡수해 버려 아무것도 비추지 않는다. 빛의 심연. 세브로는 폭발로부터 천천히 몸을 돌리더니 다시 기어오르기 시작한다. 벌써 이 사건을 뒤로하고 움직이고 있는 것이다.

"홀로뉴스가 취재를 했네. 빠르게. 그들 말로는 레드 부대가 시프리온 근처에서 골드 세력들에 대항하는 핵폭탄들을 제조했대. 일단 얘기는 그러네."

페블이 말한다.

"이런 우라질 거짓말쟁이들. 또 하나의 미끼와 분위기 전환용 이슈거리잖아."

클라운이 날카롭게 쏘아붙인다.

"레드 부대들이 어디서 핵폭탄들을 구할 수 있다는 거야?"

빅트라가 묻는다. 하모니에게 그런 것들이 있었다면 그녀가 바로 사용했을 것이다. 그러니 나는 오히려 골드가 그 폭탄들을 레드 부대에게 쓰고 있다는 것에 한 표 건다.

"그건 이제 우리에게 똥쪼가리 만큼의 의미도 없어. 그러니 그 얘기 그만들 지껄여. 아직 우리는 하러 온 일을 해야 한다고. 니들 궁둥이에 모터 좀 달아."

세브로가 말한다. 무감각한 상태로 우리는 명령에 따른다. 이중 나선 구조 타워의 초승달 꼭대기에서 우리가 진입할 구역에 도달하자 우리는 사전 연습한 순서대로 돌입한다. 나는 빅트라가 등에 멘 가방에서 산이 든 작은 플라스크를 꺼낸다. 세브로는 딱 내 손톱만 한 나노캠을 공중에 띄운다. 나노캠이 유리창 위에 뜬 채 박물관 안에 살아 있는 존재들을 스캔한다. 살아 있는 존재는 하나도 없다. 새벽 3시니 별로 놀라운 일도 아니다. 세브로는 펄스 발생기를 꺼낸 뒤 페블이 데이터패드 작업을 끝마치기를 기다린다.

"뭐가 뭔데, 페블?"

세브로는 성급하게 묻자 페블이 대답한다.

"비밀번호들은 맞았어. 지금 시스템 안으로 진입했어. 그냥 적합한 구역을 찾아야 할 뿐이야. 저기 있네. 격자형 레이저 보안 시스템…… 꺼짐. 열 카메라…… 얼음. 심박 센서……꺼짐. 모두들 축하합니다. 우리는 공식적으로 유령이에요! 누군가가 수동으로 알람을 잡아당기지만 않는다면 말이죠."

세브로는 펄스 발생기를 가동시킨다. 그러자 희미한 무지갯빛 거품들이 우리 주위로 피어나면서 막을 형성해 우주의 진공이 우리와 함께 건물 안으로 침투되는 것을 막는다. 진공이 침투하게 내버려 두었다가는 빠르게 발각되는 지름길로 가게 될 것이다. 나는 작은 석션 컵을 유리 중앙에 올려놓은 뒤 산 보관통을 연다. 그리고 석션 컵 주위로 가로세로가 각각 2미터가 되는 사각형을 그리도록 산의 포말들을 유리에 바른다. 산이 유리를 먹어치우면서 거품이 일더니 구멍이 생긴다. 건물 안에서 우리의 펄스필드로 공기가 짧고 빠르게 불어 닥치더니 판유리가 빡 소리를 내며 위로 밀려올라온다. 유리가 우주로 날아 가 버리는 것을 막기 위해 빅트라가 잽싸게 잡는다.

"라그날 먼저."

세브로가 말한다. 아래의 박물관 바닥까지 100미터 거리다.

라그날은 줄타기용 윈치를 유리 가장자리에 부착한 후 자신의 벨트를 자성 와이어에 건다. 레이저를 꺼내들며 그는 고스트클록 망토를 재가동시킨 뒤 구멍 안으로 몸을 밀어 통과한다. 나는 여전히 떠 있는 상태에서 스카이후크의 인공 중력에 매달린 거의 투명한 라그날의 형체가 가속을 타며 바닥으로 떨어지는 광경을 지켜보는 것은 오감이 다 불편해지는 경험이다. 그의 모습은 열기로 만들어져 어느 여름날 사막 위에서 희미하게 빛나는 악마 같다.

"완료."

세브로가 라그날을 뒤따라간다.

"행운을 빌어."

빅트라가 말하면서 세브로 뒤로 나를 구멍 안에 밀어 넣는다. 나는 앞으로 뜬다. 경계를 지나 빌딩 공간 안으로 진입하자 중력이 내 몸을 잡아끄는 느낌이 든다. 나는 와이어를 타고 가속을 붙이며 미끄러져 내려간다. 갑작스러운 무게감의 증가에 속이 뒤집어지면서 먹었던 음식이 속에서 출렁거린다. 바닥에 세게 착지하는 바람에 발목을 삐끗할 뻔한다. 무음 처리한 스코처를 꺼내들고 콘택트렌즈들을 찾아본다. 나머지 하울러들은 내 뒤로 착지한다. 우리는 대강당에서 서로서로 등을 맞댄 채 웅크리고 있다. 바닥은 회색 대리석이다. 강당의 길이는 가늠하기 불가능하다. 이 공간이 초승달 모양에 따라 휘면서 위쪽으로 구부러져 끝이 보이지 않기 때문이다. 중력을 가지고 노는 공간 형태에 현기증이 난다. 장대한 금속 유물들이 우리를 에워싸고 있다. 인류의 개척 시대에 유래한 옛날 로켓들이다. 라그날 근처에 있는 회색 탐색기의 선체에는 '루나 회사'의 문장이 찍혀 있다. 그것은 옥타비아 오 룬의 가문 문장과 정확히 닮아 있다.

"뚱뚱한 느낌이 이런 거였구나. 역겹군."

세브로가 말하며 무거운 중력 속에서 살짝 점프를 하고는 끙 소리를 낸다.

"퀵실버는 지구에서 왔어. 그는 낮은 중력 태생인 사람들과 협상할 때면 중력을 이보다도 더 높여."

빅트라가 말한다.

중력은 익숙했던 화성 중력의 3배이자 이오나 유로파에서 선호하는 정도의 8배다. 하지만 내 몸을 재건하는 과정에서 미키는 모의 실험 장치의 중력 환경을 지구의 2배로 올렸었다. 몸무게가 거의 363킬로그램이나 나가는 느낌은 꽤나 불쾌하다. 하지만 근육을 뭔가 끔찍할 정도로 운동시킨다.

우리는 산소 탱크들을 떼어 버린 후 제국 이전의 미국 국기가 그려진 낡은 우주셔틀의 엔진 틀 안에 그것들을 집어넣는다. 이제 우리에게는 소형 백팩, 풍뎅이스킨, 악마 투구, 그리고 무기들만이 남았다. 세브로는 타워의 내부를 그린 간략한 지도를 꺼내들고는 페블에게 아직 퀵실버를 발견하지 못했는지 묻는다.

"못 찾겠어. 이상하단 말이야. 꼭대기의 두 층에 설치된 카메라들은 꺼졌어. 생체 측정 장치들도 마찬가지 상황이야. 우리가 계획했던 것처럼 그를 딱 집어내지는 못하겠어."

"꺼졌다고?"

내 질문에 세브로가 끙 소리를 내며 어깨를 으쓱한다.

"어쩌면 그놈이 입으로 성교하거나 자위하고 있는데 자기네 보안팀이 지켜보지 않기를 원했을지도 모르지. 둘 중 어떤 경우든 간에 그는 뭔가를 숨기고 있는 거야. 그러니 우리는 그곳으로 가야겠어."

나는 다른 사람들이 우리의 대화를 못 듣도록 세브로의 개인 연락선을 연결한다.

"우린 그를 찾으러 여기저기 돌아다닐 수는 없어. 그러다 영향력을 행세할 만한 것도 쥐지 못한 채 강당에서 붙잡히면……."

"돌아다니지 않을 거야."

세브로는 나와의 연결선을 끊은 후 하울러들에게 전한다.

"아가씨들, 망토 써. 레이저와 무음 처리된 스코처 준비하고. 펄스 피스트는 일이 지저분해졌을 때만 써."

투명하게 변한 그가 파문을 일으킨다.

"하울러들, 내 신호에 움직여."

우리는 앞장서는 세브로를 따라 박물관에서 슬금슬금 빠져나와 다른 세상 같은 통로 미로로 들어선다. 바닥은 검은 대리석이다. 벽들은 유리로 됐다. 10미터 높이의 천장은 펄스필드로 만들어져 생기 넘치는 산호초들이 균류의 촉수처럼 뻗어 있는 아쿠아리움 속을 들여다보고 있다. 파충류 같은 30여 센티미터 길이의 인어들은 인간 형상의 얼굴, 재색 피부, 그리고 왕관 형상의 두개골을 지녔다. 그들은 펄펄 끓는 푸른빛과 폭력적인 주황빛이 뒤섞인 왕국 속을 헤엄쳐 다닌다. 그리고 혐오스럽고도 작은 까마귀 눈으로 위에서 우리를 노려보며 지나친다.

벽면은 감정에 따라 색이 변하는 무드 유리로 이루어져 미묘하게 호환되는 색상들로 박동한다. 지금은 마젠타 빛으로 고동을 치다 곧 코발트 은빛으로 커튼 같은 잔물결이 인다. 꿈같은 형상이다. 미로 중간에는 작은 벽감들이 있다. 그곳들은 미니어처 아트 갤러리들로 흉터를 입은 비할 데 없는 자들 사이에서 아주 최신 유행인 절제된 로마 신고전주의 작품들 대신 현대적인 점박이 홀로그래프들과 서기 21세기의 자본 및 세력 과시형 작품들을 전시하고 있다. 고스트클록 망토 배터리팩들을 재충전하면서 우리는 하나의 갤러리 안으로 몸으로 수그리고 들어간다. 그곳에는 풍선으로 만들어진 동물처럼 생긴 천박한 보라색 금속 개가 도사리고 있다.

빅트라가 한숨을 쉰다.

"젠장 지독하군. 이 인간의 취향은 타블로이드 신문의 사교계 명사들이나 가질 법한 거네."

라그날이 개를 보며 자신의 고개를 갸우뚱 한다.

"저게 뭡니까?"

"예술. 아마도."

빅트라의 겸양 떠는 말투가 내 호기심을 불러일으킨다. 이 건물도 마찬가지다. 이곳은 유물로 고동을 친다. 예술 작품, 벽면, 인어, 모두가 흉터를 입은 비할 데 없는 자들이 신생 재벌이 된 실버로부터 기대할 법한 것들과 정확히 들어맞는다. 퀵실버가 그렇게 부유하게 세를 키울 수 있었던 것을 볼 때, 그는 골드의 심리를 상세하게 알고 있을 것이다. 그렇게 생각하니 의문이 든다. 이 사치는 모두 뭔가 보기보다 훨씬 영리한 수작인가? 너무나 명백하고 받아들이기 쉬워 아무도 그 아래를 들여다볼 생각을 하지 못하게끔 만드는 가면인가? 퀵실버는 그의 모든 명성에도 불구하고 절대 바보로 불린 적은 없다. 그러니 어쩌면 이 저속하고도 꿈속 같은 절경은 그를 위한 것이 아닐지도 모르겠다. 그의 손님들을 위한 것일 수도 있겠다.

그렇게 따지고 보니 우리가 불이 꺼진 아트리움에 도달하는 동안 이곳에는 뭔가가 빠져 있다는 생각이 든다. 아트리움은 윤을 내지 않은 사암 바닥이 깔렸으며 핑크 자스민 나무들이 그 바닥 군데군데에 구멍을 뚫은 상태다. 우리는 V자 대형을 이룬 채 슬금 슬금 바닥을 지나 퀵실버의 침실 스위트룸으로 이어지는 문 한 쌍을 향해 다가간다. 더 잘 보기 위해 우리의 망토들을 꺼 놓은 상태다. 다들 레이저를 딱딱하게 활성화시킨 채로 들었기에 그 금속들이 사암으로부터 몇 센티미터밖에 안 떨어져 있다.

이곳은 집이 아니다. 무대다. 조종하기 위한 것이다. 차가운 계산 하에 세워진 이 건물은 불길하다. 나는 여기가 싫다. 나는 다시 세브로의 주파수를 잡는다.

"여긴 뭔가 잘못됐어. 하인들은 어디 있어? 보초들은?"

"어쩌면 그가 자기 사생활을 중요시하나 보지……."

"아무래도 함정인 것 같아."

"함정? 네 머리로 얘기하는 거야, 감으로 얘기하는 거야?"

"감으로."

세브로는 숨 한 번 쉴 정도의 시간 동안 조용하다. 그래서 나는 그가 다른 선으로 다른 누군가와 얘기하고 있는 것이 아닐까 생각한다. 어쩌면 그가 나머지 모두와 얘기하고 있을지도 모르겠다.

"네 추천은 뭔데?"

"철수해. 상황을 가늠해서 뭐가……."

"철수하라고?"

세브로는 그 가능성을 딱 잘라 버린다.

"우리가 아는 것이라고는 그들이 방금 우리 종족에게 핵폭탄들

255

을 떨어뜨렸다는 거야. 우리에게는 이게 필요해."

나는 그의 말 중간에 끼어들어 보려고 하지만 그는 나를 제압해 버린다.

"젠장. 나는 이 실버 새끼의 뒤꽁무니에 대한 정보 하나를 얻기 위해 작전을 13개나 벌였어. 지금 철수하면 그게 다 무용지물이 되는 거야. 그들은 우리가 이곳에 왔었다는 것을 알 거고. 우리에게는 이 기회가 다시는 오지 않을 거라고. 그는 자칼을 잡기 위한 열쇠야. 네가 나를 믿어 줘야겠어, 리퍼. 나를 믿어?"

나는 욕설이 나오려는 것을 참고 연결선 신호를 중간에 끊는다. 세브로에게 화가 난 것인지, 내 자신에게 화가 난 것인지, 아니면 내 자신이 남들보다 특별하게 느껴지도록 만들어 주던 그 스파크를 자칼에게 빼앗긴 것을 알기에 화가 난 것인지 모르겠나. 내가 갖는 모든 의견들은 남들이 보기에 미미하고 가단성 없게 느껴진다. 왜냐하면 저 깊숙이, 이 무시무시한 풍뎅이스킨 밑에, 악마 가면 아래에는 홀로 어둠속에 있는 것이 무서워 울었던 풋내기 어린 아이가 있다는 것을 스스로가 잘 알기 때문이다.

보라색 불빛이 갑자기 방 안으로 흠뻑 흘러들어온다. 고급 크루즈 선박들이 우리 뒤쪽의 창문으로 이루어진 벽을 유유히 지나가는 것이다. 우리는 황급히 퀵실버의 스위트룸 문 양쪽으로 줄지어 서서 침입할 준비를 한다. 나는 검은 옵틱 렌즈를 통해 선박이 떠내려가는 모습을 지켜본다. 갑판들 중 하나에서 불빛이 깜빡인다. 수백 명의 픽시들이 저 멀리 떨어진 루나에서 엄청 유행하는 어떤 에트루리아 클럽 음악 비트에 맞춰 몸을 비틀어 대고 있다. 마치 전쟁이 포보스 아래에 자리한 이 행성에는 영향을 주지 않는 것처럼. 누군가 행동에 나서 그들의 삶의 방식을 파괴할 리가 없다는 듯이. 그들은 화성에서 연료를 충전시킨 함선들을 타고 금성에서 만들어진 옷을 입은 채 지구에서 생산된 샴페인을 마실 것이다. 그리고 웃고 소비하고 잠자리를 갖으며 아무런 대가도 치르지 않을 것이다. 작은 해충들이 너무나 많다. 내 안에서도 세브로의 정의로운 분노가 타오른다.

그들에게는 고통은 진짜가 아니다. 전쟁이 진짜가 아니다. 그것은 그냥 다른 사람들을 위한 두 음절짜리 단어로 그들이 디지털 뉴스피드를 통해 보게 되는 것일 뿐이다. 그들이 넘겨보는 불편한 이미지들의 연속일 뿐이다. 즉, 그들에게 전쟁이란 존재하는지도 몰랐던 무기, 함선, 계층 구조에 관한 사업 그 자체다. 게다가 그 사업은 모두 인간으로 사는 것의 진짜 고뇌로부터 저 멍청이들을 보호해 주기 위한 것들일 뿐이다. 곧 그들도 진짜 고뇌를 알게 될 것이다.

그리고 무덤에서 그들은 오늘밤을 기억할 것이다. 그들이 누구와 함께하고 있었는지를, 그 두 음절짜리 단어가 그들을 잡고 절대 놓지 않을 당시에 자신들이 무엇을 하고 있었는지를 기억할 것이다. 이 쾌락의 크루즈가, 이 흉물스러운 퇴폐성이 황금기의 마지막 한숨이 될 것이다.

게다가 이는 얼마나 비참한 한숨인가.

"물론 나는 너를 믿지."

나는 레이저를 더 세게 움켜쥐며 말한다. 라그날은 우리의 대화 내용을 엿듣지 못함에도 불구하고 우리를 지켜보고 있다. 빅트라는 문을 파괴하기 위해 기다리는 중이다.

빛이 흐려지면서 함선들이 도시 경관 속으로 사라진다. 나는 앞으로 일어날 일이 무엇인지 알면서도 전혀 만족스럽지가 않다는 것을 깨닫고는 놀라고 만다. 그들의 시대가 무너질 것을 알면서도 이렇다니. 인류의 제국 전역의 모든 도시에서 모든 불빛이 흐려질 것을 생각해도, 모든 함선이 느려지는 것을 생각해도, 또는 모든 출중한 골드가 희미해져 버리고 건물이 녹슬고 무너지는 상황을 생각해도 전혀 즐겁지가 않다. 머스탱이 이 전략에 가담한다는 얘기를 들을 수만 있다면 얼마나 좋을까. 전에 내가 그리워하던 것은 그녀의 입술, 그녀의 체취였다. 하지만 이제 내가 그리워하는 것은 그녀의 생각이 나와 일치한다는 것을 확인할 때면 들던 안심이다. 그녀와 함께했을 때는 이렇게 외롭지 않았다. 그녀는 아마도 우리가 뭔가를 만들기보다는 파괴하는 쪽에 집중하고 있다며 우리를 꾸짖었을 것이다.

왜 지금 이런 느낌이 드는 걸까? 나는 친구들로 둘러싸인 채 언제나 바라던 대로 골드를 치려고 하고 있다. 그럼에도 불구하고 무언가가 의식 저 깊숙한 곳에서 가렵게 꿈틀거린다. 마치 나를 지켜보는 눈들이 있는 것 같다. 세브로가 뭐라고 하든, 분명 뭔가가 잘못됐다. 이 건물뿐만이 아니라 그의 전략도 그렇다. 나였다면 일을 이렇게 진행시켰을까? 피치너였다면 이렇게 했을까? 만일 이 전략이 성공한다 해도 먼지가 안착하고 헬륨이 더 이상 유통되지 않게 되면 어떤 상황이 찾아올 것이란 말인가? 암흑기? 세브로는 자신도 주체하지 못하는 힘 그 자체다. 그의 분노는 산들을 움직일 정도의 것이다.

나도 한때 저랬다. 그래서 내가 어떻게 됐는지 보라.

"보초들을 죽여. 핑크들을 기절시켜. 때려 부수고, 쟁취하고, 가자."

세브로가 하울러들에게 지시하고 있다. 나는 칼을 더 세게 쥔다. 세브로가 신호를 주자 라그날과 빅트라가 문을 슬쩍 통과한다. 우리 나머지도 어둠 속으로 그들을 따라간다.

제16장
## 연인

불은 꺼져 있다. 무덤처럼 고요하디. 앞쪽 방은 비어 있다. 책상 위에는 큰 직사각 어항이 있다. 그 속에서 초록색 전기 해파리가 떠다니며 이상한 그림자들을 비춘다. 우리는 금줄로 장식된 문들을 박력 있게 열어젖히고 지나며 침실을 통과한다. 나는 무릎 한쪽을 굽히고 앉아 무음 처리된 레일건을 손에 고이 쥐고 레이저는 팔에 찬 칼집에 넣은 채 페블과 함께 문 앞을 지킨다. 우리 뒤에서 남자 하나가 네 기둥 양식의 침대에서 자고 있다. 라그날이 그의 발을 잡은 뒤 거칠게 침대 밖으로 끌어낸다. 비싼 잠옷을 입고 있는 그는 바닥에 널브러진다. 허공에 뜬 사이에 잠에서 깬 그가 라그날의 손 안에서 소리 없이 비명을 지른다.

빅트라가 내 뒤에서 말한다.

"젠장. 그가 아니잖아. 핑크야."

나는 뒤를 살핀다. 라그날이 양무릎을 굽힌 자세로 핑크 위로 구부정하게 서 있다. 내 시야에서는 핑크가 안 보인다.

세브로가 침대 기둥을 치자 금이 난다.

"새벽 3시잖아. 대체 놈은 어디에 있는 거야?"

"루나에서는 주식 시장이 열린 오후 4시야. 혹시 사무실에 있지 않을까? 그 노예한테 물어봐."

빅트라가 말한다.

"네 주인은 어디에 있나?"

가면으로 변조된 세브로의 목소리가 쇠막대로 친 강철 케이블 줄처럼 진동한다. 나는 거실에 시선을 고정하고 있다가 핑크가 훌쩍이는 소리에 뒤를 돌아본다. 세브로가 자신의 무릎으로 그 남자의 서혜부 안쪽을 누르고 있다.

"꼬마야, 예쁜 잠옷이네. 그게 빨간색이 되면 어떤 느낌일지 확인하고 싶나?"

나는 세브로의 목소리에서 느껴지는 차가움에 움찔한다. 그런 식의 말투가 너무나도 익숙하다. 자칼이 아티카에서 나를 고문하던 당시에 들었던 것이다.

"네 주인이 어디에 있냐고?"

세브로가 자신의 무릎을 비튼다. 핑크는 아파서 울부짖으면서도 여전히 대답하기를 거부한다. 하울러들은 그 고문 과정을 소리 없이 지켜본다. 그들은 어두운 방 안에서 허리를 숙이고 있는 정체불명의 얼룩들이다. 아무런 논의도 없다. 도덕상의 문제도 전혀 제기되고 있지 않다. 그래서 나는 그들이 이 짓을 전에도 한 적이 있었다는 것을 알 수 있다. 그 점을 깨달으니, 그리고 핑크가 바닥에서 흐느끼는 소리를 듣고 있자니 내 자신이 더럽게 느껴진다. 전쟁에서는 이런 일들이 트럼펫 소리나 여행용 우주선들보다 더 많은 비중을 차지한다. 조용히 기억되지 않는 잔혹함의 순간들이다.

"저도 모르겠어요. 저도 모르겠다고요."

핑크가 말한다.

저 목소리. 나는 과거에 저 목소리를 들은 적이 있다. 나는 문 앞의 내 자리에서 황급히 벗어나 세브로 곁으로 간 뒤 그를 핑크로부터 떼어낸다. 왜냐하면 나는 이 남자를, 그의 부드러운 이목구비를 알기 때문이다. 길고 각진 코, 로즈쿼츠 빛깔의 눈동자, 그리고 어두운 꿀빛 피부. 그는 지금의 나를 만드는 일에 미키만큼이나 기여한 인물이다. 마테오다. 아름답고 연약한 그가 지금 팔이 부러진 채 바닥에서 헐떡이고 있다. 입에서는 피를 흘리며 세브로가 가격한 자신의 사타구니를 부여잡고 있다.

"대체 뭐가 잘못돼서 이 지랄이야?"

세브로가 나를 향해 으르렁거린다.

"내가 아는 사람이야!"

"뭐?"

내 방해를 기회로 삼은 마테오가 우리 투구의 검은 악마 형상 외에는 아무것도 보지 못한 상태로 침대 스탠드 위에 놓인 데이터패드를 향해 몸을 날린다. 세브로가 더 빠르다. 육중한 쿵 소리와 함께 인류 종족들 중 골밀도가 가장 높은 인종과 가장 낮은 인종이 만난다. 세브로의 주먹은 마테오의 유약한 턱뼈를 산산조각 낸다. 그는 헛구역질을 한 뒤 경련을 하며 바닥에 쓰러진다. 양 눈은 머리 뒤쪽으로 굴러 넘어간다. 나는 몽롱한 상태로 지켜본다. 그 폭력은 비현실적인 듯하면서도 너무나 차갑고 원시적이며 쉬웠다. 그냥 근육과 뼈가 움직이지 말아야 할 방식으로 움직였을 뿐이다. 나는 자신도 모르게 마테오를 향해 손을 뻗는다. 그리고 그의 씰룩거리는 몸 위로 내 몸을 덮으며 세브로를 뒤로 밀어낸다.

"그를 건드리지 마!"

마테오는 자비롭게도 의식을 잃은 상태다. 그가 척추 손상이나 뇌 외상을 입었는지 가늠이 안 된다. 나는 이제 어스름한 빛깔로 바랜 그의 부드러운 곱슬머리를 건드린다. 그 머리에서는 푸른 윤이 난다. 손은 어린 아이의 것처럼 꼭 쥔 채로 얇은 은반지를 약지 손가락에 끼고 있다. 그 오랜 시간 동안 그는 어디에 있었단 말인가? 왜 그가 이곳에 있는 것일까?

"내가 아는 사람이야."

내가 속삭인다.

라그날이 옆에서 그를 보호하듯 허리를 숙인다. 하지만 우리가 여기서 마테오를 위해 할 수 있는 일은 없다. 클라운은 데이터패드를 세브로에게 던져 준다.

"비상 스위치네."

"그를 안다는 게 무슨 의미야?"

세브로의 질문에 나는 멍한 상태로 대답한다.

"그는 아레스의 아들들의 일원이야. 아니면 옛날에 일원이었거나. 그는 내가 기관에 입학하기 전에 내 스승이었어. 내게 아우리어트 문화를 가르쳐줬지."

"젠장 지독하네."

스크루페이스가 웅얼거린다.

빅트라가 발가락으로 마테오의 팔목을 돌리자 작은 꽃들로 장식된 그의 핑크 상징이 드러난다.

"그는 '가든의 로즈'야. 시오도라처럼."

그녀는 라그날을 쳐다본다.

"문신이 새겨진 자여, 너만큼이나 몸값이 비싼 놈이네."

"같은 사람인 게 확실해?"

세브로가 나에게 묻는다.

"당연히 우라지게 확실하지. 그의 이름은 마테오야."

"그럼 그가 왜 이곳에 있는 겁니까?"

라그날이 묻는다.

"포로처럼 보이지는 않는데. 저건 비싼 잠옷이야. 그는 아마 연인이었을 걸. 따지고 보면 퀵실버가 금욕주의자로 알려지진 않았으니까."

빅트라가 말한다.

"그가 변절했나 보네."

세브로가 냉혹하게 말한다.

"아니면 네 아버지가 보낸 임무를 수행하고 있던 중이었든가."

내가 말한다.

"그럼 그는 왜 우리에게 연락하지 않았지? 그는 우리를 떠난 거야. 그 의미는 퀵실버가 아레스의 아들들에 잠입했다는 거고."

세브로는 획 돌아서서 문을 쳐다본다.

"젠장. 그가 티노스에 대해 알고 있을지도 모르겠네. 이 우라질 놈의 습격에 대해서도 알고 있을 수도 있고."

생각들이 빠르게 스친다. 아레스가 마테오를 이곳으로 보냈을까? 아니면 마테오가 가라앉는 배를 떠난 것일까? 어쩌면 하모니이전에 이미 마테오가 골드들에게 나에 대해 털어놨을지도 모르겠다……. 그 생각을 하니 내장에 칼을 맞는 기분이다. 나는 그를 오랫동안 알지는 못했다. 하지만 그에게 마음을 줬다. 그는 좋은 사람이었다. 그리고 그런 좋은 사람들은 너무나 희귀해졌다. 우리가 방금 그에게 한 짓을 보라.

"여기서 당장 떠나는 게 나을 것 같아."

클라운이 말한다.

"퀵실버 없이는 안 돼."

세브로가 응답한다.

"우리는 퀵실버가 어디에 있는지도 모르잖아. 이 이상의 뭔가가 있어. 마테오가 깨어나기를 기다려야 해. 각성 흥분제 주사를 갖고 있는 사람 없어?"

내 말에 빅트라가 대답한다.

"그 약물 양이면 그는 죽을 거야. 핑크 순환계는 군수 약물을 받아들이지 못해."

"얘기할 시간 없어. 여기서 이렇게 빼도 박도 못하고 있을 수는 없다고. 우리는 당장 움직인다."

세브로의 말에 내가 끼어들려고 하지만 그는 마테오의 데이터 패드를 쓰는 클라운을 바라보며 계속 말을 이어간다.

"클라운, 뭐 알아냈어?"

"내부 서빙원들의 부엌이라는 세부 항목 밑에서 음식 요청 하나를 찾았어. 누군가가 C19 방으로 양고기와 잼과 샌드위치와 커피를 한껏 시킨 모양인데."

"리퍼, 어떻게 생각합니까?"

라그날이 묻는다.

"함정일 수도 있을 것 같아. 우리는 상황을 조정할 필요가······."

빅트라가 멸시하는 투로 웃으며 내 말을 끊는다.

"정말 함정일지라도 우리가 잡게 될 사람이 누군지를 보라고. 그런 똥더미는 뚫고 지나가면 되는 거야."

"우라지게 맞는 말 했네, 줄리."

세브로가 문 쪽으로 움직인다.

"스크루페이스, 핑크를 데리고 와서 그를 가둬 놔. 송곳니들 내보이고. 라그날, 빅트라는 앞에 서고. 피바람이 올 거다."

266

한 층 밑에서 우리는 첫 보안팀을 만난다. 6명의 러쳐들이 거대한 유리문 앞에 서 있다. 문에는 호수 수면처럼 잔물결들이 인다. 러쳐들은 군수용 갑옷 대신 검은 슈트를 입고 있다. 은색 하이힐 구두 모양의 임플란트들이 그들의 왼쪽 귀 뒤의 피부 위로 튀어나와 있다. 이 층을 순찰하고 있는 러쳐들이 더 발견되지만 하인들은 없다. 비슷한 슈트들을 입고 있는 그레이들 몇 명이 몇 분 전에 방 안으로 커피 카트를 밀고 들어갔다. 커피를 대령하는 일에 핑크나 브라운 들을 쓰지 않는다니 이상하다. 보안이 삼엄하다. 그러니 퀵실버의 사무실에 있는 사람이 누구든 간에 그는 중요한 인물일 것이다. 아니면 최소한 매우 심한 피해망상증을 겪고 있던지……

"일은 빠르게 진행할 거다. 저 똥대가리들을 무력화시키고 잽싸게 침투해."

세브로가 튀어나온 통로 구석 뒤에 기댄 채 말한다. 우리는 그레이들의 무리로부터 30미터 떨어진 곳에서 대기 중이다.

"우리는 저 안에 누가 있는지도 모르는데."

클라운의 말에 세브로가 빽 고함을 친다.

"그럼 그걸 알아내는 방법은 단 하나잖아. 가."

라그날과 빅트라가 먼저 구석을 돌아간다. 고스트클록이 빛을 굴절시킨다. 나머지도 전력을 다해 그 둘을 뒤따라간다. 그레이들 중 한 명이 눈살을 찌푸리며 통로를 내려다본다. 그의 홍채에 심어진 온도 측정 옵틱 렌즈가 가동되어 우리의 배터리 팩이 발열하는 모습을 확인하고는 붉게 깜빡인다.

"고스트클록이다!"

그 그레이가 외친다. 훈련된 손 여섯 쌍이 스코처로 자연히 움직인다. 이미 너무 늦었다. 라그날과 빅트라가 돌진해 그들의 대열을 부숴 버린다. 라그날은 자신의 레이저를 휘둘러 한 명의 팔을 자르고 또 한 명의 경정맥을 끊는다. 피가 유리벽에 흩뿌려진다. 빅트라가 무음처리된 스코처를 쏜다. 자성으로 발사된 총알들이 두 명의 머릿속에 쾅 하고 박힌다. 나는 쓰러지는 몸통들 사이로 피해가며 앞으로 미끄러져 간다. 레이저로 한 남자의 흉곽을 꿰뚫는다. 그의 심장이 펑 하고 터지며 죽는 감촉을 느낀다. 나는 칼을 흉곽에서 뽑기 위해 채찍형으로 회수한다. 그리고 그 남자가 쓰러지기도 전에 칼이 딱딱한 슬링블레이드 형태로 다시 돌아가게 만든다.

그레이들은 단 한 발도 쏘지 못했다. 하지만 한 명이 자신의 데이터패드에 있는 버튼 하나를 눌렀다. 그 바람에 낮게 박동하는 타워의 경보음이 통로를 따라 울려 퍼진다. 벽면들이 붉게 고동치며 응급 상황을 신호한다. 세브로가 마지막 사람을 갈라 쓰러뜨린다.

"방으로 침입해. 당장!"

세브로가 고함친다.

뭔가가 잘못됐다. 내 감이 그렇게 말하고 있다. 하지만 빅트라와 세브로는 이 작전을 무조건 추진하고 있다. 그리고 라그날은 문을 발길질하고 있다. 언제나 탄력 붙는 분위기의 노예인 나는 그를 따라 방 안으로 뛰어 들어간다.

퀵실버의 회의실은 위층의 방들보다 덜 화려하다. 회의실의 천장은 10미터 높이에 있다. 디지털 유리로 된 벽은 은빛 연기가 미묘하게 회오리치는 무늬를 보이고 있다. 대리석 기둥 두 줄이 거대한 마노 회의실 테이블 양쪽으로 평행하게 늘어섰으며 그 중앙에서는 죽은 백색 나무가 뻗어 나왔다. 회의실의 저쪽 끝에는 하이브의 산업장을 내려다볼 수 있는 거대한 조망창이 있다. 수성에서 명왕성까지 퀵실버로 알려진 자이자 태양 아래에서 가장 부유한 남자인 레굴러스 아그 선이 창 앞에 서 있다. 그는 살집 있는 손으로 레드와인 한 잔을 거칠게 돌리고 있다.

퀵실버는 대머리다. 이마는 빨래판처럼 주름졌다. 전문 권투선수의 것 같은 입술. 유인원 같은 구부정한 어깨는 예복 소매 밖으로 솟아나온 백정 같은 손가락들로 이어진다. 그의 청록색 예복은 금성인 스타일의 하이칼라 옷으로 사과나무들이 새겨져 있다. 그는 60대다. 피부는 골수 깊이까지 태운 듯이 그을어 있다. 얼굴형의 각을 살려 보려고 작은 염소수염과 콧수염으로 포인트를 준 상태지만 다 헛수고다. 그래도 그는 전반적으로 조각가들로부터 거리를 두고 살아온 듯하다. 그는 맨발이다. 하지만 이목을 끄는 부분은 그의 눈 세 개다. 두 개는 무거운 눈꺼풀에 은색 눈동자를 지녔다. 유능해 보이는 지구 태생다운 빛깔이다. 세 번째 눈은 금색이며 이 남자가 자신의 통통한 오른손 가운뎃손가락에 착용한 간소한 디자인의 은반지에 이식돼 있다.

우리가 그의 회의를 방해했다.

거의 30명에 달하는 코퍼와 실버 들이 회의실을 채우고 있다. 그들은 두 집단을 형성한 채 거대한 마노 테이블 양쪽으로 서로를 마주하며 앉아 있다. 테이블에는 커피 컵, 와인 병, 그리고 데이터 패드가 어질러져 있다. 두 파벌 사이의 허공에는 푸른 홀로 문서들이 떠다닌다. 문이 안쪽으로 산산조각나기 전까지는 그들은 명백히 그 문서들에 집중하고 있었던 모양이다. 이제 그들은 테이블로부터 물러나 있다. 하울러들이 고스트클록을 입고 방 안에 들어서는 사이 우리를 확인하거나 이 일로 두려움을 느끼기에는 너무나 어안이 벙벙한 상태다. 하지만 테이블 앞에는 코퍼와 실버 들만이 있는 것이 아니다.

"오, 젠장."

빅트라가 더듬거리며 말한다.

전문적인 컬러들 사이에서 일어서는 자들은 펄스 갑옷을 완착한 상태의 골드 기사 여섯 명이다. 게다가 다 내가 아는 자들이다. 왼쪽에는 어두운 얼굴의 나이든 남자가 데스 나이트의 순흑색 갑옷을 입고 있다. 그리고 그의 양쪽에는 '퓨리'이자 아자와 자매 사이인 통통한 얼굴의 모이라, 그리고 그렇게나 보고 싶었던 카시우스 오 벨로나가 있다. 또 오른쪽에 있는 자들은 카박스 오 텔레마누스, 닥소 오 텔레마누스, 그리고 거의 1년 전, 오래된 광산 터널에서 무릎 꿇고 있던 나를 버리고 간 여자애다.

머스탱.

## 제17장

# 골드들 죽이기

"발사 정지!"

내가 외치며 빅트라의 무기를 밑으로 밀어 내린다. 하지만 세브로가 명령을 토해내고 있으며 빅트라는 무기를 다시 들어올린다. 우리는 골드들을 겨냥한 펄스 피스트와 스코처를 든 채 삐뚤삐뚤한 줄을 이룬다. 우리가 무기들을 발사하지 않는 이유는 퀵실버를 생포해 가야 하기 때문이다. 또한 세브로도 머스탱, 카시우스, 그리고 텔레마누스 부자를 이곳에서 만나 나만큼이나 놀란 상태라는 것을 안다.

"바닥에 누워. 아니면 우리가 너희를 죽여 버린다!"

세브로가 소리친다. 그의 목소리는 악마 투구에 의해 증폭돼 비인간적이다. 하울러들도 그를 따라 잔인한 반인간 괴물 하피가 코

271

러스 하듯 허공을 명령으로 채운다. 피가 차갑게 돈다. 알람이 으르렁거리는 목소리들을 에워싸며 고동친다. 무엇을 어떻게 해야 할지 모르겠는 상태로 나는 펄스 피스트를 이 방에 있는 가장 위험한 골드, 카시우스에게 겨냥한다. 세브로가 자신의 아버지를 살인한 자를 직접 생생히 확인하면서 무슨 생각을 하고 있을지 알기에 한 행동이다. 투구는 무기와 싱크로를 이뤄 카시우스의 갑옷 약점들에 불빛을 비춘다. 하지만 내 시선은 머스탱을 빨아들인다. 그녀는 언제나처럼 우아하게 커피 컵을 내려놓은 뒤 테이블로부터 물러난다. 그녀의 갑옷 왼쪽 장갑에 삽입된 펄스 피스트가 천천히 피어나 개방되기 시작한다.

정신과 마음이 서로 전쟁을 벌인다. 대체 머스탱은 여기서 뭐하고 있단 말인가? 그녀는 림 지역에 있었어야 했다. 그녀와 마찬가지로 다른 골드들도 우리의 말을 듣고 있지 않다. 그들은 투구 속의 우리가 누군지 모른다. 오늘은 늑대 망토가 없다. 그들은 한 걸음 뒤로 물러선 채 경계하는 눈빛으로 상황을 가늠하고 있다. 카시우스의 레이저가 그의 오른팔에서 스르륵 나온다. 카박스가 닥소와 함께 의자에서 천천히 자신들의 몸을 일으켜 세운다. 퀵실버가 양손을 황급히 흔들어 보인다.

"멈추시오! 발사하지 마십시오! 이것은 외교적 회의 자리입니다! 당신들의 신원을 밝히십시오!"

퀵실버가 고함치지만 그의 목소리는 혼란 속에 거의 먹혀 버린다. 나는 깨닫는다. 우리가 무슨 협상 자리 한 중간에 굴러들어온 것이다. 머스탱의 세력이 항복하려 했나? 동맹을 맺으려 했나? 자칼의 부재가 두드러진다. 퀵실버가 자칼을 배신하고 있나? 그러고 있을 것이다. 군주도 마찬가지다. 그래서 이곳에 그렇게 사람들이 없었던 것이다. 하인들도 없었고 보안도 최소화시킨 상태였다. 퀵실버는 자신의 동맹자 바로 코앞에서 벌이는 이 회의 자리에 그가 신뢰하는 수하들만을 데리고 있을 생각이었던 것이다.

회의실에 있는 나머지 사람들은 우리가 본라이더이리라 여길 것이라는 사실을 깨닫자 내 속이 뒤집힌다. 그 사실인즉슨 그들은 우리가 자신들을 죽이러 온 것이라고 생각한다는 말이다. 그럼 이 상황은 오직 한 가지 결론으로 치달을 것이다.

"우라질 바닥에 엎드려!"

빅트라가 고함친다.

"우리가 뭘 하면 돼, 리퍼?"

페블이 컴 너머로 나에게 묻는다.

"벨로나는 내가 찜한다."

세브로가 말한다.

"전기 충격 무기들만 써! 머스탱이라고……."

내 말에 세브로가 끼어든다.

"그런 무기들은 저 갑옷에 택도 없어. 놈들이 무기를 들어 올리면 죽여. 펄스 충전 만땅으로 하고. 절대 우리 가족이 죽을지도 모를 위험은 지지 않을 거야."

"세브로, 내 말 좀 들어봐. 우리 얘기 좀 해야 해……."

내 말이 중간에 끊긴다. 세브로가 자신의 투구에 설치된 중앙 제어 장치를 써서 내 컴의 발신 신호를 고장내 버린 것이다. 나는 그들의 말이 들리지만 그들은 내 말을 못 듣는다. 나는 헛되이 세브로에게 욕한다.

"벨로나, 움직이지 마! 내가 움직이지 말라고 말했다."

클라운이 소리친다.

머스탱의 건너편에서 카시우스는 소리 없이 실버들 사이로 미끄러지듯 지나온다. 그가 우리 사이의 거리를 좁히는 동안 그 실버들은 그의 방패막이가 된다. 그는 10미터밖에 안 떨어져 있다. 점점 더 가까워지고 있다. 내 옆의 빅트라가 긴장하는 것이 느껴진다. 그녀는 자신의 어머니를 죽인 원흉이라 여기는 자들 중 한 명을 처리하고 싶어 손이 근질근질한 상태다. 하지만 우리와 그 골드들 사이에는 민간인들이 있으며 퀵실버는 우리가 절대 놓칠 수 없는 상품이다.

내 시선은 실버와 코퍼 들의 통통한 볼살을 가늠한다. 여기에 있는 영혼들 중 어느 하나 탄압받아 본 적 없으리라. 여기에 있는 자들 중 어느 하나 배를 곯아 본 적 없으리라. 이들은 공범들이다. 세브로에게 녹슨 칼 한 자루와 하릴없이 보낼 수 있는 몇 시간의 자유만 준다면 그는 이들의 두피를 한 명씩 차례대로 벗겨 버릴 것이다.

"리퍼……."

라그날이 조용히 내 이름을 부르고는 지시를 달라는 의미로 바라본다.

"레이저로부터 손 떼!"

빅트라가 카시우스를 향해 고함친다. 카시우스는 침묵을 지킨다. 앞으로 다가온다. 빙산만큼이나 확실한 움직임이다. 모이라와 데스 나이트가 그의 뒤를 따라온다. 카박스의 투구가 스르륵 올라가 그의 머리를 덮는다. 머스탱의 얼굴은 벌써 가려졌다. 그녀의 펄스 피스트는 가동돼 바닥을 향하고 있다.

나는 죽음을 충분히 잘 알기에 놈이 숨 고르는 소리를 들을 수 있다.

나는 내 외부 스피커를 튼다.

"카박스, 머스탱, 멈춰. 나야. 나……."

"멈추라고, 이 별 볼일 없는 놈아!"

빅트라가 으르렁거린다. 카시우스는 유쾌하게 미소를 지으며 앞으로 돌진해 온다. 라그날이 내 왼쪽에서 기이하게 비트는 동작을 구사한다. 그러자 그가 들고 있던 두 레이저들 중 하나가 공중으로 날아올라 데스 나이트의 이마에 정통으로 꽂힌다. 실버들은 그 유명한 올림픽나이트가 비틀거리다 바닥으로 쓰러지는 모습에 입을 떡 벌린다.

"카박스 오 텔레마누스."

카박스가 포효하며 닥소와 함께 앞으로 잽싸게 나온다. 머스탱은 옆으로 방향을 튼다. 모이라가 자신의 펄스 피스트를 들어 올리며 돌진한다.

"다 처리해 버려."

세브로가 으르렁거리며 말한다.

회의실은 폭력으로 폭발한다. 하울러들이 사람 가득한 이 공간에서 타깃들에 거의 대놓고 근거리 발사를 한다. 공기는 과열된 분자들에 의해 갈기갈기 찢겨나간다. 대리석은 먼지로 변한다. 의자들은 녹아 울퉁불퉁한 금속덩이들로 변해 버린 뒤 발길질에 바닥 건너편으로 밀려난다. 실버와 코퍼 들이 집중 공격에 휘말리면서 살과 뼈가 폭발하자 공기가 붉은 안개로 그득해진다. 세브로는 기둥 뒤로 피신한 카시우스를 놓친다. 카박스는 열댓 번 총에 맞는다. 방패가 과열됨에도 불구하고 그는 흔들리지 않는다. 그가 세브로와 빅트라를 레이저로 내려치려는데 라그날이 옆에서 달려와 상대적으로 작은 그 남자를 어깨로 강타한다. 그 공격의 세기가 너무나 센 나머지 카박스의 양발이 완전히 공중으로 떠 버린다. 닥소가 뒤에서 라그날을 공격한다. 세 명의 거인들은 함께 방의 측면으로 굴러 넘어지며 자신들 체구의 반만 한 두 명의 허우적거리는 코퍼들을 깔아뭉갠다. 그 코퍼들은 바닥에서 비명을 지른다. 그들의 다리가 아작 난다.

카박스 뒤에서 머스탱이 가슴에 두 발을 맞는다. 하지만 그녀의 펄스 방패가 버텨 준다. 그녀는 발을 헛디뎌 넘어지다 우리 쪽을 향해 다시 발사해 페블의 허벅지를 명중시킨다. 페블의 몸은 뒤로 날려 뒤집혀진 채로 벽과 충돌한다. 그녀의 다리는 공격탄에 산산조각 났다. 그녀는 비명을 지르며 다리를 부여잡는다. 클라운과 빅

276

트라가 자신들의 몸으로 페블을 가린 채 그녀를 기둥 뒤로 끌고 가면서 머스탱을 향해 다시 발사한다. 밖에서 스크루페이스와 문 앞을 지키며 마테오를 감시하던 다른 네 명의 하울러들도 이제 통로로부터 회의실로 발사한다.

내가 서 있던 곳의 대리석 바닥이 산산조각 난다. 그 바람에 나는 혼란 속에 휩쓸려 옆으로 넘어진다. 실버들은 테이블 밑으로 허둥지둥 숨는다. 다른 이들은 자신들의 의자에서 박차고 일어난다. 그들은 회의실 가장자리에 있는 둥근 기둥들이 안전할 것이라는 헛된 생각에 기둥을 향해 질주한다. 극초음파 펄스 파이어가 그들 사이로, 머리 위로, 그리고 몸을 뚫고 지나간다. 둥근 기둥들을 찌그러뜨린다. 퀵실버가 달려가 두 명의 코퍼 뒤로 숨는다. 그는 파편이 날아와 몸에 박힐 때 그들을 인간 방패로 삼는다. 그들은 모두 엉망진창으로 뒤섞인 피와 팔다리 위로 굴러 넘어진다.

퓨리 모이라가 빠르게 세브로에게 향한다. 세브로는 카시우스에게 접근하기 위해 텔레마누스 부자 둘 모두를 상대 중인 라그날 곁을 지나치고 있다. 그 찰나에 모이라는 레이저로 내 친구를 뒤에서 찌르려 한다. 나는 모이라가 세브로의 곁에 도달하기 전에 근거리에서 펄스 피스트로 그녀의 옆구리를 쏜다. 그녀가 입은 갑옷의 펄스 방패는 초기 몇 발을 흡수하며 그녀를 감싸는 번데기처럼 푸른 파문을 일으킨다. 그녀는 옆으로 넘어진다. 그리고 만약 계속해서 쏘지 않는다면 내일 아침에 모이라는 몸에서 멍 하나나 발견하고 끝날 일이다. 하지만 내 중지는 무기의 방아쇠에 묵

직하게 올라가 있다. 그녀는 탄압의 기술자며 골드들의 최고 두뇌들 중 하나다. 게다가 그녀는 세브로를 죽이려고 했다. 실수한 것이다.

나는 모이라의 방패가 안쪽으로 쭈그러질 때까지, 그녀가 한쪽 무릎을 꿇고 주저앉을 때까지, 그녀의 피부와 장기 분자들이 과열되면서 그녀가 경련을 하고 비명을 지를 때까지 발사한다. 그녀의 눈과 코에서 부글부글 끓는 피가 나온다. 갑옷과 살이 하나로 융합된다. 그리고 내 안에서 격노가 미친 듯이 일어나, 나는 두려움에, 감각에, 동정심에 무감각해진다. 이것이 카시우스의 명예를 바닥에 깔아뭉갠 리퍼, 카르누스를 살해한 리퍼, 골드가 죽일 수 없는 리퍼다.

모이라의 손가락 인대들이 열기에 수축하면서 그녀의 펄스 피스트가 미친 듯이 발사된다. 전자동으로 천장을 향해 난발된다. 좌우로 꿈틀대는 그것에 회의실 사방으로 사람들이 줄줄이 죽어 나간다. 피신하기 위해 달려가던 실버 두 명이 폭파된다. 회의실 저쪽 끝에 우주 도시를 내려다볼 수 있도록 설치된 전면창 유리에 위태로운 금이 간다. 모이라의 왼손에서는 펄스 피스트가 빛을 발하며 융해되고 있다. 그 총열이 과열되어 변질된 치지직 소리와 함께 안쪽으로 녹아들 때까지 하울러들도 피신하느라 허둥지둥한다. 마지막 격노의 한숨과 함께 군주의 세 퓨리들 중 가장 현명했던 자는 새까맣게 탄 껍질 속에 누워 있다.

내 유일한 소망은 저것이 아자였으면 하는 것이다.

나는 분노의 차디찬 손에 이끌려 더 많은 피에 굶주린 채 다시 회의실로 돌아선다. 하지만 남은 자들은 모두 내 친구들이다. 아니면 한때 친구였던 자들이다. 나는 공허함에 몸서리친다. 분노는 찾아온 만큼이나 빠르게 나를 떠나간다. 내 친구들이 서로를 죽이려고 하는 모습을 지켜보니 분노 대신 걱정스럽고 초조한 마음이 자리한다. 명령에 따라 섰던 줄은 다 무너졌고 전투는 고급 과학기술을 동원한 패싸움이 돼 버렸다. 유리 위를 미끄러지는 발. 벽에 충돌하는 어깨뼈. 기둥 사이로 벌어지는 펄스 피스트 대치. 또 펄스 피스트가 울부짖고 칼날이 달그락거리며 난도질하는 동안 바닥에 대고 허둥지둥하는 손과 무릎.

그리고 이제야, 이렇게 상황이 끔찍하게도 분명해져서야 나는 깨닫는다. 저들을 하나로 잇는 공통분모는 딱 하나밖에 없다. 그것은 사상이 아니다. 내 아내의 꿈도 아니다. 신뢰나 동맹관계나 컬러도 아니다.

그것은 나다. 그리고 나 없이 저들이 할 짓이 이것이다. 나 없이 세브로가 그간 해 온 일이 이것이다. 이 얼마나 불가피한 손실인가. 죽음이 죽음을 낳고 죽음을 낳는다.

그 고리를 멈춰야 한다.

회의실 정중앙에서 카시우스는 휘청거리며 비틀린 의자들과 깨진 유리 사이로 빅트라를 쫓아간다. 피가 밑의 바닥을 미끄럽게 만들었다. 빅트라의 망가진 고스트클록이 스파크를 터뜨리며 켜졌다 꺼지기를 반복한다. 그 바람에 그녀의 모습은 유령과 그림자 사이를 왔다 갔다 한다. 마치 마음을 정하지 않은 악마 같다. 카시우스가 그녀의 허벅지를 가로로 다시 벤다. 그 뒤 클라운이 그를 쏘자 그는 몸을 회전해 클라운의 머리 측면을 가로로 벤 후 회의실 반대편 바닥에서 페블이 쏜 탄환을 피하느라 몸을 수그린다. 빅트라는 카시우스를 피하기 위해 몸을 굴려 테이블 밑으로 들어가며 그의 발목을 가른다. 그는 테이블 위로 뛰어올라 그 중심부가 안으로 패일 때까지 자신의 펄스 피스트를 마노에 대고 발사해 밑의 그녀를 가둔다. 그가 그녀를 죽이기 일보직전에 마침 세브로가 뒤에서 그를 쏜다. 탄환은 카시우스의 방패에 흡수되지만 그 영향으로 그는 몇 미터 날아가 옆으로 쓰러진다.

오른쪽에서는 라그날, 닥소, 그리고 카박스가 타이탄들끼리의 결투를 하고 있다. 라그날은 레이저로 가박스의 팔을 벽에 꽂은 뒤 무기는 내버려두고 몸을 수그린 채 자신의 펄스 피스트를 닥소의 몸에 대고 쏜다. 닥소의 방패가 그 파장을 흡수하지만 그의 레이저가 라그날을 놓치며 대신 벽의 일부를 크게 떼어 낸다. 라그날은 닥소의 관절들을 친 뒤 그의 목을 꺾어 버리려 한다. 그 찰나에 카박스가 자신의 가문 이름을 외치며 레이저로 라그날의 어깨를 관통한다. 나는 문신이 새겨진 친구를 도와주러 황급히 달려간다. 그런데 그 와중에 왼쪽에서 누군가의 존재가 느껴진다.

고개를 돌린다. 마침 머스탱이 내 쪽으로 날아오는 모습이 보인다. 투구가 그녀의 얼굴을 덮고 있으며 레이저는 나를 두 동강 내려고 밑을 향해 아치형을 이루고 있다. 나는 겨우 늦지 않게 레이저를 들어올린다. 칼날들이 서로 쾅 부딪힌다. 진동이 팔을 따라 내려간다. 내 몸은 내가 기억하는 것보다 느리다. 빅트라와 함께 했던 훈련 프로그램들과 미키의 조각 시술소에서 받았던 시술들에도 불구하고 어둠 속에서 지냈던 시간 동안 근육은 감을 대부분 잃은 상태다. 게다가 머스탱이 더 빨라졌다.

나는 뒤로 밀린다. 머스탱 주위로 맴돌아 보려고 시도하지만 그녀는 마치 작년 내내 전쟁을 해 왔던 것처럼 레이저를 움직인다. 론 스승님께서 나에게 가르쳐 주신 대로 옆으로 빠져나와 보려 한다. 하지만 피할 길이 없다. 그녀는 영리하다. 돌무더기와 기둥들을 이용해 나를 구석으로 몰아가고 있다. 나는 번뜩이는 금속에 몰려 갇히고 있다. 내 방어 장비는 패이지 않지만 체간을 보호하려다 보니 그 가장자리들이 침식되고 있다.

칼날은 내 왼쪽 어깨에 2.5센티미터 가량 깊은 자상을 남긴다. 살무사에게 물린 것처럼 따갑다. 나는 욕을 하고 머스탱은 내 살을 더 많이 벤다. 그녀에게 멈추라고 고함치고 싶다. 내 이름을, 뭐라도 외치고 싶다. 숨을 쉴 수 있는 반 초라도 주어졌더라면 그랬을 것이다. 하지만 내가 할 수 있는 것이라고는 양팔을 계속 움직이는 것뿐이다. 내가 용케 몸을 뒤로 젖혔기에 그녀는 내 풍뎅이 스킨의 목 부분에 얕은 자상만을 남긴다. 뒤따라 내 오른팔 인대를 향해 세 번의 칼부림을 하지만 나를 가까스로 빗겨간다. 리듬을 만들고 있다. 내 등은 벽에 닿았다. 가르고. 가르고. 찌르고. 내 피부는 열려 열열이 화끈거린다. 나는 여기서 죽을 것이다. 컴 너머로 나는 도움을 요청한다. 하지만 그 선은 여전히 세브로 때문에 먹통인 상태다.

우리는 우리가 감당할 수 있는 것에 비해 욕심이 과했다.

머스탱의 칼날이 갈비뼈 세 개를 긁고 지나가는 동안 나는 헛되이 비명을 지른다. 머스탱은 손에 있는 칼을 빙그르르 돌린다. 그리고 그것을 백핸드로 휘두르며 내 머리를 베어 버리려 한다. 나는 겨우 레이저로 그녀의 레이저가 날아오는 방향을 틀어 그것이 벽을 치게 만든다. 그녀의 레이저가 내 머리 위에 꽂히는 바람에 그녀의 투구가 내 가면 가까이 다가온다. 나는 머리로 그녀를 친다. 하지만 그녀의 투구는 내 합성 강화플라스틱 가면보다 강하다. 그녀는 내 전략을 그대로 이용해 자신의 머리를 뒤로 젖혔다 내 머리를 들이박는다. 머리가 깨질 듯한 고통이 두개골을 타고 내려간다. 나는 정신을 잃을 뻔 한다. 앞의 광경이 멀어졌다 다가왔다 한다. 여전히 서 있다. 내 가면의 일부가 깨져나가 얼굴을 타고 흘러내리는 느낌이 든다. 코는 또 부러졌다. 시야에 점들이 보인다. 내 나머지 가면도 부서진다. 머스탱의 말 투구에 그려진 눈은 죽일 듯이 무섭다. 나는 그녀가 나를 끝내 버릴 준비를 하는 동안 그 투구를 빤히 바라본다.

머스탱은 나를 마지막으로 단번에 죽이기 위해 레이저 잡은 손을 뒤로 당긴다. 그리고 그 손은 그대로 그녀의 머리 위에 머문다. 내 드러난 얼굴을 본 그녀의 손이 떨린다. 그녀의 투구가 스르륵 들어가 자신의 얼굴도 드러낸다. 땀에 젖은 머리가 그녀의 이마에 붙어 있다. 그래서 그 금빛 광택이 한층 어두워 보인다. 그 아래로 보이는 눈들은 야성적이다. 그리고 그 눈빛에서 사랑이나 기쁨을 발견했다고 말하고 싶지만 현실은 그렇지 않다. 뭔가가 보인다면 그것은 두려움, 어쩌면 공포심이다. 그 감정에 그녀는 핏기 가신 얼굴로 휘청거리며 뒤로 물러선다. 그리고 할 말을 잃은 채 그녀는 자유로운 손으로 손짓을 한다.

"대로우……?"

머스탱은 어깨 너머를 바라보고는 여전히 회의실을 장악하고 있는 대혼란을 확인한다. 우리의 조용한 순간은 폭풍 속의 작은 거품이다. 카시우스는 도망치다 옆문으로 사라진다. 그는 데스 나이트와 모이라의 시신을 두고 간다. 그가 사라지기 전에 우리의 시선이 마주친다. 빅트라는 추적을 시작하러 튀어나가지만 세브로가 그녀를 다시 끌고 온다. 나머지 하울러들은 머스탱을 향해 고개를 돌리고 있다. 나는 그녀에게 한 걸음 더 가까이 다가가다 멈춘다. 그녀의 레이저 끝이 내 쇄골을 살짝 찌른 것이다.

"나는 네가 죽는 모습을 확인했어."

머스탱은 정문을 향해 뒷걸음친다. 그녀의 부츠들이 대리석 위를 미끄러지면서 벽면에서 떨어져 나온 유리 조각들이 아자작 소리를 낸다.

"카박스, 닥소!"

그녀가 부른다. 그녀의 목에 있는 정맥 하나가 압박감에 튀어나온다.

"철수해!"

텔레마누스 부자는 허둥지둥 라그날로부터 물러선다. 그들은 자신들이 싸우는 가면 쓴 남자가 대체 누군지, 그리고 왜 자신들이 너무나 많은 곳에서 피를 흘리고 있는지 혼란스러워하고 있다. 그들은 머스탱 주위로 다시 모여들려 한다. 두 남자 모두 급히 철수하며 그녀의 곁으로 질주한다. 하지만 그들이 문 앞에서 그녀와 합류하기 위해 나를 지나치려던 순간, 나는 그녀를 그냥 그렇게 보낼 수는 없다는 것을 깨닫는다. 그래서 내 레이저를 채찍형으로 풀어 카박스의 목에 감는다. 그는 꽥 소리를 낸 뒤 벗어나려고 버둥거리지만 나는 아귀를 풀지 않는다. 버튼 하나만 누르면 채찍을 회수하면서 그의 머리를 잘라 버릴 수 있다. 하지만 그를 죽이고 싶은 생각이 전혀 없다. 라그날이 그의 다리를 건 뒤 자신의 무릎으로 그의 가슴을 위에서 누를 때에서야 카박스는 쓰러진다. 쾅 소리와 함께 바닥과 충돌하며. 스크루페이스와 다른 사람들도 그의 위에 올라타 그를 바닥에 내리꽂는다.

"죽이지 마."

내가 고함친다. 스크루페이스는 팍스를 알았다. 그는 텔레마누스 사람들을 만난 적이 있다. 그래서 그는 자신의 칼을 멈춘 채 더 늦게 들어온 하울러들에게도 똑같이 하라고 날카롭게 지시한다. 닥소가 자신의 아버지를 도우러 황급히 다가오려 하지만 라그날과 내가 그의 길을 막는다. 그의 반짝이는 눈들이 혼란스러워하며 내 얼굴을 뚫어지게 쳐다본다.

"가, 버지니아! 도망쳐!"

카박스가 바닥에서 포효한다.

"내가 팍스 함선을 가지고 있어. 오리온은 살아 있고."

머스탱은 말하면서도 내 뒤에서 그녀와 닥소를 잡으러 다가가는 피투성이 하울러들을 눈여겨본다.

"그를 죽이지 말아 줘. 제발."

그러고 나서 그녀는 슬픈 표정으로 카박스를 돌아본 뒤 회의실로부터 도망친다.

# 제18장

# 심연

"오리온이 살아 있다고? 머스탱이 도대체 무슨 의미로 그런 말을 한 거죠?"

나는 카박스에게 묻는다. 나만큼이나 제대로 충격 먹은 듯 그는 회의실을 돌아다니는 검은 옷차림의 하울러들을 불안한 눈초리로 살핀다. 우리 쪽 사람을 한 명도 잃지는 않았지만 우리의 상태는 심히 엉망이다.

"카박스!"

"그녀가 말한 그대로야. 정확히 그녀가 말한 그대로라고. 팍스 함선은 안전해."

그가 웅얼거린다.

"대로우!"

세브로가 빅트라와 함께 다시 회의실로 들어오며 외친다. 그들은 회의실의 저쪽 끝에 새까맣게 타 버린 문을 통해 카시우스를 뒤쫓았지만 빈손에 다리를 절며 돌아왔다.

"여기로!"

카박스에게 묻고 싶은 것이 더 많지만 빅트라가 다쳤다. 그녀가 깨진 마노 테이블에 기대는 동안 나는 그녀의 곁으로 황급히 달려간다. 그녀는 온몸을 웅크려 이두박근에 깊게 난 자상을 감싸고 있다. 가면을 벗은 채 일그러진 표정으로 그녀는 얼굴에서 땀을 흘리며 스스로 진통제와 상처를 지혈하기 위한 혈액 응고제를 주사한다. 피 사이로 드러난 뼈가 살짝 보인다.

"빅트라……."

"젠장. 네 남자친구는 전보다 몸짓이 빨라졌더라. 통로에서 그를 거의 잡을 뻔했는데 내 생각에는 아자가 그에게 네 버드나무 검법을 조금 가르쳐 준 것 같아."

빅트라가 암울하게 웃으며 말한다.

"그래 보이더라. 네 상태는 그럭저럭 괜찮고?"

내가 말한다.

"자기야, 나에 대해서라면 걱정하지 마."

그녀가 나에게 윙크를 한 번 날리는 동안 세브로가 내 이름을 다시 부른다. 그와 클라운은 모이라의 연기 나는 잔해 위로 몸을 수그리고 있다. 테러리스트 지도자는 우리 주위의 대학살에 동요하지 않는다.

클라운이 말한다.

"퓨리들 중 하나야. 구워졌네."

세브로가 느긋하게 말한다.

"잘 요리했어, 리퍼. 가장자리는 바삭하고 중간은 피가 뚝뚝 흐르도록. 내가 딱 좋아하는 방식이야. 아자는 제대로 짜증나겠는데……."

나는 화를 내며 그의 말을 끊는다.

"네가 내 컴선을 끊었잖아."

"네가 개새끼처럼 행동하고 있었잖아. 내 수하들에게 혼란을 주고 있었다고."

"개새끼처럼 행동했다고? 너 대체 불만이 뭐야? 나는 뭐든 그냥 쏘는 대신 머리를 쓰고 있었다고. 우리는 이 지랄 같은 공간의 반을 살인하지 않고도 일을 처리할 수 있었어."

세브로의 눈빛은 내가 기억하는 친구의 것보다 더 어둡고 잔인하다.

"꼬맹아, 이게 전쟁이야. 살인이 이 게임의 이름이라고. 우리가 그걸 잘한다고 슬퍼하지는 마."

"아까 머스탱이 있었잖아! 만약 우리가 그녀를 죽였으면 어쩔뻔 했어?"

나는 세브로에게 가까이 다가가며 말한다. 세브로는 어깨를 으쓱한다. 나는 그의 가슴을 손가락으로 찌른다.

"너 머스탱이 여기 있을 줄 알았어? 사실대로 말해."

"아니."

세브로가 천천히 대답한다.

"몰랐어. 꼬맹아, 이제 뒤로 물러서라고."

그는 뻔뻔하게 나를 올려다본다. 마치 나를 한 대 치고 싶어 하는 눈빛이다. 나는 뒤로 물러서지 않는다.

"머스탱은 여기서 뭐하고 있었던 거야?"

"그걸 내가 대체 어떻게 알겠어?"

세브로는 내 너머에 있는 라그날을 바라본다. 라그날은 카박스를 밀치며 회의실 중앙으로 모여드는 하울러들 쪽으로 그를 이동시키고 있다.

"다들 싸워 나갈 준비 해. 이 지랄 같은 소굴에서 벗어나려면 부대 하나는 가르고 지나가야 할 거야. 대피 지점은 10층 위, 검은 쪽에 있다."

"우리 상품은 어디 있는데?"

빅트라가 대학살의 현장을 살피며 묻는다. 시체들이 바닥에 어질러져 있다. 실버들이 고통에 몸서리치고 있다. 코퍼들이 부러진 다리들을 질질 끌며 바닥을 기어 다니고 있다.

"아마도 죽었겠지."

내 말에 클라운이 동의한다.

"아마도."

우리가 시체들을 하나씩 확인하기 위해 세브로로부터 떨어지자 클라운은 나를 불쌍히 여기는 듯한 표정을 보인다.

"이것 참 제대로 엉망진창이네."

"넌 머스탱이 여기에 있을 줄 알았어?"

내가 묻는다.

"절대 아니야. 진짜야, 보스."

클라운은 뒤쪽의 세브로를 바라본다.

"세브로가 네 컴선을 끊었다는 게 무슨 말이야?"

"그만 시부렁거리고 그 우라질 놈의 실버를 찾아. 아무나 통로에 있는 핑크를 데려와."

세브로가 회의실 중앙에서 꽥 고함을 지른다.

클라운은 회의실의 반대편 끝 쪽에서 퀵실버를 발견한다. 통로로 이어지는 문에서 가장 먼 곳이다. 그의 우측으로는 포보스를 내려다보는 거대한 전면창이 있다. 그는 움직임 없이 쓰러져 있다. 바닥에 꽂혀 있다 부러져 옆으로 쓰러진 뒤 벽과 충돌한 기둥 밑에 깔린 것이다. 그의 청록색 튜닉은 다른 이들의 피로 뒤덮여 있다. 다친 손 마디뼈들에는 유리 조각들이 튀어나와 있다. 나는 그의 맥박을 살핀다. 그는 살아 있다. 그러니 이 빌어먹을 임무가 헛되지만은 않은 셈이다. 하지만 그의 이마에는 파편에 의한 타박상이 있다. 나는 우리 무리 중 가장 힘이 센 두 명, 즉 라그날과 빅트라를 부른 뒤 함께 이 남자로부터 기둥을 치워 달라고 부탁한다.

라그날은 자신이 데스 나이트의 머리를 향해 던졌던 레이저를 기둥 밑에 끼우며 바위 하나를 지렛목으로 사용한다. 그리고 나와 함께 힘을 줘서 기둥을 위로 들어 올리려 하는데 빅트라가 우리에게 기다리라 외친다.

"봐."

그녀가 말한다. 기둥의 윗부분이 벽과 만나는 지점에 경계선을 따라 희미한 푸른빛이 나온다. 그 빛은 바닥에서 벽을 타고 위로 이어져 벽면에 직사각형을 이룬다. 숨겨진 문이다. 퀵실버가 그것을 향해 황급히 가고 있는데 기둥이 쓰러진 모양이다. 빅트라는 눈을 가늘게 뜬 채 자신의 귀를 문에 댄다.

"펄스 토치야. 오, 호."

빅트라가 말하며 웃는다.

"실버의 보디가드들이 저 너머에 있네. 혹시라도 상황이 격해질 것을 대비해 그들을 저기 숨겨 놨나 봐. 그들은 '나갈어'로 말하고 있어."

옵시디언들의 언어다. 그리고 그들은 벽을 패서 뚫고 오려고 하고 있다. 기둥이 쓰러져서 문을 막지 않았다면 우리는 죽었을 것이다.

순전히 운이 우리 뒤꽁무니를 구한 것이다. 우리 셋 모두가 그 사실을 안다. 그리고 그 점은 세브로를 향한 내 화를 북돋고 빅트라의 눈빛에 깃든 야생성을 조금은 진정시킨다. 갑자기 그녀는 이 상황이 얼마나 무모했는지 깨달은 것이다. 우리는 절대 이곳의 청사진 없이 이 안으로 뛰어들어서는 안 됐다. 세브로는 내가 1년 전에 했을 법한 일을 벌인 것이다. 같은 결과가 났다. 우리 셋은 모두 같은 생각을 공유하며 회의실의 정문을 바라본다. 이제 시간이 얼마 없다.

라그날과 빅트라는 내가 퀵실버를 기둥 밑에서 꺼내게 도와준다. 빅트라가 그 남자를 다시 회의실의 중앙으로 이고 가는 동안 의식을 잃은 그의 양 다리가 뒤로 질질 끌린다. 부러진 모양이다. 회의실 중앙에서 세브로는 클라운과 페블에게 우리의 포로들인 마테오와 카박스를 데리고 회의실 밖으로 튀어나갈 준비를 시키고 있다. 두 포로는 입을 떡 벌린 채 나를 바라보고 있다. 하지만 페블은 서지도 못한다. 우리 상태는 모두 지랄 같다.

"포로들이 너무 많아. 빨리 움직이지 못할 거야. 그리고 이번에는 우리에게 전자기펄스가 하나도 없잖아."

나는 말한다. 그렇다고 우리를 우주와 분리시키는 장치라고는 2.5센티미터의 얇은 격벽과 공기 재활용기들밖에 없는 판에 전자기 펄스가 우주정거장에서 누군가에게 도움이 될 것이라는 말은 아니다.

"그럼 불필요한 지방을 좀 깎아 내야겠네."

세브로가 카박스 쪽으로 성큼성큼 걸어가며 말한다. 카박스는 상처를 입었으며 양손을 뒤로 묶인 상태로 앉아 있다. 세브로는 자신의 펄스 피스트로 카박스의 얼굴을 겨냥한다.

"거인, 개인적인 감정은 전혀 없다."

세브로는 방아쇠를 당긴다. 나는 그를 옆으로 밀친다. 펄스 폭발은 카박스의 머리를 빗겨가 축 늘어진 마테오의 몸 근처 바닥에 쾅 충돌한다. 마테오의 다리를 절단낼 뻔했다. 세브로는 내 앞에서 휙 돌아 펄스 피스트로 내 머리를 겨냥한다.

"내 얼굴에서 그거 치워."

나는 밑의 총열을 향해 말한다. 열기가 눈 쪽으로 내뿜어지는 바람에 눈이 따가워 시선을 돌리게 된다.

"너는 저게 누구라고 생각하는 거야? 네 친구? 그는 네 친구가 아니야."

세브로가 으르렁거린다.

"우리는 그를 생포해야 해. 그는 거래할 수 있는 인질이야. 그리고 오리온이 살아 있을지도 몰라."

세브로는 코웃음을 친다.

"거래할 수 있는 인질이라고? 그럼 모이라는? 너는 그녀를 구워 버리는 일에 아무런 문제도 느끼지 않았잖아. 하지만 저놈은 살려 두는 거지."

세브로는 나를 향해 눈을 가늘게 뜨고 자신의 무기를 내린다. 그의 입술이 양 옆으로 휘며 질 떨어지는 이를 드러낸다.

"아, 머스탱을 위한 거네. 당연히 그렇지."

"그는 팍스의 아버지야."

"그리고 팍스는 죽었어. 왜? 네가 적들을 살려 뒀기 때문이야. 꼬맹아, 이건 기관이 아니야. 전쟁이라고."

세브로는 손가락 하나로 내 얼굴을 쿡 찌른다.

"그리고 전쟁은 정말 우라지게 단순한 거야. 적들은 죽일 수 있을 때, 무슨 방법이든 다 동원해서, 최대한 빨리 죽이는 거야. 아니면 그들이 너와 네 사람들을 죽인다고."

세브로는 다른 이들이 점점 더 전전긍긍하며 우리를 지켜보고 있다는 것을 이제 깨달은 듯 나로부터 돌아선다.

"이 문제에 대해서라면 네가 틀렸어."

내가 말한다.

"우리가 모두를 질질 끌며 데려갈 수는 없는 거잖아."

"통로에 떼거지로 모이고 있어, 보스. 보안요원들이 100명이 넘어. 우린 망했어."

스크루페이스가 중앙 통로로부터 돌아오며 보고한다.

"짐들을 버리고 가면 그들을 뚫고 지나갈 수 있어."

세브로가 말한다.

"100명이라고? 보스……."

클라운이 말한다.

세브로는 눈살을 찌푸리고 자신의 펄스 피스트를 바라보며 말한다.

"연료 팩들 확인해."

안 된다. 나는 세브로의 근시안이 우리를 망치게 놔두지 않을 것이다.

나는 입을 연다.

"그 명령 무시해. 페블, 홀리데이에게 연락해. 그녀에게 대피길이 막혔다고 말하고 좌표를 줘. 유리 너머로 1킬로미터 떨어진 지점에 함선을 대기시켜 놓으라고 해. 함선의 꽁무니가 우리 쪽을 향하게."

페블은 그녀의 데이터패드를 향해 손을 뻗지 않는다. 그녀는 세브로를 바라본다. 우리 둘 사이에서 누구를 따라야 할지 몰라 괴로워하고 있다.

"나 돌아왔어. 이제 하라고."

나는 말한다.

"페블, 하십시오."

라그날이 말하자, 빅트라가 고개를 살짝 끄덕인다. 페블이 세브로를 향해 얼굴을 일그러뜨린다.

"미안해, 세브로."

그녀는 나에게 고개를 끄덕인 후 자신의 컴선을 연결해 홀리데이에게 발신한다. 나머지 하울러들은 나를 바라보고 있다. 내가 그들에게 이런 선택을 하게 만들었다는 사실이 마음 아프다. 나는 빠르게 말한다.

"클라운, 모이라의 데이터패드가 타 버리지 않았으면 챙겨서 가능하면 그 제어반 속의 데이터를 뽑아와. 나는 그들이 어떤 계약을 협상하고 있었는지 알고 싶어. 스크루페이스, 슬리피 데리고 통로를 맡아. 라그날, 카박스는 네 담당이야. 그가 도망치려고 하면 그의 발을 잘라 버려. 빅트라, 라펠 줄 남은 것 있어?"

빅트라는 그녀의 벨트를 확인하더니 고개를 끄덕인다.

"우리를 하나로 다 묶기 시작해. 모두들 회의실 중앙으로 모여. 꽉 묶어야 해."

나는 세브로를 향한다.

"문 앞에 화약을 깔아. 손님이 오고 있어."

세브로는 아무 말도 안 한다. 그의 눈 뒤에 비치는 것은 분노가 아니다. 그것은 자신에 대한 회의와 공포라는 비밀 씨앗들이 피어 나기 시작하는 모습이다. 증오가 그의 눈빛에 스며들고 있다. 나는 저 표정을 안다. 내 얼굴도 셀 수 없을 정도로 많이 지었던 표정이 다. 나는 그가 이제껏 유일하게 마음을 줬던 대상들을 뺏어 가고 있다. 그의 하울러들을. 그가 한 모든 일에도 불구하고 나는 그들 이 그 대신 나를 선택하게 만들었다. 그것도 내가 아직 준비가 안 됐다고 세브로가 생각하고 있을 때. 이것은 그의 리더십에 대한 기소다. 그의 아버지가 죽음을 맞은 이후 그가 당연히 느꼈을 강 렬한 자기 회의에 대한 확인이다.

이렇게 되면 안 되는 것이었다. 나는 내가 따르겠다고 말하고는 그렇게 하지 않았다. 그것은 내 잘못이다. 하지만 지금은 그에게 장단을 맞춰 주며 토닥일 때가 아니다. 나는 말로써 그를 설득도 해 봤다. 그가 사리 판별을 할 수 있도록 우리의 우정을 이용해 보 기도 했다. 하지만 내가 온 이래로 그는 폭력과 무력의 언어에 대 해서만 반응해 왔다. 그러니 이제 그의 그 우라질 언어로 직접 말 해 줄 것이다. 나는 앞으로 한발 나선다.

"여기서 죽고 싶지 않으면 짐 챙기고 움직이라고."

세브로는 그의 하울러들이 내 지시들을 수행하기 위해 뛰어다 니는 모습을 본다. 그의 작고 주름진 얼굴의 표정이 굳는다.

"저들을 죽게 만들면 나는 절대 너를 용서하지 않을 거야."

"그건 나도 마찬가지야. 이제 가."

세브로는 뒤로 돌아 자신의 벨트에 남아 있는 폭발물들을 심기 위해 문 쪽으로 달려간다. 나는 자리에 남아 망가진 회의실을 둘러본다. 내 친구들이 함께 일하기 시작하고 있다. 드디어 이 혼란 속에서 질서가 보이기 시작한다. 지금쯤이면 모두 내 계획을 유추했을 것이다. 그들도 그게 얼마나 광적인 것인지를 안다. 하지만 그들이 일하면서 보이는 확신은 내 안에 생명을 불어넣는다. 세브로는 나를 믿기를 거부했지만 그들은 나를 믿어 준다. 그럼에도 여전히 나는 라그날이 전면창을 확인하는 모습을 포착한다. 그가 이렇게 확인하는 것이 이번까지 벌써 세 번째다. 모두 슈트가 파손된 상태다. 우리들 중 어느 한 명도 진공 상태에서는 신체 기압을 유지할 수 없을 것이다. 나는 심지어 가면도 없다. 우리가 살지 죽을지는 홀리데이의 손에 달렸다. 나에게 이 변수들을 조종할 수 있는 방법이 있었으면 좋겠다. 하지만 어둠 속에서 보냈던 시간이 나에게 뭔가를 가르쳤다면 그것은 세상이 내 손아귀로 쥘 수 있는 것보다 방대하다는 사실이었다. 다른 사람들을 믿어야 한다.

"모두들 전파 방해기를 켜."

내가 말하며 벨트에 있는 내 것의 버튼도 누른다. 바깥의 카메라들이 누군가의 노출된 얼굴을 포착하지 않기를 바라서다.

"홀리데이가 자리 잡았어."

페블이 말한다. 나는 창밖을 확인한다. 창 너머로부터 1킬로미

터 떨어진 곳에 떠 있는 이동수단이 보인다. 이 거리에서는 펜촉
보다 크다고 할 수도 없을 정도의 크기다.

"내 신호에 우리는 전면창 중심을 쏠 것이다."

나는 내 친구들에게 말하며 내 목소리에서 두려움을 감추려 노
력한다.

"스크루페이스! 슬리피! 여기로 다시 와. 너희 마스크들은 의식
을 잃은 포로들에게 씌워."

"오, 젠장 지독하군. 네 계획이 그것보단 훨씬 더 좋은 것이길
바랐는데."

빅트라가 투덜거린다.

"숨을 참으려 하면 너희들 폐가 폭발할 거야. 그러니 전면창이
깨지자마자 숨을 내쉬어. 그냥 기절해 버려. 좋은 꿈꾸고 홀리데이
가 침실에서의 클라운만큼이나 조이스틱을 잽싸게 움직이기를 기
도하라고."

그들은 웃으며 서로 아주 가까이 모여든다. 빅트라는 라펠 줄을
우리의 군수품 벨트에 꿰어 모두를 덩굴에 달린 포도송이처럼 하
나로 묶는다. 세브로는 문 앞에 폭발물들을 다 깔았다. 슬리피와
스크루페이스는 우리 쪽으로 오면서 세브로에게도 빨리 오라고
손을 흔든다.

"안내방송을 시작한다."

빅트라가 나와 라그날을 잇기 위해 내 쪽으로 가까이 기대는 동
안 벽면에 숨겨진 스피커로부터 목소리 하나가 우렁차게 울려 퍼

진다.

"나는 알렉 이 야마토, 선 산업 보안팀의 우두머리다. 당신들은 포위됐다. 당신들의 무기를 버려라. 당신들의 포로들을 풀어 줘라. 아니면 우리가 어쩔 수 없이 당신들을 쏴야 하는 상황이 온다. 당신들이 이 안내를 따를 시간으로 5초를 주겠다."

회의실 안에는 우리 외에 아무도 없다. 정문은 닫혔다. 세브로가 폭탄들을 깔고 나서 우리 쪽으로 달려온다.

"세브로, 빨리!"

내가 고함친다. 그가 우리 쪽으로 반도 못 왔는데 순간 부츠에 밟혀 찌그러지는 빈 깡통처럼 바닥에 일그러진다. 나도 같은 힘에 바닥에 쾅 쓰러진다. 양 무릎들이 휜다. 뼈, 폐, 목구멍이 모두 엄청난 중력에 짓밟힌다. 시야가 흔들린다. 피가 머리로 느릿하게 올라간다. 나는 팔을 올려 보려고 한다. 팔이 136킬로그램도 더 나가는 느낌이다. 보안팀이 회의실 안의 인공 중력을 증가시켰다. 그래서 라그날만 배 깔고 누워 있지 않은 상태다. 그는 무릎 한 쪽을 굽히고 주저앉았다. 그의 양어깨는 구부정한 자세로 힘겹게 버티고 있다. 마치 아틀라스가 세상을 받쳐 올리고 있는 모습이다.

"대체 저건 뭐⋯⋯."

빅트라가 겨우 말한다. 그녀는 바닥에서 내 뒤의 문을 바라보고 있다. 문이 열려 있다. 그리고 그 너머로부터 오는 것은 그레이도, 옵시디언도, 골드도 아니다. 그것은 작은 인간만 한 거대한 검은색 알이다. 그리고 그것이 옆으로 굴러오고 있다. 매끈하고 윤이 나는

299

그것의 옆면에는 작은 흰색 숫자들이 새겨져 있다. 로봇이다. 전 자기펄스만큼이나 불법적인 것. 아우구스투스의 크나큰 공포 대 상. 유출된 석유 밖으로 손을 뻗는 것처럼 그 금속은 알의 첨부에 서부터 변이를 시작해 작은 대포를 드러낸다. 그 대포가 세브로를 겨냥한다. 나는 일어서 보려고 한다. 펄스 피스트를 겨냥해 보려고 한다. 하지만 중력이 너무 과하다. 무기를 겨냥하기 위해 팔도 들 어올리지 못하겠다. 그녀의 모든 힘에도 불구하고 빅트라도 못한 다. 세브로는 바닥에서 끙끙거리며 그 기계로부터 기어 도망치고 있다.

나는 겨우 말한다.

"전면창! 라그날. 전면창을 향해 발사해."

라그날의 펄스 피스트가 그의 옆구리 근처에 있다. 근육을 혹사 하며, 그는 엄청난 중력 속에서 그것을 들어올린다. 팔은 떨리고 있다. 목구멍 뒤쪽에서는 음산한 전쟁 구호가 울려 퍼진다. 멀리서 산사태가 이는 듯한 소리가 난다. 저승으로부터의 고함 같은 그 소리는 그의 몸 전체가 노력으로 인해 경련하고 그의 팔이 앞으로 나란히 들리는 동시에 펄스 피스트가 진동하는 융합 전류를 모으 며 그의 손바닥에서 별들 중 가장 작은 것이 탄생할 때까지 점점 커진다.

내 친구의 전부가 전율하며 그의 손가락들이 방아쇠를 당긴다. 팔이 뒤로 확 비틀린다. 펄스 파이어 탄환이 앞으로 훌쩍 뛰어올 라 비명을 지르며 유리판의 정중앙으로 향한다. 창틀이 밖으로 구부러지고 창을 따라 금들이 빠르게 생겨나면서 수많은 별들이 파문을 조성한다.

"카디르 느자르 라가……."

라그날이 고함친다.

그리고 유리가 와장창 깨진다. 우주가 공간의 공기를 빨아들인다. 모든 것이 미끄러진다. 코퍼 하나가 우리 뒤로 뒤집어진 채 비명을 지르며 지나가다 진공과 닿으면서는 조용해진다. 우리의 싸움 중에 피신하고 있던 다른 사람들은 회의실 정중앙에 있는 망가진 테이블을 부여잡는다. 그들은 몸을 기둥에 감는다. 손가락에서는 피가 나고 손톱이 깨진다. 다리가 마구 휘날린다. 손아귀는 풀린다. 심연이 건물 안의 모든 것에 굶주려하는 동안 시체들이 빙글빙글 뒤집히며 우주로 향한다. 세브로는 우리 합쳐진 무리보다 가볍기에 허공으로 휙 뜨면서 로봇으로부터 멀어진다. 나는 그를 향해 손을 뻗은 뒤 그의 짧은 모호크 머리를 잡는다. 이내 빅트라가 그의 몸에 양 다리를 둘러서는 자기 몸 쪽으로 끌고 온다.

우리가 깨진 전면창 쪽으로 미끄러지는 동안 나는 두려움을 느낀다. 양손이 떨린다. 이제 자신의 결정과 직접 마주하는 상황이 되자 그 결정에 의심이 든다. 세브로의 말이 맞았다. 건물 안으로 밀고 들어갔어야 했다. 카박스를 죽이거나 그를 방패로 사용했어야 했다. 이 차가움만이 아니라면 뭐든, 내가 탈출한지 얼마 안 된 자칼의 어둠만이 아니라면 뭐든 했어야 했다.

그저 두려움이야. 나는 자신을 타이른다. 단순히 두려움이 나를 당황시키는 것이다. 그리고 그것이 내 친구들 사이로 퍼져나가고 있다. 그들의 표정에서 공포심이 보인다. 그들은 나를 돌아보고 그 공포심이 내 표정에도 그대로 드러나 있는 것을 확인한다. 그러니 무서워하고 있을 수만은 없다. 너무 오랜 시간 무서워하며 지냈다. 너무 오랜 시간 상실로 위축돼 있었다. 너무 오랜 시간 오직 내가 되어야 할 존재를 제외한 나머지 모든 것인 척하며 지내왔다. 그리고 내가 리퍼든 또는 그것이 또 하나의 가면에 불과하든 간에 그것은 내가 써야 하는 것이다. 저들을 위해서뿐만 아니라 나를 위해서도 그렇다.

"옴니스 빌 루푸스!(모두가 늑대다!)"

나는 외친다. 울부짖기 위해 고개를 격하게 뒤로 젖히며 폐에 있는 모든 공기를 다 뿜었다. 내 옆에서 라그날의 눈이 야생적 황홀감으로 커진다. 그는 거대한 입을 열더니 그의 조상들이 얼음 무덤 속에서 들을 정도로 우렁차게 울부짖는다. 그 후 페블도 합류한다. 그리고 클라운도, 또 여왕 같은 빅트라까지도 합류한다. 그 고함은 우리의 신체를 떠나는 분노와 공포다. 우주가 우리를 바닥에서 질질 끌어가 품속에 품으려 할지라도, 죽음이 우리를 잡으러 올지라도, 나는 이 기괴하게 고함을 지르는 인간 덩어리 속에서 고향에 온 기분을 느낀다. 그리고 우리는 용감한 척하면서 정말 용감해진다.

모두가 그러지만 세브로만은 예외다. 그는 침묵을 지킨다. 그렇게 우리는 우주로 날아간다.

# 제19장

# 압력

우리는 시간당 80킬로미터의 속도로 깨진 전면창을 쌩하니 통과해 진공 속으로 진입한다. 침묵이 우리들의 울부짖음을 삼켜 버린다. 충격이 내 몸을 강타한다. 마치 차디찬 물속으로 빠져 버린 기분이다. 몸이 씰룩거린다. 피 속 산소 포화도가 높아져 입이 없는 공기를 찾아 강제로 딸꾹질을 하게 만든다. 폐는 부풀지 않는다. 그것은 응축된 섬유자루다. 몸이 홱 움직인다. 산소를 찾느라 절박한 것이다. 하지만 매초가 지나고, 포보스의 고층 건물들의 비인간적인 금속을 바라보면서, 그리고 내 친구들이 서로 맞잡은 손과 와이어 조각으로 어둠속에서 하나로 연결된 모습을 확인하면서, 내 안에는 고요가 자리한다. 그것은 눈 속에서 머스탱과 함께 있었을 때, 기관의 협곡들에서 하울러들과 내가 옹기종기 모여 앉아 염소 고기를 굽고 퀸이 해 주는 이야기들을 들었을 때 찾아왔던 고요와 같다. 나는 천천히 또 다른 기억에 잠긴다. 라이코스에 대한 것도 이오나 머스탱에 대한 것도 아니다. 오히려 차가운 아카데미 격납고에서 빅트라, 택터스, 로크와 내가 창백한 블루 교수로부터 처음으로 우주가 인간의 몸에 어떤 작용을 하는지 배웠던 순간에 대해서다.

"체액 비등, 또는 주변 기압의 감소로 인해 체액에 거품이 형성되는 작용은 진공에 노출됐을 때의 가장 심각한 반응입니다. 여러분의 신체 조직 내의 수분이 기화해 총체적 비대증을 일으킵니다……."

"나의 사랑스러운 새대가리여, 나는 총체적 비대증에 상당히 익숙하단다. 그냥 네 어머니에게 물어보렴. 그리고 네 아버지에게도, 또 네 여동생에게도."

기억 속에서 택터스가 그렇게 말하던 것이 들려온다. 그리고 로크가 웃었던 것이 생각난다. 그 노골적인 농담에 그가 양 볼을 붉히던 모습이 떠오른다. 그러고 보니 왜 그가 택터스와 그렇게 가까이 지냈는지 궁금해진다. 그는 왜 우리 외설적인 친구의 마약 사용량에 그렇게까지 신경을 쓰고 택터스가 죽어서 누워 있을 때 그의 침대 옆에서 흐느꼈을까? 선생은 강의를 이어간다…….

"……그리고 10초 만에 신체 부피가 수십 배씩 불어나며 순환 부전이 뒤따릅니다……."

눈에 쌓여 가는 압이 시야를 비틀고 그 부근의 조직들을 팽창시키고 있음에도 불구하고 잠이 몰려온다. 얼어붙는 손가락들에도, 그리고 저려오는 상태로 터진 고막들에도 압력이 쌓여 간다. 혀는 거대하고 차갑다. 액체가 증발하면서 마치 얼음 뱀이 입속으로 스르륵 기어들어와 뱃속으로 내려가는 듯한 기분이다. 피부가 팽창하며 늘어진다. 손가락들은 원숭이 바나나처럼 됐다. 뱃속 가스에 내장이 부풀어 오른다. 어둠이 나를 차지하러 온다. 나는 내 옆에 있는 세브로를 슬쩍 본다. 그의 얼굴은 원래 크기의 두 배로 부어올라 괴상하다. 그를 여전히 다리로 감싸고 있는 빅트라는 괴물 같다. 그녀는 깨어 있으며 충혈 되고 만화 같은 두 눈으로 세브로를 빤히 보고 있다. 그 상태로 물 밖으로 나온 물고기처럼 산소를 찾아 딸국질을 하고 있다. 그 둘은 서로의 손을 더욱 세게 쥔다.

"수분과 피 속에 용해된 가스는 주요 정맥들 속에서 거품들을 일으킵니다. 그리고 그 거품들은 순환계 전체를 타고 이동하면서 피의 흐름을 막고 15초 내로 의식혼절을 유발하지요……."

내 몸이 흐릿해진다. 매 초가 영원한 황혼으로 변한다. 우리 인간의 힘이 결국에는 얼마나 우스꽝스러운지 깨달으면서 모든 것이 느려졌고 모든 것이 너무나 무의미하고도 애처로워 보인다. 우리를 이 거품의 인생에서 빼 버리고 나면 우리는 무엇이 될까? 우리 주위의 금속 타워들은 얼음으로 조각된 것 같다. 불빛과 번뜩이는 홀로컴 화면은 타워 안에서 얼어 버린 용들의 비늘처럼 보인다.

화성은 강렬하고 전능하게 우리 머리 위에 있다. 하지만 포보스의 빠른 회전 덕분에 우리는 벌써 행성에서 새벽이 도래하고 빛이 어둠 속에 초승달형을 조각하는 곳에 다다르고 있다. 융합된 상흔 자국으로부터 여전히 빛이 난다. 핵폭탄 두 개가 폭파한 곳들이다. 그리고 내 마지막 기억으로 나는 생각한다. 어쩌면 행성은 우리가 그녀의 지표면에 상처를 내고 자원을 약탈하더라도 괘념치 않을 지도 모른다고. 우리 어리석고 따뜻한 존재들은 그녀의 장대한 인 생 중의 숨결 하나에도 못 미치기에. 우리는 자라고 퍼졌으며 격 렬히 살다 죽을 것이다. 그리고 우리의 잔해로 남는 것이 금속 기 념물들과 플라스틱 우상들 뿐일 때가 오면 그녀의 모래는 이동할 것이다. 그리고 그녀는 계속 회전하고 회전하며 자신들이 불멸의 삶을 누리는 것이 마땅하다고 생각했던 대담하고 털 없는 유인원 들에 대해서 잊어 버릴 것이다.

앞이 안 보인다.

나는 금속 위에서 깬다. 얼굴 위에서 플라스틱의 감촉이 느껴진 다. 주위에서 숨이 헐떡이는 소리가 들린다. 몸들이 움직인다. 셔 틀 엔진의 차가움이 갑판 밑에서 우르릉 울리고 있다. 몸이 경련 하고 몸서리친다. 나는 산소를 쑥 빨아들인다. 머리가 움푹 팬 것 처럼 느껴진다. 여기저기 다 아픈데 그 고통도 내 심장이 뛸 때마 다 희미해져 간다. 손가락들은 원래의 크기다. 나는 그것들은 서로 문지르며 스스로를 다잡아본다. 나는 떨고 있지만 보온 이불을 덮 고 있으며 감수성 없는 손길들이 내 몸을 문질러 순환을 돕는다.

왼쪽에서는 페블이 클라운을 찾는 소리가 들린다. 우리는 모두 시신경이 재조정 될 때까지 몇 분간 앞을 못 볼 것이다. 클라운이 혼미한 상태로 페블에게 대답하자 그녀는 거의 이성을 잃고 울음을 터뜨릴 뻔 한다.

"빅트라!"

세브로가 혀 꼬인 채 부른다.

"일어나. 일어나라고."

그가 빅트라를 흔들자 장비들이 덜거덕거린다.

"일어나!"

그는 그녀에게 귀싸대기를 날린다. 그녀는 숨을 헉 들이쉬면서 깬다.

"……아 씨. 너 방금 나 쳤어?"

"나는 네가……."

빅트라는 세브로에게 도로 귀싸대기를 날린다.

"거기 누구야?"

나는 이불 너머로 내 양쪽 어깨를 문지르고 있는 손의 주인에게 묻는다.

"홀리데이입니다. 저희가 4분 전에 얼음과자가 된 여러분을 퍼 올렸죠."

"얼마나 오래…… 우리가 저 밖에서 얼마나 오래 있었던 거야?"

"대략 2분 30초요. 상황이 완전 엉망이었어요. 저희는 화물칸을 비우고 조종사를 시켜 여러분이 있는 쪽으로 거꾸로 날아간 뒤 비행 중에 내부 압을 조정해야 했어요. 이 애새끼들은 군인은 아니지만 쓰레기 함선들을 아주 제대로 조종할 줄 알아요. 그래도 만약 여러분이 이어져 있지 않았다면 대부분은 납처럼 죽었을 겁니다. 이제 그 구역에는 잔해와 시체 들이 떠다니고 있어요. 홀로컴 기자들이 사방으로 기어 다니고 있고요."

"라그날은?"

그의 인기척을 아직 못 들은 탓에 두려워하며 묻는다.

"저 여기 있습니다, 친구여. 심연은 아직 우리를 차지하지 않을 거예요."

라그날은 크게 웃기 시작한다.

"아직은 그때가 아닙니다."

제20장

# 반대


우리가 문제에 봉착했다는 것을 세브로도 알고 있다. 산업 지구 깊숙한 곳에 위치한 아레스의 아들들 은신처의 다 허물어져 가는 도킹 정박지에 착륙하자마자 세브로는 나로부터 지휘권을 다시 가져간다. 그는 아직 의식이 돌아오지 않은 마테오와 퀵실버를 의무실로 보내 깨우라 하고, 카박스는 감옥에 넣고, 롤로와 아레스의 아들들에게 공격 준비를 시킨다. 아레스의 아들들은 어안이 벙벙한 채 우리를 뚫어지게 쳐다본다. 우리가 한 옵시디언 변장들이 부분부분 지워졌다. 특히 내 것은 더더욱 그렇다. 내 얼굴에 쓰고 있던 인공 부분들이 전투 중 떨어져 나갔다. 콘택트렌즈들은 진공으로 빨려 들어갔다. 검은 머리 염색약은 땀으로 연해졌다. 그래도 아직 장갑들은 갖고 있는 상태다. 하지만 아레스의 아들들의 눈에 보이는 것은 이제 옵시디언 무리가 아니다. 그들은 골드들, 옵시디언 한 명, 그레이 한 명, 그리고 죽은 줄 알았던 유령 한 명으로 구성된 핵심 간부단을 뚫어지게 응시한다.

"리퍼다……."

누군가가 속삭인다.

"모두들 입 닥치고 있어. 한 마디도 하지 마. 아무에게도."

클라운이 날카롭게 말하지만 그가 뭐라고 하든 곧 소문은 저들 사이로 쫙 퍼질 것이다. 리퍼가 살아 있다. 그것이 어떤 파급 효과를 미치든 간에 지금은 그것을 긍정적으로 받아들일 적기가 아니다. 우리가 경찰의 추격을 피했을지는 모르겠다. 그렇지만 그렇게나 세간의 이목이 집중하는 인물을 납치한 일, 게다가 두 명의 비할 데 없는 자들까지 살해한 일은 두말 할 것도 없이 자칼의 대테러 유닛 분석 자료에 전적으로 무게를 실어 줄 것이며 그렇게 그 자료는 이 사건의 증거로 제출될 것이 분명해졌다. 집정관들과 반테러 보안 기술반들은 이미 그 공격에 대한 녹화 영상을 집중 분석하고 있을 것이다. 그들은 우리가 어떻게 시설에 진입했는지, 어떻게 우리가 탈출했는지, 그리고 우리의 공범일 가능성이 있는 자들이 누군지 발견할 것이다. 사용된 모든 무기, 모든 장비 조각 및 함선은 그 출처가 조사될 것이다. 정거장 전역에서 로우컬러들을 상대로 벌이는 소사이어티의 보복은 빠르고 잔인할 것이다.

그리고 그들이 우리가 벌인 소소한 진공 탈출 영상 자료를 분석할 때쯤엔 나와 세브로의 얼굴을 확인할 수 있을 것이다. 그럼 자칼은 직접 오거나 아니면 안토니아나 릴라스를 시켜 자신들의 본 라이더들과 함께 나를 사냥해 버리라 할 것이다.

한시가 급해지고 있다.

하지만 그것은 정부 관계자들이 퀵실버만 납치됐다고 생각할 때의 일이다. 나는 머스탱과 카시우스가 왜 만났는지 모르겠지만 자칼이 그것에 대해 모르고 있을 것이라 추론할 수밖에 없다. 그 래서 내가 우리 전파 방해기들을 쓴 것이다. 그렇게 해서 퀵실버 의 통제 밖에 있는 보안 카메라들이 카박스를 확인하지 못하게 만 들었다. 자칼이 그곳에 있던 카박스의 영상을 본다면 그는 자신이 군주 및 퀵실버와 맺은 동맹 관계에 뭔가 문제가 있다는 것을 깨 달을 것이다. 그리고 나는 그 정보를 어떻게 써야 최선일지 판단 이 설 때까지, 그리고 머스탱과 얘기해 볼 수 있을 때까지 그 카드 를 소매 속에 감춰 두고 싶다.

하지만 군주는 카시우스의 연락을 통해 모이라가 죽었다는 것 을 알게 된다면 뭐라고 생각할까? 그리고 여기서 머스탱은 어느 쪽에 선 입장이란 말인가? 의문들이 너무 많다. 내가 모르는 것들 이 너무 많다. 하지만 우리가 금속 통로들을 뛰어가고, 내 친구들 이 부상 부위들을 치료하러 가며, 우리가 무기고를 지나치고 그 안에서는 수십 명의 레드, 브라운, 그리고 오렌지 들이 무기를 실 으며 갑옷을 끼우는 동안, 내 머릿속을 떠나지 않는 것은 머스탱 이 했던 말이다.

"내가 팍스 함선을 가지고 있어. 오리온은 살아 있고."

머스탱이 한 말이니 그것의 의미는 열댓 가지일 수 있다. 그리고 그것을 확실히 알 유일한 사람은 카박스다. 나는 그에게 물어봐야 한다. 하지만 라그날은 벌써 그를 '아들들'의 철창에 넣기 위해 다른 통로를 따라 내려가고 있으며 세브로는 나에게 말하기 위해 다른 이들에게 줄줄이 뱉던 명령을 멈춘다.

"리퍼, 그들이 우리를 칠 거야. 그것도 강하게. 너는 정부 부대의 군사 절차들을 나보다 더 잘 알잖아. 데이터센터로 가. 재빨리. 시간표를 만들어 주고 그들의 공격 계획을 알려 줘. 우리가 그들을 막지는 못하겠지만 시간은 벌 수 있을 거야."

"뭐를 위한 시간을?"

내가 묻는다.

"폭탄들을 폭파시키고 이 돌넝이로부터 벗어나는 방법을 찾기 위한 시간."

세브로는 내 팔에 손을 올린다. 그는 나만큼이나 우리를 바라보고 있는 아레스의 아들들을 의식하고 있다.

"제발. 빨리 움직여 줘."

그는 나머지 하울러들과 함께 통로로 향하며 나를 홀리데이와 단둘만 남긴다. 나는 홀리데이를 향한다.

"홀리데이, 너도 정부 부대 절차들을 알고 있잖아. 데이터센터로 가. 아레스의 아들들에게 그들이 필요한 전략적 도움을 줘."

홀리데이는 뒤돌아 통로를 내려다본다. 세브로는 구석을 돈 상태다.

"그렇게 해도 괜찮겠어?"

내가 묻는다.

"네, 리퍼. 당신은 어디로 가시나요?"

나는 내 장갑들을 조인다.

"답을 구하러."


"버지니아는 너를 떠나고 나서 우리에게 네가 레드라는 사실을 알려줬어. 그래서 우리가 네 트라이엄프에 가지 않은 거야."

카박스가 나를 올려다보며 말한다. 그는 강철 파이프에 묶여 있다. 양다리가 바닥에 너부러져 있다. 그럼에도 여전히 갑옷은 입고 있으며 붉은 금빛 수염이 침침한 빛 속에서 어둡게 보인다. 그의 위협적인 형상에도 불구하고 마음을 연 듯한 그의 표정이 놀랍다. 증오가 없다. 나와 라그날에게 자신의 이야기를 자세히 전하는 동안 그의 콧구멍이 크게 벌름대는 것은 그가 신이 났다는 명백한 증거다. 세브로는 아레스의 아들들에게 아무도 카박스와 만나서는 안 된다고 했다. 하지만 보아하니 그들은 그 규칙이 리퍼에게까지 적용되지 않는다고 생각하는 모양이다. 잘된 일이다. 나에게는 아직 계획이 없지만 세브로의 계획도 효과를 보지 못하고 있다는 것은 알고 있다. 나에게는 그의 감정을 헤아리고 그와 실랑이를 벌일 시간이 없다. 조각들은 움직이기 시작했다. 그러니 나에게는 정보가 필요하다.

카박스가 말을 잇는다.

"버지니아는 무엇을 어떻게 해야 할지 모르고 있었어. 그래서 어렸을 때처럼 우리와 상담을 했지. 우리는 내 함선인 '레이날드'에 있었어. 소포클스와 함께 구운 양고기에 폰즈 소스를 먹고 있었지. 놈은 별로 그 소스를 좋아하지 않았지만. 그때 아게아 사령부로부터 연락이 왔어. 군주의 충성 세력들이 아게아에서의 트라이엄프를 공격했다는 내용이었어. 너도, 버지니아의 아버지도 연락이 안 됐어. 그래서 쿠데타가 일어났을까 봐 걱정하며 나와 닥소, 그리고 우리 기사들을 궤도에서 보냈지.

그녀는 함선들과 함께 궤도에 남았어. 그리고 나와 닥소가 벌써 대기권에서 하강하고 있을 때 드디어 로크에게 연락을 취했지. 로크는 군주가 트라이엄프를 공격하고 너와 그녀의 아버지에게 심각한 부상을 남겼다고 말했어. 그는 그녀에게 그의 새 함선들 중 하나로 오라고 재촉했지. 땅은 더 이상 안전하지 않아서 그 함선에 너를 태우고 간다며."

나는 자칼이 내 쪽으로 기대오는 동안 로크가 셔틀에서 얘기하던 순간이 기억난다. 당시에 그의 말소리는 들리지 않았다. 우리는 함선 하나에 탔고, 그곳에는 군주가 있었다. 그녀는 단 한 순간도 화성을 떠난 적이 없었던 것이다. 대신 로크의 함대 안에 숨어 있었다. 바로 내 코앞에⋯⋯.

카박스는 유쾌하게 활짝 웃는다.

"하지만 버지니아는 네 침대 옆으로 서둘러 향하지 않았지. 사랑에 빠진 바보라면 그렇게 했겠지만 버지니아는 영리하거든. 그녀는 로크의 거짓말을 간파했어. 군주가 그냥 단순히 트라이엄프만을 공격하지는 않으리라는 걸 알고 있었거든. 계획 안에 계획이 있을 거라고 생각했어. 그래서 그녀는 오리온과 아르코스 가문에게 쿠데타가 그쪽을 향하고 있다는 전언을 보냈어. 그리고 로크가 공모자라는 것도 알렸지. 그래서 암살자들이 쳐들어 와서 오리온과 교량에 자리한 충성스러운 지휘관들을 죽이려 했을 때 그쪽도 대비를 마친 상태였어. 교량에서, 개인 전용실에서 총격전들이 일어났지. 오리온은 팔에 총을 맞아 심한 부상을 입었지만 살아남았어. 그런 후 로크의 함선이 우리 쪽에 발포를 해서 함대가 깨졌어……."

피치너가 죽었다는 것과 아레스의 아들들의 기지가 파괴됐다는 것을 세브로와 라그날이 알아내고 있을 동안 이 모든 일이 벌어졌던 것이다. 그리고 그렇게 모든 것이 와해되는 동안 나는 아자의 셔틀 바닥에 마비된 채 누워 있었다. 아니다. 모든 것은 아니다.

"머스탱이 선원들의 생명을 구했네요."

내 말에 카박스가 대꾸한다.

"그래. 네 선원들은 살아 있어. 네가 세브로와 함께 자유를 준 자들 말이야. 네 부대원들 중 다수도 살아 있어. 자칼과 군주의 세력들이 힘을 얻기 전에 우리가 그들을 조직화하고 화성으로부터 용케 대피시켰거든."

"제 친구들은 어디에 갇혀 있습니까? 가니메데에 있나요? 이오에 있나요?"

카박스가 나를 향해 눈살을 찌푸리더니 호탕하게 웃음을 터뜨린다.

"갇혀 있냐고? 아니야, 이놈아. 아니라고. 어느 남자도 여자도 자신의 자리를 떠나지 않았어. 팍스 함선은 네가 뒀던 그대로야. 오리온이 지휘하고 나머지가 따르지."

"이해가 안 되네요. 머스탱이 블루가 함선을 지휘하게끔 내버려 뒀다고요?"

"버지니아가 너의 새로운 세계를 믿지 않았다면 너와 라그날이 그 터널에서 무릎을 꿇고 있었을 때 너를 그대로 살려 뒀을 것 같나?"

나는 그 대답을 모르는 채 멍하니 고개를 젓는다.

"그녀는 네가 적이라고 생각했다면 그 자리에서 너를 죽였을 거다. 하지만 그녀가 어렸을 때 팍스, 그리고 내 아이들과 함께 난로 앞에 모여 앉으면 내가 그들에게 무슨 이야기들을 읽어 줬겠나? 그리스 신화들을 읽어 줬을까? 자신의 이익을 위해 영광을 거머쥐는 강인한 사람들에 대해? 아니야. 나는 그들에게 아더 왕, 나사렛 사람들, 그리고 비슈누에 대해 읽어줬어. 약자들을 보호하기만을 바라던 강한 영웅들에 대한 이야기들이었지."

그리하여 머스탱은 진짜로 그렇게 했다. 게다가 한 발 더 나아가 그녀는 이오의 말이 맞았다는 것을 증명했다. 그리고 그렇게 한 것은 나 때문이 아니었다. 사랑 때문도 아니었다. 그것이 옳은 일이었기 때문에, 또 강인한 카박스가 그녀에게 그녀의 친부보다 더 아버지 역할을 잘해 줬기 때문이었다. 눈에 눈물이 고이는 것이 느껴진다.

"당신의 말이 맞았습니다, 대로우. 조류가 일고 있어요."

라그날이 말한다. 그의 손이 내 어깨 위로 떨어진다.

"그럼 왜 당신은 오늘 이곳에 있죠, 카박스?"

"왜냐하면 우리가 지고 있기 때문이지. 위성 지배자들은 2개월
도 못 버틸 거야. 버지니아는 화성에서 무슨 일이 벌어지고 있는
지 알고 있어. 몰살 말이야. 자기 오빠의 흉포성에 대해서도 잘 알
지. 아레스의 아들들은 사방으로 싸우기에는 너무 약해."

그의 큰 눈에 자신의 고향이 불타 버리는 모습을 지켜보는 남자
의 고통이 보인다. 화성은 내 유산인 만큼이나 그들의 유산이기도
하다.

"확실한 패배를 하기에는 전쟁의 대가가 너무 크지. 그래서 퀵
실버가 평화를 제안했을 때 우리가 들어준 거야."

"그럼 그 조건들은 뭐였어요?"

내가 묻는다.

"버지니아와 그녀의 모든 동맹군들은 군주로부터 면죄부를 받
을 것. 버지니아가 화성의 대총독이 되고 아드리우스와 그의 파벌
은 평생 감옥에 갇힐 것. 그리고 특정 개혁들이 이루어질 것."

"하지만 계급 사회는 유지되는 것이었겠죠."

"맞아."

"이게 사실이라면 머스탱과 꼭 얘기해 봐야겠네요."

라그날이 의욕적으로 말한다.

"함정일 수도 있어."

나는 카박스를 바라보며 말한다. 나는 그의 화통한 표정 뒤에서 그의 머리가 어떻게 돌아가는지 알고 있다. 그를 믿고 싶다. 그의 정의감이 그를 향한 나의 사랑과 같다고 믿고 싶다. 하지만 지금은 위험한 시기다. 그리고 나는 친구도 적만큼이나 거짓말을 잘할 수 있다는 것을 안다. 만약 머스탱이 내 편이 아니라면 이런 식으로 계략을 진행할 것이다. 그럼 내 존재가 드러날 것이다. 그리고 그녀가 이 정거장에 어떻게 오게 됐든 간에 끔찍한 호위를 데리고 다닌다는 생각에는 추호의 의심도 없다.

"한 가지가 말이 되지 않네요, 카박스. 만약 이게 사실이라면 왜 당신들은 세브로에게 연락을 하지 않은 거죠?"

카박스가 나를 올려다보며 눈을 깜빡거린다.

"했어. 수개월 전에. 세브로가 말 안 했어?"


나와 라그날이 상황실에서 하울러들과 다시 합류할 쯤에는 그들은 짐을 챙기고 있다.

"다 똥 됐어."

세브로가 말하는 동안 빅트라는 그의 등에 생긴 자상에 레스플레시 재생약을 부착해 주고 있다. 부상들을 지지자 매캐한 연기가 나면서 쌕쌕거린다. 세브로는 데이터패드를 밑으로 던져 버린다. 그것은 경쾌하게 튀다 구석에 떨어진다. 스크루페이스가 패드를 회수한 후 다시 세브로에게 가져다준다.

"놈들이 모든 것에 이륙 금지령을 내렸어. 내 다목적 비행선들까지도."

"괜찮아 보스. 나갈 방법을 찾을 수 있을 거야."

클라운이 말한다.

나는 방 안에 조용히 들어서면서 세브로를 향해 고개를 끄떡여할 말이 있다는 신호를 보냈다. 그는 내 신호를 무시했다. 그의 계획은 엉망진창이다. 우리는 화성으로 돌아가는 빈 헬륨 운반차들 중 하나 안에 몸을 싣기로 되어 있었다. 퀵실버가 납치당했다는 것을 누가 알기도 전에 우리는 정거장을 떠나 이곳을 완전히 벗어난 상태에서 폭탄들을 터뜨리려고 했다. 지금은, 세브로가 말했다시피, 다 똥 됐다.

빅트라가 재생약을 도포하던 도구를 내려놓으며 말한다.

"분명한 것은 우리가 여기에 남아 있을 수는 없다는 거잖아. 우리는 저 뒤에 100개의 범죄현장들로부터 발견될 만큼의 DNA 증거들을 충분히 남기고 왔어. 그리고 얼굴도 사방팔방에 다 찍혔고. 우리가 여기 있다는 것을 알게 되면 아드리우스는 우리를 잡으러 부대 전체를 보낼 거야."

"아니면 포보스를 폭파해 하늘에서 없애 버리던지요."

홀리데이가 중얼거린다. 그녀는 구석에 있는 의료품 상자 위에 앉아서 클라운과 함께 데이터패드상의 지도들을 연구하고 있다. 페블은 책상 위, 자신의 자리에서 그들을 지켜본다. 그녀의 다리는 젤카스트 붕대로 압박된 상태지만 뼈가 아직 제자리를 잡지 않았다. 머스탱이 펄스 피스트 단 한 발로 부러뜨린 것을 고치려면 우리에게는 옐로우와 병원 전체가 필요하다. 페블은 운 좋게 풍뎅이 스킨을 입고 있었다. 그것은 화상의 범주를 최소화시켰다. 그럼에도 여전히 그녀는 아파한다. 고농도의 마약성 진통제들로 인해 동공이 확장됐다. 그 약물은 그녀의 거리낌을 없애 버린다. 그래서 나는 그 통통한 얼굴의 골드가 얼마나 대놓고 클라운을 바라보는지 확인하게 된다. 마침 클라운은 지도를 가리키기 위해 홀리데이 너머로 몸을 기대고 있다.

"헬륨-3은 아드리우스의 생명줄이야. 그는 이 정거장을 희생시키지는 않을 거야."

빅트라가 말한다.

"세브로…… 잠시만."

내가 말한다.

"지금은 바빠."

세브로는 롤로를 향한다.

"달리 이 지랄 맞은 돌덩이에서 벗어날 방법은 없는 거야?"

그 레드는 의료실의 회색 벽에 오려 붙인 반질거리는 종이 핑크 모델 옆에 기댄다. 그 종이 모델은 금성의 모래 해변들 중 하나에 서 있다.

"저 밑에는 그냥 화물 운반차들만 있어요."

롤로가 말한다. 그는 옵시디언 변장들이 사라진 우리의 모습을 말없이 눈여겨보고 있다. 우리들 중 몇 명이나 골드인지에 놀랐을

지언정 그는 그 감정을 드러내지 않는다. 아마 처음부터 알고 있었을 것이다. 그의 시선은 나에게 가장 오래 머무른다.

"하지만 그것들은 모두 운행 정지 당했어요. '니들스'에는 고급 여객선과 개인 요트가 있지만 거기로 올라가면 당신네 인간들은 1분 만에 붙잡힐 거예요. 최대가 2분이겠죠. 모든 트램 문마다 얼굴 인식 카메라가 있어요. 광고 홀로마다 망막 스캐너가 있고요. 또 당신네들이 그들의 함선 중 하나에 설사 올라타더라도 해군 피켓을 지나야 할 거예요. 그냥 안전지대로 순간이동 할 수 있는 게 아니라고요."

"그것 참 편리하군."

클라운이 투덜거린다.

"셔틀 하나를 훔치고 피켓은 뚫고 지나간다. 예전에도 해 봤던 거야."

세브로의 말에 내가 굳은 채 말한다.

"그들이 우리를 쏴 죽일 거야."

내가 그를 문 앞으로 불러내도 그가 내 신호를 계속 무시해서 짜증나기 시작했다.

"지난번에는 안 그랬어."

"지난번에는 우리에게 라이샌더가 있었잖아."

나는 세브로에게 상기시킨다.

"그리고 이번에는 우리에게 퀵실버가 있지."

"자칼은 우리를 죽이기 위해서라면 퀵실버쯤은 희생할 거야. 두고 봐."

내 말에 세브로가 반박한다.

"우리가 수직으로 쭉 직진해 지면까지 타오르면 그러지 않을 거야. 아레스의 아들들은 숨겨진 터널 진입로들을 가지고 있어. 우리는 궤도에서 낙하해 쭉 지하로 갈 거야."

"저는 그렇게 못하겠습니다. 그것은 무모한 방법입니다. 그리고 이 고결한 남자와 여자들이 도살당하도록 그들을 버리는 꼴이 됩니다."

라그날이 말한다.

"저도 라그날의 의견에 동의합니다."

홀리데이가 말한다. 그녀는 엉덩이를 바닥에 붙인 채 클라운으로부터 떨어진 뒤 계속해서 데이터패드를 비라보며 경찰 주파수를 모니터링하고 있다.

"일단 댁들이 여기서 벗어난다고 칩시다. 그럼 우리는 어떻게 되죠?"

롤로가 묻는다.

"리퍼와 아레스가 여기에 있었다는 걸 자칼이 발견하면 그는 이 정거장을 조금씩 차근차근 찢어발길 거예요. 남겨진 아레스의 아들들은 모두 일주일 안에 죽을 거고요. 그것에 대해서는 생각해 본 거예요?"

그는 역겨워하는 표정을 짓는다.

"저는 댁들이 누군지 알아요. 라그날이 격납고에 걸어 들어온 순간부터 알았다고요. 그렇지만 하울러들이 도망갈 거라고는 생각하지 못했어요. 그리고 리퍼가 남의 지시를 따를 거라고도 생각하지 못했고요."

세브로가 롤로를 향해 한 발 다가간다.

"이 똥대가리야, 그럼 다른 선택안이라도 있는 거야? 아니면 그냥 계속 입만 나불거릴 거야?"

"그래요, 다른 선택안이 하나 있어요. 이곳에 남으세요. 우리가 정거장을 쟁취하게 도와주세요."

롤로의 대답에 하울러들이 웃는다.

클라운이 묻는다.

"정거장을 쟁취한다고? 무슨 군대로?"

그 말에 롤로가 나를 향하며 말한다.

"저분의 군대로요. 당신이 어떻게 살아 계신 건지는 제대로 모르겠습니다, 리퍼. 하지만……아레스의 아들들이 당신의 조각 과정을 홀로넷에 동영상으로 유포했을 때 저는 한밤중에 홀로 국수를 먹고 있었어요. 소사이어티 사이버 경찰들이 그 사이트를 2분 만에 닫아 버렸지요. 하지만 그것이 한 번 공개되고 나니…… 국수 한 그릇을 다 먹기도 전에 수만 가지 사이트들에서 그것을 찾아볼 수 있게 됐더라고요. 그들은 그 영상이 퍼지는 것을 막을 수 없었어요. 그런 후에 포보스의 서버들이 먹통이 됐지요. 왜 그랬는지 아세요?"

"보안팀의 사이버부가 중단시킨 거겠지. 그게 표준 프로토콜이

거든."

빅트라가 말하지만 롤로는 고개를 젓는다.

"서버들이 먹통이 된 이유는 오밤중에 3000만 명이 홀로넷에 한꺼번에 접속하려고 해서였어요. 서버들이 그 트래픽을 감당하지 못한 거죠. 그 뒤로 골드들이 서버를 중단시켰어요. 그래서 제가 드리고자 하는 말씀은 이거예요. 당신이 '하이브'를 위풍당당히 지나며 로우컬러들에게 살아 있다는 것을 알린다면 우리가 이 위성을 차지할 수 있을 거라고요."

"그렇게나 쉽게?"

빅트라가 회의적으로 묻는다.

"그래요. 여기는 대략 2500만 명의 로우컬러들이 서로를 기어오르고, 땅 1평방미터, 단백질 패키지, 연합체 마약 등능을 차지하기 위해 서로 싸우고 있어요. 리퍼가 그의 얼굴만 보이면 그 모든 게 증발해 버릴 거예요. 그 모든 싸움들과 다툼들이. 모두가 지도자를 진심으로 갈구하고 있어요. 그리고 만약 화성의 리퍼가 죽음으로부터 돌아오기로 마음먹는다면…… 댁들은 군대 하나가 아니라 발 뒤를 따르는 조류를 얻게 될 거예요. 이해하시겠어요? 이게 전쟁을 바꿀 거라고요."

롤로의 말에 오한이 척추를 따라 내려간다. 하지만 빅트라는 회의적이고 세브로는 조용하다. 마음이 상한 것이다.

빅트라가 묻는다.

"소사이어티 정부 부대의 분대 하나가 폭도 무리에게 어떻게 할 수 있는지 알기는 해? 네가 본 무기들은 갑옷을 입은 사람들을 죽이도록 만들어졌어. 펄스 피스트. 레이저. 그들이 군중을 향해 코일건이나 래틀러를 쏜다면 단 한 명의 병사로도 1분에 1000차례는 쏠 수 있어. 종이가 찢어지는 것 같은 소리가 들리지. 인간의 몸은 그 소리에 무서워해야 한다는 것조차 모른다고. 마이크로전자파가 네 세포 구조 속의 수분을 과열시키는 거지. 게다가 지금까지의 것들은 다 그레이로 된 군중 해산용 분대들이 하는 짓들일 뿐이야. 놈들이 옵시디언을 풀어 버리면 어떻게 되겠어? 골드들이 직접 갑옷을 입고 나타난다면 어쩌고? 놈들이 당신들의 공기를, 물을 끊어 버린다면 어쩔 거야?"

"그럼 우리가 그들의 공기나 물을 끊어 버리면 어떻게 될까요?"

롤로가 반문한다.

나는 인상을 찌푸린다.

"당신들이 그걸 할 수 있어?"

"그럴 만한 이유만 줘 보세요."

롤로는 빅트라를 바라본다. 그의 말투에서 악감정이 느껴진다. 그는 그녀의 성씨가 뭔지를 정확히 알고 있는 것이다.

"도미나(골드 여성을 부르는 존칭—옮긴이), 그들이 병사들일지는 모르지요. 제 몸에 충분히 많은 금속을 쑤셔 넣어 제가 피 흘리게 만들 수 있을지도 모르고요. 하지만 9살이 되기도 전에 저는 4분 이내에 그래브부츠를 분해했다 다시 끼워 맞출 수 있었어요. 이제 저는 38살이며 나사돌리개와 전기 키트만 가지고도 10가지 방식으로 일요일까지 그들 중 여럿을 죽일 수 있어요. 저는 제 가족들을 못 보는 것에 진저리나고 지쳤어요. 짓밟히며 산소를 쓴다고, 물을 쓴다고, 살아 있다고 돈을 내는 일에 질렸어요."

롤로는 앞으로 기대온다. 그의 두 눈이 반질반질하다.

"그리고 저 문 너머에는 저 같은 사람들이 2500만 명이나 있다고요."

빅트라는 그 밑도 끝도 없는 확신에 눈을 굴린다.

"당신은 과대망상을 하는 용접공이야."

롤로가 앞으로 나오더니 책상에 있던 렌치 한 세트를 쳐서 떨어뜨린다. 그것들이 달그닥 소리를 내며 바닥에 떨어지는 바람에 클라운과 홀리데이가 놀라 데이터패드로부터 고개를 든다. 롤로는 분개하며 빅트라를 빤히 올려다본다. 그녀가 그보다 30센티미터는 더 크지만 그는 시선을 돌리지 않는다.

"저는 기술자예요. 용접공이 아니라."

"그만! 이건 우라질 토론이 아니야. 퀵실버가 우리를 이 돌덩이에서 벗어나게 해 줄 거야. 아니면 내가 그의 손가락들을 잘라내기 시작하겠어. 그 다음에 폭탄들을 터뜨리고……."

세브로가 으르렁거리지만 라그날이 끼어든다.

"세브로……."

"내가 아레스야! 네가 아니라."

세브로는 으르렁대며 손가락 하나로 라그날의 가슴을 찌르더니 나를 가르킨다.

326

"그리고 너도 아니야. 우라질 장비들이나 마저 싸. 당장."

세브로는 폭풍처럼 방에서 나간다. 나머지 사람들은 어색한 침묵 속에 남았다.

라그날이 입을 연다.

"저는 이 사람들을 버리고 가지 않을 것입니다. 그들은 우리를 도왔어요. 그들은 우리 사람들입니다."

롤로가 방에 대고 말한다.

"아레스가 미쳤어요. 정신이 나갔다고요. 댁들이 필요한 것은……."

나는 획 돌아 그 작은 남자를 향한다. 그리고 그를 한손으로 집어 든 뒤 천장에 꽂아 올린다.

"아레스에 대해 더 이상 한 마디도 하지 마."

롤로가 사과하자 나는 그를 다시 바닥에 내려놓는다. 나는 모든 하울러들이 듣고 있는지 제대로 확인한다.

"모두들 자리에 있어. 금방 다시 올게."


나는 세브로가 퀵실버의 감옥에 들어가기 전에 그를 따라잡는다. 퀵실버의 감옥은 아레스의 아들들이 발생기들을 보관하는 용도로 사용하는 낡고 처참한 창고 안이다. 세브로와 감옥 보초들은 내가 오는 소리에 돌아본다. 세브로가 으르렁거린다.

"내가 그와 단둘이 있는 게 못미더운가보지? 좋네."

"우리 얘기 좀 할 필요가 있어."

"그래. 저놈이 얘기하고 나면."

세브로가 문을 밀어젖힌다. 욕을 뱉으며 나는 그를 뒤따라간다. 그 공간은 황량한 느낌이 드는 녹슨 빛깔이다. 기계들은 라이코스에 있는 몇몇 장비들보다도 오래됐다. 기계 하나는 등불에 공급되는 전력을 토해내며 두터운 몸의 실버 뒤에서 달그락거린다. 그 등은 남자를 빛의 원으로 적신다. 그에게는 눈부신 원 너머의 모든 것이 안 보일 것이다. 퀵실버는 자신의 어깨를 금속 의자에 기댄 채 방 한가운데에 앉아 있다. 양팔은 그의 등 뒤로 묶여 있다. 피투성이인 청록색 예복은 구겨졌다. 불독의 것 같은 두 눈은 침착하게 상황을 가늠하고 있다. 넓은 이마는 땀과 기름 광으로 두텁게 덮여 있다.

"당신은 누구야?"

퀵실버가 두려움 대신 짜증을 내며 씩씩거린다. 문이 우리 뒤로 쾅 닫힌다. 이 남자는 곤경에 빠진 자신의 처지에 오히려 심기만 불편해진 모양이다. 무례하거나 화가 난 것은 아닌데 우리가 그에게 보인 수수한 수준의 환대와 그에게 떠안긴 불편에 의례적으로 짜증이 난 듯 하다. 그는 자신의 눈에 요란하게 비춰진 빛 때문에 우리의 얼굴들을 구별하지 못한다.

"연합체 공격요원인가? 위성 지배자들의 티끌제조자인가?"

우리가 아무 말도 안 하자 그는 침을 꿀꺽 삼킨다.

"아드리우스, 너야?"

오한이 내 척추를 타고 내려간다. 우리는 아무 말도 안 한다. 퀵실버는 이제 와서야, 즉 우리가 자칼의 수하들이라고 의심하기 시작하면서야 진정 겁을 내는 것 같다. 우리에게 시간이 있었다면 그 두려움을 이용할 수도 있었을 것이다. 하지만 우리는 정보가 빠르게 필요하다.

"우리는 이 돌덩이에서 벗어나야 해. 꼬맹아, 네가 그걸 이뤄 줄 거야. 아니면 내가 네 손가락들을 하나씩 제거하겠어."

세브로가 걸걸하게 말한다.

"꼬맹아?"

퀵실버가 중얼거린다.

"당신에게 대피용 함선이 있다는 것을 알고 있다. 만일의 사태에⋯⋯."

"바르카, 너냐?"

세브로는 허를 찔린다.

"너구나. 이런 빌어먹을 별들. 얘야, 너 때문에 제대로 겁먹었지 않느냐. 나는 네가 지독하게도 자칼인 줄 알았어."

"나에게 쓸 만한 정보를 불기까지 10초를 주겠어. 아니면 내가 네 흉곽을 코르셋으로 입고 다닐 테다."

세브로는 퀵실버의 친근한 태도에 당황하며 말을 뱉는다. 그가 할 수 있는 최선의 위협은 아니었다.

퀵실버는 고개를 젓는다.

"바르카 씨, 당신은 내 말을 들어야 해. 그것도 잘 들어야 하지. 이 모든 건 다 오해야. 엄청난 오해라고. 네가 믿지 않으리라는 것은 안단다. 내가 미쳤다고 생각하겠지. 하지만 내 말을 꼭 들어 줘야겠어. 나는 네 편이야. 너희들 중 하나라고, 바르카 씨."

세브로가 인상을 찌푸린다.

"우리들 중 하나라고? 그게 무슨 말이야?"

"그게 무슨 말이냐고?"

퀵실버가 걸걸하게 웃는다.

"젊은이, 그 말 있는 그대로야. 코인 기사단의 기사이자 선 산업의 최고경영자인 나, 레굴러스 아그 선은 아레스의 아들들의 창단 멤버이기도 하단다."

제21장

# 퀵실버

"아레스의 아들들 중 하나라고?"

세브로가 그 말을 반복하며 퀵실버가 자신의 얼굴을 볼 수 있도록 빛 속으로 한 걸음 들어간다. 나는 뒤에 남는다. 그것은 터무니없는 주장이다.

"그러니 훨씬 낫네. 네 목소리를 어디서 들어본 것 같았어. 아마네가 원하는 것보다 네 아버지 목소리를 더 닮은 모양이다. 그나저나 맞다. 나는 아레스의 아들이야. 사실 첫 번째 아들이지."

"이런, 그럼 제가 핑크 매춘부만큼이나 보는 눈 없다고 여기세요. 이 모든 게 정말 오해였을 뿐이군요!"

세브로가 그렇게 외치더니 앞으로 뛰어가 퀵실버 옆에 쭈그리고 앉은 뒤 그 남자의 예복을 정돈해 준다.

"당신을 말끔하게 해 주고 당신의 수하들과 연락할 수 있게 해 줄게요. 괜찮겠죠?"

"그래, 좋네. 왜냐하면 네가 꽤나 엄청난 일을 망쳐 버렸거든……."

세브로는 그 실버의 육욕적인 입술에 직방으로 주먹을 날린다. 그것은 나를 움찔하게 만드는 친밀하고도 익숙한 종류의 폭력이다. 퀵실버의 머리가 의자 뒤에 쾅 부딪힌다. 그 남자가 우리로부터 멀리 떨어져 보려 하지만 세브로는 그를 손쉽게 내리꽂는다.

"이 작고 뚱뚱한 두꺼비 인간아, 네 장난질들이 여기서는 안 통해."

"장난이 아니라……."

세브로가 퀵실버를 다시 친다. 그는 말을 더듬는다. 그의 깨진 입술로부터 피가 똑똑 흘러내린다. 눈을 깜빡여 고통을 없애 보려 한다. 아마 눈앞에는 점들이 보이고 있을 것이다. 세브로가 그를 아무렇지도 않게 세게 친다. 이번이 세 번째다. 그리고 나는 그것이 그 거물을 향한 것이 아니라 나를 향한 것이라는 생각을 하게 된다. 세브로가 뻔뻔한 눈빛으로 내가 서 있는 어둠 속의 자리를 뒤돌아봤기 때문이다. 마치 우리가 다시 충돌하여 폭파할 수 있도록 내 앞에서 도덕에 관한 미끼를 흔들어 보이는 듯하다. 그의 도덕적 신념은 언제나 단순했다. '네 친구들은 보호하라. 나머지 사람들은 어떻게 되던 내 알 바 아니다.'

세브로는 퀵실버의 입안에 칼을 밀어 넣은 뒤 으르렁거린다.

"꼬맹아, 네가 영리하게 굴고 있다고 생각하는 건 내가 다 안다. 네가 아레스의 아들이라고 주장하고. 네 언변이 그렇게나 매끄럽다고 생각하며. 말만 잘하면 우리 멍청한 짐승들로부터 완전히 벗어날 수 있을 거라 생각했지. 하지만 나는 이 게임을 너보다 똑똑한 류와도 해봤어. 그리고 힘들게 배웠다. 알겠어?"

세브로는 칼을 옆으로 돌려 퀵실버의 볼에 댄다. 그래서 그 남자는 칼과 함께 자신의 머리를 움직이게 된다. 그럼에도 여전히 칼은 그의 구각을 아주 살짝 벤다.

"그러니 네가 말을 어떻게 꼬든 간에 이 상황에서 우위를 차지할 수는 없어, 이 똥대가리야. 너는 쥐새끼 첩자야. 공모자라고. 그리고 이제 네가 지은 죄에 대한 대가를 받을 때가 됐어. 그러니 우리가 어떻게 여기서 빠져 나갈 수 있을지 알려 줄 차례인 거지. 너에게 숨겨진 함선이 있는지, 네가 우리를 데리고 해군을 지날 수 있는지를 고하고 그 다음에 우리에게 자칼의 계획들, 그의 장비들, 그의 기반시설들에 대해 불어야겠지. 그러고 나면 우리 군대가 갖출 장비를 마련해 줄 거고."

퀵실버의 시선이 칼에서 세브로의 얼굴로 빠르게 스친다.

"머리 좀 써라, 이 난쟁이 야만인아."

세브로가 퀵실버의 입에서 칼을 회수하자 그는 호통을 친다.

"피치너가 어디서 자금을 얻었을 것 같아……."

"그 이름을 들먹이지 마. 절대 함부로 그 이름을 들먹이지 마."

세브로가 손가락 하나로 그 남자의 얼굴을 가리킨다.

"나는 네 아버지를 알았어……."

"그럼 그는 왜 당신에 대해 말한 적이 없었지? 왜 댄서도 당신에 대해 몰라? 왜냐하면 당신이 거짓말을 하고 있어서야."

그 말에 퀵실버가 되묻는다.

"왜 그들이 나를 알겠어? 절대 폭풍 속에서는 배 두 대를 같이 묶는 게 아니란다."

그 말에 주먹으로 내장을 맞은 기분이 든다. 피치너는 나에게 왜 타이투스에 대해 말해 주지 않았는지 설명하면서 저것과 정확히 똑같은 표현을 썼다. 아레스의 아들들은 피치너가 죽었을 때 많은 기술적 능력을 상실했다. 그런데 아레스의 아들들의 몸에 몸체가 두 개였다면 어떻게 될까? 로우컬러와 하이컬러 두 개? 하나가 위태롭게 됐을 때를 대비해 그 둘을 서로 떨어뜨려 놨다면? 나라도 그렇게 했을 것이다. 피치너는 내가 루나로 가면 더 나은 동맹군을 마련해 준다고 약속했었다. 나를 군주로 만드는 것을 도와줄 동맹군들. 이 사람이 그들 중 한 명일 수 있다. 피치너가 죽으면서 달아난 동맹군. 자신을 오염된 아레스의 아들들 몸으로부터 끊어낸 동맹군.

"왜 마테오가 당신의 침실에 있었지?"

내가 조심스럽게 묻는다.

퀵실버는 어둠 속을 빤히 바라보며 자신에게 말을 거는 목소리가 누구의 것인지 궁금해 한다. 하지만 이제는 그의 눈빛에서 분노뿐만 아니라 두려움도 보인다.

"어떻게…… 어떻게 그가 내 침실에 있는 걸 알았지?"

"질문에 대답해."

세브로가 퀵실버를 발로 차며 말한다.

"그를 다치게 했어? 그를 다치게 했냐고?"

퀵실버가 격분하며 묻는다.

"질문에 대답해."

세브로가 그의 뺨을 때리며 말을 반복한다.

퀵실버는 분노에 몸을 떤다.

"그는 내 남편이기 때문에 내 침실에 있었다. 이 개새끼야. 그도 우리들 중 한 명이야! 만약 네가 그를 다치게 했다면……."

"그는 언제부터 당신의 남편이 됐지?"

내가 묻는다.

"10년 전부터."

"6년 전에 그는 어디에 있었어? 그가 댄서와 함께 일했을 때?"

"그는 요크톤에 있었어. 그가 네 친구를 훈련시킨 남자야, 세브로. 그가 대로우를 훈련시켰어. 조각가가 그 몸을 만들었어. 마테오가 그 사람을 조각했고."

"그는 사실을 말하고 있어."

나는 불빛 속으로 한 걸음 들어가 퀵실버에게 내 얼굴을 확인시켜 준다. 그는 쇼크 상태로 나를 뚫어지게 바라본다.

"대로우. 너 살아 있었구나. 나는…… 내 생각에는…… 그럴 리가 없어."

나는 세브로를 향한다.

"그는 아레스의 아들이야."

"사실 관계 몇 개 맞혔다고 그렇게 판단하기야? 너 진짜 진지하구나."

세브로가 으르렁거린다.

"네가 살아 있어. 어떻게? 그가 너를 죽였잖아."

퀵실버가 혼자 중얼거리며 머릿속으로 지금 벌어지는 상황을 납득해 보려고 노력 중이다.

"그는 사실을 말하고 있어."

내가 말을 반복하자 세브로는 입안에 바퀴벌레를 물고 있는 것처럼 입을 움직인다.

"사실? 그건 대체 또 무슨 우라질 같은 소리야? 어떻게 네가 그걸 알 수 있다고 생각해? 이런 뒷거래 전문 상어로부터 사실을 이끌어낼 수 있을 거라 생각하나보네. 그는 소사이어티의 흉터를 입은 비할 데 없는 자들 중 반과 함께 잠자리를 갖는 놈이야. 그는 그들의 단순한 도구가 아니야. 그들의 친구라고. 그리고 그는 자칼처럼 너를 가지고 노는 거야. 그가 아레스의 아들이라면 왜 우리를 버렸겠어? 왜 아빠가 죽었을 때 우리에게 연락하지 않은 거지?"

퀵실버가 아직도 혼란스러운 눈빛으로 나를 빤히 바라보며 끼어든다.

"네 배가 가라앉고 있었기 때문이야. 아레스의 아들들이라는 조직의 세포들은 적과 타협을 본 상태였어. 나에게는 어느 정도의 깊이까지 그 오염이 번졌는지 알 방도가 없었지. 아직도 자칼이 어떻게 너를 발각했는지 모르겠어, 대로우. 반란이란 몸체에서 로우컬러 세포들과 나 사이에 존재하는 유일한 연락선은 피치너였어. 내가 하이컬러 세포들을 위한 그의 연락선이었던 것과 마찬가지로. 댄서가 직접 대로우를 고발하고 피치너를 제거하기 위한 힘겨루기를 했는지도 모르는 판에 내가 어떻게 너희에게 연락을 취했겠나?"

"댄서는 절대 그러지 않아."

세브로가 조소 섞인 말투로 말한다.

"그것을 내가 어떻게 알겠냐고? 나는 그 남자를 몰라."

퀵실버가 답답해하며 말한다. 세브로는 이 어이없는 상황에 당황스러워하며 고개를 젓는다.

"나에게 비디오들이 있어. 나와 네 아버지가 했던 대화들을 남긴 거야."

"당신을 데이터패드 근처에는 얼씬도 못하게 할 거야."

세브로가 말한다.

"그를 시험해 봐. 그가 자신의 주장을 증명하게 하라고."

내 말에 퀵실버가 빠르게 털어놓는다.

"한번은 내가 네 어머니와 만난 적이 있었단다, 세브로. 그녀의 이름은 브린이었어. 레드였고. 만약 내가 아레스의 아들이 아니었다면 그걸 어떻게 알았겠어?"

"그건 열댓 가지 방법으로 알 수 있는 사실이야. 그걸로는 개똥도 증명되지 않아."

세브로가 말한다.

"세브로, 내가 시험 한번 해 볼게. 당신이 아레스의 아들이면 그 답을 알 거야. 만약 당신이 자칼의 편이라면 그 정보를 이용했을 것이고. 티노스는 어디 있지?"

퀵실버가 활짝 미소를 짓는다.

"서믹 바다로부터 500킬로미터 남쪽, 오래된 광산 집합지인 벤고 정거장 밑으로 3킬로미터, 버려진 광산 식민지에 있지. 그 기록들은 '내' 해커들에 의해 소사이어티의 내부 서버들로부터 지워졌고. 내 공장에서 보낸 아카론-19 레이저 드릴로 그 종유석의 속을 파낸 뒤 구조적 안정성을 유지하기 위해 나선형 강당으로 만들었지. 아탈리안 수력 발전기는 내 기술자들이 계획한 디자인으로 만들어졌고. 티노스가 아레스의 도시일지는 모르지만 내가 그곳을 디자인 했어. 내가 그곳에 들어가는 돈을 지불했고. 내가 그곳을 건설했다네."

세브로의 몸이 그 자리에서 흔들린다. 그는 놀라서 말이 없다. 퀵실버가 말한다.

"네 아버지는 내 밑에서 일했었어, 세브로. 처음에는 트리톤의 테라포밍 협력단 일을 했지. 그때 그가 네 어머니를 만났고. 그 뒤로는…… 덜 합법적인 일들을 해 줬어. 그 당시의 나는 오늘날의 내가 아니었거든. 나는 골드가 필요했어. 콧대가 센 흉터를 입은 비할 데 없는 자와 그에 따라오는 모든 법적인 보호가, 나에게 빚은 졌으며 내 경쟁자들과 거칠게 놀 준비가 된 자가 필요했지. 비공식적인 일들을 처리해 줄 사람 말이야."

"당신 지금 우리 아빠가 용병 놀이를 했었다는 거야? 당신을 위해?"

"나는 지금 그가 암살자 놀이를 했다는 얘기를 하는 거란다. 나는 성장하는 중이었어. 시장에서는 내 성장에 대한 저항이 있었지. 그래서 시장에 공간을 만들어야 했어. 모든 실버들이 안전하고 합법적으로 일하는 줄 알았나?"

퀵실버는 큭큭 웃는다.

"몇몇은 그럴지도 모르지. 하지만 정실 자본주의 사회에서의 사업은 상어들의 기교야. 수영을 멈추면 다른 이들이 네 음식을 가로채고 네 몸을 먹어치우지. 나는 네 아버지에게 돈을 줬어. 그는 동료들을 고용했고, 소외 지역에서 일했어. 내가 그로부터 요구하는 일들을 해치웠어. 그러다 내 자원으로 부 사업을 벌이다 나에게 들켰지. '아레스의 아들들'이라는 사업을."

퀵실버는 그 단체명을 조롱하는 어투로 내뱉는다.

"그런데 당신이 그를 보고하지 않았어?"

내가 미심쩍게 묻는다.

"골드들은 선동 행위를 암처럼 대해. 보고했다면 나도 같이 잘려 나갔을 거야. 그래서 나는 갇혀 버린 상황이었지. 하지만 그는 내가 갇혀 있기를 바라지 않았어. 내가 공모자가 돼 주기를 원했어. 점차 그는 나를 설득했지. 그래서 우리는 여기까지 온 거야."

세브로가 퀵실버로부터 몇 걸음 떨어지며 그가 한 이야기들을 따져본다.

"그런데…… 우리는…… 파리 떼처럼 죽어 나아가고 있었어. 그리고 그간 당신은 저 위에 있었고…… 네 핑크들과 잠자리나 즐기고 적들과 친하게 지내며. 당신이 우리들 중 하나였다면……."

퀵실버가 자신의 코를 들어 올리며 아까 맞으면서 잃었던 평정을 다시 갖춘다.

"그랬다면 내가 무엇을 했어야 했나, 바르카 씨? 한번 제대로 말해 보게나. 속임수로 싸워 본 네 광범위한 경험에 비춰서 얘기해 보게."

"당신은 우리와 함께 싸웠어야 해."

"뭐로? 응?"

퀵실버는 대답을 기다린다. 아무런 대답이 없다. 세브로는 할 말을 잃었다.

"나는 내 자신과 회사를 위해 3만 명의 개인 보안 세력을 보유하고 있다네. 하지만 그들은 수성에서 명왕성까지 퍼져 있지. 나는 그 사람들을 소유하지 않아. 그들은 그레이 계약자들이야. 그중 일부만 개인적으로 소유한 옵시디언들이고. 나에게는 무기들이 있지만 흉터를 입은 비할 데 없는 자들과 몸싸움을 할 수 있는 근육이 없어. 너 미쳤나? 나는 부드러운 힘을 사용해. 단단한 힘이 아니라. 단단한 힘으로 싸우는 건 네 아버지의 분야였어. 직접적인

340

다툼에서는 작은 가문조차도 나를 쓸어 없애 버릴 수 있다고."

"당신은 태양계에서 가장 큰 소프트웨어 회사를 보유하고 있어. 그건 해커들을 보유하고 있다는 의미지. 당신은 군수품 공장들을 갖고 있어. 군수 기술 개발실도. 당신은 우리를 위해 자칼에 대한 정보를 캐줄 수 있었어. 우리에게 무기를 공급할 수도 있었고. 우리를 위해 수많은 일들을 해줄 수 있었어."

세브로가 말한다.

"내가 직설적으로 얘기해도 될까?"

그 말에 나는 표정을 일그러뜨린다.

"그래야 되는 때가 있다면 지금이야……."

퀵실버가 뒤로 기댄 채 자신의 혹 달린 코 너머로 세브로를 자세히 내려다본다.

"내가 아레스의 아들로 지낸 지는 20년이 더 지났어. 그건 침착성을 요하는 일이지. 장기적으로 보는 눈도 필요하고. 너는 아레스의 아들들에 들어온 지 1년도 안 됐어. 그런데 일이 어떻게 됐는지 봐라. 바르카 씨, 당신에게 투자하는 건 손해야."

"투자하는 것이…… 손해라고?"

그 말은 금속 의자에 사슬로 묶긴 채 입술에서 피를 뚝뚝 흘리는 남자로부터 나오는 것이기에 우습게 들린다. 하지만 퀵실버의 눈빛에서 보이는 무언가에 그의 주장이 납득된다. 이 사람은 피해자가 아니다. 그는 우리와 다른 분야에서의 타이탄이다. 자신의 분야에서는 달인이다. 보아하니 피치너 나름의 천재성과 동급의 것

을 갖고 있다. 게다가 내가 예상했던 것보다 더 큰 그릇의 소유자
에 더 미묘하게 섬세한 사람이다. 하지만 나는 이 남자에게 전혀
마음을 열지 않는다. 그는 20년간 거짓말을 하며 살아남았다. 모든
것이 연기다. 아마 이것도 마찬가지일 것이다.

이 불도그 얼굴 밑에 있는 진짜 사람은 누구인가?

뭐가 그를 움직이게 만들까? 그가 원하는 것이 뭘까?

퀵실버는 세브로에게 설명한다.

"나는 지켜보고 있었다. 네가 무엇을 할지 보려고 기다리고 있
었지. 네가 네 아버지만큼의 능력이 있는 사람인지 확인하려 했어.
그런데 그때 그들이 대로우를 처형시켰지."

그는 나를 올려다본다. 아직도 그 부분에 있어서는 혼란스러워
하고 있다.

"아니면 처형하는 척을 했던 건지. 그리고 너는 애처럼 굴었어.
너는 부적절한 기반시설, 설비, 코디네이션 시스템, 물품 공급처들
을 가지고 승산이 없는 전쟁을 시작했어. 대로우의 조각 과정 영
상이란 형태로 세계들에, 광산들에 선전을 했어. 대체…… 뭐를 기
대하며? 프롤레타리아의 영예스러운 봉기? 나는 네가 전쟁을 이
해하는 줄 알았어."

그는 비웃는다.

"그의 모든 단점들에도 불구하고 네 아버지는 이상주의자였어.
그는 나에게 더 나은 세상을 약속했지. 그런데 그의 아들이 대신
나에게 준 건 뭐지? 도덕의 말살. 핵전쟁. 참수형. 집단학살. 레드

반역자나 골드 보복자로 이루어진 파벌 집단에 의해 온통 갈기갈기 찢겨진 도시. 분열. 다른 말로 하자면, 혼돈이야. 그리고 바르카 씨, 나는 카오스를 얻으려고 투자한 게 아니었네. 그건 사업에 안 좋아. 그리고 사업에 안 좋은 건 인류에도 안 좋지."

세브로가 침을 꿀꺽 삼킨다. 퀵실버가 한 말의 무게를 느끼는 것이다. 세브로가 너무나 위축된 소리로 말한다.

"나는 내가 해야 하는 것들을 했어. 다른 사람들이 아무도 하지 않으려 했던 것들을 한 것일 뿐이야."

퀵실버가 고약하게 앞으로 기대온다.

"정말 그랬나? 아니면 그냥 네가 원하는 짓을 한 거였나? 네 마음이 상해서? 네가 어딘가에 그 상처들을 풀고 싶어서?"

세브로의 두 눈이 반질반질하다. 그의 침묵에 내 마음이 아프다. 나는 그를 옹호해 주고 싶다. 하지만 세브로는 이 말을 들을 필요가 있다.

퀵실버가 말을 이어간다.

"자네는 내가 싸우고 있지 않았다고 생각하겠지만 나도 싸우고 있었다네. 자칼을 총애하던 군주의 마음이 최근에 조금 식은 모양이야."

"왜?"

내가 묻는다.

"전에는 나도 몰랐어. 그런데 지금은 네가 자칼의 감옥에서 탈출한 일 때문이라는 것에 뭐든 걸지. 어떤 경우든 간에, 나는 기회

를 포착했어. 그래서 이곳으로 버지니아 오 아우구스투스와 군주
측 대표들을 불러들여 버지니아에게 화성의 대총독 자리를 주고
자칼을 탄핵한 뒤 평생 옥에 가두자는 내용의 평화 협정을 맺으려
했지. 내가 원했던 결말은 아니었어. 하지만 자칼이 지배하는 화성
의 현 상태를 근거로 추정해 보자면, 자칼은 전 세계와 우리의 장
기적 목표들을 최대로 위협하는 유일무이한 존재야."

"그럼에도 불구하고 당신은 자칼이 처음에 힘을 모으도록 도왔
잖아."

내 말에 퀵실버가 한숨을 쉰다.

"당시에는 나도 그가 자기 아버지보다는 덜 위협적인 존재라고
판단했어. 내 판단이 틀렸지. 그리고 네 판단도 틀렸어. 그는 제거
돼야 해."

그렇다면 자칼은 두 명의 동맹자들로부터 배신을 당한 것이다.

"그런데 협정에 대한 당신의 계획은 이제 망했군."

"그렇지. 하지만 그 기회가 날아갔다고 슬퍼하지는 않아. 네가
살아 있잖아, 대로우. 그것은 이 반란도 살아 있다는 것을 의미하
지. 피치너의 꿈이, 네 아내의 꿈이 아직 이 세상에서 사라지지 않
았다는 것을 의미한다고."

그 말에 세브로가 묻는다.

"왜? 대체 무슨 우라질 이유로 당신은 이 전쟁이 벌어지기를 원
하는 거야? 당신은 태양계에서 가장 부자인 사람이야. 무정부주의
자도 아니고."

"맞아. 그렇게 따지자면 나는 무정부주의자도, 공산주의자도, 파시스트도, 금권 정치가도, 민주주의자도 아니야. 애들아, 학교에서 너희에게 가르치는 것을 믿지 마렴. 정부는 절대 해결책이 아니야. 오히려 거의 항상 문제의 원흉이지. 나는 자본주의자야. 그리고 나는 인류라는 우리 종족의 노력과 발전과 창의성을 믿어. 공평한 경쟁을 기반으로 우리 종족이 계속해서 진화하고 발전하기를 바라고. 사실을 말하자면 골드들은 인간이 계속해서 진화하기를 원하지 않아. 정복 이래로 그들은 자신들의 천국을 유지하기 위해 정기적으로 발전을 저해해 왔어. 자기 자신들을 신화로 포장했지. 자신들의 거대한 바다에 사냥할 괴물들을 채웠고. 개인 머크우드 숲(톨킨의 '반지의 제왕' 배경인 미들어스에 존재하는 숲 —옮긴이)과 자신들만의 올림푸스를 일궜어. 자신들을 날아다니는 신으로 만들어 줄 갑옷 슈트들도 갖고 있고. 게다가 그들은 인류를 시간 속에 얼려 버림으로써 그 우스꽝스러운 동화를 유지하고 있지. 발명, 호기심, 사회적 유동성을 억제하면서. 변화는 그것을 위협해.

우리가 있는 곳을 봐. 우주에, 우리가 빚은 행성 위에 있지. 그럼에도 불구하고 우리는 청동기 시대 아동 성애자들의 영감을 바탕으로 세워진 소사이어티에 살고 있어. 신화나 주고받으며. 그 헛소리들은 어떤 아티카 농부가 모닥불 옆에서 지어낸 거야. 끔찍하고 잔인하고 짧은 자신의 삶을 비관하던 그 농부가 그냥 한 이야기들일 뿐이라고. 그런데 그들은 안 그런 척 하고 있지.

골드는 옵시디언에게 자신들이 신이라고 주장하고 있지. 그들은 신이 아니야. 신이 창조해. 골드를 뭐라 부르고자 한다면 흡혈귀 왕이라 해야 해. 우리 경정맥으로부터 흡혈하는 기생충. 나는 이 파시스트 피라미드로부터 자유로운 소사이어티를 원해. 부와 발상의 자유시장을 자유롭게 풀어 주고 싶어. 우리 대신 힘들게 일해 줄 로봇을 만들 수 있는데 왜 인간이 광산에서 고생스럽게 일해야 하지? 왜 우리가 이 태양계에서 멈춰 있어야 하지? 우리는 주어진 것보다 더 많은 것을 누려야 마땅해. 하지만 먼저 골드가 쓰러지고 군주와 자칼이 죽어야 하지. 그리고 안드로메두스 씨, 나는 당신이 내가 그렇게나 기다려왔던 그 징조라고 생각한다."

퀵실버는 내 장갑 낀 손을 향해 고개를 끄덕인다.

"내가 당신의 상징을 위해 돈을 지불했어. 당신의 뼈, 눈, 살을 위해서도 돈을 지불했고. 당신은 내 친구의 발상에 의한 작품이야. 내 남편의 제자고, 아레스의 아들들의 총합이야. 그러니 내 제국을 당신 마음대로 사용하도록 해. 내 해커, 내 보안팀, 내 이동수단, 내 동료. 모두 당신 거야. 아무런 거리낌 없이. 아무런 조건 없이. 아무런 보험 증서 없이."

그는 세브로를 바라본다.

"신사 여러분. 다른 말로 말해 나는 여기에 올인 하겠어."

"거참 훌륭하시군그래."

세브로가 박수를 치며 퀵실버를 조롱한다.

"대로우, 이놈은 그냥 너를 매수해서 자신이 탈출하려고 하는 것일 뿐이야."

"그럴지도 모르지. 하지만 이제 더 이상 우리도 폭탄들을 폭파하면 안 돼."

내 말에 퀵실버가 묻는다.

"폭탄들? 무슨 말을 하는 거야?"

"우리가 정제 공장과 물품 수송장에 폭탄들을 심어놨어."

내 설명에 퀵실버는 미친 것 아니냐는 시선으로 우리를 돌아가며 쳐다본다.

"그게 너희들의 계획이야? 그러면 안 돼. 그랬다가는 무슨 일이 벌어질지 알기나 해?"

내가 대답한다.

"경제적 붕괴. 그 증상들로는 주식 자산들의 평가 절하, 상업 은행 대출의 동결, 지역 은행에서의 예금 인출 사태, 궁극적인 스태그플레이션 등이 있지. 거기에 사회적 질서가 무너지기도 할 거고. 우리와 얘기할 때 존중 좀 해 줘. 우리는 아마추어나 애송이들이 아니니까. 그리고 그게 우리 계획이었다는 거지, 지금은 아니야."

세브로가 나로부터 한걸음 물러나며 묻는다.

"지금은 아니라고? 그래서 이제는 저자가 우리의 행동을 지시하도록 내버려두기야."

"상황이 바뀌었어, 세브로. 계획을 다시 가늠해 봐야 해. 우리에게는 새로운 자산들이 생겼잖아."

내 친구는 내 얼굴을 알아보지 못하겠다는 듯이 나를 뚫어지게 쳐다본다.

"새로운 자산? 저자 말이야?"

"저자 뿐만 아니라 오리온도 있잖아. 머스탱이 너에게 연락했었다는 얘기를 나에게 한 번도 안 했지."

세브로는 사과 없이 입을 연다.

"왜냐하면 너는 그녀가 너를 조종하게 내버려 뒀을 테니까. 전에도 그랬듯이. 지금 저자가 그렇게 하도록 내버려두는 것처럼 말이야."

그는 내 태도를 고민해 본다. 그러고는 알아냈다는 듯이 나를 손가락 하나로 가리킨다.

"너는 무서운 거야. 그렇지? 방아쇠를 당기기가 무섭고, 실수를 하기가 무서운 거야. 우리에게 드디어 골드의 피를 흘릴 기회가 찾아왔는데 너는 상황을 새병가하고 싶어 해. 너는 시간을 들여 우리의 선택안들을 살피고 싶어 하고 있어."

그는 자신의 주머니로부터 기폭장치를 꺼낸다.

"이건 전쟁이야. 우리에게는 시간이 없어. 저 새끼는 우리와 함께 데려가도 되지만 이 기회를 놓쳐서는 안 돼."

"세브로, 이제 테러리스트처럼 구는 건 그만둬. 우리는 그것보다 낫잖아."

내가 으르렁거린다. 나는 세브로를 빤히 내려다본다. 순간 분노에 휩싸인다. 그는 나와 가장 단순하고도 강력한 우정을 나눴어야 했다. 하지만 상실은 우리 사이의 모든 것을 비틀었다. 세브로는 너무나 많은 아픔들을 겹겹이 품고 있다. 우리 둘 다 너무나 다양한 정도의 두려움, 질책과 양심의 가책을 느끼고 있다. 사람들은 한때 세브로를 내 그림자라고 부른 적이 있다. 그는 더 이상 내 그림자가 아니다. 그리고 지난 몇 시간은 그에 대한 증거였다. 그래서 나는 그동안 그를 야속하다고 생각했던 것 같다. 그는 자기 나름의 심적 기복을 가진 독립적인 주체다. 아마 그도 내가 리퍼로서 돌아오지 않아 나를 야속하다고 생각했던 것 같다. 나는 그가 알아보지 못하는 사람이 돼서 왔다. 그리고 이제 나는 그가 원하던 세력이 돼 주려고 하는데, 결정을 내리는 자가 되려 하는데, 그는 나를 미심쩍어한다. 왜냐하면 그는 나의 나약함을 감지하고 있으며 언제나 그것이 두려웠기 때문이다.

"세브로, 나에게 기폭장치를 줘."

내가 차갑게 말한다.

"싫어."

세브로는 기폭장치의 방어막을 연다. 보호용 케이스 안에 있는 빨간 엄지형 토글 키가 드러난다. 그가 그것을 누르면 1000킬로그램 상당의 고수용 폭발물들이 포보스 전역에서 폭파할 것이다. 그것이 위성을 파괴하지는 않겠지만 위성의 경제 기반 시설을 무너뜨릴 것이다. 헬륨은 수개월간, 수년간 유통되지 않을 것이다. 그리고 퀵실버의 모든 걱정들이 현실화될 것이다. 소사이어티는 고생할 것이다. 하지만 우리도 고생할 것이다.

"세브로……."

"너 때문에 우리 아버지가 죽었어. 그리고 너 때문에 퀸과 팍스와 위드와 할피와 레아가 죽었어. 네가 다른 모든 사람들보다 똑똑하다고 생각했기 때문이야. 네게 기회가 있었는데도 자칼을 죽이지 않았기 때문이고, 카시우스도 죽이지 않았기 때문이야. 하지만 너와는 다르게 나는 그런 일을 앞두고 움찔하지 않는다고."

제22장

# 아레스의 무게

세브로의 엄지손가락이 기폭장치 스위치 쪽으로 까딱한다. 하지만 그가 그것을 누르기 전에 나는 내 벨트에 있는 전파 방해기로 잼필드를 활성화시켜 신호가 이 방을 벗어나지 못하게 한다.

"이 개새끼."

세브로는 으르렁거리며 잼필드 너머로 가기 위해 문 쪽으로 질주한다.

나는 세브로를 향해 손을 뻗는다. 그는 내 손 밑에서 회전한다. 내 전파 방해기는 강한 종류가 아니다. 그래서 그는 나로부터 그리 멀리 떨어질 필요가 없다. 그는 통로로 굴러간다. 나는 허둥지둥 그를 뒤쫓는다.

"세브로, 멈춰!"

내가 통로 안으로 밀고 들어가며 말한다. 세브로는 벌써 통로 10미터 아래까지 간 상태로 내 잼필드에서 벗어나 신호를 발송하기 위해 전력질주 중이다. 이런 작은 통로들에서는 그가 나보다 빠르다. 그는 도주할 것이다. 나는 펄스 피스트를 꺼내 세브로의 머리 위를 겨냥하고는 발사한다. 그러나 겨냥이 빗나가는 바람에 그의 머리가 떨어져 나갈 뻔 했다. 모호크 머리카락에서 지글지글 연기가 피어오른다. 그는 가던 길목에서 죽은 듯이 멈추더니 나를 휙 돌아본다. 나를 죽일 듯한 표정이다.

"세브로…… 내 의도는 그런 게……."

분노의 울부짖음과 함께 세브로는 나를 향해 돌진한다. 방심하다 당한 나는 뒤로 구르며 그 미치광이 남자로부터 떨어진다. 그는 돌풍처럼 세차게 우리 사이의 간격을 좁힌다. 나는 그의 첫 주먹을 막는다. 하지만 그의 어퍼컷이 내 턱과 강하게 충돌하는 바람에 위아래 이들이 서로 쾅 부딪힌다. 나는 뒤로 흔들린다. 이가 혀의 가장자리 가까이에 있다. 그렇게 피 맛을 보고 쓰러질 뻔 한다. 만약 미키가 내 뼈들을 제대로 못 만들었다면 세브로가 내 턱을 산산조각 냈을 것이다. 대신 그는 자신의 주먹을 쥐고 아파하며 욕설을 뱉는다.

나는 어퍼컷과 함께 움직이다 왼쪽 다리를 훅 뻗어 세브로의 늑골을 과히 세게 찬다. 그 바람에 그의 몸 전체가 옆으로 이동해 벽에 부딪힌다. 금속 칸막이벽이 움푹 들어갔다. 나는 오른 주먹으로 반듯하게 잽을 날린다. 그는 몸을 수그린다. 내 주먹은 강화강철과 부딪힌다. 고통이 팔을 타고 전율하며 올라온다. 나는 끙 소리를 낸다. 내가 그의 머리를 향해 왼쪽 팔꿈치를 날리자 그는 그 밑으로 날아 들어온다. 돌아가는 톱니바퀴처럼 몰아치는 주먹들이 내 배를 강타하며 고환을 겨냥한다. 나는 뒤로 몸을 비틀며 간신히 그의 팔 하나를 잡은 뒤 전력을 다해 그를 들어 휘두른다. 그는 얼굴부터 벽에 쾅하고 부딪힌 뒤 바닥에 너부러진다.

"어디에 있어?"

나는 그의 몸을 수색해 기폭장치를 찾는다.

"세브로……."

세브로는 내 양다리 사이에서 가위처럼 양발을 찬다. 내 다리가 꼬인다. 나도 바닥에 쓰러진다. 그래서 우리는 서로 주먹을 교환하는 대신 멱살을 붙잡으며 싸운다. 그는 나보다 씨름을 잘한다. 그래서 내가 할 수 있는 것이라고는 그가 뒤에서 목을 조르지 못하게 방어하는 것뿐이다. 그는 다리로 삼각형을 이루며 내 목의 양쪽을 누르고 뒤꿈치를 내 얼굴 앞에 고정한다. 나는 그를 바닥에서 들어 올리지만 떨쳐낼 수가 없다. 그는 내 뒤에 거꾸로 매달린다. 그의 척추가 내 척추에 닿았으며 그의 발뒤꿈치는 여전히 내 얼굴에 있다. 그 상태로 그는 뒤에서 내 다리 사이로 팔꿈치를 날려 고환을 가격해 보려고 한다. 내 손이 그에게 닿지 않는다. 나는 숨을 쉴 수 없다. 그래서 내 목에 걸린 그의 종아리들을 잡고 몸을 한 바퀴 돌린다. 그는 금속에 쾅 부딪힌다. 한 번. 두 번. 그제야 그는 허둥지둥 떨어지며 나를 풀어 준다. 나는 크라바트 팔꿈치 동작들을 조밀하게 연달아 보이며 쏜살같이 그를 공략한다. 그는 본의 아니게 정수리로 내 턱을 친다.

"멍청한…… 개새끼……."

나는 투덜거리며 뒤로 주춤한다. 세브로도 아파하며 자신의 머리를 부여잡는다.

"바보 껑다리 똥꼬쟁이……."

세브로는 발길질로 내 체간의 중간 부위를 공격한다. 나는 그의 다리를 잡으며 공격을 받아내는 대신 체중을 다 실은 상태로 우측 헤이메이커 스윙을 날려 그의 두개골을 강타한다. 그는 세게 쓰러진다. 마치 내가 바닥에 못을 꽂고 있는 망치가 된 기분이다. 그는 일어서보려고 시도하지만 나는 부츠로 그를 밟아 누른다. 그는 내 부츠 밑에 누운 채 숨을 힘겹게 쉰다. 나는 어지러움에 숨을 헐떡이고 있다. 내 몸은 이런 짓을 하게 만드는 내 자신을 증오한다.

"다 했어?"

세브로에게 묻는다. 그는 고개를 끄덕인다. 나는 부츠를 거둔 뒤 그가 일어서는 것을 돕기 위해 손을 내민다. 그는 몸을 굴려 등을 바닥에 댄 뒤 내 손을 향해 자신의 손을 뻗는다. 그 후 비틀거리며 일어서는 김에 자신의 왼쪽 부츠 뒤꿈치로 내 서혜부를 바로 가격한다. 나는 쓰러진 채 그의 옆에서 헛구역질을 한다. 주체할 수 없는 메스꺼움이 아래 등에서 부풀어 올라 음낭과 배속으로 퍼진다. 내 옆에서 세브로는 개처럼 헐떡이고 있다. 처음에는 그가 웃고 있는 줄 알았다. 하지만 제대로 올려다보니 그의 눈에서 눈물이 보인다. 나는 당황한다. 그는 등을 바닥에 대고 누워 있다. 크게 흐느끼는 동작에 그의 흉곽이 떨린다. 그는 나에게서 고개를 돌린다. 내 시선에서 몸을 숨기고 눈물이 나오는 것을 멈춰 보려고 노력한다. 하지만 그 노력에 눈물들은 더 쏟아진다.

"세브로⋯⋯."

나는 일어나 앉는다. 세브로의 그런 모습에 내 마음이 찢겨나가는 기분이다. 나는 그를 안지 않지만 손 하나를 그의 머리 위에 올린다. 그리고 그는 놀랍게도 움찔하지만 내 손길을 피하지 않는다. 오히려 내 몸 위로 기어 올라와 자신의 머리를 내 무릎에 올려놓는다. 나는 내 다른 손을 그의 어깨 위에 얹는다. 시간이 지나면서 울음소리는 느려지고 그는 콧물을 푼다. 하지만 움직이지는 않는다. 이것은 마치 번개 폭풍 직후의 순간 같다. 분위기는 유동적이며 진동한다. 몇 분 후, 그는 자신의 목청을 가다듬더니 몸을 일으켜 세운다. 그러고는 통로 중앙에 양다리를 접어 깔고 앉는다. 눈은 부어 있으며 창피해하는 눈빛이다. 그는 양손을 만지작거리고 있다. 문신과 모호크 머리스타일에 그는 무슨 비정상적인 유아책에서 튀어나온 캐릭터처럼 보인다.

"내가 울었다는 걸 누구에게든 말하면 나는 죽은 물고기를 찾아 네 양말 안에 넣은 뒤 네 방에 숨기고 부패하게 놔둘 거야."

"그 정도면 꽤나 공평한 처사네."

기폭장치는 저 옆에 떨어져 있다. 우리 둘 다 손을 뻗으면 그것에 닿을 수 있을 정도로 가까운 위치에 있다. 하지만 우리 둘 다 그것을 잡으려 하지 않는다.

"정말 싫어. 저런 사람들."

세브로가 힘없이 말한 다음 나를 올려다본다.

"나는 그가 아레스의 아들이 아니었으면 좋겠어. 나는 퀵실버 같은 사람이 되고 싶지 않아."

"너는 그와 같은 사람이 아니야."

세브로는 내 말을 믿지 않는다.

"기관에서 아침에 일어날 때면 내가 여전히 꿈속에 있다고 생각했어. 그러다 찬 기운을 느꼈지. 그리고 천천히 내가 어디에 있는지를 기억하기 시작했고 내 손톱 밑에는 흙과 피가 끼어 있었어. 그리고 내가 유일하게 원하는 것은 다시 잠드는 일이었지. 따뜻하고 싶었어. 하지만 나는 내가 일어나 나를 상쥔도 인 하는 세상과 맞서야 한다는 걸 알고 있었어."

그는 인상을 찌푸린다.

"이제 나는 매일 아침마다 그런 기분이 들어. 언제나 겁이 나. 나는 아무도 잃고 싶지 않아. 저들을 실망시키고 싶지도 않고."

"너는 우리를 실망시키지 않았어. 오히려 내가 널 실망시켰지."

세브로는 내 말 중간에 끼어들어 보려고 하지만 나는 계속해서 말한다.

"네 말이 맞아. 우리 둘 다 그걸 알고 있어. 네 아버지께서 돌아가신 건 내 탓이야. 그날 밤의 일이 벌어졌던 것 자체가 전부 내 탓이야."

"그래도 내가 그렇게 말하면 안 되는 거였어. 나는 언제나 하면 안 되는 말들을 하잖아."

세브로는 손뼈를 바닥에 쾅 내리친다.

"나는 네가 그렇게 말해 줘서 기뻤어."

"왜?"

"왜냐하면 우리 둘 다 우리 힘만으로 여기까지 온 게 아니라는 걸 잊었기 때문이야. 너와 나는 서로 뭐든 털어놓을 수 있어야 해. 이 일은 그렇게 돌아가야 하는 거야. 우리 사이는 그렇게 돌아가야 해. 우리는 서로의 살얼음판 위를 걷지 않아. 서로에게 이야기를 하지. 듣기 힘든 지랄 같은 얘기를 하더라도 말이야."

세브로가 얼마나 외로움을 느끼고 있는지가 보인다. 그가 얼마나 무거운 짐을 지고 있었는지도. 기관에서 카시우스가 나를 찌른 뒤 죽었다고 생각하며 버리고 갔을 때 나도 그렇게 느꼈다. 그는 그 무게를 나눠야 한다. 나는 그것을 달리 어떻게 그에게 말해 줘야 하는지 모르겠다. 이 완고함, 이 비타협적인 태도를 밖에서만 보면 그는 미친놈 같다. 하지만 내면에서는 그도 로크가 나를 미심쩍어했을 때 내가 느꼈던 기분을 똑같이 느끼고 있다.

"기관에서 너와 카시우스가 그 호수에서 익사할 뻔 했을 때 있었지? 그때 내가 왜 너를 도와줬는지 알아?"

세브로가 묻는다.

"다른 애들이 너를 보는 방식 때문이었어. 네가 좋은 프라이머스가 될 거라고 생각한 건 아니야. 너는 축축한 방귀들이나 모아

놓은 가방 정도로 똑똑했어. 하지만 나는 다른 애들을 봤어. 페블.
클라운. 퀸…… 로크."

세브로는 그 마지막 이름을 건너뛸 뻔 했다.

"타이투스가 성 안에 있었을 때 너희가 협곡의 모닥불 앞에 앉
아 있는 모습을 지켜봤지. 네가 레아에게 염소의 목을 가르는 방
법을 가르치던 모습도 봤어. 그녀는 그 일을 하기 두려워했는데도
말이야. 나도 같이 하고 싶었어. 너희와 함께하고 싶었어."

"왜 함께하지 않은 거야?"

세브로는 어깨를 으쓱한다.

"네가 나를 원하지 않을까 봐 겁이 났지."

"다들 이제 너를 그렇게 보고 있어. 너는 그게 안 보여?"

내 말에 세브로는 콧방귀를 낀다.

"아니야. 안 그래. 여태껏 나는 너처럼 되려고 했어. 아빠처럼
되려고 했고. 그런데 잘 안 풀렸지. 자칼이 납치한 사람이 나였으
면 좋겠다고 모든 사람들이 생각하는 게 보였어. 네가 아니라."

"그게 사실이 아니라는 걸 너도 알잖아."

"사실이야."

세브로는 앞으로 기대오며 진지하게 말한다.

"너는 나보다 나아. 나는 그걸 봤어. 네가 티노스를 내려다 봤을
때. 네 눈빛을 봤어. 거기서 느껴지는 사랑을. 그 사람들을 보호하
고자 하는 욕구를. 나도 그런 걸 느껴 보려고 노력했어. 그렇지만
나는 피난민들을 내려다 볼 때마다 그들이 그냥 너무 싫더라고.

358

너무 나약해서. 서로를 아프게 해서. 바보 같이 굴면서 우리가 그들을 돕기 위해 어떤 노력들을 했는지도 몰라줘서."

그는 침을 삼킨 뒤 자신의 뭉툭한 손가락의 큐티클을 긁는다.

"내가 못됐다는 건 나도 알아. 하지만 그게 있는 그대로의 나인걸, 뭐."

여기, 이 통로에서의 세브로는 너무나 연약해 보인다. 아까의 싸움은 우리에게서 분노를 뽑아갔다. 그는 가르침을 구하는 것이 아니다. 지도자 역할이 그를 지치게 했으며 하울러들 사이에서도 그를 소외시켰다. 지금 당장의 그는 자신이 퀵실버나 자칼 또는 우리가 싸우는 다른 어느 골드들과도 같지 않다는 것을 확인받고 싶어 한다. 세브로는 내가 그보다 더 나은 존재라고 잘못 생각하고 있다. 그리고 그가 그렇게 생각하게 된 것에는 내 책임도 일부 있다.

"나도 그들이 정말 싫어."

내 말에 세브로는 고개를 젓는다.

"위로하려 하지 마……."

"정말 그래. 최소한, 내가 어떤 존재였는지, 또는 어떤 존재로 남을 뻔 했는지를 그들이 상기시켜 준다는 게 정말 싫어. 젠장, 나는 멍청한 난쟁이였어. 너도 나를 정말 싫어했을 거야. 나는 무릎을 꿇고 있으면서도 내 삶을 편안히 여겼고 오만했으며 이기적이었어. 사랑에 빠졌다는 이유로 모든 걸 보지 못하는 상태 그대로를 좋아했어. 그리고 어떤 이유에서인지 사랑을 위해 사는 게 이 모든 세계들에서 가장 용맹한 거라고 생각했어. 심지어 이오도 내 머릿속에서 그녀가 아닌 어떤 존재로 왜곡해서 추억했지. 그녀와 우리가 함께하던 삶을 실제보다 낭만적으로 기억했어. 아마 그랬던 이유는 우리 아버지께서 어떤 대의명분을 위해 목숨을 바쳤던 모습을 내가 봤기 때문이었을 거야. 그렇게 나는 아버지께서 남기고 가신 모든 것들을 확인했지. 그래서 아버지께서 버리신 삶에 더 매달려 보려고 했던 거야."

나는 손가락으로 손금들을 따라 그린다.

"내가 이오를 위해 이 모든 일들을 시작했다고 생각하면 자신이 작아진 기분이야. 그녀는 나에게 모든 것이었어. 하지만 나는 그냥 그녀의 인생에서 한 조각에 불과했지. 자칼이 나를 데리고 있었을 때 내가 생각할 수 있는 것이라고는 그것밖에 없었어. 내가 충분하지 않은 존재였다고. 우리 아이가 충분하지 않은 존재였다고. 내 일부는 그녀가 그렇게 생각했다는 것 때문에 그녀를 증오해. 그녀는 이 모든 일들이 벌어질 거라고는 알지 못했어. 세계들이 테라포밍 됐다는 사실도 모르고 있었어. 그녀가 알 수 있었던 것은 자신이 라이코스에 있는 몇천 명에게 생각을 밝히고 있다는 점뿐이었지. 그런데 그게 죽을 만큼의 가치가 있는 일이야? 아이를 죽일 만큼의 가치가 있는 일이냐고?"

나는 통로 아래쪽을 향해 손짓을 보인다.

"이제 저 모든 사람들은 이오가 신성하다거나 뭐, 그런 식으로 생각하고 있어. 완벽한 순교자로 기억하지. 하지만 이오는 그냥

한 소녀였어. 그리고 그녀는 용감했지만 바보 같았고 이기적이었으며 이타적이었고 낭만적이었어. 하지만 그녀는 더 큰 존재가 될 수 있기도 전에 죽었지. 그녀가 살아 있었다면 얼마나 많은 일들을 할 수 있었겠어. 어쩌면 우리는 이 일을 같이 할 수 있었을지도 몰라."

나는 씁쓸하게 웃고는 내 머리를 벽에 기댄다.

"나이 드는 것의 가장 개똥 같은 점은 이제 우리가 모든 일의 빈틈을 확인할 수 있을 정도로 똑똑해졌다는 사실인 듯해."

"우리는 23살이야, 이 한심한 자식아."

"글쎄, 나는 80살은 먹은 기분이야."

"그렇게 보여."

나는 세브로에게 손가락 십자를 날려 결국 그에게서 미소를 끌어낸다.

"너는⋯⋯."

세브로는 그 생각을 마무리하지 않을 뻔 한다.

"너는 그녀가 너를 지켜보고 있다고 생각해? 계곡 사후세계에서? 네 아버지도 지켜보고 계실까?"

나도 모르겠다고 말하려던 찰나에 세브로의 강렬한 시선이 눈에 들어온다. 그는 내 가족에 대해 묻는 것만이 아니라 자신의 가족, 그리고 어쩌면 퀸에 대해서도 묻고 있는 것이다. 그는 퀸을 언제나 사랑했지만 한 번도 그녀에게 고백할 용기를 내지 못했다. 그의 모든 야만성 때문에 그가 정말 얼마나 여린지를 기억하기가 쉽지 않다. 그는 표류 중이다. 레드와 골드 모두로부터 소외됐다. 고향이 없다. 가족도 없다. 전쟁 이후의 세계에 대한 견해도 없다. 지금 당장이라도 그가 사랑받고 있다는 느낌이 들게 할 수만 있다면 나는 무슨 말이든 하겠다.

나는 내가 느끼는 것보다 더 확신을 갖고 말한다.

"응. 나는 그녀가 나를 지켜보고 있다고 믿어. 우리 아버지께서도 그러실 거고. 네 아버지께서도 그러실 거야."

"그럼 계곡 사후세계에는 맥주도 있나?"

나는 세브로의 발을 차며 말한다.

"신성모독 좀 하지 마. 위스키만 있어. 보이는 저 멀리까지 강을 이루며 흐르고 있지."

세브로의 웃음소리가 내 조각 난 마음을 또 조금 이어 붙여준다. 조금씩 내 친구들이 다시 나에게 돌아오는 기분이 든다. 또는 어쩌면 내가 그들에게 돌아가는 것일지도 모르겠다. 어쩌면 정말 그것이겠다. 나는 언제나 빅트라에게 사람들이 들어오게끔 마음을 열라고 했다. 하지만 나는 절대 내 조언을 직접 실천할 수는 없었다. 왜냐하면 언젠가는 내가 그들을 배신해야 했으며 우리 우정의 기반이 거짓이라는 것을 알고 있었기 때문이다. 이제 나는 내가 누군지 알고 있는 사람들과 함께 있다. 그런데도 나는 그들이 들어오게끔 마음을 열기가 무섭다. 왜냐하면 그들을 잃을까 봐, 그들을 실망시킬까 봐 두렵기 때문이다. 하지만 세브로와 나의 이런 관계는 우리를 전보다 더 강하게 만들어 준다. 이것은 우리에게 있으나 자칼에게는 없는 것이다.

"너는 이 이후에 어떤 일이 벌어질지 알고 있어? 우리가 옥타비아와 자칼을 죽이면? 우리가 어떻게 하다 이기게 되면?"

내 질문에 세브로가 대답한다.

"아니."

"바로 그 점이 문제야. 나에게도 해답은 없어. 그런 게 있는 척하지도 않겠어. 하지만 아우구스투스의 말처럼 세상이 굴러가게 두지는 않을 거야. 최소한 뭔가 더 나은 세상을 위한 계획 없이는 이 세계에 혼란을 불러들이지 않을 거라고. 그러려면 퀵실버와 같은 동맹군들이 필요해. 테러리스트 놀이를 그만해야 해. 그리고 진짜 군대가 필요해."

세브로가 기폭장치를 다시 집어 들더니 반으로 분지른다.

"명령이 뭐야, 리퍼?"

제23장

# 조류

세브로와 나는 다시 싱황실로 성큼성큼 돌아간다. 하울러들은 정거장을 떠나기 위해 짐을 쌓고 준비한 상태다. 롤로와 그의 수하 열댓 명이 방의 측면에서 경직된 채 우리를 바라본다. 그들은 자신들이 버림받기 일보직전이라는 것을 알고 있다. 퀵실버는 내 뒤를 따른다. 그를 묶고 있던 사슬들은 감옥에 풀어 두고 온 상태다. 그는 우리의 계획에 몇 가지 사항들만 조정한다는 전제하에 동의했다.

빅트라가 우리의 멍과 피가 난 손을 보며 말한다.

"어라, 이것 좀 봐⋯⋯. 너희 둘이 드디어 얘기 좀 했구나."

그녀가 라그날을 돌아본다.

"거 봐."

"지랄은 정리됐어."

세브로의 말에 라그날이 궁금해 하며 묻는다.

"그럼 저 부자 남자는요? 아무런 수갑이나 족쇄를 차고 있지 않네요."

세브로가 대답한다.

"그건 저 남자도 아레스의 아들이기 때문이야, 라그날. 그것도 몰랐어?"

빅트라가 웃음을 터뜨린다.

"퀵실버가 아레스의 아들이라고? 이건 비밀인데 나도 사실은 헬다이버였어."

그녀가 우리 표정을 앞뒤로 살핀다.

"잠깐…… 너희 지금 진지하구나. 증거는 있어?"

"어머니의 소식에 애도를 표하네, 빅트라."

퀵실버가 목쉰 목소리로 말한다.

"하지만 당신이 걸어 다니고 있는 모습을 보니 기쁘군. 진심이야. 나는 아레스의 아들들과 20년 넘게 함께했어. 그걸 증명할 만한 자료로 피치너와 나눴던 수백 시간의 대화 내용들이 있고."

"그는 진짜 아레스의 아들이야. 우리 그 문제는 이제 넘어가도 될까?"

세브로의 말에 빅트라가 고개를 절레절레 흔든다.

"세상에, 무슨 이런 일이 다 있데. 어머니께서 당신에 대해 했던 말이 맞았어. 언제나 당신에게는 비밀이 있다고 하셨지. 나는 그게

365

어떤 성적인 것일 줄 알았어. 당신이 말이나 다른 뭔가를 즐긴다 생각했지."

세브로가 심기 불편해하며 몸의 자세를 튼다.

"그래서 부자 아저씨, 우리가 이 돌덩이에서 벗어날 방도를 마련해 줄 거예요?"

홀리데이가 퀵실버에게 묻자 그가 대답한다.

"아직은 그러지 못했네. 대로우……."

"우리는 떠나지 않을 거야."

내가 발표한다. 롤로와 그의 수하들이 구석에서 동요한다. 하울러들은 서로 혼란스러운 표정을 교환한다. 스크루페이스가 걸걸하게 묻는다.

"우리에게 뭐가 어떻게 돌아가고 있는지 좀 알려 주는 게 어때? 일단 누가 대장인지부터 짚고 넘어가자. 네가 대장이야?"

"하울러 1."

세브로가 내 어깨를 주먹으로 치며 말한다.

"하울러 2."

내가 연달아 세브로의 어깨를 툭툭 치며 덧붙인다.

"문제 없나?"

세브로가 묻는다. 하울러들이 다함께 고개를 끄덕인다.

"우선적으로 해야 할 일은 정책 변경이다. 펜치 갖고 있는 사람 있어?"

내가 말한 뒤 주위를 둘러보자 홀리데이가 폭탄 키트로부터 펜치를 꺼내 가볍게 던져 넘긴다. 나는 입을 벌리고 펜치를 입안에 꽂아 아클리스-9 자살 치아가 삽입되어 있는 우측 뒤쪽 어금니를 잡는다. 그리고 끙 소리와 함께 그 어금니를 뽑아 버린 뒤 책상 위에 올려놓는다.

"나는 전에도 붙잡힌 적이 있다. 다시는 붙잡히지 않을 것이다. 그러니 이것은 나에게 무용지물이다. 나는 죽을 계획이 없다. 그러나 만일 죽는다면 나는 내 친구들과 함께 죽는다. 내가 죽을 곳은 감옥 안도 아니고, 연단 위도 아니다. 너희들과 함께일 것이다."

나는 펜치를 세브로에게 넘긴다. 그도 자신의 어금니를 휙 뽑아 버린다. 그러고는 책상 위에 피를 뱉는다.

"나는 내 친구들과 함께 죽는다."

라그날은 펜치가 넘어올 때까지 기다리지 않는다. 그는 자신의 뒤쪽 이를 맨손으로 뽑아낸다. 그가 거대한 피투성이의 것을 책상 위에 올려놓는 동안 그의 두 눈은 기쁨으로 커진다.

"나는 내 친구들과 함께 죽는다."

하나둘 그들은 펜치를 돌아가며 받은 뒤 자신들의 이를 뽑아서 툭 내던진다. 그러는 내내 퀵실버는 우리를 지켜본다. 그는 마치 미친 훌리건들을 바라보는 것처럼 우리를 빤히 지켜본다. 의심의 여지없이 그는 자신이 대체 무슨 상황에 휘말렸나 의아해하고 있을 것이다. 하지만 나는 수하들이 부담하고 있는 역할의 무게를 훌훌 털어 버리게 만들어야 한다. 두개골에 독이 찬 상태에서 그들은 사망선고를 이미 받은 기분이었을 것이다. 그래서 모두 마냥 교수형 집행인이 와서 문을 두드리기를 기다리고 있었다. 다 집어 치워라. 죽음은 포상을 얻고 싶으면 직접 벌어 가야 할 것이다. 나는 저들이 이런 사고방식을 믿어 줬으면 한다. 서로를 믿어 줬으면 한다. 우리가 정말로 이겨서 살 수 있을지도 모른다는 생각을 믿어 줬으면 한다.

이제껏 처음으로 나는 그렇게 하고 있다.


지시의 세부사항들까지 수하들에게 모두 전하자 그들은 그 명령을 수행하기 위해 뿔뿔이 흩어진다. 그리고 나는 세브로와 함께 아레스의 아들들의 제어실로 돌아와 사람들에게 직접적인 링크 통화를 준비해 달라고 요청한다.

"아게아에 있는 시타델로 연결 부탁한다."

아레스의 아들들은 나를 돌아보며 자신들이 잘못 들은 것이 아닌지 확인한다.

"친구들, 빨리빨리. 하루 종일 이러고 있을 수는 없질 않은가."

나는 세브로와 함께 홀로카메라 앞에 선다.

"우리가 여기에 있다는 것을 벌써 알고 있을까?"

"아마 아직은 모를걸."

내가 대답한다.

"놈이 혼자 열 받아 할까?"

"그러길 바라야지. 잊지 마. 절대 머스탱과 카시우스가 여기에 있었던 이야기는 하지 마. 그 정보는 주머니 속에 넣어 둘 거야."

홀로링크 직접 통화 연결이 진행되자 젊고 파리한 코퍼 관리인이 졸린 눈으로 우리 쪽을 바라본다.

"시타델 일반 컴입니다. 통화를 어디로 연결해 드릴······."

느릿느릿 말하던 그녀는 디스플레이에 나타난 우리의 이미지를 확인하더니 갑자기 눈을 깜빡인다. 눈에서 졸음이 사라진다. 동시에 그녀는 말할 능력을 모두 상실한다.

"대총독과 얘기를 나누고 싶다."

내가 말한다.

"그럼······ 누가 연락했는지······ 신원을 밝혀도 될까요?"

"화성의 우라질 리퍼다."

세브로가 빽 소리 지른다.

"잠시만 기다려 주십시오."

코퍼의 얼굴은 소사이어티의 피라미드 그림으로 대체된다. 우리가 대기하는 동안 끔찍할 정도로 다음 가락이 예상 가능한 비발디 음악이 흘러나온다. 세브로는 손가락으로 다리를 가볍게 두드리며 속삭이는 소리로 짧은 노래를 웅얼거린다.

"네 심장이 북처럼 울리면, 또 네 다리가 조금은 젖으면, 그것은 리퍼가 찾아 왔기 때문이지, 조그마한 빚을 회수하려고."

몇 분 후, 자칼의 창백한 얼굴이 우리 앞에 모습을 드러낸다. 그는 높은 흰색 깃의 재킷을 입고 있으며 머리는 옆으로 가르마를 탄 상태다. 그는 우리를 음흉하게 보지 않는다. 굳이 어떤 눈빛인지 따지자면 재미있어 하는 쪽이다. 그는 계속 아침식사를 하고 있다.

"리퍼에 아레스까지 있네."

자칼이 낮은 소리로 느릿느릿하게 말하며 자신의 정중함을 스스로 조롱한다. 그는 휴지로 입을 닦는다.

"지난번에 네가 너무 빨리 떠나는 바람에 내가 작별인사를 할 시간도 없었잖아. 정말이지, 너 진짜 빛나 보이는구나, 대로우. 빅트라도 함께 있니?"

나는 무미건조하게 말한다.

"아드리우스. 너도 당연히 알고 있겠지만 선 산업에서 폭발이 일어났다. 그리고 네 조용한 동업자, 퀵실버는 사라졌지. 그 사건에 관할 구역을 지정하는 일도 엉망진창이고 수 시간, 어쩌면 수일 간 그 증거자료들이 정리가 안 될 거라는 걸 나도 알고 있어. 그래서 내가 상황을 명확하게 정리해 주려고 연락했지. 우리들, 즉 아레스의 아들들이 퀵실버를 납치했다."

자칼은 숟가락을 내려놓고 하얀색 커피 잔으로부터 커피를 홀짝인다.

"그렇군. 무슨 목적이 있는 거지?"

"네 감옥에 불법적으로 가둬둔 모든 정치적 포로와 수용 캠프에 밀집된 모든 로우컬러를 풀어 줄 때까지 퀵실버는 우리가 인질로 잡고 있겠다. 또한 너는 네 아버지를 살인한 것에 대해 책임을 질 것이다. 공개적으로."

"그게 다야?"

자칼이 아무런 감정 기복도 보이지 않으며 묻는다. 하지만 그는 우리가 어떻게 퀵실버가 그의 동료라는 것을 알게 됐는지 궁금해하고 있을 것이다.

"개인적으로 내 여드름투성이 궁둥이에 뽀뽀도 해 줘야 해."

세브로가 덧붙인다.

"근사하군."

자칼이 화면 밖의 누군가를 바라본다.

"내 요원들이 해 준 보고에 따르면 선 산업이 공격 받은 지 10분 후, 비행 정지령이 내려졌으며 현장으로부터 탈출하던 함선은 '할로우스'로 사라졌다던데. 그럼 나는 너희들이 아직 포보스에 있다고 추측해도 될까?"

나는 마치 방심하다 당한 듯이 멈칫한다.

"우리의 요구에 따르지 않으면 퀵실버의 생명을 앗아갈 것이다."

"슬프게도 나는 테러리스트들과 협상하지 않는단다. 특히나 정치적 이득을 위해 나와의 대화 내용을 녹음해 방송할지도 모를 놈들과는 더더욱 안 하지."

자칼이 커피를 다시 홀짝인다.

"내가 너희들의 제안을 들어 줬으니 이제 내 것도 들어줬으면 해. 도망쳐라. 지금. 가능할 때. 하지만 알고 있으렴. 너희가 어디로 가든, 어디에 숨든, 너희는 너희 친구들을 보호할 수 없단다. 나는 그들 모두를 죽일 것이고 너를 다시 어둠 속에 가두고는 베어 버린 그들의 머리를 너와 함께 처넣을 거란다. 여기서 벗어날 방법은 없어, 대로우. 이건 내가 꼭 약속해 주지."

자칼은 연결 신호를 끊는다.

"그가 정부 부대들보다 먼저 본라이더를 보내올 것 같아?"

세브로가 묻는다.

"그러기를 바라야지. 이제 움직일 시간이야."

'할로우스'는 가두리들로 이루어진 도시다. 이곳, 포보스의 심장부에서는 녹슨 금속 집들이 눈에 보이는 가장 먼 곳까지 무중력 속에서 한데 연결되어 있다. 그래서 줄 위에 줄들이, 기둥 위에 기둥들이 쌓아 올려진 형태다. 각각의 가두리는 소형화된 삶이다. 옷들이 고리에 걸려 날아다닌다. 작은 휴대용 온도 조절 프레스 그릴들에서는 100군데의 다양한 화성 지역들로부터 유래된 음식들이 지글지글 구워진다. 강철 우리 벽면에 테이프로 매달린 종이 그림에는 머나먼 호수, 산, 그리고 가족 모임 등이 그려져 있다. 여기 있는 모든 것들이 지루하며 잿빛이다. 가두리의 금속. 축 늘어질 옷. 심지어 오렌지와 레드까지도 고향으로부터 수천 킬로미터 떨어져 있는 이곳에 갇혀서 피곤하고 진 빠진 얼굴들을 하고 있다. 빛나는 데이터패드와 홀로바이저에서 나오는 색색의 불빛들이 춤을 추며 도시 전역으로 떠오른다. 그것은 비틀린 금속 조각에 흩뿌려진 꿈의 조각이다. 남자와 여자들이 참회하는 자세로 앉아서 자신들의 작은 디스플레이를 내려다본다. 그들은 소소한 방송 프로를 보며 자신들이 가고 싶은 장소 대신 이곳에 있다는 사실조차 잊어버린다. 많은 이들이 테이프로 이은 종이나 이불을 벽에 걸어서 이웃으로부터 사생활을 지키기 위한 어느 정도의 모양새를 갖춘다. 하지만 냄새와 소리로부터 벗어날 방법은 없다. 가두리의 문들이 쉬지 않고 걸걸하게 달그락거리며 쾅 닫히는 소리. 자물쇠가 달칵거리는 소리. 남자들이 웃는 소리와 기침하는 소리. 발생기들이 웅웅거리는 소리. 공영 홀로캔들이 산만하게 개의 언어로 깽깽거리고 컹컹 거리는 소리. 모두 한데 모아 젓고 끓이면 소리와 그림자 진 빛으로 이루어진 수프가 된다.

롤로는 한때 이 도시의 남쪽 극단에 살았었다. 이제 그곳은 제대로 연합체의 구역이 됐다. 아레스의 아들들은 2달도 전에 그곳에서 쫓겨났다. 우리는 가두리로 된 협곡들 사이로 꿰고 있는 플라스틱 줄들을 따라 날아간다. 작은 가두리 집들로 다시 기어 올라가는 도킹장 일꾼과 타워 노동자를 지나친다. 그들은 내가 신은 새 그래브부츠가 윙윙 거리며 울리는 소리를 향해 고개를 홱 돌린다. 그것은 그들에게 낯선 소리다. 홀로비드나 로우 세계의 그린들이 분당 50크레딧에 파는 실험적 가상 현실에서나 들어 본 소리다. 대부분은 흉터를 입은 비할 데 없는 자를 직접 본 적도 없을 것이다. 게다가 갑옷을 완장한 비할 데 없는 자는 더더욱 그럴 것이다. 나는 그들에게 무시무시한 볼거리다.

7시간 전, 나는 중위들과 아레스의 아들들의 상황실에 함께 모여 그들과 티노스에 있는 댄서에게 계획을 알렸다. 6시간 전, 나는 카박스가 우리 유치장으로부터 탈출했다는 소식을 들었다. 누군 가가 그를 풀어 준 것이다. 5시간 전, 빅트라가 퀵실버와 마테오를 그들의 타워로 다시 데려다 줬다. 그곳에서 퀵실버는 자신이 소유 하는 감옥들을 가동하고 블루 하이브에 연락하는 일에 그날 밤의 나머지 시간들을 쏟았다. 이 순간을 위한 준비를 한 것이었다. 4시 간 전, 퀵실버는 자신의 보안팀을 아레스의 아들들에 합류시켰으 며 그들이 자신의 무기고와 무기창을 사용할 수 있게 해 줬다. 그 리고 우리는 두 아우구스투스 구축함들이 궤도 도킹장으로부터 귀향 중이라는 소식을 받았다. 3시간 전, 라그날과 롤로는 1000명 의 아레스의 아들들을 43C층의 쓰레기 격납고로 데리고 가서 소 형 비행기들을 준비시켰다. 2시간 전, 퀵실버의 개인 요트 함선들 중 하나가 발사될 준비를 마쳤다. 1시간 선, 소사이어티 구축함들 이 부대 이동 수단 4대를 스카이레시 행성 간 우주정거장의 도킹 장에 배치시켰다. 그리고 내 갑옷에 새로 칠한 붉은 핏빛 페인트 가 마르자 나는 그것을 입고 전장으로 행진한다.

모든 것이 준비됐다.

이제 나는 '할로우스'의 심장 안에 침묵의 각성을 조각한다. 뼈 처럼 흰 내 레이저는 팔에 찬 상태다. 내 옆에는 세브로가 날고 있 다. 그는 스파이크가 박힌 거대한 아레스의 투구를 자랑스럽게 쓰 고 있다. 그 투구는 그가 가지고 온 것이지만 나머지 갑옷은 퀵실 버로부터 빌린 것이다. 갑옷은 최첨단 기술로 만들어졌다. 우리가 아우구스투스를 위해 입던 것들보다도 질이 좋다. 홀리데이는 아레스의 아들들 100명과 함께 우리를 뒤따라온다.

아레스의 아들들은 그래브부츠를 어색해한다. 몇몇은 레이저를 들고 있다. 다른 이들은 펄스 피스트를 가졌다. 하지만 내 명령에 따라 단 한 명도 날아가는 동안 투구를 쓰고 있지 않다. 나는 '스택스'에 있는 이 로우컬러들이 우리의 반역을 목격하기를 원한다. 그래서 레드, 오렌지, 그리고 옵시디언이 자기 주인의 갑옷을 입고 있는 모습을 보며 저들이 대담해지기를 바란다.

얼굴은 다 흐릿하다. 10만 명이 사방으로 퍼져 있는 집 안에서 우리를 살피고 있다. 창백하고 혼란스러워하는 그들 대다수는 40살도 안 됐다. 롤로와 똑같이 거짓된 약속에 이끌려 이곳으로 오게 된 레드와 오렌지 들이다. 롤로와 똑같이 화성에 가족이 있는 사람들이다.

이웃들이 내가 있는 곳을 가리킨다. 그들의 입술이 내 이름을 발음하는 모습이 보인다. 어딘가에서 연합체 감시자들이 윗사람에게 연락을 하고 경찰이나 반테러 보안 기술반에 소식을 전달하고 있을 것이다. 리퍼가 살아 있으며 그가 포보스에 있다고…….

나는 이 짐승들에게 미끼를 던지고 있다.

도시의 중심지로 날아드는 동안 나는 이오에게 소리 없이 기도한다. 내게 힘을 달라고. 중심지에는 소사이어티 코미디 프로를 방영하는 홀로그래프 디스플레이가 있다. 마치 어떤 박동하는 전자 아이돌이 가시철조망 안에 갇힌 형상 같다. 디스플레이는 1000미터 길이에 50미터 넓이를 자랑하며 그 주위로 원을 이루는 가두리들에 역겨운 네온 빛을 드리운다. 스피커는 신호에 맞춰 웃는다. 푸른빛이 내 갑옷 위에서 놀고 있다. 자물쇠가 풀리며 쨍그랑거리자 가두리의 문들이 열린다. 그래서 그 안의 거주자들은 가두리의 가장자리에 걸터앉아 그 너머로 다리를 내밀고 흔들며 나를 구경한다. 그 자세로는 그들이 가두리의 빗장 사이로 나를 보지 않아도 된다.

퀵실버의 그린들은 투구 카메라를 내게 집중시킨다. 아레스의 아들들이 주위로 모여든다. 그들의 눈빛은 로우컬러들을 향해 이글이글 타오른다. 내 영예로운 경비들이다. 그들의 붉은 머리는 100개의 분노하는 횃불처럼 떠다닌다. 홀리데이와 아레스가 양옆을 지킨다. 200미터 상공에서 날아다니고 있다. 우리는 가두리에 둘러싸여 있다. 침묵이 도시를 휘어잡으면서 코미디 프로의 녹음된 웃음소리만 들린다. 스피커 밖으로 깔깔거리는 그 소리는 역겹고 이상하다. 나는 퀵실버의 그린들에게 고개를 끄덕인다. 그러자 그들은 그 소리를 끊는다. 그리고 퀵실버의 타워 어딘가에서 그가 모은 해커 팀이 위성에 있는 모든 방송들을 장악하며 지구, 루나, 소행성대, 수성, 그리고 목성의 위성에 있는 2차 데이터 허브들로 명령 신호를 보낸다. 그리하여 내 메시지는 인류를 이어주는 데이터 웹을 장악하면서 우주의 암흑 전역으로 타오를 것이다. 퀵실버는 이 방송을 통해 우리를 돕겠다는 자신의 입장을 증명하고 있다. 우리는 그의 도움을 받아 자칼이 만든 네트워크를 이용할 것이다. 이것은 이오의 죽음에 대한 방송과는 다르다. 그것은 홀로넷

상의 어둠의 경로들을 파헤쳐야 볼 수 있는 바이럴 동영상이었다. 이것은 소사이어티 전역에 대고 하는 거창한 포효다. 100억 개의 홀로들을 통해 180억 명의 사람들에게 하는 방송이다.

그들이 우리에게 준 이 스크린 화면들은 사슬이었다. 오늘 우리는 그것들을 망치로 만들어 버릴 것이다.

카르누스 오 벨로나는 그 나름의 단점들을 갖고 있었다. 하지만 이 생에서 우리가 할 수 있는 것이라고는 바람에 대고 고함치는 것뿐이라던 그 말만큼은 맞았다. 그는 자신의 이름을 외쳤으며 나는 그 행동이 얼마나 어리석은지를 배웠다. 이렇게나 저렇게나 해도 이 전쟁은 나를 장악할 것이다. 그래도 그것을 시발하기 전에 나는 나의 고함을 칠 것이다. 그리고 그 소리는 내 자신의 이름보다 훨씬 더 값진 무언가가 될 것이다. 가문의 자긍심으로 이루어진 포효보다 훨씬 대단한 존재가 될 것이다. 그것은 내가 16살이었을 때부터 품고 다니며 인도해 온 꿈이니까.

이오가 내 밑의 홀로그램상에 나타나며 코미디 프로 화면을 대체한다.

내가 알던 소녀 모습의 유령 같은 거인이다. 그녀의 얼굴은 고요하며 창백하고 꿈속에서 봤던 것보다 더 성난 표정이다. 그녀의 머리는 윤기 없고 실처럼 가늘어 너저분하다. 옷은 칙칙하고 헤졌다. 하지만 두 눈은 뒤쪽의 회색 배경과 대조되어 활활 타오르고, 난도질당한 등의 핏자국만큼이나 밝다. 그런 그녀가 금속 사각 채찍대 위에서 고개를 든다. 그녀의 입은 거의 안 벌어지는 듯하다.

입술 사이로 실낱같은 공간만이 존재한다. 하지만 그녀의 노래는 피처럼 흘러나온다. 목소리는 봄의 꿈처럼 얇고 연약하다.

아들아, 내 아들아
골드가 철의 고삐로 지배하던 때의
사슬을 기억해
우리는 으르렁거리고 또 으르렁거렸지
몸을 비틀고 소리를 질렀어
우리의 것을 위하여,
더 나은 꿈이 있는 계곡을 위하여

이오의 노래는 금속 도시 전역으로 울려 퍼진다. 그 소리는 저 멀리의 돌로 된 잃어버린 도시에서 그녀가 퍼뜨렸던 것보다 크다. 그녀의 빛이 우리에서 바라보고 있는 창백한 얼굴들 위로 번뜩인다. 이 오렌지와 레드 들은 살아 있었을 적의 이오를 몰랐지만 그녀가 죽어서 보내는 소리를 듣는다. 그녀가 교수대로 이끌려가는 장면에 그들은 말없이 비통해한다. 내가 헛되이 외치던 소리들이 들린다. 그레이의 품 안에서 내가 힘이 풀려 주저앉는 모습이 보인다. 다시 그 자리에 있는 기분이다. 세상이 내 아래에서 붕괴되던 동안 양 무릎에 조밀하게 묻어 있던 흙의 감촉이 느껴지는 것 같다. 아우구스투스가 플라이니와 레토를 데리고 얘기하는 동안 끝이 닳아빠진 줄이 이오의 목에 둘러진다. '스택스'에 있는 얼굴들이 증오를 뿜어낸다. 나는 이오의 죽음을 그 당시에도 막지 못했던 것처럼 지금도 막지 못한다. 마치 언제나 그래왔던 것 같은 기분이다. 내 아내는 떨어진다. 그녀의 옷이 내는 바스락 소리에, 줄이 끽끽거리는 소리에 나는 움찔한다. 그리고 나는 홀로그램을 내려다본다. 억지로 그것을 본다. 마침 한때의 나였던 소년이 앞으로 허둥지둥 나와 레드 상징이 있는 두 손으로 그녀의 발길질하는 다리를 잡고 있다. 내가 지켜보는 동안 그는 그녀의 발목에 키스를 한 후 그 미미한 힘으로 그녀의 발을 밑으로 잡아당긴다. 그녀의 헤만서스가 떨어진다. 그리고 나는 말을 시작한다.

"저는 평화롭게 살고 싶었습니다. 하지만 제 적들이 저에게 전쟁을 가져다 줬습니다. 제 이름은 라이코스의 대로우입니다. 여러분은 제 이야기를 알고 계십니다. 그것은 여러분 자신들의 이야기의 메아리에 불과합니다. 그들은 제 집으로 쳐들어와 제 아내를 죽였습니다. 노래를 불러서가 아니라 감히 그들의 치하에 있는 것에 의문을 품어서, 감히 목소리를 내서였습니다. 수세기 동안 수백만 명의 화성 땅속 사람들은 요람에서 무덤까지 거짓말을 믿고 살았습니다. 그 거짓말은 그들 앞에서 들춰졌습니다. 이제 그들은 여러분들이 아는 세계로 입성했으며 여러분들처럼 고통을 겪고 있습니다.

인간은 자유를 가지고 태어났습니다. 하지만 바닷가에서부터 수성의 분화구 도시까지, 명왕성의 얼음 황무지까지, 또 화성의 지하 광산까지 인간은 사슬에 묶여 있습니다. 의무, 굶주림, 공포로 만들어진 사슬들입니다. 우리가 떠받쳐 주는 종족이 우리의 목덜미에 그 사슬들을 망치질 했습니다. 우리가 그 종족에게 권능을 부여했습니다. 우리를 지배하거나 통치하라고 부여한 것이 아니라 전쟁과 탐욕으로 분열된 세상으로부터 우리를 이끌고 나아가 달라고 부여한 것이었습니다. 대신 그들은 우리를 어둠 속으로 이끌었습니다. 그들은 질서와 번영의 시스템들을 이용해 자신들의 사적인 이익만 취했습니다. 그들은 여러분들의 복종을 당연시 여기고 여러분들의 희생을 무시하며 여러분들의 손으로 일궈낸 번영을 자기들끼리만 누립니다. 자신들의 통치를 절대적으로 유지하기 위해 그들은 우리의 꿈들을 금지합니다. 사람의 가치는 오로지 그의 눈동자 색, 상징의 색에 따른다고 주장하고 있습니다."

나는 내 장갑들을 벗고 이오가 죽기 지전에 그랬던 것처럼 오른 주먹을 쥔 뒤 허공에 들어 보인다. 하지만 이오와는 다르게 내 손에는 상징이 없다. 티노스에서 미키가 나를 조각하던 중에 그 상징들을 제거한 것이다. 나는 수백 년 만에 처음으로 상징 없이 이 땅을 걸어 다니는 영혼인 셈이다. 하울러들의 침묵은 당황과 공포의 소리에 길을 내준다.

"하지만 이제 저는 묶이지 않은 인간으로서 여러분 앞에 서 있습니다. 저는 제 형제들과 자매들인 여러분 앞에 서서 저와 함께 하자고 제안합니다. 여러분의 몸으로 산업의 기계들을 덮치라는 말입니다. 아레스의 아들들 뒤에서 하나가 되자는 말입니다. 여러분의 도시, 여러분의 번영을 돌려받자는 말입니다. 이보다 나은 세계들을 감히 꿈꾸자는 말입니다. 노예로 지내는 것은 평화가 아닙니다. 자유가 평화입니다. 그리고 우리가 그것을 가질 수 있을 때까지는 전쟁을 벌이는 것이 우리의 의무입니다. 흉포한 처사나 종족 말살에 자격 따위는 없습니다. 어떤 사람이 강간을 하면 여러분이 그를 그 자리에서 죽여야 합니다. 어떤 사람이 민간인들을 살해하면 컬러가 높든 낮든 상관없이 여러분이 그를 그 자리에서 죽여야 합니다. 이것은 전쟁이지만 여러분들은 선의 편에 서 있습니다. 그리고 그 자리에는 무거운 책임이 따릅니다. 우리는 증오를 위해, 복수를 위해 일어서는 것이 아닙니다. 정의를 위해, 여러분들의 아이들을 위해, 미래를 위해 일어서는 것입니다.

이제 저는 골드에게, 지배층인 아우리어트를 향해 얘기합니다. 저는 당신들의 강당을 거닐었고, 당신들의 학교를 부쉈으며, 당신들의 식탁에서 식사를 했고, 당신들의 교수대에서 고생을 했습니다. 당신들은 저를 죽이려 했습니다. 하지만 죽일 수 없었습니다. 저는 당신들의 힘을 압니다. 당신들의 자만심도 압니다. 그리고 당신들이 어떻게 무너질지도 봤습니다. 700년 동안 당신들은 인간의 영역을 통치했습니다. 그리고 당신들이 우리들에게 준 것은 이것이 다입니다. 이것은 충분하지 않습니다.

오늘로서 저는 당신들의 지배가 끝났음을 선언합니다. 당신들의 도시들은 당신들의 것이 아닙니다. 당신들의 함선들도 당신들의 것이 아닙니다. 당신들의 행성들 또한 당신들의 것이 아닙니다. 그것들은 우리가 만든 것입니다. 그러므로 우리의, 인류 전체의 소유입니다. 이제 우리가 그것들을 돌려받을 것입니다. 당신들이 퍼뜨리는 어둠이 어떻든 간에, 당신들이 소환하는 밤이 어떻든 간에 우리는 그것에 격렬히 대항할 것입니다. 우리는 우리의 마지막 숨이 다할 때까지 울부짖고 싸울 것입니다. 화성의 광산에서뿐만 아니라 금성의 해안에서도, 이오의 유황 바다 사구에서도, 또 명왕성의 빙하 계곡에서도 싸울 것입니다. 그리고 가니메데의 타워에서도, 루나의 빈민가에서도, 유로파의 폭풍 치는 바다에서도 싸울 것입니다. 그러다 우리가 쓰러지게 된다면 다른 자들이 우리의 자리를 대신 할 것입니다. 왜냐하면 우리가 조류입니다. 그리고 우리는 일고 있습니다."

그 후 세브로가 자신의 가슴에 주먹을 쾅 친다. 한 번, 두 번, 규칙적으로 쿵쿵 친다. 그 소리는 200명의 아레스의 아들들에 의해 메아리가 되어 돌아온다. 그들은 주먹으로 가슴을 친다. 하울러들이 그들을 선동하고 있다.

금속 그물망 안에서 남자와 여자 들이 주먹을 벽에 쿵쿵 친다. 심장 박동 같은 그 소리는 이 흡혈 위성의 창자 안에서 일며 위로 떠오른다. 그렇게 블루들이 지적 공동체의 따뜻한 빛을 받으며 앉아 커피를 마시거나 중력 수학을 공부하고 있는 그들의 '하이브'를 통과한다. 계속해서 우리의 소리는 각 구역의 그레이 막사들 사이로, 주식 거래 책상 앞에 앉은 실버들 사이로, 자신들의 대저택이나 요트에 있는 골드들 사이로 퍼져 나아간다.

그 후로도 소리는 우리의 소소한 거품 삶을 분리시키는 까만 잉

382

크 밤을 통과해 아티카에 있는 자칼의 외로운 저택 복도들을 달려 나아간다. 그곳에서 자칼은 수그린 고개들의 바다로 둘러싸인 채 자신의 겨울 옥좌에 앉아 있다. 우리의 소리는 그의 고막을 울릴 것이다. 그는 내 아내의 심박이 이어지는 소리를 들을 것이다. 그리고 그는 그 소리가 아래로, 또 아래로, 화성의 광산들 속으로 퍼져 그곳의 화면에 방송되는 것을 막지 못할 것이다. 광산에서는 레드들이 탁자를 치고 코퍼 치안판사들은 부풀어 오르는 공포감 속에서 광부들을 지켜볼 것이다. 그리고 광부들은 자신들을 가두고 있는 강화 유리 너머로부터 위에 있는 치안판사들에게 증오 담긴 눈빛들을 쏘아 보낼 것이다.

이오의 심장은 금성 군도의 북적한 해안가 산책로를 따라 반항적으로 박동한다. 그곳의 돛단배들은 항구에 자랑스럽게 떠 있고 겁에 질린 손들은 쇼핑백들을 들고 있으며 골드들은 그들의 운전 기사, 정원사, 그리고 그들의 도시에 힘이 되는 사람들에게 의지하고 있다. 고동은 지구의 '막대한 평원'을 뒤덮은 밀과 대두 대농지들의 주석 천장 식당들을 뚫고 지나간다. 그곳에서 레드들은 기계를 돌리며 거대한 태양 아래에서 노역을 이어간다. 자신들은 절대 가지 못할 곳에 사는, 그래서 자신들은 절대 만나지 못할 사람들의 입에 음식을 채워 주기 위해서다. 고동은 또 제국의 척추까지도 타고 간다. 루나의 삐죽삐죽한 위성 도시도 격렬히 통과하고 유리 고지 은신처에 머문 군주를 지나친다. 또 천둥이 되어 뱀처럼 비비꼬인 전기 전선들과 빨랫줄들을 타고 내린다. 그렇게 그 고동은 '로스트 시티'에 도달한다. 그곳에서는 핑크 손녀가 감사받지 못하는 일을 하며 기나긴 밤을 보낸 후 아침을 만들고 있다. 또 브라운 요리사가 그의 앞치마에 기름이 튀고 있음에도 소리에 귀를 기울이기 위해 자신의 가스레인지로부터 떨어진다. 그리고 그레이 하나가 자신의 소형 순찰 비행선 창밖으로 상황을 지켜보고 있다. 그 동안 바이올렛 소녀 하나는 우체국 정문을 깨부수고 있으며 그레이의 데이터패드는 응급 폭동 프로토콜에 따라 그를 주둔지로 다시 불러들인다.

그리고 그 고동은 내 속에서도 박동한다. 이 끔찍한 희망이…… 결말이 시작됐음을 알기에…… 그리고 나는 드디어 깨어난다.

"사슬을 끊어라."

나는 포효한다.

그리고 내 사람들도 포효로 화답한다.

"라그날. 방송을 끝내."

나는 컴에 대고 말한다.

그린들이 다른 네트워크 체제로 방송선을 전환한다. 그 동안 주먹은 쿵쿵거리고 가두리는 달그락 거린다. 그리고 우리는 포보스에 있는 소사이어티의 군수용 나탑을 저 멀리서 찍고 있는 방송을 보게 된다. 건물계의 골리앗인 그 나탑은 무기들을 수송하기 위한 도킹장과 연결통로로 이어져 있다. 그 구조는 꽃게만큼이나 효율적이고도 흉측하다. 나탑은 자칼이 이 위성을 계속 쥐고 있는 수단이다. 그곳에서 그레이와 옵시디언 들이 창백한 불빛을 받으며 갑옷을 입고, 빽빽하게 줄지은 채 금속 통로를 신속히 통과하며, 탄약 벨트를 비축해 두고, 사랑하는 사람들의 사진에 키스하고 있을 것이다. 그렇게 그들은 '할로우스'로 내려와 이 심장 박동을 멋게 만들 준비를 하고 있을 것이다. 하지만 그들은 절대 이곳에 도달하지 못할 것이다.

주먹을 점점 강하게 두드리는 동안 군수용 나탑의 빛이 까맣게 나가 버린다. 롤로와 그의 수하들이 그 건물의 모든 전력을 꺼버렸다. 그 일에는 퀵실버가 제공한 통행 허가증도 한몫했다.

우리는 건물을 폭파시킬 수도 있었다. 하지만 나는 파괴적인 승리가 아닌 대담한 승리, 성취감이 드는 승리를 원했다. 우리에게는 영웅들이 필요하다. 또 하나의 잿더미 도시가 필요한 것이 아니다.

그리하여 열두 대의 정비용 소형 비행선으로 이루어진 작은 중대가 우리의 시야로 날아 들어온다. 롤로와 같은 레드와 오렌지들을 타워에 있는 그들의 건설 현장으로 옮기기 위해 설계된 납작하고 흉측한 비행기들이다. 따개비로 뒤덮인 우락부락한 노랑가오리 같다. 하지만 지금 저것들에 딱 붙어 있는 것들은 따개비가 아니다. 또 하나의 카메라가 더 가까운 앵글을 잡는다. 그러자 우리는 각 소형 비행선이 모두 수백 명의 사람들로 뒤덮인 것을 확인할 수 있다. 투박한 EVA 슈트(우주인의 선외활동용 슈트—옮긴이) 차림의 레드와 오렌지 들이다. 거의 포보스에 있는 아레스의 아들들의 절반에 달한다. 다들 부츠를 갑판에 고정하고 벨트를 비행선 외부 버클에 건 상태다. 그들은 용접 장비를 들고 있으며 자성 테이프로 퀵실버가 마련해 준 무기를 다리에 부착하고 있다.

그들 사이로 다른 이들보다 60여 센티미터가 더 큰 그들의 장군, 라그날 볼라루스가 보인다. 그의 갑옷은 새 페인트로 갓 칠해져 전체적으로 뼈처럼 새하야며 가슴판과 등판에는 붉은 슬링블레이드가 그려져 있다.

소형 비행선들이 소사이어티 군수용 나탑에 다가가면서 그것들은 건물의 세로 면을 기준으로 양분되어 하강한다. 아레스의 아들들은 자성 작살을 발사해 비행선을 금속면에 고정시킨다. 그 후, 그들은 연습한 보람을 느낄 정도로 수월하게 줄을 타고 내려간다. 버클에 달린 작은 모터들이 그들을 건물 쪽으로 하나 둘씩 이끌고 있다. 그 힘에 그들은 믿기지 않을 정도로 빨리 날아간다. 그 모습은 마치 광산에서의 레드들을 보는 것 같다. 투박한 슈트들을 착용하고 있음에도 그들의 우아함과 민첩성은 환상적이다.

1000명 이상의 용접공들이 드넓은 건물 위로 쏟아진다. 우리가 퀵실버의 나탑에 올랐던 모습과 흡사하다. 하지만 그들은 몰래 움직이고 있는 것이 아니며 무중력 상태에서 우리보다 더 잘 움직인다. 자성 부츠로 금속 대들보를 붙든다. 용접공들은 잽싸게 건물을 가로지르며 전창에 녹아들 듯 그것을 통과한다. 그러고는 지시에 따라 확고히 공격적으로 건물에 침투한다. 건물 안쪽의 그레이들이 창밖을 향해 레일건을 발사하자 수십여 명이 갈기갈기 찢기지만 용접공들도 총기 발사로 맞대응하며 건물 안으로 쏟아져 들어간다. 립윙 순찰기가 건물 외곽을 따라 날아들며 체인건으로 소형 비행선 두 대를 없애 버린다. 사람들이 안개로 변한다.

아레스의 아들 한 명이 립윙을 향해 로켓을 발사한다. 불꽃이 피어올랐다 사라지더니 그 함선은 보라색 불길 속에서 반으로 쪼개진다.

카메라는 라그날을 따라다닌다. 그는 창문을 깨고 침입해 통로로 들어서더니 골드 기사 3인조에게 전속력으로 달려든다. 그 기사들 중 한 명은 프리암의 사촌으로 낯이 익다. 프리암은 세브로가 통로에서 죽인 남자이며 그의 어머니가 포보스의 증서를 소유하고 있다. 라그날은 중간에 멈추지 않고 물 흐르듯 그 젊은 기사를 지나친다. 레이저 두 날 모두를 가위처럼 휘두르며 자기 종족의 전쟁 구호를 울부짖는다. 그의 뒤로 중무장한 용접공들과 노동자들 한 무리가 따라간다. 나는 라그날에게 나탑을 원한다고 말했다. 그것을 어떻게 쟁취하라고는 지시하지 않았다. 그는 롤로와 어깨동무를 하더니 둘이서 그렇게 가 버렸다.

이제 세계는 노예가 영웅이 되는 모습을 지켜보고 있다.

세브로가 날뛰는 가두리 도시를 향해 포효한다.

"이 위성은 너희들의 소유다. 일어서서 그것을 쟁취하라! 일어서라, 화성의 남자들이여, 화성의 여자들이여, 일어서라! 이 우라질 망나니들아! 일어서라!"

남자와 여자 들이 집에서 나오고 있다. 부츠를 신고 재킷을 입고는 앞길을 뚫으며 우리의 곁으로 다가오고 있다. 그렇게 수천 명이 가두리들의 외부면 위를 기어 다니고 허공의 거리를 메우고 있다.

조류가 일었다. 그리고 나는 그것이 정확히 무엇을 쓸고 지나갈지가 궁금해진다. 그에 깊은 공포심이 느껴진다.

"결백한 자들에 대한 강간과 살인죄는 사형집행 될 것이다. 이것은 전쟁이다. 하지만 너희는 선의 편에 섰다. 그걸 기억해라, 이 짜잘한 똥대가리들아! 네 형제들을 보호하라! 네 자매들을 보호하라! 1a-4c의 모든 거주자들이여, 너희는 14층에 있는 무기고를 쟁취해라. 5c-3f의 거주자들은 정수 구역을 차지하라……."

세브로가 전투 지휘권을 장악하며 하울러들과 아레스의 아들들은 군중의 질서를 잡기 위해 흩어진다. 이것은 군대가 아니라 공성 망치다. 수많은 이들이 죽을 것이다. 그리고 그들이 죽을 때면 더 많은 이들이 그들의 자리를 대신할 것이다. 이것은 포보스에 있는 '스택스' 도시들 중 하나에 불과하다. 아레스의 아들들은 그들에게 무기들을 공급하겠지만 그것들이 모두에게 돌아갈 정도로 충분하지는 않을 것이다. 그들의 칼은 육탄으로 밀어붙이는 힘이다. 세브로가 그들을 이끌고, 그들을 소모할 것이다. 퀵실버의 나탑에 있는 빅트라가 그들을 인도할 것이다. 그리고 위성은 반란 앞에 쓰러질 것이다.

하지만 나는 이곳에 남아 그 모습을 보지는 못할 것이다.

제24장

# 힉 순트 레오네스

포보스에는 대소동이 벌어지고 있다. 홀리데이와 내가 통로를 따라 달리는 동안 폭발이 위성을 뒤흔든다. 골드와 실버 들은 번쩍이는 고급 요트를 타고 '니들스'로부터 대피한다. 그 동안 수 킬로미터 밑의 '할로우스'에서는 용접 토치, 융합커터기, 파이프, 암시장 스코처, 그리고 옛날식 슬러그스로워 총을 보유한 로우컬러 군중 무리가 바글거린다. 군중은 중간 구역과 '니들스'에 접근하기 위해 트램 시스템과 통로를 휩싸고 있다. 그 사이에 소사이어티 군수 수비대는 본부에 공격을 받아 충격으로 휘청거리다 위쪽으로의 이주를 막기 위해 황급히 움직이고 있다. 정부 부대들은 훈련된 용병과 조직력으로 싸운다. 반면 우리 편은 쪽수와 놀라움으로 싸운다.

분노는 말할 나위도 없고…….

그레이들이 얼마나 많은 검문소를 막든, 얼마나 많은 트램을 파괴하든, 로우컬러들은 틈 사이를 비집고 들어갈 것이다. 그 이유는 로우컬러들이 이곳을 만들었으며, 퀵실버의 덕택에 미드컬러들 중에도 로우컬러의 협력자들이 있기 때문이다. 협력자들은 버려진 이송 수단 터널을 열고, 산업 지구에 있는 물품 함선들을 훔친 뒤 남자와 여자 들을 가득 태운다. 그 후 함선들은 '니들스'에 있는 고급 격납고, 또는 유람 여객선과 여객 수송선에 피난민들이 가득 실리고 있는 공영 스카이레시 행성 간의 우주정거장까지도 운항된다.

나는 원격으로 퀵실버의 컴퓨터 보안 시스템에 접속한 채 하이컬러들이 서로를 우르르 짓밟는 모습을 지켜본다. 그들은 짐 가방, 귀중품, 그리고 아이들을 데리고 달린다. 화성 해군 립윙과 빠르게 비행하는 전투기가 타워 사이로 빠르게 날아가며 아래의 '할로우스'에서 '니들스'로 떠오르는 반역 함선을 쏜다. 파괴된 로우컬러의 소형 비행선으로부터 나온 잔해들이 떨어지는 과정에서 스카이레시 정거장 터미널의 궁륭 유리와 금속 천장을 뚫으며 민간인들을 죽인다. 그렇게 내가 미약하게나마 품었던 허황된 기대는 깡그리 무너진다. 이 전쟁이 깔끔히 진행될지도 모른다 생각했다니.

몸을 숙여 로우컬러 한 무리를 피하며 홀리데이와 나는 오래된 화물차고 안의 유기된 격납고 앞에 도착한다. 이곳은 아우구스투스의 치세 이전부터 사용되지 않고 있었다. 이곳은 조용하다. 버려진 곳이다. 오래된 보행자 입구는 닫아 용접해 두었다. 여기저기 뒤질지도 모를 부랑자들이 접근하지 못하도록 방사선 표지들이 붙어 있다. 하지만 금속 검문소에 설치된 현대적인 망막 스캐너가 내 홍채를 인식하자 퀵실버의 말대로 문은 우리를 위해 깊은 신음 소리를 내며 열린다.

격납고는 먼지와 거미줄로 한 꺼풀 덮인 광활한 직사각형이다. 격납고 갑판 중앙에는 날아가는 참새의 형상으로 생긴 70미터짜리 은색 고급 요트가 앉아 있다. 그것은 금성의 조선소에서 주문 제작된 모델이다. 과시적이고, 빠르며, 터무니없을 정도로 부유한 전쟁 피난민을 위해 완벽하다. 퀵실버는 우리가 이동하는 윗 계층들과 섞일 수 있도록 그의 함대 중에서 그것을 뽑아뒀다. 뒤쪽 화물 판자는 내려진 상태며, 참새의 뱃속은 검은 상자들로 그득히 차 있다. 선 산업의 날개 달린 뒤꿈치 형상이 찍힌 그 상자들 안에는 수십억 크레딧 상당의 하이테크 무기와 장비 들이 담겨 있다.

홀리데이가 감탄의 휘파람을 분다.

"부자들의 주머니 속을 사랑할 수밖에 없네요. 이 연료 값만 해도 제 연봉만 하겠는데요. 한 해분이 아니라 두 해분요."

우리는 격납고를 가로질러 퀵실버의 조종사를 만난다. 깔끔히 다듬어진 젊은 블루가 요트 함선의 경사로 출입구 밑에서 우리를 기다리고 있다. 그녀는 눈썹이 없으며 대머리다. 구불구불한 푸른 선들이 피부 밑에서 박동한다. 그렇게 그녀의 피하 시냅스 연결선들은 그녀를 함선과 원격으로 이어주고 있다. 그녀는 정신을 확

차린다. 눈이 커졌다. 보아하니 그녀는 여태껏 자신이 누구를 태워 이동시킬지 전혀 모르고 있다 이제 깨달은 모양이다.

"저는 베스타 중위입니다. 오늘은 제가 당신의 조종사가 되겠습니다. 그리고 당신을 태울 수 있어서 영광이라는 말을 꼭 드리고 싶습니다."

요트는 3층으로 되어 있다. 맨 위층과 아래층은 골드들이 이용하도록, 중간층은 요리사, 하인, 그리고 선원 들이 이용하도록 되어 있다. 개인 전용실은 4개며 사우나는 하나다. 그리고 조종실의 뒤쪽에 위치한 승객실의 크렘 가죽 의자 팔걸이에는 앙증맞게 작은 초콜릿과 냅킨 들이 새침하게 올려져 있다. 나는 초콜릿 하나를 주머니 속에 챙긴다. 그런 후 몇 개 더 챙긴다.

홀리데이와 베스타가 함선을 준비하는 동안 나는 펄스 갑옷을 승객실에 벗어던지고 상자 중 하나로부터 겨울 장비를 꺼낸다. 나는 몸에 딱 달라붙는 나노 섬유 소재를 입는다. 그것은 풍뎅이스킨과 꽤나 흡사하다. 하지만 검은색 대신 흰색으로 얼룩덜룩하다. 게다가 질감을 살린 팔꿈치 부위, 장갑, 엉덩이 부위, 그리고 양 무릎 부위를 제외하면 기름칠한 것같이 보인다. 그것은 극지방의 온도와 침수 활동에 적합하게 설계돼 있다. 또한 추가적으로 우리의 펄스 갑옷에 비해 대략 45킬로그램은 더 가벼우며, 디지털 요소의 고장에도 영향을 받지 않고, 배터리를 요하지 않는다는 편의가 있다. 4억 크레딧 치의 기술 장비를 써서 스스로를 날아다니는 인간 탱크로 만드는 일도 충분히 즐겁지만 가끔은 따뜻한 바지가 더 소중할 때도 있는 법이다. 그리고 우리에게는 언제나 급할 때 꺼내 쓸 수 있는 펄스 갑옷이 있으니까.

나는 부츠의 끈을 다 묶은 뒤 화물칸과 격납고의 고요함에 놀란다. 데이터패드 타이머에 따르면 아직 15분이 남았다. 그래서 나는 경사로 출입구의 가장자리에 걸터앉은 채 밑으로 내린 다리를 흔들며 라그날을 기다린다. 그러면서 주머니 속에서 초콜릿들을 꺼낸 뒤 그 호일 껍질을 천천히 깐다. 그리고 초콜릿을 반으로 잘라 입에 넣은 뒤, 혀 위에 두고 버릇처럼 그것이 녹기를 기다린다. 언제나 그랬듯이 나는 참지 못하고 혓바닥 쪽 반이 완전히 녹기 전에 그것을 씹는다. 이오는 사탕을 수 일씩 물고 있을 수 있었다. 우리가 사탕을 먹을 수 있을 정도로 운이 좋을 때는 말이다.

나는 데이터패드를 바닥에 내려놓고 친구들이 포보스를 쟁취하기 위해 내 전쟁을 치러 주는 동안 그들의 투구에 부착된 카메라들을 확인한다. 그들의 잡담소리들이 데이터패드의 스피커 밖으로 떨리며 나와 광활한 금속 공간 안을 울린다. 세브로는 자신에게 딱 맞는 역할을 찾았다. 그는 몸을 통풍구 안에 실어 넣는 수백 명의 아레스의 아들들과 함께 중앙 환기 유닛을 빠르게 통과하고 있다. 나는 여기 앉아 그들을 지켜보고 있다는 것에 죄책감을 느낀다. 하지만 우리에게는 각자 해야 할 역할들이 있다.

우리가 통과한 문이 끙 소리와 함께 다시 열리자 라그날과 두 명의 옵시디언 하울러들이 격납고 안으로 들어온다. 전장에서 갓 나온 라그날의 백색 갑옷은 패이고 얼룩져 있다.

"그 멍청이들 가지고 좀 부드럽게 놀아 줬나, 굿맨?"

나는 경사로 출입구로부터 최대한 억양을 많이 넣은 고급언어로 아래를 향해 외친다. 그에 대한 화답으로 라그날은 위에 있는 나에게 대관대 하나를 툭 던진다. 대관대는 비틀린 금 홀이며 고위 군장교들에게 주어지는 힘을 상징하는 것이다. 그것의 끝단은 비명을 지르는 밴시 그림과 붉은 자국 하나로 장식되어 있다.

"타워는 무너졌습니다. 롤로와 아레스의 아들들이 제 임무를 마무리 짓고 있어요. 제 갑옷 얼룩들은 프리실라 오 카안 부총독의 잔재들입니다."

라그날이 말한다.

"친구여, 잘했다."

나는 홀을 양손에 쥐며 말한다. 화성의 두 위성들을 소유하고 한때 벨로나 가문을 따라 전장에 나섰던 카안 가문의 공적들이 그 위에 새겨져 있다. 위대한 전사와 정치가 사이에는 나에게도 낯익은 젊은 남자 하나가 말 옆에 서 있는 모습이 보인다.

"무슨 문제가 있습니까?"

라그날이 묻는다.

"아무것도 아니야. 그녀의 아들을 알았어. 프리암이었지. 그는 꽤 괜찮은 사람 같아 보였거든."

"괜찮은 정도로는 살아남기 부족하지요. 그들의 세계에서는 그렇습니다."

라그날이 씁쓸히 말한다.

끙 소리와 함께 나는 대관대를 무릎에 대고 구부러뜨린 뒤 그것을 라그날에게 도로 던져준다. 나도 그의 생각에 동의한다는 의사를 밝힌 것이다.

"네 여동생에게 줘. 이제 갈 시간이다."

인상을 찌푸리며 격납고를 다시 돌아보던 라그날은 데이터패드를 확인하더니 나를 홱 지나쳐 화물칸 안으로 들어간다. 나는 대관대를 쥐다 묻은 피를 닦아내 보려 한다. 흰색 슈트의 다리 부분에 묻어 있다. 하지만 그것은 그대로 슈트의 기름진 재질 위에 얼룩으로 번지며 허벅지에 붉은 줄무늬를 남긴다. 나는 내 뒤로 경사로 출입구를 닫는다. 함선 안에서 나는 라그날이 펄스 갑옷을 벗고 겨울 장비를 착용하는 것을 도와준다. 그리고 비행 전 발사를 개시하고 있는 홀리데이와 베스타의 곁으로 간다.

"기억해. 우리는 피난민들이야. 여기서 빠져나가는 가장 큰 호송대를 목표로 두고 그것과 딱 붙어 다녀."

베스타는 고개를 끄덕인다. 이것은 오래된 격납고다. 그래서 여기에는 펄스 필드가 없다. 우리를 우주와 분리시키는 것은 5층 높이의 금속 문들뿐이다. 모터가 돌며 문들이 천장과 바닥으로 들어가는 과정에서 윙윙 소리가 난다.

"멈춰!"

내가 말한다.

베스타는 나보다 1초 후에야 내 관심의 대상을 알아챈다. 그녀의 손이 번개처럼 조종 장치로 날아간다. 그 덕에 문을 양쪽으로 벌리며 진공 상태로 개방되려던 격납고의 움직임이 멈춘다.

"이럴 수가."

홀리데이가 말한다. 그녀도 조종실 밖을 힐끔 살피다 우주로 나서려던 우리 함선의 길목 앞에 작은 존재가 있다는 것을 알아챈 참이다.

"사자 납셨네."

머스탱이 우리의 헤드라이트 불빛을 받으며 함선 앞에 서 있다. 그녀의 머리는 눈부신 빛을 받아 하얗게 탈색된 듯 보인다. 홀리데이가 조종실에서 헤드라이트를 끄자 머스탱은 눈을 깜빡인다. 나는 침침한 격납고를 지나 그녀에게 다가간다. 그 동안 그녀의 춤추는 두 눈은 나를 해부한다. 내 상징 없는 손에서부터 얼굴에 남겨둔 흉터까지 빠르게 훑는다. 그녀는 무엇을 보고 있을까?

그녀는 내 결심을 볼까? 내 두려움을 볼까?

나는 머스탱으로부터 너무나 많은 것들을 본다. 내가 눈 속에서 사랑에 빠졌던 소녀는 사라졌다. 지난 15개월이 흐르는 동안 그 소녀 대신 성숙한 여성이 남았다. 그녀는 마르고 치열한 지도자다. 광범위하고도 지속적인 힘과 놀라운 지성을 보유한 사람이다. 눈가에는 피로에 의한 다크서클이 가득하고, 동적인 두 눈은 오랜 기간 햇볕 없는 땅과 금속 통로에서 보내다 창백해진 얼굴의 틀에 갇혀 있다. 그녀의 모든 존재 자체가 저 두 속에 담겨 있다. 그녀는 아버지의 머리를 물려받았다. 또 어머니의 얼굴을 닮았다. 그리고 타인이라면 거리감과 불길함을 느끼게 만드는 종류의 지성을 갖고 있어 그것으로 상대에게 날개를 달아 줄 수도, 상대를 땅속에 으스러뜨릴 수도 있다.

그리고 그녀의 엉덩이 바로 옆에는 고스트클록과 냉각 유닛이 있다.

우리가 이곳에 도착했을 때부터 그녀는 우리를 지켜보고 있었던 것이다.

어떻게 이 격납고 안에 들어온 것일까?

내가 멈추자 머스탱이 장난스럽게 말한다.

"어이, 리퍼."

나는 격납고의 나머지 공간들을 살핀다.

"어이, 머스탱. 어떻게 나를 찾은 거야?"

머스탱은 혼란스러워하며 인상을 찌푸린다.

"내가 여기로 와 주기를 바랄 줄 알았는데. 라그날이 카박스에게 너를 어디서 찾을 수 있을지 알려줬어······."

머스탱이 말꼬리를 흐린다.

"오, 너는 몰랐구나."

"몰랐어."

나는 고개를 들어 함선 조종실의 미러창을 돌아본다. 그곳에서 라그날이 나를 지켜보고 있을 것이다. 이번 일에 있어서는 그 남자가 도를 넘어섰다. 내가 이 전쟁을 준비하는 동안 그는 나를 속이고 내 임무를 위험에 빠뜨렸다. 내가 그랬을 때 세브로가 정확히 어떤 기분이었는지를 이제야 알겠다.

"너는 어디 있었어?"

머스탱이 나에게 묻는다.

"네 오빠와 있었어."

"그럼 그 처형식은 우리가 너를 그만 찾도록 하는 계략이었네."

더 할 말이 너무나 많다. 우리 사이에 너무나 많은 질문과 비난이 날아다닐 수 있는 상황이다. 하지만 나는 어디서부터 그 모든 것을 시작해야 할지 몰랐기에 머스탱을 만나고 싶지 않았다. 뭐라고 말해야 할지. 뭐를 요구해야 할지.

"나는 한담할 시간이 없어, 머스탱. 네가 군주에게 항복하려고 포보스로 왔다는 걸 알고 있어. 그럼 왜 여기서 나랑 얘기하고 있는 거야?"

"깔보는 투로 얘기하지 마."

머스탱이 예리하게 쏜다.

"나는 항복하려고 하지 않았어. 평화를 만들고 있었지. 너만 보호해야 할 사람들이 있는 게 아니라고. 우리 아버지께서는 수십 년간 화성을 지배하셨어. 그쪽 사람들은 네 일부인 만큼 내 일부이기도 해."

"너는 네 오빠의 자비로 화성을 떠난 거잖아."

머스탱이 내 말을 정정한다.

"나는 화성을 구하기 위해 그곳을 떠난 거야. 너도 모든 게 타협이라는 건 알고 있잖아. 게다가 네가 나에게 이렇게 화가 난 이유는 내가 화성을 떠나서가 아니잖아."

"옆으로 비켜서, 머스탱. 이건 우리에 대한 일이 아니야. 그리고 나에게는 이렇게 다투고 있을 시간이 없어. 나는 떠날 거야. 그러니 네가 피하든지 우리가 저 문을 열고 너를 밀고 지나가든지."

머스탱이 웃는다.

"나를 밀고 지나간다고? 내가 여기에 혼자 올 필요는 없었다는 건 너도 알잖아. 난 경호원들과 함께 올 수도 있었어. 숨어서 대기하다 너를 기습공격 할 수도 있었고. 아니면 네가 망친 평화를 구하기 위해 군주에게 너를 보고해 버릴 수도 있었어. 하지만 안 그랬지. 잠깐이라도 멈춰 서서 내가 도대체 왜 그랬을지 생각해 볼 수는 없어?"

그녀는 한 발 다가온다.

"그때 터널에서 너는 나에게 더 좋은 세상을 원한다고 말했었어. 내가 네 말을 귀담아 들었다는 걸 모르겠어? 내가 더 나은 뭔가가 있을 것이라는 믿음에 위성 지배자들과 손을 잡았다는 걸 모르겠어?"

"그럼에도 너는 항복했어."

"왜냐하면 우리 오빠의 공포 정치가 계속되는 것을 보고 있을 수 없었기 때문이야. 나는 평화를 원해."

"지금은 평화를 찾을 시간이 아니야."

"젠장 지독하게, 너 진짜 멍청하다. 그건 나도 알고 있어. 왜 내가 여기로 왔다고 생각해? 왜 내가 오리온과 함께 일하고 네 군사들을 그들의 자리에 그대로 뒀다고 생각해?"

나는 머스탱을 살핀다.

"나는 정말로 모르겠어."

"내가 여기에 온 이유는 너를 믿고 싶었기 때문이야, 대로우. 나는 네가 터널에서 했던 말들을 믿고 싶어. 너로부터 도망쳤던 이유는 이 모든 것의 유일한 해답이 칼이라는 사실을 받아들이고 싶지 않아서였어. 하지만 우리가 살고 있는 세상은 내가 사랑하는 모든 것들을 앗아가 버리기로 공모했지. 내 어머니, 내 아버지, 내 오빠들. 나는 나에게 남아 있는 친구들까지 세상이 데려가 버리게 두지 않을 거야. 세상이 너를 데려가게 두지 않을 거라고."

"지금 무슨 말을 하는 거야?"

내가 묻는다.

"너를 내 시야에서 벗어나지 못하게 할 거라는 말이야. 나도 너와 같이 갈 거야."

이번에는 내가 웃을 차례다.

"너는 내가 어디로 가려는지도 모르잖아."

"너는 물범 스킨을 입고 있어. 라그날이 함선에 탔고. 너는 공식적으로 반란을 공표했어. 이제 너는 이 반란 중에 벌어진 가장 거대한 전투 중에 떠나려 해. 내가 모를 것 같아, 대로우? 이제 너는 이 함선을 타고 골드 피난민인 척하며 탈출한 뒤 발키리 스파이어스로 가서 라그날의 어머니에게 군대를 달라고 간청할 거잖아. 천재가 아니라도 그쯤은 추론할 수 있다고."

젠장. 나는 속으로 놀란 것을 숨기려고 노력한다.

이래서 나는 머스탱이 함께하지 않기를 바랐던 것이다. 그녀를 게임에 합류시키는 것은 내가 통제하지 못할 변수들을 추가하는 꼴이다. 그녀는 그녀의 오빠에게, 또는 군주에게 전화 한 통을 걸어 내가 어디로 가는지를 알리기만 해도 내 수를 파괴할 수 있다. 내 모든 전략들은 엉뚱한 방향을 가리키는 일에 성공의 여부가 달려 있다. 내가 포보스에 있다고 적들이 착각하게 만드는 데에 달렸다. 그녀는 내가 무슨 생각을 하는지 알고 있다. 나는 그녀가 이 격납고를 벗어나게 둘 수 없다.

내 생각을 알아차린 머스탱이 말한다.

"텔레마누스 가문 사람들도 알고 있어. 그렇지만 나는 너에 대한 대비책들을 세우는 것에 지쳤어. 게임에 치쳤다고. 너와 나는 깨진 신뢰 때문에 서로를 밀쳐냈어. 너는 그러는 게 지치지 않아? 우리 사이에 있는 비밀들에? 죄책감에?"

"나도 그렇다는 걸 너도 알잖아. 나는 라이코스 터널에서 내 비밀을 그대로 다 밝혔어."

"그럼 이게 우리의 두 번째 기회라고 치자. 너를 위해. 나를 위해. 우리 둘 모두의 종족 사람들을 위해. 나도 네가 원하는 것을 원해. 게다가 너와 내가 동맹 관계를 맺었을 때 우리가 진 적이 한 번이라도 있었나? 함께라면 우리는 뭔가를 세울 수 있을 거야, 대로우."

"너는 동맹 관계를 제안하는 거로군……."

내가 조용히 말하자 머스탱의 눈빛이 활활 타오른다.

"그래. 아우구스투스, 텔레마누스, 그리고 아르코스 가문들의 세력이 반란의 세력과, 리퍼와, 그리고 오리온 및 그녀의 모든 함선들과 합쳐지는 거야. 소사이어티는 떨겠지."

"그 전쟁에서는 수백만 명의 사람들이 죽을 거야. 너도 그걸 알잖아. 흉터를 입은 비할 데 없는 자들은 마지막 골드까지 싸울 거야. 그걸 소화할 수 있겠어? 그런 상황을 지켜볼 수 있겠냐고?"

"세우려면 먼저 파괴해야 하는 거야. 나 그때 네 말을 듣고 있었다고."

머스탱의 말에도 불구하고 나는 고개를 젓는다. 우리 사이에는, 그리고 우리 종족 사이에는 넘어야 할 산들이 너무나도 많다. 머스탱의 말대로 된다 하더라도 그녀의 편에 유리한 조건부의 승리가 될 것이다.

"어떻게 내가 내 부하들에게 골드 군대를 믿으라고 할 수 있겠어? 어떻게 내가 너를 믿을 수 있겠어?"

"못 하겠지. 그래서 내가 너와 함께 가는 거야. 내가 네 아내의 꿈을 믿는다는 걸 증명하기 위해. 하지만 너도 나에게 뭔가를 증명해 줘야 해. 반대로 너도 내 신뢰를 받을 만한 가치가 있다는 걸 말이야. 네가 파괴하는 일은 할 수 있다는 것은 알아. 네가 세우는 일도 할 수 있는지를 봐야겠어. 우리가 흘리는 피가 무엇을 위한 것인지도 확인해야겠어. 그것을 증명해 주면 내 칼은 네 것이야. 증명하지 못하면 너와 나는 각자의 길을 가는 거고."

머스탱은 나를 향해 고개를 기울인다.

"그래서 어떻게 생각해, 헬다이버? 우리 같이 한 번 더 일해 볼 테야?"

제25장

# 탈출




나는 화물칸에서 머스탱이 펄스 갑옷을 푸는 것을 도와준다.

"방한 장비들은 여기에 있어. 부츠들은 저기에 있고."

나는 큰 플라스틱 상자를 향해 손짓을 한다.

"퀵실버가 너에게 그의 무기고 열쇠를 넘긴 거야? 그러기까지 그가 손가락 몇 개를 헌납한 거야?"

머스탱은 상자에 그려진 날개 달린 뒤꿈치 문양을 눈여겨보며 묻는다.

"하나도 안 했어. 그는 아레스의 아들이야."

"지금 뭐라 했어?"

나는 활짝 웃는다. 머스탱에게도 세상이 일목요연하게 펼쳐진 책이 아니라는 사실을 아니 위안이 된다. 엔진들이 우르릉거리고 함선은 우리 밑에서 비상한다.

"장비 챙겨 입고 선실에서 우리와 만나."

그녀가 홀로 옷을 갈아입을 수 있도록 자리를 비켜 준다. 아까는 의도했던 것보다 그녀에게 더 거칠게 대했다. 하지만 그녀의 앞에서 미소 짓고 있기에는 기분이 이상했다. 라그날이 승객실 의자에서 초콜릿을 먹고 있는 모습이 보인다. 그의 흰 부츠들은 옆 의자의 팔걸이 위에 걸쳐져 있다.

"제 말에 기분 상하시지 않았으면 좋겠습니다만 대체 무슨 일을 벌이시는 겁니까, 리퍼님?"

홀리데이가 나에게 묻는다. 그녀는 조종실과 승객실 사이에 선 채 팔짱을 끼고 있다. 내가 대답한다.

"위험을 감수하는 거야. 네가 보기에는 이상할지도 모른다는 걸 알아, 홀리데이. 하지만 나와 그녀는 전부터 많이 엮였던 사이야."

"그녀는 엘리트 집단의 정의 그 자체입니다. 빅트라보다도 더 해요. 그녀의 아버지는……."

"내 아내를 죽였지. 그러니 내가 이 상황을 받아들일 수 있다면 너도 받아들일 수 있을 거라고 봐."

홀리데이는 경악의 휘파람 소리를 낸 뒤 우리의 새 협력자에 대한 불만을 품은 채 선실로 돌아간다.

"그럼 그 유명한 머스탱님께서 마침내 우리의 여행에 합류하신 거네요."

라그날의 말에 내가 대꾸한다.

"그녀는 옷 입고 있어. 너에게 카박스를 풀어 줄 권리는 전혀 없었어. 우리가 어디에 있을지 그에게 알린 것은 더 말할 나위도 없고. 그들이 우리를 넘겼으면 어쩔 뻔 했어, 라그날? 그들이 우리를 기습 공격 했다면 어쨌을 거고? 너는 네 고향을 절대 보지 못했을 거야. 우리가 여기에 있다는 걸 그들이 알았다면 절대 네 종족 사람들은 지면을 떠나지 못했을 거야. 그들이 네 종족들을 다 죽였겠지. 그런 생각은 해 본 거야?"

라그날은 초콜릿을 하나 더 먹는다.

"어떤 남자 하나가 스스로 날 수 있을 거라고 생각하지만 뛰어내리기를 무서워하고 있답니다. 나쁜 친구는 그를 뒤에서 밀어 버리지요."

그는 나를 올려다본다.

"반면 좋은 친구는 그와 함께 뛰어내리죠."

"너『스톤사이드(론 오 아르코스의 별명 ─ 옮긴이) 명언집』을 읽고 있었구나. 그렇지?"

라그날이 고개를 끄덕인다.

"시오도라가 그것을 저에게 췄습니다. 론 오 아르코스는 굉장한 남자였어요."

"네가 그렇게 생각한다는 것에 스승님도 기뻐하셨을 거야. 그렇지만 모든 내용을 다 있는 그대로 믿지는 마. 그 전기 작가가 마음대로 쓴 내용도 좀 있어. 특히 스승님의 젊은 시절 일화에 대해서는 말이지."

406

"론님께서는 우리에게 그녀가 필요하다고 당신에게 얘기했을 겁니다. 지금, 전쟁 중에, 그리고 그 후의 평화 속에는 그녀가 있어야 합니다. 우리가 그녀를 우리의 일에 참여시키지 않는다면 우리는 모든 골드가 다 죽을 때까지 이기지 못할 것입니다. 저는 그러려고 싸우는 것이 아닙니다."

라그날은 머스탱이 우리 곁으로 오자 그녀를 맞이하러 일어선다. 마지막으로 그 둘이 서로의 눈을 마주보고 섰을 때 그녀는 그의 머리에 총을 겨누고 있었는데.

"라그날, 우리가 마지막으로 만난 이래 너는 바쁘게 지냈던데. 살아 있는 골드들 중 네 이름을 모르거나 두려워하지 않는 자가 없어. 카박스를 풀어 줘서 고마워."

머스탱의 말에 라그날이 답한다.

"가족은 소중하죠. 하지만 저는 경고 드립니다. 우리는 제가 살던 땅으로 향합니다. 당신은 제 보호를 받는 상태가 됩니다. 만일 당신이 나름의 장난을 치거나 게임을 하면 그 보호는 무효가 됩니다. 그리고 아무리 당신이라도 저 없이는 얼음에서 오래 살아남기 어려울 것입니다, 사자의 딸이여. 제 말을 이해하시겠습니까?"

머스탱은 라그날을 존중하는 태세로 그녀의 고개를 숙인다.

"이해해. 그리고 나도 네가 나에게 준 믿음에 보답할게, 라그날. 너에게 그걸 약속하지."

"잡담 그만하죠. 벨트 멜 때 됐습니다."

홀리데이가 선실에서 쏘아붙인다. 베스타는 자신과 싱크로 된 함선을 격납고 밖으로 밀어내고 있다. 우리는 각자의 자리를 찾아 착석한다. 선택할 자리가 20개나 있지만 머스탱은 왼쪽 통로에 있는 내 옆자리에 앉는다. 그녀가 안전벨트를 잡으러 손을 뻗다 우연히 내 엉덩이를 스친다.

우리 함선은 격납고를 떠나 포보스의 침침한 지면 직하 산업세계의 진공을 향해 고요히 날아간다. 우리 시력이 닿는 저 멀리까지 파이프와 화물을 싣는 도킹장, 그리고 쓰레기장이 있다. 별들과 햇볕으로부터 가려진 상태다. 우리 것만큼이나 아름다운 함선들이 포보스의 지면 밑을 이렇게나 깊숙이 들어와 날아가는 경우는 드물다. 로우섹터라는 단어가 흰 페인트로 운송 산업 중추지에 칠해져 있다. 그곳에서 사람들은 함선들 안으로 쏟아지며, 함선들은 위로 구른다. 그렇게 그들은 아레스의 아들들이 침범한 섹터 게이트를 향하며 이 침침한 세계로부터 벗어난다.

우리의 날렵한 요트는 느릿하게 움직이는 쓰레기 운반차와 화물선으로 잡다하게 이루어진 함대를 지난다. 그 안에는 남자와 여자 들이 창문도 없는 지저분한 금속 큐브 공간 안에서 조용히 옹송그리고 모여 앉아 있다. 그들의 등은 땀으로 젖어 있다. 떨리는 손에는 낯선 도구를 들고 있다. 무기들이다. 그들은 자신들이 언제나 상상했던 만큼 실제로도 용감할 수 있기를 기도한다. 그 후 그들은 어떤 골드 격납고 안으로 착륙한다. 아레스의 아들들이 지령들을 외칠 것이다. 문이 열릴 것이며 그들은 전쟁과 만날 것이다.

나는 두 손을 불끈 쥐고 창밖을 뚫어지게 바라보며 그들을 위해 조용히 기도한다. 머스탱이 나를 지켜보는 기분이 든다. 그녀는 내 안, 저 깊숙한 곳에서 일렁이는 조류를 가늠하는 중이다.

곧 우리는 산업 '스택스'를 뒤로 하고 떠난다. 그렇게 그 침침한 오지를 내주는 대신 미드섹터 우주 대로를 흠뻑 적시는 네온 싸인 광고들을 맞이한다. 인공 강철 협곡들이 양쪽으로 늘어서 있다. 트램. 엘리베이터. 아파트. 인터넷과 연결된 모든 화면은 퀵실버의 해커들의 노예가 되었다. 그래서 그것들은 세브로와 아레스의 아들들이 보안게이트들과 검문소들을 유린하고 벽면에 낫을 그리고 다니는 모습을 방송하고 있다.

그리고 우리 주위로 3000만 인구의 도시가 일렁인다. 이곳 건물들 사이로 지나기로 되어 있던 심우주의 상업 이동 수단들이 질주하며 작은 민간 택시와 운전자들을 지나친다. 화물선들이 '할로우스'에서 날아올라 미드섹터를 통과하고 '니들스'로 향한다. 립윙들이 한 무리를 지으며 우리 위의 거리들에서 사냥을 한다. 나는 숨을 참는다. 방아쇠 한번 슬쩍 당기기만 해도 그들은 우리를 갈기갈기 찢을 수 있다. 하지만 그들은 그렇게 하지 않는다. 오히려 우리의 하이컬러 함선 ID를 확인하고는 컴 너머로 우리에게 연락해 전쟁 구역 밖, 조용히 빛을 발하며 위성으로부터 멀어지는 요트와 소형 비행선들의 무리 쪽으로 우리를 인도해 주겠다고 한다.

"선동적인 연설이던데."

내가 퀵실버의 타워에서 온 신호를 받자 빅트라가 함선의 컴 너머로 가르랑 거린다. 그녀의 지루해하는 목소리는 전쟁을 치르는 우리 주위 세계와 대조된다.

"클라운과 스크루페이스가 방금 스카이레시의 주요 터미널들을 장악했어. 롤로의 수하들은 미드섹터를 위한 물탱크들을 점유했고. 퀵실버의 네트워크들이 그 모습을 루나까지 쭉 방송하고 있어. 낫들이 여기저기서 튀어나오고 있지. 아게아, 코린스 등 화성의 모든 곳에서 폭동이 일어나고 있어. 그리고 지구와 루나에서도 같은 현상이 벌어지고 있다는 소식이 들려왔고. 지방 자치제 건물들은 무너지고 있어. 경찰서가 불타고 있고. 네가 폭도들을 깨운 거야."

"저들도 곧 보복할 거야."

"자기야, 네가 말한 대로지. 우리는 자칼이 보낸 첫 응답자들을 대학살했어. 우리가 원하던 대로 본라이더들도 몇 명 잡았고. 그런데 그들 중에 릴라스나 시슬은 없었어."

"젠장. 그래도 해 볼 만한 가치는 있었어."

"화성 해군이 데이모스에서 이곳으로 오고 있어. 정부 부대들도 오고 있고. 그래서 우리도 마지막 준비를 하고 있어."

"좋아. 좋아. 빅트라, 우리 원정대에 새로운 구성원이 추가됐다고 네가 세브로에게 알려 줘야겠어. 머스탱이 우리와 합류했어."

빅트라로부터 침묵이 이어진다.

"나 지금 개인 전용선으로 통화하는 중이야?"

빅트라의 질문에 홀리데이가 조종실에서 헤드셋 하나를 나에게 던져 준다. 나는 그 헤드셋을 힘겹게 쓴다.

"이제는 개인 전용선이야. 너는 동의하지 않는구나."

빅트라의 말투에서 신랄함이 극심하다.

"이게 내 생각이야. 너는 걔 믿어서는 안 돼. 그녀의 오빠를 봐.
그녀의 아버지도. 탐욕은 그녀의 핏속에 흐르고 있어. 당연히 그녀
는 우리와 동맹을 맺겠지. 그게 자기 목표와 맞아떨어지니까."

나는 빅트라가 말하는 동안 머스탱을 바라본다.

"그녀는 자기 전쟁에서 지고 있기 때문에 우리를 필요로 하고
있어. 하지만 우리가 그녀에게 원하는 것을 다 내주면 어떻게 되
겠어? 또 그녀가 가는 길을 우리가 방해한다면 어떻게 되겠어? 네
가 그녀를 쏴죽일 수 있을 것 같아? 방아쇠를 당길 수 있겠어?"

"응."

빅트라의 말이 머릿속에 맴돈다. 그 동안 우리는 포보스의 거인
같은 유리 나탑들을 지나고, 우리의 조종실은 그 건물의 유리창들
로부터 10여 미터밖에 안 떨어진 채 아슬아슬하게 비행한다. 건물
안에서는 광기어린 작은 세상들이 날뛰고 있다. 도시의 이쪽 구역
에서는 반란이 '니들스'까지 도달했다. 로우컬러들이 가차 없이 통
로를 밀고 지나간다. 그레이와 실버 들이 문 앞마다 바리케이드를
친다. 핑크들이 손에 칼을 든 채 침실에서 피 흘리는 늙은 골드와
그의 아내를 내려다보며 서 있다. 세 명의 실버 아이들이 벽 전체
만 한 홀로로 아레스를 보고 있다. 그동안 그들의 부모들은 도서
실에서 대화하고 있다. 그리고 마지막으로 하늘색 칵테일 드레스
를 입은 골드 여성이 목에는 진주를 걸고 금빛 머리는 허리춤까지

풀어헤친 채 서 있다. 아레스의 아들들이 그녀의 펜트하우스로부터 몇 층 밑에서 건물 전역으로 퍼져 나아가는 동안 그녀는 창가에 선다. 자신의 감정에 휩싸인 채 그녀는 스코처를 들어 자신의 금빛 머리에 댄다. 몸은 상상속의 위풍당당함으로 굳어 있다. 그녀의 손가락이 방아쇠를 당긴다.

그리고 우리는 지나갔다. 그녀의 생명과 혼돈을 뒤로 한 채 행성의 안전지대를 향해 전투로부터 도망치는 요트와 유람선 들의 흐름에 합류한다. 대부분의 피난민들은 화성을 고향이라 부른다. 그들의 함선들은 우리의 것과 같이 심우주에 적응하도록 장비가 갖춰지지 않은 상태다. 이제 그들은 불타는 씨앗들처럼 행성의 대기권 전역으로 흩어진다. 대부분은 우리 밑, 서믹 바다 한 중간에 위치한 코린스의 우주정거장을 향해 쭉 하강하고 있다. 다른 함선들은 대기권을 대충 훑고 지나며 지성된 이동항로들을 무시한 채 자칼이 급히 세운 차단벽과 인공위성들이 떠 있는 층을 질주하며 지난다. 그렇게 그것들은 행성의 반대쪽에 있는 그들의 고향으로 향하고 있다. 군수 호위대에서 나온 립윙과 와스프 들이 번뜩이며 그들을 쫓아가 다시 지정된 경로로 몰아와 보려고 노력한다. 하지만 특권을 누리던 버릇과 혼돈은 섞여서 좋을 조합이 아니다. 광기가 도주하는 골드들을 휘어잡는다.

"'디도' 함선이다."

머스탱이 혼잣말로 조용히 말하며 우리의 우측에 있는 돛단배 모양의 유리 함선을 눈여겨본다.

"드루실라 오 란의 함선이야. 그녀는 내가 어렸을 때 나에게 물감 칠하는 법을 가르쳐 줬는데."

하지만 내 관심은 그보다 더 먼 곳을 향하고 있다. 그곳에는 유람선 특유의 요란한 갑판이나 화려한 테두리 없이 포보스를 향해 질주하는 흉측하고도 어두운 함선들이 있다. 그것은 화성의 방어 함대의 반도 더 된다. 소형 구축함, 토치선, 구축함, 심지어 2대의 드래드노트형 함선도 있다. 자칼이 저 교량들 중 하나에 있을까 궁금하다. 아마도 아닐 것이다. 저 떨어져 나온 함대의 일부를 이끄는 사람은 릴라스나 새로 뽑힌 다른 집정관일 것이다. 안토니아는 로크를 돕도록 림 지역에 파견된 상태다. 그들의 함선은 평생 군인 생활을 해 온 병사들로 가득 차 있을 것이다. 한때의 우리만큼 단단한 남자와 여자 들이다. 그들 중 다수가 내 아이언레인에서 함께 떨어졌다. 그리고 그들은 내가 포보스 안에 불러 모은 군중을 종이 자르듯 가르고 지날 것이다. 그들은 분노하며 자신감 넘칠 것이다. 그들이 그런 감정을 더 많이 느낄수록 우리에게 유리하다.

머스탱이 조용히 묻는다.

"이거 함정이네, 그치? 너는 애초부터 포보스를 줄 생각이 없었구나."

"지구의 이누이트 족들이 늑대들을 어떻게 죽였는지 알아?"

내가 묻는다. 그녀는 모른다.

"늑대보다 느리고 약했던 그들은 칼이 레이저만큼 뾰족해질 때까지 깎은 뒤 거기 피를 묻혔어. 그런 다음 날이 위로 오게끔 얼음에 꽂았지. 그럼 늑대들이 와서 피를 핥아먹기 시작했어. 그리고 놈들은 점점 더 빠르게 핥으면서 먹을 것에 과히 욕심을 냈고. 그러다 너무 늦었을 때에서야 놈들은 자신들이 자기 피를 먹고 있었다는 것을 깨달았지."

나는 지나가는 군수용 함선을 향해 고개를 끄덕인다.

"그들은 내가 자신들의 일원이었다는 사실을 증오해. 막대한 증오 대상인 나를 포보스에서 잡기 위해 저들이 함선에서 얼마나 많은 최상급 병사들을 발사해 자신들의 영예를 지키려 할까? 자긍심은 다시금 네 컬러의 몰락 원인이 될 거야."

"너는 저들을 정거장에 오르게끔 유인하고 있구나. 왜냐하면 너는 포보스가 필요 없으니까."

머스탱은 내 계략을 이해하며 말한다.

"너도 아까 말했다시피 나는 군대를 얻기 위해 발키리 스파이어스로 가고 있어. 오리온과 네가 아직 내 함대의 나머지를 보유하고 있을지도 모르지. 하지만 우리에게는 그보다 더 많은 함선들이 필요할 거야. 세브로는 격납고의 환기 시스템 안에서 대기하고 있어. 공격 세력이 내 군수용 나탑과 '니들스'를 되찾기 위해 착륙하면 그들은 함선들은 그 격납고 안에 두고 나올 거야. 그럼 세브로는 은신처에서 나와 그 셔틀들을 훔친 뒤 그 안에 우리에게 남은 모든 아레스의 아들들을 채워 넣고 그것들을 다시 모체 함선들로 돌려보낼 거야."

"그럼 너는 진심으로 네가 옵시디언 종족을 통제할 수 있을 거라고 생각하는 거야?"

머스탱이 묻는다.

"나는 못하지. 그건 저 친구가 할 거야."

나는 라그날을 고개로 가리킨다.

"그들은 품질 통제 위원회의 아스가드 정거장에서 자신의 '신들'을 두려워하며 살고 있어. 갑옷 슈트를 입은 골드들이 오딘과 프로이야인 척하는 그 '신들'을. 내가 '솥단지'에 있는 그레이들을 두려워하며 살던 방식과 똑같은 거지. 우리도 프록터들에 의해 위축됐던 것처럼. 라그날은 그들에게 그들의 신들이 정말 얼마나 유한한 삶을 지닌 인간들인지를 보여 줄 거야."

"어떻게?"

라그날이 말한다.

"우리는 그들을 죽일 것입니다. 저는 친구들을 저희보다 먼저 보내 진실을 퍼뜨리도록 해 놨습니다. 수개월 전에요. 우리는 영웅이 되어 제 어머니와 누이들에게 돌아갈 것입니다. 그리고 저는 그들에게 그들의 신들이 거짓이라는 것을 제 고유의 언어로 전할 것입니다. 저는 그들에게 어떻게 나는지 보여 줄 것입니다. 그들에게 무기들을 주고 이 함선은 그들을 아스가드로 데리고 갈 것입니다. 그럼 대로우가 올림푸스를 정복했듯이 우리도 그곳을 정복할 것입니다. 그런 뒤 우리는 다른 부족들도 자유롭게 풀어 주고 퀵실버의 함선들을 이용해서 그들을 그 땅에서 데리고 나올 겁니다."

"그래서 너희가 저 뒤에 지독한 무기고를 가지고 있는 거구나."

머스탱이 말한다.

"너는 어떻게 생각해? 가능할 것 같아?"

내가 그녀에게 묻자 머스탱은 우리 계획의 대담함에 감탄하며 말한다.

"미친 것 같아. 그래도 어쩌면 가능할지도 모르겠어. 단 라그날이 정말로 그들을 통제할 수 있다는 전제하에."

"저는 그들을 통제하지 않을 것입니다. 그들을 이끌 것입니다."

라그날은 고요한 확신과 함께 그 말을 한다.

머스탱은 잠시나마 그 남자를 존경한다.

"너는 그렇게 할 수 있을 거라 믿어."

나는 라그날을 바라본다. 그는 뒤쪽의 창밖을 확인하고 있다. 저 어두운 눈들 뒤로 무엇이 지나고 있을까? 그가 나로부터 뭔가를 숨기고 있다는 기분이 든 것은 이번이 처음이다. 그는 이미 카박스를 풀어 주면서 나를 배신한 상태다. 그는 뭐를 또 계획하고 있단 말인가?

우리는 경직된 고요 속에서 라디오 주파수들이 지지직거리는 소리에 귀를 기울인다. 라디오에서는 요트 선장들이 행성을 향해 계속해서 하강하지 않는 대신 군수용 소형 구축함들에 도킹할 허가증을 요구하고 있다. 인맥을 이용한다. 뇌물로 거래를 한다. 줄을 탄다. 사람들이 눈물을 흘리며 애걸한다. 이 민간인들은 세상 속에서 자신들이 설 자리가 그들의 상상 속보다 더 작다는 것을 알아가고 있다. 그들은 의미가 없는 존재들이다. 전쟁에서 사람들은 자신들을 위대하게 만들어 주는 요소를 잃어버린다. 창의성. 지혜. 기쁨. 남은 것이라고는 그들의 유용성이다. 전쟁은 인간들을 시체로 만들기에 무시무시한 만큼 그들을 기계로 만들어서 무시무시하기도 하다. 그렇게 전쟁에서 그 기계들의 밥이 되는 것 외에는 아무런 쓸모도 없는 자들을 위해 나는 통탄하리라.

흉터를 입은 비할 데 없는 자들은 이 차가운 사실을 알고 있다. 그리고 그들은 수세기 동안 이러한 전쟁의 새로운 시대를 위해 훈련을 해 왔다. 통로에서의 살인. 기관에서 벌어지는 박탈 속에서의 고생. 그렇게 훈련을 받아 전쟁이 도래했을 때 그들이 가치있게끔 하는 것이다. 두둑한 주머니와 비싼 취향의 픽시들이 삶의 현실을 진정으로 느낄 때가 됐다. 남을 죽일 수 있지 않으면 가치가 없는 사람이다.

업보에 대한 청구서는, 론 스승님께서 가끔 말씀하셨다시피, 마지막에 찾아온다. 이제 픽시들이 대가를 치룰 차례다.

골드 집정관 하나의 목소리가 우리의 함선 스피커들을 가르고 나온다. 피난 함선들이 공인된 이송항로들을 향해 방향을 바꾸고 해군 전함들로부터 멀리 떨어지지 않으면 총알을 받을 것이라는 내용이다. 그 집정관은 공인되지 않은 함선들이 자신의 함선으로부터 100킬로미터 반경 내로 들어오는 것을 용인할 수 없다. 그것들은 폭탄들을 싣고 있을 수 있다. 아레스의 아들들을 태우고 있을 수 있다. 두 요트 함선이 경고를 무시하자 순찰함 중 하나가 레일건을 갑판에 쏜다. 두 요트 함선은 모두 산산조각난다. 집정관이 그녀의 지령을 다시 반복한다. 이번에는 그 지령에 다들 따른다. 나는 머스탱 쪽을 바라보며 그녀는 이 상황에 대해, 나에 대해 어떻게 생각하는지를 궁금해 한다. 우리가 다른 곳에 있었으면 좋겠다는 생각이 든다. 수많은 것들이 우리의 신경을 요하지 않을 어딘가 조용한 곳에. 그녀에게 전쟁이 아닌 그녀 자신에 대한 이야기를 물어볼 수 있는 곳에.

"세상의 종말 같은 기분인데."

머스탱의 말에 나는 고개를 젓는다.

"아니야. 새로운 세상의 시작이야. 나는 그렇게 믿어야겠어."

밑의 행성의 풍경은 퍼런 바탕에 흰색으로 얼룩덜룩하다. 우리는 적도의 서쪽 행성 반구를 따라 지정된 좌표를 따르는 척한다. 황갈색 해변들로 둘러싸인 미세한 초록 섬들이 서믹 바다의 쪽빛 물 위에서 상공의 우리를 향해 윙크를 보낸다. 밑에서는 함선들이 우리보다 먼저 대기권에 부딪히면서 홱 움직이고 불타오른다. 이오와 내가 어렸을 적에 갖고 놀았던 인산폭죽들처럼 그것들은 발작적으로 튀어 오르다 열 마찰이 그들의 방패막을 따라 쌓이면서 주황빛으로, 그 후 푸른빛으로 빛난다. 우리의 블루는 방향을 홱 틀어 그들과 거리를 둔 뒤, 자신들의 고향을 향해 일반 교통흐름에서 벗어나는 다른 일련의 함선들을 따라간다.

곧 포보스는 행성 반쪽의 거리만큼 떨어진다. 대륙들이 밑으로 지나간다. 하나둘씩 다른 함선들이 하강을 하는 동안 우리는 문명

화되지 않은 극지방으로의 여행을 홀로 나서게 된다. 그렇게 우리는 대부분의 남부 대륙을 모니터하는 수십여 개의 소사이어티 인공위성들을 지나친다. 그 위성들도 해킹되어 3년 전의 정보를 재사용하고 있다. 지금으로서는 우리가 보이지 않는다. 우리의 적들의 눈뿐만 아니라 친구들의 눈에도 그렇다. 머스탱이 그녀의 자리에서 등을 때며 위쪽의 조종실 안을 살핀다.

"저건 뭐야?"

그녀가 센서 디스플레이를 향해 손짓을 한다. 점 하나가 우리 뒤를 따라오고 있다. 조종사가 대답한다.

"포보스에서 온 또 하나의 피난민 함선입니다. 민간인 함선입니다. 무기는 없습니다."

하지만 그것이 빠르게 가까워지고 있다. 우리로부터 200킬로미터 떨어진 곳에서 우리를 뒤쫓고 있다.

"저게 민간인 함선이라면 왜 지금 갑자기 우리 센서에 나타난 거야?"

머스탱이 묻는다.

"센서 막이를 가지고 있을 수도 있습니다. 센서 감지 완충제들이요."

홀리데이가 조심스럽게 말한다.

함선이 거리를 좁히며 우리로부터 40킬로미터 떨어진 곳까지 온다. 뭔가 잘못됐다.

"민간인 함선들은 저런 식으로 가속을 하지 못해."

머스탱이 지적한다.

"급하강 해. 당장 대기권을 뚫고 가. 홀리데이는 총 앞에 서."

내가 지시한다.

블루 조종사는 방어 프로토콜을 시행하기 시작하며 속도를 내고 뒤쪽 방패막들을 강화한다. 우리는 대기권과 부딪힌다. 이가 서로 달그락거리며 부딪힌다. 함선의 전자 음성은 승객들이 자리에 착석하라고 지시한다. 홀리데이가 비틀거리며 일어서더니 황급히 우리를 지나 함선의 미포로 향한다. 그 후 우리 뒤에 있는 함선이 레이더 디스플레이상에서 형태를 변이하면서 경고음들이 떨리는 높은 소리로 들려온다. 이전의 매끄러운 선체로부터 숨겨졌던 무기들이 피어나 날카로운 윤곽이 드러난다. 그 함선은 대기권으로 우리를 따라오더니 우리에게 발포한다.

우리의 조종사는 젤라틴 조종컨트롤 안에서 그녀의 얇은 손들을 비튼다. 내 속이 뒤집힌다. 극초음파 감손된 우라늄 미사일이 구름의 화폭과 얼음 지형에 흉터를 남긴다. 그것들이 쌩하니 지나가는 자리는 과열된다. 우리 자신들도 직접 대기권과 부딪히면서 함선이 홱 움직인다. 우리의 조종사는 몸놀림을 계속한다. 그녀의 손가락들을 전자 젤 속에서 달싹거린다. 차분한 표정으로 기술의 춤 속에서 헤매고 있다. 그녀의 눈들은 몸에서 멀리 떨어진 느낌을 준다. 단 한 방울의 땀이 그녀의 오른 관자놀이에 맺혔다 턱을 따라 흘러내린다. 그 후 회색의 흐릿한 존재가 조종실 안으로 쌩하니 들어오더니 조종사가 폭발한다. 살덩이가 비처럼 내린다.

선창과 내 얼굴 위로 피가 뿌려진다. 우라늄 미사일은 몸의 위쪽 반을 떨쳐내더니 바닥을 뚫고 빠르게 지나간다. 아이의 머리만 한 두 번째 미사일이 비명을 지르며 머스탱과 내 사이로 함선을 통과한다. 바닥과 천장에 구멍이 난다. 바람이 악을 지른다. 응급 마스크들이 우리 무릎 위로 떨어진다. 경고 사이렌 소리들이 지저귀는 동안 우리 함선으로부터 기압이 새 나아가면서 머리카락이 날린다. 나는 바닥에 난 구멍을 통해 까만 바다를 볼 수 있다. 천장에 난 구멍 사이로 산소가 새어 나가는 동안 별들도 볼 수 있다. 우리를 뒤쫓는 함선은 계속해서 죽어가는 우리 함선을 향해 발사한다. 나는 양손을 머리 위로 올리고 이는 꽉 물어 잠근 채 공포심에 몸을 웅크린다. 내 안의 모든 인간적인 부분이 비명을 지르고 있다.

악랄하고 비인간적인 웃음소리가 너무나 크게 울려 퍼진다. 나는 그것이 휘몰아치는 바람 소리라 생각한다. 하지만 그것은 라그날이 내는 소리다. 고개를 뒤로 젖힌 그는 자신의 신들을 향해 웃고 있다.

"오딘은 우리가 그를 죽이러 가는 줄 아는 거예요. 가짜 신들도 쉽게 죽지는 않는군요!"

그는 자리에서 뛰쳐나가 통로를 뛰어 내려가며 미친 듯이 웃고 있다. 내가 그를 향해 앉으라고 고함치지만 그는 듣지 않는다. 미사일들이 속삭이며 그를 지나친다.

"내가 가고 있다, 오딘! 내가 너를 잡으러 가고 있다!"

머스탱은 응급 마스크를 쓴 뒤 내가 생각을 정리할 틈도 안 주고 거미줄형 안전띠에서 잠금 해제 버튼을 누른다. 함선이 껑충 뛰면서 그녀를 천장과 바닥에 쾅 친다. 그 세기는 아우리어트가 아닌 모든 자들의 두개골을 깨뜨릴 만하다. 그녀의 앞머리 선에 난 자상으로부터 피가 나와 이마로 흘러내린다. 그녀는 바닥을 짚으며 함선이 다시 한 바퀴 돌기를 기다린다. 몸의 각도를 잡은 뒤 중력을 이용해 부조종사 의자로 떨어져 보려는 것이다. 그녀는 부조종사 의자의 팔걸이에 걸쳐진 상태로 어색하게 떨어지지만 용케 몸을 질질 끌고 의자에 앉아 거미줄형 안전띠를 맨다. 피로 흠뻑 젖은 제어반 위에서 더 많은 경고등들이 깜빡인다. 나는 뒤돌아 통로 아래쪽을 본다. 라그날과 홀리데이가 살아 있는지 확인하려는 것이었지만 미사일 세 대가 우리 뒤의 공간을 흉포하게 부수는 꼴만 보게 됐다. 이가 두개골에 울릴 정도로 떨린다. 내장은 내 왼쪽 캐비닛 안의 샴페인 플루트들과 함께 진동한다. 붙잡는 깃 말고는 할 수 있는 일이 아무것도 없다. 그동안 머스탱은 우리가 낙하하는 것을 멈춰 보려고 노력한다. 의자의 젤라틴 띠가 내 흉곽을 옥죈다. 관성이 나를 으스러뜨리는 기분이 든다. 아래의 세계가 부풀어 오르면서 시간의 흐름이 느려지는 것 같다. 우리는 구름들을 뚫고 지났다. 센서 상으로 나는 작은 무언가가 우리의 함선으로부터 쌩하고 날아가 우리를 뒤쫓고 있는 함선과 충돌하는 모습을 확인한다. 우리 뒤로 불빛이 번뜩인다. 눈과 산들과 부빙들이 점차 팽창하더니 깨진 조종실 창문 너머로 보이는 것은 그것들밖에 없다. 울부짖는 바람은 내 얼굴을 얼렸다 깨뜨릴 듯이 차갑다.

"충돌에 대비해."

머스탱이 바람소리 너머로 고함친다.

"5초 안에. 5……."

우리는 바다 중앙에 떠 있는 얼음 더미를 향해 곤두박질친다. 지평선에서는 붉은 핏빛 리본이 황혼을 맞이한 하늘과 들쭉날쭉한 화산암 해안선을 함께 묶는다. 거인 같은 남자가 그 화산암 위에 서 있다. 붉은 빛과 대조된 그는 검고 거대하다. 나는 눈을 깜빡인다. 내가 정신착란을 일으키는 것이 아닐까, 내가 죽기 직전에 피치녀를 보고 있는 것일까 고민한다. 그 남자의 입은 빛이 절대로 도망가지 못하게끔 열려 있는 칠흑의 구멍이다.

"대로우, 고개를 수그려!"

머스탱이 고함친다. 나는 내 고개를 양무릎 사이에 박고 그 위로 양팔을 두른다.

"3…… 2…… 1."

우리 함선이 얼음을 뚫고 그 속으로 훅 들어간다.

제26장

# 얼음

바다 속으로 가라앉는 동안 모든 것이 어둡고 차갑다. 토막 난 함선의 뒤편을 통해 흘러들어온 급류가 조종실에 난 얼댓 개의 열린 구멍들로 꼬르륵 거리며 들어간다. 우리는 이미 파도들 밑으로 가라앉았으며 마지막 공기방울이 어둠 속으로 보글거린다. 충격에 반응하여 내 몸과 하나 되듯 나를 꽉 조이고 있던 거미줄형 안전띠는 내 뼈들을 보호하기 위해 늘어진다. 하지만 이제 그것은 나를 함선과 함께 아래로 끌고 내려가며 죽이려 하고 있다. 얼굴에 닿은 물은 얼어붙은 가시바늘처럼 느껴진다. 그래도 물범 스킨이 내 몸을 보호하고 있다. 그래서 나는 레이저로 거미줄형 안전띠를 잘라 버린다. 귀에 압이 쌓이는 동안 나는 미친 듯이 머스탱을 찾는다.

머스탱은 살아 있으며 벌써 탈출을 시도하고 있다. 그녀의 손에 든 불빛이 침수된 조종실의 어둠 속을 가르고 나온다. 레이저를 꺼낸 상태다. 나처럼 그녀도 거미줄형 안전띠를 자르고 있다. 나는 침수된 선실 속으로 몸을 밀고 들어가며 그녀를 향한다. 함선의 뒤쪽이 없어졌다. 3층짜리 함선의 일부가 찢어져나가 어둠 속 다른 어딘가에서 떠다니고 있다. 그 안에는 라그날과 홀리데이가 있었다. 충돌에 의해 목이 채찍처럼 뒤로 확 젖혀졌었던 탓에 고개를 돌릴 수 없을 정도로 뻣뻣하다. 나는 내 코와 입을 덮고 있는 마스크로부터 산소를 흡입한다.

머스탱과 나는 서로와 말없이 그레이 러쳐 부대들이 쓰는 신호들을 사용해 가며 서로 의사전달을 한다. 인간의 본능은 사고현장을 최대한 빨리 벗어나는 것이다. 하지만 훈련은 이런 상황에서 숨을 고르도록, 냉철하게 생각하도록 우리를 가르쳤다. 여기에는 우리가 필요할지도 모를 물품들이 있다. 머스탱이 일반 구급상자를 찾기 위해 조종실을 뒤지는 동안 나는 내 장비 가방을 찾아다닌다. 그것은 없어졌다. 아스가드를 장악하기 위해 우리가 옵시디언들에게 나눠주려던 화물칸의 나머지 장비들도 마찬가지다. 머스탱이 내 곁으로 온다. 그녀는 자신의 몸체만 한 플라스틱 구급상자를 들고 있다. 그것을 조종사 의자 뒤의 캐비닛에서 꺼내온 것이다.

마지막 숨을 들이쉰 뒤 우리는 산소를 뒤에 남겨두고 떠난다.

우리는 찢겨진 선체의 가장자리까지 수영해 간다. 그곳에서는 함선이 끝나고 바다가 시작된다. 그것은 심연이다. 머스탱이 손전등을 끄고, 나는 내 자리에서 가져온 한 줄의 거미줄형 안전띠로 우리 둘의 벨트들을 함께 묶는다. 옵시디언들을 얼음 대륙에 가둬 놓기 위해 설계된 이곳에서는 조각된 생물들이 인간을 잡아먹는다. 나는 그것들의 그림을 본 적이 있다. 반투명한 몸체. 긴 송곳니. 튀어나온 눈들. 퍼런 정맥들이 지렁이처럼 꾸물거리는 창백한 피부. 빛과 열기가 그들을 유인한다. 손전등을 들고 열린 바다에서 수영하기란 더 아래에 있는 존재들을 끌어들이는 짓이다. 심지어 라그날도 감히 그러지 않을 것이다.

우리 앞쪽 시야는 손 한 폭의 거리까지만 보인다. 우리는 요트의 사체로부터 밀고 나와 까만 물속으로 들어간다. 고통스럽게 싸워야 1미터 진출한다. 내 옆에 있는 머스탱이 안 보인다. 찬물 속에서의 우리 움직임은 둔하다. 어둠을 할퀴는 팔다리가 화끈거린다. 하지만 내 정신은 확신과 함께 확실하다. 우리는 이 바다에서 죽지 않을 것이다. 우리는 익사하지 않을 것이다. 나는 물을 증오하며 그 생각을 계속해서 되뇐다.

머스탱이 내 발을 차면서 우리의 규칙적인 움직임을 방해한다. 나는 다시 움직임을 맞춰 보려고 한다. 수면이 어디에 있는 것이지? 우리를 맞이하며 수면에 가까워지고 있다고 알려 줄 햇볕이 없다. 심히 방향 감각이 상실됐다. 머스탱이 내 다리를 다시 찬다. 단, 이번에는 나도 저 밑에서 물살이 파문을 이는 것이 느껴진다. 뭔가 거대하고 빠르고 차가운 것이 저 깊은 곳에서 헤엄치고 있다.

나는 앞이 안 보이는 상태에서 레이저를 밑으로 휘두른다. 아무 것도 치지 못했다. 극심한 공포감을 참기란 불가능하다. 밑으로 펼쳐진 2킬로미터의 바다 속 어둠을 향해 레이저를 마구 휘두르며 너무나도 절박하게 발길질을 하다 보니 물 위의 얼음 층에 머리를 세게 박아 의식을 잃을 뻔 한다. 등 뒤로 머스탱의 손이 느껴진다. 나를 진정시키고 있다. 얼음은 우리 위로 늘어진 칙칙한 회색 피부다. 나는 레이저를 위로 찔러 그것에 꽂는다. 머스탱도 내 옆에서 똑같이 하고 있는 소리가 들린다. 얼음은 밀어서 깨고 나가기에 너무 두껍다. 나는 머스탱의 어깨를 잡고 원을 그리는 신호로 내 계획을 알린다. 그리고 내 등이 그녀와 맞닿도록 몸을 돌린다. 함께, 거의 앞이 안 보이고 산소가 바닥난 상태로, 우리는 얼음을 원형으로 자른다. 나는 계속해서 움직이다 얼음이 살짝 들리는 것을 느낀다. 그것은 트랙션 없이 밀어올리기에 너무 무겁다. 우리 팔만 가지고 밑으로 끌어내리기에는 너무 물에 잘 뜬다. 그래서 나는 수영해 옆으로 비켜선다. 우리가 자른 원기둥을 머스탱이 레이저로 깨부술 수 있게 하기 위해서다. 얼음을 충분히 잘게 부숴서 먼저 응급상자를 위로 밀어낼 수 있게 됐다. 그 뒤로 머스탱이 물속을 탈출하며 나를 돕기 위해 손 하나를 뻗는다. 나는 아무 것도 보지 못하면서 어둠을 향해 밑으로 레이저를 휘두른 뒤 그녀를 따라 위로 올라간다.

우리는 돌덩이처럼 딱딱한 얼음 표면에 머리부터 박으며 쓰러진다.

바람이 떨고 있는 우리의 몸 위로 달가닥 거린다.

우리는 흉포한 해안선과 차갑고 시커먼 바다의 시작선 사이로 떠 있는 빙상의 가장자리에 있다. 하늘은 짙은 금속성의 푸른빛을 박동한다. 남극이 겨울로 이행하면서 2개월 치의 황혼 빛을 가둬 품고 있는 것이다. 산이 즐비한 해안선은 어둡고 비틀렸으며 대략 3킬로미터쯤 된다. 내내 얼음이 펼쳐져 있는 그 거리의 중간 중간에 빙하들이 뚫고 나와 있다. 우리의 잔해가 해안선의 산자락에서 불타오르고 있다. 바람이 열린 바다로부터 빠르게 불어 들어온다. 도래하는 폭풍의 전조다. 바람은 그렇게 재앙을 가져올 듯이 파도들을 채찍질하고 소금과 물방울을 얼음 위로 흩뿌리며 쉿 소리를 낸다. 그것은 마치 모래가 사막을 휘몰아치며 지나는 모습 같다. 물이 내륙 쪽으로 50미터 더 가까운 지점에서 간헐 온천처럼 솟아오른다. 누군가가 펄스 피스트를 얼음 밑에서 쏜 것이다. 홀리데이가 자신의 몸을 끌어올려 물속에서 탈출한다. 감각을 상실하고 얼어붙은 몸의 우리는 그녀의 곁으로 황급히 간다. 머스탱이 응급상자를 들고 나를 뒤따라오고 있다.

"라그날은 어디 있어?"

내가 외친다. 홀리데이가 나를 올려다본다. 그녀의 얼굴은 일그러진 채 창백하다. 그녀의 다리로부터 피가 흘러 아래에 고인다. 파편 한 조각이 그녀의 허벅지에 박힌 채 튀어나와 있다. 물범 스킨이 그녀로부터 최악의 추위를 막아 주기는 했지만 그녀에게는 슈트의 후드를 쓰거나 장갑을 낄 시간이 없었다. 그녀는 지혈대를 다리에 꽉 동여매며 구멍 안을 되돌아본다.

"저도 모르겠어요."

홀리데이가 대답한다.

"너도 모른다고?"

나는 레이저를 슈트로부터 휙 떼어 들고는 허둥지둥 구멍을 향한다. 홀리데이가 내 앞을 빠르게 가로막는다.

"저 밑에 뭐가 있어요! 라그날이 그것을 제게서 떼어줬어요."

"저 아래로 내려가야겠어."

내 말에 홀리데이가 날카롭게 반문한다.

"뭐라고요? 저 안은 시커매요. 그를 절대 찾지 못하실 거예요."

"그건 너도 모르는 거잖아."

"당신이 죽을 거라고요."

그녀가 말한다.

"나는 그가 저렇게 가게 두지 않을 거야."

"대로우, 멈춰요."

홀리데이는 펄스 피스트를 내던지고 다리 총집에서 트리그의 권총을 꺼내들더니 그것으로 내 발 앞을 쏜다.

"멈추라고요."

"너 뭐하는 거야?"

나는 바람 너머로 고함친다.

"당신이 자신을 죽이기 전에 당신의 다리를 쏘겠어요. 저 밑에 내려가는 것은 자살 행위라고요."

"너는 그가 죽게 내버려 두겠다는 거야?"

"그는 제 임무 대상이 아니에요."

홀리데이의 눈빛은 딱딱하다. 감상은 없고 그저 냉담하다. 내가 싸우는 방식과 너무나도 다르다. 그녀가 내 생명을 구하기 위해 저 방아쇠를 당기리라는 것을 알겠다. 내가 그녀에게 막 달려들려고 하는데 머스탱이 내 왼쪽에서 번뜩이며 지나간다. 내가 뭐라고 말할 시간도, 홀리데이가 그녀를 협박할 찰나도 주지 않을 만큼 빠르게 머스탱은 구멍 속으로 다이빙 한다. 그녀의 오른손에는 레이저를, 왼손에는 밝게 타오르는 불빛을 들고서…….

# 제27장
## 웃음의 만

나는 빠르게 구멍으로 향한다. 그 가장자리로 물이 평화롭게 찰랑거린다. 얼음이 너무 두꺼워서 표면 밑에서 수영하는 머스탱을 확인할 수 없다. 하지만 1미터 두께의 지저분한 얼음 너머에서 불빛이 부드럽게 퍼져 나오고 있다. 그 퍼런 빛은 육지를 향해 헤매고 있다. 나는 그것을 따라간다. 홀리데이는 자신의 몸을 질질 끌며 내 뒤를 따라오려고 한다. 나는 그녀에게 자리를 지키고 알아서 구급 키트를 쓰고 있으라고 외친다.

나는 머스탱의 빛을 따라간다. 레이저로 얼음 위를 스치며 몇 분간 그 밑의 불빛의 경로를 따라 그린다. 그러다 드디어 불빛이 멈춘다. 그녀가 숨이 차기까지 아직은 시간이 남은 상태다. 하지만 불빛은 10초간 움직이지 않는다. 그러다 흐려지기 시작한다. 불이 바다 속으로 가라앉으면서 얼음과 물의 색이 어두워진다. 그녀를 저기서 꺼내야 한다. 나는 내 레이저를 얼음에 쾅 찍어내려 한 덩이를 쪼갠 뒤 그것을 느슨하게 만든다. 그리고 포효하며 그 틈새로 손가락들을 확 박아 얼음을 들어 올린 후 머리 위로 넘겨 뒤로 던져 버린다. 창백한 몸과 피가 담긴 채 출렁이는 물이 모습을 드러낸다. 머스탱이 수면으로 확 튀어 오르며 아파서 소리 지른다. 라그날이 그녀 옆에 있다. 그녀는 푸르딩딩하고 움직임 없는 그를 왼쪽 겨드랑이 사이에 끼우고 있다. 그녀의 오른쪽 손은 물속에 있는 창백한 무언가를 마구 가른다.

나는 뒤에 있는 얼음에 레이저를 꽂은 뒤 그 손잡이를 붙잡는다. 머스탱이 내 손을 향해 자신의 손을 뻗는다. 나는 그녀를 끌어 올린다. 그 후 우리는 기합과 함께 힘을 쓰며 라그날도 꺼내 올린다. 머스탱은 손톱을 얼음에 박으며 라그날과 함께 쓰러진다. 하지만 그녀는 혼자가 아니다. 작은 인간만 한 구더기 형상의 허연 생물이 그녀의 등에 딱 붙어 있다. 그것은 나름 단거리를 전력 질주하는 달팽이처럼 생겼지만 그 등은 억세다. 털이 많고 반투명한 살은 수십여 개의 비명을 지르는 작은 입들로 얼룩덜룩하다. 그 입들의 테두리에 둘러진 바늘 같은 이빨들은 그녀의 등을 물어뜯고 있다. 그 생물이 그녀를 산 채로 잡아먹고 있는 것이다. 라그날의 등에도 큰 개만 한 생물이 하나 더 붙어 있다.

"이걸 떼 줘!"

머스탱이 으르렁거리며 레이저를 미친 듯이 휘두른다.

"나한테서 이걸 떼 달라고!"

원래의 조각된 의도보다도 힘이 센 그 생물은 얼음 속 구멍으로 기어가며 그녀 또한 자신의 집으로 다시 끌고 가려 한다. 총 소리가 울려 퍼지면서 생물이 갑자기 확 튄다. 홀리데이의 총에서 발사된 총알이 놈의 옆구리를 정통으로 가격한 것이다. 검은 피가 박동하며 흘러나온다. 생물은 비명을 지른다. 놈의 움직임이 충분히 느려진 덕에 나는 머스탱에게 달려가 레이저로 그녀의 등에서 놈을 긁어낼 수 있다. 나는 놈을 발로 차 옆으로 치운다. 그 자리에서 놈은 경련하며 죽는다. 나는 라그날의 괴물도 반으로 가른다. 그 후 그의 등에서 놈을 벗겨내 옆으로 던져 버린다.

"저 밑에 더 많이 있어. 그리고 더 큰 무언가도 있고."

머스탱이 말하며 힘겹게 일어선다. 그녀가 라그날을 보자 표정이 굳는다. 나도 그의 곁으로 달려간다. 그는 숨을 안 쉬고 있다.

"구멍을 지켜보고 있어."

내가 머스탱에게 지시한다.

얼음 위에 그렇게 있으니 내 거대한 친구가 너무나도 아이 같아 보인다. 나는 CPR을 시작한다. 그는 자신의 왼쪽 부츠를 잃어버린 상태다. 양말은 반쯤 벗겨졌다. 내가 그의 가슴을 펌프질 할 때마다 그의 발이 얼음에서 튕겨 오른다. 홀리데이가 우리 쪽으로 비틀거리며 온다. 진통제 덕에 그녀의 동공들이 거대해졌다. 그녀의 다리는 구급 키트에 있던 레스플래시 패치로 감겨 있다. 그녀는 얼음 위, 라그날 옆으로 쓰러진다. 그리고 마치 중요한 일인 것처

433

럼 그의 한쪽 양말을 다시 끝까지 올려 준다.

"돌아와."

내 자신이 말하는 소리가 들린다. 침이 입술에 얼어붙는다. 눈꺼
풀도 내가 흘리고 있는지도 몰랐던 눈물들이 얼어 딱딱하다.

"돌아와, 네 임무가 아직 안 끝났어."

하울러 문신이 그의 창백한 피부와 대조되면서 어두워 보인다.
그의 하얀 얼굴에 새겨진 보호 룬 문신들은 눈물 같아 보인다.

"네 종족에게는 네가 필요해."

내가 말한다. 홀리데이가 그의 손을 잡는다. 그녀의 양손을 다
합쳐도 그 크기가 여섯 손가락이 달린 그의 거대한 손 하나보다
작다. 홀리데이가 묻는다.

"저들이 이기기를 원해? 깨어나, 라그날. 깨어나라고."

라그날은 내 손 밑에서 몸을 홱 움직인다. 그의 심장이 다시 박
동하며 가슴이 경련한다.

물이 거품을 이루며 그의 입 밖으로 나온다. 혼란스러움에 두
팔이 얼음 위를 허우적거리는 동안 그는 공기를 마시려고 기침한
다. 그리고 공기를 쭉 빨아들인다. 거대한 가슴을 오르락내리락하
며 그는 하늘을 빤히 올려다본다. 그의 흉터 난 입술은 양쪽으로
휘며 조소를 띤다.

"아직은 아니에요, 올마더 죽음의 신이여. 아직은 아니에요."

"망했어요."

우리가 빈약한 물품들을 살피는 동안 홀리데이가 말한다. 머스탱이 그 와중에도 용케 우리 함선을 뒤지고 올 수 있었다. 우리는 협곡 사이에서 함께 몸을 떤다. 바람으로부터 일시적으로 피신한 상태다. 하지만 그렇게 큰 도움이 되지는 않는다. 우리는 두 보온 불들의 보잘것없는 열기 앞에 옹기종기 모여 앉는다. 그것들을 짊어지고 얼음 선반 지대를 지나오는 내내 시속 80킬로미터로 부는 바람이 차디찬 이빨로 우리를 갈가리 찢어댔다. 폭풍에 우리 뒤의 바다 위는 어두컴컴해진다. 라그날은 그것을 조심스러운 눈빛으로 지켜본다. 그동안 우리 나머지는 물품들을 정리한다. GPS 응답기, 프로틴바 몇 개, 손전등 2개, 말린 식량, 보온난로, 그리고 한 명만 덮을 수 있을 정도의 크기인 보온이불이 있다. 우리는 그것으로 홀리데이의 몸을 말아 준다. 그녀의 슈트가 가장 많이 상했기 때문이다. 또 조명탄 총, 레스플레시 도포도구, 그리고 엄지손가락만 한 디지털 생존 안내서도 있다.

"그녀의 말이 맞아. 여기서 벗어나지 않으면 우리는 죽을 거야."
머스탱이 말한다.

우리의 무기 상자들은 사라졌다. 갑옷과 그래브부츠들, 그리고 물품들은 바다 바닥까지 가라앉아 버렸다. 그 모든 것들은 옵시디언들이 그들의 신들을 파괴할 수 있게 해 줬을 것이다. 그 모든 것들은 우리가 궤도에 있는 우리 친구들에게 연락을 취할 수 있게 해 줬을 것이다. 인공위성들은 앞이 가려졌다. 아무도 지켜보고 있지 않다. 우리를 하늘에서 쐈던 사람들 외에는 아무도 보고 있지

435

않다. 유일한 축복은 그들도 우리와 마찬가지로 추락했다는 것이다. 우리는 얼음 선반 지대를 휘청거리며 지나던 중에 그들이 추락하며 일어난 불이 산속 더 깊숙한 곳에 난 것을 확인했다. 하지만 그들이 생존했다면, 그들에게 장비가 있다면, 그들은 우리를 사냥할 것이다. 그리고 우리는 달랑 레이저 4개, 라이플 하나, 그리고 배터리가 다 된 펄스 피스트 하나만으로 우리 자신들을 보호해야 하는 판이다. 우리의 물범 스킨은 갈라지고 손상됐다. 하지만 추위가 우리를 정복하기 한참 전에 탈수가 먼저 선수 칠 것이다. 검은 바위와 얼음이 수평선에 이어진다. 그렇지만 우리가 얼음을 먹으면 우리 심부체온이 낮아져 추위에 목숨을 잃을 것이다.

머스탱이 장갑 낀 손에 입김을 불며 떤다.

"제대로 된 피신처를 찾아야 해. 조종실에서 마지막으로 차트를 확인했을 때 우리는 스파이어스로부터 200킬로미터 떨어진 위치에 있었어."

"아예 1000킬로미터라 해도 무방하겠네요."

홀리데이가 거칠게 비꼰다. 그녀는 자신의 갈라진 아랫입술을 씹으며 여전히 물품들을 뚫어져라 쳐다보고 있다. 마치 그러면 그것들이 번식할 것인 양.

라그날은 우리가 토의하는 모습을 지친 눈빛으로 지켜본다. 그는 이 땅을 안다. 우리가 여기에서 살아남지 못할 것을 안다. 그리고 입 밖으로 내지는 않지만 우리가 하나둘씩 죽어가는 모습을 지켜볼 것이며 그것을 막기 위해 그가 할 수 있는 일이라고는 아무것도 없다는 것을 안다. 홀리데이가 먼저 죽을 것이다. 그 다음은 머스탱이다. 그녀의 물범 스킨은 아까 괴물이 그녀를 물었을 때 찢겨졌으며 그 안으로 물이 들어간 상태다. 그 후에는 내가 죽을 것이다. 그리고 그는 살아남을 것이다. 그의 눈에 우리가 얼마나 자만해 보였을까. 하룻밤 만에 그냥 하늘에서 내려와 옵시디언들을 자유롭게 풀어줄 수 있으리라고 생각했다니.

홀리데이가 라그날에게 묻는다.

"여기에 유목민들은 없어요? 우리는 언제나 해적 부대원들에 대한 이야기들을 들었었는데……."

"그것들은 이야기가 아닙니다. 가을이 떠나간 뒤에 씨족들이 얼음 지대로 모험하러 오는 일은 드물어요. 지금은 잡아먹는 자들인 '이터'들의 계절입니다."

"그들에 대한 이야기는 안 했잖아."

내 말에 라그날이 설명한다.

"저는 우리의 비행이 그들의 땅을 지나칠 거라고 생각했어요. 죄송합니다. '이터'들은 인간을 잡아먹는 자들이에요. 씨족들로부터 수치스럽게 쫓겨난 자들이지요."

"이런 우라질."

"대로우, 우리를 끌어내 달라고 네 수하들에게 연락할 방도가 있을 거야."

머스탱이 여기서 탈출할 길을 찾겠다고 결심하며 말한다.

"그런 건 없어. 아스가드의 전파 방해 무리 때문에 이 대륙 전

체에서 잡음이 나. 여기서 1000킬로미터 반경에 있는 유일한 과학
장비는 거기에 있어. 저쪽의 다른 함선에도 뭐가 있지 않는 한은.”

“저들은 누굽니까?”

라그날이 묻는다.

“나도 몰라. 자칼일 리는 없는데. 우리가 누군지 자칼이 알았다
면 그는 우리를 잡으러 비밀 첩보용 함선 한 대가 아니라 함대 전
체를 보냈을 거야.”

“카시우스야. 내 추측으로는 그도 나처럼 변장한 함선을 타고
온 것 같아. 그는 원래 루나에 있어야 했거든. 그게 이곳에서 협상
하는 일의 장점 중에 하나였어. 그들도 우리 오빠를 배신하다 걸
리면 그들도 나만큼이나 상황은 안 좋지. 더 심하거나.”

머스탱이 말한다.

“그들은 어떤 게 우리 함선인지 어떻게 안 거야?”

내가 묻는다.

머스탱이 잘 모르겠다는 듯 어깨를 으쓱한다.

“우리가 무리를 벗어나는 것을 보고 눈치챘나보지. 어쩌면 그가
‘할로우스’에서부터 우리의 뒤를 밟았을 수도 있고. 나도 모르겠
어. 그가 바보는 아니야. 아이언레인 중에도 그가 네 계략을 눈치
챘었잖아. 네가 벽 밑으로 들어가려던 것 말이야.”

“아니면 누군가가 그에게 얘기했거나요.”

홀리데이가 험악한 눈빛으로 머스탱을 눈여겨보며 말한다.

“내가 대체 무슨 이유로 그에게 얘기했겠어? 내가 이 지독한 함

선에 타고 있었는데?"

머스탱이 말한다.

"어쨌든 카시우스이기를 바라자. 정말 그러면 그래브부츠를 신고 아스가드까지 날아가 도움을 청하지는 않을 거야. 그랬다가는 자칼에게 왜 그가 처음부터 포보스에 있었는지를 설명해야 할 테니까. 그나저나 그 함선은 어쩌다 추락한 거야?"

내가 묻는다.

"우리 함선 뒤에서 봤을 때는 미사일의 작품인 것 같던데. 하지만 우리에게는 미사일이 없잖아."

"상자 안에는 있었습니다. 제가 화물칸 뒤쪽에서 어깨용 발사대를 차고 사리사 미사일을 쐈어요."

라그날이 말한다.

"우리가 추락하고 있는 와중에 라그날 네가 그들을 향해 미사일을 쐈다고?"

머스탱이 못 믿겠다는 듯이 묻는다.

"네. 그리고 그래브부츠들도 챙겨가려고 했죠. 하지만 저는 실패했습니다."

"그래도 너는 충분히 대단했다고 생각하는데."

머스탱이 갑자기 웃으며 말한다. 그것은 우리 나머지에게로 전염된다. 심지어 홀리데이도 웃는다. 라그날은 그 유머를 이해하지 못한다. 하지만 내 즐거운 마음은 금방 사라진다. 홀리데이가 기침을 하며 그녀의 후드를 더 꼭 조여 맸기 때문이다.

나는 바다 위의 검은 구름들을 바라본다.

"라그날, 저 폭풍이 치기까지 얼마나 남았지?"

"아마 2시간 정도일 겁니다. 폭풍이 빠르게 움직이고 있어요."

"그럼 영하 15도까지 떨어질 거야. 우리는 살아남지 못할 거고. 우리 장비가 이 모양이라."

머스탱이 말한다. 바람이 울부짖으며 우리의 협곡과 주변의 으스스한 산자락들을 통과한다.

"그럼 선택안은 단 하나 뿐이네."

내가 말한다.

"짐을 챙기고 산을 지나 추락한 함선을 찾는 거야. 만약 카시우스가 그 안에 있으면 그는 최소한 13부대의 비밀 첩보 분대 하나는 전부 데리고 있을 거야."

"그건 좋은 일이 아닌데. 그 그레이들은 겨울에 전투하는 훈련을 우리보다 더 잘 받았어."

머스탱이 걱정하며 말한다.

"당신보다는 잘 받았죠."

홀리데이가 말하며 물범 스킨을 뒤로 걷어 자신의 목에 새겨진 13부대 문신을 머스탱에게 보여 준다.

"저는 아니에요."

"너도 드라군이야?"

머스탱이 놀라움을 감추지 못하고 묻는다.

"과거지사에요. 요는 '집정관 현장 규정', 즉 장기 임무를 위한 이동수단에는 한 달 간 어떤 조건에서도 각 분대가 사용하기에 충분할 정도의 생존 장비들을 실을 의무가 있다는 것입니다. 그들에게는 식수, 식량, 보온용품, 그리고 그래브부츠들이 있을 거예요."

"그들이 추락사고에서 생존했다면?"

머스탱이 말하며 홀리데이의 부상당한 다리와 우리의 보잘 것 없는 무기들을 눈여겨본다.

"그럼 그들은 우리의 손에서 살아남지 못할 겁니다."

라그날이 대답한다.

"그리고 그들이 아직 자신들의 상황을 재정비하는 동안 우리가 그들을 공격하는 편이 나아. 지금 출발하자. 최대한 빠른 속도로. 그럼 폭풍이 치기 전에 그곳에 도착할 수 있을 거야. 그게 우리의 유일한 희망이야."

내가 말한다. 라그날과 홀리데이가 내 의견과 하나가 된다. 옵시디언은 장비들을 챙기고 그레이는 자기 라이플의 탄약을 확인한다. 하지만 머스탱은 머뭇거린다. 그녀가 우리에게 말하지 않은 무언가가 더 있다.

"대체 뭐야?"

나는 그녀에게 감춘 것을 털어 놓기를 요구한다.

"카시우스 맞아."

머스탱이 천천히 대답한다.

"나도 확실한 건 아니야. 하지만 그가 혼자가 아니면? 아자가 그와 같이 있으면 어떡해?"

# 제28장

# 만찬

우리가 산자락의 바위투성이 팔을 따라 등산하는 동안 폭풍이 친다. 곧 우리 무리 너머로는 아무것도 보이지 않는다. 강철 같은 회색빛 눈이 우리를 갉아먹는다. 그렇게 하늘과 얼음과 산은 모습을 감춘다. 우리는 고개를 숙이고 물범 스킨의 방한모 사이로 눈살을 찌푸린다. 부츠는 발밑의 얼음을 긁는다. 바람이 폭포만큼 큰 소리로 포효한다. 나는 몸을 웅크리며 발 하나 뒤에 또 하나 놓기만을 반복한다. 머스탱, 그리고 홀리데이와는 옵시디언들의 방식대로 줄로 이어져 있다. 눈보라 속에서 서로를 잊어버리지 않기 위해서다. 라그날이 앞을 정찰한다. 그가 어디로 가야할지를 어떻게 아는지 나는 도저히 모르겠다.

라그날은 이제 돌아온다. 순조롭게 바위들 위로 달리고 있다. 그는 우리에게 따라오라고 신호한다.

행동보다 말이 쉽다. 우리의 세계는 작고 맹렬하다. 산들은 흰색으로 도사린다. 그들의 거대한 어깨들만이 바람으로부터 우리를 피신시켜 준다. 우리는 분개하는 검은 바위를 빠르게 타고 넘는다. 그 바위는 우리의 장갑들을 자른다. 그동안 바람은 우리를 협곡들과 바닥없는 크레바스들 밑으로 던져 버리려고 한다. 분투가 우리의 생명을 이어준다. 홀리데이도 머스탱도 속도를 늦추지 않는다. 그리고 이 끔찍한 여정을 1시간 이상 진행하니 라그날이 우리를 산길 속으로 안내하는 사이 폭풍은 숨을 고른다. 우리 밑에는 우리를 하늘에서 쏘아 버린 함선이 능선에 걸려 있다.

그 함선을 향한 동정심이 가슴을 퍽 강타한다. 상어 같은 외곽선들과 별모양으로 활짝 펴진 꼬리는 그녀가 한때 그 유명한 가니메데 조선소 출신의 길쭉하고 매끄러운 경주용 함선이었다는 것을 시사한다. 누군가 사랑을 담은 손길로 그녀를 진홍색과 은색 페인트로 칠했다. 거기에는 대담함과 자부심이 느껴진다. 이제 그녀의 새까맣게 타고 갈라진 사체는 삭막한 능선자락에 거꾸로 박혀 있다. 카시우스, 또는 저 안에 있었던 그 누군가는 제대로 끔찍한 시간을 보낸 모양이다. 함선의 뒤쪽 1/3은 내리막을 따라 주요 몸체로부터 반 킬로미터 아래에 떨어져 있다. 두 쪽 모두 버림받은 것 같아 보인다. 홀리데이가 그녀의 라이플 총의 가늠자를 통해 함선의 잔해를 스캔한다. 밖에서는 생명이나 움직임의 징조가 전혀 보이지 않는다.

"뭔가가 이상한 느낌이야."

머스탱이 내 옆에 쭈그리고 앉으며 말한다. 그녀의 아버지를 닮은 얼굴이 팔에 찬 레이저에 반사 돼 나를 바라본다.

"바람이 우리 쪽으로 불어오고 있어요. 저는 아무런 냄새도 맡지 못하겠습니다."

라그날이 말한다. 그의 검은 눈동자들은 위험을 찾아 바위에서 바위로 이동하며 우리 주변의 산봉우리들을 스캔한다.

"라이플에 맞아서 제자리에 꽂힐지도 모를 위험을 감수할 수는 없어."

나는 말한다. 우리 뒤로 바람이 다시 불기 시작하는 느낌이다.

"저 함선까지의 거리를 좁혀야 해. 빨리. 홀리데이, 너는 여기 숨어 있어."

홀리데이가 눈 속에 작은 도랑을 판 뒤 자신을 보온 이불로 덮어 버린다. 우리는 그런 그녀를 눈으로 다시 덮어 그녀의 라이플만 밖으로 살짝 나와 있게 만든다. 그 후 라그날이 능선 아래로 스르륵 내려가 동강난 함선의 뒤쪽 부분을 수색한다. 그 동안 머스탱과 나는 본체의 잔해로 다가간다.

머스탱과 나는 몸을 낮춰 슬금슬금 바위들을 넘어간다. 다시 새로이 활기를 찾은 폭풍이 우리의 모습을 감춰 준다. 하지만 우리도 그 때문에 함선으로부터 15미터 거리 내로 진입하기 전까지는 그것을 볼 수가 없다. 우리는 배를 깐 채 포복하는 자세로 나머지 거리를 좁힌다. 함선 뒤편에서 들쭉날쭉한 구멍이 발견된다. 기체의 뒤쪽 반이 라그날의 미사일에 의해 갈가리 찢어져 생긴 곳이다. 나는 마음 한편으로 우리를 사냥할 준비를 하고 있는 전쟁 적합형 컬러 무리와 골드들을 발견하리라고 기대한다. 대신 함선은 간질 중인 시체다. 전력만 깜빡이며 켜지고 꺼지기를 반복하고 있다. 함선의 안쪽은 텅 비어 휑뎅그렁하고 불빛이 지지직거리며 꺼지면 속이 거의 안 보일 정도로 너무 어둡다. 우리가 비행체의 가운데 부분으로 진입하는 동안 어둠속에서 뭔가가 뚝뚝 떨어진다. 피를 눈으로 확인하기도 전에 그 냄새부터 맡을 수 있다. 승객용 칸에는 거의 열두 명에 달하는 그레이들이 죽어 쓰러져 있다. 그들은 함선이 지면에 떨어지는 동안 본체를 찌른 바위들에 의해 우리 위층 바닥에 짓이겨진 것이다. 머스탱은 난도질 된 그레이의 시체 옆에 양무릎을 꿇고 앉아 그의 옷을 조사한다.

"대로우."

머스탱은 그 그레이의 컬러를 뒤로 젖히고 자신의 손으로 문신을 가리킨다. 그 디지털 잉크는 살이 죽었음에도 불구하고 여전히 움직인다. Legio XIII(13부대). 이들은 카시우스의 호위대가 맞았다. 나는 엄지를 레이저의 토글 키에 대고 내가 바라는 레이저의 모양을 새롭게 그린다. 그 다음에 키를 누른다. 레이저는 내 손 안에서 스르륵 거리며 움직이더니 슬링블레이드 형을 버리고 더 짧고 넓은 칼날의 형태를 취한다. 이 비좁은 환경에서 더 쉽게 찌를 수 있도록 바꾼 것이다.

전진하는 동안 카시우스는커녕 아무런 생명의 징조도 보이지 않는다. 오로지 바람만이 함선의 뼈대를 통과하며 신음하고 있다. 천장을 따라 걸으며 바닥을 향해 올려다보니 희한한 현기증이 느껴진다. 의자들과 안전띠 버클들이 장기처럼 위에 대롱대롱 매달려 있다. 함선은 경련하며 다시 살아나 망가진 데이터패드들과 접시들, 발밑의 껌 포장지들의 바다에 불을 밝힌다. 금속 벽으로부터 오물이 새어나온다. 함선은 다시 죽는다. 머스탱이 내 팔을 톡톡 건드리더니 깨진 칸막이벽의 창밖을 가리킨다. 거기에는 뭔가가 눈 위로 질질 끌려간 듯 한 자국이 있다. 침침한 빛에 뭉개진 검붉은 피가 비춰진다. 머스탱은 나에게 신호를 보낸다. 곰일까? 나는 고개를 끄덕인다. 야생동물이 잔해를 발견하고는 외교사절단의 시체들을 즐겁게 먹어치우기 시작한 모양이다. 고결한 카시우스가 그런 고통스러운 운명을 겪었을지도 모르겠다는 생각을 하니 몸이 떨린다.

소름끼치게 쪽쪽 빠는 소리가 함선 안 저 멀리서부터 들리다 우리 쪽으로 점차 다가온다. 전진하는 우리는 앞쪽 선실에 들어서기도 전부터 우리 앞에 펼쳐질 것에 대한 두려움을 느낀다. 기관은 우리에게 날고기를 찢는 이빨의 소리를 가르쳐 줬다. 하지만 그럼에도 불구하고 이것은 나에게조차도 끔찍한 광경이다. 골드들이 천장에 거꾸로 매달려 있다. 거미줄형 안전띠에 갇혀 버린 그들은 구부러진 판자에 다리가 고정되어 있다. 그들 밑으로는 다섯 명의 악몽들이 웅크리고 있다. 그들의 털은 더럽고 여기저기 뭉쳐진 상태다. 한때는 하얬겠지만 지금은 마른 피와 오물로 엉겨 붙은 것이다. 그들은 죽은 자들의 몸을 갉아먹고 있다. 그들의 머리들은 거대한 곰의 것이다. 하지만 그 머리들의 눈구멍 밖으로 응시하는 눈동자들은 검고 지성을 띠며 차갑다. 네 발이 아닌 두 다리로 서 있는 그들 무리 중 가장 큰 자가 우리를 돌아본다. 함선의 불빛이 다시 박동하듯 켜진다. 창백한 근육질 팔들이 추위를 막기 위해 바른 물범 기름으로 미끄덩거리며 죽은 골드들의 가죽을 벗기다 묻은 피에 검붉어진 상태로 곰 가죽들 밑에서 움직인다.

그 옵시디언은 나보다 키가 크다. 구부러진 쇠칼이 그의 손에 기워져 있다. 인간 뼈들은 말린 인대들로 함께 이어져 갑옷 가슴판을 형성한다. 그가 투구로 쓰고 있는 곰 두개골의 주둥이 부분 밑으로 뜨거운 숨결이 피어오른다. 느릿하고 침착하게, 사악한 전쟁 구호의 그 깊은 포효가 그의 검어진 잇새로 피어난다. 그들이 우리의 눈을 봤다. 그리고 한 명이 뭔가 알아들을 수 없는 소리를 고함친다.

함선이 쌕쌕거리더니 정전이 된다.

첫 번째 식인종이 어수선한 통로를 지나 우리를 향해 도약한다. 나머지 식인종들은 그의 뒤에서 쉬고 있다. 어둠속의 그림자들이다. 내 창백한 레이저가 앞을 후려갈겨 그의 쇠칼을 자르고 그의 가슴판과 쇄골을 지나 심장을 곧장 찌른다. 나는 몸을 비틀어 옆으로 비켜선다. 그가 나와 충돌하지 않게 피한 것이다. 그의 몸은 달려오던 속도에 나를 지나쳐 머스탱을 향한다. 그녀는 그를 피한 뒤 그의 머리를 깨끗하게 베어 버린다. 그의 몸은 그녀 뒤의 땅바닥에 경련하며 쏟아진다.

끙 소리가 크게 들려오더니 들쭉날쭉한 쇠끝의 창 하나가 다른 식인종들 중 한 명으로부터 날아온다. 나는 그 밑으로 몸을 수그린 뒤 왼쪽 주먹으로 위를 쳐 그 창이 천장으로 비켜가게 한다. 그덕에 그것은 머스탱의 머리 바로 위에 꽂혔다. 그 후 내가 일어서는 동안 뒤에 있던 옵시디언이 나에게 세게 부딪혀온다. 그는 나만큼이나 크다. 힘은 더 세다. 사람이라기보다는 짐승에 더 가깝다. 이성을 잃은 채 광분하여 나를 압도한다. 그는 나를 벽에 내리꽂은 뒤 검어지고 날카롭게 갈아놓은 이로 딱딱거리며 나를 물려고 한다. 함선의 등의 불빛들이 그의 입 주변 욕창들을 부각시킨다. 내 팔들은 모두 옆구리에 붙어 고정됐다. 그는 내 코를 물려고 한다. 나는 그가 그 부위를 물어 뜯어내기 전에 가까스로 고개를 돌린다. 대신 그의 이가 내 아래턱 밑의 살덩이에 박힌다. 나는 고통에 비명을 지른다. 피가 내 목을 타고 흘러내린다. 그는 다시 씹으며 내 얼굴을 끌어당긴다. 정전이 되는 사이에 나를 산 채로 잡아먹고 있다. 그의 오른손은 물범 스킨 사이로 칼을 꽂아 보려고 한다. 칼날을 내 늑골 사이로 밀어 넣어 심장을 찌르려는 것이다. 슈트의 천이 버텨 준다.

그러다 그 식인종은 갑자기 힘이 풀린다. 경련한다. 그리고 그의 몸은 바닥에 떨어진다. 뒤에 있던 머스탱이 그놈의 척수를 자른 것이다.

검은 미사일 하나가 흐릿한 모습으로 내 얼굴을 지나치며 머스탱을 강타한다. 그녀는 고꾸라진다. 화살의 깃이 그녀의 왼쪽 어깨로부터 튀어나와 있다. 그녀는 끙 소리를 내며 땅 위에서 버둥거린다. 나는 그녀로부터 떨어지며 돌진해 남은 세 명의 옵시디언들을 향한다. 한 명은 또 하나의 화살을 장전하고 있으며 또 한 명은 거대한 도끼를 다루고 있고 나머지 한 명은 커다랗고 흰 뿔피리를 들고 있다. 그리고 그 식인종은 그것을 곰 투구 사이로 집어넣어 입에 문다.

그 후 함선 밖으로부터 끔찍하게 울부짖는 소리가 들려온다.

불빛이 다 꺼진다.

어둠 속에 파문이 일며 네 번째 형상이 등장한다. 그림자 같은 형상들이 서로를 향해 칼을 휘두른다. 금속이 살을 가른다. 그리고 불빛이 다시 켜졌을 때에는 라그날이 옵시디언 한 명의 머리를 들고 선 채 또 하나의 옵시디언의 가슴으로부터 레이저를 뽑고 있다. 나머지 옵시디언은 활이 반으로 잘린 채 자신의 칼을 꺼내들고 미친 듯이 라그날을 향해 찌른다. 라그날은 그녀의 팔을 잘라 버린다. 그럼에도 여전히 그녀는 몸을 굴려 그를 피한다. 그녀는 분노하고 있으며 통증에 무감각하다. 라그날은 성큼성큼 그녀를 쫓아가 그녀의 투구를 확 벗겨 버린다. 그 밑에는 젊은 여자가 있다. 얼굴은 하얗게 칠해져 있으며 콧구멍들은 칼로 째져 뱀 같아 보인다. 의례로 새긴 흉터들은 두 눈 밑에 연속적인 빗장 모양들을 남겼다. 그녀의 나이는 많아봤자 18살 정도로 보인다. 그녀가 라그날의 광활한 몸체를 뚫어져라 쳐다보는 동안 입으로 뭐라고 불분명하게 말한다. 그의 몸은 그녀의 종족 사람들 사이에서도 큰 편이다. 그 후 그녀의 야생적인 두 눈이 그의 얼굴에 새겨진 문신들을 발견한다.

"비즐낙. 트낙 루홀. 르쟐폴 에이설!"

그녀가 거친 소리로 말한다. 두려움이 아닌 극도로 기쁨에 가득 찬 말투다. 그녀가 자신의 눈을 감자 라그날이 그녀의 머리를 베어 버린다.

"네 상태는? 괜찮아?"

내가 머스탱의 곁으로 빠르게 달려가 묻는다. 그녀는 벌써 일어선 상태다. 화살은 그녀의 쇄골 밑으로 튀어나와 있다.

"그녀가 뭐라고 한 거야? 네 나갈어 실력이 나보다 낫잖아."

머스탱이 내 뒤쪽을 보며 묻는다.

"나도 그 방언은 못 알아들었어."

그 옵시디언은 너무 후음을 많이 쓰는 말투로 말했다. 그래도 라그날은 그 말을 알아들었다.

"문신이 새겨진 아들이여. 나를 죽여라. 나는 골드가 되어 일어서리라. 그들은 찾을 수 있는 것을 그냥 먹습니다."

라그날이 설명한다. 그는 고개로 골드들을 가리킨다.

"하지만 신의 살을 먹기란 불멸의 존재가 되어 일어서는 것을 의미해요. 식인종들이 더 올 것입니다."

"폭풍 중인데도? 그리핀들이 이런 날씨에도 날 수 있어?"

내 질문에 라그날의 입술이 역겨움으로 휜다.

"그 짐승들은 그리핀을 타고 다니지 않습니다. 그래도 지금은 오지 않을 거예요. 그들도 폭풍으로부터 피신을 할 것입니다."

"저쪽 잔해는 어때? 물품들이 있어? 사람들은?"

머스탱이 계속해서 질문을 재촉한다.

라그날은 그의 고개를 젓는다.

"시체들, 함선용 군수품들만 있었습니다."

나는 라그날에게 홀리데이가 대기하고 있는 곳으로 가 그녀를 데려오라고 시킨다. 머스탱과 나는 장비를 찾기 위해 함선을 수색할 계획으로 그대로 남는다. 하지만 라그날이 눈밭으로 슬쩍 나간 뒤에도 나는 식인종들의 시체 안치소에 그대로 움직임 없이 서 있다. 이 골드들이 우리의 적이었을지는 모르겠다. 하지만 이 끔찍함에 생명의 가치가 너무나 저렴하게 느껴진다. 여기에는 잔인한 모순이 있다. 이곳은 무시무시하고 악랄하다. 그러나 골드들이 두려움을 창조하기 위해, 그들의 강철 통치의 필요성을 창조하기 위해 이렇게 만들지만 않았어도 이곳은 존재하지 않았다. 이 불쌍한 놈들은 그들 소유의 애완용 괴물들에게 잡아먹힌 것이다.

머스탱은 옵시디언 하나를 조사하다 일어서며 그녀의 어깨에 여전히 박혀 있는 화살 때문에 움찔한다.

"너 괜찮아?"

내 침묵을 인지한 머스탱이 묻는다. 나는 골드들 중 한 명의 깨진 손톱을 가리킨다.

"옵시디언들이 저들의 가죽을 벗기기 시작했을 당시에 저들은 살아 있었어. 그냥 갇혀 있었을 뿐이지."

머스탱은 슬프게 고개를 끄덕이며 손바닥을 내민다. 그녀는 옵시디언의 시체에서 발견한 뭔가를 손에 쥐고 있었다. 여섯 개의 기관 하우스 반지들이다. 명왕성의 사이프러스 나무 반지 두 개, 미네르바의 올빼미 반지 하나, 목성의 번개 반지 하나, 다이애나의 수사슴 반지 하나, 그리고 내가 그녀의 손바닥으로부터 집어든 반지 하나가 있다. 그것에는 화성의 늑대 머리가 선명히 새겨져 있다.

"우리가 그를 찾아봐야겠어."

머스탱이 말한다.

나는 자신들의 자리에 거꾸로 매달려 있는 골드들을 살피기 위해 천장을 향해 손을 뻗는다. 그들의 눈과 혀가 없다. 그래도 그들 중 어느 누구도 내 옛 친구는 아니다. 그들의 훼손된 상태에도 불구하고 그것은 알 수 있다. 우리는 거꾸로 박힌 함선의 나머지 공간들도 뒤지면서 몇 개의 작은 침실들도 발견한다. 그곳들 중 하나의 옷장으로부터 머스탱은 화려하게 장식된 가죽 상자를 발견한다. 그 안에는 몇 개의 시계들과 은으로 된 작은 진주 귀걸이 한 쌍이 있다.

"카시우스가 여기에 있었네."

그녀가 말한다.

"그게 카시우스의 시계들이야?"

"이건 내 귀걸이야."

나는 핏덩이들로부터 떨어져 있는 카시우스의 침실에서 머스탱이 어깨의 화살을 제거하는 것을 도와준다. 화살촉을 부러뜨리고 그녀의 몸을 벽에 밀친 뒤 화살의 꼬리 부분을 잡고 그것을 확 뽑아낸다. 그 동안 그녀는 아무런 소리도 내지 않은 채 혼자서 몸을 웅크린다. 아파서 털썩 주저앉는다. 나는 천장을 뚫고 떨어진 침대 매트의 가장자리에 앉아 그녀가 그렇게 쭈그리고 있는 모습을 바라본다. 그녀는 다쳤을 때 누가 건드리는 것을 싫어한다.

"마저 마무리 해."

머스탱이 일어서며 말한다.

나는 레즈건 재생 약물 도포기로 그녀의 쇄골 바로 밑의 구멍의 앞뒤에 반질반질한 패치들을 만든다. 그 패치들이 지혈을 시켜주고 조직의 재생을 도울 것이다. 그럼에도 그녀는 상처의 통증을 느낄 것이고 그로 인해 며칠 간 움직임이 둔할 것이다. 나는 그녀의 맨 어깨에 물범 스킨을 다시 입혀 준다. 그녀는 스스로 슈트의 앞지퍼를 올린 뒤 내 턱에 난 상처도 봐준다. 그녀의 숨결이 공기를 메운다. 그녀가 너무나 가까이 다가온 바람에 나는 그녀의 머리에서 녹은 눈의 축축한 향내를 맡을 수 있다. 그녀는 레즈건 재생 약물 도포기를 내 턱에 댄 뒤 상처 위에 미생물들을 얇게 한 겹 도포한다. 그 미생물들은 모공 안으로 빠르게 침투한 뒤 살을 조여 피부 조직 같은 항균성 막을 형성한다. 머스탱의 손이 내 머리 뒤에 머무른다. 그녀의 손가락들이 내 머리카락 사이에 엉켜 있다. 마치 그녀는 무슨 말을 하고 싶은 것 같은 데 어떻게 입을 열어야 할지 모르는 것 같은 모양새다. 하지만 홀리데이와 라그날이 돌아오는 바람에 그녀는 말할 순간을 놓친다. 홀리데이가 내 이름을 부르는 소리에 나는 머스탱의 온전한 어깨를 꼭 쥔 뒤 그녀를 그 자리에 남겨두고 간다.

대부분의 함선 장비들은 사라진 상태다. 옵틱 렌즈 몇 세트들은 그것들의 통에도 없다. 무기들은 완전히 사라졌다. 함선이 갈라지고 화물칸이 찢겨 열리면서 그것들이 산 전역으로 흩어진 것이다. 그러고도 남아 있는 무기들은 옵시디언들이 다 부숴 놨거나 추락 사고 중에 망가진 상태다. 응답기와 컴 장비로부터 들려오는 신호라고는 정전 잡음밖에 없다.

라그날은 카시우스와 대략 15명쯤 되는 그의 나머지 무리들이 우리의 도착 시각으로부터 몇 시간 전에 함선을 떠났을 것이라고 추측한다. 그들은 함선 물품들을 탈탈 털어갔을 것이다. 이터들은 함선이 착륙하자마자 내려왔을 것이다. 그렇지 않았다면 카시우스는 저 골드들이 잡아먹히도록 두고 가지 않았을 것이다. 이 추론을 지지하는 근거로 머스탱은 조종실 근처에서 이터들의 시체 몇 구를 발견한다. 이는 카시우스와 그의 수하들은 떠나는 동안 공격을 받고 있었다는 것을 의미한다. 눈이 시체들을 거의 다 덮었다. 우리는 상대적으로 신선한 시체들을 밖의 눈밭에 쌓아놓는다. 이터들보다 더 끔찍한 포식자들이 나타날 경우를 대비한 것이다.

물품을 찾아 함선을 뒤진 후 나는 머스탱과 홀리데이보고 우리를 조리실 안에 봉인시키라고 지시한다. 그들은 함선의 정비함으로부터 발견한 용접토치들로 두 입구를 닫은 채로 융합시킨다. 무기와 방한 장비들은 싹쓸이 해갔을지 모르지만 함선의 조리실은 물품이 가득하며 그 안의 식수는 아직 얼지 않은 상태다. 그리고 조리실의 식료품 저장실에는 음식이 한껏 채워져 있다.

우리 피신처는 그런대로 아늑한 편이다. 절연판이 우리의 열기를 이 안에 가둬 준다. 두 개의 호박색 응급 등불들로부터 나오는 빛이 공간을 부드러운 주황빛으로 물들인다. 홀리데이가 간간히 흐르는 전류를 이용해 조리실의 전기렌지 위에서 파스타와 마리나라 소스에 소시지를 곁들인 만찬을 요리해 준다. 그 동안 라그날과 나는 스파이어스로 가는 길을 계획한다. 그리고 머스탱은 뒤져서 구한 식량 물품들을 정리하며 저장고에서 발견한 군수용 가방을 채운다.

홀리데이가 라그날과 나에게 파스타를 한껏 담아준다. 나는 먹다 혀를 덴다. 내가 이렇게까지 배고팠는지 몰랐다. 라그날이 나를 쿡 찌른다. 나는 그의 시선을 따라가 우리 앞의 광경을 조용히 지켜본다. 홀리데이가 머스탱에게도 한 그릇을 가져다주며 그녀에게 단조롭게 고개를 끄덕인 뒤 뒤로 돌고 있는 것이다. 머스탱은 혼자 미소를 짓고 있다. 우리 넷은 말없이 앉아 먹는다. 포크들이 그릇에 부딪히는 소리에, 밖에서 비명을 지르는 바람소리에, 대갈못들이 끽끽거리는 소리에 귀를 기울이고 있다. 작은 원형 창문 밖으로 강철의 회색빛 눈들이 쌓여간다. 하지만 그것도 우리가 저 흰 바탕 속에서 움직이는 기이한 형체들을 본 뒤의 일이다. 그것들은 우리가 밖에 둔 시체들을 질질 끌고 간다.

"여기서 자라는 과정은 어땠어?"

머스탱이 라그날에게 묻는다. 그녀는 다리를 꼰 채 등을 벽에 기대고 있다. 나는 그녀 가까이에서 라그날이 바닥에 대기 위해 조리실 안으로 끌고 들어온 침대 매트 위에 누운 채 세 번째 파스타 그릇을 비우고 있다. 머스탱과 나 사이에는 백팩 하나가 놓여 있다.

"고향이었습니다. 저는 여기밖에 몰랐으니까요."

"그럼 이제 다른 세상도 알게 되니까 이곳이 어떤 것 같아?"

라그날은 부드럽게 미소를 짓는다.

"이곳은 놀이터였습니다. 이곳 너머의 세상은 광대하지만 너무나 작아요. 사람들은 자신들을 상자 속에 가두죠. 책상 앞에 앉고, 차들이나 함선들을 타고요. 반면에 이곳의 세상은 작지만 끝이 없어요."

그는 자신의 이야기에 흠뻑 빠진다. 처음에는 얘기하기를 꺼렸으나 지금은 우리가 그의 얘기에 귀를 기울이고 있다는 것을, 우리가 관심을 보이고 있다는 것을 깨달으며 즐거워하는 것 같다. 그는 어렸을 때 부빙들 사이로 수영하던 경험을 얘기한다. 그가 얼마나 서툰 아이였는지를, 얼마나 더뎠는지를, 뼈대가 그의 나머지 신체 발달 속도를 얼마나 앞질렀는지를. 그가 다른 소년에게 두들겨 맞았을 때 그의 어머니는 처음으로 그를 그녀의 그리핀에 함께 태우고 하늘로 올라갔단다. 그리고 그가 그녀의 뒤를 잡게 만들었다. 그에게 그가 떨어지지 않게 막아 주는 것은 그의 양팔이라는 것을, 그의 의지라는 것을 가르쳤다.

"어머니께서는 산소가 희박해지고 제 뼛속까지 한기를 느낄 때까지 점점 더 높이 날아올랐어요. 그분은 제가 손을 놓기를 기다렸습니다. 약해지기를요. 하지만 어머니께서는 제가 제 손목 양쪽을 하나로 묶어 놨다는 것을 모르셨지요. 그때가 제 평생을 통틀어 올마더 죽음의 신 곁으로 가장 가까이 다가간 순간이었습니다."

그의 어머니, 알리아 볼라루스, 스노우스패로우 가문의 그분은 신을 숭배하는 마음에 있어서 그녀의 종족들 사이에서 전설적인 존재다. 방랑자의 딸로 태어난 그녀는 스파이어스의 전사가 되어 다른 씨족들을 약탈하며 명성을 쌓고 일어섰다. 신들을 향해 헌신하는 그녀의 마음이 너무나 깊은 나머지 그녀는 권세를 얻자 자신의 아이들 네 명을 신들의 하인으로 보냈다. 그리고 오직 한 명만 자신의 곁에 남겼는데 그 아이가 세퍼였다.

"우리 아버지와 비슷한 분처럼 들리네."

머스탱이 부드럽게 말한다.

"재수 옴 붙은 불쌍한 분들이군요. 우리 엄마는 저에게 쿠키를 만들어 주며 호버크래프트 잭을 분해하는 방법이나 가르쳤는데."

홀리데이가 중얼거린다.

"그럼 네 아버지는 어떤 분이셨어?"

내가 묻자 홀리데이가 어깨를 으쓱한다.

"아빠는 질이 안 좋은 부류의 사람이었어요. 하지만 식상한 방식으로 안 좋은 사람이었죠. 항구마다 다른 가족들을 갖고 있었어요. 전형적인 정부 부대원이었죠. 저는 아빠의 눈을 닮았어요. 트리그는 엄마의 눈을 닮았고요."

"저는 제 첫 번째 아버지를 한 번도 안 적이 없어요."

라그날이 끼어든다. 그의 생부를 말하는 것이다. 옵시디언 여자들은 일처다부제로 산다. 한 여자가 7명의 아버지들로부터 일곱 명의 아이들을 낳을 수도 있다. 그럼 아버지가 된 그 남자들은 그 여자가 낳은 다른 아이들까지도 모두 보호할 의무를 갖게 된다.

"그는 제가 태어나기도 전에 노예로 보내졌습니다. 제 어머니께서는 절대 그의 이름을 언급하지 않으세요. 저는 그가 살아 계신지도 모르고 있죠."

"그건 우리가 알아내줄 수 있어. 품질 통제 위원회의 등기소를 뒤져 봐야할 거야. 쉽지 않은 일이겠지만 그분을 찾아낼 수는 있어. 그분께서 어떻게 되셨는지를. 네가 알고 싶다면 말이지."

머스탱이 말한다.

라그날은 그 생각에 놀란 채 고개를 천천히 끄덕인다.

"네. 그럴 수 있다면 좋을 것 같아요."

홀리데이는 불과 몇 시간 전, 우리가 포보스를 떠날 당시에 머스탱을 바라보던 것과 굉장히 다른 시선으로 그녀를 지켜본다. 그리고 나는 이 상황이, 우리 네 종류의 세계들이 한데 부딪히는 것이 얼마나 자연스럽게 느껴지는지에 아연해진다.

홀리데이가 입을 연다.

"우리 모두 당신의 아버지는 어떤 분이셨는지 알고 있어요. 하지만 당신의 엄마는 어떤 분이셨죠? 제가 그냥 홀로컴 상으로 봤을 때에는 냉담한 분 같아 보이던데요?"

"그건 우리 계모야. 그녀는 나에 대해 전혀 신경을 쓰지 않아. 사실, 오로지 아드리우스만 좋아하지. 내 진짜 어머니는 내가 어렸을 때 돌아가셨어. 상냥한 분이셨어. 짓궂으셨고. 또 매우 슬픈 분이셨지."

"왜요?"

홀리데이가 계속 질문한다.

"홀리데이……."

나는 홀리데이를 막는다. 머스탱의 어머니에 대한 것은 나도 절대 건드리지 않았던 주제다. 그녀는 그 주제에 대해서 나에게도 마음을 열고 털어놓지 않았다. 그것은 그녀가 절대 공유하지 않는 채 영혼 속에 잠가 놓는 작은 상자다. 하지만 보아하니 오늘밤만은 예외인가보다.

"괜찮아."

머스탱이 말한다. 그녀는 자신의 다리를 끌어올려 안고서는 말을 이어간다.

"내가 6살 때 우리 어머니께서는 여자 아기를 임신하셨어. 의사들은 출산에 합병증들이 있을 것이라고 하며 의학적인 처치를 도입하자고 추천했지. 하지만 우리 아버지께서는 아이가 출산 과정을 살아남기에 적합하지 않으면 살 자격이 없다고 하셨어. 우리에게는 별들 사이로 날아가고 행성들의 환경을 마음대로 주무를 능력이 있어. 그런데도 아버지께서는 내 여동생이 어머니의 자궁 안에서 죽게 내버려 두셨지."

"어떻게 그럴 수가……. 왜 그녀에게 세포 요법을 시켜 주지 않은 거죠? 그럴 만한 돈은 충분했잖아요."

홀리데이가 웅얼거린다.

"상품의 순수성을 위해."

머스탱이 대답한다.

"그건 미쳤네요."

"그게 우리 가족이야. 어머니께서는 그 일로부터 절대 회복하지 못하셨지. 나는 어머니께서 대낮에 우시는 소리를 듣곤 했어. 창밖을 멍하니 바라보시는 모습을 보기도 하고. 그러다 어느 날 밤 어머니께서는 카라그모어로 산책을 나가셨지. 그곳은 우리 아버지께서 어머니께 결혼 선물로 주신 사유지였어. 아버지께서는 아게아에서 일하고 계셨고. 그것을 마지막으로 어머니께서는 집에 돌아오지 않으셨어. 사람들은 바다 절벽 밑의 바위들 위에서 어머니를 발견했지. 아버지께서는 어머니가 절벽에서 미끄러졌다고 말씀하셨고. 아버지께서는 지금 살아 계셨어도 여전히 그렇게 말씀하셨을 거야. 그와 달리 생각하시고는 목숨을 연명하실 수 없으셨겠지."

"유감입니다."

홀리데이가 말한다.

"저도요."

라그날이 말한다.

"그래서 내가 여기에 있는 거야. 그잖아도 네가 그걸 궁금해 하고 있었잖아. 우리 아버지는 타이탄 같은 분이셨어. 하지만 그분은 틀리셨지. 그분은 잔인하셨어. 그리고 만약 내가 그분과 다른 존재가 될 수 있다면……."

머스탱의 눈이 나와 마주친다.

"나는 그렇게 될 거야."

제29장

# 사냥꾼들

우리가 깨어날 무렵에 폭풍은 이미 지나갔다. 우리는 함선의 벽면으로부터 뜯어낸 절연판들로 몸을 싸맨 뒤 음침한 밖으로 나선다. 대리석 문양의 검푸른 하늘에는 구름 한 점 없다. 우리는 태양의 방향으로 나선다. 그 햇살은 수평선에 녹였다 식어가는 강철의 빛깔로 얼룩을 남긴다. 가을이 지나가려면 아직 며칠 남았다. 우리는 스파이어스로 향한다. 길목마다 불을 지피며 가기로 한다. 구역내에서 활동하고 있는 몇 안 되는 발카리 정찰대들에게 신호를 보낼 수 있을지도 모른다는 희망에서다. 하지만 그 연기는 이터들도 유인할 것이다.

우리는 지나가면서 산을 스캔한다. 식인 부족들과 저 앞 어딘가에서 카시우스가, 그리고 어쩌면 아자도 특수부대 요원들로 이루어진 병력을 데리고 눈 속을 터덜터덜 지나고 있을지도 모른다는 사실을 경계하고 있다.

해가 중천에 뜨자 우리는 그들이 지난 흔적을 발견한다. 수십여 명의 군사들이 들어갈 수 있을 정도 크기의 오목한 바위 공간에 눈이 마구 휘저어져 있다. 그들은 여기서 야영하며 폭풍이 지나기를 기다린 모양이다. 돌덩이들을 쌓아올린 무덤이 야영지 근처에 있다. 그 돌들 중 하나는 레이저로 조각되어 '퍼 아스페라 아드 아스트라'라고 씌어 있다.

"저건 카시우스의 필체야."

머스탱이 말한다.

무덤 위의 돌을 제거하자 눈앞에 블루 시체 두 구와 실버 시체한 구가 모습을 드러낸다. 상대적으로 나약한 그들의 몸이 간밤에 얼어 버린 것이다. 심지어 이곳에서도 카시우스는 그들을 묻어 줄 정도의 품위를 지키고 있다. 우리가 바위들을 다시 제자리에 올려놓는 동안 라그날이 성큼성큼 앞장을 선다. 그는 우리가 따라갈 수 없을 정도의 속도로 적들의 흔적을 쫓고 있다. 나중에 우리도 그를 따라간다. 한 시간 뒤 인공 천둥이 저 멀리서 우르릉 거리며 원거리에서 들려오는 펄스 피스트의 외로운 비명소리가 함께 난다. 라그날은 그 뒤로 곧장 돌아온다. 그의 눈빛은 흥분감에 반짝이고 있다.

"제가 흔적들을 따라갔었습니다."

라그날이 말한다.

"그래서?"

머스탱이 묻는다.

"아자와 카시우스가 그레이 부대와 비할 데 없는 자 세 명과 함께 있습니다."

"아자가 여기에 있어?"

내가 묻는다.

"네. 그들은 도보로 산길을 따라 아스가드 방향으로 도망치고 있어요. 이터 부족이 그들을 괴롭히고 있습니다. 그 길을 따라 시체들이 버려져 있어요. 수십여 구요. 그들은 기습공격을 하고 실패한 모양입니다. 더 많은 이터들이 또 오고 있고요."

"그들은 장비를 얼마나 많이 갖고 있어?"

머스탱이 묻는다.

"그래브부츠는 없었습니다. 오직 풍뎅이스킨만 있었어요. 하지만 그들에게 배낭들도 있었어요. 또 펄스 갑옷은 북쪽으로 단 2킬로미터 떨어진 거리에 버리고 갔습니다. 배터리가 다 된 거죠."

홀리데이가 지평선을 바라보더니 그녀의 골반에 찬 트리그의 권총을 매만진다.

"우리가 그들을 잡을 수 있을까요?"

"그들은 많은 물품들을 지고 가고 있습니다. 식수. 음식. 이제 부상자들도 추가됐죠. 네. 우리가 그들을 해치울 수 있습니다."

그때 머스탱이 중간에 끼어든다.

"우리가 이곳에 온 목적이 뭐야? 아자와 카시우스를 사냥하기 위한 것이 아니었잖아. 라그날을 스파이어스로 데려가는 것만이 유일하게 중요한 사안이야."

"아자가 내 남동생을 죽였어요."

홀리데이의 말에 머스탱이 깜짝 놀란다.

"트리그 말이야? 네가 전에 말했던 아이? 나는 몰랐어. 하지만 그래도, 복수심에 옆길로 샐 수는 없는 일이잖아. 우리는 24명의 군사들과 싸울 수는 없다고."

"우리가 스파이어스에 도달하기 전에 그들이 아스가드에 도착하면 어떡해요? 그럼 우리는 망한 거잖아요."

홀리데이가 묻지만 머스탱은 설득이 되지 않은 상태다.

"네가 아자를 죽일 수 있을 것 같아?"

내가 라그날에게 묻는다.

"네."

나는 머스탱에게 말한다.

"이건 기회야. 저들이 언제 또 저렇게 노출되겠어? 그들의 부대원들 없이? 골드의 자긍심이 그들을 보호하지 않는 상태로? 저들은 선수들이야. 세브로가 말했다시피 '적들은 죽일 수 있을 때 죽이는 거라고.' 이번 한 번은 나도 그 미친 망나니의 말에 동의해야겠어. 우리가 그들을 위원회에서 제거할 수 있다면 군주는 일주일 사이에 두 명의 퓨리들을 잃게 돼. 그리고 카시우스는 옥타비아를 화성과, 그리고 그 쪽에 사는 대가문들과 연결시켜 주는 고리야. 그러니 그녀가 너와 협상한 내용을 그에게 공개한다면 그 동맹관

계도 깨지겠지. 그렇게 우리가 화성을 소사이어티로부터 끊어내
게 되는 거야."

머스탱이 천천히 말한다.

"분열된 적이라……. 마음에 드는데."

라그날이 말한다.

"게다가 우리는 저들에게 빚을 지고 있지요. 론님, 퀸, 트리그에
대한 빚을요. 그들은 우리를 사냥하기 위해 이곳으로 왔습니다. 이
제 우리가 그들을 사냥할 차례입니다."


적들의 흔적은 놓질 수 없을 정도로 명백하다. 시체들이 눈 위
에 어질러져 있다. 수십여 명의 이터들이다. 그 시체들에서는 여전
히 좁은 산길에서 발사된 펄스 파이어의 총탄에 맞아 연기가 나고
있다. 그 산길에서 옵시디언들이 골드들에게 기습공격을 했던 것
이다. 그들은 골드들이 가져와 지닐 수 있는 화력을 가늠하지 못
하고 있었다. 험준한 바위능선에는 거대한 분화구들이 군데군데
패였다. 눈 속에 더 깊이 팬 자국들은 오록스들이 지나간 흔적들
이다. 그것들은 덥수룩한 털이 덮인 거대한 황소 같은 동물들이다.
옵시디언들이 그것들을 타고 다닌다.

산길은 넓어지면서 얕은 고산림으로 이어진다. 그것은 드넓게
트인 구불구불한 언덕들의 표면에 깔려 있다. 점차 분화구의 수가
감소하면서 버려진 펄스 피스트, 라이플, 그리고 몸에 화살이나 도
끼가 박힌 몇몇 그레이 시체들이 우리 눈에 띄기 시작한다. 죽은

옵시디언들은 이제 골드들이 지난 길목에 더 가까이 쓰러져 있으며 레이저로 인한 부상들을 입은 상태다. 사지를 깔끔하게 절단당한 옵시디언들이 수십 명이다. 카시우스의 무리가 보유한 탄약이 다 소모되어 가고 있는 판이며 이제 올림픽나이트들이 옵시디언들 가까이에서 그들을 처리하기 시작했다. 그럼에도 불구하고 바람에서는 여전히 수 킬로미터 앞쪽에서 발사된 총탄 소리가 치직거리며 들려온다.

우리는 총탄에 의한 부상으로 쓰러져 신음하며 죽어가는 옵시디언 이터들을 지나친다. 하지만 부상당한 그레이 한 명 앞에 다다라서는 라그날이 멈춰 선다. 그 남자는 아직 살아 있지만 그것도 겨우 숨이 붙어 있는 상태다. 철 도끼 하나가 그의 배에 깊숙이 꽂혀 있는 상태다. 그는 위의 낯선 하늘을 향해 쌕쌕 거린다. 라그날이 그의 곁에서 쭈그리고 앉아 그를 내려다본다. 그대로 드러낸 문신이 새겨진 자의 얼굴을 보자 그 그레이의 눈에 상황을 이해하는 빛이 스쳐지나간다.

"눈을 감아요."

라그날이 그 남자의 빈 라이플을 다시 그의 두 손에 쥐어 주며 말한다.

"고향을 생각해요."

그 남자는 두 눈을 감는다. 그리고 한 번의 비트는 동작으로 라그날은 그의 목을 부러뜨린 후 그의 머리를 다시 부드럽게 눈 위에 내려놓는다. 날카로운 뿔피리 소리가 산맥 전역에서 메아리친다.

"그들이 사냥을 취소했어요. 불멸이 오늘의 대가만큼의 값어치를 하지 않는다고 판단한 거죠."

라그날이 말한다.

우리는 속도를 낸다. 우리 오른쪽으로 수 킬로미터 떨어진 곳에 오룩스를 탄 '기병 이터'들이 숲의 가장자리를 둘러가며 그들의 고산 야영지를 향하고 있다. 우리가 소나무 사이로 이동하는 동안 그들은 우리를 보지 못한다. 홀리데이는 그녀의 라이플 가늠좌 너머로 사냥 무리가 언덕 뒤로 사라지는 모습을 지켜본다.

"그들은 골드 두 명을 데려가고 있어요. 그 골드들은 아는 사람들이 아니었어요. 둘 다 아직 죽지 않은 상태였고요."

그녀의 말에 우리 모두 소름이 돋는다.

한 시간 뒤에서야 우리는 우리 밑, 크레바스로 줄무늬가 진 불균등한 눈밭에 우리의 사냥감이 있는 모습을 염탐하게 된다. 숲으로 이루어진 두 팔이 눈밭을 안고 있다. 아자와 카시우스는 너무나 많은 그레이들을 잃은 위험한 숲속을 계속 지나는 대신 노출된 길을 따르기로 결정했다. 둘을 빼고도 네 명이 더 있다. 세 명은 골드고 한 명은 그레이다. 그들은 검은 풍뎅이스킨을 입었으며 죽은 식인종들로부터 벗겨간 날가죽들과 추가적인 의복 몇 겹을 더 걸치고 있다. 그들은 위험할 정도로 빨리 이동하고 있다. 그들 무리의 나머지는 숲속 깊숙한 곳에서 학살당한 상태다. 우리는 어느 사람이 아자나 카시우스인지 알 수가 없다. 왜냐하면 그들은 가면을 쓰고 있으며 망토 밑으로 비슷비슷한 형체들을 띠고 있기 때문이다.

처음에 나는 몸을 낮추고 대기하다 그들을 기습 공격하는 계획을 진행하고 싶었다. 그러던 중에 그들의 상자에서 옵틱 렌즈들이 없었던 것이 기억난다. 아마 아자와 카시우스 둘 모두가 그것들을 착용하고 있을 것이다. 열에너지를 확인할 수 있는 시야로 그들은 우리가 눈 밑에 숨어 있는 모습을 확인할 것이다. 어쩌면 우리가 죽은 오록스나 물범들의 뱃속에 숨어있어도 우리를 볼 수 있을지도 모른다. 그래서 대신 나는 라그날에게 나를 한 길목으로 안내하라고 시킨다. 그 길목은 라그날이 발견한 것이자 저들이 꼭 지나야 하는 길목으로써 저들의 앞길을 막은 뒤 시선을 끌기에 적합하다.

나는 라그날 옆에서 숨을 헐떡이고 있다. 그렇게 기침을 하며 아파오는 폐 밖으로 추위를 토해 내고 있는 순간 우리가 지정한 구역에 그 네 명의 무리가 도착한다. 그들은 즉흥적으로 만든 눈신을 신은 채 크레바스의 가장자리를 따라 가볍게 달려 지난다. 그들의 뒤로 끌고 오는 작은 임시변통의 썰매에는 음식과 생존용 장비들이 실려 있다. 그 무게로 그들의 자세는 구부정하다. '화성의 필드' 지역 군사학교들에서 가르치는 교과서적인 부대 생존 스킬이다. 네 명 모두 안개 낀 듯 반투명한 유리 렌즈로 된 검은 옵틱 차양을 쓰고 있다. 그들이 우리를 보는 순간 기분이 으스스하다. 옵틱 차양이나 가면으로 가려진 얼굴에는 아무런 표정이 없다. 그래서 우리가 이곳, 즉 눈밭의 가장자리에서 그들을 기다리며 길목을 막고 있을 것을 그들도 예상한 듯한 느낌이다.

내 시선은 그들 사이로 빠르게 왔다 갔다 한다. 카시우스는 키 때문에 알아보기 쉬운 편이다. 하지만 저 넷 중 아자는 누구란 말인가? 나는 몸이 두터운 두 골드들 중에서 고민한다. 둘 다 카시우스보다 키가 작다. 그러던 와중에 내 옛날 레이저 스승님의 무기가 그녀의 벨트에 매달려 있는 모습이 보인다.

"아자!"

나는 물범 스킨 방한모를 벗으며 외친다.

카시우스는 그의 가면을 벗는다. 머리는 땀범벅이며 얼굴은 상기됐다. 그는 홀로 펄스 피스트를 들고 있다. 하지만 나는 저들 뒤로 죽은 식인종들이 흩어져 있는 모양새를 통해 그 배터리도 거의 다 됐을 것을 알고 있다. 카시우스의 레이저가 나머지 사람들의 것들과 마찬가지로 펼쳐진다. 날에 피가 얼어붙어 있는 그것들은 기다랗고 빨간 혀들 같다.

"대로우……. 네가 가라앉는 모습을 봤는데……."

카시우스가 우리의 모습에 어안이 벙벙해하며 중얼거린다.

"나는 너만큼이나 수영을 잘 하잖아. 기억 안 나?"

나는 카시우스의 너머로 시선을 돌린다.

"아자, 입 놀리는 일은 카시우스에게 다 맡겨두기야?"

드디어 아자가 나머지 일행들을 뒤로 하고 앞으로 나선다. 그녀는 허리에 둘렀던 임시변통 썰매의 줄을 풀며 그 키 큰 기사 옆에 선다. 풍뎅이스킨 가면도 벗는다. 어두운 피부의 얼굴과 대머리가 드러난다. 증기가 회오리치며 인다. 그녀는 눈 사이로 그들의 길을 잇는 크레바스들, 바위와 나무, 눈밭에 서 있는 우리를 살피며 내 기습공격이 어느 쪽에서 올지 고민한다. 그녀는 유로파에서의 일을 충분히 잘 기억하고 있다. 하지만 내 선원들이 누구였는지, 또는 그들 중 몇 명이나 살아남았는지를 알 리는 없다.

"혐오물과 광견병에 걸린 개라."

아자가 가르랑거린다. 그녀의 시선은 나에게 되돌아오기 전에 라그날에게 잠시 머문다. 그녀가 입고 있는 풍뎅이스킨에는 전혀 싸운 흔적이 없다. 정말 옵시디언들로부터 단 하나의 부상도 입지 않을 수 있었단 말인가?

"네 조각가가 너를 다시 이어 붙여준 모양이네, 러스터."

"네 자매를 죽일 수 있을 정도로 잘 붙여 줬지. 네가 아니어서 아쉬웠어."

나는 말투로부터 악감정의 독을 숨기지 못한 채 대답한다.

아자는 아무런 대답도 하지 않는다. 기억 속에서 그녀가 퀸을 죽이던 모습을 얼마나 여러 번 봐 왔던가? 론 스승님이 자칼과 라이라스의 칼에 쓰러져 죽어 있을 때 그녀가 스승님의 레이저를 훔쳐가는 모습을 얼마나 많이 봐 왔던가? 나는 그 무기를 향해 손짓한다.

"저것은 네 것이 아니다."

"너는 남에게 말하기 위해서가 아니라 남을 섬기기 위해서 태어났다, 혐오물아. 나에게 지시하지 말라."

아자는 하늘을 훑어본다. 포보스가 동쪽 수평선에서 반짝이고

471

있다. 그 주위로 붉은 빛과 흰 빛이 깜박이고 있다. 우주 전쟁이다. 즉, 세브로가 함선들을 포획했다는 것을 의미한다. 그러나 얼마나 많이 잡아들였을까? 아자는 인상을 찌푸리며 카시우스와 걱정스러운 표정을 교환한다.

"나는 이 순간을 오래토록 기다려 왔다, 아자."

아자가 라그날을 살핀다.

"아, 우리 아버지께서 가장 아끼시던 애완동물이군. 이 문신이 새겨진 자가 자신이 길들여졌다고 너를 설득하던? 그가 서카다 경기장에서 싸우고 난 뒤에 어떤 식의 포상을 받기를 좋아했는지 너에게 말했나? 박수갈채가 희미해지고 자신의 손으로부터 피를 닦아내면 아버지께서는 그의 동물적 욕구를 만족시킬 수 있도록 그에게 젊은 핑크들을 보내곤 했지. 그가 어찌나 그들을 탐욕스럽게 대하던지. 그들은 또 어찌나 그를 부서워하던지."

아자의 말투는 무미건조하며 이 얼음 환경, 이 대화, 우리가 전부 지루하다는 듯하다. 그녀가 원하는 것이라고는 우리가 그녀에게 줘야 하는 것이며 그것은 도전이다. 그녀의 뒤로 그 많은 옵시디언 시체들을 쌓고도 그녀는 여전히 피 보는 일에 지치지 않은 상태다.

그녀가 말을 이어간다.

"옵시디언이 발정 난 모습을 본 적은 있나? 러스터, 너도 그들의 목줄을 푸는 일을 다시 생각해보게 될걸. 그들은 네가 상상할 수 없을 정도의 욕구를 가지고 있어."

라그날은 앞으로 한 발 나온다. 그의 양손에는 레이저들이 들려 있다. 그는 이터들로부터 가져온 흰 털가죽을 풀어 그의 등 뒤로 떨어뜨린다. 바람과 눈으로 둘러싸인 채 여기에 이렇게 있으니 이상하다. 우리의 군대, 해군을 빼앗긴 채로. 우리 개개인의 생명을 보호하는 유일한 것은 둥글게 말린 작은 금속들이다. 남극의 광활함은 우리의 작은 가슴들 속 열기를 얼마나 쉽게 불어 없앨 수 있을지 생각하며 우리의 크기와 자만심에 웃음을 터뜨린다. 하지만 우리의 생명은 그것을 담은 유약한 신체 이상으로 너무나 많은 의미를 지니고 있다.

라그날이 앞으로 한 발 나온 것은 나무 사이에 주둔한 머스탱과 홀리데이를 향한 신호다.

정확히 겨눠라, 홀리데이.

"아자, 네 아버지가 나를 샀다. 나를 수치스럽게 했다. 나를 그의 악마로, 물건으로 만들었다. 내면의 아이는 달아났었다. 희망은 사라졌었다. 나는 더 이상 라그날이 아니었다."

그는 자신의 가슴을 건드린다.

"하지만 오늘, 내일, 그리고 앞으로 영원히 나는 라그날이다. 나는 스파이어스의 아들이자, 고요의 세피의 오빠이자, 라이코스의 대로우와 세브로 오 바르카의 형제다. 나는 티노스의 방패다. 나는 내 마음을 따라간다. 그리고 더러운 기사여, 네 심장이 더 이상 박동하지 않는 순간, 나는 그것을 네 가슴에서 끄집어 내 그리핀들에게 먹일 것이다……."

카시우스는 그의 왼쪽에서 눈밭을 아우르는 험준한 바위와 성장을 저해당한 나무들을 스캔한다. 그의 두 눈이 가늘어진다. 그가 암반층의 기저부에 무리지어 있는 부러진 나무들을 포착한 것이다. 그 후, 경고도 없이 그는 아자를 앞으로 밀친다. 그녀는 넘어지며 그녀의 바로 뒤, 그녀가 아까 섰던 자리에서는 그들 무리에 남아 있는 그레이의 머리가 폭파한다. 피가 눈 위로 흩뿌려지며 홀리데이의 라이플이 낸 탕 소리가 산맥을 따라 메아리친다. 더 많은 총알들이 카시우스와 아자 주변의 눈 속으로 박혀 들어간다. 퓨리는 세 번째 골드 뒤로 이동해 그의 몸을 방패로 삼는다. 총알 두 개가 그의 풍뎅이스킨을 강타하며 그 강력한 고분자섬유를 뚫어 버린다. 카시우스는 어깨로 구르며 펄스 피스트의 마지막 남은 연료를 상당량 쏜다. 비탈이 폭파한다. 바위가 빛을 발한다. 폭발한다. 눈이 증발한다.

그리고 그 모든 소리 속에서 활시위를 놓는 소리가 들려온다. 아자도 그것을 듣는다. 그녀는 빠르게 움직인다. 회전한다. 그 동안 머스탱이 숲속에서 발사한 활이 그녀의 머리를 향해 날아오고 있다. 그것은 몇 센티미터 차이로 목표를 빗나간다. 카시우스는 비탈길 위, 머스탱이 있는 자리를 향해 펄스 피스트를 발사한다. 그렇게 나무들을 박살내고 바위들을 과열시킨다.

머스탱이 그 총에 맞았는지 알 수가 없다. 그녀의 안위를 확인하기 위한 그 몇 초도 내지 못한다. 왜냐하면 라그날과 나는 그 교란 상태를 이용해 돌진하고 있기 때문이다. 그렇게 시야는 좁혀지고 슬링블레이드는 제 형태로 휜다. 눈 위의 거리를 좁히고 있다. 펄스 피스트가 그의 손안에서 빛을 발하는 채로 카시우스는 내가 그에게 다다르려는 순간 고개를 돌린다. 그는 펄스 피스트를 발사한다. 그것은 약하게 충전된 화력이다. 나는 그 발포 화력 밑으로 몸을 수그린다. 그리고 라이코스 곡예사처럼 바닥과 부딪힌 뒤 몸을 굴려 일어선다. 그는 다시 발사한다. 펄스 피스트는 죽었다. 비탈길에 발사하는 바람에 배터리가 다 된 것이다. 라그날은 자신의 레이저들 중 하나를 거대한 수리검처럼 아자에게 날린다. 그것은 허공에서 거꾸로 뒤집히고 또 뒤집힌다. 아자는 움직이지 않는다. 그것이 그녀의 몸과 충돌한다. 그녀의 몸은 뒤로 한 바퀴 회전한다. 잠시 동안 나는 라그날이 그녀를 죽였다고 생각한다. 하지만 그 뒤로 그녀는 우리를 다시 향한다. 그녀의 오른손은 레이저의 손잡이를 잡고 있다.

아자가 그것을 잡은 것이다.

아자에 대한 론 스승님의 모든 경고들이 한꺼번에 모두 생각나면서 짙은 두려움이 내 마음을 휩쓴다. "절대 강과 싸우지 마라. 그리고 절대 아자와 싸우지 마라."

우리 넷은 서로 한꺼번에 충돌한다. 그렇게 우리는 짝 소리 내는 채찍들과 쨍그랑 거리는 칼날들의 어설픈 혼합체가 된다. 몸들을 허둥거리고 비틀리고 구부러진다. 레이저들은 우리 시선이 쫓을 수 있는 속도보다도 빠르게 움직인다. 아자는 사선으로 내 다리를 향해 레이저를 휘두른다. 그 동안 나도 그녀의 다리를 공격

하고 있다. 라그날과 카시우스는 보지도 않고 빠르게 날리는 주먹
질로 서로의 목을 겨냥하고 있다. 쌍쌍이 같은 전략들을 구사하고
있다. 그 상황이 너무나 어색해 우리는 첫 반 초간 서로를 다 죽여
버릴 뻔 한다. 그럼에도 불구하고 매 수는 머리카락 한 올의 차이
로 실패한다.

우리는 서로로부터 떨어진다. 뒤로 비틀거리는 동안 모두들 재
미없는 미소들만 짓는다. 우리 모두들 같은 싸움의 언어를 사용한
다는 것이 기억나면서 특이한 연대감이 느껴진 것이다. 우리는 내
가 조각되기 전에 댄서가 나에게 일러줬던 그 모든 증오스러운 종
류의 인간들, 론 스승님이 함께 살아가면서 내내 혐오했던 종류의
인간들이다.

내가 먼저 그 기이한 평화를 깨뜨린다. 레이저를 앞으로 휘두르
며 카시우스의 오른쪽을 향해 빼곡히 연속적으로 찌른다. 그렇게
그를 아자로부터 떼어 내서 라그날이 아자를 홀로 해치울 수 있게
해 주는 것이다. 카시우스의 뒤로는 머스탱이 돌무더기 속에서 동
요한다. 눈밭을 질주해 지나는 그녀의 손에는 거대한 옵시디언 활
이 들려 있다. 아직도 50미터 떨어져 있기도 하다. 나는 카시우스
의 다리를 향해 레이저 채찍을 두 차례 휘두른다. 그리고 내 레이
저를 칼 형으로 회수한다. 그 사이에 그는 내 머리를 향해 레이저
를 사선으로 휘두른다. 그 레이저가 커브형으로 반쯤 휘둘린 상태
에서 나는 그 공격을 잡는다. 그 타격에 내 팔에 진동이 인다. 카시
우스는 나보다 힘이 세다. 우리가 마지막으로 서로와 싸웠을 때에

비해 움직임도 더 빨라졌다. 그리고 이제 그는 굴곡진 칼날을 상대로 싸우는 법을 연습한 상태다. 의심할 여지도 없이 아자와 함께 훈련했을 것이다. 그는 나를 강압적으로 뒤로 보낸다. 나는 비틀거리다 넘어진다. 그의 다리 사이로 퓨리와 문신이 새겨진 자가 서로를 맹렬히 공격하는 모습이 보인다. 아자는 라그날의 왼쪽 허벅지를 찔러 관통한다.

또 하나의 화살이 속삭이며 허공을 가른다. 그것은 카시우스의 등에 쾅 꽂힌다. 그의 풍뎅이스킨이 버텨 준다. 균형을 잃은 상태로 그는 다시금 레이저를 휘둘러 8개의 연속동작들을 선보인다. 나는 내 몸을 뒤로 던진다. 마침 레이저가 허공을, 내 머리가 있던 자리를 쌩하니 가르며 지난다. 나는 눈 위에 너부러진다. 거대한 크레바스의 가장자리로부터 몇 센티미터 떨어진 곳이다. 카시우스가 나에게 빠르게 다가오는 동안 허둥지둥 일어선다. 나는 그가 또 한 번 내리치는 스윙을 막으며 크레바스의 가장자리에서 불안정하게 선다. 그리고 뒤로 넘어진 뒤 내 최대의 힘으로 가장자리에서 몸을 밀어낸다. 그의 맹습을 피하기 위해 내 민첩성을 이용해 크레바스의 반대편에 착지하려는 것이다. 그의 뒤에서는 아자가 라그날의 칼날 밑에서 회전하며 그의 양쪽 무릎 밑 인대들을 끊는다. 그녀는 그를 겹겹이 벗겨내고 있다.

카시우스는 나를 계속해서 공격한다. 그는 크레바스들을 뛰어넘고 나를 향해 레이저를 내리치고 있다. 나는 그 칼날을 막는다. 그 공격은 나를 어깨부터 반대편 엉덩이까지 갈라놨을 것이다. 나는 그의 얼굴을 향해 돌을 던진다. 양발을 디디고 일어선다. 그는 페인트 동작으로 칼을 다시 내리치며 손목을 회전하고 다시 제대로 휘두른다. 내 양쪽 무릎들을 조각내기 위해서다. 나는 그 공격을 가까스로 피하며 옆으로 넘어진다. 그는 레이저를 채찍형으로 바꾼 뒤 짝 소리가 나게 내 다리 부근에 친다. 그리고 내 밑에서 양다리를 확 잡아가 버린다. 나는 넘어진다. 그는 내 가슴을 발로 찬다. 바람이 내 속에서 빠르게 새나간다. 그는 내 손목 위에 서서 내 레이저를 바닥에 고정시킨 뒤 자신의 레이저를 심장에 박으려고 한다. 그의 얼굴은 제대로 결심한 표정이다.

"멈춰."

머스탱이 외친다. 그녀는 20미터 떨어진 지점에서 그녀의 활을 카시우스에게 겨냥한 상태다. 팽팽한 줄의 부담으로 그녀의 손은 떨리고 있다.

"내가 너를 쏴 죽일 거야."

카시우스가 말한다.

"아니야. 너는 그러지……."

활시위가 딱 소리를 낸다. 카시우스는 활의 방향을 바꾸기 위해 레이저를 확 올린다. 그러나 활을 맞추지 못한다. 그는 아자보다 움직임이 느리다. 활의 톱니모양 강철 첨부가 그의 목구멍 앞쪽을 뚫고 지나가 그의 목 뒤로 나온다. 화살 깃이 그의 보조개 띤 턱의 아래쪽을 긁고 있다. 피는 튀기지 않았다. 오직 육중하고도 축축한 꾸르륵 소리만이 들린다. 그는 뒤로 획 쓰러진다. 바닥에 세게 떨어진다. 캑캑 거린다. 끔찍하게 마른기침을 한다. 그의 손이 화살을 쥐고 있는 동안 양발은 발길질을 한다. 숨을 쉬기 위해 쌕쌕거린다. 그의 눈은 내 눈으로부터 십몇 센티미터밖에 안 떨어져 있다. 머스탱이 내 곁으로 황급히 다가온다. 나는 허둥거리며 일어서서 카시우스로부터 떨어진 뒤 눈 위에 있던 레이저를 쥐고는 그것으로 요동치는 그의 몸을 겨눈다.

"나는 괜찮아."

내가 말하며 내 옛 친구로부터 시선을 잡아뗀다. 그 동안 그는 살기 위해 발버둥 치며 그의 밑으로는 피가 고인다.

"라그날을 도와줘."

카시우스의 몸 위로 우리는 문신이 새겨진 자와 아자가 크레바스의 가장자리에서 몸을 회전하며 서로를 공격하는 모습을 볼 수 있다. 그들의 주위로 피가 눈을 페인트칠한다. 다 라그날로부터 흘러나오는 것이다. 하지만 그는 여전히 그 여자 기사를 공격해 그녀가 뒤로 물러나게 만들고 있다. 그의 목구멍으로부터 맹렬한 노랫소리가 폭포처럼 쏟아져 나온다. 아자를 두들겨 패고 있다. 200하고도 50킬로그램이 더 나가는 자신의 부피로 그녀를 압도하고 있다. 그들의 칼날들로부터 불꽃이 튄다. 그녀는 이제 그의 앞에서 무너지고 있다. 추방당한 스파이어스 왕자의 격분에 맞춰 싸울 수 없었던 모양이다. 그녀의 뒤꿈치들이 눈 위를 미끄러진다. 팔이 떨린다. 몸을 뒤로 젖혀 라그날로부터 떨어진다. 버드나무처럼 휜다. 그는 노래를 더 크게 포효한다.

"안 돼."

나는 웅얼거린다.

"그녀를 쏴."

내가 머스탱에게 말한다.

"둘이 너무 가까이 붙어 있어……."

"상관없어!"

머스탱은 한 발을 쏜다. 그것은 아자의 머리를 십몇 센티미터 찢으며 지나간다. 하지만 그것은 상관없다. 라그날은 이미 그 여자가 그를 위해 친 덫에 걸린 상태다. 머스탱은 아직 그것을 깨닫지 못한다. 그녀도 곧 알 것이다. 그것은 론 스승님께서 나에게 가르쳐 주신 여러 싸움기술들 중 하나다. 라그날은 한 번도 레이저 스승을 가져 본 적이 없었기에 배울 기회가 없었던 것이다. 라그날은 오로지 그의 분노와 고형 무기들로 수년을 싸워온 경험만을 가지고 있다. 채찍으로 싸우는 경험은 없다. 머스탱이 또 하나의 화살을 건다. 그리고 라그날은 대장장이의 것 같은 오버헤드 스트라이크로 아자를 내리친다. 아자도 그녀의 딱딱한 칼을 들어 그의 칼을 마중한다. 그리고 그녀는 채찍 기능을 가동시킨다. 그녀의 칼에서 힘이 빠진다. 고형 폴리엔 섬유의 저항과 만날 생각에 라그날은 전신의 무게를 허공에 실은 상태다. 그는 그의 칼이 땅과 충돌하지 않도록 움직임 속도를 늦출 수 있을 정도로 운동신경이 좋다. 그리고 실력이 덜 좋은 자를 상대하고 있었더라면 그는 쉽게 그 상황에서 회복했을 것이다. 하지만 아자는 론 오 아르코스의 가장 위대한 제자였다. 그녀는 벌써 옆으로 회전하며 채찍을 다시 칼 형으로 회수하고 있다. 그 뒤 그녀는 몸에 붙은 가속을 이용해 라그날을 옆으로 가르며 자신의 회전을 마친다. 그 동작은 단순하다. 간결하다. 내가 론 스승님과 함께 공부하던 동안 머스탱과 로크가 아게아의 오페라하우스에서 보던 발레리나들 중 한 명이 중심축을 잡고 푸에테를 돌던 것과 흡사하다. 피가 그녀의 칼에 묻고 눈 위로 섬세한 아치형의 붉은색을 튀긴다. 그 광경만 안 봤어도 나는 그녀가 라그날을 놓쳤다고 생각했을 것이다.

아자는 상대를 놓치지 않는다.

라그날은 돌아서 아자와 마주하려고 노력한다. 하지만 그의 두 다리가 그를 배신한다. 그의 밑에서 무너진다. 그의 열린 상처는 물범 스킨의 흰색과 대조된 피투성이 미소다. 아자의 칼은 그의 아래 등을 갈라 척수를 통과하고 배 앞쪽의 배꼽 있는 부분으로 나온다. 그는 크레바스의 가장자리에 털썩 쓰러진다. 그의 레이저는 얼음 위로 탁탁 튀며 멀어진다. 나는 격분에, 믿기지 않는 이 참담함에 울부짖으며 아자를 향해 돌진한다. 그 동안 머스탱은 그녀의 활을 쏘며 나와 함께 달린다. 아자는 머스탱의 활들을 옆으로 피하며 라그날이 그의 상처를 쥐고 누워 있는 동안 그의 배를 두 차례 더 찌른다. 그의 몸이 움찔한다. 칼은 미끄러지며 들어갔다 나온다. 아자가 나를 상대하기 위해 양발의 태세를 잡고 준비한다. 그러던 중에 그녀의 두 눈이 커진다. 그녀는 내 머리 위에 있는 무언가를 보고 놀라며 뒤로 물러선다. 머스탱은 활을 두 차례 빠르

게 연속으로 쏜다. 아자의 머리가 홱 움직인다. 그녀는 몸을 비틀
더니 뒤로 회전해 크레바스의 가장자리로 향하며 우리로부터 멀
어진다. 그녀의 발밑으로 얼음이 붕괴하며 크레바스 안으로 부서
져 들어간다. 그녀는 양팔을 바람개비처럼 허우적거리나 중심을
되찾지 못한다. 그 순간 그녀의 눈이 나와 마주친다. 그리고 그녀
는 몸을 날려 얼음과 함께 어둠속으로 곤두박질친다.

제30장
# 고요

아자는 사라졌다. 크레바스는 깊다. 그것의 양 옆면은 점차 좁아져 어둠속으로 사라진다. 나는 라그날 곁으로 빨리 돌아간다. 그동안 머스탱은 비탈길 위와 구름들을 빤히 응시한다. 그녀의 손에는 활이 준비돼 있다. 화살은 단 3개 밖에 안 남았다.

"아무것도 안 보여."

그녀가 말한다.

"리퍼."

라그날이 바닥에서 웅얼거린다. 그의 가슴이 오르락내리락 한다. 숨을 힘겹게 헐떡거리고 있다. 어두운 빛을 띠는 생명의 피가 그의 열린 복부 밖으로 박동하며 나온다. 아자는 그가 바닥에 있었을 때 칼을 두 번 찔러 그의 목숨을 빠르게 끝낼 수도 있었다.

대신 그녀는 그의 아래장기를 찔러 그가 고통스럽게 죽어가도록 만들었다. 나는 첫 번째 부상 부위의 위를 누른다. 내 팔꿈치까지 붉은 피가 묻었다. 하지만 피가 너무 많이 나서 뭐를 어떻게 해야 할지 전혀 모르겠다. 레스건 재생 약물도 아자가 해 놓은 짓을 고치진 못한다. 그것으로는 그의 몸을 이어 붙이지도 못한다. 눈물이 내 눈을 따갑게 만든다. 앞이 거의 안 보인다. 상처로부터 증기가 피어오른다. 내 얼어붙은 손가락들은 피의 온기에 간질간질해 온다. 라그날은 피를 보더니 안색이 창백해진다. 그가 사과의 말들을 속삭이는 동안 얼굴에 부끄러운 표정을 띤다.

머스탱은 아자의 주의를 끈 존재에 대해 언급한다.

"식인종들일 수도 있을 것 같아. 라그날은 움직일 수 있겠어?"

"아니."

내가 힘없이 말한다. 머스탱은 라그날을 내려다본다. 그녀는 나보다 더 냉정한 상태다.

"여기 계속 있을 수는 없어."

그녀가 말한다.

나는 그녀의 말을 무시한다. 나는 너무나 많은 친구들이 죽어가는 모습을 지켜봐왔다. 라그날을 그냥 이렇게 보낼 수는 없다. 내가 그를 이끌어 아자와 싸우게 했다. 내가 그를 설득해 고향으로 돌아오게 만들었다. 그가 이렇게 사라져 버리게 두지는 않을 것이다. 그에게 최소한 그 정도의 빚은 지고 있다. 이러다 내가 죽는 한이 있더라도, 바보 같든 아니든 간에, 나는 그를 보호할 것이다. 어떻게든 방법을 찾아 그를 고칠 것이다. 그를 옐로우에게 데려다 줄 것이다. 식인종들이 올지라도, 그 대가로 내 목숨을 내 줘야 할지라도, 나는 그를 떠나지 않을 것이다. 하지만 생각만 한다고 그것이 현실이 되지는 않는다. 나에게 마법의 힘이 생기지는 않는다. 내가 어떤 계획을 세우든 간에 세상은 그것을 저해해야 만족하는 모양이다.

"리퍼……."

라그날이 다시 겨우 입을 연다.

"힘을 아껴, 친구. 여기서 나와 함께 나가려면 그 남은 힘을 다 끌어 써야 할 거야."

"그녀가 너무 빨랐어요. 너무 빨랐어요."

"그녀는 이제 사라졌어."

그런지 확실치 않아도 나는 그렇게 말한다.

"저는 언제나 좋은 죽음을 꿈꿨습니다. 이건 좋은 죽음이 아닌 것 같군요."

라그날은 자신이 죽어가고 있다는 것을 다시금 깨달으며 몸서리친다.

그의 말은 내 가슴속에서 울음을 낚시질 해 목구멍까지 끌어올린다.

"괜찮아. 괜찮아질 거야. 일단은 우리가 네 부상부위들을 손봐 줄 거야. 그럼 미키가 너를 제대로 고쳐 줄 거야. 우리가 너를 스파이어스로 데려다 줄게. 대피선을 불러오고."

내가 탁한 목소리로 말한다.

"대로우……."

머스탱이 말한다.

라그날이 눈을 세게 깜빡이며 나를 올려다본다. 눈의 초점을 잡아보려는 것이다. 그러고는 하늘을 향해 한쪽 손을 뻗는다.

"세피……."

"아니야. 나야, 라그날. 대로우라고."

내가 말한다.

"대로우……."

머스탱이 날카롭게 나를 재촉한다.

"뭐?"

내가 쏘아붙인다.

"세피……."

라그날이 가리킨다. 나는 그의 손가락을 따라 위의 하늘을 바라본다. 아무것도 보이지 않는다. 바다로부터 불어오는 바람 속에서 이동하는 희미한 구름들만이 있다. 카시우스가 마른기침을 하는 소리와 머스탱의 활이 끽끽 거리는 소리, 그리고 홀리데이가 다리를 절뚝이며 눈밭을 지나 우리 곁으로 오는 소리만이 들린다. 그후 나는 왜 아자가 도망쳤는지를 이해한다. 3000킬로그램의 날개 달린 포식동물들이 구름을 뚫고 내려오고 있다. 몸은 사자의 것이다. 날개, 앞다리, 그리고 머리는 독수리의 것이다. 깃털은 희다. 부리는 구부러졌으며 검다. 머리는 성인 레드만 한 크기다. 그리핀은 거대하다. 그 날개의 밑면에는 비명을 지르는 하늘색 악마의 얼굴들이 그려져 있다. 그 날개들을 좌우로 10미터 뻗으며 짐승은 내 앞의 눈 위에 착지한다. 땅이 떨린다. 눈은 창백한 푸른색이며 검은 부리를 따라 상형문자들과 단어들이 흰색으로 그려져 있다. 그의 등에는 마르고 무시무시한 인간이 앉아 흰 뿔피리를 애절하게 불고 있다.

더 많은 뿔피리 소리들이 구름 위에서 메아리치며 들려온다. 그리고 12마리의 그리핀들이 더 나타나 세차게 산길에 착지한다. 몇 마리는 우리 위의 날카로운 바위벽에 매달려 있으며 다른 놈들은 눈을 발로 긁고 있다. 첫 번째 그리핀을 타고 있는 자, 즉 뿔피리를 분 그리핀라이더는 머리서부터 발끝까지 지저분한 흰 털가죽으로 덮여 있으며 뼈로 된 투구를 쓰고 있다. 그 투구에는 장식으로 뒷목까지 늘어지는 단 하나의 푸른 깃털이 꽂혀 있다. 그리핀라이더들 중 2미터가 안 되는 사람은 단 한 명도 없다.

"태양 태생입니다."

그리핀라이더들 중 여자 한 명이 느릿한 방언으로 외치며 말없는 지도자의 곁으로 빠르게 다가간다. 말한 자는 그녀의 투구를 벗어 흉터와 피어싱으로 가득한 야수 같은 얼굴을 드러낸 뒤 존경의 의미로 무릎을 꿇고 앉아 장갑 낀 손바닥을 이마에 댄다. 퍼런 손바닥 자국이 그녀의 얼굴을 덮고 있다.

"우리는 하늘에서 불꽃을 봤습니다……."

그녀가 내 슬링블레이드를 확인하자 목소리가 흔들린다.

다른 그리핀라이더들도 그들의 투구들을 벗고 황급히 그리핀들로부터 내린다. 그들이 우리의 머리와 눈동자 색을 본 것이다. 그리핀라이더들 중 어느 한 명도 남자가 아니다. 이 여자들의 얼굴에는 거대한 하늘색 손바닥 자국들이 찍혀 있으며 그 자국들 중앙마다 작은 눈이 하나씩 그려져 있다. 땋아 내린 흰 머리가 그들의 등 뒤에서 길게 휘날린다. 검은 눈동자들이 반쯤 감긴 듯한 눈꺼풀들 밑에서 우리를 응시한다. 철과 뼈로 된 피어싱들이 콧구멍들을 연결시키고 입술에 걸리며 귀를 뚫고 있다. 그리핀라이더들 중 오직 지도자만이 아직 그녀의 투구를 벗지도, 무릎을 꿇지도 않은 상태다. 그녀는 넋을 잃고 우리를 향해 걸어온다.

"여동생. 제 여동생이에요."

라그날이 간신히 말한다.

"세피?"

머스탱이 말하며 그 옵시디언의 왼쪽 허리춤 전리품 고리에 검어진 인간의 혀들이 걸려 있는 것을 눈여겨본다. 그녀는 장갑을 끼고 있지 않다. 또 손등에는 상형문자들이 새겨져 있다.

"나를 아느냐?"

라그날이 거친 소리로 말한다. 그 그리핀라이더가 다가오는 동안 그의 떨리는 입술이 머뭇거리는 미소로 휜다.

"알 수밖에 없을 것이다."

그리핀라이더는 그녀의 가면 뒤에서 그의 흉터들을 분류한다. 눈은 짙고 크다.

라그날이 말을 이어간다.

"나는 너를 안다. 세상이 어둡고 우리가 나이 들어 시들었어도 나는 너를 알 것이다."

그는 고통에 몸서리친다.

"얼음이 녹고 바람이 조용해졌어도 나는 너를 알 것이다."

그녀는 표류하듯 한걸음씩 내디디며 앞으로 이동한다.

"나는 너에게 얼음의 49가지 이름들을 가르쳤다……. 바람의 34가지 숨소리들도 가르쳤다."

그는 미소를 짓는다.

"그럼에도 불구하고 너는 언제나 32개만을 기억했지."

그녀는 라그날에게 아무런 반응도 보이지 않는다. 하지만 다른 그리핀라이더들은 벌써 그의 이름을 속삭이며 우리를 바라보고 있다. 라그날과 함께 다니고 흰 칼을 소유한다는 점을 통해 그들은 내가 누군지를 끼워 맞춘 것 같다. 라그날은 말을 이어간다. 그의 목소리에는 그의 마지막 남은 힘이 실린다.

"나는 너를 목마 태우고 다섯 번의 '파괴 현상'들을 지켜봤다. 그리고 네 리본으로 내 머리를 땋게 해 줬다. 또 네가 물개 가죽으로 만든 인형들을 갖고 놀아 주고 옛 프라우드풋 놀이터에서 얼음 공들을 던져 줬다. 나는 네 오라비다. 그리고 '흐느끼는 태양'에서 온 사람들이 나와 우리 종족의 한 무리를 '사슬 열도'로 수확해갔을 때 내가 너에게 뭐라고 했는지 기억하느냐?"

부상에도 불구하고 이 남자로부터 힘이 한껏 풍겨 나온다. 이곳은 그의 땅이다. 그의 고향이다. 그리고 클로우드릴을 타고 있었을 때의 나만큼이나 그도 여기에서 광활한 존재가 된다. 그의 중력이 세피를 더 가까이로 끌어당긴다. 그녀는 무릎을 꿇고 주저앉아 뼈로 된 투구를 벗어던진다.

'고요의 세피', 알리아 스노우스패로우의 저명한 딸은 거침없고 숭엄하다. 얼굴은 극도로 진지하며 까마귀의 것같이 각이 졌다. 그녀의 눈은 너무 작고 서로 심하게 붙어 있다. 그녀의 입술은 얇고 추위에 보라색을 띠며 생각에 잠겨 단호히 다물어져 있다. 흰 머리의 왼쪽은 밀어 버린 상태며 오른쪽은 땋아서 허리까지 늘어뜨렸다. 그녀의 창백한 두피의 왼쪽에는 천체 룬 문자들로 둘러싸인 날개 문신이 시퍼렇게 새겨져 있다. 하지만 옵시디언들 사이에서 그녀를 특별해 보이게 해 주고 그들의 흠모 대상이 되게 만들어 주는 점은 그녀의 피부에 농포나 흉터들이 없다는 것이다. 그녀가 착용하는 유일한 장신구는 코에 끼운 단 하나의 철 막대다. 그리고 그녀가 라그날의 부상을 내려다보며 눈을 깜빡일 때면 그녀의 눈꺼풀 뒤에 문신으로 새겨진 파란 눈들이 나를 예리하게 쏘아본다.

그녀는 자신의 오빠를 향해 손을 뻗는다. 그를 만지기 위해서가 아니라 그의 입과 코앞에 나오는 숨결의 증기를 느끼기 위해서다. 그 행위로 라그날은 족하지 않는다. 그는 그녀의 손을 잡아 격렬히 자신의 가슴으로 가져와 그녀가 그의 사그라지는 심박을 느낄 수 있게 해준다. 기쁨의 눈물이 그의 눈에 고인다. 그리고 그것들이 세피의 눈에서도 쏟아져 나와 그녀의 빰을 타고 흘러내리며 푸른 출진물감 위로 길을 만들자 그의 목소리가 갈라진다.

"내가 다시 돌아올 것이라고 너에게 말했잖느냐."

세피의 시선은 라그날을 떠나더니 아자의 흔적을 따라 크레바스 속으로 향한다. 그녀가 혀를 끌끌 차자 네 명의 발키리들이 눈 속에 말뚝을 박아 밧줄을 고정시키고 아자를 찾아내기 위해 어둠 속으로 내려간다. 나머지는 자신들의 지도자를 보호하며 비탈길들을 살핀다. 우아하게 뒤로 휘어진 활들이 준비된 상태다.

"날아서 그를 스파이어스로 데려가야 해. 너희들의 샤먼에게 데려가자."

내가 그들의 언어로 말하지만 세피는 나를 쳐다보지 않는다.

"너무 늦었습니다."

라그날의 흰 수염 위에 눈이 쌓인다.

"저를 여기, 얼음 위에서, 야생 하늘 아래에서 죽게 해 주세요."

"안 돼. 우리가 너를 살릴 수 있어."

내가 웅얼거린다.

세상은 매우 멀고 중요하지 않게 느껴진다. 피가 계속해서 그의 몸을 떠난다. 하지만 내 친구에게서 더 이상의 슬픔은 보이지 않는다. 세피가 그것을 쫓아 버린 것이다.

"죽는 것이 그리 대단한 일은 아닙니다."

라그날이 나에게 말한다. 하지만 나는 안다. 진심으로 그렇게 말하고 싶은 그의 마음만큼 그는 그 말을 믿고 있지 않다.

"제대로 삶을 살았다면요."

그는 미소를 짓는다. 이 순간에도 그는 나에게 위안을 주려고 한다. 하지만 그는 그의 삶과 죽음의 부당함을 얼굴에 쓰고 있다.

"당신 덕에 저는 그럴 수 있었습니다. 하지만…… 아직 하지 못한 일들이 많군요."

그는 침을 삼킨다. 그의 혀는 무겁고 건조하다.

"세피. 내 수하들이 너를 찾은 거야?"

세피가 고개를 끄덕인다. 그녀는 자신의 오빠 앞에 웅크리고 앉아 있다. 그녀의 흰 머리가 바람에 주위로 흩날린다. 라그날은 나를 본다. 그는 세피가 알아들을 수 없도록 아우리어트 억양으로 말한다.

"대로우, 당신은 말로도 충분하리라고 생각한다는 것을 알고 있어요. 하지만 그것만으로는 안 될 겁니다. 최소한 제 어머니에 대해서는요."

이것이 그가 나에게 감추고 있던 사안이었다. 이래서 그가 셔틀에서 그렇게 조용했다. 이래서 그의 어깨에 그렇게 두려움을 짊어지고 있었다. 그는 자신의 어머니를 죽이기 위해 고향으로 돌아오고 있었던 것이다. 그리고 이제 그는 바로 그 일을 나에게 넘긴 것이다. 나는 머스탱 쪽을 돌아본다. 그녀도 그 말을 들었다. 마음 아파하는 표정이다. 그녀는 내 죽어가는 친구만큼이나 더 나은 세상에 대한 나의 깨져 버린 바보스러운 꿈을 애처로이 여기고 있다. 라그날은 고통으로 몸서리친다. 그러자 세피가 부츠로부터 칼을

꺼낸다. 오빠가 더 이상 고통스러워하는 모습을 지켜보지 않겠다
는 의지다. 라그날은 그녀를 향해 고개를 젓는다. 그리고 나를 향
해 고개를 끄덕인다. 그는 내가 그 일을 했으면 하는 것이다. 나는
마치 내가 이 악몽으로부터 깨어날 수 있을 듯이 고개를 젓는다.
세피는 나를 격렬히 응시한다. 감히 오빠의 마지막 소원을 거부해
보라며 나에게 도전하는 눈빛이다.

"나는 내 친구들과 함께 죽는다."

라그날이 말한다.

나는 먹먹한 상태로 레이저가 손 안으로 스르륵 들어오게 한 뒤
그것을 라그날의 가슴 위에 든다. 라그날의 촉촉한 눈에 드디어
평화가 찾아왔다. 내가 할 수 있는 일이라고는 그를 위해 마음을
강하게 먹는 것이다.

"제가 이오에게 당신의 사랑을 전하겠습니다. 당신 조상들의 계
곡에 당신을 위한 집을 지어 놓겠습니다. 그것은 제 집 옆에 있을
겁니다. 당신도 죽으면 그곳에서 저와 함께하세요. 하지만 저는 세
상을 세우고 만들기를 잘 못합니다. 그러니 당신은 충분히 뜸을
들였다 오세요. 우리는 기다리겠습니다."

그는 활짝 웃는다.

나는 마치 내가 아직도 계곡 사후세계를 믿는 것처럼, 마치 그
곳이 여전히 나와 그를 기다린다고 생각하듯 고개를 끄덕인다.

"네 종족늘은 자유로워질 거야. 내 목숨을 걸고 이건 약속하겠
어. 그리고 너와도 곧 만나지."

라그날은 하늘을 응시하며 미소를 짓는다. 세피는 황급히 그녀의 도끼를 라그날의 손바닥에 쥐어 준다. 그가 손에 무기를 들고 전사로서 세상을 떠나 발할라(옵시디언들의 사후세계 ─ 옮긴이)의 강당에 자리를 맡아놓을 수 있게 하기 위한 것이다.

"아니야, 세피."

라그날이 말하며 도끼를 놓더니 왼손에는 눈을, 오른손에는 세피의 손을 쥔다.

"더 많은 것을 위해 살아라."

그는 나에게 고개를 끄덕인다.

바람이 채찍질을 한다.

눈이 내린다.

라그날은 포보스의 차가운 불빛들이 계속해서 반짝이는 하늘을 지켜본다. 그동안 나는 말없이 금속을 그의 심장에 매끄럽게 박는다. 죽음은 해질녘처럼 찾아온다. 그리고 나는 생명의 불빛이 그를 떠나는 순간이 언제인지를, 그의 심장이 더 이상 박동하지 않고 그의 눈이 더 이상 앞을 보지 못하는 순간이 언제인지를 알 수 없다. 하지만 그가 가 버렸다는 것은 알 수 있다. 내 위로 엄습하는 한기로, 고독하고도 굶주린 바람의 소리와 '고요의 세피'가 까만 눈동자 너머로 보이는 지독한 고요로 그것을 알 수 있다.

내 친구, 내 보호자, 라그날 볼라루스는 이 세상을 떠났다.

제31장

# 창백한 여왕

슬픔으로 가슴이 먹먹하다. 라그날이 죽었다는 소식에 세브로가 어떻게 반응할지, 그리고 내 조카들이 이제 절대로 '상냥한 거인'의 머리에 또 하나의 리본을 땋아 넣지 못할 것이라는 생각들만이 머릿속을 스친다. 내 영혼의 일부는 떠났으며 다시는 돌아오지 않을 것이다. 그는 내 보호자였다. 내게 너무나 많은 힘을 줬다. 이제, 그 없이, 내가 발키리 한 명의 뒤를 부여잡고 있는 동안 그녀의 그리핀은 피투성이 눈밭으로부터 날아올라 떠난다. 우리가 거대하게 파닥거리는 날개들 위에서 구름들 사이를 가르는 동안에도, 내가 처음으로 발키리 스파이어스를 보고 있음에도 불구하고 아무런 경외심을 느낄 수가 없다. 그냥 무감각함뿐이다.

스파이어스는 산봉우리들이 비틀리고 회전하며 이어진 척추다. 극지방의 평야에서 급격하게 솟아오른 그 모습이 너무나도 터무니없다. 오로지 '러브록' 엔진 조종대 앞에 앉은 미치광이 골드들만이, 50년간의 지질 구조 조작 경험이 있고 태양계 자원을 보유하고 있던 그들만이 이곳을 창조하겠다고 모의할 수 있었으리라. 아마 그것도 그냥 그들이 그 일을 할 수 있을지 시험해 보려는 시도였을 것이다. 수십여 개의 돌 나탑들이 끼리끼리 꼬인 모습은 앙심을 품은 연인들 같다. 안개가 그것들의 장막이 돼 준다. 그리핀들은 그것들의 첨부에, 까마귀와 독수리 들은 그보다 아래에 둥지들을 튼다. 높은 바위벽 위에는 일곱 해골들이 사슬에 매달려 있다. 얼음은 피와 동물들의 똥으로 얼룩졌다. 이곳은 유일하게 골드를 한 번이라도 위협했던 종족 사람들의 고향이다. 그리고 우리는 추방된 이곳의 왕자가 흘린 피로 얼룩진 채 이곳에 도래한다.

세피와 그녀의 그리핀라이더들은 아자가 떨어진 크레바스 안을 수색했다. 그들은 부츠 자국 외에 아무것도 발견하지 못했다. 시체도 없었고 피도 없었다. 세피 안에서 타오르는 격분을 감쇠시켜 줄 것은 아무것도 없었다. 내 생각에 그녀는 수 시간씩 오빠의 시체 곁을 더 지키고 싶어 했던 것 같다. 하지만 멀리서 들려오는 드럼 소리에 그것은 불가능했다. 이터들이 추락한 신들에 대한 소유권을 얻어가려고 더 큰 힘을 모아 발키리들에게 도전해 오는 소리였다.

세피는 노여움에 얼룩진 얼굴로 서서 카시우스를 내려다본다. 그녀의 손에는 도끼가 들려 있다. 그는 그녀가 평생토록 본 갑옷

없는 골드들 중 하나로서 손에 꼽힐 것이다. 어쩌면 머스탱을 제외하고 처음일지도 모르겠다. 또한, 내 생각에 그녀의 오빠의 피가 묻어 있는 그녀의 입장에서는 그를 눈 위, 그 자리에서 죽이고 싶었을 것이다. 나는 그녀가 그렇게 하도록 내버려뒀을 것이고 머스탱도 마찬가지였을 것이다. 하지만 그녀는 발키리들의 재촉에 마음을 접었다. 그렇게 그녀는 도끼를 도끼집에 넣고 그리핀라이더들을 향해 혀를 끌끌 차며 그들에게 그리핀을 타라고 신호했다. 이제 카시우스는 내 오른쪽에 있는 발키리 한 명의 안장에 묶여 있다. 화살은 그의 경정맥을 빗나갔다. 하지만 그가 세피의 도끼로부터 키스를 받지 않더라도 죽음은 여전히 그를 잡으러 올지도 모르겠다.

우리는 코르크스크류 같은 나탑의 가장 높은 자리 속을 파 놓은 고층 벽감에 착지한다. 적군 옵시디언 클랜 출신의 노예들이 우리의 그리핀들을 넘겨받는다. 그들의 눈을 달궈진 쇠로 지져 맹인으로 만들었다. 얼굴은 비굴함의 상징으로 노랗게 칠해 두었다. 철문이 뒤에서 낑 소리와 함께 닫혀 우리를 바람으로부터 막아 준다. 그리핀라이더들은 우리가 착지하기도 전에 안장에서 뛰어내리더니 라그날을 바위 도시의 더 깊숙한 곳으로 데려가며 우리로부터 멀어진다.

소동이 벌어진다. 수십여 명의 무기를 장착한 전사들이 그리핀 외양간 안으로 밀고 들어와 세피와 맞선 것이다. 그들은 광적인 몸짓으로 우리를 가리킨다. 그들의 사투리는 내가 미키의 데이터

497

업로드들과 아카데미 수업을 통해 배웠던 나그어에 비해 더 심하다. 하지만 내 실력이 그 내용을 간간히 이해해서 취합할 수 있을 정도는 된다. 나중에 온 전사 무리는 우리가 사슬로 묶여 있어야 한다고 외치고 있다. 이단에 대한 무슨 얘기도 한다. 세피의 여자들도 우리가 라그날의 친구라고 소리치며 흥분한 상태로 우리 머리칼의 금빛을 가리킨다. 그들은 우리를, 또 카시우스를 어떻게 취급해야 할지 몰라 하고 있다. 몇몇 전사들은 고기 찌꺼기를 차지하기 위해 싸우는 개들처럼 카시우스를 우리로부터 끌고 간다. 화살은 여전히 카시우스의 목에 박혀 있다. 그의 눈에는 흰자 부분이 상당히 많이 보인다. 옵시디언들이 그를 질질 끌며 바닥을 지나는 동안 그는 공포심에 나를 향해 손을 뻗는다. 그의 손이 내 손을 쥔다. 그렇게 잠시 동안 우리는 손을 잡고 있다. 그 후 그는 여섯 명의 거인들에게 들린 채 횃불로 밝혀신 복도 저편으로 사라진다. 나머지 옵시디언들도 우리 주위로 모여든다. 거대한 철 무기들을 손에 쥐고 있다. 그들의 털가죽들의 악취는 묵직하고 메스껍다. 이마에 손 모양 문신이 새겨진 투실투실하고 나이든 여자가 그들의 계급을 밟고 나서며 세피와 이야기를 나눌 때에서야 그들은 조용해진다. 세피의 어머니의 군지도자들 중 한 명이다. 그녀는 위의 천장을 향해 손동작이 크게 들어가는 몸짓을 지어 보인다.

"저 여자는 뭐라고 하고 있나요?"

홀리데이가 묻자 머스탱이 대답한다.

"그들은 포보스에 대해 얘기하고 있어. 그들도 전투 때문에 생긴 불빛들을 봤어. 신들이 싸운다고 생각하고 있어. 이들은 우리가 손님이 아닌 포로들이 되어야 마땅하다고 생각하고 있고. 저들에게 네 무기를 내 줘."

"절대 안 돼요."

홀리데이는 그녀의 라이플을 들고 뒤로 물러선다. 나는 총열을 잡고 그것을 밑으로 밀어 내리며 내 레이저도 그들에게 준다.

"이것 참 우라지게 멋지게 돌아가네요."

홀리데이가 투덜거린다. 그들은 거대한 철 수갑과 족쇄 들로 우리의 팔다리를 묶는다. 그 와중에도 우리의 피부나 머리를 건드리지 않도록 조심한다. 그리고 스파이어스 보초들이 우리를 세피의 발키리들로부터 떨어뜨려 터널 쪽으로 홱 끌고 간다. 그러나 우리가 가는 동안, 나는 세피가 우리의 뒷모습을 지켜보고 있는 것을 포착한다. 그녀의 하얀 얼굴은 갈등하는 이상한 표정을 짓고 있다.

수십여 개의 침침한 계단 우물들 밑으로 질질 끌려간 뒤, 우리는 창 없는 감옥 안으로 떠밀린다. 그곳은 조각된 바위들과 숨 막히는 매연으로 이루어져 있다. 철 화로 속에서 그을려진 물개 기름이 우리의 눈들을 따갑게 만든다. 나는 올려놓은 판돌에 걸려 바닥에 쓰러진다. 그 자리에서 그대로 나는 사슬들을 바위에 세게 친다. 분노가, 무능력함이 느껴진다. 모든 일이 너무 빨리 벌어지며 내 주위를 채찍질하고 있다. 그래서 나는 어느 방향이 위쪽인지도 구분을 못하겠다. 하지만 내 행동들, 내 계획들이 무용지물이라는 것을 파악할 수 있을 정도로는 충분히 생각할 수 있었다. 머스탱과 홀리데이가 무거운 침묵 속에서 나를 지켜본다. 내 웅장한 계획을 진행한 지 하루밖에 안 지났는데 라그날은 벌써 죽었다.

머스탱이 더 부드럽게 말한다.

"너 괜찮아?"

"네 생각에는 어떨 것 같아?"

나는 씁쓸하게 대답한다. 머스탱은 아무런 대답도 하지 않는다. 그녀는 마음 상해하며 그냥 도와주려고 그랬던 것이라 징징거릴 법한 유약한 타입의 사람이 아니다. 그녀 또한 상실의 아픔을 알고 있다.

"우리에게는 계획이 있어야 해."

나는 기계적으로 말하며 억지로 라그날에 대한 생각을 잊어보려고 노력한다.

"라그날이 우리 계획이었잖아요. 그가 우리의 빌어먹을 계획 그 자체였다고요."

홀리데이가 말한다.

"그 계획을 살릴 수 있어."

홀리데이가 묻는다.

"그건 대체 어떻게 하시겠다는 거예요? 우리에게는 더 이상 무기가 없어요. 그리고 그들도 엄밀히 말해 우리를 그리 반가워하지 않는 모양이고요. 아마 우리를 잡아먹을 거예요."

"이들은 식인종들이 아니야."

머스탱이 말한다.

"아가씨, 그 말에 당신의 다리 하나 걸 텐가요?"

"알리아가 열쇠야. 우리는 아직 그녀를 설득할 수 있어. 라그날 없이는 어렵겠지만 그것만이 유일한 방도야. 그들의 종족에게 사실을 가져다주려다 라그날이 죽었다고 그녀를 설득하는 거지."

내가 말한다.

"아까 그의 말을 못 들었어? 그는 그녀가 말로는 안 될 거라고 했잖아."

머스탱이 말한다.

"아직 될 수도 있어."

"대로우, 잠시 쉬었다 생각해."

"잠시 쉬라고? 내 종족 사람들은 궤도상에서 죽어가고 있어. 세브로는 전쟁 중이고 우리가 그를 위해 군대를 마련해 줄 것이라 기대하고 있지. 우리에게는 우라지게도 잠시 쉴 수 있는 사치가 없다고."

"대로우……."

머스탱이 내 말 중간에 끼어들려고 시도한다. 나는 계속해서 말을 이어간다. 방법론적으로 선택안들을 분류하고 우리가 어떻게 아자를 사냥해야 할 것이며 아레스의 아들들과 재합류할 것인지에 대해 말을 늘어놓는다. 머스탱이 내 팔에 그녀의 손 한 쪽을 올린다.

"대로우, 멈춰."

나는 주저한다. 내가 어디까지 얘기했는지 잊어버리고, 이성이 주는 안위로부터 슬슬 멀어진다. 그렇게 그대로 이 모든 상황의 감정 속에 빠져 버린다. 라그날의 피가 내 손톱 밑에 끼어 있다. 그가 원하던 것이라고는 고향으로, 그의 종족 사람들의 곁으로 돌아와 그들을 어둠으로부터 이끌고 나가는 것이었다. 내가 내 종족 사람들을 이끌던 것을 보고 그대로 자신도 그러기를 원했다. 나는 그로부터 그 선택안을 빼앗았다. 아자를 공격하게끔 그를 유도했기 때문이다. 나는 울지 않는다. 울 시간이 없다. 하지만 나는 머리를 양 손바닥에 박은 채 그 자리에 그대로 앉아 있다. 머스탱이 내 어깨를 건드린 후 부드럽게 말한다.

"라그날은 마지막에 미소를 지었어. 그가 왜 그랬는지 알아? 왜냐하면 그는 자신이 하고 있는 일이 옳다는 걸 알고 있었기 때문이야. 그는 사랑을 위해 싸우고 있었어. 너는 네 친구들을 가족으로 삼았어. 언제나 그래 왔지. 라그날은 너를 알았기에 더 나은 사람이 될 수 있었어. 그러니 너는 그를 죽게 만든 게 아니야. 그가 살게끔 도와준 거지. 하지만 지금은 너도 살아나가야 해."

그녀는 내 옆자리에 앉는다.

"네가 사람들의 최선의 모습을 믿고 싶어 한다는 걸 알아. 하지만 라그날에게 네 진심을 전달하기까지, 또 택터스나 나를 네 편으로 끌어들이기까지 얼마나 오래 걸렸는지를 생각해봐. 네가 하루 만에, 일주일 만에 뭐를 할 수 있겠어? 이곳은…… 여기는 우리의 세계가 아니야. 저들은 우리의 규칙들이나 도덕성에 대해 신경을 쓰지 않아. 우리는 여기서 탈출하지 않으면 죽을 거야."

"너는 알리아가 우리의 말을 안 들을 거라고 생각하는구나."

"그녀가 왜 듣겠어? 옵시디언들은 오로지 힘만을 중요시해. 그럼 우리의 힘은 어디에 있는데? 심지어 라그날조차도 자신의 어머니를 죽여야 할지도 모른다고 생각했어. 그녀는 듣지 않을 거야. 항복이라는 단어가 나갈어로 뭔지 알아? 르조가. 예속이란 단어는? 르조가. 노예상태라는 단어는? 르조가. 저들을 이끌어줄 라그날이 없는 상황에서 네가 저들을 소사이어티에 풀어 놓으면 무슨 일이 벌어질 것 같아? 알리아 스노우스패로우는 핏속까지 시커먼 독재자야. 나머지 전쟁 지도자들도 그다지 낫지 않고. 그녀는 심지어 우리가 올 것을 예상하고 있었는지도 몰라. 우리가 골드들의 감시 시스템을 해킹했더라도 그들은 그녀가 라그날의 어머니라는 것을 알고 있었으니까. 그러니 그들은 그녀에게 아들이 올 것을 예상하라고 말해 줬을 수도 있어. 그녀는 지금 이 순간에도 그들에게 우리를 보고하고 있을지도 모르고."

내가 어렸을 때 아버지를 우러러볼 때면 어른이 되는 것은 만사를 자기 뜻대로 하는 것인 줄 알았다. 자신의 운명의 주인이자 지휘자가 되는 것인 줄 알았다. 어른이 되는 순간이야말로 자유를 잃는 순간이라는 것을 어느 아이가 알겠는가. 어른이 되면 이런저런 것들이 중요해진다. 그것들이 자신을 압박해 온다. 천천히, 불가피하게 조여 온다. 그렇게 불편들, 의무들, 마감시간들, 그리고 실패한 계획들과 잃어버린 친구들로 이루어진 감옥을 만든다. 나는 의문을 품는 사람들에 진저리가 난다. 전에 벌어졌던 사건을 바탕으로 미래가 어떻게 돌아갈지 자신들이 안다고 믿기를 선택하는 사람들에 지친다.

홀리데이가 끙 소리를 낸다.

"탈출하는 게 그리 쉽지는 않을 거예요."

"1단계."

머스탱이 말하면서 그녀의 수갑으로부터 쓱 빠져나온다. 그녀는 작은 뼛조각으로 자물쇠를 연 것이다.

"그런 건 어디서 배웠어요?"

홀리데이가 묻자 머스탱이 되묻는다.

"기관이 내 첫 번째 학교였을 거라고 생각해? 네 차례야."

그녀는 내 수갑을 향해 손을 뻗는다.

"내가 본 바로는 저들이 문을 열 때 우리가 그들을 기습…… 뭐가 문제야?"

내가 내 손을 그녀로부터 거둔 것이다.

"나는 안 떠날 거야."

"대로우……."

"라그날은 내 친구였어. 나는 그에게 내가 그의 종족 사람들을 돕겠다고 말한 상태고. 나는 내 자신을 구하기 위해 도망치지 않을 거야. 그의 죽음이 무의미해지게 만들지 않을 거라고. 여기서 나가는 유일한 방법은 정통으로 저들과 마주해 통과하는 거야."

"옵시디언들은……."

"필요한 존재들이야."

내가 말한다.

"그들 없이 나는 골드 정부 부대들과 싸울 수 없어. 네 도움을 받아도 그건 마찬가지야."

"알았어."

머스탱이 그 문제에 대해 더 이상 논하지 않으며 말한다.

"그럼 너는 어떻게 알리아의 생각을 바꾸려는 거야?"

"그 일에 대해서는 네 도움이 필요할 것 같아."


수 시간 뒤, 우리는 거인들을 위해 만들어진 동굴 같은 공식 알현실의 중앙으로 안내된다. 그 공간은 벽을 따라 검은 연기를 토해내는 물개 기름 등불들로 밝혀진 상태다. 철문이 우리 뒤로 쾅 닫힌다. 그리고 우리는 왕좌 하나 앞에 홀로 내버려진다. 그 왕좌에는 내가 평생에 걸쳐 본 가장 큰 인간이 앉아 있다. 공간의 저편에서 우리를 지켜보고 있는 그녀는 여자라기보다는 조각상에 더 가깝다. 우리는 사슬에 묶인 채 어색하게 그녀에게 다가간다. 부츠들이 매끄러운 검은 바닥 위를 거닌다. 그렇게 우리는 발키리의 여왕, 알리아 스노우스패로우 앞에 선다.

여왕의 무릎 위에는 죽은 아들의 시체가 뉘어져 있다.

알리아는 아래의 우리를 노려본다. 그녀는 라그날만큼이나 거대하면서도 아주 나이가 많이 들었으며 악랄하다. 마치 어떤 원시림의 가장 오래된 고목 같다. 자신보다 어린 나무들을 배려한답시고 땅을 흡입하며 햇볕을 막아 그들이 시들고 누레져 죽어가는 모습을 지켜보고, 자신의 가지들은 더 높이, 뿌리는 더 깊이 뻗기만 할뿐, 다른 일은 일체 안 하는 종류의 나무 말이다. 바람은 그녀의 얼굴에 죽은 피부 세포와 굳은살로 갑옷을 만들어 줬다. 그녀의 머리카락은 지저분한 눈 같은 색으로 실낱같이 가늘고 길다. 한때 조각된 가장 큰 그리핀이었을 동물의 해골 흉곽 안에 털가죽 쿠션을 쌓아올린 자리에 그녀는 앉아 있다. 그녀의 위에 자리한 그리핀의 머리는 아래에 있는 우리를 향해 소리 없이 비명을 지른다. 날개들은 펼쳐진 자세로 돌 벽에 닿아 있으며 가로 길이가 10미터에 달한다. 그녀는 머리에 검은 유리로 된 왕관을 쓰고 있다. 발곁에는 그녀의 전설적인 전쟁 상자가 있다. 평화의 시기에 그것은 거대한 철 도구로 잠겨 있다. 그녀의 울퉁불퉁한 손은 피로 뒤덮여 있다.

여기는 원시 영역이다. 왕좌에 앉아 있는 여왕에게라면 뭐라고 해야 할지 알겠다. 하지만 자신의 죽은 아들을 무릎 위에 눕히고 앉아 나를 마치 타이가에서 갓 기어 나온 벌레 보듯 응시하는 어머니에게라면 뭐라고 해야 할지 전혀 우라지게 모르겠다.

여왕은 내가 할 말을 잃었다는 점에 별로 개의치 않는 것 같다. 그녀의 혀가 할 말을 다 할 정도로 충분히 예리하다.

"우리 땅에 도는 엄청난 소문이 있소. 심연의 1000개의 별을 지배하는 신들에 대항하는 얘기요."

여왕의 목소리는 늙은 악어의 것처럼 우르릉 울린다. 하지만 그녀의 언어로 말하고 있는 것이 아니다. 저것은 우리의 언어다. 아 우리어트식의 고급 언어다. 이 땅에서는 몇 안 되는 사람들만이 아는 신성한 언어다. 그 사람들은 대개 신과 얘기하는 샤먼들이다. 다른 말로 하자면 첩자들이다. 알리아의 유창성은 머스탱을 당황 시킨다. 하지만 나는 아니다. 나는 계급이 낮은 자가 어떻게 강자의 힘 밑에서 일어서는지를 안다. 또 이것은 단순히 내가 오랫동 안 의심해 왔던 바를 확인시켜 줄 뿐이다. 이 세계에서 총애 받는 노예들에는 쓰레기 감마 놈들만 있는 것이 아니었다.

"사악한 목표를 가진 사악한 예언자들이 퍼뜨린 소문이었소. 한 차례의 여름과 한 차례의 겨울 동안 그 소문은 우리들 사이로 뱀 처럼 기어 다녔소. 내 사람들과 드래곤스파인(용의 척추)족, 블러디 드텐츠(피투성이 텐트)족, 그리고 래틀링케이브스(덜거덕 거리는 동굴) 족 사람들에게 독이 됐소. 우리 종족의 눈에 침을 뱉는 거짓말들 로 그들을 음독시켰소."

여왕은 그녀의 왕좌에서 아래쪽으로 몸을 기댄다. 그녀의 코에 있는 블랙헤드들이 거대하다. 칠흑 눈동자 주위로 주름들이 깊은 협곡을 이룬다.

"문신이 새겨진 아들이 돌아올 것이며 그는 우리를 이 땅으로부 터 이끌고 나갈 남자를, 어둠속의 샛별을 데리고 올 것이라는 거 짓말들이었소. 나는 이렇게 말하는 이단자들을 찾아다녔소. 그들 의 속삭임들을 배우고 그들을 통해 신들이 이야기를 전하는지 확 인하기 위해서였소. 신들은 그들을 통해 말하지 않았소. 악만이 그

507

들을 통해 전해지고 있었소. 그래서 나는 이 이단자들을 사냥했소. 그들의 뼈들을 내 손으로 직접 부러뜨렸소. 그들의 가죽을 벗겨낸 뒤 그들을 나탑의 바위들 위에 안치했소. 그들이 썩은 고기가 되어 얼음 땅의 날짐승들에 의해 먹힐 수 있게 한 것이오."

밖의 사슬에 매달린 일곱 시체들에 대한 얘기다. 그들은 라그날의 친구들이었다.

"이것은 내가 내 종족을 위해 하는 일이오. 나는 내 종족을 사랑하기 때문이며 내 다리 사이로 낳은 아이들은 몇 안 되지만 가슴으로 품은 아이들은 많기 때문이오. 또 그 소문이 거짓이라는 것을 알고 있었기 때문이오. 내 핏줄인 라그날은 절대 돌아오지 않을 것이오. 돌아온다는 것은 나와의 맹세를, 그의 종족과의 맹세를, 아스가드 저 높은 곳에서 우리를 내려다보는 신들과의 맹세를 깨뜨린다는 것을 의미하기 때문이오."

여왕은 자신의 죽은 아들을 내려다본다.

"그러던 중에 정신을 차려보니 이 악몽 속이었소."

여왕은 두 눈을 감는다. 심호흡을 하더니 다시 눈을 뜬다.

"당신들은 대체 누구기에 나의 가장 잘난 자식의 시체를 내 나탑으로 데리고 온 것이오?"

"내 이름은 라이코스의 대로우요. 이들은 버지니아 오 아우구스투스와 홀리데이 티 나카무라고."

내가 말한다. 알리아의 시선은 홀리데이를 무시하고 머스탱 쪽으로 홱 향한다. 그녀의 키가 거의 2미터에 달함에도 불구하고 이 거대한 공간 속에서는 아이 같아 보인다.

"우리는 반란에 관한 외교적 임무를 지고 라그날과 함께 이곳으로 왔소."

"반란이라."

여왕은 그 낯선 단어의 소리를 별로 좋아하지 않는다.

"그럼 당신은 내 아들에게 어떤 존재였소?"

그녀는 내 머리를 눈여겨본다. 그 눈빛에는 보통의 인간이 신에 대해 품을 수 없을 정도의 업심여김이 담겨 있다. 지금 이 상황에는 숨겨진 뭔가가 있다.

"당신은 라그날의 주인이오?"

"나는 그의 형제요."

나는 그녀의 말을 정정한다.

"그의 형제라고?"

그녀는 그 발상을 조롱한다.

"내가 당신의 아들을 골드 한 명으로부터 데려왔을 당시에 당신의 아들은 나를 섬기겠다고 맹세했소. 그는 나에게 문신들을 권했고 나는 그에게 그의 자유를 권했지. 그 이래로 우리는 형제로 지내왔소."

"그는……."

여왕의 목소리가 주춤한다.

"자유인인 상태로 죽었나?"

여왕의 말투는 그녀가 우리 생각보다 많은 것을 알고 있다는 암

509

시를 준다. 머스탱도 그것을 알아챈다.

"그렇소. 그의 수하들, 당신이 바깥의 벽에 매달아 놓은 자들은 얘기했을 것이오. 당신들을 지배하는 골드들, 라그날의 남매들을 당신으로부터 앗아갔던 것처럼 라그날도 앗아간 그들에 대항하여 내가 반란을 이끌고 있다고. 또 라그날이 내 장군들 중 가장 뛰어난 자였다고. 그렇게 그들은, 또 당신의 모든 종족 사람들은 당신에게 설명했을 거요. 라그날은 좋은 사람이었소. 그는……."

여왕이 내 말을 끊는다.

"나는 내 아들을 아오. 나는 그가 어렸을 때 그와 함께 부빙들 사이에서 수영했소. 그에게 눈의 이름들과 폭풍의 이름들을 가르쳤으며 세상의 뼈대를 보여 주기 위해 내 그리핀에 태우고 날았소. 우리가 하늘의 구름들 사이로 비상하자 그는 손으로 내 머리를 꽉 잡고 기쁨의 노래를 불렀소. 내 아들은 두려움이 없었소."

그녀는 그날을 라그날과 상당히 다르게 기억하고 있다.

"나는 내 아들을 아오. 그러니 그의 정신이 어땠는지를 낯선 자로부터 들을 필요는 없소."

"그렇다면 여왕이여, 자신에게 한 번 물어보시오. 뭐가 그를 이곳으로 다시 돌아오게 만들었을까를. 그가 이곳에 직접 올 계획이었는데도, 그렇게 하는 것이 당신과 당신의 종족에게 한 맹세를 깨뜨리는 일이라는 것을 알면서도 뭐 때문에 그가 자신의 수하들을 이곳으로 보내게 됐겠소?"

머스탱이 말한다.

알리아는 대답을 하지 않은 채 굶주린 눈빛으로 머스탱을 살핀다.

"형제라."

여왕은 조롱하는 투로 그 단어를 한 번 더 내뱉으며 나를 다시 돌아본다.

"문득 궁금하오. 당신은 형제들도 내 아들처럼 이용했겠소? 이 곳으로 그렇게 데려왔겠소? 봉인된 얼음의 거인들을 해제시키는 열쇠 취급하며?"

그녀는 강당 주위를 돌아본다. 그래서 내 시선도 그녀를 따라 돌에 새겨진 무공들을 확인한다. 그 그림들은 15명의 키를 합친 높이까지 우리 위로 뻗어 있다. 나는 한 번도 옵시디언 예술 장인을 만난 적이 없다. 그들은 우리에게 그들의 전사들만을 보내기 때문이다.

"당신은 모정을 빌미로 한 남자의 어머니를 이용할 수 있을 것처럼 행동하고 있소. 이게 인간들의 방식이오. 나는 당신의 야망을, 당신의 계획들을 감지할 수 있소. 오, 세속적인 전쟁지도자여, 나는 '심연'의 세계를 모르오. 하지만 얼음의 세계는 아오. 그리고 사람들의 마음속에 스르륵 기어 다니는 뱀들을 아오.

나도 이단자들을 직접 심문했소. 나는 당신이 어떤 존재인지 아오. 당신이 우리보다도 더 낮은 생물들로부터 파생됐다는 것을 아오. 레드라는 것을. 나는 레드를 본 적이 있소. 그들은 아이들 같더군. 세상의 뼈대 속에 사는 작은 요정들 같았소. 하지만 당신은 아스가드에 사는 신의 몸을, 태양 태생의 몸을 훔쳤소. 당신은 사슬을 깨뜨리는 자라 스스로를 칭하고 있소. 하지만 당신은 사슬을 만드는 자요. 우리를 당신에게 묶어 두고 싶어 하고 있소. 우리의 힘을 이용해 당신 스스로를 위대하게 만들려고 하고 있소. 여느 인간처럼."

여왕은 내 죽은 친구 위로 몸을 수그린 채 나를 음흉하게 쳐다본다. 그리고 나는 이 여자가 무엇을 존중하는지, 왜 라그날이 그녀를 죽여서 그녀의 왕좌를 갈취해야 할 것이라 믿었는지, 그리고 왜 머스탱이 도망치고 싶어 했는지를 알게 된다. 그것은 힘이다. 그리고 그녀는 궁금해 하고 있다. 내 힘은 과연 어디에 있는지를.

"당신은 그에 대해 많은 것들을 알고 있소. 하지만 나에 대해서는 아는 바가 전혀 없소. 그럼에도 불구하고 나를 모욕하고 있군."

머스탱이 말한다.

알리아는 인상을 찌푸린다. 분명 그녀는 먹스탱이 누구인지 아예 모르고 있으며 진정 머스탱이 진짜 골드라면 그런 존재를 화나게 하고픈 의도가 전혀 없다. 그녀의 자신감은 아주 살짝 흔들린다.

"나는 당신에 반하는 주장을 한 적은 없소, 태양 태생이여."

"이미 했소. 당신은 그가 악한 의도로 당신의 종족에게 접근하고 있다고 주장함과 동시에 내가 그와 공모하고 있다고도 주장했기 때문이오. 그의 동반자인 내가 그와 같은 사악한 의도를 품고 여기에 왔다고 여긴 것이오."

"그렇다면 당신의 의도는 무엇이오? 왜 이 생물과 함께 다니는 거요?"

"그가 따를 만한 사람인지를 확인하기 위해서요."

머스탱이 대답한다.

"그래서 그가 어떤 것 같소?"

"나는 아직 모르겠소. 그러나 확실히 알겠는 것은 수백만 명이 그를 따를 것이라는 사실이오. 당신은 그 수의 크기를 아오? 그 수에 대한 감이 오기는 하오, 알리아?"

"그 수를 아오."

"당신은 내 의도에 대해 물었소. 있는 그대로 밝히겠소. 나는 당신과 같은 전쟁 지도자이자 여왕이오. 내 영지는 당신이 상상할 수 있는 것보다도 크오. 나에게는 심연에 금속 함선들이 있소. 그 안에는 당신이 이제껏 본 것보다도 더 많은 군사들을 실을 수 있소. 그것들로 가장 높은 산도 둘로 쪼갤 수 있소. 그런 내가 신이 아니라는 것을 당신에게 알려 주기 위해 이곳에 왔소. 아스가드에 있는 저 남자와 여자 들은 신이 아니오. 그들은 살과 피로 만들어진 존재들이오. 당신처럼, 그리고 나처럼 말이오."

머스탱이 말한다.

알리아는 그녀의 거대한 아들을 손쉽게 품에 안은 채 천천히 일어선다. 그리고 그와 함께 돌 제단까지 걸어가 그를 그 위에 눕힌다. 그녀는 작은 단지에 담긴 기름을 헝겊에 부은 후 그것을 라그날의 얼굴 위에 펼친다. 그 후 그 헝겊에 키스를 한다. 그렇게 그녀는 그를 내려다보고 있다.

머스탱은 자신의 논점을 여왕에게 계속 밀고 나아간다.

"이 땅은 씨를 품을 수 없소. 이곳은 바람과 얼음과 척박한 바위들에 의해 지배되고 있소. 그럼에도 당신들은 살아남았소. 식인종들이 언덕들을 배회하고 있소. 적군 클랜들이 당신들의 땅을 갈구하고 있소. 그럼에도 당신들은 살아남았소. 당신들은 아들들을, 딸들을 당신들의 '신'들에게 팔아넘겨 왔소. 그럼에도 당신들은 살아남았소. 나에게 말해보시오, 알리아. 왜 그러고 있소? 왜 섬기기 위해서만 살아가면서도 그렇게 살아 있는 것이오? 가족들이 시들어 사라지는 모습을 지켜보기 위해서요? 나는 내 가족이 사라지는 모습을 봤소. 나는 가족들을 한 명씩 차례대로 빼앗겼소. 내 세상은 망가졌소. 그리고 당신의 세상도 마찬가지라오. 하지만 라그날이 원했던 대로 당신이 병력을 내 것과, 그리고 대로우의 세력과 합세한다면…… 우리는 새로운 세상을 만들 수 있을 것이오."

알리아는 궁지에 몰린 기분으로 우리를 다시 돌아본다. 그녀가 우리 앞으로 다가오는 동안 그녀의 걸음걸이는 느리고 침착하다.

"당신은 어떤 것을 더 두려워하겠소, 버지니아 오 아우구스투스? 신을? 아니면 신의 힘을 갖고 있는 인간을?"

그 질문은 두 사람 사이를 맴돌며 말로는 메울 수 없는 틈을 만든다.

"신은 죽을 수 없소. 그러니 신은 두려움도 없소. 하지만 죽을 수 있는 인간은……."

그녀는 얼룩진 이 뒤로 혀를 끌끌 찬다.

"어둠이 도래할까 봐 어찌나 겁을 내는지. 빛 속에 남겠다며 어찌나 끔찍하게 싸우는지."

여왕의 타락한 목소리에 내 피까지 오싹해진다.

그녀는 알고 있다.

머스탱과 나는 그 끔찍한 순간에 그 사실을 동시에 깨닫는다. 알리아는 그녀의 신들이 불멸이 아니라는 것을 알고 있다. 내 가장 깊은 내면으로부터 새로운 두려움이 거품을 일며 떠오른다. 나는 바보다. 우리는 그녀의 눈앞을 가리던 천을 제거해 주기 위해 이 기나긴 거리를 여행해 왔다. 하지만 그녀는 이미 진실을 본 상태다. 어떻게 하다? 어떤 식으로? 그녀가 여왕이라 골드들이 그녀에게 접근했나? 그녀 스스로 그 사실을 깨달았던 것일까? 그녀가 라그날을 팔아넘기기 전에? 후에? 어찌됐던 것이든 상관없다. 그녀는 이미 체념하고 이 세계를, 거짓말을 따르기로 결심한 상태다.

"다른 길도 있소."

나는 절박하게 말한다. 알리아는 우리가 이 알현실에 들어서기도 전부터 이미 결정을 내린 상태였다.

"라그날은 그 길을 확인했소. 그는 당신의 종족 사람들이 얼음 땅을 떠날 수 있는 세계를 봤소. 그들이 자신들의 운명을 직접 일궈 나아갈 수 있는 세상을 말이오. 나와 함께하시오. 그럼 그 세계는 가능해질 것이오. 나는 당신들이 힘을 가질 수 있게 도구들을 제공하겠소. 당신들이 조상들처럼 별들을 건너다닐 수 있는 힘, 보이지 않는 상태로 돌아다닐 수 있는 힘, 부츠를 신고 구름 사이로 날아다닐 수 있는 힘을 말이오. 당신들은 직접 선택한 땅에서 살 수 있을 것이오. 바람이 살결만큼 따뜻하고 땅은 백색이 아니라 녹색인 곳에서 말이오. 당신은 당신의 아들이 했듯이 나와 함께 싸워 주기만 하면 되오."

"아니오, 작은 인간이여. 당신은 하늘과 싸워 이길 수 없소. 강이나 바다나 산들과도 싸워 이길 수 없소. 그리고 골드들과 싸워 이길 수 없소."

알리아가 말한다.

"그러니 나는 내 임무를 다할 것이오. 내 종족 사람들을 보호할 것이오. 당신을 사슬로 묶은 채 아스가드로 보내겠소. 저 높은 곳의 신들이 당신의 운명을 결정하게 내버려 두겠소. 내 종족 사람들은 계속해서 살아 나아갈 것이오. 세피는 내 왕좌를 물려받을 것이오. 그리고 나는 내 아들이 태어난 곳인 이 얼음 땅 속에 그를 묻을 것이오."

제32장

# 황무지

하늘은 죽은 손톱 밑에 낀 피의 색이다. 우리는 스파이어스로부터 날아가고 있다. 이번에는 감금된 상태다. 악취가 진동하는 털 안장들 뒤에 짐짝들처럼 배 깔린 채 묶여 있는 것이다. 더 낮은 대류권의 바람이 내 눈 안을 가르는 바람에 눈물이 고인다. 그리핀이 날갯짓을 하는 동안 그 어깨 근육들이 파문을 일으키며 공기를 휘젓는다. 우리는 옆으로 비스듬히 난다. 그래서 라이더들이 하늘을 향해 그들의 가면 쓴 얼굴들을 들어 올려 희미한 빛을 관찰하는 것이 보인다. 그 빛은 포보스다. 머리 위로 함선들이 전투하는 동안 조그맣게 번쩍이는 흰색과 노란색 빛들이 어둑해지는 하늘을 방해한다. 나는 소리 없이 기도한다. 세브로의 안전을 위해, 빅트라의 안전을 위해, 또 하울러들의 안전을 위해…….

머스탱의 예견대로 알리아를 말로 설득하는 일은 실패했다. 그리고 이제 우리는 아스가드로 향하고 있다. 알리아는 종족 사람들의 미래를 보장하기 위해 우리를 신들에게 선물로 보내고 있는 것이다. 그녀는 세피에게도 그렇게 일렀다. 그리고 그녀의 고요한 딸은 내 사슬을 받아든 뒤 알리아의 개인 경비 요원들의 도움을 받으며 그녀의 발키리들이 대기하고 있는 격납고로 나와 머스탱, 그리고 홀리데이를 끌고 갔다.

수 시간이 지난 지금, 우리는 분노하는 신들이 젊은 시절에 창조한 땅 위를 날아 지난다. 극적이며 잔혹한 '남극'은 옵시디언들의 조상들을 위한 벌이자 시험으로써 설계된 장소다. 그 조상들은 골드들의 통치 200년째 해에 감히 봉기해 골드들에 대항했기 때문이다. 품질 통제 위원회의 자료에 따르면 이곳은 너무나 흉포해 여기서 성인이 되는 옵시디언들은 전체의 60퍼센트에도 못 미친단다.

살기 위한 그 절박한 투쟁은 옵시디언들로부터 문화와 사회적 진보를 이룰 기회를 앗아갔다. 그들은 첫 암흑시대에 유목민족들과 마찬가지로 그 기회를 빼앗긴 것이었다. 농민들이 문화를 만드는 것이다. 유목민들은 전쟁을 만든다.

생명에 대한 미세한 징조들이 맨 황무지 위에 주근깨처럼 펴져 있다. 방랑하는 오록스 떼들. 산등에 지펴진 불들. 그 불들은 바위 속을 조각해 만든 옵시디언 도시의 거대한 문틈으로 빤짝인다. 이 길고 어두운 겨울의 전야에 그 안의 옵시디언들은 물품을 모으고 그들의 벽 뒤에 모여 앉아 있다. 우리는 몇 시간씩 날아간다. 나는 잠이 들다 말다 한다. 몸이 지친 상태다. 그때 죽은 함선 뱃속의 아늑한 구멍 안에서 우리가 라그날과 파스타를 나눠먹은 이래로 나에게는 눈을 붙일 새가 없었다. 어떻게 이렇게나 많은 것들이 이렇게나 빨리 변했을까?

나는 뿔피리의 우렁찬 소리에 깬다. 라그날이 죽었다. 그것이 내 머리에 스치는 첫 생각이다.

깨자마자 비탄을 느끼는 것은 내게 있어 낯선 일이 아니다.

또 한 번의 뿔피리 소리가 메아리친다. 그러면서 세피의 그리핀 라이더들이 그들 사이의 거리를 좁히며 빽빽한 대열을 만들어 간다. 우리는 회백색 구름들이 이루는 바다를 뚫고 날아오른다. 세피는 내 앞에서 고삐 위로 몸을 수그리고 있다. 거대한 어둠을 향해 날아가도록 그리핀을 강하게 밀어붙이고 있다. 우리는 구름들로부터 빠져 나온다. 그러자 황혼 속에 떠있는 아스가드가 보인다. 그것은 신들이 바다에서 찢어내 심연과 그 아래의 얼음 세상 사이, 한 중간에 걸어놓은 검은 산이다. 아사 신족의 자리다. 올림푸스는 오감으로 만끽할 수 있는 밝은 축제였다면 이것은 정복당한 종족에 대한 음울한 위협이다.

위태롭고 지지대가 없어 보이는 돌계단 한 세트가 산으로부터 솟아나와 아스가드를 그 아래의 세계에 매어놓는다. '문신이 새겨진 자들의 길'이나. 그것은 모든 어린 옵시디언들이 신의 은총을 얻고자 하면, 또 올마더 죽음의 신의 하인이 되어 그들의 부족에

519

게 명예와 포상금을 안겨다주고자 하면 필히 걸어야 하는 길이다. 시체들이 아래의 '떨어진 자들의 계곡'에 어질러져 있다. 고깃덩이들이 절대 썩지 않으며 오로지 까마귀들의 사업이 벌어져야만 제대로 된 해골들이 생겨나는 땅에 남자와 여자들이 쌓여 얼어버린 언덕들을 이룬 것이다. 이것은 고립된 산책로이자 옵시디언들이 그 산에 접근하고자 하면 지나야 하는 길이다.

이렇게 해야 옵시디언들이 겁을 먹는 것이다. 세피로부터도 그 두려움이 느껴진다. 그녀는 이 길을 한 번도 걸어 본 적이 없다. 어느 문신이 새겨진 자도 스파이어스나 다른 부족들의 사람들 사이에 남을 수는 없다. 모두 골드들에 의해 선택된 후 그들을 섬긴다. 그녀의 어머니는 절대 그녀가 이 시험에 참여하는 것을 허락하지 않을 것이다. 여왕에게 후계자로 남아줄 딸 하나는 필요하기 때문이다.

올림푸스와 다르게 아스가르드는 방어방책들로 둘러싸여 있다. 2킬로미터 거리에서도 그리핀들의 고막에서 피를 나게 만드는 전자 고주파 방사체들. 그 방사체들보다 더 가까이에 있으며 피부와 장기의 수분을 끓어 버려 그 어떤 남자나 여자의 분자구조도 과히 진동시키는 고전하 펄스 방패. 옵시디언들에게 그것들은 흑마술이다. 하지만 오늘만큼은 그 센서들이 죽은 상태다. 퀵실버와 그의 해커들의 작품이다. 그리고 우리의 접근을 모니터링하는 카메라와 드론도 우리를 보지 못한다. 인공위성들과 마찬가지로 그것들에 3년 전에 기록된 영상들을 반복해서 송출하고 있기 때문이다. 신들의 관심을 구하러 가는 길은 단 하나뿐이다. 그리고 그것은 '섀도우마우스 사원'을 통과해 '문신이 새겨진 자들의 길'을 따라 가는 것이다.

우리는 아스가드 밑의 험악한 산봉우리 위에 착지한다. 그곳은 '문신이 새겨진 자들의 길'이 땅과 연결된 지점이기도 하다. 검은 사원 하나가 독점욕 강한 노파처럼 계단들 위에 웅크리고 앉아 있다. 그 피부는 세월에 상했다. 얼굴은 바람을 맞아 부서지고 있다.

나는 안장에서 끌어내려진 뒤 얼음 위에 쓰러진다. 긴 여정을 떠난 이후라 양다리는 아직 잠든 상태다. 발키리들은 내가 머스탱의 도움을 받고 일어서기를 기다려준다.

"시간이 된 것 같아."

머스탱이 말한다. 나는 고개를 끄덕인다. 발키리들이 우리를 세피 쪽으로 밀쳐 검은 사원 쪽으로 향하게 만든다. 돌 얼굴들의 입 333개로부터 바람이 쏟아져 나온다. 그 얼굴들은 검은 돌 밑에 갇힌 채 풀어 달라는 절박하고도 야성적인 눈빛들을 보이며 사원의 정면에서 비명을 내지르고 있다. 우리는 검은 아치 밑으로 들어선다. 눈이 바닥 여기저기에 굴러다니고 있다.

"세피."

내가 말한다. 그 여자는 천천히 뒤로 돌아 나를 바라본다. 그녀는 머리카락에 묻은 오빠의 피를 씻어내지 않은 상태다.

"너와 얘기 좀 해도 될까? 우리 둘이서만?"

발키리들은 그들의 조용한 지도자가 고개를 끄덕이기까지 기

521

다린 뒤에야 머스탱과 홀리데이를 뒤쪽으로 끌어낸다. 세피는 사원 안쪽으로 더 들어간다. 나는 사슬에 묶인 채 최선을 다해 그녀를 따라가 하늘로 열린 작은 안뜰에 도착한다. 추위에 몸이 떨린다. 세피는 그 자리의 기이한 보라색 빛 속에서 나를 바라보며 내가 입을 열기를 침착하게 기다려 준다. 그 순간, 내가 그녀에 대해 궁금해 하는 만큼 그녀도 나에 대해 궁금해 하고 있다는 것을 처음 깨닫는다. 그리고 그 사실은 나에게 자신감을 북돋아준다. 저 어두운 빛깔의 작은 눈들은 꼬치꼬치 캐기를 좋아한다. 물건에, 사람에, 갑옷에, 거짓말에 있는 틈들을 볼 줄 안다. 알리아에 대해서는 머스탱의 말이 맞았다. 그녀는 절대 우리의 말을 듣지 않을 것이다. 나는 우리가 그녀의 공식 알현실에 들어서기 전에도 그것을 예감하고 있었다. 하지만 그래도 일단은 내 최선을 다 해 봐야 했다. 그리고 설사 그녀가 우리의 말을 들었더라도 머스탱은 절대로 알리아 스노우스패로우가 우리의 전쟁에서 옵시디언들을 이끄는 것을 신뢰하지 못했을 것이다. 나는 한 명의 협력자를 얻는 대신 또 한 명의 협력자를 잃었을 것이다. 하지만 세피라면……. 세피는 내 마지막 희망이다.

나는 세피에게 묻는다.

"저들은 어디로 가게 되는 걸까? 그걸 고민해 본 적이 있어? 네 클랜이 신들에게 바치는 남자와 여자 들이 어디로 가게 되는지를? 너는 사람들이 해 준 이야기를 믿는 것 같아 보이지는 않는데. 저들이 전사들로서 승천한다는 말을. 저들이 불멸인 자들을 섬김으로써 말로 다 할 수 없을 정도의 부를 얻게 된다는 말을."

나는 세피가 대답하기를 기다린다. 당연히 그녀는 대답하지 않는다. 만약 내가 그녀를 여기서 회유하지 못한다면 우리는 죽은 것이나 마찬가지다. 하지만 머스탱도 나도 우리가 그녀를 설득할 여지는 있다고 생각한다. 그것은 최소한 알리아를 설득할 수 있었던 가능성보다는 크다.

"네가 신들을 믿었다면 너는 라그날이 승천했을 때 앞으로 침묵하겠다고 네 자신과 맹세하진 않았을 거야. 다른 이들은 환호했지만 너는 눈물을 흘렸지. 왜냐하면 너는 알고 있기 때문이야······ 그렇지?"

나는 세피에게 더 가까이 다가간다. 그녀의 키는 나보다 살짝 더 큰 정도다. 빅트라보다 더 근육질이다. 그녀의 창백한 얼굴은 그녀의 머리카락의 빛깔과 거의 흡사하다.

"너는 네 마음속에서 그 어두운 진실을 느끼고 있어. 얼음 땅을 떠나는 모든 자들은 노예가 된다는 것을."

세피의 미간에 주름이 잡힌다. 나는 이 순간의 탄력을 놓치지 않으려고 노력한다.

"네 오빠는 문신이 새겨진 자였고 스파이어스의 아들이었어. 그는 타이탄같이 위대한 사람이었지. 그리고 그는 신들을 섬기기 위해 승천했지만 아끼는 개 정도의 취급만 받았어. 세피, 그들은 그를 구덩이 경기장에서 싸우게 만들었어. 그의 목숨을 갖고 도박했다고. 네 오빠는 너에게 얼음과 바람의 이름들을 가르쳐 주었으며 그의 세대에서 가장 뛰어난 스파이어스의 아들이었어. 그랬던 그가 다른 인간의 소유물이었어."

세피는 하늘을 올려다본다. 그곳에는 검보라빛 황혼 사이로 별들이 깜빡이고 있다. 그녀가 이렇게 하늘을 바라보며 큰오빠가 어떻게 됐는지 궁금해 하던 밤들이 얼마나 많았을까? 밤마다 잠을 청하기 위해 얼마나 많은 거짓말들을 스스로에게 했을까? 이제 오빠가 시달리던 공포들을 알게 되니 그녀가 그렇게 별들을 보며 보냈던 모든 시간들이 더더욱 끔찍하게 느껴질 것이다.

나는 그 기회를 포착하며 말한다.

"네 오빠를 팔아넘긴 사람은 네 어머니였어. 그녀는 네 언니들, 오빠들, 네 아버지까지 팔아버렸어. 떠났던 모든 사람들은 노예가 됐어. 내 종족 사람들과 마찬가지로. 네 오빠가 보낸 예언자들이 뭐라고 했는지 너도 알잖아. 나는 노예였지만 내 주인들에 대항하여 일어섰어. 네 오빠도 나와 함께 일어섰지. 라그날은 너를 우리와 함께 데려가기 위해 이곳으로 돌아왔어. 이 구속으로부터 네 종족 사람들을 꺼내기 위해서. 그리고 그는 그 뜻을 위해 죽었어. 너를 위해. 너는 그의 마지막 말들을 믿을 정도로 그를 충분히 신뢰해? 그 정도로 그를 사랑하고 있어?"

세피는 나를 다시 돌아본다. 그녀의 눈 흰자들은 오랜 시간 휴면하고 있는 듯 했던 분노로 충혈됐다. 마치 그녀는 그녀의 어머니의 이중성을 수년간 알아 왔던 것처럼. 나는 그녀가 25년간 귀를 기울이며 무슨 소리를 들었을까 궁금해진다. 그녀의 어머니가 그녀에게만은 사실을 얘기하지 않았을까도 궁금해진다. 세피는 여왕이 될 사람이다. 어쩌면 그렇게 하는 것이 옳은 길인지도 모르겠다. 그들의 진짜 상황에 대한 지식을 다음 지도자에게 물려주는 것. 어쩌면 세피는 우리가 알리아와 알현하며 했던 이야기들까지도 엿들었을지 모른다. 뭔가 그녀가 나를 바라보는 방식에 나는 내 추측들이 옳다고 확신하게 된다.

"세피, 네가 나를 골드들에게 보내면 그들의 지배는 계속되고 네 오빠의 희생은 무용지물이 될 거야. 이 세상이 네가 원하는 그대로라면 아무것도 하지 마. 하지만 그것이 망가졌다면, 부당하다면, 모험을 해 봐. 나에게 허락해 줘. 너의 어머니가 너에게 감춰왔던 비밀들을 보여 주도록. 네 신들이 얼마나 유한한 삶을 가졌는지를 보여 주도록. 네가 네 오빠를 명예롭게 기리는 것을 도울 수 있도록."

세피는 바다 저편에서 눈이 하늘하늘 떨어지는 모습을 멍하니 바라본다. 그녀는 생각에 잠겨 있다. 그러더니 침착하게 고개를 끄덕이고는 그리핀 비행용 망토로부터 철 열쇠를 꺼낸 채 나에게 다가온다.


'문신이 새겨진 자들의 길'의 계단들은 거센 바람을 맞아 몹시 추우며 한 바퀴 꼬인 채로 구름을 뚫고 사악하게 하늘로 오른다. 그러나 그것들은 그냥 계단일 뿐이다. 우리는 사슬을 풀고 뼈로 만들어 퍼렇게 칠한 그리핀비행용 마스크, 그리핀비행용 망토,

그리고 내 발에는 너무 큰 부츠로 발키리 변장을 한 채 계단을 오른다. 그 변장 물품들은 모두 사원의 바닥에서 그리핀들을 지키기 위해 남은 세 여자로부터 빌린 것이다. 세피가 우리를 이끌고 있으며 8명의 다른 발키리들이 우리의 뒤를 따라오고 있다. 내 양다리가 힘에 부쳐 떨릴 때에서야 우리는 꼭대기에 도달해 골드들의 검은 유리 복합 건물을 본다. 그것은 떠 있는 산의 꼭대기를 장식하고 있다. 총 8개의 타워들이 있으며 신들이 그것들을 각각 하나씩 소유하고 있다. 그것들은 수송 기계 기구용 바퀴살처럼 어두운 빛깔의 유리 피라미드인 중앙 건물을 에워싸고 있다. 또 그 건물들 사이사이마다 눈 쌓인 울퉁불퉁한 바닥으로부터 20미터 상공에 떠 있는 얇은 다리들이 연결돼 있다. 우리와 골드의 복합 건물 사이에는 두 번째 사원이 있다. 그것은 비명을 지르는 거대한 얼굴의 형상이며 '마르스 성'만 하다. 그 사원 앞에는 작은 사각 공원이 자리하며 그 중앙에는 옹이가 많은 검은 나무가 서 있다. 불꽃들이 그 가지들을 따라 그을음을 만들며 타고 있다. 흰 꽃들은 불꽃들 중간에 펴 있으면서도 그 불에 영향을 받지 않고 있다. 발키리들은 이곳이 부리는 마법을 두려워하며 자기들끼리 속삭인다.

세피가 조심스럽게 나무에서 꽃 한 송이를 딴다. 그 불꽃이 그녀의 가죽 장갑 가장자리를 그을리지만 그녀는 눈물 모양의 작고 흰 꽃을 들고 온다. 그 꽃을 건드리자 그것이 팽창되면서 핏빛으로 어두워지더니 시들어 재로 변한다. 나도 이런 광경은 처음 본다. 그렇다고 이런 쇼맨십에 조금이라도 감탄한다는 것은 아니다.

그러기에는 이곳이 너무 춥다. 우리 앞의 눈밭에 붉은 피투성이 발자국이 피어난다. 세피와 그녀의 발키리들은 죽은 듯이 가만히 있다. 그들은 양팔은 벌리고 손가락들을 구부린다. 악령들로부터 몸을 방어하는 자세다.

"그냥 돌맹이 안에 피를 숨겨놓은 거야. 진짜가 아니라고."

머스탱이 말한다.

그럼에도 불구하고 더 많은 발자국들이 바닥에 나타나면서 우리를 신의 입 쪽으로 안내하자 발키리들은 위압당한다. 그들은 두려움에 서로를 바라본다. 심지어 세피도 우리가 사원의 입 밑의 계단에 도달하자 무릎을 꿇는다. 우리는 코를 돌바닥에 대며 그녀의 자세를 따라한다. 그때 사원의 목구멍이 열리면서 그 밖으로 메마른 늙은 남자가 뒤뚱거리며 나온다. 그의 수염은 희다. 눈동자는 바이올렛의 색이며 나이 들어 희뿌연 하다.

"너희들은 미쳤구나! 까마귀들만큼이나 미쳤어! 겨울의 전야에 계단을 오르다니!"

그 남자가 울부짖는다. 그가 내려오느라 내딛는 걸음마다 그의 지팡이가 함께 쿵쿵 거린다. 그의 목소리는 대사들을 쥐어짜낸다. 그 대사들이 뭐라고.

"뼈와 얼어붙은 피만이 남을지어다. 너희들은 문신이 새겨진 자들의 시험을 요청하기 위해 찾아왔느냐?"

"아닙니다."

나는 내 최선의 나갈어로 낮게 말한다. 지금 상황에 문신이 새겨진 자들의 시험을 받기란 우리에게 득도 안 되는 짓이다. 그랬다가는 우리가 안면 문신을 받을 때에서야 신들을 볼 수 있을 것이다. 게다가 라그날조차도 내가 문신이 새겨진 자들의 시험에서 살아남기에는 아직 실력이 부족하다고 판단했었다. 내 앞으로 신들을 데려오는 다른 방법은 오직 하나다. 미끼를 던지는 것이다.

"아니라고?"

바이올렛은 혼란스러워하며 묻는다.

"우리는 신들의 알현을 요청하러 왔습니다."

어느 순간에든지 발키리들 중 한 명이 우리를 불어 버릴 수 있는 상황이다. 말 한마디면 충분할 것이다. 긴장감이 어깨 전체로 퍼져간다. 내가 정신을 단단히 붙들어 맬 수 있는 유일한 이유는 머스탱도 이 빌어먹을 산 꼭대기에서 내 옆에 무릎을 꿇고 있기 때문이다. 그만큼 그녀도 이 계획을 온전히 받아들이고 이에 동참하고 있다. 그녀가 이러고 있다는 것은 내가 완전히 정신 나간 것은 아니라는 의미일 수밖에 없다. 일단은 그런 의미이길 바란다.

"그럼 너희들은 진짜로 미친 게 맞구나!"

바이올렛이 우리를 지겨워하기 시작하며 말한다.

"신들께서는 이곳을 드나드시다 심연으로 가시기도 하고 저 밑의 바다 속으로 가시기도 한다. 하지만 유한한 삶의 인간들에게 알현을 허락하시지는 않는다. 그런 류의 존재들에게 허락하는 시간이란 의미 없기 때문이다. 오직 문신이 새겨진 자들만이 신들의 사랑을 받을 가치가 있다. 오직 문신이 새겨진 자들만이 신들의 시선에서 뿜어져 나오는 열병을 견딜 수 있다. 오직 얼음과 가장 어두운 밤의 아이들만이 신들을 알현할 권리가 있다."

이것 참 우라지게 짜증나는 상황이다.

"철과 별로 된 함선이 심연에서 떨어졌습니다. 그것은 불로 된 꼬리를 달고 왔습니다. 그리고 발키리 스파이어스 근처의 산봉우리들 사이로 부딪혀 왔습니다. 피처럼 불타며 하늘을 가르고 왔습니다."

"함선이라고?"

내 말에 바이올렛이 묻는다. 그는 우리의 예상대로 이제 매우 관심을 보인다.

"철과 별로 된 함선입니다."

내가 대답한다.

"그것이 환영이 아니었다는 것을 너는 어찌 아느냐?"

바이올렛이 영리하게 묻는다.

"우리가 그 철을 직접 손으로 만졌습니다."

바이올렛은 침묵한다. 저 미치광이 두 눈 뒤에서 이랬다 저랬다 하는 생각들이 질주한다. 내가 장담컨대 그는 알고 있을 것이다. 함선의 통신 시스템이 끊어졌음을. 그리고 그의 주인들이 추락한 함선에 대한 소식을 흔쾌히 듣고자 할 것을. 아마 그가 마지막으로 본 화면은 퀵실버가 모든 것을 정지시키기 전에 떴던 내 연설일 것이다. 이제 이 하찮은 바이올렛이, 야만스러운 얼간이들을 대상으로 무언의 소극이나 벌이도록 황무지로 추방당한 이 간절한

연기자가 드디어 그의 주인들도 모르는 소식을 알게 됐다. 그에게
는 주인들이 원할 법한 상품이 있다. 그리고 그의 두 눈은 이 점을
깨닫는 순간 탐욕스럽게 가늘어진다. 지금은 그가 독단적으로 행
동해 주인들의 눈에 들 시간이다.

탐욕은 이렇게나 매번 사람을 멍청이로 만들어 버린다. 이 어찌
나 슬픈 일인가.

"증거는 있나?"

바이올렛이 적극적으로 묻는다.

"누구든 신들의 함선이 추락하는 것을 봤다고는 말할 수 있는
것이다."

세피는 머뭇거린다. 그녀는 내가 주도하는 기만 행위에 겁을 내
면서도 사제들은 경멸하기에 가방으로부터 내 레이저를 꺼낸다.
그것은 물개 가죽으로 포장돼 있다. 그녀는 그것을 채찍 형태로
바닥에 내려놓는다. 바이올렛은 미소를 짓는다. 너무나도 심히 만
족스러워하고 있다. 그는 자신의 주머니에서 꺼낸 헝겊으로 그것
을 바닥에서 휙 낚아채려고 한다. 하지만 세피가 물개 가죽을 당
겨 그것을 그녀 쪽으로 끌어갔다.

내가 으르렁거린다.

"이것은 신들을 위한 것입니다. 그들의 졸개에게는 못 드리겠습
니다."

제33장

# 신들과 사람들

사제는 우리를 사원의 입 안으로 안내한다. 우리는 그 자리에서 기다린다. 산 안의 검은 석조 대기실에서 무릎을 꿇고 있다. 돌로 된 입은 맷돌 가는 소리를 내며 우리 뒤로 닫힌다. 방 한가운데에서 불꽃들이 마노 천장을 향해 펄쩍 뛰어 불기둥을 이루며 춤을 춘다.

시종들이 검은 삼베 후드를 뒤집어쓴 채 동굴 같은 사원 안을 돌아다니며 부드럽게 성가를 외운다.

"얼음의 아이들이여."

신성한 목소리 하나가 드디어 어둠 속에서 속삭여 온다. 우리의 악마 투구들에 장착된 것과 같은 소리 합성기 하나가 그 목소리에 다른 목소리들을 층층이 입혀 열댓 가지가 하나로 합쳐진 것처럼 들리게 만든다. 그 보이지 않는 여자 신은 말하는 동안 억양을 써 주는 정성도 들이지 않는다. 그녀는 나만큼이나 그들의 언어를 유창하게 말할 수 있지만 자신이 그들과 말을 섞게 되는 상황을, 그들 자체를 경멸하는 것이다.

"소식을 듣고 왔다고 들었다."

"그렇습니다, 태양 태생이여."

"너희들이 본 함선에 대해 얘기해 보거라."

또 하나의 목소리가 말한다. 이번 목소리는 남자의 것이다. 덜 거만하고 더 장난스럽다.

"작은 아이여, 내 얼굴을 직접 올려다봐도 된단다."

무릎을 계속 꿇은 상태로 우리는 바닥에서 은밀히 위를 살핀다. 갑옷을 착용한 골드들 두 명이 그들의 고스트클록을 끄는 모습이 보인다. 그들은 어두운 방 안에서 우리와 가까이 서있다. 사원의 불꽃들은 그들의 신격화된 금속 얼굴 위로 춤을 춘다. 남자는 망토를 입고 있다. 여자는 자기 것을 걸칠 시간이 부족했던 모양이다. 그들은 그만큼 적극적으로 우리를 맞이하고 싶었던 모양이다.

여자는 프로이야(북유럽 신화에 등장하는 사랑, 미, 풍요의 신 —옮긴이)를 연기하고 있고 남자는 로키(북유럽 신화에 등장하는 파괴, 재난의 신 —옮긴이)처럼 차려입었다. 그의 금속 얼굴은 늑대의 것처럼 생겼다. 동물들은 두려움을 맡을 수 있다. 인간은 못한다. 하지만 충분히 많은 살인을 해 본 자들은 그 특유의 고요함 속에서 두려움의 파동을 감지할 수 있다. 나는 지금 그것을 세피로부터 느끼고 있다. 신들은 진짜다. 그녀는 그렇게 생각하고 있다. 라그날은 틀렸다. 우리는 틀렸다. 그러나 그녀는 아무 말도 하지 않는다.

"그것은 불을 피처럼 흘리며 하늘을 가르고 지났습니다. 그리고 거대한 포효소리를 내며 산자락에 충돌했습니다."

나는 고개를 숙인 채 웅얼거린다.

"설마."

로키가 중얼거린다.

"그럼 아이야, 그것은 온전히 한 조각이더냐, 여러 작디작은 조각들이더냐?"

우리가 추락한 함선을 봤다고 말하는 것에는 위험이 따른다. 하지만 반란 한중간에 골드들이 그들의 홀로스크린을 뒤로하고, 보안 시스템과 그레이 수비대를 통과해, 나와 이곳에서 만나게 유도할 다른 계략은 떠오르지 않았다. 이들은 흉터를 입은 비할 데 없는 자들이다. 그리고 그들이 이 경계 지역에 갇혀 있는 동안 이 벽들 너머로 그들의 세상은 변하고 있다. 한때 이 자리는 매력적이라는 평을 받았을 것이다. 하지만 이제는 유배의 한 형태가 돼 버렸다. 나는 이 흉터를 입은 비할 데 없는 자들이 대체 어떤 범죄나 실패를 범했기에 여기서 이 황무지나 돌보게 됐을지 궁금해진다.

"태양 태생이여, 함선의 뼈들이 산에 어질러져 있습니다."

나는 그들이 내 얼굴을 덮는 그리핀 비행용 가면을 벗으라고 하지 않도록 바닥을 다시 내려다보며 설명한다. 내가 더 비굴하게 굴수록 그들은 나를 덜 궁금해 할 것이다.

"브레이커가 고물 더미 중간에 올려 놓은 낚싯배처럼 망가져 있었습니다. 눈 위에는 철의 조각들, 인간들의 조각들이 흩어져 있었습니다."

내 생각에 옵시디언들은 그런 비유를 쓸 것 같았다. 그 표현은 검열을 통과한다.

"인간들의 조각이라고?"

로키가 묻는다.

"네. 인간들이었습니다. 하지만 부드러운 얼굴들을 갖고 있었습니다. 난로 불에 비춘 물개 가죽 같았습니다."

너무 비유를 많이 썼다.

"하지만 눈은 뜨거운 숯 같았습니다."

비유를 멈출 수 없다. 또 라그날은 어떤 표현들을 썼더라?

"존엄하신 신의 얼굴과 같은 금빛 머리를 지녔습니다."

골드들의 금속 가면은 여전히 무표정한 상태다. 그들은 투구 안의 컴을 통해 서로 대화하고 있다.

"우리의 사제는 네가 신들의 무기를 갖고 있다고 주장했다."

프레이야가 대화를 주도한다. 세피는 물개 가죽 헝겊을 다시 한 번 꺼낸다. 그녀의 몸이 긴장돼 있다. 내가 언제쯤 약속한 대로 신들의 마법을 타파할지 궁금해 하고 있다. 그녀의 손이 떨린다. 두 골드들이 모두 가까이 다가온다. 펄스 방패의 미미한 파동이 현저히 보인다. 그것을 건드리면 나는 타 죽을 것이다. 그들에게는 두려움이 없다. 그들의 산인 이곳에서는 두려워할 것이 없다. 가까이

와라. 더 가까이, 이 멍청한 자식들아.

"왜 이것을 네 부족의 지도자에게 가져가지 않았느냐?"

로키가 묻는다.

프레이야가 의심쩍게 덧붙인다.

"아니면 샤먼에게 가져갈 수도 있었지 않느냐. 문신이 새겨진 자의 길은 길고 힘겹다. 달랑 이것을 우리에게 가져다주기 위해 그 먼 길을 올라왔다는……."

"우리는 방랑자들입니다. 부족도 없고 샤먼도 없습니다."

머스탱은 프레이야가 칼을 확인하기 위해 몸을 수그리는 동안 설명한다.

"그러느냐, 작은 것아?"

로키가 세피 위에서 묻는다. 그의 목소리가 경직된다.

"그렇다면 왜 발키리의 푸른 문신들이 저놈의 발목에 새겨져 있는 것이냐?"

그의 손이 허리춤의 레이저 쪽으로 움직인다.

"그녀는 부족으로부터 추방당했습니다. 맹세를 깼기 때문이었습니다."

내가 말한다.

"거기에 가문 문장이 찍혀 있어?"

로키가 프레이야에게 묻는다. 그녀가 내 앞에 있는 무기의 손잡이를 향해 손을 뻗고 있는데 머스탱이 씁쓸하게 웃으며 그녀 쪽으로 관심을 유도한다.

"손잡이에 있다, 굿레이디여."

머스탱이 무릎을 계속 꿇은 채 가면을 벗어 바닥에 툭 던져 버리면서 아우리어트 고급언어로 말한다.

"날아가는 페가수스를 찾을 수 있을 것이다. 안드로메두스 가문의 문장이지."

"아우구스투스?"

로키가 말을 더듬거린다. 그는 머스탱의 얼굴을 아는 것이다.

나는 그들이 놀란 찰나를 이용해 앞으로 쑥 나간다. 그들이 나에게 고개를 다시 돌릴 때쯤에는 내가 이미 프레이아의 손 밑에서 레이저를 낚아채 버린 뒤 그것의 토글 버튼을 가동시킨 후다. 레이저는 구부러진 물음표 모양으로 변한다. 비탈길 위에서 타오르던 바로 그 모양, 이마들에 새겨진 바로 그 모양, 그리고 그들의 부류를 너무나도 많이 죽인 바로 그 모양이다. 또 내가 연설을 하는 동안 그들이 홀로 디스플레이상으로 확인했을 바로 그 모양이다.

"리퍼……."

프레이야가 용케 말하며 펄스 피스트를 들어올린다. 나는 그녀의 팔을 어깨로부터 잘라 버린 뒤 머리의 턱 부분을 가르고 나서 로키의 가슴을 향해 레이저를 곧장 던진다. 칼은 펄스방패와 부딪히면서 느려진다. 그렇게 방패가 저항하는 반 초간 허공에 그대로 얼어 있다. 드디어 칼은 방패 너머로 쑥 진입한다. 하지만 그 속도가 이미 느려졌으며 방패 밑의 갑옷도 공격을 버티고 있다. 그래서 칼은 그대로 펄스 갑옷의 가슴판에 꽂혀 있다. 전혀 위협이 되

지 않는다. 그러다 머스탱이 앞으로 나와 돌려차기로 레이저의 손
잡이를 명중한다. 칼은 갑옷을 뚫고 들어가 로키를 찌른다.

두 골드들 모두 쓰러진다. 프레이야는 뒤로, 로키는 무릎을 꿇
고⋯⋯.

"가면 벗어."

머스탱이 고함치는 동안 로키는 양손으로 자신의 가슴에 꽂혀
있는 칼을 부여잡는다. 머스탱은 그의 손을 데이터패드로부터 쳐
낸다.

"컴은 안 돼."

그 남자의 펄스 방패가 짧아지자 홀리데이가 그의 허리춤에서
레이저를 떼어간다. 나는 프레이야의 시신으로부터 그녀의 레이
저를 가져간다.

"벗으라고."

세피와 그녀의 발키리들은 무릎을 꿇은 채 휘둥그레진 눈들로
프레이야 밑에 고이는 피를 바라본다. 나는 프레이야의 머리로부
터 투구를 벗겨 '흉터를 입은 비할 데 없는' 중년 여자의 난도질당
한 얼굴을 공개한다. 그녀의 피부는 어둡고 눈은 아몬드 모양이다.

"세피, 네가 보기에 이 사람이 신 같나?"

내가 묻는다.

한편 로키가 그의 가면을 벗자 머스탱이 음울하고 짧게 코웃음
을 친다.

"대로우. 누군지 봐 봐. 머큐리 프록터야!"

아기 천사 같은 통통한 얼굴의 흉터를 입은 비할 데 없는 자로 기관에서 나를 그의 하우스로 뽑아가려고 부단히 노력했으나 피치녀에게 빼앗겼던 사람이다. 우리가 5년 전에 마지막으로 서로를 봤을 때는 내 하울러들이 올림푸스에서 마구 날뛰는 동안 그와 나는 복도에서 결투를 하려고 했다. 당시의 나는 펄스 피스트로 그의 가슴을 쐈다. 그러는 내내 그는 미소를 잃지 않았다. 지금의 그는 미소를 짓고 있지 않다. 마냥 그의 가슴에 꽂힌 금속을 쳐다보고 있다. 측은한 마음이 인다.

"머큐리 프록터. 당신은 내가 만난 가장 불운한 골드군. 레드에게 산을 두 개나 잃다니."

"리퍼. 지금 더럽게 장난치는 거지?"

머큐리 프록터는 고통에 몸서리치며 자신도 놀라 웃음을 터뜨린다.

"근데 너는 포보스에 있는 것 아니었어?"

"아니었다네, 굿맨. 거기에 있는 사람은 나를 좀 많이 줄여 놓은 내 미치광이 공모자지."

"젠장 지독하게. 젠장 지독하게."

그는 자신의 가슴에 있는 칼을 바라보며 끙 소리와 함께 둔부를 깔고 앉은 뒤 쌕쌕거리며 숨을 몰아쉰다.

"어떻게…… 우리가 너를 보지 못한 거지……."

"퀵실버가 당신들의 시스템을 해킹했어."

내가 설명한다.

"네가…… 여기에…… 있는 이유는……."

그는 죽은 신 주위로 모여들기 위해 일어서는 발키리들을 바라보며 말끝을 흐린다. 세피는 프레이야 위로 허리를 굽힌다. 창백한 전사는 그녀의 손가락으로 신이라는 여자의 얼굴을 따라 그린다. 그 사이에 홀리데이는 그 여자의 갑옷을 벗긴다.

"저들을 얻기 위해. 그게 우라지게도 정확한 이유야."

내가 말한다.

"오, 젠장 지독하군. 아우구스투스."

우리의 전 프록터가 머스탱을 향해 씁쓸히 웃으며 말한다.

"이러면 안 돼…… 이건 미친 짓이야. 그들은 괴물들이라고! 그들을 내보내면 안 돼! 그럼 어떤 일이 벌어질지 알고는 있는 거야? 판도라의 상자를 열지 마."

"저들이 괴물들이라면 우리는 우리 자신에게 누가 그들을 그렇게 만들었는지 물어야 마땅하지."

머스탱이 옵시디언의 언어로 말해 세피도 알아들을 수 있게 해준다.

"자, 아스가드의 무기고 비밀번호가 뭐야?"

머큐리 프록터는 침을 뱉는다.

"그것보다는 상냥하게 물어봐야 알려 주지, 이 배신자야."

머스탱은 죽일 듯이 냉랭하다.

"배신이란 어느 시점에서 그것을 정의하느냐에 따라 의미가 달라지는 거야, 프록터. 내가 다시 물어야 하나? 아니면 당신의 귀부

539

터 잘라내기 시작해야 하나?"

프레이야의 시체 옆에서 세피는 그녀의 손가락을 핏속에 담갔다 그것을 맛본다.

"그냥 피야."

나는 그녀의 옆에 쭈그리고 앉아서 말한다.

"이코르(그리스신화 속 신들의 몸속에 흐르는 혈액—옮긴이)도 아니고 신성한 것도 아니야. 인간의 것이야."

나는 세피에게 받으라는 의미로 그녀에게 프레이야의 레이저를 내민다. 그녀는 그 생각에 움찔하지만 억지로 손잡이 주위로 자신의 손가락들을 감는다. 그녀의 손이 떨린다. 번개에 맞거나 맨손으로 펄스방패들을 만진 사람들처럼 감전되리라 생각한다.

"여기에 있는 이 버튼이 채찍을 감아 들여. 이것은 레이저의 모양을 결정하고."

세피는 경건히 그 무기를 품에 안은 채 나를 올려다본다. 그리고 이글거리는 눈들로 그녀의 레이저를 어떤 모양으로 만들지 나에게 묻는다. 나는 내 레이저를 고개로 가리킨다. 그렇게 그녀와 연대감을 쌓기 위해 노력한다. 그리고 실제로도 쌓는다. 그 방식이 무술의 영역에 국한된 것일지라도. 천천히 그녀의 레이저는 슬링블레이드의 형태를 갖춘다. 발키리들이 서로 웃기 시작하자 내 팔 피부에 닭살이 돈다. 흥분에 전율하며 발키리들은 도끼들과 긴 칼들을 꺼내 들고 나와 머스탱을 바라본다.

머스탱이 말한다.

"5명의 신들이 남았어. 아가씨들은 어떤 식으로 그들과 만나고 싶나?"

제34장

# 신을 죽이는 자들

우리는 일곱 신들의 몸들을 뒤로 질질 끌고 간다. 두 명은 죽었고 5명은 포획됐다. 나는 오딘(지식, 문화, 군사의 신—옮긴이)의 갑옷을, 세피는 티르(전쟁과 승리의 신—옮긴이)의 갑옷을, 머스탱은 프레이야의 갑옷을 입고 있다. 그 갑옷들은 모두 우리가 아스가드의 무기고로부터 약탈한 것이다. 복도의 돌에는 피가 쫙 묻어 있다. 발들이 미끄러지고 넘어진다. 세피가 우리 뒤에 살아 있는 골드들 중 한 명을 머리채로 홱 끌고 간 것이다. 나머지 골드들은 그녀의 발키리들이 끌고 가고 있다.

우리는 아스가드에서 훔친 셔틀을 타고 스파이어스로 돌아온다. 아스가드는 소리 없이 드나들었다. 로키의 비밀번호를 이용해 무기고를 들어간 뒤 우리들의 몸에 전쟁의 집합체들을 걸치고 나서 나머지 신들을 찾아 나섰기 때문이다. 두 명은 아스가드의 중앙 컴퓨터실에서 발견했다. 그들은 그린들로 이루어진 팀 하나를 이끌고 자신들의 시스템으로부터 퀵실버의 해커들을 몰아내려고 시도하는 중이었다. 세피는 새 레이저로 골드 한 명의 팔을 앗아가고 나머지 한 명은 의식을 잃을 때까지 팼다. 그 모습에 그린들은 겁에 질렸으며 그 와중에도 그들 중 두 명이 주먹을 들어 보이며 자신들은 반란에 동조한다고 소리 없이 알렸다. 그들의 도움을 받으며 우리는 다른 이들을 저장고 안에 가뒀으며 그 두 그린 동조자들은 나를 퀵실버의 작전실로 직접 연결해 줬다.

우리는 퀵실버와 통화하지는 못했다. 하지만 세브로의 도박이 통했다는 소식을 빅트라로부터 전해 들었다. 화성 방어 함대의 1/3이 조금 더 되는 일부가 아레스의 아들들과 퀵실버의 블루들의 통제 하에 있다. 수천 명의 소사이어티 최고 병력들이 포보스에 갇혀 있다. 하지만 자칼은 남은 함선들을 몸소 지휘하고 카이퍼 벨트에게 보조세력을 요청해 그의 감축된 함대를 보강하며 강하게 반격하고 있다.

우리는 아스가드 아래층에 있는 정거장의 생체 센서 지도를 통해 나머지 골드들의 위치를 파악했다. 한 명은 훈련실에서 그녀의 레이저를 연습하고 있었다. 그녀는 내 얼굴을 보더니 칼을 떨어뜨리고 항복했다. 명성은 때때로 훌륭한 것이다. 남은 두 명의 골드들은 감시실에서 발견했다. 그들은 카메라들 사이에서 앞뒤로 돌아다니고 있었다. 감시 영상들이 3년 전의 기록이라는 것을 그때

막 발견한 상태였다.

이제 우리의 모든 골드 포로들은 자성 수갑들을 착용하고 있으며 세피의 그리핀과 이어지는 긴 밧줄로 한데 묶여 있다. 그들은 모두 재갈이 물린 상태다. 또 모두 주변의 스파이어스를 두리번거리며 마치 우리가 그들을 지옥문 자체로 끌고 온 것처럼 군다.

스파이어스의 옵시디언들은 통로에서 우리의 곁으로 몰려온다. 더 깊은 층에서부터 황급히 올라와 그 기이한 광경을 보고자하는 것이다. 대부분은 자신들의 신들을 멀리서나 봤을 것이다. 마하 3의 속도로 봄 눈밭 위로 쌩하니 지나가는 번쩍이는 골드 빛으로나 봤을 것이다. 이제 우리가 그들 사이로 왔다. 우리의 펄스 방패는 대기를 일그러뜨리고 있으며 셔틀의 펄스 대포들은 거대한 철문들을 녹여 열고 있다. 그 철문들은 그리핀 곳간을 추위로부터 막아 주고 있었다. 그런데 그것들은 라그날이 나에게 문신을 바쳤을 때 팍스 함선의 문이 녹았던 것처럼 안쪽으로 녹아들고 있다.

이런 식으로 옵시디언들을 내 휘하로 데리고 오려는 의도는 아니었다. 나는 말로 하고 싶었다. 갑옷이 아닌 물범 스킨만 입고 겸손하게 와서 옵시디언들의 손에 내 자신을 맡기고 싶었다. 그렇게 해서 알리아에게 보여 주고 싶었다. 내가 그녀의 종족 사람들의 가치를 높이 산다는 것을, 그들의 판단을 중요하게 생각한다는 것을, 그리고 그들을 위해 내 자신도 위험을 무릅쓰겠다는 것을. 나는 내가 설교한 대로 실천하고 싶었다. 하지만 라그날조차도 그것은 바보의 일이라는 것을 알고 있었다. 그리고 이제 나는 비타협적인 태도나 미신에 들일 시간이 없다. 만약 알리아가 나를 전쟁 터로 따르지 않는다면 나는 발버둥치고 비명 지르는 그녀를 질질 끌고 갈 것이다. 그녀 전에 론 스승님에게도 그랬던 것처럼 말이 다. 옵시디언들이 듣도록 하려면 나는 그들이 이해할 수 있는 언어로나 말을 해야 한다.

그것은 힘이다.

세피는 그녀의 펄스 피스트를 쏜다. 그 탄환은 내 머리를 지나쳐 그녀의 어머니의 성역으로 이어지는 문을 명중한다. 아주 오래된 그 철이 찌그러진다. 구부러지고 비틀린 경첩들이 비명을 지른다. 우리는 동굴 같은 통로의 양쪽으로 엎드려 있는 거인 군대를 부드럽게 지나친다. 너무나 많은 힘이 미신에 의해 유약해진 상태다. 한때, 그들이 이보다 강했을 때, 그들은 바다를 건너려 시도했었다. 새 땅을 구하기 위해 탐험가들을 바다 건너로 데려갈 장대한 배들도 만들었다. 그것들은 골드들이 바다에 심어 놓은 조각된 괴물들에 의해 하나씩 파괴되거나 바다에서 직접적으로 골드들의 손에 녹아버렸다. 마지막 배가 항해를 한 지는 200년도 더 지났다.

우리는 알리아와 만난다. 그녀는 유명한 일곱 수하들과 70명의 전쟁 지도자들을 데리고 의회를 열고 있다. 그들은 이제 거대하고도 연기 나는 화로들 사이에서 우리를 향한다. 허리까지 오는 흰머리, 맨 팔들, 허리에 찬 철 버클들, 등에 찬 거대한 도끼들을 갖춘 거대한 전사들이다. 검은 눈동자들과 귀한 금속들이 박힌 반지들이 어둑한 빛 속에서 반짝인다. 하지만 그들은 300년 된 철문이 갑자기 주황색으로 빛나더니 녹아 없어지는 광경에 너무 놀라 말하지도, 무릎을 굽히지도 못한다. 나는 그들 앞으로 다가간다. 여전히 골드들의 시체들을 내 뒤에 끌고 다니고 있다. 머스탱과 세피는 발차기로 포획한 골드들을 앞으로 내던진다. 그 골드들은 바닥에 너부러지고 허둥지둥 두 발로 서 보려 한다. 그들은 이 연기 가득한 방 안에 야만 거인들로 둘러싸인 와중에도 조금의 위엄이라도 유지하기 위해 노력하는 것이다.

"이들이 신들인가?"

내가 투구를 통해 포효한다.

아무도 대답하지 않는다. 알리아는 양쪽으로 나뉘며 길을 터는 전쟁 지도자들 사이로 천천히 움직인다.

"내가 신인가?"

나는 으르렁거린다. 이번에는 투구를 벗었다. 미스탱과 세피도 그들의 투구를 벗는다. 알리아는 신들의 갑옷을 자신의 딸이 입은 모습을 확인하더니 뒤로 물러서며 움찔한다. 두려움이 그녀의 입술로부터 속삭여 나온다. 그녀는 다섯 명의 묶이고 재갈을 문 골드들 근처에서 멈춘다. 그 골드들은 드디어 두 발로 서게 됐다. 일어서니 2미터가 넘는다. 하지만 알리아가 구부정하고 나이가 들었음에도 불구하고 그녀는 나보다 머리 하나가 더 크다. 그녀는 한때 자신의 신들이었던 그 남자와 여자 들을 빤히 내려다보다 그녀의 막내딸을 올려다본다.

"아가야, 네가 무슨 짓을 한 거니?"

세피는 아무 말도 안 한다. 하지만 그녀의 팔에 찬 레이저가 스르륵 움직이며 모든 옵시디언들의 시선을 끈다. 그들의 가장 뛰어난 딸들 중 한 명이 신들의 무기를 가지고 다니는 모습이다.

"발키리의 여왕이여."

나는 마치 우리가 만난 적이 없었던 것처럼 말한다.

"내 이름은 라이코스의 대로우요. 라그날 볼라루스와 의형제요. 또 가짜 골드 신들에 격렬히 대항하는 반란의 전쟁 지도자기도 하오. 당신들 모두 위성 주위로 격노하는 불꽃들을 봤소. 그것들은 내 군대에 의해 발생한 것이오. 이 땅을 넘어선 심연에서는 노예들과 주인들 사이에서 격렬한 전쟁이 벌어지고 있소. 나는 당신 종족에게 진실을 전하기 위해 스파이어스의 가장 뛰어난 아들과 함께 이곳에 왔소."

나는 골드들을 향해 손을 휘저어 그들을 가리킨다. 그들은 한 인종 전체에 대하여 증오심을 품고 나를 노려보고 있다.

"저들은 그가 당신들에게 당신들이 노예라는 것을 알려 줄 수 있기도 전에 그의 목숨을 앗아갔소. 그가 보낸 예언자들은 사실을 말했던 것이오. 당신의 신들은 가짜요."

"거짓말!"

누군가가 고함친다. 비뚤어진 무릎과 구부러진 척추를 가진 샤먼이다. 그는 뭐라고 다른 말도 주절거리지만 세피가 그의 목을 베어 버린다.

"거짓말이라고? 나는 아스가드 위에 섰소. 당신들의 불멸이란 자들이 자는 곳을, 당신들의 불멸이란 자들이 잠자리를 갖고 먹고 싸는 곳을 봤소."

머스탱이 씩씩거린다. 그녀는 손에 쥔 펄스 피스트를 비튼다.

"이것은 마법이 아니오."

그녀는 자신의 그래브부츠들을 가동시켜 허공에 뜬다. 옵시디언들은 감탄하며 그녀를 뚫어지게 본다.

"이것도 마법이 아니오. 이것은 도구요."

알리아는 내가 무슨 짓을 했는지 간파한다. 내가 그녀의 딸에게 무엇을 보여 줬는지, 그리고 이제 그녀가 원하든 원치 않든 간에 그녀의 종족 사람들에게 무엇을 가져다 줬는지를 안다. 우리는 같은 잔인한 부류다. 나는 이보다 나은 사람이 되자고 내 자신과 약속했다. 그리고 그 약속을 어겼다. 하지만 고결한 허영심은 또 다른 날에 빛날 수 있으리라. 이것은 전쟁이다. 그러니 승리만이 유일한 고결함이다. 내 생각에 머스탱도 여기서 옵시디언들과 보내면서 내가 이러기를 바랐던 것 같다. 그녀는 내가 내 자신의 이상론으로 내가 제어할 수 없는 무언가를 풀어놓을까 봐 더 두려워했다. 하지만 이제 그녀는 내가 하고자 하는 타협을 알아본다. 내가 내고자 하는 힘을 확인한다. 그것은 그녀가 세상을 세울 수 있는 자로부터 원하는 덕목인 만큼 그녀의 협력자로부터 바라는 덕목이기도 하다. 그녀는 상황에 적응할 수 있을 정도로 충분히 현명한 사람을 원하는 것이다.

그리고 알리아는? 그녀는 그녀의 종족 사람들이 나를 어떻게 보는지 확인한다. 그들이 아직 신들의 피로 얼룩진 내 칼을 어떻게 보는지도 확인한다. 그들은 그것을 무슨 신성한 유물처럼 바라보고 있다. 또한 그녀는 내가 그녀를 골드들의 범죄 공모자로 만들어 버릴 수 있었다는 것도 안다. 그녀의 종족 사람들 앞에서 그녀를 비난할 수도 있었다. 하지만 대신 나는 그녀에게 이 사실을 처음으로 알게 된 것처럼 연기할 기회를 제공하고 있다.

애석하게도 내 친구의 어머니는 내가 제공한 기회를 받아들이지 않는다. 그녀는 세피의 곁으로 다가간다.

"내가 너를 품었고, 낳았고, 키웠는데 이게 내 보상이냐? 반역? 신성모독? 너는 발키리가 아니다."

그녀는 그녀의 종족 사람들을 바라본다.

"이것들은 거짓말이다. 찬탈자들로부터 우리의 신들을 해방시켜라. 신성 모독자들을 죽여라. 그들 모두를 죽여라!"

하지만 첫 전쟁 지도자가 칼을 꺼낼 틈도 없이 세피가 앞으로 다가가더니 내가 그녀에게 준 레이저를 들어 올려 그녀의 어머니를 참수한다. 알리아의 머리가 눈을 여전히 뜬 채로 바닥에 떨어진다. 그 여자의 거대한 몸은 아직 서 있다. 천천히 그것이 뒤로 고꾸라지더니 쿵 소리를 내며 바닥에 떨어진다. 세피가 쓰러진 여왕 위에 서더니 그 시체 위로 침을 뱉는다. 다시 그녀의 종족 사람들을 향하며 그녀는 25년 만에 처음으로 입을 연다.

"어머니는 알고 있었다."

세피의 목소리는 깊고 위험하다. 속삭이는 정도를 거의 벗어나

지 않은 상태다. 그럼에도 그 소리는 그녀가 포효한 것만큼이나
공간을 확실히 장악한다. 그 후 장신의 세피는 골드들로부터 몸을
돌려 시끌벅적한 전쟁지도자들 사이를 뚫고 지나 그리핀 왕좌를
향해 돌아간다. 그곳에는 그녀의 어머니의 전설적인 전쟁 상자가
10년간 닫힌 채로 있다. 그 자리에서 그녀는 허리를 굽혀 손에 쥔
자물쇠를 든다. 그리고 짐승처럼 목을 울려 포효하며 녹슨 철을
잡아당긴다. 그녀의 손가락에서 피가 나고 철이 부서지며 열린다.
그녀는 오래된 자물쇠를 바닥에 내던지고 함을 열어젖힌다. 그리
고 그 안에서 어머니가 화이트 해안을 정복할 때 썼던 오래된 검
은 풍뎅이스킨을 꺼내 버리고, 어머니가 젊었을 때 죽인 용의 붉
은 비늘 망토도 꺼내 버리고, 스로그미르라는 어머니의 위대하고
검은 양두 도끼를 높이 들어올린다. 파동을 일으키는 강화강철의
윤이 빛을 받는다. 그녀는 그 도끼를 바닥에 댄 채 뒤로 질질 끌며
골드들에게 성큼성큼 돌아간다.

세피는 홀리데이에게 몸짓을 보인다. 홀리데이는 골드들의 입
에서 재갈을 풀어 준다.

"당신은 신인가?"

세피가 묻는다. 그녀의 말투는 그녀의 오빠의 것과 너무나도 다
르다. 겨울 폭풍처럼 직설적이고 냉담하다.

그 남자가 말한다.

"유한한 삶의 자여, 너는 불타 버릴 것이다. 우리를 풀어 주지
않으면 아사 신족이 하늘에서 내려와 네 땅에 불을 비처럼 내릴

것이다. 이것은 너도 아는 바다. 우리는 세계들로부터 네 씨를 말려 버릴 것이다. 우리는 얼음을 녹여 버릴 것이다. 우리가 강자다. 우리는 흉터를 입은 비할 데 없는 자들이다. 그리고 이 밀레니엄의 소유자는……."

세피는 그 자리에서 한 번의 거대한 스윙으로 그 남자를 죽여 버린다. 그녀는 그를 거의 둘로 갈라 버렸다. 피가 내 얼굴로 튄다. 나는 움찔하지 않는다. 이들을 이곳을 데려오면 무슨 일이 벌어질지 나는 알고 있었다. 나는 내가 그들을 포로들로 데리고 있을 방법이 전혀 없다는 것 또한 알고 있다. 골드들이 이 신화를 세웠지만 이제 그것은 죽어야 한다. 머스탱이 내 곁으로 더 다가온다. 그녀도 이 상황을 받아들인다는 그녀의 신호다. 하지만 그녀의 시선은 골드들에 고정됐다. 그녀는 이 학살을 남은 평생토록 기억할 것이다. 이 일이 의미를 갖도록 만드는 것이 그녀와 나의 임무다.

내 일부는 이 골드들의 죽음을 애도한다. 그들은 죽어가는 상황에서도 이 다른, 더 키 큰 일반 인간들이 그들보다 여전히 너무나 부족한 존재들처럼 보이게 만든다. 그들은 꼿꼿하고 위풍당당하게 서 있다. 이 연기 가득한 방 안은 그들이 어렸을 적 승마를 하고 키츠의 시들을 배우며 베토벤과 볼메강에 감탄하던 사유지들로부터 너무나 멀리 자리하고 있다. 이런 곳에서 그들은 마지막 순간을 맞이하면서도 떨지 않는다. 중년의 골드 여자 한 명은 뒤에 있던 머스탱을 돌아본다.

"저들이 우리에게 이렇게 하게 내버려 두는 거냐? 나는 네 아버지를 위해 싸웠다. 네가 어렸을 때 너와 만난 적이 있다. 저놈의 아이언레인에서 같이 떨어졌다."

그녀는 나를 노려보더니 크고 뚜렷한 목소리로 아이스킬로스의 시를 암송한다. 그 시는 흉터를 입은 비할 데 없는 자들이 간간히 전투 슬로건으로 쓰는 것이다.

일어서서 운명의 춤을 이끌게!
유한한 삶을 가진 자들이 증오하는 노래를 들어 올리게……
모든 인간 태생 전역으로
이 땅에 어떤 권리들이 우리의 것인지 전하게,
복수를 할 때는 발 빠른 우리!
깨끗하고 순수한 손을 소유한 그.
우리의 분노를 선혀 두려워힐 필요 없네, 그는.

한 명씩 차례대로 그들은 세피의 도끼를 받고 쓰러진다. 오직 한 명의 여자만이 남았다. 그녀의 고개는 높이 들렸으며, 그녀의 말은 명백히 울려 퍼진다. 그녀는 내 눈을 직시하며 내가 내 권리에 대해 확신을 갖듯이 자신의 권리에 대해 확신을 갖는다.

"희생. 복종. 번영."

세피의 도끼가 허공을 가르며 아스가드의 마지막 신이 돌바닥에 털썩 쓰러진다. 그녀의 몸 위로 피가 튀겨진 발키리의 공주가 타워처럼 서 있다. 그녀의 정의 실현은 끔찍하고 태곳적의 것 같다. 그녀는 허리를 숙여 구부러진 칼로 여성 골드의 혀를 제거한다. 머스탱이 내 옆에서 불편함에 몸을 뒤튼다.

세피는 머스탱의 불편함을 인지하며 미소를 짓는다. 그리고 죽은 어머니 곁으로 걸어가 우리로부터 멀어진다. 그녀는 어머니의 왕관을 가져간 뒤 왕좌로 이어지는 계단들을 오른다. 그렇게 한 손에는 피투성이 도끼를 들고 다른 손에는 유리 왕관을 든 채 그리핀의 흉곽 안에 앉은 그녀는 스스로 머리에 왕관을 씌운다.

"스파이어스의 자식들이여, 리퍼가 가짜 신들에 대항하는 전쟁에 합류해 달라고 우리에게 요청했다. 발키리는 응답할 것인가?"

그에 대한 대답으로 그녀의 발키리들은 푸른 깃털이 달린 자신들의 도끼들을 머리 위로 높이 들어 올리며 옵시디언식 죽음의 구호를 낮게 외친다. 죽은 알리아의 전쟁 지도자들까지도 그 소리에 합세한다. 마치 바다 자체가 스파이어스의 석조 통로들 사이로 부딪혀오는 기분이다. 그 안에서는 전쟁의 북소리가 고동치는 것이 느껴지면서 내 핏속까지 오싹해진다.

"그렇다면 타고 가거라, 흐젤다, 사룰, 베니, 그리고 흐로가. 타고 가거라, 팔디르와 우로나와 볼가. 블러드 해안과 블리킹 황야(음울한 황야)와 섀터드스파인(산산조각 난 척추)과 위치 패스(마녀의 길)의 부족들에게로 향하거라. 친족과 적 모두에게 가서 세피가 말한다고 전하라. 또 그들에게 라그날의 예언자들이 사실을 말했다고, 아스가드가 함락됐다고, 신들이 죽었다고, 옛 맹세들은 깨졌다고 전하라. 그리고 듣고자하는 모든 자들에게 말하라. 발키리는 전쟁을 하러 간다."

우리 주위로 세상이 소용돌이치며 전쟁에 대한 황홀감이 대기를 메운다. 그 동안, 머스탱과 나는 어두워진 눈빛으로 서로를 바라보며 우리가 과연 무엇을 세상에 풀어놓은 것일까 고민한다.

〈2권에서 계속〉

**옮긴이 | 이윤진**

원광대학교 한의학과 졸업, 영미 문학을 너무나 사랑하는 번역가이자 한의사. 지난 20년간 영미 문학을 손에서 뗀 적이 없다. 문학 번역에서 가장 중요한 것은 작가의 의도와 분위기를 그대로 번역하여 재현하는 것이라고 생각하기에, 항상 이에 대해 가장 신경을 많이 쓰며 독자가 즐겁고 생생하게 그 문학 작품을 읽을 수 있게 번역하는 것을 추구하고 있다. 『천국 주식회사』, 『푸른 수염의 다섯 번째 아내』, 『지상의 마지막 여친』, 『골든 선』, 『당신이 살아있는 진짜 이유: 무시무시하지만 이유 있는 전염병과 의학의 세계사』, 『모닝 스타』 등을 번역했으며 『The Book of Mirrors』가 출간 예정이다. 또한 『평화의 소녀상』을 영어로 번역하기도 했다.

# 모닝 스타 1

1판 1쇄 찍음  2017년 4월 7일
1판 1쇄 펴냄  2017년 4월 14일

**지은이 |** 피어스 브라운
**옮긴이 |** 이윤진
**발행인 |** 김세희
**편집인 |** 김준혁
**책임편집 |** 최고운
**펴낸곳 |** 황금가지

**출판등록 |** 2009. 10. 8 (제2009-000273호)
**주소 |** 06027 서울 강남구 도산대로 1길 62 강남출판문화센터 5층
**전화 | 영업부** 515-2000  **편집부** 3446-8774  **팩시밀리** 515-2007
**홈페이지 |** www.goldenbough.co.kr

도서 파본 등의 이유로 반송이 필요할 경우에는 구매처에서 교환하시고
출판사 교환이 필요할 경우에는 아래 주소로 반송 사유를 적어 도서와 함께 보내주세요.
06027 서울 강남구 도산대로 1길 62 강남출판문화센터 6층 민음인 마케팅부

한국어판 © ㈜민음인, 2017. Printed in Seoul, Korea
ISBN 979-11-5888-254-9
ISBN 979-11-5888-256-3  04840 (set)

㈜민음인은 민음사 출판 그룹의 자회사입니다.
황금가지는 ㈜민음인의 픽션 전문 출간 브랜드입니다.